U0107345

世说新语译注

上

门延文 著

四川人民出版社

图书在版编目（CIP）数据

世说新语译注/门延文著. —— 成都：四川人民出
版社，2023.8
ISBN 978-7-220-13284-1

Ⅰ.①世… Ⅱ.①门… Ⅲ.①《世说新语》—译文②
《世说新语》—注释 Ⅳ.①I242.1

中国国家版本馆CIP数据核字（2023）第111992号

SHISHUO XINYU YIZHU

世说新语译注

门延文　著

出 版 人	黄立新
策划统筹	李淑云
责任编辑	朱雯馨
封面设计	张 科
版式设计	戴雨虹
责任印制	周 奇

出版发行	四川人民出版社（成都市三色路238号）
网　　址	http://www.scpph.com
E-mail	scrmcbs@sina.com
新浪微博	@四川人民出版社
微信公众号	四川人民出版社
发行部业务电话	（028）86361653　86361656
防盗版举报电话	（028）86361661
照　　排	四川胜翔数码印务设计有限公司
印　　刷	四川机投印务有限公司
成品尺寸	145mm×210mm
印　　张	27.375
字　　数	630千
版　　次	2023年8月第1版
印　　次	2023年8月第1次印刷
书　　号	ISBN 978-7-220-13284-1
定　　价	128.00元（全2册）

前　言

　　《世说新语》是记载汉末魏晋时期士大夫阶层言语行为的一部笔记体小说。

　　自汉朝末年，经三国魏晋南北朝，直至隋统一，中国社会经历了长达四百年的动荡时期。农民起义、封建割据、军阀作乱、外族入侵纠缠起伏，绵绵不绝。因为政治的诡谲不定，儒家入世的传统思想基石渐渐动摇，人们开始寻觅另外的精神依凭。鲁迅在其《中国小说的历史的变迁》中说："……从汉末到六朝为篡夺时代，四海骚然，人多抱厌世主义；加以佛道二教盛行一时，皆讲超脱现世，晋人先受其影响，于是有一派人去修仙，想飞升，所以喜服药；有一派人欲永游醉乡，不问世事，所以好饮酒。"谈一些玄而又玄的道理，服药饮酒，笃信佛道，任性率真，成为当时社会精英们追逐的时尚。《世说新语》一书计有德行、言语、政事、文学、方正、雅量、识鉴、赏誉、品藻、规箴、捷悟、夙惠、豪爽、容止、自新、企羡、伤逝、栖逸、贤媛、术解、巧艺、宠礼、任诞、简傲、排调、轻诋、假谲、黜免、俭啬、汰侈、忿狷、谗险、尤悔、纰漏、惑溺、仇隙三十六篇，除德行、言语、政事、文学属孔门四科，其中有部分传承儒家礼教的内容外，其余篇类大都洋溢着自由浪漫的人生格调，显示了独立自觉的文学内涵。

"王仲宣好驴鸣。既葬，文帝临其丧，顾语同游曰：'王好驴鸣，可各作一声以送之。'赴客皆一作驴鸣。"（《伤逝篇·一》）

"刘伶恒纵酒放达，或脱衣裸形在屋中。人见讥之，伶曰：'我以天地为栋宇，屋室为裈衣，诸君何为入我裈中？'"（《任诞篇·六》）

"王浑与妇钟氏共坐，见武子从庭过，浑欣然谓妇曰：'生儿如此，足慰人意。'妇笑曰：'若使新妇得配参军，生儿故可不啻如此。'"（《排调篇·八》）

后世人们所心仪的任性自然、不拘小节、追求智慧的魏晋风度，在《世说新语》一书中得到淋漓尽致的体现。作为思想方式和行为方式的魏晋风度，对漫长无奈、风雨飘摇的人生里程来说，不失为一种甜蜜的安慰。

《世说新语》由南朝宋时的刘义庆和他门下的文人编撰而成。刘义庆袭封临川王，为人简约恬淡，爱好文学，所以他有能力编撰此书。南朝梁刘孝标为此书作注，由于宋、梁两个朝代间隔短暂，所以刘孝标在注中引证了大量目前已经佚失的材料，刘注与原著一起，对引领我们窥视魏晋时代的生活，具有不可低估的作用

《世说新语》开笔记体小说的滥觞，是逸事小说集大成者。其含蓄幽默、洗练隽永的语言，为后世人们提供了丰厚的营养。其"记言则玄远冷峻，记行则高简瑰奇"的艺术风格，直到今天还在影响着中国文学的发展。

因为个人的喜好，本人将此书以现代汉语的形式作了翻译，非常希望大家能和我一起走进这个五彩纷呈的时代。当

然，因为学识的局限，有很多纰漏之处，还望方家指教。

门延文

2002年6月

目录

世说新语译注

世說新語

德行

陳仲舉言爲士則行爲世範登車攬轡有澄清

天下之志與人有室荒蕪不掃除曰大丈夫當

爲國家掃天下値漢桓之末閹豎用事外戚豪

橫及拜太傅與大將軍寶武謀誅宦官反爲所

害竇爲豫章太守正忤貴戚不得在臺遷豫章太

守至便問徐孺子所在欲先看之謝承後漢書字孺

〈一〉陈仲举礼贤

　　陈仲举言为士则，行为世范[①]，登车揽辔[②]，有澄清天下之志。为豫章太守[③]，至，便问徐孺子所在[④]，欲先看之。主簿白[⑤]："群情欲府君先入廨[⑥]。"陈曰："武王式商容之闾[⑦]，席不暇暖。吾之礼贤，有何不可？"

||| **注释**

① 陈仲举：陈蕃，字仲举，东汉末年人。与窦武等人谋除宦官不成，被害。言为士则，行为世范：言行成为当时人们的楷模。

② 登车揽辔（pèi）：指为官上任。辔，马缰绳。

③ 豫章：汉代郡名，治所在今江西南昌。

④ 徐孺子：徐稚，字孺子。豫章郡隐士。

⑤ 主簿：掌管文书的官吏。

⑥ 廨（xiè）：官署。

⑦ 武王：周武王姬发。式：通"轼"，车前作扶手的横木，此用作动词，意为乘车时双手扶轼，以示敬意。商容：殷商时期的贤哲，老子的老师。闾：里巷的门。

||| **译文**

　　陈仲举（陈蕃）的言行成为当时读书人的楷模，为官刚上任，就有澄清天下的志向。担任豫章太守时，一到治所就问徐

孺子住在哪里，要去探望他。主簿说："大家的意思，是请太守您先到官署去。"陈仲举说："从前，周武王乘车经过贤人商容的家时双手扶轼，以示敬意。他敬贤礼士，连座席都没坐暖，我去拜访一下贤人，有什么不应该呢？

《二》鄙吝复生

周子居常云①："吾时月不见黄叔度②，则鄙吝之心已复生矣③！"

注释

① 周子居：周乘，字子居，东汉末年贤人。

② 黄叔度：黄宪，字叔度，东汉末年贤人。

③ 鄙吝：粗鄙贪婪。

译文

周子居（周乘）经常说："我只要一段时间见不到黄叔度（黄宪），粗俗贪婪的念头就又萌生了。"

《三》汪汪如万顷之陂

郭林宗至汝南①，造袁奉高②，车不停轨，鸾不辍轭③；诣黄叔度，乃弥日信宿④。人问其故，林宗曰："叔度汪汪如万顷之陂⑤，澄之不清，扰之不浊，其器深广⑥，难测量也。"

注释

① 郭林宗：郭泰，字林宗，东汉末年太学生领袖。

② 造：拜访。袁奉高：袁闳，字奉高，东汉末年贤人。

③ 车不停轨，鸾不辍轭：比喻停留的时间短暂。轨，车辙。

鸾，鸾铃，此指马车。轭，套在牲口脖子上的器具。

④ 弥日：整日。信宿：连住两夜。

⑤ 汪汪：水深广的样子。陂（bēi）：池塘。

⑥ 器：器量，气度。

译文

郭林宗（郭泰）到了汝南，拜访袁奉高（袁阆），车不停驶，马不驻足，就告辞了；到黄叔度（黄宪）那里，却住了整整两天。有人问他原委，郭林宗说："叔度犹如汪洋之水，澄不清，搅不浊，他的气度很宽广，实在让人难测呀。"

《四》身登龙门

李元礼风格秀整①，高自标持②，欲以天下名教是非为己任③。后进之士有升其堂者，皆以为登龙门④。

注释

① 李元礼：李膺，字元礼，东汉名臣，被宦官杀害。风格秀整：风度高雅，品德高尚。

② 高自标持：指在道德操守方面对自己期许很高。

③ 名教：儒家礼教。

④ 登龙门：喻身价提高。龙门，即禹门口。在今山西河津和陕西韩城之间，黄河流此地，两岸峭壁耸立，水位落差大。传说鱼游到此处，能跳过去即可成龙。

译文

李元礼（李膺）风度高雅，品德高尚，自视甚高，以弘扬儒教，正定天下是非为己任。后辈的读书人到了李元礼家，受到他的接待，就认为自己登龙门了。

《五》李元礼赞贤

李元礼尝叹荀淑、钟皓曰①："荀君清识难尚②，钟君至德可师③。"

注释

① 荀淑：字季和，东汉人。钟皓：字季明，东汉人，归隐后收徒达千人。

② 清识：高明的见识。尚：超越。

③ 至德：大德，高尚的品德。师：动词，指可为人师表。

译文

李元礼曾经赞扬荀淑、钟皓二人说："荀淑见识卓越，别人很难超过。钟皓道德高尚，足以为人师表。"

《六》真人东行

陈太丘诣荀朗陵①，贫俭无仆役，乃使元方将车②，季方持杖后从③，长文尚小④，载著车中。既至，荀使叔慈应门⑤，慈明行酒⑥，余六龙下食，文若亦小⑦，坐著膝前。于时，太史奏："真人东行。"

注释

① 陈太丘：陈寔（shí），东汉人，曾作太丘长。荀朗陵：荀淑，曾任朗陵侯。

② 元方：陈寔长子陈纪，字元方。将车：驾车。

③ 季方：陈寔少子陈谌，字季方。

④ 长文：陈群，字长文，为陈纪子，陈寔孙。

⑤ 叔慈：荀靖，字叔慈，荀淑第三子。

⑥ 慈明：荀爽，字慈明，荀淑第六子。

⑦ 文若：荀彧（yù），字文若，为荀绲子，荀淑孙。

▮ 译文

陈太丘陈寔去拜访荀淑，因为家里穷，雇不起仆人，就让大儿子元方赶车，小儿子季方手持节杖在后面跟着，孙子长文年岁还小，也坐在车里。到了荀淑那里，荀淑让三儿子叔慈到门口迎接，六儿子慈明敬酒，其余六个儿子上菜，孙子文若还小，就坐在爷爷膝前。当时太史就向皇帝上奏说："道德高尚的人已经向东去了。"

《 七 》泰山桂树

客有问陈季方："足下家君太丘①，有何功德而荷天下重名②？"季方曰："吾家君譬如桂树生泰山之阿③，上有万仞之高，下有不测之深；上为甘露所沾④，下为渊泉所润。当斯之时，桂树焉知泰山之高，渊泉之深，不知有功德与无也！"

▮ 注释

① 足下：对人的敬称，多用于同辈之间。家君：尊称别人的父亲，或者对人称自己的父亲。

② 荷：担负，承受。

③ 阿（ē）：山的角落。

④ 沾：浸润。

▮ 译文

有客人问陈季方（陈谌）："您的父亲太丘先生，有何功德而负天下盛名？"季方回答说："我父亲就像生在泰山角落的桂树，上有万仞高峰，下有万丈深渊；上承甘露浸湿，下被渊泉滋润。这时候，桂树哪儿知道泰山有多高，渊泉有多深呢！所以我不知道我父亲有什么功德。"

《八》难为兄弟

陈元方子长文，有英才。与季方子孝先各论其父功德[1]，争之不能决，咨于太丘。太丘曰："元方难为兄，季方难为弟[2]。"

注释

① 孝先：陈忠，字孝先，陈谌子。

② 元方难为兄，季方难为弟：是说兄弟二人才智不分高下。后世用"元方季方""难兄难弟"来赞扬兄弟才华俱佳。

译文

陈元方（陈纪）的儿子长文（陈群）才华出众，他和叔叔陈季方（陈谌）的儿子孝先（陈忠）各自评论自己父亲的功德，一时争执不下，就到爷爷陈太丘那里问询，请求公断。太丘先生说："元方是哥哥，但难说胜过弟弟；季方是弟弟，也难说不如哥哥。"

《九》舍生取义

荀巨伯远看友人疾[1]，值胡贼攻郡[2]，友人语巨伯曰："吾今死矣，子可去[3]！"巨伯曰："远来相视[4]，子令吾去，败义以求生，岂荀巨伯所行邪！"贼既至，谓巨伯曰："大军至，一郡尽空，汝何男子，而敢独止？"巨伯曰："友人有疾，不忍委之，宁以我身代友人命。"贼相谓曰："我辈无义之人，而入有义之国。"遂班军而还，一郡并获全。

① 荀巨伯：东汉人。

② 胡贼：胡人，泛指西北少数民族。

③ 可：应该。

④ 相视：看望你。相，偏指一方。

译文

　　荀巨伯远道去探望生病的友人，却遇上胡人攻打这里。朋友对荀巨伯说："我今天可能没救了，你快点离开吧！"荀巨伯说："我远道来看望你，你却让我离开，这种弃义求生的事，哪里是我荀巨伯做得出的！"胡人攻进城内，对荀巨伯说："大军来到，全城的人都跑光了，你是什么人，竟敢独自留下？"荀巨伯答道："我朋友有病，我不忍丢下他一个人。我愿用我的生命来换取他的生命。"胡人听罢互相说道："我们这些无道义之人，攻进的是有道义之国啊。"于是就撤兵离去了。这座城池得以保全。

〈十〉不失雍熙

　　华歆遇子弟甚整①，虽闲室之内②，严若朝典③；陈元方兄弟恣柔爱之道④，而二门之里⑤，两不失雍熙之轨焉⑥。

注释

① 华歆：字子鱼，汉末魏时人。东汉末举孝廉，任尚书郎。入魏后官至司徒，封博平侯，依附曹操父子。遇：对待。整：严整，严肃。

② 闲室：私室，家中。

③ 朝典：朝廷拜见皇帝的礼仪典制。

④ 恣：放纵。

⑤ 二门：两家。

⑥ 雍熙：和乐。轨：规矩，法度。

‖ **译文**

华歆和晚辈相处时很严肃。即使在家中，也仪态庄重，犹如朝见皇帝那样讲求规矩。陈元方兄弟却极随和，但两家之间并没有因性格不同而失和。

《十一》割席分座

管宁、华歆共园中锄菜①，见地有片金，管挥锄与瓦石不异，华捉而掷去之。又尝同席读书，有乘轩冕过门者②，宁读如故，歆废书出看。宁割席分坐③，曰："子非吾友也！"

‖ **注释**

① 管宁：字幼安，汉末魏时人，不仕而终。

② 轩冕：此处用作偏义复词，只取"轩"义，指车子。

③ 宁割席分坐：后人以"管宁割席""割席分坐"喻朋友断交。

‖ **译文**

管宁和华歆一起在园中锄地种菜，看到地上有片金子，管宁依旧挥锄，视之如同瓦石一样，华歆却捡起来给扔了。两人还曾坐在一张席上读书，有人乘华车经过门前，管宁读书如故，华歆却丢下书，出去观望。管宁就把席子割开，和华歆分席而坐，并对华歆说："你已经不是我的朋友了！"

《十二》形骸之外

王朗每以识度推华歆①。歆蜡日尝集子侄燕饮②，王亦学之。有人向张华说此事③，张曰："王之学华，皆是形骸之外，去之所以更远。"

注释

① 王朗：字景兴，汉末魏时人，儒雅博学，官至司徒。推：推崇。

② 蜡日：年终祭祀的日子。燕饮：举行宴会饮酒。燕，通"宴"。

③ 张华：字茂先，以博学著称，官至司空。八王之乱中，被赵王司马伦杀害。

译文

王朗常常推崇华歆的见识和气度。华歆年终祭祀那天曾召集子侄们宴饮，王朗也学着华歆那样做。有人把这事儿说给张华听，张华说："王朗学华歆，学的都是外表的东西，所以他和华歆的距离就更远了。"

《十三》急不相弃

华歆、王朗俱乘船避难，有一人欲依附，歆辄难之。朗曰："幸尚宽，何为不可？"后贼追至，王欲舍所携人。歆曰："本所以疑，正为此耳。既已纳其自托，宁可以急相弃邪？"遂携拯如初。世以此定华、王之优劣。

译文

华歆和王朗一起乘船避难，有一个人想搭乘他们的船，华歆很为难。王朗却说："幸好船还宽敞，有什么可为难的。"一会儿贼寇要追上来了，王朗便想丢下刚才请求搭船的人。华歆说："刚才我之所以犹豫，正是这个原因。既然已经接纳了他来船上托身，哪里能因为情况危急就丢下他呢？"于是就继续带着那个人赶路。世人也由此判定华、王二人的优劣。

《十四》王祥事母

王祥事后母朱夫人甚谨①。家有一李树，结子殊好，母恒使守之。时风雨忽至，祥抱树而泣。祥尝在别床眠，母自往暗斫之。值祥私起②，空斫得被。既还，知母憾之不已，因跪前请死。母于是感悟，爱之如己子。

注释

① 王祥：字休徵，魏晋时人，以孝著称。因侍奉母亲，很晚才出来做官。谨：谨慎，小心。

② 私起：起来小便。

译文

王祥侍奉后母朱夫人很谨慎。家中有一棵李树，结的果子很好，后母就让王祥一直看着它。一天突然风雨大作，王祥抱着李树哭泣不已。王祥曾在另一张床上睡觉，后母暗自过去想拿刀砍他，恰好王祥起来小便，后母只砍到被子上。王祥回来后，得知后母为此事遗憾，就跪在后母面前请求处死自己。后母因此感动醒悟了，从此像关爱自己的亲生儿子一样关爱王祥。

《十五》嗣宗至慎

晋文王称阮嗣宗至慎①，每与之言，言皆玄远，未尝臧否人物②。

注释

① 晋文王：司马昭，司马懿次子。魏时任大将军，专揽朝政。后灭蜀汉，自称晋公，后为晋王。死后谥"文"，因此称晋文王。阮嗣宗：阮籍，字嗣宗，"竹林七贤"之一，好老庄，纵酒放达。

② 臧否（zāng pǐ）：褒贬，评价。

译文

晋文王（司马昭）称赞阮籍为人极其谨慎，每次和他聊天，说的都是玄虚高远的事情，从不评判人物。

《十六》未见喜愠

王戎云①："与嵇康居二十年②，未尝见其喜愠之色。"

注释

① 王戎：字濬冲，封安丰侯，"竹林七贤"之一，善清谈，贪吝爱财。

② 嵇康：字叔夜，"竹林七贤"之一，文学家，魏时官至中散大夫，被司马昭杀害。

译文

王戎说："我和嵇康相处了二十年，也没见过他有喜怒的表情。"

《十七》 王戎死孝

　　王戎、和峤同时遭大丧①，俱以孝称。王鸡骨支床②，和哭泣备礼。武帝谓刘仲雄曰③："卿数省王、和不？闻和哀苦过礼，使人忧之。"仲雄曰："和峤虽备礼，神气不损；王戎虽不备礼，而哀毁骨立。臣以和峤生孝，王戎死孝④。陛下不应忧峤，而应忧戎。"

注释

① 和峤：字长舆，魏晋时人。晋武帝时先后任中书令、侍中，家中富有，为人吝啬，世人讥为"钱癖"。大丧：指父母之丧。

② 鸡骨支床：形容非常消瘦。

③ 武帝：指晋武帝司马炎，司马昭长子。公元266年，司马炎废魏称帝，建立晋朝，后灭蜀伐吴，统一全国。刘仲雄：刘毅，字仲雄，魏晋时官吏。

④ 和峤生孝，王戎死孝：生孝，指遵守丧礼，能够不伤害身体的孝行。死孝，指过分悲哀，几近于死的孝行。

译文

　　王戎、和峤同时遭遇大丧，二人都以孝著称。此时王戎瘦骨嶙峋，几乎支撑不住自己的身体；和峤则哀号哭泣，一切都合乎丧葬的礼仪。晋武帝（司马炎）对刘仲雄（刘毅）说："你常去看望王戎、和峤吗？我听说和峤悲伤过度，这让人很担心。"刘仲雄回答道："和峤虽然极尽礼数，但精神元气并没有受损；王戎虽然没拘守礼法，却因为哀伤过度已经形销骨立了。所以我认为和峤是尽孝道而不毁生，王戎却是以死去尽孝道。

陛下您不必去担心和峤，而应该去为王戎担心呀。"

《十八》裴公施惠

梁王、赵王①，国之近属，贵重当时。裴令公岁请二国租钱数百万②，以恤中表之贫者③。或讥之曰："何以乞物行惠？"裴曰："损有余，补不足，天之道也。"

注释

① 梁王：司马彤，字子徽，司马懿的儿子。赵王：司马伦，字子彝，司马懿的儿子。

② 裴令公：裴楷，字叔则，博览群书，精通《老子》《周易》，官至中书令。

③ 中表：指与祖父、父亲的姐妹的子女有亲戚关系的，或与祖母、母亲的兄弟姐妹的子女有亲戚关系的。

译文

梁王、赵王都是皇帝的近亲，煊赫一时。裴令公（裴楷）每年都向这二王索要几百万租钱，来救济自己家中的穷亲戚。有人嘲笑他："怎么能靠乞讨来施恩惠呢？"裴令公说："消损富足的，补充不足的，这正是天道啊。"

《十九》德掩其言

王戎云："太保居在正始中①，不在能言之流。及与之言，理中清远②，将无以德掩其言③。"

注释

① 太保：指王祥，王祥官至太保，故有此称。王戎为王祥的

族孙。正始：三国魏齐王曹芳年号（240—249）。

② 理中：当时的习惯用语，指言谈得当。

③ 将无：莫非，大概。

‖ **译文**

王戎说："太保（王祥）生活在正始年间，没被纳入擅长清谈的人物之列。等到和他交谈，才知道他言谈合理，清雅玄远。大概是德行掩盖了他的口才。"

《二十》灭性之讥

王安丰遭艰①，至性过人②。裴令往吊之，曰："若使一恸果能伤人，濬冲必不免灭性之讥③。"

‖ **注释**

① 遭艰：指父母去世。

② 至性：孝顺父母的天性。

③ 灭性：指孝子因悲伤过度而危及生命，古人认为这是不合孝道的。

‖ **译文**

王安丰（王戎）丧母后，他的尽孝之情超过了平常人。裴令公（裴楷）去他那里吊唁后回来说："如果悲痛可以伤及人的生命，那么濬冲（王戎）一定会遭到以孝伤生的指责。"

《二十一》不受赙仪

王戎父浑，有令名，官至凉州刺史①。浑薨，所历九郡义故②，怀其德惠，相率致赙数百万③，戎悉不受。

① 凉州：汉代所置十三州之一，辖境在今甘肃、宁夏和青海、内蒙古部分地区。魏晋时代，辖境和治所有变迁。

② 义故：故旧、部下。

③ 相率：相继。赗（fù）：在别人办丧事期间送去的钱物。

║ 译文

王戎的父亲王浑，名声不错，官至凉州刺史。王浑死后，凉州所辖九郡中的属下们，感念王浑的美德和恩惠，相继送来达数百万金的丧仪，王戎全部拒绝了。

《二十二》刘道真为徒

刘道真尝为徒①，扶风王骏以五百疋布赎之②，既而用为从事中郎③。当时以为美事。

║ 注释

① 刘道真：刘宝，字道真，好饮酒，善歌啸。徒：囚徒。

② 扶风王骏：司马骏，司马懿第七子，封扶风王。扶风：郡名，在今陕西永寿、礼泉、户县以西，秦岭以北地区。疋（pǐ）：同"匹"。

③ 从事中郎：官名，将帅的幕僚。

║ 译文

刘道真（刘宝）曾因犯事而服劳役。扶风王司马骏用五百匹布将他赎出，并任命他为从事中郎。这在当时被传为美谈。

《二十三》任放为达

王平子、胡毋彦国诸人[1]，皆以任放为达，或有裸体者。乐广笑曰[2][3]？"

注释

① 王平子：王澄，字平子。晋太尉王衍弟，官至荆州刺史。为人放达，被王敦杀害。胡毋彦国：胡毋辅之，字彦国。好饮酒，行为放纵，官至湘州刺史。

② 乐广：字彦辅，善清谈，官至尚书令。又称"乐令"。

③ 乃尔：如此，这样。

译文

王平子（王澄）、胡毋彦国（胡毋辅之）这些人，都以放纵任性为最高境界，有的人甚至还裸露身体。乐广笑他们说："礼教中自有教人快乐的地方，何必要这样呢？"

《二十四》郗公吐饭

郗公值永嘉丧乱[1]，在乡里，甚穷馁[2]。乡人以公名德，传共饴之[3]。公常携兄子迈及外生周翼二小儿往食，乡人曰："各自饥困，以君之贤，欲共济君耳，恐不能兼有所存。"公于是独往食，辄含饭著两颊边，还，吐与二儿。后并得存，同过江。郗公亡，翼为剡县[4]，解职归，席苫于公灵床头[5]，心丧终三年[6]。

注释

① 郗公：郗鉴，字道徽，以博学儒雅著称，官至太尉。永嘉丧乱：晋怀帝永嘉年间（307—313），政治腐败，民不聊

生。永嘉五年（311），匈奴南侵，攻破洛阳，俘虏怀帝，焚毁全城，史称"永嘉丧乱"。西晋由此衰亡。

② 馁（něi）：饥饿。

③ 传：轮流。饲（sì）：同"饲"，给人吃东西。

④ 剡（shàn）县：县名，晋时属会稽郡，在今浙江嵊州市。

⑤ 苫（shān）：居丧期间睡觉时用的草垫子。

⑥ 心丧：不穿丧服，在心中服丧。

译文

郗公（郗鉴）在永嘉丧乱时，避居乡下，很穷困，甚至要挨饿。乡里人尊敬郗公的名望德行，就轮流给他做饭吃。郗公常常带着侄子郗迈和外甥周翼一起去吃饭。乡里人叹道："大家都饥饿困乏，因为您的贤德，所以我们要共同帮助您，如果再加上两个孩子，恐怕就不能一同养活了。"从此郗公就一个人去吃饭，把饭含在两颊旁，回来后吐给俩孩子吃。两个孩子活了下来，一同南渡过江。郗公去世时，周翼任剡县令，他辞职回家，在郗公灵床前铺了草垫，为郗公守心丧，整整三年。

《二十五》顾荣施炙

顾荣在洛阳①，尝应人请，觉行炙人有欲炙之色②，因辍己施焉，同坐嗤之。荣曰："岂有终日执之③，而不知其味者乎？"后遭乱渡江，每经危急，常有一人左右己④，问其所以，乃受炙人也。

注释

① 顾荣：字彦先，吴郡吴县（今江苏苏州）人，是支持司马睿建立东晋的江南士族领袖，官至散骑常侍。

② 行炙人：做烤肉的人。

③ 终日执之：指整天做烤肉。执，操作。

④ 左右：帮助。

‖ **译文**

　　顾荣在洛阳时，曾应人之邀去赴宴。席间他发现做烤肉的人流露出想吃烤肉的神色，于是就停了下来，把自己的那份给了他。同座的人讥笑他，顾荣道："哪有一天到晚烤肉的人，却不知道烤肉的味道呢？"后来遭遇永嘉之乱，大家纷纷渡江避难，每次遇到危急，总有一人帮助自己，顾荣问他缘故，原来他正是那个接受烤肉的人。

《二十六》奴价倍婢

　　祖光禄少孤贫①，性至孝，常自为母炊爨作食②。王平北闻其佳名③，以两婢饷之④，因取为中郎。有人戏之者曰："奴价倍婢⑤。"祖云："百里奚亦何必轻于五羖之皮邪⑥？"

‖ **注释**

① 祖光禄：祖纳，字士言，东晋时任光禄大夫。

② 炊爨（cuàn）：烧火做饭。

③ 王平北：王乂（yì），字叔元，曾任平北将军，故称。

④ 饷：赠送。

⑤ 奴：你，对人的鄙称。

⑥ 百里奚：春秋时虞国大夫，晋献公灭虞国时俘虏了他，让他作为秦穆公夫人的陪嫁仆人。百里奚途中逃跑，至宛被楚人俘获。秦穆公闻知他的才华，用五张黑羊皮将其赎回，委以国政，后人称他为"五羖大夫"。羖（gǔ）：黑色公羊。

祖光禄（祖纳）少年丧父，家境贫寒。他为人十分孝顺，常常自己做饭给他母亲吃。王平北（王乂）听到他的好名声，就送给他两个婢女，继而任命他为中郎。有人对祖纳开玩笑说："你也就值两个婢女。"祖纳说："百里奚难道比五张黑羊皮还便宜吗？"

《二十七》周镇船漏

周镇罢临川郡还都①，未及上，住泊青溪渚②，王丞相往看之③。时夏月，暴雨卒至④，舫至狭小，而又大漏，殆无复坐处。王曰："胡威之清⑤，何以过此！"即启⑥，用为吴兴郡。

║ **注释**

① 周镇：字康时，东晋人，清净寡欲，有政绩。罢临川郡：被罢免临川郡守之职。

② 住泊：停泊。青溪渚：青溪上的小块陆地。青溪，三国吴时开的河渠，在建业（今南京）东南，六朝时为漕运要道。

③ 王丞相：王导，字茂弘，辅佐晋元帝司马睿建立东晋王朝，官至丞相。元帝后，又辅佐明帝、成帝，为政清静勤勉，为东晋时期重要人物。

④ 卒（cù）：通"猝"，突然。

⑤ 胡威：字伯虎，晋人，为政清廉。

⑥ 即启：立即奏请朝廷。

║ **译文**

周镇被罢免临川郡守一职，返回京都。船停泊在清溪渚，周镇还没来得及上岸，丞相王导来看他。当时是夏季，突降暴雨，船很窄小，又漏得很厉害，几乎连坐的地方都没有。王导说："胡威的清廉，也不过如此！"于是马上向朝廷进呈，任命周镇为吴兴郡守。

《二十八》邓攸买妾

邓攸始避难①，于道中弃己子，全弟子。既过江，取一妾②，甚宠爱。历年后，讯其所由，妾具说是北人遭乱③，忆父母姓名，乃攸之甥也。攸素有德业④，言行无玷，闻之哀恨终身，遂不复畜妾⑤。

||| **注释**

① 邓攸：字伯道，东晋人，为官清廉。

② 取：同"娶"。

③ 具说：详细述说。

④ 德业：德行操守。

⑤ 畜：养。

||| **译文**

邓攸避难的时候，为了保全弟弟的孩子，在路上舍弃了自己的儿子。渡江以后，邓攸娶了一妾，很是宠爱。多年后，邓攸问她的来历，妾详细陈说自己是江北人，遭遇战乱逃亡于此。待追忆父母的姓名时，邓攸发现此妾竟是他的外甥女。邓攸一向有道德操守，言行高洁，听了此事后，他悔恨终生，从此不再纳妾了。

〈二十九〉长豫谨顺

王长豫为人谨顺①，事亲尽色养之孝②。丞相见长豫辄喜，见敬豫辄嗔③。长豫与丞相语，恒以慎密为端④。丞相还台⑤，及行，未尝不送至车后。恒与曹夫人并当箱箧⑥。长豫亡后，丞相还台，登车后，哭至台门；曹夫人作篚⑦，封而不忍开。

注释

① 王长豫：王悦，字长豫，丞相王导长子。
② 色养：和颜悦色地奉养父母。
③ 敬豫：王恬，字敬豫，王导次子。厌学尚武，放浪不羁。
④ 端：根本，原则。
⑤ 台：官署名，此指尚书省。
⑥ 并当：收拾，整理。
⑦ 作篚（lǜ）：收拾箱子。篚，竹箱子。

译文

王长豫（王悦）为人谨慎谦和，对双亲也很孝顺。丞相（王导）见到长子长豫就高兴，见到次子敬豫（王恬）就生气。长豫和父亲谈话，总是以缜密谨慎为本。丞相回尚书台，每次要走的时候，长豫都把父亲送到车上，他还经常和母亲曹夫人一起整理箱子。长豫去世后，丞相回尚书台，上车后一直哭到尚书台门口；曹夫人整理箱子时，望着箱子就想到长豫，竟不忍打开。

〈三十〉不宜议论

桓常侍闻人道深公者①，辄曰："此公既有宿名②，加先达知称③，又与先人至交④，不宜说之。"

① 桓常侍：桓彝，字茂伦，官至散骑常侍。深公：竺法深，东晋僧人。永嘉之乱后，渡江居京城，与王导、庾亮等上流人物交往。

② 宿名：一直享有声誉。

③ 先达：前辈贤达。知称：赏识赞许。

④ 先人：子女对去世的父亲的敬称。

译文

桓常侍（桓彝）听人议论深公（竺法深），就说："深公素有美名，前辈高人也推举赞扬他，他又是我先父的好友，所以不应该议论他。"

〈三十一〉不卖的卢

庾公乘马有的卢①，或语令卖去。庾云："卖之必有买者，即当害其主，宁可不安己而移于他人哉？昔孙叔敖杀两头蛇以为后人②，古之美谈。效之，不亦达乎③？"

注释

① 庾公：庾亮，字元规，好清谈。晋明帝穆皇后的哥哥，晋成帝时任中书令，执掌朝政。死后追赠太尉，谥号"文康"，东晋名臣。的（dì）卢：一种凶马，相传骑这种马对人不利。

② 孙叔敖：春秋时楚国令尹。孙叔敖小时候在路上遇见两头蛇，他听说遇到两头蛇的人必死，就把两头蛇打死埋了，为的是避免别人再见到这两头蛇后被害。

③ 达：通达。

庾公（庾亮）骑的马里有一匹的卢凶马，有人让他卖掉。庾公说："我卖它就有人买它，那样也会伤害它的新主人，难道因为对自己不安全，就可以嫁祸他人吗？从前孙叔敖为了后人杀了两条蛇，古人传为美谈。我效仿他，不也算是通达事理吗？"

《三十二》阮裕焚车

阮光禄在剡①，曾有好车，借者无不皆给。有人葬母，意欲借而不敢言。阮后闻之，叹曰："吾有车，而使人不敢借，何以车为②？"遂焚之。

注释

① 阮光禄：阮裕，字思旷，阮籍族弟，以德行著称，长期隐居会稽剡县。阮裕曾被征为金紫光禄大夫，故有此称。

② 何以车为：要车子有什么用？

译文

阮光禄（阮裕）在剡县的时候，曾有一辆好马车，凡来借的人没有不借的。有一个人要安葬他母亲，心里很想借车，但没敢开口。阮光禄后来听说了这事儿，感叹道："我有车，却让人不敢来借，还要这车子有什么用？"于是就把车给烧了。

《三十三》老翁可念

谢奕作剡令①，有一老翁犯法，谢以醇酒罚之②，乃至过醉而尤未已。太傅时年七八岁③，著青布绔④，在兄膝边坐，谏

晉東陽太守阮公裕

曰："阿兄，老翁可念⑤，何可作此！"奕于是改容曰："阿奴欲放去邪⑥？"遂遣之。

‖ 注释

① 谢奕：字无奕，谢安的哥哥，官至安西将军、豫州刺史。

② 醇酒：烈性酒。

③ 太傅：指谢安。谢安，字安石，东晋名臣。年轻时即有名，善清谈，无心仕宦，与王羲之、支遁等人在东山以山水娱情。四十岁后出仕，死后赠太傅，谥号"文靖"。

④ 青布绔：黑布裤子。

⑤ 可念：可怜。

⑥ 阿奴：六朝时表示亲昵的称呼，第二人称，用于长称幼、尊称卑。

‖ 译文

谢奕任剡县县令时，有一个老人犯了法，谢奕就让他喝烈酒来惩罚他，老头都已经喝得大醉了，还不让停。太傅谢安当时七八岁，穿着青布裤，在哥哥谢奕的身边坐着，劝道："哥哥，老人很可怜，你怎么能这样做！"谢奕神色平和下来，说道："你是想放了他吗？"于是就把老人放了。

《三十四》备四时之气

谢太傅绝重褚公①，常称："褚季野虽不言，而四时之气亦备②。"

‖ 注释

① 绝重：非常看重。褚公：褚裒（póu），字季野。其女为晋康帝皇后。晋穆帝时，为征北大将军，率师北伐，兵败，

悔恨而死。死后赠太傅。

② 四时之气：四季的气象。是说褚季野虽然不说话，其实内心是有褒贬的。

‖ 译文

谢太傅（谢安）十分看重褚公（褚裒），常常称赞道："褚季野虽然不说话，可春夏秋冬的冷暖炎凉都装在胸中。"

《三十五》莫得淫祀

刘尹在郡①，临终绵惙②，闻阁下祠神鼓舞③，正色曰："莫得淫祀④！"外请杀车中牛祭神，真长答曰："丘之祷久矣，勿复为烦⑤！"

‖ 注释

① 刘尹：刘惔，字真长，善清谈，东晋名流。妻为晋明帝女庐陵公主。刘惔曾任丹阳尹，故有此称。

② 绵惙（chuò）：气息微弱，弥留之际。

③ 阁：供神佛的地方。祠神鼓舞：祭神时击鼓舞蹈。

④ 淫祀：滥行祭祀，指非礼的祭祀。

⑤ 丘之祷久矣：《论语·述而》："子疾病，子路请祷。……子曰：'丘之祷久矣。'"刘惔此处的意思是，我已经向神明祷告了，你们不必再多此一举。

‖ 译文

刘尹（刘惔）在丹阳时，临终弥留之际，听到祠堂有人在击鼓舞蹈，祭祀神灵，便正言厉色道："不要滥行祭祀！"下人请求杀了驾车的牛来祭神，刘真长（刘惔）答道："我也像孔丘那样祈祷很久了，有什么用？不要再做这些麻烦事了。"

《三十六》我常自教儿

谢公夫人教儿①，问太傅："那得初不见君教儿②？"答曰："我常自教儿。"

注释

① 谢公夫人：谢安的妻子，刘惔的妹妹。

② 那得：怎么，为何。初不：从不。

译文

谢公（谢安）夫人教育孩子，一次她问太傅："怎么从来没见到你教育孩子？"谢公回答道："我总是用身教来教育孩子。"

《三十七》以鼠损人

晋简文为抚军时①，所坐床上尘不听拂②，见鼠行迹，视以为佳。有参军见鼠白日行，以手板批杀之③，抚军意色不说。门下起弹④，教曰⑤："鼠被害，尚不能忘怀，今复以鼠损人，无乃不可乎⑥？"

注释

① 晋简文：东晋简文帝司马昱。司马昱为晋元帝少子，封会稽王，后任抚军大将军。

② 床：坐榻。听：听任，允许。

③ 手板：古代官吏上朝或谒见上司时拿的笏板。批杀：打死。

④ 门下：属下官吏。起弹：进行弹劾。

⑤ 教：诸侯言曰教。简文帝时任会稽王、抚军大将军，故有此说。

⑥　无乃：恐怕，表委婉语气。

||| 译文

　　简文帝（司马昱）在任抚军大将军的时候，他坐的床榻上的尘土不让拂拭，见上面有老鼠的行迹，心里还挺高兴。有个参军看到老鼠白天乱跑，就用手板打死了老鼠，简文帝很不高兴。下属要弹劾这位参军，简文帝告诫说："老鼠被打死了我们尚且不能忘怀，现在又因为老鼠来惩戒人，这样怕是不好吧？"

《三十八》范宣受绢

　　范宣年八岁①，后园挑菜②，误伤指，大啼。人问："痛邪？"答曰："非为痛，身体发肤，不敢毁伤③，是以啼耳。"宣洁行廉约，韩豫章遗绢百匹④，不受；减五十匹，复不受。如是减半，遂至一匹，既终不受。韩后与范同载，就车中裂二丈与范，云："人宁可使妇无裈邪⑤？"范笑而受之。

||| 注释

①　范宣：字子宣，晋时人。少好学，家贫，躬耕不仕，以讲论为业。

②　挑：挖。

③　身体发肤，不敢毁伤：《孝经》中说："身体发肤，受之父母，不敢毁伤，孝之始也。"

④　韩豫章：韩伯，字康伯。曾任豫章太守，故称。

⑤　裈（kūn）：裤子。

||| 译文

　　范宣八岁的时候，在后园挖菜，不小心伤了手指头，就大哭起来。有人问他："疼吗？"范宣回答："不是因为疼，是因为身体发肤受之父母，我不敢伤毁，所以才哭啊。"范宣简朴廉洁，豫章太守韩伯曾送给他一百匹绢，他不接受；减到五十匹，还是不接受。就这样依次减半，一直减到只剩一匹，他始终没有接受。韩伯后来和范宣同乘一辆车，在车里撕了两丈绢给范宣，说："难道要让自己的妻子没有裤子穿吗？"范宣才笑着接受了。

《三十九》上章首过

王子敬病笃①，道家上章②，应首过③，问子敬："由来有何异同得失④？"子敬云："不觉有余事，唯忆与郗家离婚⑤。"

‖ **注释**

① 王子敬：王献之，字子敬。王羲之的儿子，善书画，与其父并称"二王"。

② 道家：指道教徒。道教由东汉张道陵创立，称"五斗米教"。史载王羲之、王献之父子信奉五斗米教。上章：道士替病人向天帝上奏章，把病人引咎自责、祈求保佑等内容写成奏章形式的黄表，然后焚烧祷告，以求消除病灾。

③ 首过：坦白自己的过错。

④ 由来：历来，从来。

⑤ 与郗家离婚：王献之原娶郗昙女儿郗道茂，后与之离异。

‖ **译文**

王子敬（王献之）病重，请道士来家消病祛灾，按道家要求，应忏悔自己的过失，道士问子敬："你历来有什么过失？"子敬回答："我没觉得有什么别的事情，只记得和郗家离婚这件事儿。"

晉侍中特進光祿大夫太宰王憲公獻之

‹四十› 不忘根本

　　殷仲堪既为荆州^①，值水俭^②，食常五碗盘^③，外无余肴。饭粒脱落盘席间，辄拾以啖之。虽欲率物^④，亦缘其性真素^⑤。每语子弟云："勿以我受任方州^⑥，云我豁平昔时意^⑦，今吾处之不易。贫者士之常，焉得登枝而捐其本^⑧！尔曹其存之。"

‖‖　**注释**

① 殷仲堪：东晋人，能清谈，善著文，为孝武帝所重，曾任荆州刺史。

② 水俭：因水灾而歉收。

③ 五碗盘：一种小型成套食器，由一个托盘和五个碗组成。

④ 率物：为人表率。物，指人。

⑤ 真素：自然质朴。

⑥ 方州：指一州的长官，刺史。

⑦ 豁：忘记，舍弃。平昔：平素。

⑧ 登枝而捐其本：登上高枝而忘了树干，喻身居高位而忘了做人的根本。

‖‖　**译文**

　　殷仲堪做荆州刺史后，正赶上水灾歉收，所以他吃饭常常只用五碗盘，再没有多余的菜肴了。如果饭粒掉在盘子或席子上，他就捡起来吃了。这样做虽然是要给人做表率，但也是他生性简朴使然。他常常对子弟们说："不要因为我做了一州的刺史，就以为我会放弃平素的志向，虽然现在地位变了，但我的志向不会改变。清贫是读书人的本分，怎么能因为地位高了就忘了本呢！你们要记住这些话啊。"

《四十一》殷觊弃官

初，桓南郡、杨广共说殷荆州^①，宜夺殷觊南蛮以自树^②。觊亦即晓其旨。尝因行散^③，率尔去下舍^④，便不复还，内外无预知者。意色萧然，远同鬥生之无愠^⑤。时论以此多之^⑥。

注释

① 桓南郡：桓玄，字敬道，小名灵宝，桓温少子。继承桓温的爵位，封南郡公。杨广：字德度，官至南蛮校尉、淮南太守。殷仲堪任荆州刺史，任命杨广的弟弟杨佺期为司马，后来殷仲堪起兵反对执政的司马道子父子，将军务大事交杨广兄弟管理。

② 殷觊：字伯道，为殷仲堪从兄。

③ 行散：魏晋时期士大夫好服五石散，服散后身体发热，神经兴奋，需外出散步，散发药性，称为行散。

④ 率尔：迅速的样子。下舍：官员在官府附近的馆舍。

⑤ 鬥生：鬥穀於菟，即春秋时楚国令尹子文，他三为令尹无喜色，三罢无愠色。

⑥ 多：赞扬。

译文

当初，桓南郡（桓玄）和杨广一同劝说殷荆州（殷仲堪），应该撤掉殷觊的南蛮校尉一职，以树立自己的权威。殷觊很快得知了他们的意图，就趁着行散的时候，迅速离开驻地，不再回来，里里外外没有人预先知道这件事。殷觊神态洒脱，就像春秋时楚国的子文，三罢令尹而无愠色。当时的人们因此而赞扬他。

《四十二》试守孝子

王仆射在江州①，为殷、桓所逐②，奔窜豫章，存亡未测。王绥在都③，既忧戚在貌，居处饮食，每事有降。时人谓为"试守孝子④"。

注释

① 王仆射：王愉，字茂和，王坦之次子，官至江州刺史、尚书仆射。

② 为殷、桓所逐：被殷仲堪、桓玄驱逐。公元398年，桓玄、殷仲堪谋反，王愉逃往临川。

③ 王绥：字彦猷，王愉子，官至荆州刺史。

④ 试守孝子：相当于说"见习孝子"。古代官吏未正式任命之前的试用叫试守。王绥在父亲生死未卜时就做出居丧的样子，所以戏称他为"试守孝子"。

译文

王仆射（王愉）在江州的时候，遭到殷仲堪、桓玄的驱逐，逃到了豫章，生死未卜。他的儿子王绥在京都，听到此事后满脸忧伤，起居饮食都大不如从前。人们称他为"试守孝子"。

《四十三》罗母焚裘

桓南郡既破殷荆州，收殷将佐十许人①，咨议罗企生亦在焉②。桓素待企生厚，将有所戮，先遣人语云："若谢我，当释罪。"企生答曰："为殷荆州吏，今荆州奔亡，存亡未判，我何颜谢桓公？"既出市③，桓又遣人问："欲何言？"答曰："昔晋文王杀嵇康，而嵇绍为晋忠臣④。从公乞一弟以养老母。"桓亦

如言宥之。桓先曾以一羔裘与企生母胡，胡时在豫章，企生问
至⑤，即日焚裘。

||| **注释**

① 收：逮捕。将佐：将领和僚属。
② 罗企生：字宗伯，时任殷仲堪幕府咨议参军。
③ 出市：到刑场。出，到达某地。市，东市，晋时刑场。
④ 嵇绍：字延祖，嵇康子。八王之乱时，为保卫晋惠帝遇难，
   被称为晋室忠臣。
⑤ 问：消息。

||| **译文**

桓南郡（桓玄）打败了殷荆州（殷仲堪），俘虏了殷的将
领十几人，咨议参军罗企生也在其中。桓玄素来厚爱罗企生，
要处决这些人时，先派人对罗企生说："如果向我道歉，就会免
去死罪。"罗企生回答道："我作为殷荆州的下属，现在殷荆州
逃亡了，生死不明，我有什么脸面向桓公谢罪？"当罗企生已
经到了刑场，桓玄又派人问他还有什么话要说，罗企生答道：
"从前晋文王虽然杀了嵇康，但他的儿子嵇绍却成了晋国的忠
臣。希望桓公能留我弟弟一条性命，好服侍我的老母。"桓玄答
应了他的要求，赦免了他的弟弟。桓玄以前曾给罗企生的母亲
胡氏送了一件羊皮袍子，胡氏当时在豫章，得知儿子被杀的消
息后，当天就把这件皮袍给烧了。

《 四十四 》 身无长物

王恭从会稽还①，王大看之②。见其坐六尺簟③，因语恭：
"卿东来④，故应有此物，可以一领及我。"恭无言。大去后，

即举所坐者送之。既无余席，便坐荐上⑤。后大闻之，甚惊，曰："吾本谓卿多，故求耳。"对曰："丈人不悉恭⑥，恭作人无长物⑦。"

注释

① 王恭：字孝伯，性格率直，官至中书令、青州刺史、兖州刺史。晋安帝隆安年间，与桓玄、殷仲堪起兵谋反，兵败被杀。

② 王大：即王忱。王忱，字元达，小字佛大，人称阿大，王坦之子，为王恭的同族叔父，官至荆州刺史。

③ 簟（diàn）：竹席。

④ 卿：第二人称代词，用于上称下，尊称卑。

⑤ 荐：草垫。

⑥ 丈人：对年长者的敬称。

⑦ 长物：多余的东西。

译文

王恭从会稽回来，王忱去看他。王忱看王恭坐着一张六尺长的竹席，就对他说："你从东边回来，一定还有这种东西，能不能给我一领？"王恭没有回答。王忱去后，王恭就把坐着的这张席子给王忱送去了。王恭没有多余的竹席，就坐在草垫上。后来王忱听说此事，十分惊讶，就对王恭说："我本来以为你那里有很多，所以才向你要的。"王恭回答："您不了解我，我从来没有多余的东西。"

《四十五》纯孝之报

吴郡陈遗，家至孝，母好食铛底焦饭[1]，遗作郡主簿，恒装一囊，每煮食，辄贮录焦饭[2]，归以遗母。后值孙恩贼出吴郡[3]，袁府君即日便征[4]。遗已聚敛得数斗焦饭，未展归家[5]，遂带以从军。战于沪渎[6]，败。军人溃散，逃走山泽，皆多饥死，遗独以焦饭得活。时人以为纯孝之报也。

||| **注释**

① 铛（chēng）：一种平底锅。焦饭：锅巴。
② 贮录：贮存，收藏。录，收藏。
③ 孙恩：字灵秀。晋安帝隆安三年（399），聚集数万人起义，攻克会稽等郡，后来攻打临海郡时遭败，投水而死。
④ 袁府君：即袁山松。时为吴郡太守，被孙恩军队杀害。
⑤ 未展：来不及。
⑥ 沪渎：水名，在上海东北。

||| **译文**

吴郡的陈遗，在家里十分孝顺父母，他妈妈喜欢吃锅巴，陈遗在任吴郡主簿的时候，总是带着一个袋子，每次煮饭，就把锅巴收集在口袋里，回家时送给母亲。后来遇上孙恩攻打吴郡，袁府君（袁山松）当日带兵出征。此时陈遗已经收集了好几斗锅巴，来不及回家，就带上随军出发了。沪渎一仗，官军大败逃溃，跑到了山里，很多人都饿死了，唯独陈遗因为有锅巴而活了下来。当时的人们认为这是他笃行孝道的报答。

《四十六》安国涕泪

孔仆射为孝武侍中^①，豫蒙眷接^②。烈宗山陵^③，孔时为太常^④，形素羸瘦^⑤，著重服，竟日涕泗流涟，见者以为真孝子。

||| 注释

① 孔仆射：孔安国。晋安帝时曾任左仆射一职。孝武：晋孝武帝司马曜，公元373—396年在位，死后谥孝武，庙号烈宗。侍中：官名，侍从皇帝左右。

② 豫：同"预"，早先。眷接：恩宠厚遇。

③ 山陵：帝王坟墓。此为帝王逝世的委婉说法。

④ 太常：即太常卿，掌管祭祀礼乐的官员。

⑤ 素：向来。羸（léi）：瘦弱。

||| 译文

孔仆射（孔安国）任孝武帝的侍中时，很受器重。孝武帝去世时，孔仆射是太常卿，他身体一向瘦弱，穿着大孝的衣服，整日泪流不断，看见他的人都觉得他是个真孝子。

《四十七》二吴之哭

吴道助、附子兄弟居在丹阳郡后^①，遭母童夫人艰，朝夕哭临^②。及思至，宾客吊省，号踊哀绝^③，路人为之落泪。韩康伯时为丹阳尹，母殷在郡，每闻二吴之哭，辄为凄恻，语康伯曰："汝若为选官，当好料理此人^④。"康伯亦甚相知。韩后果为吏部尚书。大吴不免哀制^⑤，小吴遂大贵达。

||| 注释

① 吴道助、附子：指吴坦之、吴隐之兄弟。吴坦之，字处靖，

小字道助。吴隐之，字处默，小字附子。官至晋陵太守、广州刺史。

② 哭临：到灵前哀悼死者的仪式。

③ 号踊：边哭边顿足。

④ 料理：照顾。

⑤ 不免哀制：经受不了丧亲的哀痛而死。

译文

吴道助（吴坦之）、吴附子（吴隐之）兄弟住在丹阳郡公署的后面时，他们的母亲童夫人去世了。兄弟二人朝夕到母亲的灵前跪拜，一念及母亲，或者宾客来吊唁时，二人便捶胸顿足，号啕大哭，悲痛欲绝，路人都为之落泪。韩康伯当时为丹阳尹，他母亲殷氏也住在郡署里面，每次听到吴家兄弟二人的哭声，就心里感伤，她对韩康伯说："你以后如果做了选拔人才的官，一定要好好照顾这两个人。"韩康伯也很欣赏二人。后来韩康伯果然做了吏部尚书，此时大哥吴道助已因悲伤过度身亡，小弟吴附子因此而富贵显达了。

世　说　新　语　译　注

隐之为刺史自酌贪泉
饮之题石门为诗云云

言语上

边文礼见袁奉高、阔失次序。文礼陈留人才隽
让逸大将军何进闻其名召署令史以礼见之
时孔融等皆慕之让出就曹
衡与交接后为九江太守为魏武所杀皇甫谧曰由
高曰昔尧聘许由面无怍色休畅城枢里人字武
尧舜皆师而学事焉后隐于沛泽之中尧致
天下而让焉由为人据义履方邪席不坐邪膳
不食闻尧让而去其友巢父闻由为尧所让以污
为污已乃临池洗耳池主怒曰何以污我水由以

《一》尧德未彰

边文礼见袁奉高①，失次序②。奉高曰："昔尧聘许由③，面无怍色④。先生何为颠倒衣裳⑤？"文礼答曰："明府初临⑥，尧德未彰，是以贱民颠倒衣裳耳。"

|||**注释**

① 边文礼：边让，字文礼，东汉末年人，有才名，官至九江太守。被曹操杀害。

② 失次序：举止失措。

③ 尧聘许由：尧是上古帝王，许由是隐士。尧想让位给许由，许由不肯接受；尧又让他出任九州长，许由认为这污染了他的耳朵，就跑去洗耳。后来许由隐居箕山，不再出来。

④ 怍色：惭愧的神色。

⑤ 颠倒衣裳：语出《诗经·齐风·东方未明》："东方未明，颠倒衣裳。颠之倒之，自公召之。"形容举止慌乱，有失常态。

⑥ 明府：汉魏时称太守为明府或府君。

|||**译文**

边文礼（边让）去见袁奉高（袁阆），举止有些失态。袁奉高说："从前尧去拜访许由，许由脸上没有惭愧之色，先生为什么竟举止慌乱呢？"边文礼回答："太守您刚到这里，圣德还

没有表现出来，所以我才举止失态的。"

《二》眼中有瞳子

徐孺子年九岁，尝月下戏，人语之曰："若令月中无物[①]，当极明邪？"徐曰："不然。譬如人眼中有瞳子，无此必不明。"

注释

① 月中无物：神话传说月亮中有嫦娥、玉兔、桂树等物。

译文

徐孺子（徐稚）九岁的时候，曾在月光下玩耍，有人对他说："如果月亮中没有什么东西，是不是会更明亮呢？"徐孺子回答："不对。这就像人眼中有瞳仁一样，没有它眼睛一定不会明亮的。"

《三》小时了了

孔文举年十岁[①]，随父到洛。时李元礼有盛名，为司隶校尉。诣门者，皆俊才清称及中表亲戚乃通。文举至门，谓吏曰："我是李府君亲。"既通，前坐。元礼问曰："君与仆有何亲？"对曰："昔先君仲尼与君先人伯阳有师资之尊[②]，是仆与君奕世为通好也[③]。"元礼及宾客莫不奇之。太中大夫陈韪后至，人以其语语之，韪曰："小时了了[④]，大未必佳。"文举曰："想君小时，必当了了。"韪大踧踖[⑤]。

注释

① 孔文举：孔融，字文举，东汉末年著名文学家，被曹操杀害。

② 昔先君仲尼与君先人伯阳有师资之尊：伯阳，即老子，老

子姓李名耳，字伯阳。史载孔子曾向老子请教礼制的问题，所以说"有师资之尊"。

③ 奕世：累世。通好：通家之好。

④ 了了：聪明伶俐。

⑤ 踧踖（cù jí）：局促不安的样子。

译文

孔文举（孔融）十岁的时候，跟随父亲来到洛阳。当时李元礼（李膺）极有名望，担任司隶校尉。到他家拜访的，只有才子名流和李家的近亲才能得以通报。孔融到了李家门口，对仆吏说："我是李先生的亲戚。"仆吏通报后，孔融晋见就座。李元礼问道："你与我有什么亲戚关系？"孔融回答："我的先君仲尼（孔丘）和您的祖先伯阳（老子）有师生之谊，所以我与您是世代通家之好呀。"李元礼和宾客们没有不惊诧于孔融的回答的。太中大夫陈韪后到，有人把孔融刚才的答话告诉了他，陈韪不屑道："小时候聪明，长大了不见得好。"孔融答道："想必您小的时候，一定是很聪明的！"陈韪顿时窘迫起来。

《四》偷，那得行礼

孔文举有二子，大者六岁，小者五岁。昼日父眠，小者床头盗酒饮之。大儿谓曰："何以不拜？"答曰："偷，那得行礼！"

译文

孔文举（孔融）有两个儿子，大的六岁，小的五岁。趁父亲白天睡觉的时候，小儿子到父亲床头偷酒喝。大儿子对他说："你怎么不行礼呢？"小儿子答道："偷，怎么能行礼！"

《五》覆巢之下

孔融被收，中外惶怖。时融儿大者九岁，小者八岁，二儿故琢钉戏①，了无遽容②。融谓使者曰："冀罪止于身，二儿可得全不？"儿徐进曰："大人岂见覆巢之下，复有完卵乎？"寻亦收至。

注释

① 故：依旧，仍然。琢钉戏：一种儿童游戏，又名剟刀子。
② 了无：完全没有。遽容：惊恐的神色。

译文

孔融被捕，朝廷内外一片惶恐。当时孔融的大儿子九岁，小儿子八岁，父亲被捕时两人还在玩琢钉游戏，毫无惊恐之色。孔融对差役说："希望只加罪到我身上，可以保全两个孩子的性命吗？"两个儿子从容向前说道："父亲曾见过覆巢之下，还有完卵的吗？"不久两个孩子也被抓了起来。

《六》忠臣孝子

颍川太守髡陈仲弓①。客有问元方："府君何如？"元方曰："高明之君也。""足下家君何如？"曰："忠臣孝子也。"客曰："《易》称：'二人同心，其利断金；同心之言，其臭如兰。'何有高明之君而刑忠臣孝子者乎？"元方曰："足下言何其谬也！故不相答。"客曰："足下但因伛为恭②，而不能答。"元方曰："昔高宗放孝子孝己③，尹吉甫放孝子伯奇④，董仲舒放孝子符起⑤。唯此三君，高明之君；唯此三子，忠臣孝子。"客惭而退。

注释

① 髡（kūn）：古代一种将犯人头发剃掉的刑罚。陈仲弓：陈寔，字仲弓。

② 因伛为恭：因为自己驼背就假装恭敬，来掩饰自己的身体缺陷。

③ 孝己：殷代高宗武丁的儿子，高宗受后妻谗言的迷惑，将孝己放逐而死。

④ 伯奇：周时大臣尹吉甫的儿子，被后母诬陷，遭父亲放逐。

⑤ 符起：董仲舒的儿子。董仲舒放逐儿子符起一事已不可考。

译文

颍川太守对陈仲弓（陈寔）施了髡刑，有人问陈仲弓的儿子元方："太守这个人怎么样？"元方回答："是高明的太守。"又问："您父亲怎么样？"元方回答："我父亲是忠臣孝子。"客人问道："《周易》中说：'两人一条心，如锋利的刀可以斩断金属；两人心意一致，则其香气如兰草一样芬芳。'怎么会有高明的太守对忠臣孝子施刑呢？"元方说："你的话太荒谬了！我不予回答。"客人说："您这不过是借驼背装谦恭，说明您不能回答。"元方说："从前殷高宗放逐了孝子孝己，尹吉甫放逐了孝子伯奇，董仲舒放逐了孝子符起。这三个人都是高明的人；三个被放逐的人，也都是忠臣孝子。"客人惭愧地走了。

《七》亲亲之义

荀慈明与汝南袁阆相见①，问颍川人士，慈明先及诸兄。阆笑曰："士但可因亲旧而已乎？"慈明曰："足下相难，依据者何经？"阆曰："方问国士，而及诸兄，是以尤之耳②。"慈明

世说新语译注

46

曰："昔者祁奚内举不失其子，外举不失其仇③，以为至公。公且《文王》之诗，不论尧、舜之德而颂文、武者，亲亲之义也。《春秋》之义，内其国而外诸夏。且不爱其亲而爱他人者，不为悖德乎④？"

注释

① 荀慈明：荀爽，字慈明。荀淑之子，东汉大儒。

② 尤：指责。

③ 昔者祁奚内举不失其子，外举不失其仇：祁奚是春秋时晋国大臣，告老还乡时曾先后推荐仇人解狐和自己的儿子祁午代替自己，为人称道。

④ 不爱其亲而爱他人者，不为悖（bèi）德乎：《孝经·圣治章》："父子之道，天性也，君臣之义也。父母生之，续莫大焉。君亲临之，厚莫重焉。故不爱其亲而爱他人者，谓之悖德；不敬其亲而敬他人者，谓之悖礼。"荀慈明引经据典，为自己辩解。悖，违背。

译文

荀慈明（荀爽）遇见汝南袁阆，袁阆向他问起汝南的知名人士，荀慈明先说起自己的几位兄长。袁阆笑道："难道仅仅因为是自己的亲戚朋友，就可以算是名士吗？"荀慈明说："您指责我，有什么凭据吗？"袁阆说："刚才我问的是国家名士，而你先提到的都是你的哥哥，所以我指责你。"荀慈明说："从前祁奚告老还乡时，内举不忘他的儿子，外举不忘他的仇人，人们认为他是非常公道的。周公旦作《文王》诗，不言尧、舜的功德，却赞美文王、武王的伟绩，这合乎爱自己亲人的道理。《春秋》的义理，是以鲁国为内，以华夏诸国为外。况且不爱自己的亲人却爱外人，这不是有悖道德的吗？"

《八》祢衡击鼓

祢衡被魏武谪为鼓吏[1]，正月半试鼓。衡扬枹为《渔阳掺挝》[2]，渊渊有金石声[3]，四坐为之改容。孔融曰："祢衡罪同胥靡[4]，不能发明王之梦。"魏武惭而赦之。

注释

[1] 祢衡：字正平，少有才华，恃才傲物。孔融向曹操举荐他，曹操只让他做了鼓吏。后归刘表，被黄祖杀害。

[2] 枹（fú）：鼓槌。渔阳掺挝（sān zhuā）：鼓谱写名。

[3] 渊渊：形容鼓声深沉。《诗经·小雅·采芑》："伐鼓渊渊。"

[4] 胥靡：服刑的犯人，此指傅说（yuè）。传说殷高宗武丁梦见天赐贤人，于是绘像寻找，结果找到正在服刑的傅说，用为大臣。

译文

祢衡被魏武帝（曹操）贬为鼓吏，在正月十五试鼓。祢衡扬起鼓槌演奏《渔阳掺挝》，鼓声深沉，有金石之声，满座为之动容。孔融说："祢衡之罪，和殷时服刑的犯人傅说相同，可是没能激发明君的思贤之梦。"魏武帝很惭愧，就赦免了祢衡。

《九》洪钟雷鼓

南郡庞士元闻司马德操在颍川[1]，故二千里候之[2]。至，遇德操采桑，士元从车中谓曰："吾闻丈夫处世，当带金佩紫[3]，焉有屈洪流之量，而执丝妇之事？"德操曰："子且下车。子适知邪径之速[4]，不虑失道之迷。昔伯成耦耕[5]，不慕诸侯之荣；

原宪桑枢^⑥，不易有官之宅。何有坐则华屋，行则肥马，侍女数十，然后为奇？此乃许、父所以慷慨^⑦，夷、齐所以长叹^⑧。虽有窃秦之爵^⑨，千驷之富^⑩，不足贵也。"士元曰："仆生出边垂，寡见大义，若不一叩洪钟、伐雷鼓，则不识其音响也！"

注释

① 庞士元：庞统，字士元，号凤雏。为刘备中郎将。司马德操：司马徽，字德操。汉末名士，曾向刘备推荐庞统、诸葛亮。

② 故：特意。候：探望。

③ 带金佩紫：喻显赫的地位。金，指金印。紫，指紫绶。

④ 邪径：斜径，小路。

⑤ 伯成：指伯成子高，尧时贤人。禹为天子时，他辞掉诸侯回家种地。耦耕：二人并耕，此指耕种。

⑥ 原宪：孔子弟子，宁愿过贫寒生活而不为官。桑枢：用桑树作门，喻贫寒之家。

⑦ 许、父：许由和巢父。巢父为尧时隐士，因筑巢而居，人称巢父。尧以天下让之，不受。

⑧ 夷、齐：指伯夷、叔齐，商代孤竹君的两个儿子。孤竹君死后，两人都不肯继承君位。周灭商后，二人不食周黍，饿死在首阳山。

⑨ 窃秦之爵：战国末年，吕不韦将和自己同居的邯郸美姬献给秦王子楚，生下嬴政，即秦始皇。嬴政即位后，封吕不韦为相国，所以说他"窃秦"。

⑩ 千驷之富：见《论语·季氏》："齐景公有马千驷，死之日，民无德而称焉。伯夷、叔齐饿于首阳之下，民到于今称之。"驷，四匹马拉的车。

南郡庞士元（庞统）听说司马德操（司马徽）在颍川，特地从两千里之外赶来看望他。到了那里，正遇上司马德操采桑叶，庞士元在车里对他说："我听说大丈夫处世，应当带金印佩紫绶，哪能窝窝囊囊，做这些妇人做的事呢！"德操说："你先下车吧。你只知道抄小路便利，却不考虑迷路的危险。从前伯成宁愿种地，也不羡慕诸侯的荣华；原宪用桑木作门，也不愿做官住豪宅。哪有住在华丽的屋子里，出门骑着高头大马，被几十个侍女环绕的人，能做出一番伟业呢？这就是为什么许由、巢父慷慨辞让，伯夷、叔齐感叹国家灭亡，饿死在首阳山的原因呀。即使吕不韦窃取了相国那样的高官，齐景公拥有四千匹马的财富，也不显得珍贵啊。"庞士元说："我出生在边缘之地，没听到过什么高深的道理，如果不是亲自敲洪钟、击雷鼓，就不会知道它们的轰鸣声了。"

《十》纲目不疏

刘公幹以失敬罹罪[①]。文帝问曰："卿何以不谨于文宪[②]？"桢答曰："臣诚庸短，亦由陛下纲目不疏[③]。"

注释

① 刘公干：刘桢，字公干，"建安七子"之一。失敬：一次宴会上，曹丕让夫人甄氏出来和大家见面，宾客都躬身下拜，唯刘桢平视，故而说他失敬。罹罪：获罪。

② 文宪：法令。

③ 纲目不疏：指法网太密。纲目，法网。

刘公幹（刘桢）因为失敬而获罪。文帝问他说："你怎么会不小心触犯刑律呢？"刘桢回答："臣实在是平庸，见识短浅，不过也是因为陛下您法网恢恢呀。"

《十一》汗不敢出

钟毓、钟会少有令誉①，年十三，**魏文帝闻之，语其父钟**繇曰："可令二子来。"于是敕见。毓面有汗，帝曰："卿面何以汗？"毓对曰："战战惶惶，汗出如浆②。"复问会："卿何以不汗？"对曰："战战栗栗，汗不敢出。"

注释

① 钟毓、钟会：魏太傅钟繇的两个儿子。钟毓，字稚叔，官至都督徐州、荆州诸军事。钟会，字士季，官至司徒，后因谋反死于兵变之中。

② 浆：水。

译文

钟毓、钟会兄弟二人少年时就有美名，十三岁的时候，魏文帝（曹丕）听说了兄弟二人的名气，就对他们的父亲钟繇说："让你的两个儿子来见我吧。"于是下令召见。见面时钟毓脸上有汗，文帝问他："你脸上怎么出汗了？"钟毓回答："战战惶惶，汗出如浆。"文帝又问钟会："你脸上怎么不出汗？"钟会回答："战战栗栗，汗不敢出。"

《十二》偷本非礼

钟毓兄弟小时，值父昼寝，因共偷服药酒。其父时觉，且托寐以观之。毓拜而后饮，会饮而不拜。既而问毓何以拜，毓曰："酒以成礼①，不敢不拜。"又问会何以不拜，会曰："偷本非礼，所以不拜。"

||| **注释**

① 酒以成礼：喝酒要遵守礼仪。

||| **译文**

钟毓兄弟俩小时候，有一天趁他们的父亲白天睡觉，就一起偷喝父亲的药酒。他们的父亲这时醒了，就暂且装睡，观察他们俩的行为。钟毓是先拜后喝酒，钟会只是喝酒，并不行礼。后来父亲问钟毓为什么行拜礼，钟毓说："喝酒要讲究礼仪，所以我不敢不拜。"又问钟会为什么不拜，钟会回答："偷本来就不合礼仪，所以我不拜。"

《十三》馆名渭阳

魏明帝为外祖母筑馆于甄氏①，既成，自行视，谓左右曰："馆当以何为名？"侍中缪袭曰："陛下圣思齐于哲王②，罔极过于曾、闵③。此馆之兴，情钟舅氏，宜以'渭阳'为名④。"

||| **注释**

① 魏明帝：曹叡，曹丕的儿子。甄氏：魏明帝之母。曹操平袁绍，曹丕纳甄氏于邺，有宠，生明帝和东乡公主。后被废赐死。筑馆于甄氏即明帝在舅舅家建馆舍。

② 圣思：指帝王的想法。哲王：贤明的君主。

③ 罔极:《诗经·小雅·蓼莪》:"欲报之德,昊天罔极。"后以"罔极"喻父母之恩或子女至孝。曾、闵:曾参和闵子骞,都是孔子弟子,以孝著称。

④ 渭阳:渭水的北边。《诗经·秦风·渭阳》:"我送舅氏,曰至渭阳。"据说此诗是春秋时秦康公在送别舅舅晋文公重耳时,为怀念母亲所作。后以"渭阳"表示外甥对舅舅的情意。

译文

魏明帝(曹叡)为外祖母在甄府建造馆舍,建成后,明帝亲自前往视察,他对左右的人说:"此馆应当叫什么名呢?"侍中缪袭说:"陛下圣明,和上古的贤君一样,孝心超过了曾参、闵子骞。建这个馆舍,说明陛下对舅舅家有很深的情谊,所以可以命名为'渭阳'。"

《十四》神明开朗

何平叔云①:"服五石散②,非唯治病,亦觉神明开朗。"

注释

① 何平叔:何晏,字平叔,三国魏人。姿容俊美,少有才名,好老庄,崇尚玄学清谈,开魏晋风气。

② 五石散:又称寒食散。由紫石英、白石英、赤石脂、石钟乳、石硫黄五种矿物配制而成。服后使人身体发热,精神兴奋。服散是魏晋的风气,由何晏首创。

译文

何平叔(何晏)说:"服用五石散,不仅可以治病,也觉得精神开朗。"

《十五》瞳子何必在大

嵇中散语赵景真①：“卿瞳子白黑分明，有白起之风②，恨量小狭③。”赵云：“尺表能审玑衡之度④，寸管能测往复之气⑤。何必在大，但问识如何耳⑥。”

||| **注释**

① 嵇中散：嵇康。嵇康曾任中散大夫，故称。赵景真：赵至，字景真，曾随嵇康学习，有才气。

② 白起：战国时秦大将。

③ 恨：遗憾。小：稍微。

④ 表：古代测量太阳影子来计算时间的标杆。玑衡：古代观测天象的仪器。

⑤ 管：古代校正乐律的工具。

⑥ 识：才智。

||| **译文**

嵇中散（嵇康）对赵景真（赵至）说：“你的眼睛黑白分明，有大将白起的风采，遗憾的是器量狭窄啊。”赵景真说：“尺长的标杆可以测定太阳运行的精确度，寸长的竹管可以测定音乐的高低。何必要器量大呢，只看才智如何就可以了。”

《十六》畏法而至

司马景王东征①，取上党李喜以为从事中郎。因问喜曰：“昔先公辟君不就，今孤召君，何以来？”喜对曰：“先公以礼见待，故得以礼进退；明公以法见绳，喜畏法而至耳。”

注释

① 司马景王：司马师，字子元，司马懿的儿子。

译文

司马景王（司马师）东征，让上党的李喜做从事中郎。司马师问李喜："从前先父召你你不来，现在我召你，你为什么来呢？"李喜回答："以前您父亲以礼待人，我可以按照礼教决定进退；您是依法约束，我是畏惧法令就来了。"

《十七》只有一凤

邓艾口吃①，语称"艾艾"。晋文王戏之曰："卿云'艾艾'，定是几艾？"对曰："'凤兮凤兮'②，故是一凤③。"

注释

① 邓艾：字士载，三国魏人。足智多谋，曾率魏军灭蜀，官至镇西将军。

② 凤兮凤兮：《论语·微子》："楚狂接舆歌而过孔子，曰：'凤兮凤兮，何德之衰？'"

③ 故：本来。

译文

邓艾口吃，说话时总说"艾……艾……"。晋文王（司马昭）和他开玩笑说："你说的'艾……艾……'，到底是几个艾？"邓艾回答："'凤兮凤兮'，本就是一只凤。"

《十八》不慕巢许

嵇中散既被诛，向子期举郡计①。入洛，文王引进，问曰：

"闻君有箕山之志，何以在此？"对曰："巢、许狷介之士②，不足多慕。"王大咨嗟。

注释

① 向子期：向秀，字子期，"竹林七贤"之一。郡计：郡中的计吏，掌管计簿。

② 狷介：孤傲清高。

译文

嵇中散（嵇康）被杀以后，向子期（向秀）被举荐为郡中的计吏。到洛阳后，文王（司马昭）接见他，问他说："听说你有归隐的志向，怎么还在这里呢？"向子期回答说："巢父、许由都是狂傲清高之人，不值得多羡慕。"文王非常赞赏他的回答。

《十九》探策得一

晋武帝始登阼①，探策得一②。王者世数③，系此多少④。帝既不说，群臣失色，莫能有言者。侍中裴楷进曰："臣闻天得一以清，地得一以宁，侯王得一以为天下贞⑤。"帝说，群臣叹服。

注释

① 登阼（zuò）：皇帝登基。

② 探策：抽签占卜。策，占卜用的竹签。

③ 世数：王位传承的代数。

④ 系：取决于。

⑤ "臣闻"三句：《老子》三十九章："天得一以清，地得一以宁，神得一以灵，谷得一以盈，万物得一以生，侯王得一

以为天下贞。"贞，正。

译文

晋武帝（司马炎）刚登基时，算卦得了"一"字。王位传承的代数，和算卦的数字有关。皇上很不高兴，群臣也惶恐失色，没人可以应对。侍中裴楷上前说道："我听说天得一而清明，地得一而安宁，侯王得一则天下太平。"皇上听罢很高兴，群臣也都赞叹佩服。

《二十》吴牛喘月

满奋畏风①。在晋武帝坐，北窗作琉璃屏，实密似疏，奋有难色。帝笑之，奋答曰："臣犹吴牛②，见月而喘。"

注释

① 满奋：字武秋，曾任尚书令。据说他很胖，有皮肤病，所以怕风。

② 吴牛：江淮一带的牛。这种牛怕热，看见月亮也以为是太阳，就喘起气来。后来用"吴牛喘月"形容看到使自己受到折磨的类似事物而产生的疑惧。

译文

满奋怕风。一次他在晋武帝那里坐着，北面的窗前是琉璃屏风，虽然很严密，但看起来很空疏，满奋流露出难受的神色。晋武帝笑话他，满奋回答说："臣就像吴地的牛，见到月亮也要喘气。"

《二十一》仲思之思

诸葛靓①在吴，于朝堂大会。孙皓问："卿字仲思，为何所思？"对曰："在家思孝，事君思忠，朋友思信，如斯而已。"

‖ 注释

① 诸葛靓（jìng）：字仲思，吴国大臣，吴亡，隐居不出。

‖ 译文

诸葛靓在吴国时，一次朝堂大会上，孙皓问他："你的字是仲思，你思的是什么呢？"诸葛靓回答："在家思的是孝敬父母，侍奉君主思的是忠诚，交友思的是诚实，如此而已。"

《二十二》顽民苗裔

蔡洪赴洛①，洛中人问曰："幕府初开②，群公辟命③，求英奇于仄陋④，采贤俊于岩穴⑤。君吴楚之士，亡国之余⑥，有何异才而应斯举？"蔡答曰："夜光之珠⑦，不必出于孟津之河；盈握之璧，不必采于昆仑之山。大禹生于东夷，文王生于西羌。圣贤所出，何必常处。昔武王伐纣，迁顽民于洛邑，得无诸君是其苗裔乎⑧？"

‖ 注释

① 蔡洪：字叔开，三国时吴人，吴亡入晋，有才名，著《孤奋论》。

② 幕府：此指官府衙门。

③ 群公：百官。辟（bì）命：征召，任命。

④ 仄陋：同"侧陋"，指出身卑微。

⑤ 岩穴：山洞。古代隐士多住在山里，所以以岩穴指代隐士。

⑥　亡国之余：亡国的遗民。蔡洪为吴人，魏灭吴，所以这样说。

⑦　夜光之珠：也叫隋侯珠。传说隋侯出行，路上见到一条受伤的蛇，隋侯救了它，后来蛇衔明珠来报答他。

⑧　得无：莫非，大概。苗裔：后裔，后代。

‖ **译文**

蔡洪来到洛阳，洛阳当地的人对他说："官署刚刚成立，百官都在招募下属，在出身卑微者中求取英才，于山野隐士中征俊杰。你是吴楚之地的读书人，亡国之人，有什么特殊才华来参加这次征召呢？"蔡洪回答："夜明珠不一定出产在孟津河里；满握的璧玉也不一定非要采自昆仑山中。大禹生在东夷，文王生在西羌。圣贤的诞生地，不必是一个固定的地方。从前武王讨伐纣王，把商朝愚顽的百姓迁到了洛阳，难道诸位就是那些百姓的后代吗？"

《二十三》洛水之戏

诸名士共至洛水戏，还，乐令问王夷甫曰①："今日戏乐乎？"王曰："裴仆射善谈名理②，混混有雅致③；张茂先论《史》《汉》④，靡靡可听⑤；我与王安丰说延陵、子房⑥，亦超超玄著⑦。"

‖ **注释**

①　王夷甫：王衍，字夷甫，好清谈，官至太尉。

②　裴仆射：裴頠，字逸民，官至尚书左仆射。名理：名实义理，是魏晋清谈的主要内容。

③　混混：滚滚，形容说话滔滔不绝。

④　张茂先：张华。

⑤　靡靡：形容说话娓娓动听。

⑥　延陵：春秋时吴公子季札，封于延陵，有贤名。子房：张良，辅佐刘邦打天下，封留侯。

⑦　超超玄著：形容议论高深，奥妙透彻。

译文

名士们去洛水游玩，回来后乐令（乐广）问王夷甫（王衍）："今天玩得高兴吗？"王夷甫回答："裴仆射（裴颜）善于谈论玄学义理，滔滔不绝，意趣高雅；张茂先谈论《史记》《汉书》，娓娓动听；我和王安丰（王戎）评论延陵（季札）、子房（张良），也是高深玄远，深刻透彻。"

《二十四》各美乡土

王武子、孙子荆各言其土地人物之美。王云："其地坦而平，其水淡而清，其人廉且贞。"孙云："其山崔巍以嵯峨①，其水泙渫而扬波②，其人磊砢而英多③。"

注释

①　崔巍（zuì wēi）：山高峻的样子。嵯峨（cuó'é）：山高峻的样子。

②　泙渫（yā xiè）：水波重叠的样子。

③　磊砢：树木多节，比喻人才卓越。

译文

王武子（王济）、孙子荆（孙楚）各自赞美自己家乡的山水和人物之美好。王武子说："那里的土地宽广平坦，那里的河水甘甜清澈，那里的人民淳朴正直。"孙子荆说："那里的山巍巍险峻，那里的水波澜起伏，那里的人才华横溢。"

《二十五》 岂以五男易一女

乐令女适大将军成都王颖[1]，王兄长沙王执权于洛[2]，遂构兵相图[3]。长沙王亲近小人，远外君子，凡在朝者，人怀危惧。乐令既允朝望[4]，加有婚亲，群小谮于长沙。长沙尝问乐令，乐令神色自若，徐答曰："岂以五男易一女？"由是释然，无复疑虑。

‖ **注释**

① 适：女子出嫁。成都王颖：司马颖，字章度，晋武帝司马炎的第十六子，封成都王。

② 长沙王：司马乂，字士度，晋武帝司马炎的第六子，封长沙王。

③ 构兵：起兵。

④ 允：符合。

‖ **译文**

乐令（乐广）的女儿嫁给了大将军成都王司马颖，司马颖的哥哥长沙王（司马乂）在洛阳执掌大权，成都王要发兵攻打他。长沙王亲近小人，疏远君子。当时所有朝内的大臣都心怀恐惧。乐令本来就深孚众望，加之和成都王的姻亲关系，就有很多小人在长沙王面前说他坏话。长沙王曾向乐令问及此事，乐令说："我难道会以五个儿子的性命换取一个女儿的性命吗？"于是长沙王疑虑消除，不再猜忌了。

〈二十六〉千里莼羹

陆机诣王武子①，武子前置数斛羊酪②，指以示陆曰："卿江东何以敌此？"陆云："有千里莼羹③，但未下盐豉耳。"

‖ **注释**

① 陆机：字士衡，吴郡人，著名文学家。曾任平原内史，所以也称"陆平原"。

② 斛（hú）：古代量器名，一斛等于十斗。羊酪：羊奶做的奶酪。

③ 千里：千里湖，在今江苏溧阳附近。莼羹：用莼菜做的汤，为吴地的风味菜。

‖ **译文**

陆机去看王武子（王济），王武子的席前放着几斛羊奶酪，他指着奶酪对陆机说："你们江东有什么可以和这个相比的？"陆机回答："有千里湖的莼菜羹，只是没有放盐和豆豉罢了。"

〈二十七〉小儿巧对

中朝有小儿①，父病，行乞药。主人问病，曰："患疟也。"主人曰："尊侯明德君子②，何以病疟？"答曰："来病君子，所以为疟耳。"

‖ **注释**

① 中朝：西晋。渡江后的东晋称西晋时期为中朝。

② 尊侯：尊称对方的父亲。

‖ **译文**

西晋的时候有一个小孩，他父亲病了，就乞讨求药。有一家主人问他什么病，他回答："得了疟疾。"主人说："令尊是有德的高人，怎么会患了疟疾？"小孩回答："正因为这是一种伤害君子的病，所以叫疟疾呀。"

《二十八》崔正熊智对

崔正熊诣都郡①，都郡将姓陈，问正熊："君去崔杼几世②？"答曰："民去崔杼，如明府之去陈恒③。"

||| **注释**

① 崔正熊：崔豹，字正熊，晋惠帝时官至太傅丞。

② 崔杼：春秋时齐国大夫，杀了国君齐庄公。郡守说这话的意思是，崔正熊是弑君逆臣的后代，是在用姓氏和他开玩笑。

③ 陈恒：春秋时齐国大夫，杀掉国君齐简公。

||| **译文**

崔正熊（崔豹）到都郡去，都郡的郡守姓陈，他问崔正熊："你和齐国那个弑君之臣崔杼隔着几代？"崔正熊回答："我和崔杼隔的代数，与您和弑君之臣陈恒之间的代数一样。"

《二十九》元帝怀惭

元帝始过江①，谓顾骠骑曰②："寄人国土，心常怀惭。"荣跪对曰："臣闻王者以天下为家，是以耿、亳无定处，九鼎迁洛邑③。愿陛下勿以迁都为念。"

||| **注释**

① 元帝：晋元帝司马睿，东晋第一位皇帝。在位七年（317—

323），庙号中宗。

② 顾骠骑：顾荣。顾荣死后赠骠骑将军，故称。

③ 九鼎：国家重器，权力的象征。

译文

晋元帝刚过江时，对顾骠骑（顾荣）说："寄居在别人郡国的土地上，心中常怀愧疚之感。"顾荣跪下答道："臣听说帝王要以天下为家，殷代祖乙迁都到耿，盘庚五迁居于亳，都没有固定的地方，周武王打败商纣王，把夏禹所铸九鼎迁到洛阳。希望陛下您不要再为迁都而忧心忡忡了。"

《 三十 》清虚日来

庾公造周伯仁①，伯仁曰："君何所欣说而忽肥②？"庾曰："君复何所忧惨而忽瘦？"伯仁曰："吾无所忧，直是清虚日来③，滓秽日去耳④。"

注释

① 周伯仁：周颉（yǐ），字伯仁，袭父爵，世称周侯。官至吏部尚书、尚书仆射，东晋名流，被王敦杀害。

② 欣说：喜悦。说，同"悦"。

③ 直是：只是。清虚：清净虚无。

④ 滓秽：肮脏污秽。世俗的念头。

译文

庾公（庾亮）去拜访周伯仁（周颉），周伯仁说："你有什么喜事使你突然胖了？"庾亮说："你又有什么愁事使你忽然瘦了？"周伯仁回答："我没什么愁的，只是清虚淡泊之情一天天到来，污浊肮脏的想法一天天离我而去罢了。"

《三十一》 新亭对泣

过江诸人，每至美日，辄相邀新亭①，藉卉饮宴②。周侯中坐而叹曰："风景不殊，正自有山河之异③！"皆相视流泪。唯王丞相愀然变色曰："当共戮力王室④，克复神州，何至作楚囚相对⑤！"

||| **注释**

① 新亭：亭子名，故址在今南京西南长江边上。

② 藉卉：坐在草地上。

③ 正自：只是。

④ 戮力：合力。

⑤ 楚囚：本指楚国的囚犯，后来借指处境窘迫的人。

||| **译文**

渡江以后，士大夫们每到风和日丽的日子，就相邀来到新亭，坐在草地上喝酒野餐。周侯（周顗）在座中叹息道："景色没有什么不同，只是有山河变异的感觉。"大家都相视流泪。只有丞相王导脸色突变，厉声说道："我们要齐心合力，报效朝廷，收复中原，怎么可以像楚囚一样相对落泪！"

《三十二》 未免有情

卫洗马初欲渡江①，形神惨悴②，语左右云："见此芒芒，不觉百端交集。苟未免有情，亦复谁能遣此！"

||| **注释**

① 卫洗马：卫玠，字叔宝，小名虎。东晋名士，擅长谈玄，

才华出众。体弱多病，早夭。曾任太子洗马，故称卫洗马。

② 惨悴：忧伤憔悴的样子。

卫洗马（卫玠）当初要渡江时，面容憔悴，神色忧伤，对左右的人说："看到这茫茫江水，不禁百感交集。如果人有感情，谁又能排遣这难言的忧愁呢！"

《三十三》顾和机警

顾司空未知名①，诣王丞相。丞相小极②，对之疲睡。顾思所以叩会之③，因谓同坐曰："昔每闻元公道公协赞中宗④，保全江表。体小不安，令人喘息⑤。"丞相因觉，谓顾曰："此子珪璋特达⑥，机警有锋。"

‖ 注释

① 顾司空：顾和，字君孝，吴郡人，顾荣族子，死后赠司空。

② 小极：身体有些疲乏。

③ 叩会：拜见，叩问。

④ 元公：即顾荣，顾荣谥号"元"。

⑤ 喘息：呼吸急促。形容焦急不安。

⑥ 珪璋特达：比喻人才华出众。珪璋，贵重的玉器。

‖ 译文

顾司空（顾和）还没出名的时候，去看望丞相王导。王导当时有些疲倦，就当着顾和的面睡着了。顾和思考用什么办法能和他交谈，就对同座的人说："以前听元公（顾荣）谈起丞相帮助中宗（司马睿）保全了江南。现在丞相身体疲乏，实在让人不安。"丞相于是醒了，对顾和说："你这个年轻人才华出众，说话机警有锋芒。"

《三十四》海内之秀

会稽贺生^①，体识清远^②，言行以礼。不徒东南之美，实为海内之秀。

注释

① 贺生：贺循，字彦先，会稽山阴人。官至太常、太子太傅，死后赠司空。生，对读书人的称呼。

② 体识：见识。

译文

会稽的贺生（贺循），见识高远，言行合理。他不仅是东南的才俊，实在是海内的英杰。

《三十五》志存本朝

刘琨虽隔阂寇戎^①，志存本朝。谓温峤^②曰："班彪识刘氏之复兴^③，马援知汉光之可辅^④。今晋祚虽衰，天命未改，吾欲立功于河北，使卿延誉于江南，子其行乎^⑤？"温曰："峤虽不敏，才非昔人，明公以桓、文之姿，建匡立之功，岂敢辞命！"

注释

① 刘琨：字越石，西晋末年为并州刺史，晋室东渡后，他率军抗击石勒、刘曜，志复中原。因孤军无援，兵败被杀。
隔阂寇戎：被入侵的匈奴、鲜卑阻隔在北方。

② 温峤：字太真，当时为刘琨的谋主。后奉命出使江南，拥戴晋元帝司马睿建立东晋，官至骠骑大将军，东晋名臣。

③ 班彪：字叔皮。西汉末年，天下大乱，刘秀在冀州即位，大将军隗嚣拥兵据陇，有逐鹿之心。客居天水的班彪劝隗嚣拥刘兴汉。

④ 马援：字文渊，辅佐光武帝刘秀复兴汉室。

⑤ 子其行乎：你是否愿意去呢？其，用于疑问句，相当于"是否"。

译文

刘琨虽然被匈奴阻隔在北方，但仍然有志于拯救晋室。他对温峤说："班彪知道刘家必将复兴，马援知道刘秀值得辅佐。现在晋朝虽然衰弱，可天命没变，我要在河北立功，派你去江南传播我们的影响，你愿意去吗？"温峤说："我虽然不够聪明，才华也不及前人，但我知道您以齐桓公、晋文公那样的才干，要建立匡复天下、振兴王室的功业，我哪里敢推辞呢！"

《三十六》江左有管夷吾

温峤初为刘琨使来过江。于时江左营建始尔，纲纪未举。温新至，深有诸虑。既诣王丞相，陈主上幽越、社稷焚灭、山陵夷毁之酷，有黍离之痛①。温忠慨深烈，言与泗俱，丞相亦与之对泣。叙情既毕，便深自陈结，丞相亦厚相酬纳②。既出，欢然言曰："江左自有管夷吾③，此复何忧！"

注释

① 黍离之痛：犬戎攻破镐京，杀死周幽王。平王东迁洛邑，建立东周。周大夫行役到镐京，见到宗庙宫殿都已经毁坏，长满了禾黍，不胜感慨，作《黍离》一诗，见《诗经·王风·黍离》。后以"黍离之悲""黍离之痛"作为感叹国家

衰亡的典故。

② 酬纳：酬谢接纳。

③ 管夷吾：管仲，名夷吾。齐国大夫，辅佐齐桓公成为春秋时第一位霸主。

‖ **译文**

温峤作为刘琨的使者到江南来。此时江南政权刚刚建立，各种律令尚未确立。温峤刚来，心里很担忧，就去拜访丞相王导，述说怀、愍二帝被俘，国家灭亡，帝陵遭毁的惨状，有亡国之痛。温峤当时慷慨激昂，声泪俱下，丞相也和他一起痛哭。叙说完之后，温峤向丞相表达了交好的诚意，丞相也对温峤真诚接纳。从王导那里出来后，温峤高兴地说："江南有了管仲这样的贤人，还有什么可担心的！"

《三十七》顾和致辞

王敦兄含为光禄勋①。敦既逆谋，屯据南州，含委职奔姑孰②。王丞相诣阙谢③。司徒、丞相、扬州官僚问讯，仓卒不知何辞。顾司空时为扬州别驾，援翰曰④："王光禄远避流言，明公蒙尘路次⑤，群下不宁，不审尊体起居何如⑥？"

‖ **注释**

① 王敦：字处仲，小字阿黑，妻为晋武帝女襄城公主。晋室东渡，王敦和从弟王导辅佐晋元帝，王敦为大将军、荆州刺史。后于公元322年起兵谋反，攻入建康，不久王敦病死，兵败。含：王含，字处弘，王敦的哥哥。王敦谋反，王含前去相助。

② 姑孰：古城名，又名南州，故址在今安徽当涂。

③　阙：皇宫门前两边的高台，代指朝廷。

④　援翰：拿起笔。

⑤　明公：指王导。蒙尘：蒙受艰辛，指帝王或大臣逃难在外。

　　路次：路上。

⑥　不审：不知。

▌译文

　　王敦的哥哥王含担任光禄勋一职。王敦蓄谋造反后，驻扎在南州，王含弃职跑到姑孰投奔王敦。丞相王导到朝廷谢罪。当时王导任司徒、丞相以及扬州刺史，诸府的下属前来问候，仓促间不知说什么。顾司空（顾和）当时任扬州别驾，拿起笔写道："王光禄（王含）为避流言远逃，丞相您风尘仆仆，奔波在路上，我们属下心里很不安，不知您身体起居如何？"

《三十八》郗鉴受职

　　郗太尉拜司空，语同坐曰："平生意不在多，值世故纷纭①，遂至台鼎②。朱博翰音③，实愧于怀。"

▌注释

①　世故：世事。

②　台鼎：古代称三公为台鼎。三公是辅佐君王，拥有军政大权的最高官吏。晋时以太尉、司徒、司空为三公。

③　朱博翰音：比喻徒有虚名。朱博，西汉人。《汉书》记载，在他受丞相一职时，突然响起钟鸣一样的声音，有人解释说这是让有名无实的人做官的征兆。翰音，见《周易·中孚》，飞向高空的声音，比喻空名。

郗太尉（郗鉴）官拜司空，他对同座的人说："我这辈子想法并不多，遇上乱世，才坐到了三公的位置。这就像汉朝的朱博，空有虚名，我内心是非常惭愧的。"

《三十九》以简应烦

高坐道人不作汉语①。或问此意，简文曰："以简应对之烦②"

注释

① 高坐道人：西域人，晋永嘉年间到中国，著名僧人。

② 简：省却。

译文

高坐道人（尸黎密）不学汉语，有人问这是什么缘故，简文帝（司马昱）说："这是为了省却应对的麻烦呀。"

《四十》近学王公

周仆射雍容好仪形。诣王公，初下车，隐数人①，王公含笑看之。既坐，傲然啸咏。王公曰："卿欲希嵇、阮邪？"答曰："何敢近舍明公，远希嵇、阮！"

注释

① 隐数人：几个人搀扶。出入要人搀扶是当时贵族的习惯。隐，倚，凭。

译文

周仆射（周颢）举止文雅，仪表堂堂。他去拜访王公（王导），下车的时候，有好几个人搀扶着，王公含笑看着他。落座后，就傲然啸咏起来。王公问道："你是想效仿嵇康、阮籍吗？"周颙回答："我怎么敢舍弃眼前的明公，而去效仿遥远的嵇康、阮籍呢？"

《四十一》疲于津梁

庾公尝入佛图，见卧佛，曰："此子疲于津梁[1]。"于时以为名言。

注释

① 津梁：桥梁。此处用来比喻佛的普度众生。

译文

庾公（庾亮）曾到一座寺庙去，看到卧佛，就说："这个人普度众生给累坏了。"当时人们把这句话作为名言。

《四十二》已为太老

挚瞻曾作四郡太守、大将军户曹参军[1]，复出作内史，年始二十九。尝别王敦，敦谓瞻曰："卿年未三十，已为万石[2]，亦太早。"瞻曰："方于将军，少为太早；比之甘罗，已为太老[3]。"

注释

① 挚瞻：字景游，东晋人。

② 万石（dàn）：汉代以俸禄多少来表示官职等级，太守为二千石。挚瞻曾做四郡太守，现又做内史，所以说万石，此处有嘲笑的意思。

③ 甘罗：战国时楚国下蔡（今安徽凤台）人，秦相甘茂之孙。

十二岁为秦上卿。

译文

挚瞻曾历任四郡太守和大将军王敦的户曹参军，后来又出任内史，当时刚二十九岁。挚瞻去王敦那里告别，王敦对挚瞻说："你还不到三十岁，就做了高官，这有些早了。"挚瞻回答："和将军相比，是稍微早了点；和甘罗比，就算很老了。"

《四十三》杨氏小儿

梁国杨氏子九岁，甚聪惠。孔君平诣其父①，父不在，乃呼儿出。为设果，果有杨梅。孔指以示儿曰："此是君家果。"儿应声答曰："未闻孔雀是夫子家禽。"

注释

① 孔君平：孔坦，字君平，为人率直，官至廷尉，人称"孔廷尉"。

译文

梁国有一户姓杨的人家，家中的小孩九岁了，十分聪慧。孔君平（孔坦）去看望小孩的父亲，父亲不在家，就把孩子叫了出来。小孩摆出水果招待客人，水果中有杨梅。孔君平指着杨梅对小孩说："这是你家的家果吧。"小孩应声回答："我没听说孔雀是您家的家禽呀。"

《四十四》孔沈受裘

孔廷尉以裘与从弟沈，沈辞不受。廷尉曰："晏平仲之俭①，祠其先人②，豚肩不掩豆③，犹狐裘数十年，卿复何辞此?"于是受而服之。

注释

① 晏平仲：晏婴，春秋时齐国大夫，主张节俭。

② 祠：祭祀。

③ 豚肩：猪腿。豆：古代盛食物的器皿，形似高脚盘。

译文

　　孔廷尉（孔坦）把一件皮袄送给堂弟孔沈，孔沈推辞不要。孔坦说："晏婴很节俭，祭祀先人时，作供品的猪腿还不满一豆，尚且还穿了几十年的狐皮大衣，你又何必拒绝呢？"孔沈就接受了皮袄，穿在身上。

《四十五》以石虎为海鸥

佛图澄与诸石游①，林公曰②："澄以石虎为海鸥鸟③。"

注释

① 佛图澄：西域僧人，西晋永嘉年间到洛阳。诸石：指石勒、石虎等，十六国时在北方建立后赵，羯族。

② 林公：支遁，字道林，人称"林公"。东晋名僧，善谈玄理。

③ 海鸥鸟：《列子·黄帝篇》说，海边有个人喜欢海鸥，天天到海边去和海鸥玩。一天，他父亲让他捉一只海鸥回家，结果海鸥再也不下来了。以此比喻佛图澄清净无机心。

译文

　　佛图澄和石勒、石虎兄弟交游，林公（支遁）说："佛图澄是把石虎兄弟当成了海鸥。"

《四十六》坐无尼父

谢仁祖年八岁①，谢豫章将送客②。尔时语已神悟，自参上流。诸人咸共叹之，曰："年少，一坐之颜回③。"仁祖曰："坐无尼父④，焉别颜回？"

‖ **注释**

① 谢仁祖：谢尚，字仁祖，官至镇西将军、豫州刺史。

② 谢豫章：谢鲲，字幼舆，曾任豫章太守。

③ 一坐：所有在座的人。坐，同"座"。

④ 尼父：指孔子，孔子被尊称为"尼父"。父，古代男子的美称。

‖ **译文**

谢仁祖（谢尚）八岁的时候，父亲谢豫章（谢鲲）带着他送客。此时谢仁祖已经是聪明颖悟、应答敏捷的上流人才了。大家都在赞扬他，说道："少年是座中的颜回呀。"谢仁祖答道："座上没有孔子，怎么能区别出颜回呢？"

《四十七》谢尚德音

陶公疾笃①，都无献替之言②，朝士以为恨。仁祖闻之，曰："时无竖刁③，故不贻陶公话言。"时贤以为德音。

‖ **注释**

① 陶公：陶侃，字士行，官至太尉，赠大司马，东晋名臣。

② 都无：完全没有。献替之言：向帝王提供好的建议，否定不好的做法。

③ 竖刁：春秋时期齐桓公宠信的宦官，管仲死后，他专权乱政。

陶公（陶侃）病重，对身后谁可以替代的话一点也没有讲，朝中官员都很遗憾。谢仁祖（谢尚）听说此事后，说道："现在没有竖刁这样的宦官，自然不会将陶公的话留下来。"当时的贤达认为这是有德之言。

《四十八》朱门如蓬户

竺法深在简文坐，刘尹问："道人何以游朱门？"答曰："君自见其朱门，贫道如游蓬户。"或云卞令①。

注释

① 卞令：卞壶，字望之，曾任尚书令。

译文

竺法深（竺道潜）在简文帝那里做客，刘尹（刘惔）问竺法深："僧人为什么和豪门交往呢？"竺法深回答："你看到的是豪门，贫僧出入却和蓬户一样。"有人说是卞令（卞壶）说的。

《四十九》无小无大，从公于迈

孙盛为庾公记室参军①，从猎，将其二儿俱行。庾公不知，忽于猎场见齐庄②，时年七八岁，庾谓曰："君亦复来邪？"应声答曰："所谓'无小无大，从公于迈'③。"

注释

① 孙盛：字安国，东晋名士，博学强识，著有《魏氏春秋》《晋阳秋》等。

② 齐庄：孙放，字齐庄，孙盛次子。

③　无小无大，从公于迈：见《诗经·鲁颂·泮水》。意思是
　　无论小官大官，都跟随君主出行。

译文

　　孙盛做庾公（庾亮）的记室参军时，随庾公外出打猎，带
上了他的两个儿子一起去。庾公不知道这件事，在猎场突然
见到齐庄（孙放），当时孙放七八岁。庾公对他说："你也来
了吗？"孙放应声答道："这正是所谓'无小无大，从公于迈'
啊。"

《五十》圣人难慕

　　孙齐由、齐庄二人①，小时诣庾公。公问齐由何字，答曰：
"字齐由。"公曰："欲何齐邪？"曰："齐许由。"齐庄何字，答
曰："字齐庄。"公曰："欲何齐？"曰："齐庄周。"公曰："何不
慕仲尼而慕庄周？"对曰："圣人生知②，故难企慕。"庾公大喜
小儿对。

注释

①　孙齐由：孙潜，字齐由，孙盛长子。
②　圣人生知：《论语·季氏》："生而知之者，上也；学而知之
　　者，次也。"这里是说孔子是圣人，是生而知之者，所以难
　　以企及。

译文

　　孙齐由（孙潜）、孙齐庄（孙放）兄弟二人，小时候去拜
访庾公（庾亮）。庾公问齐由字什么，齐由回答："字齐由。"
庾公说："和谁看齐呢？"齐由回答："和许由看齐。"庾公又问
齐庄字什么，齐庄回答："字齐庄。"庾公说："和谁看齐呢？"

齐庄回答："和庄周看齐。"庾公问："为什么不向仲尼看齐，却向庄周看齐呢？"齐庄回答："圣人生而知之，所以我很难企及。"庾公对齐庄的回答非常喜欢。

《五十一》忘情不泣

张玄之、顾敷是顾和中外孙①，皆少而聪惠。和并知之，而常谓顾胜。亲重偏至，张颇不恢②。于时张年九岁，顾年七岁，和与俱至寺中，见佛般泥洹像③，弟子有泣者，有不泣者。和以问二孙。玄谓："被亲故泣，不被亲故不泣。"敷曰："不然。当由忘情故不泣④，不忘情故泣。"

||| **注释**

① 中外孙：孙子和外孙。

② 恢：满意。

③ 般泥洹：梵语。涅槃，圆寂。

④ 当：大概。

||| **译文**

张玄之、顾敷是顾和的孙子和外孙，小时候都很聪明。顾和很看重他们，但认为顾敷更聪明一些。顾和对顾敷的偏爱让张玄之很不满意。当时张玄之九岁，顾敷七岁，一次顾和与他俩一起去寺里，看到了佛涅槃的塑像，弟子们有哭的，有不哭的。顾和拿这件事问两个孙子。张玄之说："受到佛的爱护所以哭，没有受到佛的爱护所以不哭。"顾敷说："不对。或许是忘情的不哭，不能忘情的就哭了。"

《五十二》贪者不与

庾法畅造庾太尉①，握麈尾至佳②。公曰："此至佳，那得在？"法畅曰："廉者不求，贪者不与，故得在耳。"

|| **注释**

① 庾法畅：当为"康法畅"之误，晋时僧人。

② 麈尾：六朝清谈时，名士手中多持此物，用以指点或增饰仪容。麈尾由木柄和鹿尾毛组成。

|| **译文**

康法畅去庾太尉（庾亮）那里，手中握的麈尾非常好看。庾公说："这柄麈尾这么好，如何能留得住呢？"康法畅说："廉洁的人不会向我要，贪婪的人我不会给，所以就留在我这里了。"

《五十三》扇不在新

庾稚恭为荆州①，以毛扇上武帝，武帝疑是故物。侍中刘劭曰："柏梁云构②，工匠先居其下；管弦繁奏，钟、夔先听其音③。稚恭上扇，以好不以新。"庾后闻之，曰："此人宜在帝左右。"

|| **注释**

① 庾稚恭：庾翼，字稚恭。庾亮的弟弟，东晋名臣。

② 柏梁：柏梁台，汉武帝时建，故址在陕西西安。云构：形容建筑高大。

③ 钟：钟子期，春秋时人，精通音乐。夔：传说舜时的乐官。

庾稚恭（庾翼）任荆州刺史时，进献给晋武帝（司马炎）一把羽毛扇，武帝怀疑是旧的。侍中刘劭说："柏梁台高大壮丽，需要工匠从底下把它建起来；管弦繁复的旋律，需要钟子期和夔那样的乐师先检听它的声音。稚恭献上这把扇子，是因为它是好的，而不因为它是新的。"庾稚恭后来听到这件事，说："刘劭这个人适合在皇帝的左右。"

《五十四》 国自有周公

何骠骑亡后①，征褚公入②。既至石头，王长史、刘尹同诣褚③。褚曰："真长何以处我？"真长顾王曰："此子能言。"褚因视王，王曰："国自有周公④。"

注释

① 何骠骑：何充，字次道，爱好佛理，识量过人。曾任骠骑将军，辅佐晋穆帝，为一朝宰相。

② 褚公：褚裒。

③ 王长史：王濛，字仲祖，曾任司徒左长史。善谈玄理，与刘惔齐名，享誉当时。

④ 周公：姬姓，名旦。文王之子，武王之弟。辅佐武王灭商，建立周朝。武王死后，又辅佐年幼的成王，代掌朝政，平定管叔、蔡叔的叛乱。后以周公喻国家的重臣。

译文

何骠骑（何充）死后，朝廷征召褚公（褚裒）入朝。褚公到了石头城以后，王长史（王濛）和刘尹（刘惔）一起来看他。褚裒说："真长您怎么安排我？"刘真长看着王濛说："这个人能告诉你。"褚裒于是看着王濛，王濛说："国家已经有周公了。"

《五十五》 人何以堪

桓公北征[1]，经金城，见前为琅邪时种柳，皆已十围，慨然曰："木犹如此，人何以堪！"攀枝执条，泫然流泪。

||| **注释**

[1] 桓公：桓温，字元子。官至琅邪内史、荆州刺史、征西大将军，加官大司马。废海西公立简文帝，权倾一时。死后谥宣武。

||| **译文**

桓公（桓温）北征时，途经金城，看到他任琅邪内史时种的柳树，已经十围粗了，感慨道："树木的变化尚且如此，人又如何禁得起岁月的流逝呢！"他手握枝条，潸然泪下。

《五十六》 为王前驱

简文作抚军时，尝与桓宣武俱入朝，更相让在前。宣武不得已而先之，因曰："伯也执殳，为王前驱[1]。"简文曰："所谓'无小无大，从公于迈'。"

||| **注释**

[1] 伯也执殳（shū），为王前驱：见《诗经·卫风·伯兮》。伯，兄弟中年长者。殳，一种兵器，类似槊。桓温年岁比简文帝大，所以这样说。

译文

简文帝（司马昱）在任抚军将军时，曾和桓宣武（桓温）一起上朝，两个人相互谦让，请对方先走。桓温不得已先行，于是说道："伯也执殳，为王前驱。"简文帝说道："这正是'无小无大，从公于迈'。"

《五十七》 松柏之质

顾悦与简文同年①，而发早白。简文曰："卿何以先白？"对曰："蒲柳之姿，望秋而落；松柏之质，经霜弥茂。"

注释

① 顾悦：字君叔，官至尚书左丞。

译文

顾悦和简文帝（司马昱）同岁，可顾悦的头发早就白了。简文帝问："你的头发为什么先白了？"顾悦回答："蒲柳柔弱，到秋天叶子就落了；松柏坚实，越历经风霜越茂盛。"

《五十八》 忠臣孝子

桓公入峡，绝壁天悬，腾波迅急，乃叹曰："既为忠臣，不得为孝子，如何？"

译文

桓公（桓温）率军进入三峡，只见两岸峭壁，直耸云间，波涛汹涌，水势湍急，于是感叹道："做了忠臣，就不能当孝子了，这是为什么呢？"

《五十九》简文之忧

初，荧惑入太微①，寻废海西。简文登阼，复入太微，帝恶之。时郗超为中书②，在直③。引超入曰："天命修短，故非所计。政当无复近日事不④？"超曰："大司马方将外固封疆，内镇社稷，必无若此之虑。臣为陛下以百口保之。"帝因诵庾仲初诗曰⑤："志士痛朝危，忠臣哀主辱。"声甚凄厉。郗受假还东，帝曰："致意尊公，家国之事，遂至于此。由是身不能以道匡卫，思患预防。愧叹之深，言何能喻！"因泣下流襟。

注释

① 荧惑：火星。古人认为火星是灾星。太微：星座名。位于北斗星座南面，由十颗星组成。古人把太微和世间的朝廷相对应，荧惑出现在太微中，是皇室不祥的征兆。

② 郗超：字景兴，小名嘉宾。善谈论，精于义理，为桓温的谋主，权倾一时。

③ 在直：在朝值班。直，通"值"。

④ 政：只是，只。当：表揣测语气，或许。无复：不再。

⑤ 庾仲初：庾阐，字仲初，晋时文人，以《扬都赋》闻名。

译文

当初，火星进入太微星座，不久桓温废黜晋废帝为海西公。简文帝登基，火星再次进入太微星座，简文帝很讨厌这件事。此时郗超为中书侍郎，在朝里值守。简文帝让郗超进来对他说道："天命的长短，本来不是我们能测定的。只是会不会再发生最近的事呢？"郗超说："大司马现在正外固边疆，内安社稷，请您千万不要有这样的顾虑了。臣愿以全家的性命为陛下担保。"简文帝于是吟诵庾仲初（庾阐）的诗道："志士痛朝危，忠臣哀主辱。"声调非常凄厉。郗超休假要回会稽，简文帝对他说："请转告你的父亲，国家的事情已经到了这种地步。由于我无力保卫国家，不能防患于未然，内心愧疚慨叹，哪里是言语所能表达的呢！"既而泣下，泪水打湿了衣襟。

《六十》暗室对答

简文在暗室中坐，召宣武。宣武至，问上何在。简文曰："某在斯[1]。"时人以为能。

|| **注释**

① 某在斯：见《论语·卫灵公》。盲人乐师冕去见孔子，孔子为他逐个介绍在座的人，说："某在斯，某在斯。"

|| **译文**

简文帝在暗室里坐着，召见桓温。桓温到了，问皇上在哪里。简文帝回答："某在斯。"当时人们觉得简文帝善于言辞。

《六十一》会心处不必在远

简文入华林园[1]，顾谓左右曰："会心处不必在远，翳然林水[2]，便自有濠、濮间想也[3]，觉鸟兽禽鱼自来亲人。"

|| **注释**

① 华林园：园林名，在东晋都城建康。

② 翳然：遮蔽的样子。

③ 濠、濮：濠水和濮水。见《庄子·秋水》，庄子和惠子在濠水游玩，羡慕鱼的乐趣；庄子在濮水边钓鱼，表示自己宁可做一只污泥中爬行的乌龟，也不接受楚威王的聘用。后世

用"濠濮"表示远离尘世，回归自然的理想。想：情怀。

译文

简文帝游华林园，回头对身边的人说："让人感悟的地方不一定非要遥远，置身幽静深邃的林木溪水间，自然就会出现庄周在濠水、濮水时产生的情怀，感到鸟兽禽鱼也来和人亲近了。"

《六十二》中年伤于哀乐

谢太傅语王右军曰："中年伤于哀乐[①]，与亲友别，辄作数日恶。"王曰："年在桑榆，自然至此，正赖丝竹陶写[②]。恒恐儿辈觉，损欣乐之趣[③]。"

注释

① 哀乐：悲哀与欢乐，此处偏指悲哀。

② 陶写：陶冶。

③ 损：减少，降低。

译文

谢太傅（谢安）对王右军（王羲之）说："人到中年，很容易感伤。我和亲友告别，就会难受好几天。"王右军说："快到晚年，自然会这样，只好靠音乐来陶冶性情了。还总怕儿女们察觉了，会减少这种快乐的情绪。"

《六十三》重其神骏

支道林常养数匹马。或言道人畜马不韵[①]。支曰："贫道重其神骏。"

注释

① 韵：高雅。

译文

支道林（支遁）曾养了几匹马。有人议论说僧人养马不高雅。支道林说："我看重的是马的飘逸雄风。"

《六十四》咫尺玄门

刘尹与桓宣武共听讲《礼记》①。桓云："时有入心处，便觉咫尺玄门②。"刘曰："此未关至极，自是金华殿之语③。"

注释

① 《礼记》：也称《小戴礼记》，儒家经典之一，为秦汉以前各种礼仪论著的选集。相传由西汉戴圣编纂，今本为东汉郑玄注。

② 咫尺：喻距离很近。咫，古代长度单位，八寸为一咫。玄门：比喻高深的境界。

③ 自是：只是。金华殿：西汉未央宫中殿名。汉成帝时，儒生在此给皇帝讲解经书。

译文

刘尹（刘惔）和桓宣武（桓温）一起听人讲《礼记》。桓温说："不时有心领神会的地方，就觉得离高深境界很近了。"刘惔说："这还没到最高境界，只是金华殿上儒生给皇帝讲经的常谈。"

《六十五》羊秉无后

羊秉为抚军参军，少亡，有令誉。夏侯孝若为之叙①，极相赞悼。羊权为黄门侍郎，侍简文坐。帝问曰："夏侯湛作羊秉叙，绝可想②。是卿何物③？有后不？"权潸然对曰："亡伯令问凤彰④，而无有继嗣；虽名播天听⑤，然胤绝圣世⑥。"帝嗟慨久之。

注释

① 叙：文体名，叙述并评价死者生平的文章。

② 绝可想：非常称人心意。

③ 何物：什么人。

④ 令问凤彰：声名一向显著。令问，好名声。彰，显著。

⑤ 天听：上天的视听。古代称帝王的视听为天听。

⑥ 胤：后代。

译文

羊秉任抚军参军，很年轻就去世了，名声很好。夏侯孝若（夏侯湛）给他作传，对他极力赞颂和哀悼。羊权任黄门侍郎，陪侍在简文帝身旁。简文帝问他："夏侯湛给羊秉作传，这很让我满意。羊秉是你什么人？有后代吗？"羊权潸然泪下，回答道："我去世的伯父一向名声远扬，可是没有后代；尽管皇上都知道他的名声，他在世上却没有后代了。"简文帝听后感叹了半天。

《六十六》天之自高

王长史与刘真长别后相见，王谓刘曰："卿更长进。"答曰："此若天之自高耳①。"

① 此若天之自高耳：语出《庄子·田子方》："至人之于德也，不修而物不能离焉。若天之自高，地之自厚，日月之自明，夫何修焉。"刘惔以此标榜自己的修养已达到最高境界。

译文

王长史（王濛）和刘真长（刘惔）别后重逢，王对刘说："您又长进了。"刘真长回答道："这就像天本来就高罢了。"

《六十七》松下清风

刘尹云："人想王荆产佳①，此想长松下当有清风耳。"

注释

① 想：想象，以为。王荆产：王微，字幼仁，小字荆产。王澄的儿子。官至尚书郎、右军司马。

译文

刘尹（刘惔）说："人们认为王荆产（王微）很优秀，这就跟认为长松下必有清风是一样的啊。"

《六十八》不解蛮语

王仲祖闻蛮语不解，茫然曰："若使介葛卢来朝①，故当不昧此语②。"

注释

① 介葛卢：春秋时东夷国国君，传说他通牛语。

② 故当：应当。

王仲祖（王濛）听不懂南方少数民族的语言，茫然地说："假如介葛卢来访，他应当会明白这种语言。"

《六十九》逸少高见

刘真长为丹阳尹，许玄度出都^①，就刘宿，床帷新丽，饮食丰甘。许曰："若保全此处，殊胜东山。"刘曰："卿若知吉凶由人，吾安得不保此！"王逸少在坐，曰："令巢、许遇稷、契^②，当无此言。"二人并有愧色。

注释

① 许玄度：许询，字玄度，文学家，隐居不仕。出都：到京都。

② 稷、契：尧舜时期的两位贤臣。稷，周的始祖，尧时农官。契，商的始祖，舜时为司徒，帮助大禹治水。

译文

刘真长（刘惔）任丹阳尹时，许玄度（许询）到京都来，在刘真长处借宿。刘家床帐簇新华丽，饭菜丰盛甘美。许玄度说："如果能保住这个地方，实在是比在东山隐居强多了。"刘真长说："你如果明白吉凶由人这个道理，我怎么会不保住这个地方！"王逸少（王羲之）当时在座，说道："如果让巢父、许由遇到稷、契，估计不会说出这样的话来。"刘、许二人听罢都面有愧色。

《七十》清言致患

王右军与谢太傅共登冶城①，谢悠然远想，有高世之志。王谓谢曰："夏禹勤王，手足胼胝②；文王旰食③，日不暇给④。今四郊多垒⑤，宜人人自效；而虚谈费务，浮文妨要，恐非当今所宜。"谢答曰："秦任商鞅，二世而亡，岂清言致患邪？"

注释

① 冶城：古城名，在今江苏南京。

② 手足胼胝（pián zhī）：手脚都起了茧子，形容非常劳累。胼胝，茧子。

③ 旰（gàn）食：天晚了才吃饭。旰，晚。

④ 日不暇给：工作很多，时间不够用。

⑤ 垒：营垒。

译文

王右军（王羲之）和谢太傅（谢安）一起登冶城，谢安悠然遐想，有超脱世俗的志向。王羲之对谢安说："夏禹勤于政事，手脚都长了茧子；周文王忙到很晚才吃饭，觉得时间都不够用。现在国家处于危难之中，人人都应该为国效力；而清谈废弛政务，虚文妨碍正事，恐怕不是现在所应该提倡的。"谢安回答道："秦始皇任用商鞅施行法治，也不过历经两代就亡了，难道是清谈造成的祸患吗？"

《七十一》柳絮因风起

谢太傅寒雪日内集①，与儿女讲论文义。俄而雪骤，公欣然曰："白雪纷纷何所似？"兄子胡儿曰②："撒盐空中差可拟。"

晋會稽太守王凝之妻謝夫人道韞

兄女曰："未若柳絮因风起。"公大笑乐。即公大兄无奕女③，左将军王凝之妻也。

注释

① 内集：家庭聚会。

② 胡儿：谢朗，字长度，小名胡儿，谢安二哥谢据的儿子。

③ 无奕女：谢安大哥谢奕的女儿谢道韫，有文才。

译文

　　谢太傅（谢安）在一个寒冷的雪天召集家人，和晚辈们探讨文章义理。一会儿雪下得急起来，太傅欣然说道："白雪纷纷何所似？"侄儿胡儿（谢朗）说："撒盐空中差可拟。"侄女谢道韫说："未若柳絮因风起。"太傅高兴得大笑。这个女子是谢太傅大哥谢无奕（谢奕）的女儿，左将军王凝之的妻子。

《七十二》两可之间

　　王中郎令伏玄度、习凿齿论青、楚人物①，临成，以示韩康伯，康伯都无言。王曰："何故不言？"韩曰："无可无不可②。"

注释

① 王中郎：王坦之，字文度，曾任中书令，兼北中郎将，东晋名臣。伏玄度：伏滔，字玄度，曾任桓温参军、著作郎、游击参军。习凿齿：字彦威，官至荥阳太守。青、楚：青州和荆州。

② 无可无不可：见《论语·微子》："我则异于是，无可无不可。"指既不表示同意，也不表示不同意。

译文

　　王中郎（王坦之）让伏玄度（伏滔）、习凿齿评论青州和荆州的人物，写完以后，王中郎拿给韩康伯看，韩康伯一言不发。王中郎说："怎么不说话？"韩康伯回答："无可无不可。"

《七十三》清风朗月

刘尹云："清风朗月，辄思玄度。"

译文

刘尹（刘惔）说："清风朗月的时候，我就想起了许玄度（许询）。"

《七十四》凌云之意

荀中郎在京口[①]，登北固望海云[②]："虽未睹三山[③]，便自使人有凌云意。若秦、汉之君，必当褰裳濡足[④]。"

注释

① 荀中郎：荀羡，字令则，曾任北中郎将。京口：今江苏镇江。

② 北固：北固山，在镇江，临长江，山上有北固亭。

③ 三山：传说中的海上蓬莱、方丈、瀛洲三座名山，山上有神仙居住。

④ 褰（qiān）裳濡足：提起下衣，涉水渡海，进入仙境。褰，掀起。

译文

荀中郎（荀羡）在京口，登上北固山眺望东海，说道："虽然没看到海上三山，就已经令人有了身处云霄、登上仙境的欢乐。如果秦始皇、汉武帝在这里，一定会提起下衣，涉水渡海，寻找仙人去。"

《七十五》 圣贤在迩

谢公云："贤圣去人，其间亦迩。"子侄未之许。公叹曰："若郗超闻此语，必不至河汉①。"

||| **注释**

① 河汉：指银河。典出《庄子·逍遥游》，喻不切实际，大而无当。

||| **译文**

谢公（谢安）说："圣贤和普通人之间的距离，有时候是很近的。"晚辈们不赞成他的观点。谢公叹道："如果郗超听了我的这番话，他不会觉得不着边际。"

《七十六》 支公好鹤

支公好鹤，住剡东岇山①。有人遗其双鹤，少时翅长欲飞，支意惜之，乃铩其翮②。鹤轩翥不复能飞③，乃反顾翅垂头，视之如有懊丧意。林曰："既有凌霄之姿④，何肯为人作耳目近玩！"养令翮成，置使飞去。

||| **注释**

① 岇（àng）山：山名，在今浙江嵊州东。

② 铩：伤残。翮：羽毛的茎，此指翅膀。

③ 轩翥：张开翅膀。

④ 凌霄之姿：飞入云霄的本领。姿，资质，本领。

||| **译文**

支公（支遁）喜欢鹤，住在剡县东部的岇山。有人送了他

两只鹤，过了不久，鹤的翅膀长好了，就要飞去，支公舍不得它们，就折断了鹤的翅膀。鹤张开翅膀却飞不了了，就扭头看着自己的翅膀，伤心地低下了头，看起来非常沮丧。支公说道："既然鹤有飞上云霄的才能，为什么还要让它在人身边，做观赏的玩物呢！"于是细心调养这两只鹤，等它们的翅膀长好后，让它们飞走了。

《七十七》纳而不流

谢中郎经曲阿后湖[①]，问左右："此是何水？"答曰："曲阿湖。"谢曰："故当渊注渟著[②]，纳而不流。"

||| **注释**

①　谢中郎：谢万，字万石，谢安的弟弟。曲阿后湖：即曲阿湖，又名练湖，在今江苏丹阳。

②　渊注渟著：水积聚得很深，停滞不流。渟，水积聚不流。

||| **译文**

谢中郎（谢万）经过曲阿后湖，问身边的人："这是什么湖？"身边的人回答说："是曲阿湖。"谢中郎说："怪不得深水积聚在这里，没有流失呢。"

《七十八》欲者不多，与者忘少

晋武帝每饷山涛恒少。谢太傅以问子弟，车骑答曰[①]："当由欲者不多，而使与者忘少。"

||| **注释**

①　车骑：指谢玄，谢玄死后赠车骑将军。

晋武帝每次赏赐给山涛的东西总是不多。谢太傅（谢安）拿这件事问家里的晚辈，车骑（谢玄）回答："大概是因为接受的人想要的不多，所以给的人就忘了给的东西少了。"

《七十九》济河焚舟

谢胡儿语庾道季①："诸人莫当就卿谈②，可坚城垒。"庾曰："若文度来，我以偏师待之③；康伯来，济河焚舟④。"

注释

① 庾道季：庾龢（hé），字道季，庾亮之子。

② 莫：通"暮"。当：将要。

③ 偏师：非主力部队。

④ 济河焚舟：出自《左传·文公三年》，意思是过了黄河就烧掉渡船，表示决一死战。

译文

谢胡儿（谢朗）告诉庾道季（庾龢）："大家晚上要来你这里清谈，你可要坚固堡垒，做好准备啊。"庾道季回答："如果文度（王坦之）来，我用偏军对付他；如果康伯（韩伯）来，那我就渡河烧船，和他决一死战。"

《八十》穷猿奔林，岂暇择木

李弘度常叹不被遇①。殷扬州知其家贫②，问："君能屈志百里不③？"李答曰："《北门》之叹④，久已上闻；穷猿奔林⑤，岂暇择木？"遂授剡县。

① 李弘度：李充，字弘度，曾任剡县令。

② 殷扬州：殷浩，曾任扬州刺史。

③ 百里：古时一个县管辖的地方方圆百里，所以用"百里"
指代县或县令。

④ 《北门》之叹：见《诗经·邶风·北门》，用来比喻读书人
怀才不遇。

⑤ 穷猿奔林：比喻处境艰难的人要摆脱困境。穷，走投无路。

译文

李弘度（李充）常常感叹自己不被知遇。殷扬州（殷浩）
知道他家境贫寒，问他："你能委屈一下，做个县令吗？"李弘
度回答："我不得志，您早就知道了；我就像被追赶的猿猴，哪
里还管选择哪棵树来隐身呢？"于是就让李弘度做了剡县县令。

《八十一》日月清朗

王司州至吴兴印渚中看①，叹曰："非唯使人情开涤，亦觉
日月清朗。"

注释

① 王司州：王胡之，字修龄，曾任司州刺史。印渚：河中小
洲，在吴兴郡于潜县（今浙江昌化）。

译文

王司州（王胡之）到吴兴的印渚游览，他感叹道："这里不
仅使人心境开阔，连日月都让人觉得清澈明朗了。"

《八十二》粗有才具

谢万作豫州都督，新拜①，当西之都邑，相送累日，谢疲顿。于是高侍中往②，径就谢坐，因问："卿今仗节方州③，当疆理西蕃④，何以为政？"谢粗道其意。高便为谢道形势，作数百语。谢遂起坐。高去后，谢追曰："阿酃故粗有才具。"谢因此得终坐。

‖ **注释**

① 新拜：刚接受任命。

② 于是：这时。高侍中：高崧，字茂琰，小字阿酃（líng），曾任吏部郎、侍中。

③ 仗节：手持符节，指身负的官职。方州：地方州郡。

④ 疆理：见《左传·成公二年》："先王疆理天下，物土之宜，而布其利。"即分界治理的意思。西蕃：豫州在东晋都城建康西部，是西部重镇，所以这样说。蕃，通"藩"，屏障。

‖ **译文**

谢万出任豫州都督，刚接受任命，准备西去豫州任上。连续几天的饯行，搞得谢万很疲惫。这时高侍中（高崧）到了，直接走到谢万跟前坐下，随即说道："先生如今手持符节，担任豫州刺史，治理西部地区，有什么施政的打算呢？"谢万大概说了自己的想法。于是高崧便为谢万陈说了一番形势，长篇大论有几百句话。谢万于是起身倾听。高崧走后，谢万追述说："阿酃还是有些才华。"谢万因此听到了最后。

《八十三》万里之势

袁彦伯为谢安南司马①，都下诸人送至濑乡②。将别，既自凄惘，叹曰："江山辽落③，居然有万里之势④！"

‖ **注释**

① 袁彦伯：袁宏，字彦伯。谢安南：谢奉，字弘道，曾任安南将军。

② 都下：京城。濑乡：地名，在今江苏溧阳境内。

③ 辽落：辽阔。

④ 居然：显然，的确。

‖ **译文**

袁彦伯（袁宏）将任谢安南（谢奉）的司马，京城的友人送他到了濑乡。即将分别，大家显得很凄凉怅惘，袁宏感叹道："江山辽阔，的确有万里之势。"

《八十四》枫柳合抱，亦何所施

孙绰赋《遂初》①，筑室畎川②，自言见止足之分③。斋前种一株松，恒自手壅治之④。高世远时亦邻居⑤，语孙曰："松树子非不楚楚可怜⑥，但永无栋梁用耳！"孙曰："枫柳虽合抱⑦，亦何所施？"

‖ **注释**

① 孙绰：字兴公，东晋文学家。

② 畎（quǎn）川：山谷间平地。或曰会稽某地名，不详。

③ 止足：《老子》四十四章："知足不辱，知止不殆。"后用"止足"表示知止知足，不求名利。分：本分。

④ 壅：培土。

⑤ 高世远：高柔，字世远。

⑥ 松树子：小松树。

⑦ 枫柳：枫树、柳树。

译文

孙绰作《遂初赋》，后来在畎川盖了几间房子隐居，表明自己不再追逐名利。孙绰在房前种了一棵松树，常常亲自培土修理。高世远（高柔）当时是他的邻居，就对孙绰说："小松树虽然楚楚可怜，但永远也做不了栋梁呀！"孙绰说道："枫树、柳树虽然有合抱粗，又有什么用处？"

《八十五》丹楼如霞

桓征西治江陵城甚丽①，会宾僚出江津望之②，云："若能目此城者③，有赏。"顾长康时为客④，在坐，目曰："遥望层城，丹楼如霞。"桓即赏以二婢。

注释

① 江陵：县名，今属湖北，为当时荆州的治所。

② 江津：汉水渡口。

③ 目：品评。

④ 顾长康：顾恺之，字长康。曾任桓温参军。中国历史上的著名画家。

译文

桓征西（桓温）把江陵城修建得非常壮丽，他会集宾客下属，到汉江渡口处远眺江陵，说："谁评价这座城评价得好，有赏。"顾长康（顾恺之）当时是桓温的幕客，在坐，品评道：

"遥望层楼，丹楼如霞。"桓温随即赏给了他两个婢女。

《八十六》不如铜雀台上妓

王子敬语王孝伯曰："羊叔子自复佳耳①，然亦何与人事，故不如铜雀台上妓②。"

‖ 注释

① 自复：确实，固然。

② 铜雀台：楼台名。曹操所建，故址在今河北临漳，楼顶上置大铜雀，故名。传说曹操死后曾将自己的爱伎安置在这里。

‖ 译文

王子敬（王献之）对王孝伯（王恭）说："羊叔子（羊祜）确实不错，但这又与我们有什么关系，真不如铜雀台上的歌伎。"

《八十七》何其坦迤

林公见东阳长山曰①："何其坦迤②！"

‖ 注释

① 东阳：郡名，治所在长山县（今浙江金华）。长山：山名。

② 坦迤：宽阔绵延。

‖ 译文

林公(支遁)看到东阳长山，说道："多么宽阔曲折呀！"

《八十八》会稽山川

顾长康从会稽还，人问山川之美，顾云："千岩竞秀，万壑争流，草木蒙笼其上，若云兴霞蔚。"

||| **译文**

顾长康（顾恺之）从会稽回来，人们问他那里的山川美景，顾长康说："千岩竞秀，万壑争流，草木葱郁朦胧，像绚丽的云霞，弥漫在上面。"

《八十九》何常之有

简文崩，孝武年十余岁，立，至暝不临①。左右启："依常应临。"帝曰："哀至则哭，何常之有！"

||| **注释**

① 暝：日暮。临：哭吊。

||| **译文**

简文帝（司马昱）去世，孝武帝（司马曜）才十几岁，即位，可他天黑了也不到灵前哭丧。左右的人对他说："依常规要按时哭丧。"孝武帝说："伤心至极就会哭，哪里有什么惯例！"

《九十》车武子之问

孝武将讲《孝经》，谢公兄弟与诸人私庭讲习①。车武子难苦问谢②，谓袁羊曰："不问则德音有遗③，多问则重劳二谢。"袁曰："必无此嫌。"车曰："何以知尔？"袁曰："何尝见明镜疲于屡照，清流惮于惠风？"

译文

孝武帝（司马曜）要讲《孝经》，谢安兄弟和其他人先在自己家学习。车武子（车胤）因为自己屡次提问谢安兄弟，有些不好意思，就对袁羊（袁乔）说："不问呢，怕遗漏了善言；问多了呢，就怕麻烦谢家兄弟。"袁羊说："不必有这种担心。"车武子说："怎么知道是这样的呢？"袁羊说："你什么时候见过明镜因为不断照人而觉得累，清澈的流水害怕被和风吹拂呢？"

《九十一》 山川映发

王子敬云："从山阴道上行，山川自相映发^①，使人应接不暇。若秋冬之际，尤难为怀。"

注释

① 自相映发：交相辉映。

译文

王子敬（王献之）说："在山阴的路上行走，美丽的山川景色交相辉映，令人应接不暇。如果是秋冬之际，更是令人难以忘怀。"

《九十二》芝兰玉树

谢太傅问诸子侄："子弟亦何预人事①，而正欲使其佳？"诸人莫有言者，车骑答曰："譬如芝兰玉树②，欲使其生于阶庭耳。"

‖ 注释

① 人事：自己的事。人，此处用以自代。

② 芝兰玉树：比喻优秀的人才。芝兰，香草名。玉树，传说中的仙树。

‖ 译文

谢太傅（谢安）问家中的晚辈："孩子们和自己的事有什么相干，为什么长辈一定希望你们有出息呢？"众人没有能回答的，车骑（谢玄）回答道："就好像芝兰玉树，总希望它们生长在自己家的庭院罢了。"

《九十三》整饰音辞

道壹道人好整饰音辞①，从都下还东山，经吴中②。已而会雪下③，未甚寒，诸道人问在道所经。壹公曰："风霜固所不论，乃先集其惨澹④；郊邑正自飘瞥⑤，林岫便已皓然⑥。"

‖ 注释

① 道壹道人：东晋高僧，俗姓陆，吴人，师从竺法汰，故亦称竺道壹。整饰音辞：修饰文辞。

② 吴中：吴郡地区，治所在今江苏苏州。

③ 已而：不久。

④ 惨澹：惨淡，色彩暗淡。

⑤ 郊邑：郊外。飘瞥：飞速飘过。

⑥ 林岫：林木葱茏的山峰。皓然：喻洁白。

译文

道壹和尚喜欢修饰辞藻，他从京都回东山，经过吴中。上路不久就赶上下雪，并不是很冷，回去后众僧人问他路上经过。道壹回答："风霜本没什么可说的，先是一片暗淡；郊野还在雪花飘飞，山林已经银装素裹了。"

《九十四》 人无嫉心

张天锡为凉州刺史①，称制西隅②。既为苻坚所禽③，用为侍中。后于寿阳俱败④，至都，为孝武所器。每入言论，无不竟日⑤。颇有嫉己者，于坐问张："北方何物可贵？"张曰："桑椹甘香，鸱鸮革响⑥。淳酪养性⑦，人无嫉心。"

注释

① 张天锡：字纯嘏，世居凉州，为凉州刺史。公元363年，张天锡在凉州实行地方割据，自称凉州牧、西平公，继承前凉政权。公元376年，苻坚攻下凉州，张天锡归降。凉州：汉所置十三州之一，辖境相当于今甘肃、宁夏、青海、陕西和内蒙古部分地区。

② 称制：行使皇帝的权力。西隅：西郊。此指凉州。

③ 苻坚：字永固，氐族。十六国时前秦君主，在位二十余年，统一北方大部分地区。公元383年，于淝水之战大败，前秦因此瓦解。禽：同"擒"。

④ 寿阳：今安徽寿县。

⑤ 竟日：整天。

⑥ 桑葚甘香，鸱鸮革响：《诗经·鲁颂·泮水》："翩彼飞鸮，集于泮林。食我桑葚，怀我好音。"说的是淮夷到鲁国朝拜，受到鲁国款待，并向鲁国表示臣服。鸱鸮，猫头鹰。革响，改变叫声。

⑦ 淳酪：味道纯正的奶酪。

译文

张天锡做凉州刺史，在西北割据称王。不久被苻坚擒获，让他做了侍中。后来在寿阳和苻坚一起战败，到了京都，得到孝武帝司马曜的器重。他每次进宫谈话，常常一说就是一整天。有人很嫉妒他，就在席间问张天锡："北方有什么好东西？"张天锡回答："桑葚甘甜芳香，鸱鸮飞来都变了声音。醇厚的奶酪滋养德行，人们没有妒忌心理。"

《九十五》鱼鸟何依

顾长康拜桓宣武墓，作诗云："山崩溟海竭①，鱼鸟将何依。"人问之曰："卿凭重桓乃尔②，哭之状其可见乎？"顾曰："鼻如广莫长风③，眼如悬河决溜④。"或曰："声如震雷破山，泪如倾河注海。"

注释

① 溟海：大海。

② 凭重：倚重。乃尔：如此。

③ 广莫长风：强劲的北风。《淮南子·天文训》："不周风至四十五日，广莫风至。"

④ 悬河：瀑布。决溜：河堤决口。形容水流很快。

译文

顾长康（顾恺之）拜谒桓宣武（桓温）墓，作诗道："山崩溟海竭，鱼鸟将何依。"有人问他："你以前是那样受桓公倚重，哭吊的样子可以给我们描述吗？"顾长康说："鼻息如北风呼号，眼泪像瀑布奔流。"或说："哭声如霹雳开山，泪水像奔流入海。"

《九十六》宁为玉折

毛伯成既负其才气[1]，常称："宁为兰摧玉折，不作萧敷艾荣[2]。"

注释

① 毛伯成：毛玄，字伯成。官至征西行军参军。
② 萧敷艾荣：萧、艾，野蒿，臭草。常用来指不良子弟。敷、荣，开花。

译文

毛伯成（毛玄）对自己的才华非常自负，常说："宁做摧折的兰花，也不做繁衍茂盛的萧艾。"

《九十七》默然则为许可

范甯作豫章[1]，八日请佛有板[2]，众僧疑，或欲作答[3]。有小沙弥在坐末[4]，曰："世尊默然[5]，则为许可。"众从其义。

注释

① 范甯：字武子，官至豫章太守。博学，著有《春秋穀梁传集解》。

② 八日请佛：相传农历四月八日是释迦牟尼诞生日，这一天佛寺要举行诵经、请佛像等活动。板：简牍。

③ 或：或许，是否。

④ 小沙弥：佛家对刚受戒出家的年轻和尚的称呼。

⑤ 世尊：佛家对释迦牟尼的尊称。

译文

范甯担任豫章太守，四月八日是佛诞日，有请佛的板牍，僧人们疑惑佛是否会作答。坐在末座的小和尚说："佛沉默不语，就是许可了。"大家就附和了他的意思。

《九十八》滓秽太清

司马太傅斋中夜坐①，于时天月明净，都无纤翳②，太傅叹以为佳。谢景重在坐③，答曰："意谓乃不如微云点缀。"太傅因戏谢曰："卿居心不净，乃复强欲滓秽太清邪④？"

注释

① 司马太傅：即司马道子，东晋简文帝的儿子，任太傅，执掌朝政，后被桓玄杀害。

② 纤翳：细微的遮蔽物。

③ 谢景重：谢重，字景重。谢朗的儿子，曾任司马道子的骠骑长史。

④ 乃复：竟然。滓秽：玷污。太清：天空。

译文

司马太傅（司马道子）晚上在屋里坐着，这时天空明朗，月亮皎洁，没有一丝的云影，太傅赞叹不已。谢景重（谢重）当时在座，说道："我想不如再有点云彩来点缀。"太傅和谢景重开玩笑说："你心里不干净，竟然要弄脏这明净的天空吗？"

《九十九》否剥成象

王中郎甚爱张天锡，问之曰："卿观过江诸人，经纬江左轨辙^①，有何伟异^②？后来之彦^③，复何如中原？"张曰："研求幽邃^④，自王、何以还^⑤；因时修制，荀、乐之风。"王曰："卿知见有余^⑥，何故为苻坚所制？"答曰："阳消阴息，故天步屯蹇^⑦，否剥成象^⑧，岂足多讥？"

注释

① 经纬：治理。轨辙：车印。比喻事迹、业绩。

② 伟异：特异，特别。

③ 彦：有才学的人。

④ 幽邃：幽深。

⑤ 以还：以来，以上。

⑥ 知见：见识。

⑦ 天步屯蹇（jiǎn）：国运艰难。天步，国运，时运。屯蹇，《周易》的两个卦名，都有艰难困苦的意思，后用屯蹇指代挫折、不顺利。

⑧ 否（pǐ）剥：否、剥为《周易》的两个卦名，有不顺、阻隔的意思。

译文

王中郎（王坦之）很喜欢张天锡，问他说："你观察过江的这些人，治理江左的业绩，有什么出色的？后来的人才，和中原时的相比，又怎么样呢？"张天锡回答："深入研究，探求根本，达到了王导、何充的高度；因地制宜修订制度，也有荀勖、乐广的风范。"王坦之说："你很有见识，怎么还会被苻坚控制呢？"张天锡回答说："阳消阴长，所以时运不济，国家分裂造成这种局面，这难道还值得讥讽吗？"

《一百》故自佳

谢景重女适王孝伯儿[1]，二门公甚相爱美[2]。谢为太傅长史，被弹；王即取作长史，带晋陵郡。太傅已构嫌孝伯，不欲使其得谢，还取作咨议，外示縶维[3]，而实以乖间之[4]。及孝伯败后，太傅绕东府城行散[5]，僚属悉在南门，要望候拜[6]。时谓谢曰："王甯异谋[7]，云是卿为其计。"谢曾无惧色，敛笏对曰："乐彦辅有言：'岂以五男易一女。'"太傅善其对，因举酒劝之曰："故自佳，故自佳。"

注释

① 适：女儿出嫁。

② 门公：家中主人，指父亲。

③ 縶维：《诗经·小雅·白驹》："皎皎白驹，食我场苗。縶之维之，以永今朝。"縶，绊马足。维，拴马缰。原诗是挽留客人的意思，后用"縶维"表示挽留人才。

④ 乖间：离间。

⑤ 东府：司马道子的官府驻地。行散：魏晋时期，士大夫们服用五石散后要外出散步，以利于药性发作，称为行散或行药。

⑥ 要望：迎候。

⑦ 王甯：王恭，小字阿甯。

　　谢景重（谢重）的女儿嫁给了王孝伯（王恭）的儿子，两个亲家公关系非常好。谢景重任太傅（司马道子）的长史，遭到弹劾；王恭就让他做自己的长史，并兼管晋陵郡。此时太傅已经和王恭结仇，不想让他得到谢重，就又任命谢重做咨议，表面上是笼络谢重，实际是以此来离间他们的关系。等到王恭谋反失败后，太傅围绕东府城行散，下属们都在南门等候拜见他。这时太傅对谢重说："王甯（王恭）谋反，有人说是你给出的主意。"谢重毫无惧色，收起笏板答道："乐彦辅（乐广）曾经说过：'怎么能用五个儿子去换一个女儿。'"太傅觉得他说得对，就举杯劝他道："实在妙，实在妙。"

《一百一》裁之圣鉴

　　桓玄义兴还后[①]，见司马太傅，太傅已醉，坐上多客。问人云："桓温来欲作贼[②]，如何？"桓玄伏不得起。谢景重时为长史，举板答曰："故宣武公黜昏暗，登圣明，功超伊、霍[③]，纷纭之议，裁之圣鉴[④]。"太傅曰：'我知，我知。"即举酒云："桓义兴，劝卿酒！"桓出谢过。

｜‖ 注释

① 义兴：郡名，治所在今江苏宜兴。桓玄曾任义兴太守。

② 桓温来欲作贼：疑"桓温"后当有"晚"字。

③ 伊、霍：伊尹和霍光。伊尹，商汤时宰相，助汤伐桀，汤死后，又辅佐其孙太甲。太甲无道，将其放逐。后太甲悔过修德，伊尹迎其复位。霍光，受汉武帝遗诏辅佐昭帝。昭帝崩，立昌邑王贺。贺荒淫无道，废之，立宣帝。

④ 圣鉴：帝王的识鉴。

译文

桓玄从义兴回来后，去见司马太傅（司马道子），太傅此时喝得大醉，很多客人在座。太傅问道："桓温晚年要叛乱，是怎么回事呢？"桓玄吓得伏在地上，不敢起来。谢景重（谢重）当时是长史，就举起笏板答道："以前宣武公废黜昏君，辅佐圣明之君登基，他的功劳超过伊尹和霍光，大家议论纷纷，请您公平裁决。"太傅说："我知道了，我知道了。"随即举起酒杯说："桓义兴，我敬你酒。"桓玄谢罪离席。

《一百二》纤曲为优

宣武移镇南州①，制街衢平直②。人谓王东亭曰③："丞相初营建康，无所因承，而制置纤曲，方此为劣。"东亭曰："此丞相乃所以为巧。江左地促，不如中国。若使阡陌条畅④，则一览而尽，故纤余委曲⑤，若不可测。"

注释

① 南州：姑孰，今安徽当涂。东晋时为建康门户，因在都城南，故称南州。
② 街衢：道路。
③ 王东亭：王珣，字元琳，王导之孙。
④ 阡陌：本指田间小道，此指道路。
⑤ 纤余委曲：辗转迂回的样子。

译文

桓宣武（桓温）换防镇守南州，把街道修整得平坦笔直。有人对王东亭（王珣）说："丞相（王导）当初营建建康的时候，没有什么范例可以参考，所以道路迂回曲折，和南州相比就差多了。"东亭说："这正是丞相的高明之处。江左地方狭小，不像中原。如果道路通畅，就一览无余，修得曲折迂回，就显得深不可测了。"

《一百三》贤贤易色

桓玄诣殷荆州[1]，殷在妾房昼眠，左右辞不之通[2]。桓后言及此事，殷云："初不眠[3]，纵有此，岂不以贤贤易色也[4]！"

||| **注释**

① 殷荆州：殷仲堪，曾任荆州刺史。

② 通：通报。

③ 初不：根本没有，完全没有。

④ 贤贤易色：见《论语·学而》。贤贤，尊敬贤士。易，改换。色，美色。这句的意思是用重贤之心替代好色之心。

||| **译文**

桓玄去看殷荆州（殷仲堪），殷正在妾的房间里午睡，下人推辞不肯给他通报。桓玄后来说起这件事，殷仲堪说："我根本就没有睡，即使有这样的事，我怎能不以敬贤之心代替爱色之欲呢？"

《一百四》吴声妖浮

桓玄问羊孚[1]："何以共重吴声[2]？"羊曰："当以其妖而浮。"

① 羊孚：字子道，曾任桓玄的记室参军。

② 吴声：吴地的音乐。

译文

桓玄问羊孚："为什么大家都喜欢吴地的歌儿呢？"羊孚说："大概是因为它妖媚轻浮吧。"

〈一百五〉器举瑚琏

谢混问羊孚①："何以器举瑚琏②？"羊曰："故当以为接神之器。"

注释

① 谢混：字叔源，小字益寿，谢安之孙。

② 瑚琏：古代祭祀时盛黍稷的器皿。

译文

谢混问羊孚："为什么在器皿中推重瑚琏呢？"羊孚说："一定是因为它是迎神的东西。"

〈一百六〉圣德渊重

桓玄既篡位后，御床微陷，群臣失色。侍中殷仲文进曰①："当由圣德渊重，厚地所以不能载。"时人善之。

注释

① 殷仲文：桓玄的姐夫。桓玄谋反后，投奔桓玄，任咨议参军。进：进言。

译文

桓玄篡位以后，他的坐具有些塌陷，群臣惊恐失色。侍中殷仲文说："这是因为圣上德行厚重，连大地都承载不住了。"当时人们都觉得他说得挺好。

《一百七》虎贲无省

桓玄既篡位，将改置直馆①，问左右："虎贲中郎省应在何处②？"有人答曰："无省。"当时殊忤旨。问："何以知无？"答曰："潘岳《秋兴赋叙》曰③：'余兼虎贲中郎将，寓直散骑之省④。'"玄咨嗟称善。

注释

① 改置：改设。直馆：值班的官舍。

② 虎贲中郎：官名，主管宫廷侍卫。省，官署名称。

③ 潘岳：字安仁，善诗赋，东晋著名文学家。

④ 寓直：借别的官署办公。散骑：散骑常侍的省称，谏官。

译文

桓玄篡位后，要改设官府机构，问左右的人："虎贲中郎省应在哪里呢？"有人答道："没有这个省。"当时这样回答是忤逆圣旨的。桓玄问："怎么知道没有呢？"这人回答道："潘岳《秋兴赋叙》中说：'我兼任虎贲中郎将，在散骑常侍那里办公。'"桓玄赞叹他回答得好。

《一百八》将不畏影者，未能忘怀

谢灵运好戴曲柄笠①，孔隐士谓曰②："卿欲希心高远③，何不能遗曲盖之貌^④？"谢答曰："将不畏影者^⑤，未能忘怀。"

‖ 注释

① 谢灵运：南朝宋时人，谢玄的孙子，袭封康乐公，曾任永
  嘉太守、临川内史，以山水诗著称。曲柄笠：一种斗笠，
  有柄，曲而后垂，很像曲柄伞。

② 孔隐士：孔淳之，字彦深，曾在上虞山隐居。

③ 希心：追求，仰慕。

④ 曲盖：君王、高官外出时的一种仪仗，如伞状，柄弯曲。

⑤ 将不：大概，莫非。畏影者：见《庄子·渔父》。说的是
  一个人害怕自己的影子和足迹，为了摆脱而奔跑不止，结
  果力竭而死。这里是说真正的高人并不在意外在的东西，
  讽刺孔淳之并未忘却世俗名利。

‖ 译文

谢灵运喜欢戴曲柄笠，孔隐士（孔淳之）对他说："你要追
求高远的理想，为什么戴个斗笠也有曲盖的样子？"谢灵运回
答："或许是害怕影子的人，总不能忘了那影子。"

世

说

新

语

译

注

影者未能忘懷莊子云漁父謂孔子曰人有畏
而跡逾多走逾疾而影不離自以尚遲疾走不
休絕力而死不知處陰以休影處靜以息跡愚
亦甚矣于修心守真以物與人則無異矣不修身而求之人不亦外事者乎

政事

陳仲弓爲太丘長時吏有詐稱母病求假事覺
收之令吏殺焉主簿請付獄考眾姦仲弓曰欺
君不忠病母不孝不忠不孝其罪莫大考求眾

《一》不忠不孝

陈仲弓为太丘长①，时吏有诈称母病求假。事觉，收之，令吏杀焉。主簿请付狱考众奸②，仲弓曰："欺君不忠，病母不孝③。不忠不孝，其罪莫大。考求众奸，岂复过此？"

||| **注释**

① 长：县的行政长官。大县为令，小县为长。

② 考：考问。众奸：更多的罪行。

③ 病母：假称母亲生病。"病"作动词用。

||| **译文**

陈仲弓（陈寔）任太丘县令，当时有个官吏谎称母亲病重请假。后来事情被发觉，陈仲弓逮捕了这个人，下令杀掉他。主簿请求将罪犯交给狱吏，考问他是否还有其他罪行，陈仲弓说："欺君算得上不忠，诅咒母亲生病算得上不孝。不忠不孝，还有比这罪更大的吗？考问别的罪行，还会再超过这个吗？"

《二》残害骨肉

陈仲弓为太丘长，有劫贼杀财主①，主者捕之②。未至发所，道闻民有在草不起子者③，回车往治之。主簿曰："贼大，宜先按讨④。"仲弓曰："盗杀财主，何如骨肉相残？"

① 财主：财物的主人。

② 主者：指主管缉捕盗贼的官吏。

③ 在草：分娩，生孩子。不起子：不喂养孩子，遗弃孩子。

④ 按讨：处理惩治。

||| **译文**

陈仲弓（陈寔）任太丘县令时，有一个盗贼杀死了货主，被抓了起来。陈仲弓还没赶到案发现场，路上又听说有人生了孩子后遗弃的事，赶忙掉转车头去处理这件事。主簿说："盗贼的事大，应该先追查处理。"陈仲弓说："贼杀了货主，怎能比得了骨肉相残呢？"

《三》互不相师

陈元方年十一时①，候袁公②。袁公问曰："贤家君在太丘③，远近称之，何所履行④？"元方曰："老父在太丘，强者绥之以德⑤，弱者抚之以仁，恣其所安⑥，久而益敬。"袁公曰："孤往者尝为邺令，正行此事。不知卿家君法孤，孤法卿父？"元方曰："周公、孔子，异世而出，周旋动静⑦，万里如一。周公不师孔子，孔子亦不师周公。"

||| **注释**

① 陈元方：陈纪，字元方，陈寔子。

② 候：拜访，探望。

③ 家君：对对方父亲的尊称。

④ 履行：做事情。

⑤ 绥：安抚。

⑥ 恣：放纵，听任。

⑦ 周旋：交往。动静：行动举止。

||| **译文**

陈元方（陈纪）十一岁的时候，去拜访袁公。袁公问道："令尊在太丘，远近的人都赞扬他，他都做了些什么呢？"元方说："家父在太丘，以德来安抚强者，以仁来体恤弱者，让他们安居乐业，时间长了，人们就越发尊敬他了。"袁公说："我以前曾任邺县县令，做的也是这些事。不知是令尊效法我，还是我效法令尊？"元方答道："周公和孔子，生在不同的年代，交往和行动却是一样的。周公没有效法孔子，孔子也没有效法周公。"

《 四 》 会稽鸡啼

贺太傅作吴郡①，初不出门，吴中诸强族轻之，乃题府门云："会稽鸡，不能啼②。"贺闻，故出行，至门反顾，索笔足之曰："不可啼，杀吴儿。"于是至诸屯邸③，检校诸顾、陆役使官兵及藏逋亡④，悉以事言上，罪者甚众。陆抗时为江陵都督⑤，故下请孙皓，然后得释。

||| **注释**

① 贺太傅：贺邵，字兴伯，会稽山阴（今浙江绍兴）人，官至吴郡太守、太子太傅。

② 会稽鸡，不能啼：贺邵是会稽人，所以这样说。

③ 屯邸：魏晋时豪族地主的庄园。

④ 逋亡：逃亡。

⑤ 陆抗：字幼节，吴郡吴县华亭（今上海松江）人，陆逊子，

陆机父。

译文

贺太傅（贺邵）任吴郡太守，起初不出府门，吴中的强族们瞧不起他，就在府门上题写道："会稽鸡，不能啼。"贺邵听说此事后，特意外出，到门口回头一看，就要来笔补充道："不可啼，杀吴儿。"于是到各屯邸去，检查顾姓、陆姓豪门家中使用的官兵，以及藏匿的逃亡流民数量，把这些事情都报给了皇上，因此而获罪的人非常多。陆抗当时任江陵都督，特意乘船南下向孙皓求情，才得以宽恕。

《五》山公如牛

山公以器重朝望[1]，年逾七十，犹知管时任[2]。贵胜年少[3]，若和、裴、王之徒，并共宗咏[4]。有署阁柱曰："阁东有大牛，和峤鞅[5]，裴楷鞦[6]，王济剔嬲不得休[7]。"或云潘尼作之[8]。

注释

① 器：才华，才干。重：动词，有得到重视的意思。

② 知管：掌管，主持。

③ 贵胜：地位显贵。

④ 宗咏：尊崇赞美。

⑤ 鞅：套在牲口脖子上的皮带。

⑥ 鞦（qiū）：拴在牲口屁股上的绊带。

⑦ 剔嬲（niǎo）：纠缠。

⑧ 潘尼：字正叔，潘岳侄子，官至中书令、太常卿，以文章知名。

山公（山涛）以其才智在朝中享有很高威望，年过七十，还掌管选拔官吏的重任。年轻的显贵，如和峤、裴楷、王济之流，都尊崇赞美他。有人在山涛办公的官署的走廊柱子上题写道："阁东有大牛，和峤是套在牛脖子上的皮带，裴楷是绑在屁股后面的绊带，王济忙前忙后，纠缠不休。"有人说这是潘尼写的。

〈六〉小加弘润

贾充初定律令[1]，与羊祜共咨太傅郑冲。冲曰："皋陶严明之旨[2]，非仆暗懦所探[3]。"羊曰："上意欲令小加弘润[4]。"冲乃粗下意[5]。

注释

[1] 贾充：字公闾，魏末晋初人，辅佐司马昭执政，在司马氏夺权斗争中起重要作用。晋武帝时任尚书令，主持制定了《晋律》。

[2] 皋陶（gāo yáo）：传说舜时制定刑律的大臣。

[3] 暗懦：昏庸懦弱。

[4] 弘润：补充润色。

[5] 下意：表达看法，提出意见。

译文

贾充开始制定法令的时候，和羊祜一起去向太傅郑冲求教。郑冲说："皋陶的公正严明宗旨，不是我这样愚昧无能的人可以知道的。"羊祜说："皇上的意思是稍微扩充润色一下就行。"郑冲这才粗略地说了一下意见。

《七》举无失才

山司徒前后选，殆周遍百官，举无失才，凡所题目[①]，皆如其言。唯用陆亮，是诏所用，与公意异，争之不从。亮亦寻为贿败。

注释

① 题目：品评，评价。

译文

山司徒（山涛）前前后后选拔的官吏，几乎遍及文武百官。凡是经过他考察的官吏，都和他说的一样，没有任用不当的。只有陆亮是皇上下诏用的，当时山司徒的意见和皇上不同，山司徒力争皇上也不听从。陆亮不久也因为受贿被撤职了。

《八》天地四时，犹有消息

嵇康被诛后，山公举康子绍为秘书丞。绍咨公出处[①]，公曰："为君思之久矣。天地四时，犹有消息[②]，而况人乎？"

注释

① 出处（chǔ）：出仕和隐退。

② 消息：消长，盛衰变化。

译文

嵇康被杀后，山公（山涛）举荐嵇康的儿子嵇绍做秘书丞。嵇绍问山公进退的道理，山公说："我替你想了很久了。天地四季，还有消长变化，更何况是人呢？"

《九》与众共之

王安期为东海郡[1]。小吏盗池中鱼，纲纪推之[2]。王曰："文王之囿[3]，与众共之。池鱼复何足惜！"

||| **注释**

① 王安期：王承，字安期，太原晋阳（今山西太原）人，曾任东海郡（治所在今山东郯城）内史。

② 纲纪：州郡主簿之类的官。推：追究。

③ 囿：园囿，猎场。

||| **译文**

王安期（王承）任东海内史时，有一个小官偷了池里的鱼，主簿追究他。王安期说："周文王的猎场，都和大家一块儿享用。池里的鱼又有什么值得珍惜的！"

《十》好学免祸

王安期作东海郡，吏录一犯夜人来[1]。王问："何处来？"云："从师家受书还，不觉日晚。"王曰："鞭挞宁越以立威名[2]，恐非致理之本[3]。"使吏送令归家。

||| **注释**

① 录：逮捕。犯夜：违反夜行禁令。

② 宁越：战国时人，发奋读书，最后做了周威公的老师。

③ 致理：治理。

||| **译文**

王安期（王承）任东海内史时，差役抓了一个犯了夜禁的人来。王安期问道："你从哪里来呀？"此人回答："从老师那里

听课回来，没发觉天黑了。"王安期说："如果靠鞭挞甯越这样发奋读书的人来树立威信，恐怕不是治理好地方的根本。"就让差役把这个人送回家了。

《十一》任让不可宥

成帝在石头①，任让在帝前欲杀侍中钟雅、右卫将军刘超。帝泣曰："还我侍中！"让不奉诏，遂斩超、雅。事平之后，陶公与让有旧，欲宥之。许柳儿思妣者至佳，诸公欲全之。若全思妣，则不得不为陶全让，于是欲并宥之。事奏，帝曰："让是杀我侍中者，不可宥！"诸公以少主不可违②，并斩二人。

‖ **注释**

① 成帝在石头：晋成帝咸和二年（327），历阳内史苏峻起兵反帝室，次年攻陷建康，把晋成帝迁到石头城。不久苏峻败死，其弟苏逸立为主。咸和四年（329）正月，钟雅、刘超密谋将成帝救出，被发觉。苏逸派部将任让率兵入宫杀了钟、刘二人。

② 少主：晋成帝幼年即位，故有此称。

‖ **译文**

苏峻叛乱后，成帝（司马衍）到了石头城，任让在成帝面前要杀了侍中钟雅、右卫将军刘超。成帝哭着说："还我侍中！"任让不听皇上的命令，还是杀了刘超、钟雅。叛乱平定后，陶公（陶侃）因为和任让有旧交，就想让成帝宽恕任让。许柳的儿子思妣（许永）人品非常好，大臣们也想保全他。如果保全思妣，就不得不替陶公保全任让，于是就想让成帝一块儿宽恕他们。事情上奏后，成帝说："任让是杀了我的侍中的人，不可饶恕！"诸位大臣觉得少主的旨意不可违逆，就把两人一块儿杀了。

《十二》四坐并欢

王丞相拜扬州，宾客数百人并加沾接^①，人人有说色^②。唯有临海一客姓任及数胡人为未洽^③，公因便还到过任边，云："君出，临海便无复人。"任大喜说。因过胡人前，弹指云："兰阇^④，兰阇。"群胡同笑，四坐并欢。

‖ **注释**

① 沾接：热情招待，热情款待。

② 说：通"悦"。

③ 临海：郡名，治所在章安（今浙江临海）。洽：融洽。

④ 兰阇（shé）：梵语译音，意思是没有烦恼。

‖ **译文**

王丞相（王导）官拜扬州刺史后，热情款待前来庆贺的数百名宾客，大家都很高兴。只有临海的一位任姓客人和几位胡人脸上没有融洽的神色，王导找机会来到姓任的客人身边，说道："你出来了，临海就没人了。"这位客人听了非常高兴。王导随即来到几位胡人面前，弹着指头说道："兰阇，兰阇。"听罢这些胡人一块儿笑了，于是满座尽欢。

《十三》公长民短

陆太尉诣王丞相咨事^①，过后辄翻异^②，王公怪其如此。后以问陆，陆曰："公长民短，临时不知所言，既后觉其不可耳。"

① 陆太尉：陆玩，字士瑶，吴郡吴县（今江苏苏州）人，曾任尚书左仆射、司空，卒赠太尉。

② 翻异：改变先前的说法。

译文

陆太尉（陆玩）到王丞相（王导）那里去请教事情，过后却幡然变卦，王导觉得很奇怪。后来王导向陆玩问起这件事，陆玩说："您的地位高，我的地位低，一时间不知说什么好，过后又觉得您说得不对，就不那样做了。"

《十四》天下未以为允

丞相尝夏月至石头看庾公①，庾公正料事。丞相云："暑，可小简之②。"庾公曰："公之遗事，天下亦未以为允③。"

注释

① 庾公：庾冰，字季坚，庾亮的弟弟。王导逝世后，继任王导为相。

② 小：稍微。简：简略，省却。

③ "公之遗事"二句：晋室东渡，西晋的王室、贵族、豪门来到江左，各士族集团之间，以及与南方地主豪门之间矛盾加剧，为缓和各种势力的冲突，巩固东晋政权，王导对江左的地主豪门采取了绥靖政策。庾冰说的就是此事。允，公允，恰当。

译文

丞相王导曾在夏季到石头城看望庾公（庾冰），庾公正在料理公务。丞相说："天热，可以稍微省略一些政务。"庾公说：

"您的一些做法，天下人并不觉得合适。"

《十五》后人当思此愦愦

丞相末年，略不复省事①，正封篆诺之②。自叹曰："人言我愦愦③，后人当思此愦愦。"

‖ **注释**

① 略不：一点不，完全不。省事：料理政事。

② 封篆诺之：签署文书，圈阅文书。

③ 愦（kuì）愦：昏聩，糊涂。

‖ **译文**

丞相王导晚年，完全不料理政务，只是签字画押。他自己感叹道："人们说我糊涂，后人会怀念我这种糊涂的。"

《十六》陶公检厉

陶公性检厉①，勤于事。作荆州时，敕船官悉录锯木屑②，不限多少。咸不解此意。后正会③，值积雪始晴，听事前除雪后犹湿④，于是悉用木屑覆之，都无所妨。官用竹，皆令录厚头，积之如山。后桓宣武伐蜀，装船，悉以作钉。又云，尝发所在竹篙，有一官长连根取之，仍当足。乃超两阶用之⑤。

‖ **注释**

① 检厉：认真严肃。

② 录：收集。

③ 正会：农历正月初一集会。

④ 听事：处理政事的厅堂。除：台阶。

⑤　阶：官级。

　　陶公（陶侃）生性检点严肃，勤于政事。他任荆州刺史时，命令船官把锯下的木屑全部收集起来，无论多少。大家都不明白陶公的意思。后来正月初一集会，正好碰到连日积雪刚刚放晴，厅堂前的台阶上下雪后很湿，于是全用木屑盖上，一点儿不碍事了。官府用竹子，陶公命令把厚竹根都收集起来，堆积如山。后来桓宣武（桓温）伐蜀时，造船用的钉子都是竹根做的。又有人说，陶公曾经征用竹篙，有个官吏把竹子连根拔起，用竹根当了篙头，于是这个官吏就被连升了两级加以任用。

《十七》虞存批示

　　何骠骑作会稽，虞存弟謇作郡主簿，以何见客劳损，欲白断常客①，使家人节量择可通者②。作白事成③，以见存。存时为何上佐④，正与謇共食，语云："白事甚好，待我食毕作教。"食竟，取笔题白事后云："若得门庭长如郭林宗者⑤，当如所白。汝何处得此人？"謇于是止。

注释

①　白：下对上的报告，禀告。常客：一般的客人。

②　节量：斟酌。

③　白事：白事书。下对上的书面报告。

④　上佐：高级僚属。

⑤　门庭长：即门亭长。东汉和魏晋时期，郡县均设门亭长，掌管传达一事。郭林宗：郭泰，字林宗。东汉人，有才学，通经典，善于品评人物。

何骠骑（何充）任会稽内史时，虞存的弟弟虞謇担任郡主簿，因为何充会见客人很疲倦，就想提议拒见一般的客人，让下属斟酌，选择需要见的客人通报。书面报告写好后，拿给虞存看。虞存当时是何充的高级僚属，正和虞謇一块儿吃饭，他说道：“报告很好，等我吃完饭再答复。”饭后，虞存拿笔在报告后面写道：“如果能有郭林宗（郭泰）这样的门亭长，就可以按报告的办法做。你从哪里能找到这样的人呢？”虞謇于是作罢。

《十八》 卿等何以得存

王、刘与林公共看何骠骑，骠骑看文书，不顾之。王谓何曰：“我今故与林公来相看[1]，望卿摆拨常务[2]，应对玄言[3]，那得方低头看此邪[4]？”何对曰：“我不看此，卿等何以得存？”诸人以为佳。

注释

[1] 故：特意。相看：看望你。

[2] 摆拨：摆脱。常务：日常事务。

[3] 应对玄言：应答玄妙的学问。

[4] 那得：怎么能。

译文

王濛、刘惔和林公（支遁）一起去看望何骠骑（何充），何充正在看文件，也不理他们。王濛对他说：“我今天特意和林公来探望你，希望你丢下日常的工作，和我们一起谈论玄理，你怎么还低头看这些呢？”何充回答：“我不看这个，你们这些人还怎么能活命呢？”大家认为他说得好。

《十九》犹患其重

桓公在荆州，全欲以德被江、汉①，耻以威刑肃物②。令史受杖③，正从朱衣上过④。桓式年少⑤，从外来，云："向从阁下过，见令史受杖，上揥云根，下拂地足⑥。"意讥不著。桓公云："我犹患其重。"

注释

① 全：表程度的副词，极，非常。被（pī）：覆盖，遍及。江、汉：指荆州地区。

② 肃物：威慑百姓。物，人。

③ 令史：掌管文书庶务的低级官吏。

④ 朱衣：指官服。

⑤ 桓式：桓歆小名，桓温的第三个儿子。

⑥ 上揥云根，下拂地足：云根形容其高，地足形容其低。指施刑时没打到身上。

译文

桓公（桓温）任荆州刺史时，一心想在江、汉地区施行德政，不想靠酷刑威慑百姓。令史受杖刑，只是从官服上掠过。桓式年纪小，从外边回来，说："刚才从官府前经过，看到令史受刑，上拂过云彩，下掠过地面。"桓式是在讥讽没有打着。桓公说："我还担心打得太重了呢。"

《二十》一日万机，那得速

简文为相，事动经年①，然后得过。桓公甚患其迟，常加劝勉。太宗曰："一日万机，那得速！"

注释

① 动：动辄，动不动。

译文

简文帝（司马昱）做丞相时，一件事动不动就要经过一年才得以解决。桓公（桓温）对他的拖沓很反感，常催促他。简文帝说："日理万机，怎么能快得了！"

《二十一》猛政之后

山遐去东阳^①，王长史就简文索东阳，云："承藉猛政^②，故可以和静致治。"

注释

① 山遐：字彦林，山涛孙，曾任东阳太守，为政严酷。

② 承藉：继承凭借。

译文

山遐离开东阳郡后，王长史（王濛）向简文帝提出去东阳任职，他说："酷政之后，该用平和的手段治理地方了。"

《二十二》不敢夜行

殷浩始作扬州，刘尹行，日小欲晚^①，便使左右取襆^②。人问其故，答曰："刺史严，不敢夜行^③。"

注释

① 小：略微，稍微。

② 襆：包袱。此指被卧行李。

译文

　　殷浩任扬州刺史时，刘尹（刘惔）出行，天色刚黑，就让手下准备行李歇息。别人问他原因，他回答说："刺史很严厉，我不敢晚上出行。"

⟪二十三⟫ 何以为京都

　　谢公时，兵厮逋亡①，多近窜南塘下诸舫中②。或欲求一时搜索③，谢公不许，云："若不容置此辈，何以为京都？"

注释

① 兵厮：士兵和仆役。逋亡：逃亡。

② 南塘：地名，在东晋都城建康秦淮河南岸。舫：有仓的船。

③ 一时：同时。

译文

　　谢公（谢安）执政的时候，士兵和仆役逃亡，大多就近流窜到南塘一带，藏在船里。有人要求同时对这些船进行搜查，谢公不答应，他说："如果不容留这些人，又怎么称得上是京都？"

⟪二十四⟫ 更写即奏

　　王大为吏部郎，尝作选草①，临当奏，王僧弥来②，聊出示之③。僧弥得，便以己意改易所选者近半，王大甚以为佳，更写即奏。

注释

① 选草：草拟的预选官吏名单。

② 王僧弥：王珉，字季琰，小字僧弥，王导孙。

③ 聊：姑且，随便。

译文

王大（王忱）担任吏部郎时，曾经草拟好选拔官吏的名单，准备上奏，这时王僧弥（王珉）来了，就顺便拿给他看。僧弥看了以后，就按自己的意思进行更改，改了将近一半，王大觉得他改得好，就重新誊写上奏了。

《二十五》与张祖希情好日隆

王东亭与张冠军善①。王既作吴郡，人问小令曰②："东亭作郡，风政何似③？"答曰："不知治化何如，唯与张祖希情好日隆耳。"

注释

① 张冠军：张玄之，字祖希，曾任冠军将军。

② 小令：指王珉。王珉接替王献之的中书令一职，世称他们大、小王令。

③ 风政：风化政治。何似：如何，怎么样。

译文

王东亭（王珣）和张冠军（张玄之）关系好。王珣做了吴郡太守后，人们问王珣的弟弟王珉："东亭做郡守，社会风气和政绩怎么样？"王珉回答："不知治理教化得如何，只是和张祖希的关系更加密切了。"

《二十六》仁德之辩

殷仲堪当之荆州，王东亭问曰："德以居全为称，仁以不害物为名。方今宰牧华夏①，处杀戮之职，与本操将不乖乎②？"殷答曰："皋陶造刑辟之制③，不为不贤；孔丘居司寇之任，未为不仁。"

注释

① 宰牧：掌管，治理。华夏：古代以华夏称中国或中原地区，此指荆州。

② 乖：背离。

③ 刑辟：刑法。

译文

殷仲堪要出任荆州刺史，王东亭（王珣）问他："德是要完善自己，仁是不伤害他人。如今你要掌管荆州，身处生杀予夺的高位，这与你的操守不背离吗？"殷仲堪回答："皋陶制定法律制度，不能说不贤；孔丘担任司寇之职，不能说不仁。"

文学第四

時其門人云
相神聖所傳
不足多辨

註馬甚正

日玄在土下水上而據木此必死矣遂罷追玄

竟以得免　馬融海門大儒被服仁義鄭玄名列
門人親傳其業何猜忌而行鴆毒乎

委巷之言賊
夫人之子

鄭玄欲注春秋傳尚未成時行與服子慎遇宿

容舍先未相識服在外車上與人說巳注傳意

漢南紀曰服虔字子慎河南榮陽人少行清苦
為諸生尤明春秋左氏傳為作訓解畢孝廉為
尚書郎九　玄聽之良久多與巳同玄就車與語
江太宋

《一》礼乐皆东

郑玄在马融门下[1]，三年不得相见，高足弟子传授而已。尝算浑天不合[2]，诸弟子莫能解。或言玄能者，融召令算，一转便决，众咸骇服。及玄业成辞归，既而融有"礼乐皆东"之叹[3]，恐玄擅名而心忌焉；玄亦疑有追，乃坐桥下，在水上据屐。融果转式逐之[4]，告左右曰："玄在土下水上而据木，此必死矣。"遂罢追，玄竟以得免。

||| **注释**

① 郑玄：字康成，东汉北海高密（今山东高密）人，著名经学家，遍注群经。马融：字季长，东汉右扶风茂陵（今陕西兴平）人，经学大师。

② 浑天：浑天仪，古代观测天体位置的仪器。

③ "礼乐皆东"：指儒家的经典学问被带到了东方。因为郑玄是高密人，马融是茂陵人，郑玄在马融的东边，所以这样说。

④ 转式：古代的一种占卜方法，通过旋转栻盘以定吉凶。式，即栻，占卜用的盘子。

||| **译文**

郑玄在马融门下求学，三年都没有见到马融，只是由马融的高足传授而已。马融曾用浑天仪测算天体位置，计算得不准确，弟子们也弄不清楚。有人说郑玄可以解决这个难题，马融

就找来郑玄，让他测算，郑玄一推算就得出了结果，大家都惊叹佩服。后来郑玄学成离去，马融发出了"礼乐都随着郑玄东去了"的慨叹。马融担忧郑玄的名声超过自己，心里很嫉妒；郑玄也疑心他们会追杀自己，就坐在桥下，脚上穿着木屐踏在水面。马融果然转动栻盘占卜郑玄的行踪，他对左右的人说："郑玄现在土下水上，而且脚踩木头，这是必死无疑的前兆。"于是就不再追了，郑玄最终得以脱身。

《 二 》郑玄赠稿

郑玄欲注《春秋传》，尚未成，时行与服子慎遇[①]，宿客舍。先未相识，服在外车上与人说己注《传》意，玄听之良久，多与己同。玄就车与语曰："吾久欲注，尚未了。听君向言，多与吾同，今当尽以所注与君。"遂为《服氏注》。

注释

① 服子慎：服虔，字子慎，曾任九江太守，东汉经学家，著《春秋左氏传解谊》。

译文

郑玄要注释《春秋左氏传》，还没完成，就在外出时和服子慎（服虔）在客店里相遇了。他们先前并不认识，服子慎在外面的车上和别人谈论自己注《左传》的想法，郑玄听了很久，觉得他很多见解和自己相同。郑玄就到车上和服子慎说："我也早就想注《左传》，还没有完成。刚才听了你的话，与我的想法很相似，现在就把我所作的注释全部给你。"于是就有了《服氏注》。

《三》二婢雅对

郑玄家奴婢皆读书。尝使一婢，不称旨^①，将挞之，方自陈说，玄怒，使人曳著泥中。须臾，复有一婢来，问曰："胡为乎泥中^②？"答曰："薄言往愬，逢彼之怒^③。"

注释

① 称旨：称心。

② 胡为乎泥中：见《诗经·邶风·式微》。胡，为什么。

③ 薄言往愬，逢彼之怒：见《诗经·邶风·柏舟》。意思是要上前申诉，正遇上他发怒。愬，同"诉"。

译文

郑玄家的奴婢都读书。曾经有一个奴婢，不合郑玄的心思，要打她，她还在辩解。郑玄火了，就让人把她拽到了泥地里。一会儿，又有一个奴婢过来，用《诗经》中的一句问道："胡为乎泥中？"意思是"你怎么到了泥里了"。那个婢女也用《诗经》中的话回答："薄言往愬，逢彼之怒。"意思是"我要申诉，正赶上他发怒"。

《四》崔烈呼子慎

服虔既善《春秋》，将为注，欲参考同异。闻崔烈集门生讲传^①，遂匿姓名，为烈门人赁作食。每当至讲时，辄窃听户壁间^②。既知不能逾己，稍共诸生叙其短长^③。烈闻，不测何人，然素闻虔名，意疑之。明早往，及未寤，便呼："子慎！子慎！"虔不觉惊应，遂相与友善。

注释

① 崔烈：字威考，东汉人，官至司徒、太尉。

② 户壁间：门墙外。

③ 稍：渐渐地。

译文

服虔擅长《春秋》，要给《春秋》作注，想参考一下不同的意见。他听说崔烈正聚集门生讲经，就隐匿自己的姓名，受雇给崔烈的门生做饭。每到要开讲的时候，服虔就到外墙边偷听。后来觉得崔烈的水平不如自己，就渐渐和门生们谈论起崔烈的优劣来。崔烈听说后，不知道这个人是谁，但他早就听说过服虔这个名字，内心怀疑此人就是服虔。第二天早晨，崔烈来到服虔住处，趁他还没醒，就喊道："子慎！子慎！"服虔惊醒，不知不觉就答应了，于是二人成了好友。

《五》钟会掷书

钟会撰《四本论》始毕，甚欲使嵇公一见。置怀中，既定①，畏其难，怀不敢出，于户外遥掷，便回急走②。

注释

① 既定：到了以后。

② 回：转身。

译文

钟会刚写完《四本论》，很想让嵇康看看。于是就把书揣在怀里，来到嵇康家门前，这时心里又怕嵇康刁难，书依旧揣在怀里不敢拿出来，就在门外很远的地方，把书扔了进去，然后转身撒腿就跑。

《六》王弼作难

何晏为吏部尚书，有位望，时谈客盈坐。王弼未弱冠[①]，往见之。晏闻弼名，因条向者胜理语弼曰[②]："此理仆以为极，可得复难不？"弼便作难，一坐人便以为屈。于是弼自为客主数番[③]，皆一坐所不及。

注释

① 王弼：字辅嗣，少年时即享盛名，好老庄，善言谈，是魏晋玄学的开创者。著有《周易注》《老子注》等。弱冠：古代男子二十岁行冠礼。弱冠指二十岁左右的年纪。

② 条：分析，整理。理：义理，清谈家的思想。

③ 客主：辩难的主客双方。

译文

何晏任吏部尚书，有地位有名望，一时间去他那儿清谈的人济济一堂。王弼当时不满二十岁，也去见何晏。何晏听说过王弼的名声，就把刚才辩论的精妙玄理详细告诉他："这条义理我认为很妙，你还能再加以驳难吗？"王弼便进行驳难，满座的人都理屈词穷。随即王弼又自为主客，几度自问自答，所说的义理都是在座宾客们所不能企及的。

《七》可与论天人之际

何平叔注《老子》，始成，诣王辅嗣，见王注精奇，乃神伏曰[①]："若斯人，可与论天人之际矣[②]。"因以所注为《道》《德》二论。

① 神伏：神服，非常佩服。

② 天人之际：天道与人事的关系，是中国古代哲学的重要命题。

译文

何平叔（何晏）刚注完《老子》，就去王辅嗣（王弼）那里，看到王弼的注释更精湛非凡，佩服得五体投地，说："这样的人，可以和他谈论自然与人之间的关系了。"于是就把自己的注称为《道》《德》二论。

《八》圣人体无

王辅嗣弱冠诣裴徽①，徽问曰："夫无者，诚万物之所资②，圣人莫肯致言③，而老子申之无已④，何邪？"弼曰："圣人体无，无又不可以训⑤，故言必及有；老、庄未免于有，恒训其所不足。"

注释

① 裴徽：字文季，善谈玄，官至冀州刺史。

② 资：凭借，依托。

③ 致言：发表言论。

④ 申：述说，申述。

⑤ 训：解释，注解。

译文

王辅嗣（王弼）二十岁时去拜访裴徽，裴徽问道："无，确实是万物的本原，孔子没有谈到，而老子却没完没了地说，这是为什么呢？"王弼说："孔子体察到无，而无又是不可说的，所以言必谈有；老子、庄子不能超脱有，所以总是解释他们不足的无。"

《 九 》彼此俱畅

傅嘏善言虚胜[①]，荀粲谈尚玄远[②]，每至共语，有争而不相喻[③]。裴冀州释二家之义，通彼我之怀，常使两情皆得，彼此俱畅。

|| **注释**

① 傅嘏：字兰硕，三国魏人，善义理，喜欢议论才性同异，官至河南尹、尚书。虚胜：指道的本体无形无象，超越物质的美妙境界。

② 荀粲：字奉倩，善言玄理。玄远：此指玄妙高远的义理。

③ 喻：使明白。

|| **译文**

傅嘏喜欢谈虚无，荀粲擅长谈玄远，一见面交谈，两人就互相争执，谁也说服不了对方。裴冀州（裴徽）解释两人的观点，沟通彼此的想法，常常使双方心意契合，彼此都很高兴。

《 十 》但应诺诺

何晏注《老子》未毕，见王弼自说注《老子》旨。何意多所短，不复得作声，但应诺诺。遂不复注，因作《道德论》。

|| **译文**

何晏注《老子》，还没完成的时候，遇见王弼，听他诉说注释《老子》的想法。何晏觉得自己的见解有许多不足之处，就不再多说什么，只是不住点头称是。后来何晏就不再注《老

子》了，改作《道德论》。

《十一》裴逸民近在此

中朝时有怀道之流①，有诣王夷甫咨疑者。值王昨已语多，小极②，不复相酬答，乃谓客曰："身今少恶③，裴逸民亦近在此，君可往问。"

Ⅲ **注释**

① 怀道之流：信奉老庄学说的人。

② 小极：身体不适。

③ 身：我。

Ⅲ **译文**

西晋的时候，有信奉老庄学说的人到王夷甫（王衍）那里请教问题。正赶上王夷甫头天话说多了，身体不适，不想再接待客人，于是他就对客人说："我现在身体有点不舒服，裴逸民（裴頠）就在附近，你可以去问问他。"

《十二》攻难崇有

裴成公作《崇有论》，时人攻难之，莫能折，唯王夷甫来，如小屈。时人即以王理难裴，理还复申①。

Ⅲ **注释**

① 还复：仍然。

Ⅲ **译文**

裴成公（裴頠）作《崇有论》，当时的人都攻击他，但没有能驳倒他的，只有王夷甫（王衍）来了，裴頠才稍微有点受挫。当时人们就用王衍的理论非难他，可裴颜仍然能驳倒对方。

《十三》 天才卓出

诸葛宏年少不肯学问①，始与王夷甫谈，便已超诣②。王叹曰："卿天才卓出③，若复小加研寻④，一无所愧。"宏后看《庄》《老》，更与王语，便足相抗衡。

注释

① 诸葛宏（hóng）：字茂远，官至司空主簿。

② 超诣：达到极高的境界。

③ 卓出：杰出。

④ 研寻：研究探讨。

译文

诸葛宏少年的时候不愿学习，和王夷甫（王衍）谈了一次话，就表现出与众不同的禀性。王夷甫赞叹道："你天赋超群，如果能稍微用心学业，就一定会出人头地的。"诸葛宏看了《老子》《庄子》后，再和王夷甫交谈，就与其不相上下了。

《十四》 梦是心想

卫玠总角时①，问乐令梦，乐云："是想。"卫曰："形神所不接而梦②，岂是想邪？"乐云："因也。未尝梦乘车入鼠穴，捣齑啖铁杵③，皆无想无因故也。"卫思"因"经日不得，遂成病。乐闻，故命驾为剖析之④，卫即小差⑤。乐叹曰："此儿胸中当必无膏肓之疾⑥！"

注释

① 总角：古代未成年人把头发束成两髻，形状如角，故用"总角"指未成年时。

② 形神：形体和精神。

③ 齑（jī）：葱、姜、蒜等佐餐物捣成的碎末。

④ 命驾：乘车前往。

⑤ 差：同"瘥"，病愈。

⑥ 膏肓：中医称心脏下部为膏，隔膜为肓；称极严重的病症为"膏肓之疾"或"病入膏肓"。

译文

卫玠小的时候，问乐令（乐广）梦是什么，乐广说："是心中所想。"卫玠说："形和神不接触的东西却能入梦，这也是心中所想吗？"乐广说："总是有原因的。你没有梦见坐着车进了老鼠洞，没有梦见把铁棍捣成碎末来吃，这都是心中不想，没有根据的缘故呀。"卫玠整天想着乐广所说的"因"，一直也想不出结果来，最后竟病了。乐广听到此事，就乘车去看卫玠，给他详细讲述，卫玠的病马上就好了。乐广感叹说："这个小家伙的内心没有什么大病。"

《十五》了不异人意

庚子嵩读《庄子》①，开卷一尺许便放去②，曰："了不异人意③"。

注释

① 庚子嵩：庚敳，字子嵩，好老庄，曾任豫州长史，为官超脱。

② 开卷：魏晋时书籍为竹简或帛书，有长度，可以卷起来。

③　了：完全。

||　译文

　　庾子嵩（庾敳）读《庄子》，打开看了一尺左右就丢下了，说道："这和我的想法没有什么不一样的。"

《十六》旨不至

　　客问乐令"旨不至"者①，乐亦不复剖析文句，直以麈尾柄确几曰②："至不？"客曰："至。"乐因又举麈尾曰："若至者，那得去？"于是客乃悟服。乐辞约而旨达，皆此类。

||　注释

①　旨不至：《庄子·天下》："指不至，至不绝。"意思是概念与它表达的事物本质有一定距离，并不能完全表达事物的全部含义，如果要追求全部的含义，则不可穷尽。旨，同"指"。

②　直：同"只"，只是。确：同"摧"，敲击。

||　译文

　　有客人问乐令（乐广）"旨不至"的意思，乐广并不直接解释字句的意思，只是用麈尾的柄敲着几案说："到了没有？"客人说："到了。"乐广于是举起麈尾说："如果到了，又怎么会离开？"客人立即领悟了。乐广说明问题言简意赅，都与此类似。

《十七》郭象注庄

　　初，注《庄子》者数十家，莫能究其旨要。向秀于旧注外为解义，妙析奇致①，大畅玄风，唯《秋水》《至乐》二篇未竟而秀卒。秀子幼，义遂零落，然犹有别本^②。郭象者，为人薄行^③，有俊才，见秀义不传于世，遂窃为己注。乃自注《秋水》《至乐》二篇，又易《马蹄》一篇，其余众篇，或定点文句而已^④。后秀义别本出，故今有向、郭二《庄》，其义一也。

||| **注释**

① 妙析奇致：分析得很精妙。

② 别本：副本。

③ 薄行：品行轻薄。

④ 定点：涂改，改正。

||| **译文**

当初，注释《庄子》的有几十家，但没有能挖掘出它的基本精神的。向秀在前人旧注之外重新解释《庄子》，分析精确玄妙，使玄学之风更为兴盛，只是《秋水》《至乐》两篇还没解释完他就去世了。向秀的儿子这时还小，所以他的释义就散落了，但还有副本。郭象此人，品行低下，但是才华出众，他看到向秀的释义没有流传于世，就剽窃来作为自己的注解。他于是自己注释了《秋水》《至乐》两篇，又改注了《马蹄》一篇，其余诸篇，只是改变一下文句而已。后来，向秀的别本也刊出了，所以现今有向秀、郭象两人的《庄子》注本，但内容基本是一样的。

《十八》将无同

阮宣子有令闻^①。太尉王夷甫见而问曰："老庄与圣教同异？"对曰："将无同？"太尉善其言，辟之为掾^②。世谓"三语掾"。卫玠嘲之曰："一言可辟，何假于三！"宣子曰："苟是天下人望③，亦可无言而辟，复何假一！"遂相与为友。

注释

① 阮宣子：阮修，字宣子，好《老子》《周易》，为人旷达，曾任鸿胪丞、太子洗马。

② 掾：官府的属官。

③ 人望：众所仰望的人。

译文

阮宣子（阮修）名声很好。太尉王夷甫（王衍）见到他问道："老、庄和孔教有什么不同吗？"阮宣子回答："大概是一样的吧。"太尉觉得他说得不错，就任命他为属官。世人称他为"三语掾"。卫玠嘲笑他说："说一个字就可以被征召，何必要用三个字呢？"阮宣子说："如果为天下人仰望，即使无言也会被征召，又何必借助一个字呢？"于是二人成了好友。

《十九》受困于裴遐

裴散骑娶王太尉女①，婚后三日，诸婿大会，当时名士，王、裴子弟悉集。郭子玄在坐，挑与裴谈②。子玄才甚丰赡③，始数交，未快。郭陈张甚盛④，裴徐理前语，理致甚微⑤，四坐咨嗟称快。王亦以为奇，谓诸人曰："君辈勿为尔，将受困寡人女婿⑥。"

注释

① 裴散骑：裴遐，字叔道，善清谈，曾任散骑郎。

② 挑与裴谈：挑头和裴遐清谈。

③ 丰赡：丰厚，丰富。

④ 陈张：铺陈。

⑤　理致：义理情致。微：精深微妙。

⑥　寡人：古代王侯的自称。六朝时有地位的士大夫也自称寡人。

裴散骑（裴遐）娶了王太尉（王衍）的女儿，婚后第三天，女婿们聚会，当时的名流和王、裴两家的子弟们都来了。郭子玄（郭象）也在座，带头和裴遐清谈。郭象才华横溢，开始几度交锋，也没能畅快。随即郭象铺陈夸张，洋洋洒洒，裴遐慢条斯理，陈说自己的见解，精微深刻，四座的人无不赞叹称快。王衍也十分惊奇，对大家说："诸位不要谈了，否则就会被我女婿困住。"

《二十》微言达旦

卫玠始度江，见王大将军。因夜坐，大将军命谢幼舆。玠见谢，甚说之，都不复顾王①，遂达旦微言②，王永夕不得豫③。玠体素羸，恒为母所禁。尔夕忽极，于此病笃，遂不起。

‖　**注释**

①　都：完全。

②　微言：精妙的语言，此指清谈。

③　永夕：整个晚上。豫：同"预"，参与。

‖　**译文**

卫玠渡江后，去拜见王大将军（王敦）。晚上坐着闲聊，大将军就召来了谢幼舆（谢鲲）。卫玠见到谢鲲很高兴，都不顾和王敦说话了，和谢鲲一起谈论玄理，直到天明，王敦一晚上也没插上话。卫玠身体向来不好，母亲一直不允许他应酬太多。这天晚上他因为疲惫过度，就病倒了，从此一卧不起。

《二十一》 只谈三理

旧云，王丞相过江左，止道声无哀乐、养生、言尽意①，三理而已，然宛转关生，无所不入。

注释

① 止：同"只"。道：谈论，说。声无哀乐：嵇康著《声无哀乐论》，认为音乐本身只有和与不和、善与不善之分，与主观感情的快乐、悲伤无关。养生：嵇康著《养生论》，提出要克制自我，投身于自然本体之中，达到安身立命的精神境界。言尽意：西晋思想家欧阳建针对魏晋时流行的"言不尽意"论而著《言尽意论》，认为语言能够表达对客观事物的认识。

译文

以前人们说，王丞相(王导)到了江左，只谈论嵇康的"声无哀乐""养生"以及欧阳建的"言尽意"这三项理论，然而这三项理论是辗转关联，无所不包的。

《二十二》 翠如生母狗

殷中军为庾公长史①，下都②，王丞相为之集，桓公、王长史、王蓝田③、谢镇西并在。丞相自起解帐带麈尾，语殷曰："身今日当与君共谈析理④。"既共清言，遂达三更。丞相与殷共相往反，其余诸贤略无所关。既彼我相尽，丞相乃叹曰："向来语⑤，乃竟未知理源所归⑥。至于辞喻不相负⑦，正始之音，正当尔耳。"明旦，桓宣武语人曰："昨夜听殷、王清言，甚佳，仁祖亦不寂寞，我亦时复造心⑧；顾看两王掾⑨，辄翣如生母狗馨⑩。"

注释

① 殷中军为庾公长史：庾亮曾任征西将军，镇守武昌，殷浩曾任庾亮的记室参军、左司徒长史。

② 下都：顺长江而下，来到京都建康。建康在武昌下游，所以这样说。

③ 王蓝田：王述，字怀祖，王承之子，袭爵蓝田侯。

④ 身：我。

⑤ 向来：刚才。

⑥ 乃竟：竟然。

⑦ 辞喻不相负：文辞上不相上下。

⑧ 造心：心有所悟。

⑨ 两王掾：王濛、王述当时都担任王导的属官。

⑩ 生：活的。馨：助词，……貌，……的样子。

译文

殷中军（殷浩）任庾公（庾亮）的长史时，来到京都。王丞相（王导）为他举行聚会，桓公（桓温）、王长史（王濛）、王蓝田（王述）、谢镇西（谢尚）都在座。丞相自己过去把挂在帐带的麈尾解下来，对殷浩说："我今天和你一同讨论玄理。"于是就清谈起来，一直到三更半夜。丞相和殷浩你来我往，其余诸人没有参与。两人谈得十分尽兴，丞相感叹道："刚才我们的谈论，竟然到了不知义理源流归属的地步。至于文辞，我们是不相上下的。正始年间王弼、何晏之间谈玄，可能也就是这样了。"第二天早晨，桓宣武（桓温）对人说："昨天晚上殷中军和王丞相清谈，非常好。谢仁祖一晚上也不觉得寂寞，我也心有所悟。回头再看看王濛和王述，兴奋得就跟母狗一样。"

《二十三》理应阿堵上

殷中军见佛经，云："理亦应阿堵上①。"

‖ 注释

① 理：玄理。阿堵：这个。

‖ 译文

殷中军（殷浩）看到佛经，说："玄理也应在这里面。"

《二十四》索解人不可得

谢安年少时，请阮光禄道《白马论》①，为论以示谢。于时谢不即解阮语，重相咨尽②。阮乃叹曰："非但能言人不可得，正索解人亦不可得③！"

‖ 注释

① 《白马论》：战国时公孙龙著。书中提出了"白马非马"的论题，从内涵和外延上论证了"白马"和"马"在所指内容和范围上的同一与差别，揭示了种名和属名不能等同或混淆的正名思想。

② 重相咨尽：一再追问，以求得彻底的理解。

③ 正：即使。

‖ 译文

谢安年少的时候，向阮光禄（阮裕）请教《白马论》，阮裕将自己写的文章给他看。当时谢安不能一下子理解阮裕的话，就一再追问。阮裕于是感叹道："不仅能谈《白马论》的人难得，就是寻求了解《白马论》的人也难得。"

《二十五》南北学问

褚季野语孙安国云："北人学问，渊综广博。"孙答曰："南
人学问，清通简要。"支道林闻之，曰："圣贤固所忘言。自中
人以还[1]，北人看书，如显处视月；南人学问，如牖中窥日[2]。"

注释

[1] 中人：普通人。与"圣贤"相对。以还：以下。

[2] 牖（yǒu）：窗户。

译文

褚季野（褚裒）对孙安国（孙盛）说："北方人的学问，深
厚广博。"孙盛回答："南方人的学问，简明扼要。"支道林听
后，说："圣贤总是得意忘言。从一般人来看，北方人读书，就
像在开阔处望月亮；南方人做学问，就像从窗户里看太阳。"

《二十六》刘理小屈

刘真长与殷渊源谈，刘理如小屈，殷曰："恶[1]！卿不欲作
将善云梯仰攻[2]？"

注释

[1] 恶（wū）：叹词，表示慨叹。

[2] 作将：制作。将，动词，放在其他动词后面，意义有些虚化。
云梯：古代攻城的工具。

译文

刘真长（刘惔）和殷渊源（殷浩）清谈，刘真长的玄理稍

稍受挫，殷渊源说道："咳！你要不要造个好云梯来进攻？"

《二十七》未得我牙后慧

殷中军云："康伯未得我牙后慧^①。"

||| **注释**

① 牙后慧：即言语之外的智慧。

||| **译文**

殷中军（殷浩）说："康伯（韩伯）没从我这里学到什么真东西。"

《二十八》流汗交面

谢镇西少时，闻殷浩能清言，故往造之。殷未过有所通^①，为谢标榜诸义^②，作数百语，既有佳致^③，兼辞条丰蔚，甚足以动心骇听。谢注神倾意，不觉流汗交面。殷徐语左右："取手巾与谢郎拭面。"

||| **注释**

① 过：过分，过多。通：阐述。

② 标榜：解释，揭示。

③ 佳致：美好的情趣。

||| **译文**

谢镇西（谢尚）年轻的时候，听说殷浩擅清谈，就特意去拜访他。殷浩并没有过多发挥，只是给谢尚解释义理，说了几百句，就渐入佳境，加之辞彩华丽，紧紧抓住了谢尚的心。谢尚全神贯注，不知不觉已经汗流满面。殷浩缓缓对左右说："拿

条毛巾来，给谢公子擦擦汗。"

《二十九》日说一卦

宣武集诸名胜讲《易》①，日说一卦。简文欲听，闻此便还，曰："义自当有难易，其以一卦为限邪②？"

注释

① 名胜：名流，名士。

② 其：表反问的副词，岂，难道。

译文

桓宣武（桓温）召集诸名士讲解《周易》，每天讲一卦。简文帝本来要去听的，听说是这样就回来了，说道："义理本来有难有易，怎么能以每天一卦为限呢？"

《三十》夷然不屑

有北来道人好才理①，与林公相遇于瓦官寺②，讲《小品》③。于时竺法深、孙兴公悉共听。此道人语，屡设疑难，林公辩答清析，辞气俱爽。此道人每辄摧屈。孙问深公："上人当是逆风家④，向来何以都不言？"深公笑而不答。林公曰："白旃檀非不馥⑤，焉能逆风？"深公得此义，夷然不屑⑥。

注释

① 才理：义理。

② 瓦官寺：佛寺名，东晋时修建，在都城建康。

③ 《小品》：指《小品经》，又称《摩诃般若波罗蜜经》《小品般若波罗蜜经》《新小品经》，为大乘佛教最初期说般若空

观之基础经典之一。

④ 上人：对僧人的敬称。

⑤ 旃（zhān）檀：檀香，名贵的香木。馥：芳香。

⑥ 夷然：泰然，安然。不屑：不在乎。

‖ **译文**

有个北方来的僧人喜欢玄理，和林公（支遁）在瓦官寺相遇，两人讨论《小品》。当时竺法深（竺潜）和孙兴公（孙绰）都在那里听。这个僧人在谈论的时候，屡屡设置障碍，林公对答清楚，言辞气度都很好。这个僧人总是被驳倒。孙绰问深公："您向来是迎风而战的人，刚才为什么一句话都不说呢？"深公笑而不答。林公说道："白檀香不是没有香味，逆风中你怎么能闻到呢？"深公听了这样的议论，泰然自若，毫不在意。

《三十一》 互不相让

孙安国往殷中军许共论，往反精苦①，客主无间。左右进食，冷而复暖者数四②。彼我奋掷麈尾，悉脱落，满餐饭中。宾主遂至莫忘食③。殷乃语孙曰："卿莫作强口马④，我当穿卿鼻！"孙曰："卿不见决鼻牛⑤，人当穿卿颊⑥！"

‖ **注释**

① 精苦：形容辩论得十分激烈、艰苦。

② 数四：三四次，多次。

③ 莫：同"暮"。

④ 强口马：倔强的马。

⑤ 决鼻牛：为便于驾驭，在牛鼻子的两个鼻孔中间穿上绳环。牛有时发起蛮劲能挣脱鼻环逃走。

⑥　穿卿颊：指给马戴上嚼子。

　　孙安国（孙盛）到殷中军（殷浩）那里清谈，两人你来我往，十分激烈，主客双方毫无隔阂。左右侍从准备好饭菜，冷了热，热了冷，都很多次了。两人用力甩动麈尾，毛都脱落了，掉到饭菜里面。宾主双方交谈到天黑都忘了吃饭。殷浩于是对孙盛说："你不要做犟嘴的马，我一定要穿你的鼻子！"孙盛说："你没见过穿了鼻环的牛吗？人家会穿透你的脸的！"

<h2>《三十二》卓然标新理</h2>

　　《庄子·逍遥篇》，旧是难处①，诸名贤所可钻味，而不能拔理于郭、向之外②。支道林在白马寺中，将冯太常共语③，因及《逍遥》。支卓然标新理于二家之表④，立异义于众贤之外，皆是诸名贤寻味之所不得。后遂用支理。

注释

① 旧：向来，素来。

② 拔：超出。

③ 将：介词，和。

④ 卓然：高超的样子。

译文

　　《庄子·逍遥游》一直比较难解，许多名流研究的深度，总不能超出郭象、向秀阐发的义理范围。支道林（支遁）在白马寺，和冯太常（冯怀）一起聊天，谈到了《逍遥游》。支道林在郭、向两家之上阐发了新的义理，在诸贤之外提出不同的见解，这些都是当时的名流苦苦寻求却阐释不清的。后来就采用了支道林的解释。

《三十三》田舍儿强学尔馨语

殷中军尝至刘尹所清言，良久，殷理小屈，游辞不已[①]，刘亦不复答。殷去后，乃云："田舍儿[②]，强学人作尔馨语[③]！"

注释

① 游辞：不着边际的话。

② 田舍儿：乡下人，乡巴佬。

③ 尔馨：这样，如此。

译文

殷中军（殷浩）到刘尹（刘惔）的住处清谈，谈了很久，殷浩说的道理有些受挫，可他仍然胡言乱语地说个没完，刘惔也就不再答复了。殷浩走后，刘惔就说："一个乡巴佬，还非学人家这样清谈！"

《三十四》汤池铁城

殷中军虽思虑通长[①]，然于才性偏精[②]。忽言及《四本》[③]，便若汤池铁城，无可攻之势。

注释

① 思虑：思想，智慧。通长：即"通常"。一般，平常。

② 才性：魏晋时品评人物标准和原则的学说。才，指人的才华；性，指人的内在品质。"才性"是魏晋玄学的一部分，也是清谈的主要内容。偏精：非常精通。

③ 忽：如果。《四本》：即《四本论》，钟会著，是魏晋才性

学代表作之一。当时关于才性关系有四种不同的学说。《魏志》："四本者，言才性同，才性异，才性合，才性离也。尚书傅嘏（属于司马氏集团）论同，中书令李丰（属于曹魏集团）论异，侍郎钟会（属于司马氏集团）论合，屯骑校尉王广（属于曹魏集团）论离。"不同的哲学观点代表了不同的政治集团的要求。

‖ 译文

殷中军（殷浩）虽然才智一般，但对于才性之学却很精通。如果谈到《四本论》，他立刻就像汤池铁城一般，别人是很难向他进攻的。

《三十五》既无文殊，谁能见赏

支道林造《即色论》①，论成，示王中郎，中郎都无言。支曰："默而识之乎②？"王曰："既无文殊，谁能见赏③？"

‖ 注释

① 造：写作。《即色论》：全名《即色游玄论》，表达了"色即为空，色复异空"的观点。

② 默而识（zhì）之：《论语·述而》："子曰：'默而识之，学而不厌，诲人不倦，何有于我哉？'"此句的意思是把见到的都默默记在心里。识，记住。

③ 既无文殊，谁能见赏：《维摩诘经》记载，文殊曾向维摩诘请教"何者是菩萨入不二法门"，维摩诘默然不语。文殊领悟后感叹道："是真入不二法门也。"《维摩诘经·入不二法门品》中说："如我意者，于一切法无言无说，无示无识，离诸问答，是为入不二法门。"维摩诘巧妙地以沉默不

语回答文殊，智慧的文殊领会了他的意思。

译文

支道林（支遁）撰写《即色论》，写完以后，拿给王中郎（王坦之）看，王中郎一句话也不说。支道林问："你是默默地记在心里了吗？"王中郎说："没有智慧的文殊菩萨，谁能被欣赏呢？"

《三十六》留连不已

王逸少作会稽，初至，支道林在焉。孙兴公谓王曰："支道林拔新领异①，胸怀所及乃自佳②，卿欲见不？"王本自有一往隽气③，殊自轻之④。后孙与支共载往王许，王都领域⑤，不与交言。须臾支退。后正值王当行，车已在门，支语王曰："君未可去，贫道与君小语⑥。"因论《庄子·逍遥游》。支作数千言，才藻新奇，花烂映发⑦。王遂披襟解带⑧，留连不能已。

注释

① 拔新领异：标新立异，见解新奇超凡。

② 乃自：确实。

③ 本自：原本，本来。隽气：同"俊气"，傲气。

④ 殊自：表程度副词，特别，非常。

⑤ 都：完全。领域：用作动词，意思是拒绝、排斥。

⑥ 小语：简单谈几句。小，稍微，略微。

⑦ 花烂映发：鲜花烂漫。形容才华横溢，文采斐然。

⑧ 披襟解带：敞开胸怀，解开衣带。形容十分投入酣畅。

译文

王逸少（王羲之）任会稽内史，刚到那里，支道林（支遁）也在。孙兴公（孙绰）对王羲之说："支道林标新立异，见解确实独到，你想不想见见他呢？"王羲之本来就自视甚高，心里很看不起支道林。后来孙绰和支道林一起乘车到王羲之的住处，王羲之竭力回避，不和支道林说话。一会儿，支道林就退下了。后来又遇上王羲之要出行，车子已经在门口等候，支道林对王羲之说："请先别走，贫道和您略谈几句。"于是就谈起《庄子·逍遥游》。支道林洋洋洒洒讲了数千言，才思敏捷，言辞华丽，如鲜花烂漫，争相怒放。王羲之也宽衣解带，沉醉其中，留连不已。

《三十七》三乘炳然

三乘佛家滞义①，支道林分判②，使三乘炳然③。诸人在下坐听，皆云可通。支下坐，自共说，正当得两④，入三便乱。今义弟子虽传，犹不尽得。

注释

① 三乘：佛教用语。佛教认为人有三种不同的修行层次，就像所乘坐的三种车，称三乘，即声闻乘（小乘）、缘觉乘（中乘）、菩萨乘（大乘）。滞义：含义晦涩难懂。

② 分判：辨别剖析。

③ 炳然：清楚，明白。

④ 正当：只能。

译文

佛教三乘的教义，晦涩难懂，支道林（支遁）进行解剖分析，使三乘的含义清楚明了。大家在下面坐着听，都说支道林解释得通。支道林下坛落座，大家自己讨论，只能解释到二乘，到了三乘就乱了。现在弟子们虽然也把教义传了下来，但意思还没有彻底明白。

《三十八》非求理中之谈

许掾年少时，人以比王苟子^①，许大不平。时诸人士及支法师并在会稽西寺讲，王亦在焉。许意甚忿，便往西寺与王论理，共决优劣，苦相折挫^②，王遂大屈。许复执王理，王执许理，更相覆疏^③，王复屈。许谓支法师曰："弟子向语何似^④？"支从容曰："君语佳则佳矣，何至相苦邪^⑤？岂是求理中之谈哉^⑥？"

||| **注释**

① 王苟子：王脩，字敬仁，小字苟子，王濛之子，善隶行书。亡时仅二十四岁。

② 折挫：反驳，诘难。

③ 更相覆疏：重新互相颠倒过来阐发义理。覆，颠倒。指互相执对方观点。疏，阐发，解释。

④ 何似：如何，怎么样。

⑤ 相苦：使对方窘迫、为难。相，表示动作偏指一方。

⑥ 理中：公允的道理。

||| **译文**

许掾（许询）年轻的时候，有人拿他和王苟子（王脩）相比，许询很不服气。当时很多名士和支道林（支遁）都在会稽西寺清谈，王脩也在那里。许询内心很气愤，就跑到西寺和王脩理论，两人要决一胜负，许询极力诘难，王脩大败。随即许询又持王脩的论点，王脩则持许询的论点，再次开始论辩，王脩又败了。许询问支道林："弟子刚才说的怎么样？"支道林从

容道："你说的好是好，但何必让对方那么为难呢？这哪是追求真理的论辩呢？"

《三十九》恨不使朝士见

林道人诣谢公，东阳时始总角①，新病起，体未堪劳。与林公讲论，遂至相苦。母王夫人在壁后听之，再遣信令还，而太傅留之。王夫人因自出，云："新妇少遭家难②，一生所寄，唯在此儿。"因流涕抱儿以归。谢公语同坐曰："家嫂辞情慷慨，致可传述③，恨不使朝士见！"

注释

① 东阳：指谢朗。谢朗，字长度，谢安兄谢据子，官至东阳太守。

② 新妇：出嫁女子的自称。少遭家难：早年守寡。谢据早亡，所以这样说。

③ 致：通"至"，非常，极其。传述：赞扬，称颂。

译文

僧人支道林（支遁）去见谢公（谢安），东阳（谢朗）那时还是小孩，病刚好，身体不堪劳顿。他和林公清谈，说得很累。谢朗的母亲王夫人在隔壁听他们辩论，多次让人叫谢朗回去，可谢太傅总把他留住。于是王夫人亲自出来，说道："我早年守寡，一生的寄托，都在这个孩子身上。"随即哭着把儿子抱回去了。谢公对同座的人说："家嫂言辞感人，实在值得称颂，遗憾不能让朝中官员一见！"

《四十》不辩其理所在

支道林、许掾诸人共在会稽王斋头①。支为法师，许为都讲②。支通一义③，四坐莫不厌心④。许送一难⑤，众人莫不抃舞⑥。但共嗟咏二家之美⑦，不辩其理之所在。

注释

① 斋头：书房。

② 支为法师，许为都讲：魏晋之后，和尚宣讲佛经时，一人唱经，一人讲解，讲解者为"法师"，唱经者为"都讲"。

③ 通：疏通。

④ 厌心：满足，钦佩。

⑤ 送一难：提出一个诘难。指唱经者念一段经文，请法师讲解。

⑥ 抃（biàn）舞：拍手舞蹈。形容十分高兴。

⑦ 嗟咏：赞美。

译文

支道林（支遁）、许掾（许询）等人都在会稽王（司马昱）的书房。支道林为法师讲解，许询为都讲唱经。支道林每疏通一条经义，四座无不叹服。许询每提出一个疑问，大家都拍掌称赞。但大家只是赞扬二人的精彩，却不能辨析经义的含义。

《四十一》与谢孝剧谈

谢车骑在安西艰中①，林道人往就语，将夕乃退。有人道上见者，问云："公何处来？"答云："今日与谢孝剧谈一出来②。"

注释

① 艰：父母丧礼。

② 谢孝：指守孝的谢玄。剧谈：畅谈。一出：一番。来：语气助词，用在句尾。

译文

谢车骑（谢玄）在为父亲谢安西（谢奕）守丧期间，林道人（支道林）来和他清谈，傍晚才离去。有人在路上遇见他，问道："林公从哪里回来？"林道人回答："今天和谢孝子畅谈了一番。"

《四十二》了不长进

支道林初从东出①，住东安寺中。王长史宿构精理②，并撰其才藻③，往与支语，不大当对④。王叙致作数百语，自谓是名理奇藻。支徐徐谓曰："身与君别多年，君义言了不长进⑤。"王大惭而退。

注释

① 从东出：支道林住在会稽，晋哀帝邀请他到建康。会稽在建康东边，所以说从东出。

② 宿构精理：预先构思了精妙的义理。

③ 才藻：才思文采。

④ 当对：相当，匹配。

⑤ 了不：一点都没有，完全不。

译文

支道林（支遁）从会稽刚到建康，住在东安寺里。王长史（王濛）预先构思好精妙的义理，写得文采飞扬，去和支道林清谈，但他的水平和支道林有差距。王濛说了数百句，自认为义理深邃、言辞美妙。支道林缓缓对他说："我与你分别多年，你的义理言辞没有任何长进。"王濛十分羞愧，告辞别去。

《四十三》小品犹存

殷中军读《小品》，下二百签[1]，皆是精微，世之幽滞[2]。尝欲与支道林辩之，竟不得。今《小品》犹存。

||| **注释**

① 签：书签。读书时遇到疑难处，作书签记下来。

② 幽滞：晦涩难懂。

||| **译文**

殷中军（殷浩）读《小品》，在书中作了二百多处书签标记，都是精深微妙、世人觉得晦涩难懂的地方。他曾想和支道林（支遁）研究讨论，最终没能实现。现在《小品》还保存着。

《四十四》陶练之功

佛经以为祛练神明[1]，则圣人可致[2]。简文云："不知便可登峰造极不？然陶练之功[3]，尚不可诬[4]。"

||| **注释**

① 祛（qū）练：净化修炼。神明：精神，智慧。

② 圣人：具有极高智慧的人，指佛。

③ 陶练：陶冶修炼。

④ 诬：抹杀，否定。

||| **译文**

佛经认为，修炼智慧，即可成佛。简文帝说："不知这样

能否达到登峰造极的境界，可陶冶修炼的功夫，还是不可小觑的。”

《四十五》于支争名

于法开始与支公争名，后情渐归支，意甚不忿①，遂遁迹剡下②。遣弟子出都，语使过会稽。于时支公正讲《小品》。开戒弟子：“道林讲，比汝至，当在某品中。”因示语攻难数十番，云：“旧此中不可复通。”弟子如言诣支公。正值讲，因谨述开意，往反多时③，林公遂屈。厉声曰：“君何足复受人寄载来④！”

注释

① 不忿：不服气，不甘心。

② 遁迹：隐居。

③ 往反：同“往返”。

④ 何足：何必。寄载：搭乘车船。此处有授意、传言的意思。

译文

于法开和支道林（支遁）争名位，后来人们渐渐倾向支道林，于法开很不服气，就在剡县隐居起来。一次他派弟子去京都，告诉他途中要去会稽找支道林。这时支道林正在会稽讲《小品》。于法开叮嘱弟子：“支道林正在讲《小品》，你到的时候，他应该在讲某一品。”于是告诉弟子如何来回地驳难，并说：“这些都是过去无法解释的难题。”弟子按于法开的指示去见支道林。正碰上支道林在讲《小品》，弟子就婉转地陈述了于法开的意思，与支道林往返辩论很长时间，支道林最终败了。他厉声说道：“你怎能受人之托，来刁难我呢！”

《四十六》泄水注地

殷中军问："自然无心于禀受[1]，何以正善人少，恶人多？"诸人莫有言者。刘尹答曰："譬如写水著地[2]，正自纵横流漫，略无正方圆者[3]。"一时绝叹，以为名通[4]。

注释

① 禀受：承受。

② 写：同"泻"。著：着。

③ 略：完全。

④ 名通：至理名言。通，解释。

译文

殷中军（殷浩）问道："宇宙万物都是自然而然的，并不受任何意志的左右，为什么还是好人少，恶人多呢？"众人没有能回答的。刘尹（刘惔）答道："这就像水洒到地上，只是自然地流淌漫溢，没有正好是方的、圆的。"当时大家赞叹不已，认为是至理名言。

《四十七》僧渊知名

康僧渊初过江[1]，未有知者。恒周旋市肆，乞索以自营。忽往殷渊源许，值盛有宾客，殷使坐，粗与寒温，遂及义理。语言辞旨，曾无愧色。领略粗举[2]，一往参诣[3]。由是知之。

注释

① 康僧渊：晋时西域僧人，晋成帝时南渡，精于佛理。

② 领略粗举：领会了基本意思。

③ 一往：直接，径直。参诣：达到高深境界。诣，学问达到

的境界。

译文

康僧渊刚到江东的时候，还没有人知道他。他经常在街市上转悠，靠乞讨来维持生计。一天他突然到殷渊源（殷浩）家，正赶上殷家大会宾客，殷浩就让他入座，略微寒暄了几句，就谈到义理。康僧渊的言语表达和玄理深度，丝毫也不比殷浩差。他先是提纲挈领进行综述，然后直奔高深的境界。由此人们知道了他。

〈四十八〉万形如眼不

殷、谢诸人共集。谢因问殷："眼往属万形①，万形来入眼不？"

注释

① 属：联结。万形：万物。

译文

殷浩、谢安等人聚会。谢安便问殷浩："眼睛可看到各种形象，那各种形象是否会进入人的眼里呢？"

〈四十九〉得位梦棺，得财梦秽

人有问殷中军："何以将得位而梦棺器，将得财而梦矢秽①？"殷曰："官本是臭腐，所以将得而梦棺尸；财本是粪土，所以将得而梦秽污。"时人以为名通。

注释

① 矢秽：粪便。

译文

有人问殷中军（殷浩）："为什么要得到官位的时候会梦见棺材，要得到钱财的时候会梦见粪便呢？"殷浩答道："官职原本就是腐臭的，所以要得到的时候会梦见棺材；财物原本就是粪土，所以要得到的时候就会梦见粪便。"当时人们认为这是至理名言。

《五十》恨此语少

殷中军被废东阳，始看佛经。初视《维摩诘》^①，疑般若波罗密太多^②；后见《小品》，恨此语少。

注释

① 《维摩诘》：即《维摩诘所说经》。记载维摩诘与舍利弗、弥勒等及文殊大师问答之辞，说明大乘教理。

② 般（bō）若波罗密：梵文音译。般若即智慧，波罗密即彼岸。

译文

殷中军（殷浩）罢官后谪居东阳，开始看佛经。起初看的是《维摩诘经》，怀疑里面的般若波罗密太多；后来看到《小品》，又遗憾里面说得太少了。

《五十一》崤函之固

支道林、殷渊源俱在相王许^①。相王谓二人："可试一交言。而才性殆是渊源崤函之固^②，君其慎焉^③！"支初作，改辙远之^④。数四交^⑤，不觉入其玄中^⑥。相王抚肩笑曰："此自是其胜场^⑦，安可争锋！"

注释

① 相王：简文帝司马昱曾以会稽王身份任丞相，所以这样说。

② 殆：大概。崤函：崤，崤山，在今河南西部，以险峻著称。函，函谷关，在今河南灵宝东。

③ 其：语气副词，表示期望。

④ 改辙：改变行路，指改变话题。

⑤ 数四：几次。

⑥ 玄：玄理。

⑦ 胜场：胜过别人的地方，优势。

译文

　　支道林（支遁）和殷渊源（殷浩）都在相王司马昱的府上。司马昱对二人说："你们俩可以来一场辩论。不过才性之学是渊源的崤山、函谷关，非常险固，你一定要小心啊！"开始辩论的时候，支道林远远避开才性这个论题。几个回合的论战后，支道林不知不觉就进入其中了。司马昱抚着支道林的肩膀说："这本来就是他拿手的地方，你怎能和他争锋呢！"

《五十二》雅人深致

　　谢公因子弟集聚①，问："《毛诗》何句最佳②？"遏称曰："昔我往矣，杨柳依依；今我来思，雨雪霏霏③。"公曰："讦谟定命，远猷辰告④。"谓此句偏有雅人深致⑤。

注释

① 因：介词，趁。

② 《毛诗》：即今本《诗经》，汉代毛亨作注，故称。

③ 昔我往矣，杨柳依依；今我来思，雨雪霏霏：出自《诗

经·小雅·采薇》。思，语气助词，无实义。

④ 訏（xū）谟定命，远猷辰告：出自《诗经·大雅·抑》。意思是用大的谋略来确定政令，用长远的规划来制定诏诰。訏，大。谟，谋略。猷，计谋。辰，定。告，告示。

⑤ 偏：副词，特别，最。雅人深致：指文人的深远志趣。深致，深远的志趣。

译文

谢公（谢安）趁子侄们聚会的时候问："《毛诗》里哪句最好？"侄子谢遏（谢玄）说："昔我往矣，杨柳依依；今我来思，雨雪霏霏。"谢公说："訏谟定命，远猷辰告。"觉得这一句很有雅人的深远志趣。

《五十三》张凭出都

张凭举孝廉①，出都，负其才气，谓必参时彦②。欲诣刘尹，乡里及同举者共笑之。张遂诣刘，刘洗濯料事③，处之下坐，唯通寒暑④，神意不接⑤。张欲自发无端。顷之，长史诸贤来清言，客主有不通处，张乃遥于末坐判之，言约旨远，足畅彼我之怀，一坐皆惊。真长延之上坐⑥，清言弥日，因留宿至晓。张退，刘曰："卿且去，正当取卿共诣抚军⑦。"张还船，同侣问何处宿，张笑而不答。须臾，真长遣传教觅张孝廉船⑧，同侣怳愕⑨。即同载诣抚军。至门，刘前进谓抚军曰："下官今日为公得一太常博士妙选⑩。"既前，抚军与之话言，咨嗟称善，曰："张凭勃窣为理窟⑪。"即用为太常博士。

注释

① 张凭：字长宗，吴郡（今江苏苏州）人，曾任太常博士、

御史中丞。孝廉：汉代选拔人才的科目，孝顺父母、品行端正的人可被举为孝廉，魏晋时沿用此制。

② 时彦：当时的名流。彦，才华卓越的人。

③ 料事：处理事情。

④ 唯通寒暑：指只是寒暄，一般性的客套。

⑤ 神意不接：心不在焉，不谈实际问题。

⑥ 延：延请。

⑦ 正当：将要。取卿：带着你。

⑧ 传教：传达指令的人。

⑨ 愧愕：惊讶。

⑩ 太常博士：官名。主管引领乘舆，议定王公大臣谥法等事。

⑪ 勃窣（sū）：形容才华横溢，文采缤纷。理窟：义理集中的地方。

|| **译文**

张凭被举为孝廉，来到京都，觉得凭借自己的才华，一定会加入名流的行列。他要去拜访刘尹（刘惔），同乡和他一块儿举孝廉的人都讥笑他不自量力。张凭还是去拜访刘惔，当时刘惔正在洗刷东西，把他安排在下座，与他只是寒暄而已，并不作深入交谈。张凭想自己找个话题，却没有理由。一会儿，长史王濛等名流来清谈，主客双方有不能沟通的地方，张凭就远远地在末座分析，语言简约，旨意深远，让双方都很满意，满座都为之惊诧。刘惔请张凭上座，和他清谈了一整天，还留他住了一个晚上。第二天早上，张凭告退，刘惔说："你先回去，我会带你去拜会抚军（司马昱）的。"张凭回到船上，同伴们问他晚上在哪里歇宿，张凭笑而不答。一会儿，真长派下人来打听张凭住的船，同伴们非常惊愕。随即张凭和刘惔一起乘

车去拜访抚军。进门后，刘惔到抚军面前对他说："下官今天给您找到一个太常博士的最佳人选。"于是张凭来到抚军面前，抚军和他交谈后，赞叹不已，说道："张凭才华横溢，富于义理。"立即任命他为太常博士。

〖五十四〗同归异名

汰法师云："'六通''三明'同归①，正异名耳。"

||| **注释**

① 六通：佛教用语，指经过修炼达到的六种神通：一是天眼通，二是天耳通，三是身通，四是它心通，五是宿命通，六是漏尽通。三明：一是宿命明，二是天眼明，三是漏尽明。同归：意思相同。

||| **译文**

法汰法师（竺法汰）说："佛家中的'六通''三明'意思一样，只是名称不同而已。"

〖五十五〗一往奔诣

支道林、许、谢盛德共集王家①，谢顾谓诸人："今日可谓彦会，时既不可留，此集固亦难常，当共言咏，以写其怀②。"许便问主人："有《庄子》不？"正得《渔父》一篇。谢看题，便各使四坐通③。支道林先通，作七百许语，叙致精丽，才藻奇拔，众咸称善。于是四坐各言怀毕，谢问曰："卿等尽不？"皆曰："今日之言，少不自竭。"谢后粗难，因自叙其意，作万余语，才峰秀逸，既自难干④，加意气拟托⑤，萧然自得⑥，四坐莫不厌心⑦。支谓谢曰："君一往奔诣⑧，故复自佳耳。"

注释

① 盛德：有名望的人。

② 写：同"泻"，抒发，倾泻。

③ 通：陈述，阐发。

④ 既自：既然，已经。难干：难以企及。

⑤ 意气：志向意趣。拟托：比拟寄托。

⑥ 萧然：潇洒。

⑦ 厌心：倾心，满足。

⑧ 一往：径直，直接。奔诣：达到高深的境界。

译文

支道林（支遁）、许询、谢安等贤达在王濛家聚会，谢安环顾各位说："今天可说是名士聚会，光阴不可挽留，这样的聚会也难常有，我们大家应一起畅所欲言，抒发各自的情怀。"许询便问主人："有《庄子》吗？"只找到《渔父》一篇。谢安定好题目，就让大家各自阐发。支道林先讲，说了七百多句，叙述得精致优美，才思文辞非凡出众，大家都纷纷赞扬。于是在座的人把自己的意思都表达完毕，谢安问道："诸位觉得尽兴了吗？"大家都说："今日清谈，无不罄尽胸怀。"谢安于是简单地设难，然后自己陈述见解，作了万余言的宣讲，才智超凡，俊雅飘逸，达到他人难以企及的境界，再加上他寓意深远，怡然自得，众人无不心满意足。支道林对谢公说："您一语中的，直奔佳境，实在是太妙了。"

《五十六》孙盛理屈

殷中军、孙安国、王、谢能言诸贤，悉在会稽王许，殷与孙共论《易象妙于见形》[1]，孙语道合，意气干云[2]。一坐咸不安孙理，而辞不能屈。会稽王慨然叹曰："使真长来，故应有以制彼。"即迎真长，孙意己不如。真长既至，先令孙自叙本理。孙粗说己语，亦觉殊不及向。刘便作二百许语，辞难简切[3]，孙理遂屈。一坐同时抚掌而笑，称美良久。

‖ **注释**

① 《易象妙于见形》：晋孙盛著。

② 意气：情绪气概。干云：直冲云霄。

③ 辞难：言辞驳难。

‖ **译文**

殷中军（殷浩）、孙安国（孙盛）、王濛、谢尚等善于清谈的名士，都在会稽王（司马昱）那里。殷浩和孙盛一起论辩《易象妙于见形》，孙盛阐发的义理很周全，气势逼人。在座的人对孙盛的论辩不是很满意，但在言语上又驳不倒他。会稽王感叹道："假如刘真长（刘惔）来，就一定会驳倒他。"马上叫人去接刘真长，孙盛也知道自己不及刘真长。刘真长到了以后，先让孙盛叙述自己的理论。孙盛大略说了一下，自己也觉得实在不如刚才说得好。随后，刘真长说了二百多句，言简意赅，切中要害，孙盛就理屈了。大家同时拍掌大笑，赞叹了很久。

《五十七》谁运圣人

僧意在瓦官寺中①，王苟子来，与共语，便使其唱理②。意谓王曰："圣人有情不？"王曰："无。"重问曰："圣人如柱邪？"王曰："如筹算③，虽无情，运之者有情。"僧意云："谁运圣人邪？"苟子不得答而去。

注释

① 僧意：东晋僧人，事迹不详。
② 唱理：首先提出义理。清谈时，一方首先陈说义理称唱理。
③ 筹算：古代在竹子上刻数字用以计算，这种竹筹称筹算。

译文

僧意在瓦官寺，王苟子（王脩）来和他一起清谈，让僧意先提出问题。僧意问王苟子："圣人有情吗？"王苟子回答："没有。"僧意又问："圣人像柱子吗？"王苟子说："圣人像竹筹，虽然没有情，但运算的人有情。"僧意又说："那谁来运算圣人呢？"王苟子答不出来便离开了。

《五十八》妙处不传

司马太傅问谢车骑："惠子其书五车①，何以无一言入玄？"谢曰："故当是其妙处不传②。"

注释

① 惠子：即惠施，战国时宋人，名家代表人物，善于诡辩。《庄子·天下篇》称："惠施多方，其书五车。"
② 故当：一定，肯定。

司马太傅（司马道子）问谢车骑（谢玄）："惠子的书有那么多，为什么没有一句涉及玄理呢？"谢玄回答："一定是妙不可言的缘故吧。"

《五十九》不解事数

殷中军被废，徙东阳，大读佛经，皆精解。唯至事数处不解①。遇见一道人，问所签②，便释然。

注释

① 事数：佛经中与数字有关的词语。如五阴、十二入、四谛等与数字相关的佛学概念。

② 所签：读书遇到疑难时所做的标记。

译文

殷中军（殷浩）被罢官，贬到东阳，开始大量地阅读佛经，理解得很深刻。只是遇到有数字的地方就不理解了。后来遇见一个僧人，就把做有标记的疑难问题向他请教，疑惑顿时消除了。

《六十》不解四本

殷仲堪精核玄论①，人谓莫不研究。殷乃叹曰："使我解四本②，谈不翅尔③。"

注释

① 精核：深入研究。

② 四本：魏晋时关于才性关系的四种学说。

③ 不翅：通"不啻"。不但，不止。

译文
译文

殷仲堪对玄学有精辟的研究，人们认为他的研究无所不包。殷仲堪却感叹道："假如我能明白才性四本学说，谈论起来就不止这样了。"

《六十一》《易》以何为体

殷荆州曾问远公[①]："《易》以何为体？"答曰："《易》以感为体。"殷曰："铜山西崩，灵钟东应[②]，便是《易》耶？"远公笑而不答。

注释

① 远公：指僧人慧远。东晋名僧，在庐山隐居传教达三十余年。

② 铜山西崩，灵钟东应：据《汉书·东方朔传》载，西汉孝武帝时，未央宫殿前的铜钟无故自鸣，东方朔说会有山崩。他说，铜是山之子，山是铜之母，母子感应，所以钟鸣。后果有南郡太守上书说有山崩。另《樊英别传》载，东汉顺帝时殿里铜钟自鸣，樊英也认为钟鸣是山崩的反应，果然传来蜀地山崩的消息。

译文

殷荆州（殷仲堪）问远公（慧远）："《周易》以什么为本体呢？"慧远回答说："《周易》以感应为根本。"殷仲堪又说："西方的铜山崩裂，东方的灵钟有感应，这就是《周易》吗？"慧远笑而不答。

《六十二》四番当得见同

羊孚弟娶王永言女^①，及王家见婿，孚送弟俱往。时永言父东阳尚在^②，殷仲堪是东阳女婿，亦在坐。孚雅善理义，乃与仲堪道《齐物》，殷难之，羊云："君四番后当得见同^③。"殷笑曰："乃可得尽^④，何必相同。"乃至四番后一通。殷咨嗟曰："仆便无以相异。"叹为新拔者久之^⑤。

||| **注释**

① 王永言：王讷之，字永言，官至御史中丞。

② 东阳：王讷之的父亲王临之曾任东阳太守，故称。

③ 当得：一定会，必然会。

④ 乃：方，始。

⑤ 新拔：出众超群。

||| **译文**

羊孚的弟弟娶了王永言（王讷之）的女儿，王家要见女婿的时候，羊孚送弟弟一块儿到了王家。当时永言的父亲东阳太守王临之还活着，殷仲堪是东阳太守的女婿，也在坐。羊孚非常善于谈论玄理，于是就和殷仲堪谈论《庄子·齐物论》，殷仲堪先提出问题，羊孚说："四个回合之后我们的论点就会一致了。"殷仲堪笑着说："四个回合我们刚能把自己的观点说清楚，怎么就会观点一致呢！"果不其然，四个回合后二人的观点一致了。殷仲堪赞扬道："我再没有什么异议了。"殷仲堪对羊孚的卓绝才华感叹了很久。

《六十三》舌本间强

殷仲堪云："三日不读《道德经》，便觉舌本间强①。"

注释

① 舌本：舌根。强：僵硬。

译文

殷仲堪说："我三天不读《道德经》，就觉得自己笨嘴拙舌的了。"

《六十四》小未精核

提婆初至①，为东亭第讲《阿毗昙》②。始发讲，坐裁半③，僧弥便云④："都已晓。"即于坐分数四有意道人⑤，更就余屋自讲。提婆讲竟，东亭问法冈道人曰⑥："弟子都未解，阿弥那得已解？所得云何？"曰："大略全是，故当小未精核耳⑦。"

注释

① 提婆：即僧伽提婆。西域僧人，东晋时来中国，曾应慧远请求译《阿毗昙经》。

② 《阿毗昙》：佛经名。阿毗昙为梵文，译为大法、无比法。

③ 裁：同"才"。

④ 僧弥：王珉小字。王珣之弟，王导之孙。

⑤ 数四：几个。

⑥ 法冈道人：东晋僧人，事迹不详。

⑦ 故当：一定，肯定。小：表程度的副词，略微，稍微。精核：精确的研究。

提婆刚到江东的时候，给东亭侯（王珣）家讲《阿毗昙经》。才开始讲，来的人只有一半的时候，东亭侯的弟弟僧弥（王珉）就说："我全明白了。"随即就和几个想法一致的僧人，到别的屋子去自己宣讲了。提婆讲完了，东亭侯问法冈僧人："我都没听明白，阿弥怎么就明白了呢？他明白什么了？"法冈说："大概是懂了，当然还有些不精确的地方。"

《六十五》君乃转解

桓南郡与殷荆州共谈，每相攻难。年余后，但一两番。桓自叹才思转退①，殷云："此乃是君转解②。"

注释

① 转退：逐渐衰退。转，表程度变化，逐渐地。

② 转解：逐渐明白。

译文

桓南郡（桓玄）和殷荆州（殷仲堪）一起清谈，每次都互相驳难。一年以后，两人又互相辩论，只一两个回合。桓玄就感叹自己才思在逐渐衰退，殷仲堪说："这正是你逐渐感悟了呀。"

《六十六》七步作诗

文帝尝令东阿王七步中作诗，不成者行大法①。应声便为诗曰："煮豆持作羹，漉菽以为汁②。萁在釜下然③，豆在釜中泣。本自同根生，相煎何太急！"帝深有惭色。

① 大法：即死刑。

② 漉（lù）：过滤。菽：豆类的总称。

③ 萁（qí）：豆秸。然：同"燃"。釜：古代的一种锅。

译文

魏文帝（曹丕）曾让东阿王（曹植）在七步之内作出诗来，完不成就处以极刑。文帝的话刚完，曹植就应声诵道："煮豆持作羹，漉菽以为汁。萁在釜下然，豆在釜中泣。本自同根生，相煎何太急！"文帝听罢，非常惭愧。

《六十七》阮籍神笔

魏朝封晋文王为公，备礼九锡①，文王固让不受。公卿将校当诣府敦喻②，司空郑冲驰遣信就阮籍求文③。籍时在袁孝尼家④，宿醉扶起⑤，书札为之，无所点定⑥，乃写付使。时人以为神笔。

注释

① 九锡：古代帝王赏赐给王公大臣的九种器物，有衣服、车马、斧钺、弓矢等。

② 公卿将校：泛指朝中的文武大臣。敦喻：敦促劝喻。

③ 信：信使。

④ 袁孝尼：袁准，字孝尼。

⑤ 宿醉：隔夜余醉。

⑥ 点定：修改校订。

译文

魏朝时，要封晋文王司马昭为晋公，准备了九锡之礼，晋文王坚辞不受。文武官员要到他的府上敦促劝喻，司空郑冲急忙派信使到阮籍那里，让他写劝进文。阮籍当时在袁孝尼（袁准）家，晚上喝醉了，酒还没醒。人们把他扶了起来后，阮籍提笔就写，丝毫不做修改就给了信使。当时人们认为他是神笔。

《六十八》高名作序

左太冲作《三都赋》初成，时人互有讥訾[1]，思意不惬。后示张公[2]，张曰："此《二京》可三[3]。然君文未重于世，宜以经高名之士。"思乃询求于皇甫谧[4]。谧见之嗟叹，遂为作叙。于是先相非贰者[5]，莫不敛衽赞述焉[6]。

注释

[1] 讥訾（zǐ）：讥讽嘲笑。

[2] 张公：即张华。

[3] 《二京》可三：可与班固的《两都赋》和张衡的《二京赋》并列为三。三，动词，成为第三的意思。

[4] 皇甫谧：字士安，著有《高士传》，晋时著名文人。

[5] 非贰：非难怀疑。

[6] 敛衽：提起衣襟，表示敬意。衽，衣襟。赞述：赞扬称道。

译文

左太冲（左思）刚写完《三都赋》时，有人讥讽嘲笑他，左思心里不快。后来他把文章给张公（张华）看，张公说："你的文章可以和《两都赋》《二京赋》并列了。但是你的文章还没有为世人看重，应该经过名士的推荐。"左思于是求教于皇甫谧。皇甫谧看罢《三都赋》后大为赞叹，就为之作序。于是先前那些轻视此赋的人，没有不敛衽称颂的。

《六十九》意气所寄

刘伶著《酒德颂》①，意气所寄②。

注释

① 刘伶：字伯伦，晋沛国（今安徽濉溪西北）人，好饮酒，不拘礼法，为竹林七贤之一。

② 意气：情趣。

译文

刘伶写了《酒德颂》，作为他的精神寄托。

《七十》潘岳为表

乐令善于清言，而不长于手笔①。将让河南尹②，请潘岳为表③。潘云："可作耳，要当得君意。"乐为述己所以为让，标位二百许语④。潘直取错综⑤，便成名笔。时人咸云："若乐不假潘之文，潘不取乐之旨，则无以成斯矣。"

注释

① 手笔：指写作文章。

② 让：辞去官职。

③ 表：古代一种文体，写给上级的奏章。

④ 标位：揭示，阐明。

⑤ 错综：综合整理。

译文

乐令（乐广）善于清谈，却不擅长写文章。要辞去河南尹一职，请潘岳替他写表。潘岳说："我可以写，但需要明白你的意图。"乐广向他述说了自己辞让的原因，解释了二百多句。潘岳把乐广的意思综合整理，便写成一篇美文。当时人们都说："如果乐广不借潘岳的文采，潘岳不理解乐广的意思，就无法写成这篇文章。"

《七十一》孝悌之性

夏侯湛作《周诗》成①，示潘安仁。安仁曰："此非徒温雅，乃别见孝悌之性②。"潘因此遂作《家风诗》。

注释

① 《周诗》：《诗经·小雅》中有《南陔》《白华》《华黍》《由庚》《崇丘》《由仪》六篇只存篇名，夏侯湛依篇名作成诗，称《周诗》。

② 孝悌：孝敬父母，尊敬兄长。

译文

夏侯湛写好了《周诗》，给潘安仁（潘岳）看。潘安仁说："你的诗不仅温文尔雅，而且特别体现了孝悌的本性。"潘安仁因此写了《家风诗》。

《七十二》文情并茂

孙子荆除妇服①，作诗以示王武子。王曰："未知文生于情，情生于文？览之凄然，增伉俪之重②。"

注释

① 除妇服：为妻子守丧，期满后脱掉丧服。丈夫为妻子的服

丧期为一年。

② 伉俪：夫妻。

译文

孙子荆（孙楚）妻丧期满后，写了首悼念妻子的诗，拿给王武子（王济）看。王武子看后说："不知是诗因情而作，还是情由诗而生？看了以后心里很凄凉，增添了夫妻情谊深重的感觉。"

《七十三》此长彼短

太叔广甚辩给①，而挚仲治长于翰墨②，俱为列卿③。每至公坐④，广谈，仲治不能对；退，著笔难广⑤，广又不能答。

注释

① 辩给：能言善辩，口才好。

② 翰墨：笔墨，指文章。

③ 列卿：在九卿之列。卿，古代指高官。

④ 公坐：公开集会的场合。

⑤ 著笔：写文章。笔，六朝人以韵文为文，以散文为笔。

译文

太叔广能言善辩，颇有口才，而挚仲治（挚虞）则长于笔墨，会写文章。两人都在九卿之列。每到大家聚会的场合，太叔广侃侃而谈，仲治却难于应对；回去以后，仲治写文章驳难太叔广，太叔广也不能应答。

《七十四》辩讷之异

江左殷太常父子并能言理[1]，亦有辩讷之异[2]。扬州口谈至剧[3]，太常辄云："汝更思吾论。"

注释

① 殷太常父子：指殷融、殷浩叔侄二人。殷融曾任太常卿，故称殷太常。称叔侄为父子是六朝的习惯。

② 辩：口才好。讷：言语迟钝、笨拙。

③ 扬州：指殷浩，殷浩曾任扬州刺史。口谈：说话。剧：言辞锋利。

译文

江左的殷融、殷浩叔侄二人都擅长谈玄，但有口才上的高下之别。扬州刺史殷浩正说得慷慨激昂的时候，太常殷融就说："你再想想我的论点。"

《七十五》有意无意之间

庾子嵩作《意赋》成，从子文康见[1]，问曰："若有意邪，非赋之所尽；若无意邪，复何所赋？"答曰："正在有意无意之间。"

注释

① 从子：侄子。

译文

庾子嵩（庾敳）完成了《意赋》，侄子文康（庾亮）看了，问道："如果是有意呢，不是一篇赋所能表达得尽的；如果是无意呢，又何必写这篇赋呢？"庾子嵩回答："正是在有意无意之间哪。"

《七十六》神超形越

郭景纯诗云①："林无静树，川无停流。"阮孚云："泓峥萧瑟②，实不可言。每读此文，辄觉神超形越。"

|| **注释**

① 郭景纯：郭璞，字景纯，晋代著名文学家。

② 泓峥：形容流水声很大。

|| **译文**

郭景纯（郭璞）有一句诗说："林无静树，川无停流。"阮孚评论说："水流泓峥，风声萧瑟，实在是妙不可言。每次读这首诗，都有超然物外的感觉。"

《七十七》温庾双美

庾阐始作《扬都赋》①，道温、庾云："温挺义之标②，庾作民之望③。方响则金声④，比德则玉亮。"庾公闻赋成，求看，兼赠贶之⑤。阐更改"望"为"俊"，以"亮"为"润"云。

|| **注释**

① 《扬都赋》：东晋庾阐作。赋中赞美了扬州城的宏伟壮丽，是可与张衡《二京赋》、左思《三都赋》媲美的作品。

② 挺义：伸张正义。标：榜样，模范。

③ 望：仰望，依赖。

④ 方：比拟。

⑤ 赠贶（kuàng）：馈赠，赠送。

庾阐作《扬都赋》，在赋里赞美温峤、庾亮道："温峤是伸张正义的典范，庾亮为百姓所仰望。他们的声音如金石般悦耳，他们的德行如美玉般温润。"庾亮听说《扬都赋》完成了，就要求看一下，还馈赠了庾阐礼品。庾阐就把"望"字改为"俊"字，把"亮"字改为"润"字。

《七十八》见此张缓

孙兴公作《庾公诔》[1]，袁羊曰[2]："见此张缓[3]。"于时以为名赏。

注释

① 《庾公诔（lěi）》：哀悼庾亮的诔文。诔，叙述死者生平事迹以示哀悼的文章。
② 袁羊：袁乔，字彦叔，小字羊，官至尚书郎、江夏相。随桓温平蜀，因功封湘西伯。
③ 张缓：紧张和舒缓。指文章写得跌宕起伏，张弛有度。

译文

孙兴公（孙绰）作《庾公诔》，袁羊（袁乔）评论说："文章写得一张一弛。"当时人们认为这是很好的鉴赏。

《七十九》屋下架屋

庾仲初作《扬都赋》成，以呈庾亮。亮以亲族之怀，大为其名价云[1]："可三《二京》，四《三都》[2]。"于此人人竞写，都下纸为之贵。谢太傅云："不得尔。此是屋下架屋耳，事事拟学③，而不免俭狭。"

注释

① 名价：评价。

② 可三《二京》，四《三都》：可与张衡的《二京赋》鼎足为三，与左思的《三都赋》并列为四。

③ 拟学：模拟效仿。

译文

庚仲初（庾阐）作好《扬都赋》后，拿给庾亮看。庾亮因为同族的关系，极力加以赞扬："此赋可以和《二京赋》鼎足为三，和《三都赋》并列为四。"于是人人竞相抄写，京城的纸张因此涨价。谢太傅（谢安）说："不应该这样。这不过是屋下架屋而已，事事都模仿，也未免贫乏狭隘了。"

《八十》习凿齿

习凿齿史才不常①，宣武甚器之，未三十，便用为荆州治中②。凿齿谢笺亦云："不遇明公，荆州老从事耳③！"后至都见简文，返命，宣武问："见相王何如？"答云："一生不曾见此人。"从此忤旨，出为衡阳郡，性理遂错④。于病中犹作《汉晋春秋》⑤，品评卓逸。

注释

① 史才：研究历史的才能。不常：不同寻常。

② 治中：官名。为州刺史助理，掌管文书案卷。

③ 从事：官名。州郡的属官。

④ 性理：神志，精神。

⑤ 《汉晋春秋》：习凿齿著，记载东汉至西晋的历史。原书亡

佚，今有辑本。

　　习凿齿史才不同寻常，桓温很器重他，不到三十岁，就任命他为荆州治中。习凿齿在感谢函中说："如果不是遇见明公，我也只能一辈子在荆州做个老从事罢了。"后来他去建康见简文帝，回来复命时，桓温问他："见到相王（简文帝）感觉如何？"他回答："平生没见过这样的人。"自此以后和桓温的旨意相抵触，被降职为衡阳郡守，情志就错乱了。他在病中还写了《汉晋春秋》，对历史的见地非常卓越。

《 八十一 》 五经鼓吹

　　孙兴公云："《三都》《二京》，五经鼓吹①。"

注释

①　五经：儒家的五部经书，《诗经》《尚书》《礼记》《周易》《春秋》。《二京赋》《三都赋》中详细描写了封建礼仪制度，宣扬儒家思想道德观念，所以说是在为五经鼓吹。

译文

　　孙兴公（孙绰）说："《三都赋》和《二京赋》，都是在为五经做宣传。"

《 八十二 》 只作母诔

　　谢太傅问主簿陆退："张凭何以作母诔，而不作父诔？"退答曰："故当是丈夫之德①，表于事行②；妇人之美，非诔不显。"

① 丈夫：男人。

② 事行：事迹行为。

译文

谢太傅（谢安）问主簿陆退："张凭为什么只给母亲作诔文，却不给父亲作呢？"陆退回答："这自然是因为男人的德行，体现在行事上面；而妇人的美德，不经诔文就不能被人了解。"

《八十三》足参微言

王敬仁年十三作《贤人论》，长史送示真长，真长答云："见敬仁所作论，便足参微言①。"

注释

① 微言：精深微妙的言论，指玄理。

译文

王敬仁（王脩）十三岁作《贤人论》，其父长史王濛送给刘真长（刘惔）看，刘真长读后说道："看了敬仁作的论，觉得他完全可以参加清谈了。"

《八十四》潘陆文章

孙兴公云："潘文烂若披锦，无处不善；陆文若排沙简金①，往往见宝。"

注释

① 排：拨开。简：选取。

译文

孙兴公（孙绰）说："潘岳的文章灿烂如锦绣，没有一处不美；陆机的文章如披沙拣金，常常可以得到宝藏。"

《八十五》妙绝时人

简文称许掾云："玄度五言诗，可谓妙绝时人。"

译文

简文帝称赞许掾（许询）说："许玄度的五言诗，可谓精妙绝伦。"

《八十六》掷地有声

孙兴公作《天台赋》成①，以示范荣期，云："卿试掷地，要作金石声②。"范曰："恐子之金石，非宫商中声③。"然每至佳句，辄云："应是我辈语④。"

注释

① 《天台赋》：晋孙绰著，描写天台山的壮丽景色，见《昭明文选》。

② 要：应当。

③ 宫商：即宫、商、角、徵、羽，称五音，代指音乐。

④ 应：的确，确实。

译文

孙兴公（孙绰）作成《天台赋》，拿给范荣期（范启）看，说："你扔到地上试试看，会发出金石一般的声音。"范荣期说："恐怕你的金石之声，不和音乐的旋律。"但每读到好的句子，就赞叹道："的确是我们这些人才能说的话啊！"

《八十七》安石碎金

桓公见谢安石作简文谥议①，看竟，掷与坐上诸客曰："此是安石碎金②。"

||| **注释**

① 谥：谥号。帝王、贵族、士大夫死后，依据其生平事迹给予的称号。议：奏议。官吏向皇上上书陈事的文章。

② 碎金：零碎的金子，比喻零散的好作品。

||| **译文**

桓公（桓温）看到谢安石（谢安）写的简文帝谥号的奏议，看罢就把它扔到座位上，对客人说："这是安石的小杰作。"

《八十八》袁虎咏诗

袁虎少贫，尝为人佣载运租①。谢镇西经船行，其夜清风朗月，闻江渚间估客船上有咏诗声②，甚有情致。所诵五言，又其所未尝闻。叹美不能已，即遣委曲讯问③，乃是袁自咏其所作《咏史诗》。因此相要④，大相赏得⑤。

||| **注释**

① 佣载运租：受人雇佣，运送租粮。

② 估客：商贩。

③ 委曲：详尽，详细。

④ 要：同"邀"。

⑤ 赏得：赏识亲近。

译文

　　袁虎（袁宏）小时候家境贫寒，曾受人雇用，运送租粮。谢镇西（谢尚）一次坐船外出，当天晚上月朗风清，听到江中小洲的运货船上有咏诗的声音，颇有情调。所咏的五言诗，还是他以前从没听过的。谢尚赞赏不已，随即派人去仔细打听，才知道是袁虎在咏自己写的《咏史诗》。于是邀到船上，对他的才华非常赏识。

《八十九》潘陆文章

　　孙兴公云："潘文浅而净，陆文深而芜。"

译文

　　孙兴公（孙绰）说："潘岳的文章浅显简洁，陆机的文章深邃芜杂。"

《九十》裴郎《语林》

　　裴郎作《语林》[①]，始出，大为远近所传。时流年少[②]，无不传写，各有一通[③]。载王东亭作《经王公酒垆下赋》，甚有才情。

注释

① 《语林》：晋裴启著，记述汉魏至两晋的人物事迹、言行，是一部志人小说。今已不存，有辑本。

② 时流：时髦，时尚。年少：年轻人。

③ 一通：一本。

裴启作《语林》，刚问世，就广为流传。当时的风流少年，无不抄写，人手一份。书中载录的王东亭（王珣）《经王公酒垆下赋》，极富才华。

《九十一》谢万作《八贤论》

谢万作《八贤论》，与孙兴公往反[①]，小有利钝[②]。谢后出以示顾君齐，顾曰："我亦作，知卿当无所名[③]。"

注释

① 往反：辩论。

② 利钝：锋利挫钝。这里偏指钝，受挫。

③ 无所名：没有什么可称道的。

译文

谢万作《八贤论》，和孙兴公（孙绰）论辩，稍微受到些挫折。谢万后来把文章给顾君齐（顾夷）看，顾夷说："我也写了一篇，觉得你的没有什么可称道的。"

《九十二》袁彦伯作《北征赋》

桓宣武命袁彦伯作《北征赋》，既成，公与时贤共看，咸嗟叹之。时王珣在坐，云："恨少一句。得'写'字足韵[①]，当佳。"袁即于坐揽笔益云[②]："感不绝于余心，溯流风而独写[③]。"公谓王曰："当今不得不以此事推袁。"

注释

① 足韵：补足韵脚。

② 揽笔：持笔，握笔。益：增加。

③ 写：同"泻"，抒发。

译文

桓宣武（桓温）让袁彦伯（袁宏）作《北征赋》，写好以后，桓公和当时的贤达们一同观看，大家都称赞文章写得好。当时王珣也在座，他说："遗憾的是少了一句。若能以'写'字韵结尾会更好。"袁宏随即在座位上拿起笔来添加道："感不绝于余心，溯流风而独写。"桓公对王珣说："如今若说作赋，不能不推崇袁彦伯。"

〈九十三〉酷无裁制

孙兴公道曹辅佐①，才如白地明光锦②，裁为负版绔③，非无文采，酷无裁制④。

注释

① 曹辅佐：曹毗，字辅佐，擅长文辞，官至太学博士、光禄勋。

② 地：质地，底子。明光锦：色彩华丽的织锦。

③ 负版：背负国家图籍的人。这类人都是差役下人。绔：同"裤"。

④ 酷：极，甚。裁制：剪裁制作。"酷无裁制"是说曹毗虽有文才，但驾驭文章的本领却不够。

译文

孙兴公（孙绰）称赞曹辅佐（曹毗），才华就像白底子的明光锦，却裁作差役的裤子，不是没有文采，实在是因为裁剪不当。

《九十四》特作狡狯耳

袁彦伯作《名士传》成，见谢公。公笑曰："我尝与诸人道江北事①，特作狡狯耳②，彦伯遂以著书。"

注释

① 江北：长江下游以北地区。这里指渡江以前的西晋时期。

② 狡狯（kuài）：玩笑，戏谑。

译文

袁彦伯（袁宏）写好《名士传》，去见谢公（谢安）。谢公笑道："我曾和大家谈论中原的事情，只是随便说着玩而已，彦伯就把这些写成了书。"

《九十五》无复向一字

王东亭到桓公吏，既伏阁下①，桓令人窃取其白事②。东亭即于阁下更作，无复向一字。

注释

① 阁：官署。

② 白事：给上级的书面报告。

译文

王东亭（王珣）担任桓公（桓温）的属官，有一次王珣到桓公的官署汇报事情，桓公让人把王珣的报告偷走了。王珣就在官署重写了一份，不再重复先前的一个字。

《九十六》倚马可待

桓宣武北征，袁虎时从，被责免官。会须露布文^①，唤袁倚马前令作。手不辍笔，俄得七纸，殊可观。东亭在侧，极叹其才。袁虎云："当令齿舌间得利。"

注释

① 露布文：不缄封口的文书，多指捷报或檄文。

译文

桓宣武（桓温）北征，袁虎（袁宏）随往，因过失被免去官职。一次碰巧赶上要发布不缄封的公文，桓公就叫袁虎倚在马前写。袁虎手不停笔，一会儿就写了七张，文笔非常好。当时东亭侯王珣在一旁，对袁虎的才华大加赞赏。袁虎说："这只是让我得一点口舌之利而已。"

《九十七》袁宏作《东征赋》

袁宏始作《东征赋》，都不道陶公^①。胡奴诱之狭室中^②，临以白刃^③，曰："先公勋业如是^④！君作《东征赋》，云何相忽略？"宏窘蹙无计，便答："我大道公，何以云无？"因诵曰："精金百炼，在割能断。功则治人，职思靖乱^⑤。长沙之勋，为史所赞。"

注释

① 陶公：指陶侃。东晋名臣，因平苏峻之乱有功，封长沙郡公。下文的"长沙"即指陶侃。

② 胡奴：陶范，小字胡奴，陶侃子。

③ 白刃：锋利的刀剑。

世说新语译注

④ 先公：对辞世父亲的敬称。

⑤ 思：连词，无实义。靖乱：平定叛乱。

译文

袁宏作《东征赋》，丝毫没提到陶公（陶侃）。胡奴（陶范）将袁宏骗到小屋里，持刀对他说："先公功勋那么辉煌，你作《东征赋》，为什么把他忽略了？"袁宏窘迫局促，无计可施，便说道："我大谈陶公，怎么能说没谈？"随即朗诵道："精金百炼，在割能断。功则治人，职思靖乱。长沙之勋，为史所赞。"

〈九十八〉顾恺之《筝赋》

或问顾长康："君《筝赋》何如嵇康《琴赋》①？"顾曰："不赏者，作后出相遗②。深识者，亦以高奇见贵③。"

注释

① 《筝赋》：顾恺之著。《艺文类聚》卷四十四、《初学记》卷十六有节录。

② 遗：遗弃。

③ 见贵：看重。

译文

有人问顾长康（顾恺之）："你的《筝赋》和嵇康的《琴赋》相比，哪个好？"顾长康回答："不欣赏的人把它作为后出的作品，不予重视。有见识的人会因为它的高深奇妙而看重它。"

《九十九》才不减班固

殷仲文天才宏赡①，而读书不甚广博，亮叹曰②："若使殷仲文读书半袁豹③，才不减班固④。"

||| **注释**

① 宏赡：宏大丰富。
② 亮：指傅亮，字季友，南朝宋时官至尚书令、左光禄大夫，被文帝刘义隆杀害。
③ 半袁豹：有袁豹的一半。
④ 班固：字孟坚，东汉著名史学家，著《汉书》。

||| **译文**

殷仲文天才宏富，但读书不很广博，傅亮感叹说："如果殷仲文读书有袁豹的一半，他的才华就赶上班固了。"

《一百》羊孚作《雪赞》

羊孚作《雪赞》云："资清以化①，乘气以霏②。遇象能鲜，即洁成辉③。"桓胤遂以书扇。

||| **注释**

① 资：凭借。
② 乘：驾驭。
③ 即：接触。

||| **译文**

羊孚作《雪赞》道："资清以化，乘气以霏。遇象能鲜，即洁成辉。"（意思是依凭寒冷而成形，借助气流而飞舞。各种景象遇见它就鲜艳，洁白的物体依附它就熠熠生辉。）桓胤就把它

写在扇子上。

《一百一》王孝伯论诗

王孝伯在京行散，至其弟王睹户前，问："古诗中何句为最？"睹思未答。孝伯咏："'所遇无故物，焉得不速老^①。'此句为佳。"

|| **注释**

① 所遇无故物，焉得不速老：见《古诗十九首·回车驾言迈》。意思是一路上看到的不再是旧日的人物，人怎么能不很快就老了呢？故物：过去的人和物。

|| **译文**

王孝伯（王恭）在京都行散，来到他弟弟王睹的门前，他问王睹："古诗里哪一句最好？"王睹正在思索，还没回答。孝伯就吟咏道："'所遇无故物，焉得不速老。'这一句不错。"

《一百二》桓玄作诔

桓玄尝登江陵城南楼云："我今欲为王孝伯作诔。"因吟啸良久，随而下笔。一坐之间^①，诔以之成。

|| **注释**

① 一坐之间：大家座谈的时候。

|| **译文**

桓玄一次登上江陵城南楼说："我今天要为王孝伯（王恭）作一篇诔文。"于是沉吟良久，然后动笔。不长时间，诔文就写好了。

《一百三》粲然成章

桓玄初并西夏①，领荆、江二州，二府、一国。于时始雪，五处俱贺，五版并入②。玄在听事上，版至，即答版后，皆粲然成章，不相揉杂③。

注释

① 西夏：中原的西部。六朝时指荆楚地区。

② 版：简牍。指五地的贺函。

③ 揉杂：混淆，错杂。

译文

桓玄占据荆楚地区后，统领荆、江二州，二府、一国。当时正下雪，五个地方都来祝贺，五封贺函也送来了。桓玄在官署大厅上，贺函到后，他立即在函后作答，文辞华美，灿烂成章，毫不混杂。

《一百四》百口赖卿

桓玄下都，羊孚时为兖州别驾①，从京来诣门，笺曰："自顷世故睽离②，心事沦蕴③。明公启晨光于积晦，澄百流以一源。"桓见笺，驰唤前，云："子道④，子道，来何迟！"即用为记室参军。孟昶为刘牢之主簿⑤，诣门谢，见云："羊侯⑥，羊侯，百口赖卿⑦。"

注释

① 兖州：指南兖州。东晋元帝时，在京口（今江苏镇江）侨置兖州，史称南兖州。

② 自顷：自……以来。世故：世事。暌离：背离，离散。

③ 沦蕴：郁结。

④ 子道：羊孚，字子道。

⑤ 孟昶：字彦达，曾任丹阳尹。

⑥ 侯：对士大夫的尊称。

⑦ 百口：全家。

|| **译文**

  桓玄攻入建康，羊孚当时任兖州别驾，从京口来拜见桓玄，他在拜笺上写道："近来世事纷扰，我内心郁闷。您于黑暗中开启光明，澄清百流归于同源。"桓玄看到此函，急忙让羊孚来见，说："子道，子道，你来得太晚了！"马上任命羊孚为记室参军。孟昶任刘牢之的主簿，到桓玄这里谢罪，见到羊孚说："羊侯，羊侯，我们一家老少的性命就靠你了。"

方正第五

世說新語

方正

陳太丘與友期行，期日中，過中不至，太丘舍去，去後乃至。元方時年七歲，門外戲。客問元方尊君在不，答曰待君久不至，已去，友人便怒曰非人哉，與人期行，相委而去。元方曰君與家君期日中，日中不至，則是無信，對子罵父，

《一》元方答客

陈太丘与友期行，期日中[1]。过中不至，太丘舍去，去后乃至。元方时年七岁，门外戏。客问元方："尊君在不？"答曰："待君久不至，已去。"友人便怒曰："非人哉！与人期行，相委而去。"元方曰："君与家君期日中，日中不至，则是无信；对子骂父，则是无礼。"友人惭，下车引之。元方入门不顾。

‖ **注释**

① 期：约定，相约。日中：中午。

‖ **译文**

陈太丘（陈寔）和朋友相约外出，约定中午见面。可到了中午了，朋友还没来，太丘就自己走了，太丘刚走朋友到了。太丘的儿子元方（陈纪）当时七岁，正在门外玩。客人问元方："你父亲在吗？"元方回答："等了你好久不来，他已经走了。"朋友大怒道："真不是人啊！和人约好出去，现在却丢下我自己走了。"元方说："你和我父亲约在中午见面，到了中午你却没来，这就是不讲信用；对着儿子骂他的父亲，这就是不懂礼貌。"朋友很惭愧，下车来拉元方想表示亲近，元方走进家门，不再理他。

《二》 松柏之志犹存

南阳宗世林①，魏武同时，而甚薄其为人，不与之交。及魏武作司空，总朝政，从容问宗曰："可以交未？"答曰："松柏之志犹存②。"世林既以忤旨见疏，位不配德③。文帝兄弟每造其门，皆独拜床下④。其见礼如此。

注释

① 宗世林：宗承，字世林，汉末魏时人，有德行。

② 松柏之志：比喻清白自守、不畏权势的纯洁品质。

③ 位不配德：指品质高尚，地位低下。

④ 独：偏，却。床：一种坐具。

译文

南阳宗世林（宗承）和魏武帝（曹操）是同时代的人，宗世林很鄙夷曹操的为人，不和他交往。等魏武帝做了司空，总揽朝廷大权的时候，他傲慢地对宗世林说："现在我们可以交往了吗？"宗世林回答："我的松柏之志还在。"宗世林因为违背曹操的旨意遭疏远，职位与其威望不相符。文帝（曹丕）兄弟每次到他这里拜访，都行弟子礼，在榻下跪拜。他就是这样，受到如此的礼遇。

《三》 义形于色

魏文帝受禅①，陈群有戚容。帝问曰："朕应天受命②，卿何以不乐？"群曰："臣与华歆服膺先朝③，今虽欣圣化④，犹义形于色。"

① 受禅（shàn）：王朝更迭，新的皇帝即位。

② 应天受命：顺应天命，登基即位。

③ 服膺：衷心信服。

④ 圣化：圣王教化。这里是谀辞，指魏朝建立。

译文

魏文帝（曹丕）登基，陈群面带愁容。文帝问他："朕顺应天命，登基即位，你为什么不高兴？"陈群说："我和华歆都曾服务于前朝，今天虽然也为圣朝的建立高兴，可不忘前朝的义节，还是会在脸上显露出来的。"

〖 四 〗 郭淮遣妻

郭淮作关中都督①，甚得民情，亦屡有战庸②。淮妻，太尉王凌之妹③，坐凌事④，当并诛。使者征摄甚急⑤，淮使戒装⑥，克日当发⑦。州府文武及百姓劝淮举兵，淮不许。至期，遣妻，百姓号泣追呼者数万人。行数十里，淮乃命左右追夫人还，于是文武奔驰，如徇身首之急⑧。既至，淮与宣帝书曰："五子哀恋，思念其母。其母既亡，则无五子；五子若殒，亦复无淮。"宣帝乃表⑨，特原淮妻。

注释

① 郭淮：字伯济，汉末魏时人。魏文帝时任雍州刺史、征西将军，镇守关中三十余年。

② 战庸：战功。

③ 王凌：字彦云，魏时任太尉，密谋立楚王曹彪为帝，遭到司马懿讨伐，自杀。

④　坐：因……获罪。

⑤　征摄：捉拿，缉捕。

⑥　戒装：准备行装。

⑦　克日：定期。

⑧　徇：夺取。身首：性命。

⑨　宣帝：指司马懿。司马懿魏时为大将军，封宣王，司马炎
　　称帝后，追尊其为宣王。

译文

　　郭淮任关中都督，很得民心，也屡立战功。郭淮的妻子，
是太尉王凌的妹妹，因为王凌密谋废立一事受株连，应当斩
首。使者缉拿得很紧迫，郭淮让妻子准备行装，按规定期限上
路。此时州府的文武官员和当地百姓都劝郭淮起兵，郭淮没有
答应。到日期了，郭淮让妻子上路，数万百姓哭号着追随在后
面。走出几十里，郭淮令手下把夫人追回来，于是文武官员迅
速追赶，如追命一般急迫。追回以后，郭淮给宣帝（司马懿）
写信说："我的五个孩子眷恋他们的母亲，母亲如果没了，这五
个孩子也活不了了；五个孩子若是死了，也就没有我郭淮了。"
宣帝于是上表，请皇上特赦了郭淮妻子。

《五》辛毗当军门立

　　诸葛亮之次渭滨①，关中震动。魏明帝深惧晋宣王战，乃
遣辛毗为军司马②。宣王既与亮对渭而陈，亮设诱谲万方③。宣
王果大忿，将欲应之以重兵。亮遣间谍觇之④，还曰："有一老
夫，毅然仗黄钺⑤，当军门立，军不得出。"亮曰："此必辛佐治
也。"

① 次：驻扎。

② 辛毗：字佐治，魏时曾任司马懿军师。军司马：官名，军中参谋。

③ 诱谲：诱骗，引诱。

④ 觇（chān）：侦察。

⑤ 黄钺：用黄金装饰的斧子，为皇帝所用。遣大臣外出时，持黄钺可代皇帝行使权力。

译文

诸葛亮率军驻扎在渭水边上，关中震动。魏明帝（曹叡）很怕晋宣王（司马懿）和诸葛亮交战，就派辛毗做军司马。宣王和诸葛亮在渭水对阵，诸葛亮想方设法诱骗宣王出战。宣王果然大怒，准备派大军和诸葛亮交战。诸葛亮派间谍侦察，谍报回来说："有一老夫，手持黄钺坚定地站在军营门口，军队没法出来。"诸葛亮说："这个人一定是辛佐治。"

《六》颜色不异

夏侯玄既被桎梏①，时钟毓为廷尉②，钟会先不与玄相知，因便狎之③。玄曰："虽复刑余之人④，未敢闻命⑤。"考掠初无一言⑥，临刑东市⑦，颜色不异。

注释

① 桎梏（zhì gù）：脚镣手铐。

② 廷尉：掌管刑狱的官吏。

③ 狎：狎昵，戏弄。

④ 虽复：虽然。刑余之人：受过刑的人。

⑤　未敢闻命：不敢听从你的命令。这里是婉辞。

⑥　考掠：拷打。

⑦　东市：汉时在首都长安东市处决死刑犯，后以东市指刑场。

||| **译文**

　　夏侯玄被逮捕，当时钟毓为廷尉，钟会以前和夏侯玄不和，就趁机羞辱他。夏侯玄说："我虽然是受过刑之人，但是不会听你摆布的。"虽然遭受拷打，夏侯玄也不说一句话，到东市刑场行刑的时候，脸色没有丝毫变化。

《七》同杂之辩

　　夏侯泰初与广陵陈本善。本与玄在本母前宴饮，本弟骞行还①，径入，至堂户②。泰初因起曰："可得同，不可得而杂。"

||| **注释**

①　行还：从外边回来。

②　堂户：厅堂门。

||| **译文**

　　夏侯泰初（夏侯玄）和广陵的陈本关系很好。陈本与夏侯玄在陈本妈妈那里喝酒，陈本的弟弟陈骞外出回来，直接走进厅堂。夏侯玄就站起来说："要和志趣相同的人在一起，不能和乱七八糟的人杂处。"

《八》但见其上

　　高贵乡公薨①，内外喧哗。司马文王问侍中陈泰曰②："何以静之？"泰云："唯杀贾充以谢天下。"文王曰："可复下此不?"对曰:"但见其上,未见其下。"

注释

① 高贵乡公:曹髦,字彦士,魏文帝曹丕孙,封高贵乡公。
公元254年,司马师废齐王曹芳,立曹髦为帝。公元260
年,曹髦被司马昭亲信贾充率将士杀害。

② 陈泰:字玄伯,陈群之子,官至尚书左仆射。

译文

　　高贵乡公(曹髦)被杀后,朝廷内外一片喧哗。司马文
王(司马昭)问侍中陈泰说:"怎么能平息这件事呢?"陈泰说:
"只有杀掉贾充,以谢罪天下。"文王说:"还有比这更轻一点的
办法吗?"陈泰回答:"只有比这更厉害的办法,没有轻的了。"

《九》圣质如初

　　和峤为武帝所亲重,语峤曰:"东宫顷似更成进①,卿试往
看。"还,问何如。答云:"皇太子圣质如初②。"

注释

① 东宫:太子居住的地方。后以东宫指代太子,此指晋惠帝
司马衷。顷:近来。成进:长进。

② 圣质:指太子的资质。

译文

　　和峤受到晋武帝(司马炎)的器重,晋武帝对和峤说:"太
子近来似乎很有长进,你去看看怎么样?"和峤看后回来,晋武
帝问他如何,和峤答道:"皇太子的才智还和当初一样。"

《十》背洛水而坐

诸葛靓后入晋①，除大司马，召不起②。以与晋室有仇，常背洛水而坐。与武帝有旧，帝欲见之而无由，乃请诸葛妃呼靓③。既来，帝就太妃间相见。礼毕，酒酣，帝曰："卿故复忆竹马之好不④？"靓曰："臣不能吞炭漆身⑤，今日复睹圣颜。"因涕泗百行。帝于是惭悔而出。

注释

① 诸葛靓（jìng）：字仲思，魏司空诸葛诞之子。诸葛诞后来降吴，诸葛靓在吴做官，吴亡后入晋，拜官不受。

② 召不起：征召不受。起，出来做官。

③ 诸葛妃：诸葛诞的女儿是琅邪王司马伷的妃子，晋武帝司马炎的叔母，诸葛靓的姐姐。

④ 故复：依然，仍旧。竹马：指童年时期。

⑤ 吞炭漆身：《史记·刺客列传》载，春秋末年，晋国智伯被赵襄子所杀，智伯的门客豫让为了报仇，吞咽木炭使声音嘶哑，用漆涂身以改换容貌，伺机刺杀赵襄子，后来事败而死。

译文

诸葛靓后来入晋，被封为大司马，他没有上任。因为和晋朝有仇，他常常背向洛水坐着。诸葛靓和晋武帝（司马炎）有旧交，武帝很想见见他，但总没有机会，就让诸葛靓的姐姐诸葛太妃去叫他。诸葛靓到了，武帝就到太妃的屋里见诸葛靓。施礼完毕，二人畅饮，武帝说："你还记得我们小时候的情意吧？"诸葛靓说："我不能像豫让那样吞炭漆身，所以今天就见到了圣上。"于是涕泗滂沱。武帝感到惭愧，后悔和他见面，就走了。

《十一》不能使亲疏

武帝语和峤曰:"我欲先痛骂王武子,然后爵之①。"峤曰:"武子俊爽②,恐不可屈。"帝遂召武子,苦责之,因曰:"知愧不?"武子曰:"'尺布斗粟'之谣③,常为陛下耻之!它人能令疏亲,臣不能使亲疏,以此愧陛下。"

‖ **注释**

① 爵:此处为动词,封给爵位。

② 俊爽:才华出众,性格豪爽。

③ "尺布斗粟"之谣:《史记·淮南衡山列传》载,汉文帝的弟弟淮南厉王刘长谋反事败,被流放到蜀,途中绝食而死。百姓作民歌道:"一尺布,尚可缝;一斗粟,尚可春。兄弟二人,不能相容。"王济用这首歌谣讽刺晋武帝放逐弟弟齐王攸一事。

‖ **译文**

晋武帝对和峤说:"我要先痛骂王武子（王济）一顿,然后再封他爵位。"和峤说:"王武子是俊迈豪爽的人,恐怕不能这样羞辱他。"武帝于是召来王武子,狠狠地斥责他,随后说:"你知道有愧吗?"王武子说:"民间流传'一尺布,尚可缝;一斗粟,尚可春。兄弟二人,不能相容'这样的歌谣,我常常为陛下感到羞耻!别人能让疏远的人亲近,我却不能让亲近的人疏远,为此我很愧对陛下。"

《十二》夏门盘马

杜预之荆州①，顿七里桥②，朝士悉祖③。预少贱，好豪侠，不为物所许④。杨济既名氏雄俊⑤，不堪，不坐而去。须臾，和长舆来，问："杨右卫何在？"客曰："向来，不坐而去。"长舆曰："必大夏门下盘马⑥。"往大夏门，果大阅骑，长舆抱内车⑦，共载归，坐如初。

注释

① 杜预：字元凯，曾任镇南将军、都督荆州诸军事。

② 顿：临时停留。七里桥：在洛阳城东。

③ 祖：本为祭祀名称，指出门之前祭祀路神，引申为饯行、送行的意思。

④ 物：人，众人。

⑤ 杨济：字文通，官至右卫将军、太子太保。其兄杨骏，为晋武帝杨皇后之父。名氏：名门望族。雄俊：俊杰。

⑥ 大夏门：洛阳城门。盘马：骑马盘旋。

⑦ 内：通"纳"，放入。

译文

杜预到荆州上任，在七里桥停留，朝中的官员都来送别。杜预幼时家里贫穷，豪爽任侠，很多人看不起他。杨济为名门才俊，不屑和杜预为伍，没落座就走了。一会儿，和峤来了，问道："杨济在哪儿？"客人答道："刚才来过，没坐就走了。"和峤说："他一定是在大夏门那里骑马。"和峤来到大夏门，果然看到杨济在看别人骑马，和峤将他抱入车内，一同乘车回到七里桥，像先前来时那样坐下了。

〈十三〉连榻坐客

杜预拜镇南将军，朝士悉至，皆在连榻坐①。时亦有裴叔则。羊稚舒后至②，曰："杜元凯乃复连榻坐客③！"不坐便去。杜请裴追之，羊去数里住马，既而俱还杜许。

注释

① 连榻：一种坐具，可供数人坐。连榻待客，有慢怠之嫌。

② 羊稚舒：羊琇，字稚舒。晋室外戚，深得皇帝宠遇。

译文

杜预官拜镇南将军，朝中官员都来送别，大家坐在连榻上。当时裴叔则（裴楷）也在座。羊稚舒（羊琇）后到，说："杜元凯（杜预）竟让客人坐在连榻上！"没落座就走了。杜预请裴叔则去追赶他，羊稚舒走出几里路才停下马来，然后和裴叔则一起回到杜预家。

〈十四〉监令共车

晋武帝时，荀勖为中书监，和峤为令。故事①，监、令由来共车。峤性雅正，常疾勖谄谀。后公车来②，峤便登，正向前坐，不复容勖。勖方更觅车，然后得去。监、令各给车自此始。

注释

① 故事：先例。

② 公车：官车。

译文

晋武帝的时候，荀勖做中书监，和峤做中书令。按惯例，中书监和中书令同乘一辆车。和峤儒雅耿直，常常痛恨荀勖的阿谀奉承。后来车子到了，和峤便上车，端坐在中间，不给荀勖留地方。荀勖只能另找车子，然后离去。给中书监和中书令分别提供车就是从此开始的。

《十五》山公大儿

山公大儿著短帢①，车中倚。武帝欲见之，山公不敢辞，问儿，儿不肯行。时论乃云胜山公。

注释

① 短帢（qià）：一种便帽。

译文

山公（山涛）的大儿子山该戴着便帽，在车里靠着。晋武帝（司马炎）想见他，山公不敢推辞，就问儿子能否去，儿子不答应。当时人们就认为山该胜过山公。

《十六》向刘不睦

向雄为河内主簿①，有公事不及雄②，而太守刘淮横怒③，遂与杖遣之④。雄后为黄门郎⑤，刘为侍中⑥，初不交言。武帝闻之，敕雄复君臣之好。雄不得已，诣刘，再拜曰："向受诏而来，而君臣之义绝，何如？"于是即去。武帝闻尚不和，乃怒问雄曰："我令卿复君臣之好，何以犹绝？"雄曰："古之君子，进人以礼⑦，退人以礼⑧；今之君子，进人若将加诸膝⑨，退人若将坠诸渊。臣于刘河内，不为戎首⑩，亦已幸甚，安复为君臣之好？"武帝从之。

① 河内：郡名，晋时治所在野王（今河南沁阳）。

② 及：涉及，牵连。

③ 横怒：暴怒。

④ 杖：杖刑。谴：遣送，驱赶，指罢官。

⑤ 黄门郎：官名。黄门侍郎，负责侍从皇帝、传达诏令。

⑥ 侍中：官名。负责傧赞礼仪、护驾陪乘、应对顾问等。

⑦ 进：选任，提拔。

⑧ 退：屏退，罢职。

⑨ 加诸膝：放在膝盖上，指亲密程度。

⑩ 戎首：发动战争的人，此指挑起争端的人。

译文

向雄担任河内主簿时，有件公事和向雄并无关联，太守刘淮却迁怒于他，对他施以杖刑，并辞退了他。向雄后来做了黄门郎，刘淮做了侍中，二人不说一句话。晋武帝（司马炎）听说后，命令向雄恢复和刘淮的君臣情义。向雄不得已，就去刘淮那里，拜了两拜说："刚才受皇上之命到你这里，不过我们的君臣情义确实是断了，你看怎么办呢？"说完立刻走了。晋武帝听说二人依旧不和，就怒斥向雄："我命令你恢复君臣情义，怎么还是这样？"向雄说："古代的君子，按礼选用人，按理罢免人；现在的君子，提拔谁就把谁抱到膝盖上，罢免谁就把谁推到深渊里。我和刘太守，不为仇敌，就已经很幸运了，怎么可能恢复君臣情义呢？"晋武帝就随他去了。

《十七》作事可法

　　齐王冏为大司马^①，辅政。嵇绍为侍中，诣冏咨事。冏设宰会^②，召葛旟、董艾等共论时宜^③。旟等白冏："嵇侍中善于丝竹^④，公可令操之^⑤。"遂送乐器，绍推却不受。冏曰："今日共为欢，卿何却邪？"绍曰："公协辅皇室，令作事可法。绍虽官卑，职备常伯^⑥。操丝比竹^⑦，盖乐官之事，不可以先王法服^⑧，为伶人之业^⑨。今逼高命，不敢苟辞，当释冠冕^⑩，袭私服^⑪，此绍之心也。"旟等不自得而退。

‖ 注释

① 齐王冏（jiǒng）：司马冏，字景治，袭封齐王。赵王司马伦篡位时，司马冏起兵讨伐。晋惠帝复位，他因功被封大司马，执朝政。

② 宰会：召集官员们聚会。宰，官吏。

③ 葛旟（yú）、董艾：司马冏的属官。

④ 丝竹：指乐器。

⑤ 操：演奏。

⑥ 常伯：周代官名，相当于晋朝的侍中。

⑦ 比：吹奏。

⑧ 法服：正式官服。

⑨ 伶人：乐师。

⑩ 释：脱下。冠冕：正式的服装。

⑪ 袭：穿。私服：便服。

‖ 译文

　　齐王司马冏担任大司马，辅佐朝政。嵇绍任侍中，去司马冏那里请教事情。司马冏安排官吏们聚会，召来葛旟、董艾等一起讨论时事。葛旟等人告诉司马冏："嵇侍中擅长丝竹乐器，您可以让他弹奏曲子。"于是就送来乐器，嵇绍却推辞不受。司马冏说："今天我们聚在一起高兴，你为什么推辞呢？"嵇绍说："您辅佐王室，让大家做事遵守章法。我虽然官职卑微，可也是皇上的侍从。演奏器乐，本是乐官们的事情，我不能身穿先王制定的官服，却做乐师做的事情。今天我不敢推辞您的尊命，那我应该脱掉官服官帽，穿上自己的便服，这是我的想法。"葛旟等人感到没趣就退下了。

《十八》鬼子敢尔

卢志于众坐问陆士衡[①]："陆逊、陆抗是君何物[②]？"答曰："如卿于卢毓、卢珽[③]。"士龙失色。既出户，谓兄曰："何至如此，彼容不相知也[④]。"士衡正色曰："我父、祖名播海内，宁有不知？鬼子敢尔[⑤]！"议者疑二陆优劣，谢公以此定之。

注释

① 卢志：字子通，曾任成都王司马颖长史、卫尉卿、尚书郎。

② 陆逊：字伯言，曾代吕蒙为右部督，破关羽，夺荆州，后大败刘备于夷陵。东吴时官至丞相。陆家为东吴望族。陆抗：字幼节，陆逊子。官至镇军大将军、大司马、荆州牧。陆抗是陆机的父亲，陆逊是陆机的祖父。

③ 卢毓：字子家，魏时任司空。卢珽：字子笏，入晋官至尚书。卢珽是卢志的父亲，卢毓是卢志的祖父。

④ 容：或许。

⑤ 鬼子：对人的骂称。

卢志在大庭广众之下问陆士衡（陆机）："陆逊、陆抗是你的什么人？"陆机回答："就像你和卢毓、卢珽的关系。"士龙（陆云）听罢有些害怕。从屋里出来以后，他对哥哥说："你何必如此，他可能是真不知道呢。"陆机严肃地说道："我们的父亲、祖父名扬四海，他难道会不知道？狗东西敢如此无礼！"以前人们对陆家兄弟二人的优劣不好判断，谢公（谢安）以此做了定夺。

《十九》深惧豫祸

羊忱性甚贞烈①。赵王伦为相国，忱为太傅长史，乃版以参相国军事②。使者卒至③，忱深惧豫祸④，不暇被马⑤，于是帖骑而避⑥。使者追之，忱善射，矢左右发，使者不敢进，遂得免。

注释

① 贞烈：正直刚烈。

② 版：写字的木版。这里指版诏、版授，即授予官职。参相国军事：官名，简称参军事或参军。

③ 卒：同"猝"，突然。

④ 豫：参与。

⑤ 被马：即备马，准备鞍鞯缰勒。

⑥ 帖骑：贴身骑在马上。

译文

羊忱忠贞刚烈。赵王司马伦自立为相国时，羊忱任太傅长史，赵王就任命羊忱为参相国军事。传达任命的使者突然来到，羊忱生怕卷入灾祸里去，没有备马鞍就立即上马逃跑。使者在后面追赶，羊忱善于射箭，就左右开弓射去，使者不敢近前，羊忱才得以脱身。

《二十》我自卿卿

王太尉不与庾子嵩交，庾卿之不置①。王曰："君不得为尔。"庾曰："卿自君我，我自卿卿。我自用我法，卿自用卿法。"

注释

① 卿：本为爵位，后用为对人的美称。魏晋时，称对方为卿是不礼貌的表现。不置：不停。

译文

太尉王衍从不和庾子嵩（庾敳）交往，庾子嵩在和他讲话的时候总是称他为"卿"，很不礼貌。王衍说："你以后不要这样称呼我。"庾子嵩说："你可以以'君'称呼我，我也可以以'卿'称呼你。我用我自己的叫法，你用你自己的叫法。"

《二十一》阮宣子伐社树

阮宣子伐社树①，有人止之。宣子曰："社而为树，伐树则社亡；树而为社，伐树则社移矣。"

注释

① 社树：土地庙里的树。社，土地神，此指祭祀土地神的地方。

译文

阮宣子（阮修）要砍社庙里的树，有人阻止他。阮宣子说："如果社庙里只有树，那么砍了树土地神就死了；如果种树是为了土地神，那么砍了树土地神就走了。"

《二十二》衣服复有鬼邪

阮宣子论鬼神有无者。或以人死有鬼，宣子独以为无，曰："今见鬼者，云著生时衣服，若人死有鬼，衣服复有鬼邪？"

译文

阮宣子（阮修）论述有没有鬼神。有人认为人死后有鬼，阮宣子却认为没有鬼，他说："现在见到鬼的人，说鬼穿着活着时候的衣服，如果人死后有鬼，衣服也有鬼吗？"

《二十三》周王苦争

元皇帝既登阼[1]，以郑后之宠[2]，欲舍明帝而立简文。时议者咸谓舍长立少，既于理非伦，且明帝以聪亮英断，益宜为储副[3]。周、王诸公并苦争恳切，唯刁玄亮独欲奉少主[4]，以阿帝旨[5]。元帝便欲施行，虑诸公不奉诏，于是先唤周侯、丞相入，然后欲出诏付刁。周、王既入，始至阶头，帝逆遣传诏[6]，遏使就东厢[7]。周侯未悟，即却略下阶[8]。丞相披拨传诏[9]，径至御床前，曰："不审陛下何以见臣？"帝默然无言，乃探怀中黄纸诏裂掷之[10]。由此皇储始定。周侯方慨然愧叹曰："我常自言胜茂弘，今始知不如也！"

注释

① 元皇帝：即晋元帝司马睿，东晋第一个皇帝。

② 郑后：小字阿春，晋元帝夫人，生简文帝。孝武帝时，追尊为太后。

③　储副：皇储，太子。

④　奉：尊奉，拥戴。

⑤　阿：奉迎。

⑥　逆：预先。传诏：传达皇帝命令的官吏。

⑦　遏：阻止。

⑧　却略：后退。

⑨　披拨：拨开。

⑩　黄纸诏：诏书。皇帝的诏书多在黄纸上书写，故称。

‖ 译文

　　晋元帝（司马睿）登基以后，因为宠爱郑后，就想舍弃明帝（司马绍）而立简文帝（司马昱）为太子。当时舆论都认为，不立长子却立幼子是不合道理的，而且明帝聪明果断，更应该立为皇储。周颉、王导诸公都极力相争，态度明确，只有刁玄亮（刁协）一人想拥戴少主，以此逢迎元帝的旨意。元帝就想付诸实施，但又怕诸公不接受诏命，于是先传唤周侯、王丞相晋见，然后把诏书给刁玄亮。周颉、王导到来，刚上台阶，元帝已经事先让传令官传旨，让他俩先到东配殿等候。周颉退后几步，下了台阶。王导却拨开传令官，径直走到御座前，问道："不知道陛下有什么事要召见我？"元帝默然良久，接着从怀里掏出黄纸诏书，撕碎扔到地上。自此皇储才定了下来。事后周颉很惭愧，感慨道："我一直觉得我胜过茂弘（王导），现在才知道我不如他！"

《二十四》薰莸不同器

　　王丞相初在江左，欲结援吴人①，请婚陆太尉②。对曰：

"培塿无松柏③，薰莸不同器④。玩虽不才，义不为乱伦之始。"

‖ 注释

① 结援：结交。

② 请婚：请求通婚。陆太尉：陆玩，官至尚书令、司空，死后赠太尉。顾、陆、朱、张是江左望族。

③ 培塿（lǒu）：小山包。

④ 薰：香草。莸（yóu）：臭草。

‖ 译文

王丞相（王导）刚到江东的时候，很想结交吴人，就请求和陆太尉（陆玩）家通婚。陆玩回答说："小山包上长不出高大的松柏，香草和臭草不能放在同一个容器里。我虽然不才，但决不会开这个败坏人伦的先例。"

《二十五》诸葛恢嫁女

诸葛恢大女适太尉庾亮儿①，次女适徐州刺史羊忱儿。亮子被苏峻害，改适江虨②。恢儿娶邓攸女。于时谢尚书求其小女婚③，恢乃云："羊、邓是世婚，江家我顾伊，庾家伊顾我，不能复与谢裒儿婚④。"及恢亡，遂婚。于是王右军往谢家看新妇，犹有恢之遗法⑤：威仪端详，容服光整。王叹曰："我在遣女⑥，裁得尔耳⑦！"

‖ 注释

① 诸葛恢：字道明，诸葛靓之子，东晋时官至尚书令。

② 江虨（bīn）：字思玄，博学，为晋中兴大臣，官至尚书左仆射、护军将军。

③ 谢尚书：即谢裒（póu）。

④ 谢哀儿：指谢石。晋渡江后，王氏、诸葛氏为世家大族，谢氏后起，自谢尚、谢安始盛。诸葛恢看不起谢氏，拒绝谢家求婚。

⑤ 遗法：遗范。

⑥ 遣女：嫁女。

⑦ 裁：通"才"。

译文

诸葛恢的大女儿嫁给了太尉庾亮的儿子，二女儿嫁给了徐州刺史羊忱的儿子。庾亮的儿子被苏峻杀害后，诸葛恢的大女儿又改嫁江虨。诸葛恢的儿子娶了邓攸的女儿。当时谢尚书（谢哀）替儿子向诸葛恢的小女儿求婚，诸葛恢就说："羊、邓两家是世代通婚的，江家是我照顾他们，庾家是他们照顾我，不能再另外和谢哀的儿子通婚。"等诸葛恢去世，两家才通婚。这时王右军（王羲之）去谢家看新妇，新妇仍有诸葛恢的风范：仪表端庄，容光整洁。王右军感叹道："我家嫁出去的闺女，才应该是这样啊！"

《二十六》兄弟相别

周叔治作晋陵太守①，周侯、仲智往别②。叔治以将别，涕泗不止。仲智恚之曰："斯人乃妇女，与人别，唯啼泣！"便舍去。周侯独留，与饮酒言话，临别流涕，抚其背曰："奴好自爱③。"

注释

① 周叔治：周谟，字叔治，周𫖮次弟。晋陵：郡名，辖境相当于今江苏镇江、常州、无锡地区。

② 仲智：周嵩，字仲智，周颉的大弟弟。

③ 奴：长对幼、尊对卑的昵称，为第二人称。自爱：自己保重。

‖ 译文

周叔治（周谟）出任晋陵太守，周侯（周颉）、仲智（周嵩）去送别。叔治因为即将与哥哥分别，哭泣不已。仲治生气道："你这个人怎么像个妇人，和人分别，只会哭哭啼啼！"随即丢下他就走了。周侯独自留在这里，和叔治喝酒聊天，分手时流下眼泪，抚着弟弟的背说："你要好好保重。"

《二十七》那与佞人有情

周伯仁为吏部尚书，在省内夜疾危急①。时刁玄亮为尚书令，营救备亲好之至②，良久小损③。明旦，报仲智，仲智狼狈来④。始入户，刁下床对之大泣，说伯仁昨危急之状。仲智手批之，刁为辟易于户侧⑤。既前，都不问病，直云："君在中朝，与和长舆齐名，那与佞人刁协有情⑥？"径便出。

‖ 注释

① 省：指尚书省，周颉时任吏部尚书。

② 备：尽。

③ 小损：略微减轻。

④ 狼狈：慌忙。

⑤ 辟易：因受惊而退避。

⑥ 佞（nìng）人：花言巧语、阿谀奉承的小人。

‖ 译文

周伯仁（周颉）任吏部尚书，夜里在尚书省突然发了急病。当时刁玄亮（刁协）任尚书令，急忙营救，照理得很周到，显得非常亲近友好，过了很长时间，周伯仁的病情有些缓和。第二天早晨，通知了周伯仁的弟弟仲智（周嵩），仲智匆忙赶来。刚进门，刁玄亮就离开坐榻，在仲智面前大哭，叙说昨天晚上的危急情况。仲智把他推开，刁玄亮很诧异，随即退到门旁。仲智来到哥哥身边，也不问病情，只是说："你在中朝时，与和长舆（和峤）齐名，怎么现在和这个奸佞小人又有了交情？"说罢径直走了。

《二十八》王含贪浊

王含作庐江郡①，贪浊狼籍②。王敦护其兄，故于众坐称："家兄在郡定佳，庐江人士咸称之！"时何充为敦主簿，在坐，正色曰："充即庐江人，所闻异于此！"敦默然。旁人为之反侧③，充晏然④，神意自若。

注释

① 王含：字处弘，大将军王敦的哥哥。历任徐州刺史、光禄勋等。

② 贪浊：贪婪。狼籍：也作"狼藉"，散乱不整的意思，这里形容名声很坏。

③ 反侧：不安。

④ 晏然：平静，安详。

译文

王含担任庐江郡守，贪赃枉法，声名狼藉。王敦袒护他哥哥，在大家在座的时候称赞道："家兄的郡守干得实在不错，庐江的人士都赞扬他。"当时何充是王敦的主簿，也在座，严肃地说道："我就是庐江人，我听到的和你说的不一样！"王敦没有说话。周围的人都替他担心，何充却很平静，神色自若。

《二十九》顾孟著劝柱

顾孟著尝以酒劝周伯仁[1]，伯仁不受。顾因移劝柱，而语柱曰："讵可便作栋梁自遇[2]？"周得之欣然，遂为衿契[3]。

注释

[1] 顾孟著：顾显，字孟著，吴郡吴县（今江苏苏州）人，顾荣兄之子。

[2] 讵（jù）：怎么。作栋梁自遇：把自己看作栋梁。

[3] 衿（jīn）契：情投意合的朋友。

译文

顾孟著（顾显）有一次向周伯仁（周顗）敬酒，伯仁拒绝了。顾孟著就转身向屋里的柱子敬酒，他对着柱子说："你怎么可以以栋梁自居呢？"周伯仁听后很高兴，两人就成了情投意合的好友。

《三十》罪不足死

明帝在西堂会诸公饮酒[1]，未大醉，帝问："今名臣共集，何如尧、舜时？"周伯仁为仆射，因厉声曰："今虽同人主[2]，复那得等于圣治[3]！"帝大怒，还内，作手诏满一黄纸[4]，遂付廷尉令收，因欲杀之。后数日，诏出周[5]，群臣往省之。周曰："近知当不死，罪不足至此。"

注释

[1] 西堂：东晋皇宫太极殿的西大厅。

② 人主：君主。

③ 圣治：圣明的统治。

④ 手诏：皇帝亲手写的诏书。

⑤ 诏出周：下诏书释放周颉。

译文

晋明帝（司马绍）在西大厅和群臣们喝酒，还没有大醉，晋明帝问道："今天诸位贤臣聚会，和尧舜那时差不多吧？"周伯仁（周颉）任仆射，严肃地说道："现在虽然同是人君，但怎能和圣明的时代相比呢！"明帝大怒，回到内屋，写了满满一张黄纸的手诏，交给太尉命令逮捕周伯仁，并要杀掉他。过了几天，又下令释放周伯仁。众臣们去看望他。周伯仁说："我早就知道自己不会死，因为罪没有那么重。"

《三十一》 王平子何在

王大将军当下，时咸谓无缘尔①。伯仁曰："今主非尧、舜，何能无过？且人臣安得称兵以向朝廷②？处仲狼抗刚愎③，王平子何在④？"

注释

① 缘：缘由，根据。

② 称兵：举兵。

③ 狼抗：狂妄自大。刚愎：傲慢固执。

④ 王平子：王澄，字平子，太尉王衍弟，有盛名，曾任荆州刺史，后被王敦杀害。

译文

王大将军（王敦）要顺江而下，威胁朝廷，当时人们都认为他没有理由这样做。周伯仁说："现在的皇上不是尧舜,哪会没有过错?况且作为臣下怎么能向朝廷动兵?处仲(王敦)狂妄自大,王平子(王澄)哪里去了?"

《三十二》温峤不屈

王敦既下,住船石头①,欲有废明帝意。宾客盈坐,敦知帝聪明,欲以不孝废之。每言帝不孝之状而皆云:"温太真所说。温尝为东宫率②,后为吾司马,甚悉之。"须臾,温来,敦便奋其威容③,问温曰:"皇太子作人何似④?"温曰:"小人无以测君子。"敦声色并厉,欲以威力使从己,乃重问温:"太子何以称佳?"温曰:"钩深致远⑤,盖非浅识所测。然以礼侍亲,可称为孝。"

‖ 注释
① 住:停。石头:即石头城。
② 东宫率:负责太子保卫工作的官吏。
③ 奋其威容:摆出威严的面孔。
④ 何似:如何,怎么样。
⑤ 钩深致远:见《周易·系辞上》:"探赜索隐,钩深致远,以定天下之吉凶,成天下之亹亹者,莫大乎蓍龟。"意思是物在深处能钩取之,物在远处能招致之。后形容才识广博精深。

‖ 译文
王敦顺江而下,把船停靠在石头城,他想废掉明帝(司马绍)。当时宾客满座,王敦知道明帝很聪明,就想以不孝的名义废他。每次说到明帝不孝的情况时都说:"这是温太真(温峤）说的。温太真曾经担任太子的东宫率，后来才做我的司马，他非常了解这些事情。"一会儿，温峤来了，王敦摆出威严的样子，问温峤："皇太子为人怎么样？"温峤回答："小人无法揣测君子。"王敦随即声色俱厉，想以威力迫使温峤顺从，就重新问道："太子如何称得上好呢？"温峤说："深谋远虑，不是我这样见识浅薄的人所能理解的。但按礼节侍奉双亲，太子可以称得上孝。"

《三十三》何以相负

　　王大将军既反，至石头，周伯仁往见之。谓周曰："卿何以相负？"对曰："公戎车犯正[1]，下官忝率六军，而王师不振，以此负公。"

‖ 注释
① 戎车：兵车，泛指军队。正：指朝廷。

‖ 译文
　　王大将军（王敦）谋反后，来到石头城，周伯仁（周颢）去见他。他问周伯仁："你为什么要忘恩负义？"周伯仁回答说："你的军队攻打朝廷，下官不才，率军出战，可惜朝廷的军队战败了，为此我对不住你。"

《三十四》钟雅独在

　　苏峻既至石头，百僚奔散[1]，唯侍中钟雅独在帝侧。或谓钟曰："见可而进，知难而退[2]，古之道也。君性亮直[3]，必不容于寇仇，何不用随时之宜[4]，而坐待其弊邪？"钟曰："国乱不能匡⑤，君危不能济⑥，而各逊遁以求免⑦，吾惧董狐将执简而进矣⑧！"

注释

① 百僚：百官。

② 见可而进，知难而退：见《左传·宣公十二年》："见可而进，知难而退，军之善政也。"意思是见机行事，量力而行。

③ 亮直：坦诚耿直。

④ 随时之宜：随机应变，见机行事。

⑤ 匡：匡复，拯救。

⑥ 济：帮助。

⑦ 逊遁：逃跑。

⑧ 董狐：春秋时晋国史官，以直书不隐著称，被称为"良史"。

译文

苏峻的叛军到了石头城，文武百官四下逃散，只有侍中钟雅还随侍在皇帝身边。有人对他说："见可而进，知难而退，自古以来就是这个道理。你性格坦诚直率，肯定不会被敌寇所容，为什么不随机应变，却在这里坐以待毙呢？"钟雅说："国家有难不能挽救，国君危急不能帮助，却各自逃跑以求避祸，我真怕董狐这样的史官会记载这样的事情！"

《三十五》 当期克复之效

庾公临去，顾语钟后事①，深以相委。钟曰："栋折榱崩②，谁之责邪？"庾曰："今日之事，不容复言，卿当期克复之效耳！"钟曰："想足下不愧荀林父耳③。"

注释

① 顾语：叮嘱，嘱托。

② 栋折榱（cuī）崩：房屋倒塌，比喻国家倾覆。榱，椽子。

③ 荀林父：春秋时晋国大臣。楚围郑，晋国派荀林父救郑，结果兵败。晋国王并没有杀他，后来荀林父灭赤狄，立功。

译文

庾公（庾亮）离开建康的时候，叮嘱钟雅今后需要做的事情，将大事托付给他。钟雅说："国家遭难，这是谁的责任呢？"庾亮说："现在的事情，来不及多说了，你应当期待光复后的胜利！"钟雅说："想来您一定是当今的荀林父呵。"

《三十六》厄同匡人

苏峻时，孔群在横塘①，为匡术所逼②。王丞相保存术，因众坐戏语，令术劝群酒，以释横塘之憾。群答曰："德非孔子，厄同匡人③。虽阳和布气④，鹰化为鸠⑤，至于识者，犹憎其眼。"

注释

① 孔群：字敬休，曾任御史中丞。横塘：地名，在晋都城建康南。

② 匡术：东晋人，晋成帝时苏峻反，匡术为其心腹。苏峻迁成帝至石头城，令匡术守苑城（成帝所居官城）。后匡术投降。

③ 德非孔子，厄同匡人：孔子到宋国，遭到匡人围攻，孔子和子路以礼乐感化了他们，得以解围。厄，困厄。这里孔

群把匡术和匡人相比。

④ 阳和：春天的温暖。

⑤ 鹰化为鸠：农历一年有二十四节气，古人将每个节气分为三候，每一候有其对应的物候现象。惊蛰的三候是桃始华、仓庚鸣、鹰化为鸠。鹰化为鸠有恶人从善的意思。

译文

苏峻叛乱时，孔群在横塘，受到匡术的围困。匡术投降后丞相王导把他保了下来，一次借大家聚会谈笑的机会，王导让匡术给孔群敬酒，以化解横塘的仇隙。孔群回答说："我的德行比不了孔子，可我遭受的困厄却和孔子遇到匡人一样。虽然春天风和日丽，残忍的鹰变成了布谷鸟，但对于认识它的人来说，还是憎恶它的眼睛。"

《三十七》俎上腐肉

苏子高事平，王、庾诸公欲用孔廷尉为丹阳。乱离之后，百姓凋弊①。孔慨然曰："昔肃祖临崩②，诸君亲临御床，并蒙眷识③，共奉遗诏。孔坦疏贱，不在顾命之列④。既有艰难，则以微臣为先，今犹俎上腐肉⑤，任人脍截耳⑥！"于是拂衣而去，诸公亦止。

注释

① 凋敝：衰败。

② 肃祖：晋明帝司马绍，死后庙号肃祖。

③ 眷识：眷顾器重。

④ 顾命：皇帝临终之命。这里是指顾命大臣。

⑤ 俎：案板。

⑥ 脍截：切割，宰割。脍，细肉。这里作动词。

苏子高（苏峻）叛乱平定后，王导、庾亮等大臣想让孔廷尉（孔坦）做丹阳尹。战乱之后，百姓生计艰难。孔坦感慨道："当初肃祖（晋明帝司马绍）临终前，诸位都亲临肃祖御座前，都受到肃祖的垂青厚爱，一同接受肃祖的遗诏。我才疏学浅，不在顾命大臣之列。现在有了困难，就想到我。我就像案板上的烂肉，任人切割罢了！"说完拂袖而去，诸公也只好作罢。

《三十八》鹰化为鸠

孔车骑与中丞共行①，在御道逢匡术②，宾从甚盛。因往与车骑共语。中丞初不视，直云："鹰化为鸠，众鸟犹恶其眼。"术大怒，便欲刃之。车骑下车，抱术曰："族弟发狂，卿为我宥之！"始得全首领③。

注释

① 孔车骑：孔愉，字敬康，死后赠车骑将军，孔群的堂兄。

② 御道：皇帝车子通行的道路。

③ 首领：指性命。

译文

孔车骑（孔愉）和御史中丞孔群同行，在御道上遇到匡术，宾客随从前呼后拥。匡术过来和孔愉说话。孔群根本不看匡术，只是自语道："鹰变成鸠，众鸟还是厌恶它的眼睛。"匡术大怒，拔出刀来就要杀他。孔愉急忙跳下车，抱住匡术道："我这个堂弟疯了，看在我的面子上请原谅他。"孔群才得以保住身首。

晉光祿勳孔簡公坦

《三十九》梅颐屈膝

梅颐尝有惠于陶公[1]。后为豫章太守，有事，王丞相遣收之。侃曰："天子富于春秋[2]，万机自诸侯出，王公既得录，陶公何为不可放！"乃遣人于江口夺之。颐见陶公，拜，陶公止之。颐曰："梅仲真膝，明日岂可复屈邪？"

注释

① 梅颐：字仲真。

② 富于春秋：指年纪轻。

译文

梅颐曾于陶公（陶侃）有恩。后来梅颐做豫章太守，因为犯事，丞相王导派人抓捕了他。陶侃说："天子年轻，国家的事情常由大臣做主，王公既然抓了梅颐，我陶公怎么不能放了他呢！"于是派人在江口将他夺下。梅颐见到陶公，屈身下拜，陶公阻止他。梅颐说："我梅仲真的双膝，明天还会再弯曲吗？"

《四十》王丞相作女伎

王丞相作女伎[1]，施设床席。蔡公先在坐[2]，不说而去[3]，王亦不留。

注释

① 作女伎：让女伎表演。

② 蔡公：蔡谟，字道明，历任左光禄大夫、录尚书事、扬州刺史等，死后赠司空。

③ 说：同"悦"。

王丞相（王导）安排女伎表演歌舞，还铺设了坐榻席子。蔡公（蔡谟）先前在座，看到这些后气愤离去，王导也不挽留。

《 四十一 》为谁之意

何次道、庾季坚二人并为元辅[1]。成帝初崩，于时嗣君未定[2]。何欲立嗣子，庾及朝议以外寇方强，嗣子冲幼[3]，乃立康帝[4]。康帝登阼，会群臣，谓何曰："朕今所以承大业，为谁之议？"何答曰："陛下龙飞[5]，此是庾冰之功，非臣之力。于时用微臣之议，今不睹盛明之世。"帝有惭色。

注释

① 元辅：宰相。因位居大臣之首，故称元辅。

② 嗣君：继位的君主。

③ 冲幼：年幼。

④ 康帝：晋康帝司马岳，为晋成帝司马衍的同母弟弟。

⑤ 龙飞：指君主即位。《周易·乾卦》："飞龙在天，利见大人。"疏："若圣人有龙德，飞腾而居天位。"

译文

何次道（何充）、庾季坚（庾冰）二人都是宰相。成帝刚驾崩，此时继位的君主还没有确定。何充想立嫡长子，庾冰及朝中大臣都认为外敌强大，嫡长子还年幼，于是就确定康帝继位。康帝登基后，会见群臣，问何充："朕今天能够继承祖宗大业，是谁的主意？"何充回答："陛下登基，是庾冰的功劳，我没有出力。当时如果采用我的意见，现在就看不到这样的昌平盛世了。"皇帝听罢面带愧色。

《四十二》非唯围棋见胜

江仆射年少，王丞相呼与共棋。王手尝不如两道许①，而欲敌道戏②，试以观之。江不即下，王曰："君何以不行？"江曰："恐不得尔。"傍有客曰："此年少戏乃不恶。"王徐举首曰："此年少非唯围棋见胜。"

注释

① 手：技艺，水平。两道：两子。

② 敌道戏：对等地下棋。

译文

江仆射（江彪）年轻时，王丞相（王导）叫他一起下棋。王导的水平比江彪差两道左右，却想和他对等地下，借此来观察他。江彪没有马上下子，王导说："你怎么不下子？"江彪说："恐怕不能这样下。"旁边有个客人说："这个年轻人棋艺不错。"王导缓缓抬起头来，说："这个年轻人不仅是围棋比我强啊。"

《四十三》作儿女相问

孔君平疾笃，庾司空为会稽，省之，相问讯甚至①，为之流涕。庾既下床②，孔慨然曰："大丈夫将终，不问安国宁家之术，乃作儿女子相问！"庾闻，回谢之，请其话言。

注释

① 甚至：很周到。

② 床：坐榻。

孔君平（孔坦）病重，庾司空（庾冰）当时任会稽内史，去探望孔坦，问讯关心，体察备至，还伤心地哭了。庾冰离开坐榻，孔坦喟然叹道："大丈夫临终，你不问治理国家的办法，只是像小女人那样问候！"庾冰听罢转过身去，向他致歉，请他留下遗嘱。

《四十四》桓温弹枕

桓大司马诣刘尹，卧不起。桓弯弹弹刘枕，丸迸碎床褥间。刘作色而起曰[1]："使君[2]，如馨地宁可斗战求胜[3]？"桓甚有恨容。

注释

[1] 作色：因生气而变色。

[2] 使君：魏晋时对州郡行政长官的敬称。

[3] 如馨：如此，这样。

译文

桓大司马（桓温）去见刘尹（刘惔），刘惔躺在床上不起。桓温拉开弹弓打刘惔的枕头，弹丸迸碎，落在褥子上。刘惔勃然大怒，起身说道："使君，这样你就能在战斗中获胜吗？"桓温顿时流露出难堪的神色。

《四十五》勿为评论宿士

后来年少，多有道深公者。深公谓曰："黄吻年少[1]，勿为评论宿士。昔尝与元明二帝、王庾二公周旋。"

① 黄吻：雏鸟的嘴角是黄的，用以形容人年轻幼稚。

译文

后辈的年轻人，时常议论深公（竺法深）。深公对他们说："你们这些乳臭未干的年轻人，不要评论前辈。先前我都是和元、明二帝以及王导、庾亮二公这样的人往来。"

《四十六》尚书郎正用第二人

王中郎年少时，江虨为仆射，领选①，欲拟之为尚书郎②。有语王者，王曰："自过江来，尚书郎正用第二人③，何得拟我！"江闻而止。

注释

① 领选：主持选拔官吏。

② 拟：安排。

③ 第二人：第二流的人。晋时注重门第，第二流的人就是家世贫寒的人。王坦之出身名门望族，所以这样说。

译文

王中郎（王坦之）年轻时，江虨任仆射，主管选拔官吏，他想安排王坦之做尚书郎。有人把此事告诉了王坦之，王坦之说："自从到江东以后，尚书郎只安排第二流的人来担任，怎么能让我干这种事！"江虨听后就作罢了。

《四十七》何为复让

王述转尚书令①，事行便拜②。文度曰："故应让杜许。"蓝田云："汝谓我堪此不？"文度曰："何为不堪，但克让是美事③，恐不可阙④。"蓝田慨然曰："既云堪，何为复让？人言汝胜我，定不如我。"

注释

① 转：调任。

② 事行便拜：任命公文下达后就准备上任。

③ 克让：克己谦让。美事：美德。

④ 阙：同"缺"。

译文

王述（王蓝田）迁升为尚书令，任命决定后就准备拜官。他儿子王文度（王坦之）说："您原本该谦让一下，把此位让给杜许。"蓝田说："你认为我能胜任这个职务吗？"文度说："怎么不能胜任，但克己谦让是美德，恐怕不能没有。"蓝田感慨道："既然可以胜任，为什么又要谦让？人们认为你比我强，我看你绝对不如我。"

《四十八》孙兴公作《庾公诔》

孙兴公作《庾公诔》，文多托寄之辞①。既成，示庾道恩②。庾见，慨然送还之，曰："先君与君，自不至于此。"

注释

① 托寄：攀附巴结。

② 庾道恩：庾羲，小字道恩，庾亮之子。

译文

孙兴公（孙绰）作《庾公诔》，文中有很多巴结之辞。写完以后，给庾道恩（庾羲）看。庾道恩看罢，气愤地送了回去，对孙绰说："先父和你的关系还没到这种地步！"

《四十九》会稽王痴

王长史求东阳，抚军不用。后疾笃，临终，抚军哀叹曰："吾将负仲祖①。"于此命用之。长史曰："人言会稽王痴，真痴。"

注释

① 将：或许。

译文

王长史（王濛）请求做东阳郡守，抚军（司马昱）不用他。后来王濛病重，临终时，司马昱感叹地说："我对不起仲祖（王濛）呀。"随即就任用了他。王濛说："人们说会稽王（司马昱）傻，真傻呀。"

《五十》刚直见疏

刘简作桓宣武别驾①，后为东曹参军，颇以刚直见疏。尝听记②，简都无言。宣武问："刘东曹何以不下意③？"答曰："会不能用④。"宣武亦无怪色。

注释

① 刘简：字仲约，官至大司马参军。别驾：官名，州刺史的佐吏。

② 听记：参加会议。

③ 下意：提出意见。

④ 会：一定，必定。

刘简担任桓宣武（桓温）的别驾，后来又做东曹参军，因为非常耿直，被桓温疏远。一次参加议事，刘简一言不发。桓温问他："刘东曹怎么不发表点意见？"刘简回答："我说了也一定不会被采用。"桓温听了也没有责怪的意思。

《五十一》小人不可与作缘

刘真长、王仲祖共行，日旰未食①。有相识小人贻其餐②，肴案甚盛③，真长辞焉。仲祖曰："聊以充虚④，何苦辞？"真长曰："小人都不可与作缘⑤。"

║| **注释**

① 日旰：到了晚上。

② 小人：对普通百姓的蔑称。晋时门阀制度森严，士族阶层对奴仆、吏役及普通百姓，一律称为小人。贻：赠送。

③ 肴案：菜肴。案，盛食物的盘子。

④ 充虚：充饥。

⑤ 作缘：交往，打交道。

║| **译文**

刘真长（刘惔）、王仲祖（王濛）一起出行，天很晚了还没吃饭。有个认识他俩的老百姓给他们送来了饭，菜肴很丰盛，刘真长却拒绝了。王仲祖说："暂且充饥，何必拒绝呢？"刘真长说："绝不能和小民打交道。"

《五十二》不须陶胡奴米

王修龄尝在东山，甚贫乏。陶胡奴为乌程令^①，送一船米遗之，却不肯取^②。直答语："王修龄若饥，自当就谢仁祖索食^③，不须陶胡奴米。"

注释

① 陶胡奴：陶范，小字胡奴，陶侃之子。乌程：县名，在今浙江湖州。

② 却：推辞。

③ 谢仁祖：谢尚。王、谢为东晋望族，陶范出身寒门，所以王胡之这样说。

译文

王修龄（王胡之）住在东山的时候，很穷困。陶胡奴（陶范）当时做乌程县令，给他送了一船米，王修龄推辞不要。他直截了当地说："我如果挨饿，一定会到谢仁祖（谢尚）那里要饭，不需要陶胡奴的米。"

《五十三》不近思旷

阮光禄赴山陵^①，至都，不往殷、刘许，过事便还^②。诸人相与追之，阮亦知时流必当逐己，乃遄疾而去^③，至方山不相及^④。刘尹时为会稽，乃叹曰："我入，当泊安石渚下耳，不敢复近思旷傍。伊便能捉杖打人，不易^⑤。"

注释

① 山陵：皇帝的陵墓。引申为皇帝的葬礼。

② 过事：指办完事。

③ 遄（chuán）疾：急速，迅速。

④ 方山：山名，在今江苏江宁东南。六朝时为交通要道，商旅聚集地。

⑤ 易：改变。

译文

阮光禄（阮裕）参加成帝的葬礼，来到京都，他不到殷浩、刘惔的住处去，丧事结束后就返回了。众人一起追撵他，阮裕也知道名流们一定会追赶他，就急速赶路，直到方山他们也没有赶上。刘惔当时要担任会稽郡守，就叹息道："我去会稽，一定到谢安那里，我不敢再接近阮裕了。他会拿着手杖打人，一定会的。"

《五十四》牵脚加桓公颈

王、刘与桓公共至覆舟山看①。酒酣后，刘牵脚加桓公颈。桓公甚不堪，举手拨去。既还，王长史语刘曰："伊诣可以形色加人不②？"

注释

① 覆舟山：山名，在今江苏南京东北，因形如覆舟得名。

② 形色加人：对人发脾气。魏晋时讲究喜怒不形于色，王、刘为当时的名士，而桓温是武人，所以这样说。

译文

王濛、刘惔和桓公（桓温）一起到覆舟山游玩。酒喝得酣畅的时候，刘惔把脚伸到了桓公的脖子上。桓公实在不能忍受，就用手把他的脚拨开了。回来以后。王长史（王濛）对刘恢说："他怎么能对人流露不快的脸色呢？"

《五十五》 谢万难犯

桓公问桓子野[①]："谢安石料万石必败，何以不谏？"子野答曰："故当出于难犯耳。"桓作色曰："万石挠弱凡才[②]，有何严颜难犯[③]！"

||| **注释**

① 桓子野：桓伊，字叔夏，小字子野，官至豫州刺史，赠右将军。

② 挠弱：懦弱。凡才：才能平庸。

③ 严颜：威严。

||| **译文**

桓公（桓温）问桓子野（桓伊）："安石（谢安）知道万石（谢万）必败，为什么还不劝阻呢？"子野回答："一定是因为谢万不好冒犯的缘故。"桓温怒气冲冲地说："万石这个懦弱的平庸之辈，还有什么威严不能冒犯！"

《五十六》 不烦复尔

罗君章曾在人家[①]，主人令与坐上客共语。答曰："相识已多，不烦复尔。"

||| **注释**

① 罗君章：罗含，字君章。曾为桓温的别驾，有文才。

||| **译文**

罗君章（罗含）曾在别人家作客，主人让他和客人们一起

聊聊。罗君章答道:"互相都了解了,何必再啰唆呢。"

《五十七》何异王莽时

韩康伯病,拄杖前庭消摇①。见诸谢皆富贵,轰隐交路②,叹曰:"此复何异王莽时③!"

‖ **注释**

① 消摇:同"逍遥",悠闲地散步。

② 轰隐:车子行过时发出的声音。交路:往来于路上。

③ 王莽:西汉外戚,曾任大司马,后篡位,建立新朝。

‖ **译文**

韩康伯(韩伯)生病的时候,拄着拐杖在屋前散步。看到谢家的人都富贵煊赫,乘车招摇过市,车声隆隆,就喟叹道:"这和王莽那时有什么不同!"

《五十八》那可嫁女与兵

王文度为桓公长史时,桓为儿求王女,王许咨蓝田。既还,蓝田爱念文度,虽长大,犹抱著膝上。文度因言桓求己女婚。蓝田大怒,排文度下膝①,曰:"恶见文度已复痴②,畏桓温面③?兵,那可嫁女与之!"文度还报云:"下官家中先得婚处④。"桓公曰:"吾知矣,此尊府君不肯耳。"后桓女遂嫁文度儿。

‖ **注释**

① 排:推开,拨开。

② 恶:怎么。已复:竟然。

③　畏桓温面：怕驳桓温的面子。

④　得婚处：订了婚。

　　王文度（王坦之）担任桓公（桓温）长史时，桓温替自己的儿子向王家求婚，王坦之答应回去和父亲蓝田侯王述商量一下。回到家里，蓝田侯很喜爱文度，虽然都长大了，还是把他抱在膝上。文度就讲了桓温向自己女儿求婚的事。蓝田侯听罢大怒，把文度从膝盖上推开，说道："你怎么现在都傻了，竟害怕桓温了？一个大兵，怎么能把女儿嫁给他！"文度回去禀告桓温："下官家的女儿早就订了婚了。"桓温说："我知道了，这是令尊不答应啊。"后来桓温的女儿还是嫁给了文度的儿子。

《五十九》看诸门生樗蒱

　　王子敬数岁时，尝看诸门生樗蒱①，见有胜负，因曰："南风不竞②。"门生辈轻其小儿，乃曰："此郎亦管中窥豹③，时见一斑。"子敬瞋目曰："远惭荀奉倩④，近愧刘真长！"遂拂衣而去⑤。

‖　**注释**

①　门生：魏晋六朝时，官宦允许招募部曲，在门下供驱使的叫门生。樗（chū）蒱：一种赌博游戏。

②　南风不竞：见《左传·襄公十八年》："楚伐郑，师旷曰：'不害，吾骤歌南风，南风不竞，多死声，楚必无功。'"竞，强劲。

③　管中窥豹：从管中看豹，比喻见识狭窄。

④　荀奉倩：荀粲，字奉倩。三国时魏人，好老庄，有才学。

⑤ 拂衣而去：形容生气后离开。

‖ 译文

王子敬（王献之）几岁的时候，曾观看仆人们赌博，看到有胜有负，就说："南风不竞。"意思是南边的要输。仆人们见他是个小孩，瞧不起他，说道："这小孩也就是管中窥豹，哪里看得准。"子敬瞪大眼睛说："我是远惭荀奉倩（荀粲），近愧刘真长（刘惔）。"说罢就拂袖而去。

《六十》谢公闻羊绥佳

谢公闻羊绥佳①，致意令来②，终不肯诣。后绥为太学博士，因事见谢公，公即取以为主簿③。

‖ 注释

① 羊绥：字仲彦，曾任太学博士、中书侍郎。

② 致意：把自己的想法传递过去。

③ 取：录用。

‖ 译文

谢公（谢安）听说羊绥有才华，就希望羊绥能来和他见个面，可羊绥始终没有来。后来羊绥担任太学博士，有事面见谢公，谢公就立即让他做了主簿。

《六十一》推人正自难

王右军与谢公诣阮公，至门，语谢："故当共推主人。"谢曰："推人正自难①。"

① 正自：确实，的确。

译文

王右军（王羲之）和谢公（谢安）到阮公（阮裕）那里，走到门口，王羲之对谢安说："我们俩都要推崇主人。"谢安说："推崇别人的确很为难。"

《六十二》魏祚所以不长

太极殿始成，王子敬时为谢公长史，谢送版①，使王题之。王有不平色②，语信云："可掷著门外。"谢后见王，曰："题之上殿何若？昔魏朝韦诞诸人③，亦自为也。"王曰："魏祚所以不长④。"谢以为名言。

注释

① 版：题写牌匾的木板。

② 不平色：不高兴的样子。

③ 韦诞：字仲将，三国魏时人，有文才，善书法，官至光禄大夫。

④ 魏祚：魏国的国运。

译文

太极殿建成时，王子敬（王献之）正担任谢公（谢安）的长史，谢安给他送去牌匾，让他题字。王子敬很不情愿，他对使者说："你把它扔到门外去。"谢安后来见到王子敬，对他说："你到殿上去写怎么样？以前魏朝韦诞等人，也是这样做的。"王子敬回答："这就是魏朝国运不能长久的原因。"谢安认为他说的是名言。

《六十三》自量固难

王恭欲请江卢奴为长史，晨往诣江，江犹在帐中。王坐，不敢即言，良久乃得及。江不应，直唤人取酒，自饮一碗，又不与王。王且笑且言："那得独饮？"江曰："卿亦复须邪[1]？"更使酌与王。王饮酒毕，因得自解去[2]。未出户，江叹曰："人自量，固为难。"

||| 注释

① 须：需要。

② 因得自解去：趁机要离开。

||| 译文

王恭想请江卢奴（江敳）做他的长史，早晨就到江卢奴那里去，江卢奴还在床上。王恭落座，没敢马上说，过了很久才提及此事。江卢奴没有反应，只是叫人拿了酒来，自己喝了一碗，也不理王恭。王恭笑着说："怎么好自己单独喝？"江卢奴说："你也想喝吗？"于是又倒了一碗给王恭。王恭喝完酒，就借故要走。还没走到门口，江卢奴感叹道："人能做到自量，真是不容易啊。"

《六十四》卿何如卿兄

孝武问王爽①："卿何如卿兄？"王答曰："风流秀出，臣不如恭，忠孝亦何可以假人[2]！"

||| 注释

① 王爽：字季明，小字睹，王恭的弟弟，官至黄门侍郎、侍

中。

② 何：如何，怎么。假：借，给予。

译文

孝武帝（司马曜）问王爽："你和你哥哥王恭相比怎么样？"王爽回答："才华出众，我不及王恭，若说起忠孝，我可不输给别人！"

《六十五》何小子之有

王爽与司马太傅饮酒。太傅醉，呼王为"小子"。王曰："亡祖长史①，与简文皇帝为布衣之交。亡姑、亡姊，伉俪二宫②。何小子之有？"

注释

① 亡祖：已故的祖父。指王濛，王濛曾任司徒左长史。

② 伉俪：夫妻。此为动词，"伉俪二宫"即做两宫的皇后。

译文

王爽和司马太傅（司马道子）一块儿喝酒。太傅喝醉了，就叫王爽"小子"。王爽说："我的祖父（王濛）和简文帝是布衣之交，我的姑姑、姐姐都是皇后。你怎么叫我小子？"

《六十六》张王相交

张玄与王建武先不相识①，后遇于范豫章许②，范令二人共语。张因正坐敛衽③，王孰视良久④，不对。张大失望，便去。范苦譬留之⑤，遂不肯住。范是王之舅，乃让王曰："张玄，吴士之秀，亦见遇于时⑥，而使至于此，深不可解。"王笑曰："张祖希若欲相识，自应见诣。"范驰报张，张便束带造之⑦。遂举觞对语，宾主无愧色。

注释

① 张玄：即张玄之，字祖希，官至吏部尚书、冠军将军、吴兴太守。王建武：王忱，字元达，小字佛大，王坦之子，官至荆州刺史、建武将军。

② 范豫章：范宁，曾任豫章太守。

③ 正坐敛衽：端正地坐着，态度恭敬。敛衽，提着衣襟表示恭敬。

④ 孰视：仔细地看。

⑤ 譬留：规劝挽留。

⑥ 见遇于时：受到时人的赏识。

⑦ 束带：扎好衣带，修饰仪容，表示尊敬。

译文

张玄（张玄之）和王建武（王忱）原来并不认识，后来二人在范豫章（范宁）家相遇，范宁让二人一起聊天。张玄之整理好衣襟端正地坐着，王忱仔细地观望了张玄之很久，也不和他说话。张玄之非常失望，就要离开。范宁苦苦劝解挽留他，他就是不肯留下。范宁是王忱的舅舅，就责备王忱说："张玄，是吴地学子中的佼佼者，又有名望，受人赏识，你却让他这样尴尬，真是不可思议。"王忱笑着说："张祖希（张玄之）若想认识我，就应该来看我。"范宁急忙告诉了张玄之，张玄之立刻穿戴整齐，来拜访王忱。见面后二人举杯交谈，宾主之间没有丝毫为难的感觉。

世说新语译注

雅量

豫章太守顧劭，環濟吳紀曰劭、字孝則吳郡人
善以教民、是雍之子劭在郡卒雍盛集僚屬自
風化大行、江表傳曰、雍字元歎曾就蔡伯喈伯喈賞
圍棊異之以其名與之吳志曰、雍累遷尚書令
封陽遂鄉侯、拜還第、家人不知、為人不飲酒
寡言語、孫權嘗曰、顧君在坐、令人不樂位至丞
相、外啟信至、而無兒書、雖神氣不變、而心了其
故、以爪掐掌、血流沾褥、賓客既散、方歎曰、已無

〈一〉颜色自若

豫章太守顾劭①，是雍之子。劭在郡卒，雍盛集僚属自围棋②。外启信至③，而无儿书，虽神气不变，而心了其故，以爪掐掌，血流沾褥。宾客既散，方叹曰："已无延陵之高④，岂可有丧明之责⑤！"于是豁情散哀⑥，颜色自若。

|| **注释**

① 顾劭：字孝则，顾雍子，死于豫章太守任上。

② 自：正在。

③ 外：男仆。

④ 延陵：春秋时吴国的季札，封于延陵，故称延陵季子。季札儿子死后，他说："骨肉归复于土，命也，若魂气则无不之也。"被孔子誉为合乎礼数。

⑤ 丧明之责：据《礼记·檀弓上》记载，孔子的弟子子夏儿子死后，他哭瞎双眼，曾子为此责备子夏，认为他这样是有罪的。

⑥ 豁情：情绪开朗起来。

|| **译文**

豫章太守顾劭，是顾雍的儿子。顾劭在豫章去世的时候，顾雍正兴味盎然地和部属们一块儿下围棋。仆人禀告豫章的信使到了，顾雍没有看到儿子的书信，虽然当时神情未变，但心

里已经明白是怎么回事了。他的指甲掐进了手掌，血流出来，染到了坐垫上。宾客们散去后，顾雍才叹息道："我虽然没有延陵季札失去儿子时那么旷达，可我也不能像子夏那样，因为丧子而失明，那样就会招来人们的指责呵！"于是胸怀开朗起来，愁容散去，神色自若。

《二》临刑奏琴

嵇中散临刑东市①，神气不变，索琴弹之，奏《广陵散》②。曲终，曰："袁孝尼尝请学此散③，吾靳固不与④，《广陵散》于今绝矣！"太学生三千人上书⑤，请以为师，不许。文王亦寻悔焉⑥。

‖ **注释**

① 嵇中散：嵇康曾任中散大夫，死于公元263年。

② 《广陵散》：古琴曲。

③ 袁孝尼：袁准，字孝尼，以儒学知名，官至给事中。

④ 靳：吝惜。

⑤ 太学生：在京城最高学府太学读书的学生。

⑥ 文王：晋文王司马昭。寻：不久。

‖ **译文**

嵇康被押到东市受刑时，神色不变，他要来琴弹奏《广陵散》。弹罢说道："袁孝尼（袁准）曾经请求跟我学弹此曲，我因为舍不得就没有教给他，《广陵散》从今以后就绝传了！"当时有三千多名太学生上书朝廷，请求拜嵇康为师，没有获准。嵇康死后不久，晋文王（司马昭）也后悔了。

《三》倚柱作书

夏侯太初尝倚柱作书[1]，时大雨，霹雳破所倚柱，衣服焦然，神色无变，书亦如故。宾客左右，皆跌荡不得住[2]。

注释

[1] 作书：写信。

[2] 跌荡：摇晃，站立不稳。

译文

夏侯太初（夏侯玄）曾倚着柱子写信，当时正下大雨，雷电击裂了他倚的柱子，衣服都烧焦了，夏侯太初依然神色镇定，书写如故。左右的客人，此时都东倒西歪，站立不稳。

《四》此必苦李

王戎七岁，尝与诸小儿游。看道边李树，多子折枝[1]。诸儿竞走取之[2]，唯戎不动。人问之，答曰："树在道边而多子，此必苦李。"取之，信然。

注释

[1] 折：使动用法，使……折。

[2] 竞走：奔跑。

译文

王戎七岁的时候，曾和一群小孩一块儿玩。发现路旁的李子树上结了很多李子，把树枝都压弯了。小孩们都争先恐后跑过去摘李子，只有王戎一人站在那里没去。有人问他，他答道："树在道边，结了那么多果子却没人摘，这肯定是苦李子。"摘下一尝，果然如此。

《五》了无恐色

魏明帝于宣武场上断虎爪牙[1]，纵百姓观之[2]。王戎七岁，亦往看。虎承间攀栏而吼[3]，其声震地，观者无不辟易颠仆[4]，戎湛然不动[5]，了无恐色。

注释

① 魏明帝：曹叡，魏第二代君主，死后谥明皇帝。宣武场：魏国都城洛阳的讲武场。

② 纵：放任。

③ 承间：趁机。

④ 辟易：因惊吓而后退。颠仆：跌倒。

⑤ 湛然：冷静沉着。

译文

在宣武场，魏明帝让人和拔掉牙的老虎搏斗，百姓可以随便围观。王戎才七岁，也来观看，期间老虎攀着栏杆吼叫，声音惊天动地，围观的人都惊恐得趴到地上，只有王戎站立不动，毫无惧色。

《六》厚报其书

王戎为侍中，南郡太守刘肇遗筒中笺布五端[1]，戎虽不受，厚报其书[2]。

注释

① 筒中笺布：一种质地细密的棉布。端：两丈为一端。

② 报其书：给他回信。

王戎担任侍中的时候，南郡太守刘肇给他送来十丈精细的棉布，王戎虽然没要，但却很诚挚地给他回了一封信。

《七》裴叔则被收

裴叔则被收，神气无变，举止自若。求纸笔作书，书成，救者多，乃得免。后位仪同三司①。

注释

① 仪同三司：官名，地位和待遇与三公相同。

译文

裴叔则（裴楷）被抓后，神色不变，举止镇定。他要来纸笔写信，信写完后，因为救助他的人很多，才得以赦免。后来他官至仪同三司。

《八》乃出牛背上

王夷甫尝属族人事①，经时未行。遇于一处饮燕②，因语之曰："近属尊事，那得不行？"族人大怒，便举樏掷其面③。夷甫都无言，盥洗毕，牵王丞相臂，与共载去。在车中照镜，语丞相曰："汝看我眼光，乃出牛背上④。"

注释

① 属：同"嘱"，嘱托。

② 饮燕：即饮宴，参加宴会。

③ 樏（lěi）：一种盛食物的盒子。

④ 出牛背上：牛背为负重着鞭之处，眼光出于牛背上，表示

不计较挨打受辱的事。

||| **译文**

王夷甫（王衍）曾托一个族人办事，过了一段时间还没办。一次两人在宴会上相遇，王夷甫借机对那位族人说："最近我让你办的事，怎么还没办？"族人听罢大怒，随即举起食盒朝他脸上扔去。王夷甫一句话也没说，洗了洗后，就拉着王丞相（王导）一起乘车走了。在车里，王夷甫照着镜子对王丞相说："你看我的眼光，竟看到了牛背上。"

〈九〉直是暗当故耳

裴遐在周馥所①，馥设主人②。遐与人围棋，馥司马行酒③。遐正戏，不时为饮④。司马恚，因曳遐坠地。遐还坐，举止如常，颜色不变，复戏如故。王夷甫问遐："当时何得颜色不异？"答曰："直是暗当故耳⑤。"

||| **注释**

① 周馥：字祖宣，历任御史中丞、侍中、徐州刺史、廷尉。

② 设主人：作为东道主款待客人。

③ 司马：军中的佐吏，管军事，位在长史之下。行酒：轮回敬酒。

④ 不时：不及时。

⑤ 暗当：默默承受。

||| **译文**

裴遐到周馥家里，周馥作为东道主请客。裴遐和人下围棋，周馥的司马过来给他敬酒。裴遐只顾下棋，没有及时喝酒。司马生气了，便拉扯裴遐，裴遐从座位上摔到地上。裴遐站起来

后又回到座位上，举止和平时一样，脸色也没变，还像刚才那样接着下棋。过后王夷甫（王衍）问裴遐："当时你怎么能不生气呢？"裴遐回答："只得默默承受了。"

《十》以小人之虑，度君子之心

刘庆孙在太傅府①，于时人士多为所构②。唯庾子嵩纵心事外③，无迹可间④。后以其性俭家富，说太傅令换千万⑤，冀其有吝，于此可乘。太傅于众坐中问庾，庾时颓然已醉，帻堕几上⑥，以头就穿取，徐答云："下官家故可有两娑千万⑦，随公所取。"于是乃服。后有人向庾道此，庾曰："可谓以小人之虑⑧，度君子之心。"

注释

① 刘庆孙：刘舆，字庆孙，刘琨兄，曾任中书侍郎、颍川太守，后依附东海王司马越，任其长史。

② 人士：指有名望的人。构：构陷，陷害。

③ 纵心事外：意思是超然物外，不为世事牵连。

④ 迹：形迹，迹象。间：离间。

⑤ 说：劝说。换：借。

⑥ 帻（zé）：头巾。

⑦ 故：确实。娑：三，估计是当时的吴语。

⑧ 虑：想法。

译文

刘庆孙（刘舆）在太傅（司马越）府任长史，当时很多有名望的人被他陷害。只有庾子嵩（庾敳）超然物外，没有什么事情让刘庆孙离间。后来刘庆孙就以庾子嵩生性节俭，家中富有为名，劝太傅向庾子嵩借钱千万，希望庾子嵩会吝惜不借，这样就有了可乘之机。太傅在聚会的时候向庾子嵩提到这件事情，庾子嵩此时已喝得酩酊大醉，头巾落到几案上，他把头伸向头巾，缓缓答道："下官家确实有两三千万，您随便拿去用吧。"刘庆孙这才老实了。后来有人把这件事告诉庾子嵩，庾子嵩说："这可以说是以小人之心，度君子之腹。"

《十一》白眼儿遂作

　　王夷甫与裴景声志好不同[①]。景声恶欲取之[②]，卒不能回[③]。乃故诣王，肆言极骂，要王答己，欲以分谤。王不为动色，徐曰："白眼儿遂作[④]。"

注释

① 裴景声：裴邈，字景声，裴頠堂弟，善清言。历任太傅从事中郎、左司马等。志好：志趣爱好。

② 恶（wù）：厌恶，憎恨。取：录用，任用。

③ 回：改变方向。

④ 白眼：因发怒而瞪眼。

译文

　　王夷甫（王衍）和裴景声（裴邈）的志趣不同。景声很不满意王夷甫对自己的任用，但始终没能改变。于是裴景声故意到王夷甫那里去，破口大骂，要求王夷甫答应自己的要求，想以此也让王夷甫受到指责。王夷甫不动声色，慢腾腾地说："白眼儿终于发火了。"

《十二》全君雅志

　　王夷甫长裴成公四岁①，不与相知。时共集一处，皆当时名士，谓王曰："裴令令望何足计②！"王便卿裴。裴曰："自可全君雅志③。"

注释

① 裴成公：即裴頠。

② 裴令：指裴楷，裴頠的叔叔。令望：美好的声望。

③ 雅志：高雅的志趣。

译文

　　王夷甫（王衍）比裴成公（裴頠）大四岁，两个人并不来往。一次大家聚会，都是当时的名士，有人对王夷甫说："裴令的名望没什么值得一提的吧？"王夷甫就称呼裴頠为"卿"。裴頠说："这就可以成全你的高雅志趣了。"

《十三》角巾径还乌衣

　　有往来者云："庾公有东下意。"或谓王公："可潜稍严①，以备不虞②。"王公曰："我与元规虽俱王臣，本怀布衣之好③。若其欲来，吾角巾径还乌衣④，何所稍严。"

注释

① 潜：暗地里。

② 不虞：不测。

③ 布衣之好：贫贱之交。

④ 角巾：古代男子戴的方巾，是隐者的头饰。此处指引退。

　　乌衣：指乌衣巷，在建康，是东晋豪门世族聚居的地方。

有往来京都的人议论说："庾公（庾亮）有顺江东下，罢黜王导的意思。"有人对王公（王导）说："您应该暗中戒备，以防不测。"王公说："我和元规（庾亮）尽管都是朝廷的大臣，但我们是布衣之交。如果他要来，我就脱下官服回乌衣巷了，有什么可戒备的。"

《十四》无为知人几案闲事

王丞相主簿欲检校帐下[①]。公语主簿："欲与主簿周旋，无为知人几案间事[②]。"

注释

① 检校：检查。帐下：古代将帅设帐办公，这里用帐下指官署幕僚。

② 无为：不要，不必。几案间事：指文牍案卷的事情。

译文

王丞相（王导）的主簿希望检查一下丞相府的情况。王导对主簿说："我只想和主簿交往，不想知道别人案牍间的闲事。"

《十五》未知一生当著几量屐

祖士少好财[①]，阮遥集好屐[②]，并恒自经营[③]。同是一累，而未判其得失[④]。人有诣祖，见料视财物。客至，屏当未尽[⑤]，余两小簏著背后[⑥]，倾身障之，意未能平[⑦]。或有诣阮，见自吹火蜡屐[⑧]，因叹曰："未知一生当著几量屐[⑨]！"神色闲畅。于是胜负始分。

① 祖士少：祖约，字士少，曾任平西将军、豫州刺史。与苏峻一起反叛，事败后投石勒，为石勒所杀。

② 阮遥集：阮孚，字遥集，阮咸子，历任侍中、吏部尚书、广州刺史。

③ 恒自：经常。经营：料理。

④ 得失：优劣高低。

⑤ 屏当：收拾料理。

⑥ 簏：竹箱。

⑦ 意未能平：内心不安。

⑧ 蜡屐：给木屐上蜡。

⑨ 几量：几双。

||| 译文

　　祖士少（祖约）喜欢财物，阮遥集（阮孚）喜欢木屐，二人都是亲自料理这些东西。同样是为外物所累，但没分出二人的优劣得失。有人去祖士少那里，见他正在料理财物，客人到了他还没有收拾干净，剩下两个小竹箱放在背后，便侧着身子遮掩，神情很不平静。有人去阮遥集那里，见他正吹着火给木屐上蜡，并且感叹道："不知道一生能穿几双木屐啊！"神定气闲，心里挺高兴。由此二人的高下就分明了。

《十六》此中亦难得眠处

　　许侍中、顾司空俱作丞相从事，尔时已被遇①，游宴集聚，略无不同。尝夜至丞相许戏，二人欢极，丞相便命使入己帐眠。顾至晓回转②，不得快孰③。许上床便咍台大鼾④。丞相顾诸客曰："此中亦难得眠处。"

||| **注释**

① 被遇：受到赏识重用。

② 回转：辗转反侧。

③ 快孰：熟睡。孰，同"熟"。

④ 咍（hāi）台：睡觉时发出的鼾声。

||| **译文**

许侍中（许璪）、顾司空（顾和）二人都担任丞相（王导）从事，当时两人都受到赏识，游乐宴饮，宾朋聚会，待遇完全相同。一次夜里到丞相家玩儿，两人玩得都很尽兴，丞相就让他们到自己的帐中休息。顾和睡不着，到早晨了还辗转反侧。许璪一上床就鼾声大作。丞相对众宾客们说："这里也是很难入睡的地方呀。"

《十七》 雅重之质

庾太尉风仪伟长①，不轻举止，时人皆以为假。亮有大儿数岁，雅重之质②，便自如此，人知是天性。温太真尝隐幔怛之③，此儿神色恬然，乃徐跪曰："君侯何以为此④？"论者谓不减亮。苏峻时遇害。或云："见阿恭⑤，知元规非假。"

||| **注释**

① 风仪：风度仪表。伟长：伟岸出众。

② 雅重：儒雅庄重。

③ 怛（dá）：恐吓，吓唬。

④ 君侯：对尊贵者的敬称。

⑤ 阿恭：庾会，字会宗，小字阿恭，庾亮长子。

译文

庾太尉（庾亮）风度翩翩，仪容出众，举止端庄持重，当时人们都觉得他做作。庾亮的大儿子庾会才几岁，就有儒雅庄重的气质，人们这才知道是天性如此。温太真（温峤）曾藏在帐子里吓唬他，小孩却神色恬静，慢慢跪下问道："您为什么要这样呢？"大家议论说这孩子不比庾亮差。苏峻叛乱的时候庾会遇害。有人说："见到阿恭（庾会），就知道元规（庾亮）不是做作了。"

《十八》夜宿钱塘

褚公于章安令迁太尉记室参军^①，名字已显而位微，人未多识。公东出，乘估客船^②，送故吏数人投钱唐亭住^③。尔时吴兴沈充为县令，当送客过浙江，客出，亭吏驱公移牛屋下^④。潮水至，沈令起彷徨，问："牛屋下是何物^⑤？"吏云："昨有一伧父来寄亭中^⑥，有尊贵客，权移之。"令有酒色，因遥问："伧父欲食饼不？姓何等^⑦？可共语？"褚因举手答曰："河南褚季野。"远近久承公名^⑧，令于是大遽^⑨，不敢移公，便于牛屋下修刺诣公^⑩。更宰杀为馔，具于公前。鞭挞亭吏，欲以谢惭^⑪。公与之酹宴，言色无异，状如不觉。令送公至界。

注释

① 褚公：褚裒，字季野。章安：县名，在今浙江临海东。

② 估客：商人。

③ 送故：送别原任长官。钱唐：县名，在今浙江杭州西。也作钱塘。亭：供行人临时食宿的公共旅舍。

④ 牛屋：牛棚。

⑤　何物：什么人。

⑥　伧父：晋时江南人对北方人的称呼，有蔑视的意思。

⑦　何等：什么。

⑧　承：听说。

⑨　遽：惊慌。

⑩　修刺：写名帖通报姓名。

⑪　谢惭：表示道歉。

‖ 译文

　　褚公（褚季野）由章安令升任太尉记室参军，当时褚公名气很大，但地位卑微，认识他的人不多。褚公乘商人的船东行，和几个送行的下属在钱塘亭投宿。当时吴兴人沈充任县令，正要送客人过浙江，客人到后，亭吏就把褚公等人赶到了牛棚里。潮水来了，沈充起来散步，看到褚公就问道："牛棚下是什么人？"亭吏说："昨天有个北方佬到亭子投宿，因为有贵客，就暂且把他们挪到牛棚里了。"沈充有些醉意，就远远地问道："北方佬要不要吃饼？姓什么啊？一块儿聊聊好吗？"褚公就扬了扬手，答道："我是河南褚季野。"早就听说褚公的大名了，县令非常惊慌，不敢让褚公过来，就来到牛棚下，递上名片，拜见褚公。又重新宰杀禽畜，准备菜肴，放在褚公面前。还把那个亭吏抽打了一顿，借此向褚公道歉。褚公和他一起喝酒，言谈神色没有任何异常，像是什么都没发生一样。过后县令把褚公一直送到县界。

《十九》东床上坦腹卧

　　郗太傅在京口，遣门生与王丞相书，求女婿。丞相语郗信：

"君往东厢，任意选之。"门生归，白郗曰："王家诸郎亦皆可嘉，闻来觅婿，咸自矜持。唯有一郎在东床上坦腹卧^①，如不闻。"郗公云："正此好^②！"访之，乃是逸少，因嫁女与焉。

注释

① 东床：后世以"东床""东床袒腹""东床之选"代指女婿。坦：同"袒"。

② 正：只有，只是。

译文

郗太傅（郗鉴）在京口时，派门生给王丞相（王导）送信，想在他们家找一个女婿。丞相对送信门生说："你去东厢房随便选吧。"门生回来后，禀告郗鉴："王家的年轻人都很不错，听说来选女婿，都显得很拘谨。只有一个小伙子在东床上袒腹而卧，好像不知道一样。"郗公说："就是这一位好。"打听此人，原来是逸少（王羲之），郗鉴就把女儿嫁给了他。

《二十》羊曼真率

过江初，拜官舆饰供馔^①。羊曼拜丹阳尹，客来蚤者，并得佳设^②。日晏渐罄^③，不复及精，随客早晚，不问贵贱。羊固拜临海，竟日皆美供，虽晚至，亦获盛馔。时论以固之丰华，不如曼之真率。

注释

① 舆饰供馔：大摆宴席。舆，众，多。饰，同"饬"，整治。

② 佳设：精美的饮食。

③ 晏：晚。罄：尽。

刚过江的时候，拜官的人要大摆宴席。羊曼任丹阳尹，客人早来的，都可以吃到精美的食品。天晚了，菜也渐渐吃完了，好的菜就少了，依客人来得早晚而别，不分贵贱。羊固任临海郡守，整天供应美食，即使来得晚，也有丰盛的菜肴。当时人们认为羊固的丰盛精美，不如羊曼的真诚坦率。

《二十一》君才不如弟

周仲智饮酒醉，瞋目还面谓伯仁曰[①]："君才不如弟，而横得重名[②]！"须臾，举蜡烛火掷伯仁。伯仁笑曰："阿奴火攻，固出下策耳！"

注释

① 还面：转过脸，回过头来。

② 横：无缘无故地。

译文

周仲智（周嵩）喝醉了，瞪着眼睛扭头对哥哥伯仁（周顗）说："你的本事不如我，却暴得盛名！"一会儿，他举起点着的蜡烛投向伯仁。伯仁笑着说："阿奴你用火攻，这实在是下策啊！"

《二十二》此中最是难测地

顾和始为扬州从事，月旦当朝[①]，未入顷[②]，停车州门外[③]。周侯诣丞相，历和车边，和觅虱，夷然不动[④]。周既过，反还，指顾心曰："此中何所有？"顾搏虱如故[⑤]，徐应曰："此中最是难测地。"周侯既入，语丞相曰："卿州吏中有一令仆才⑥。"

注释

① 月旦：农历每月初一。

② 顷：……的时候。

③ 州门：州刺史官署之门。

④ 夷然：泰然自若的样子。

⑤ 搏：捕捉。

⑥ 令仆：尚书令和仆射，泛指宰相。

译文

　　顾和担任扬州从事时，每月初一要朝会，没进去之前，他把车停在州府门外。周侯（周颉）来拜见丞相（王导），经过顾和身旁。顾和这时候正在抓虱子，泰然自若，神色专注。周侯本来都过去了，又返了回来，指着顾和的胸口说："这里面有什么呢？"顾和仍旧继续捉着虱子，慢悠悠地回答："这里是最难揣测的地方。"周侯到了丞相那里，对丞相说："你的州官里面有一个做宰相的人才。"

《二十三》此手那可使著贼

　　庾太尉与苏峻战，败，率左右十余人乘小船西奔。乱兵相剥掠①，射，误中舵工，应弦而倒，举船上咸失色分散。亮不动容，徐曰："此手那可使著贼②！"众乃安。

注释

① 剥掠：掠夺。

② 那：怎么，如何。

庚太尉（庚亮）和苏峻作战，失败，他率领十几个手下乘着小船西逃。乱兵在后面劫掠，小船上的侍从就向乱兵射箭，误中舵手，舵手应声倒下，整个船上的人都惊慌失色。庚亮从容不迫，缓缓说道："这样的高手，怎么可能中贼兵的箭！"大家这才安定下来。

《二十四》意色自若

庚小征西尝出未还①。妇母阮是刘万安妻②，与女上安陵城楼上③。俄顷，翼归，策良马，盛舆卫④。阮语女："闻庚郎能骑，我何由得见⑤？"妇告翼，翼便为于道开卤簿盘马⑥，始两转，坠马堕地，意色自若。

注释

① 庚小征西：指庚翼。庚翼曾任征西将军，他的哥哥庚亮也曾任征西将军，所以称庚翼为小征西。

② 刘万安：刘绥，字万安。

③ 安陵：当作"安陆"，是江夏之郡治，在今湖北安陆北。

④ 舆卫：车马护卫。

⑤ 何由：如何，怎么。

⑥ 卤簿：仪仗。盘马：骑马盘旋。

译文

庚小征西（庚翼）一次外出未归。他的岳母阮氏是刘万安（刘绥）的妻子，此时和女儿一起来到安陵城楼上。一会儿，庚翼回来了，骑着好马，被护卫前呼后拥。阮氏对闺女说："我听说庚郎马骑得好，能不能让我看看？"妻子把此事告诉了庚翼，庾翼就在大道两侧排开仪仗，自己跨马盘旋，可只骑了两圈，庾翼就从马上掉了下来，他自己却神态自若，一副无所谓的样子。

《二十五》朝廷间故复有此贤

宣武与简文、太宰共载[①]，密令人在舆前后鸣鼓大叫。卤簿中惊扰，太宰惶怖，求下舆。顾看简文，穆然清恬。宣武语人曰："朝廷间故复有此贤[②]。"

||| 注释

① 太宰：指武陵王司马晞，晋穆帝时曾任太宰。

② 故复：仍然，还。

||| 译文

宣武（桓温）和简文帝（司马昱）、太宰（司马晞）同乘一辆车，宣武暗地里让人在车子前后击鼓喊叫。仪仗受到惊吓，骚乱起来。太宰惊慌失措，要求下车。回头再看看简文帝，神色安详，恬淡闲适。宣武对人说："朝廷中还是有这样的高人。"

《二十六》劭坚坐不动

王劭、王荟共诣宣武[①]，正值收庾希家[②]。荟不自安，逡巡欲去[③]；劭坚坐不动，待收信还，得不定[④]，乃出。论者以劭为优。

||| 注释

① 王劭：字敬伦，丞相王导第五子。官至尚书仆射、吴国内

史。王荟：字敬文，丞相王导幼子。官至镇军将军。

② 庾希：字始彦，庾冰子。官至徐、兖二州刺史，被桓温杀害。

③ 逡巡：徘徊不定。

④ 得不定：知道这件事还没有定。

译文

王劭、王荟一起到宣武（桓温）那里，正遇上去抓庾希的人。王荟坐立不安，徘徊不定，想离去；王劭却一直坐在那里，纹丝不动，等抓捕的差役回来，知道自己没什么事了，才出来。清谈的人以此判定王劭更加优秀。

《二十七》郗生可谓入幕宾也

桓宣武与郗超议芟夷朝臣①，条牒既定②，其夜同宿。明晨起，呼谢安、王坦之入，掷疏示之，郗犹在帐内。谢都无言，王直掷还，云："多！"宣武取笔欲除，郗不觉窃从帐中与宣武言。谢含笑曰："郗生可谓入幕宾也③。"

注释

① 芟（shān）夷：铲除，除去。

② 条牒：指罢免官员的文书。

③ 幕宾：幕府宾客。入幕宾为双关语，后以参与机密的幕僚为"入幕宾"。

译文

桓宣武（桓温）和郗超商议铲除朝中的大臣，方案都定好了，当晚二人住在一起。第二天早晨起来，桓温招呼谢安、王坦之进来，把给皇帝的上疏扔给他们看，郗超这时还在帐里。

谢安一言不发，王坦之把上疏又扔了回来，说："太多了！"桓温拿起笔来准备要删，郗超偷偷地在帐中和桓温说话。于是谢安笑着说道："郗先生真可称得上是入幕宾了。"

《二十八》谢太傅盘桓东山

谢太傅盘桓东山时[1]，与孙兴公诸人泛海戏[2]。风起浪涌，孙、王诸人色并遽，便唱使还[3]。太傅神情方王[4]，吟啸不言。舟人以公貌闲意说[5]，犹去不止。既风转急，浪猛，诸人皆喧动不坐[6]。公徐云："如此，将无归[7]！"众人即承响而回[8]。于是审其量，足以镇安朝野。

注释

1. 盘桓：逗留，此指谢安隐居一事。
2. 泛海：泛舟海上。
3. 唱：叫嚷，呼喊。
4. 王：同"旺"。
5. 舟人：船夫。貌闲意说：神情闲适愉悦。说，同"悦"。
6. 喧动：喧哗躁动。
7. 将无：表示委婉语气，还是……吧。
8. 承响：响应。

译文

谢太傅（谢安）隐居东山时，和孙兴公（孙绰）等人乘船出海游玩。突然风起浪涌，孙绰、王羲之等人神色惊慌，提议回去。太傅这时兴致正旺，吟啸不语。船夫觉得太傅闲适高兴，就继续向前划去。不久，风越发大了，浪也猛起来，众人都大声叫嚷，坐立不安。太傅徐徐说道："既然这样，我们还是回去吧！"大家立即响应，掉头返回。于此可以知道谢安的器量，足以镇服朝廷内外。

《二十九》惮其旷远

桓公伏甲设馔，广延朝士，因此欲诛谢安、王坦之。王甚遽，问谢曰："当作何计？"谢神意不变，谓文度曰："晋阼存亡，在此一行。"相与俱前。王之恐状，转见于色。谢之宽容，愈表于貌。望阶趋席，方作洛生咏①，讽"浩浩洪流"②。桓惮其旷远③，乃趣解兵④。王、谢旧齐名，于此始判优劣。

‖ **注释**

① 方：仍然，还。洛生咏：洛阳书生吟诵时声音重浊，后来的名士也多仿效。谢安有鼻疾，善作洛生咏。

② 讽：念诵。浩浩洪流：出自嵇康《赠秀才入军》。

③ 旷远：心胸旷达高远。

④ 趣：通"促"，急忙。

‖ **译文**

桓公（桓温）埋伏好甲兵，摆下宴席，请朝中的大臣都来赴宴，准备趁此杀掉谢安、王坦之。王坦之很害怕，问谢安："有什么办法吗？"谢安神色不变，对王坦之说："晋室的存亡，在此一行。"于是两人一起赴宴。王坦之内心的恐惧，越发在脸上显现出来。谢安的沉着从容，也更是表露在外。他望着台阶，走到座位上，还像洛阳书生那样，拖着浓重的鼻音，吟诵嵇康的"浩浩洪流"诗句。桓温被谢安旷达高远的气度所慑服，就急忙撤掉了伏兵。王坦之、谢安以前齐名，自此以后，二人的优劣就分辨出来了。

《三十》不能为性命忍俄顷

谢太傅与王文度共诣郗超，日旰未得前①，王便欲去。谢曰："不能为性命忍俄顷？"

注释

① 旰：天晚。前：见面。

译文

谢太傅（谢安）和王文度（王坦之）一起去见郗超，天色很晚了还没有见到，王坦之就要走。谢安说："就不能为了性命再忍耐一会儿吗？"

《三十一》我本不为卿面作计

支道林还东，时贤并送于征虏亭。蔡子叔前至①，坐近林公；谢万石后来，坐小远。蔡暂起，谢移就其处。蔡还，见谢在焉，因合褥举谢掷地，自复坐。谢冠帻倾脱，乃徐起，振衣就席，神意甚平，不觉瞋沮②。坐定，谓蔡曰："卿奇人，殆坏我面③。"蔡答曰："我本不为卿面作计④。"其后二人俱不介意。

注释

① 蔡子叔：蔡系，字子叔，司徒蔡谟子，官至抚军长史。前至：先到。

② 瞋沮：气恼。

③ 殆：几乎。

④ 作计：考虑，打算。

　　支道林（支遁）要回会稽，当时的名流在征虏亭为他送行。蔡子叔（蔡系）先到，坐得靠近林公；谢万石（谢万）后到，坐得离林公稍微远一点。中间蔡子叔临时离开，谢万石就挪到他的位置坐下。蔡子叔回来后，见谢万石坐了他的位置，就连同坐垫一起把谢万石举了起来，扔到地上，自己又坐到那里。谢万石的头巾都摔掉了，他慢慢站了起来，整理一下衣裳，回到座位坐下，神色很平和，没看出有多么恼火。坐下以后，他对蔡子叔说："你真是个怪人，差点把我的脸都摔坏了。"蔡子叔回答："我本来就没替你的脸考虑。"然后二人都没把这事放在心上。

《三十二》 愈觉有待之为烦

　　郗嘉宾钦崇释道安德问①，饷米千斛②，修书累纸③，意寄殷勤。道安答直云："损米④。愈觉有待之为烦⑤。"

┃┃ **注释**

① 钦崇：景仰。释道安：东晋高僧，晋孝武帝时，避乱襄阳，后入长安。一生讲学译经，鸠摩罗什称他为东方圣人。德问：道德学问。

② 饷（xiǎng）：馈赠。斛：量具名。古代十斗为一斛。

③ 修书：写信。累纸：很多张纸。累，重叠。

④ 损：减少。这里是答谢对方馈赠的敬辞。

⑤ 有待：佛教指人身。人需要依赖物质生存，所以是有待。

┃┃ **译文**

　　郗嘉宾（郗超）钦佩道安和尚的道德学问，就给他送去

一千斛米，还写了好几页纸的长信，表达了诚恳的情意。道安
回复只说："感谢你送米，但更觉得有所依靠是做人的烦恼。"

《三十三》谢奉故是奇士

谢安南免吏部尚书，还东。谢太傅赴桓公司马，出西，相
遇破冈①。既当远别，遂停三日共语。太傅欲慰其失官，安南
辄引以它端②。虽信宿中涂③，竟不言及此。太傅深恨在心未
尽，谓同舟曰："谢奉故是奇士。"

||| **注释**

① 破冈：即破冈渎。水渠名，在建康东，三国时开凿。

② 它端：别的方面。

③ 信宿：连宿两夜。涂：同"途"。

||| **译文**

谢安南（谢奉）被免去吏部尚书一职，要回会稽。谢太傅
（谢安）出任桓公（桓温）的司马，要到建康来，两人在破冈
渎相遇。因为要远别，两人就在此逗留了三天，一起畅谈。太
傅想为丢官的事安慰谢安南，可安南总把话题引到别的事情上。
虽然途中住了两宿，却一直没有谈这件事情。事后太傅心里非
常愧疚，一直不能释怀，他对同船的人说："谢奉确是奇人！"

《三十四》悠然知其量

戴公从东出①，谢太傅往看之。谢本轻戴，见，但与论琴
书。戴既无吝色②，而谈琴书愈妙。谢悠然知其量。

① 戴公：戴逵，字安道，善鼓琴属文，隐居不仕。

② 吝色：不快的神色。

译文

戴公（戴逵）从会稽来，谢太傅（谢安）去看望他。谢安原本瞧不起戴逵，所以见面后，只和他谈论弹琴书法。戴逵丝毫没有不快的神色，并且谈得越来越精妙。谢安也就于恬淡中了解了他的器量。

《三十五》 小儿辈大破贼

谢公与人围棋，俄而谢玄淮上信至。看书竟，默然无言，徐向局。客问淮上利害①，答曰："小儿辈大破贼。"意色举止，不异于常。

注释

① 淮上利害：公元383年，前秦苻坚大举南侵，企图灭晋，布阵淮河、淝水之间。谢安为征讨大都督，派遣弟弟谢石、侄子谢玄征讨，于淝水大败苻坚，即历史上著名的淝水之战。厉害：胜负。

译文

谢公（谢安）和人下棋，一会儿，谢玄从淮水派来的信使到了。谢公看完信，默默无言，缓慢地转向棋局。客人问淮水战斗的胜负情况，谢公答道："孩子们大破贼寇。"神色举止，和平时没什么两样。

《三十六》上忽发火

王子猷、子敬曾俱坐一室，上忽发火。子猷遽走避，不惶取屐①；子敬神色恬然，徐唤左右，扶凭而出②，不异平常。世以此定二王神宇③。

‖ **注释**

① 不惶：同"不遑"，来不及。

② 扶凭：扶侍，搀扶。

③ 神宇：气度。

‖ **译文**

王子猷（王徽之）、子敬（王献之）曾在房间里闲坐，突然屋顶着火了。子猷慌忙逃跑躲避，连鞋都来不及穿；子敬却神色恬淡，不慌不忙地叫来侍从，把自己搀扶着走了出来，和平时没什么两样。世人以此事来判定二王的气度。

《三十七》游魂近境

苻坚游魂近境①，谢太傅谓子敬曰："可将当轴②，了其此处③。"

‖ **注释**

① 游魂：游动不定的魂魄。这里是对苻坚军队的蔑称。

② 可将当轴：意思是要抓住敌人的首领。当轴，指重要的核心人物。

③ 了：了结，解决。

‖ **译文**

苻坚的军队已经靠近东晋的边境，谢太傅（谢安）对子敬

（王献之）说："抓住敌军的首领，在这里消灭他们。"

《三十八》王僧弥发怒

　　王僧弥、谢车骑共王小奴许集^①。僧弥举酒劝谢云："奉使君一觞^②。"谢曰："可尔。"僧弥勃然起，作色曰："汝故是吴兴溪中钓碣耳^③！何敢诪张^④！"谢徐抚掌而笑曰："卫军，僧弥殊不肃省^⑤，乃侵陵上国也^⑥。"

注释

① 王小奴：王荟，小字小奴，官至会稽内史、镇军将军。
② 觞：盛酒的杯子。
③ 吴兴：郡名。钓碣：垂钓的石头。谢玄喜好钓鱼，加之他小字羯，与碣同音，所以王珉这样说，这里是双关语。
④ 诪（zhōu）张：狂妄放肆。
⑤ 殊：很，非常。肃省：慎重自觉。
⑥ 侵陵：侵犯。上国：春秋时称中原诸侯国为上国，这里是谢玄的自称。

译文

　　王僧弥（王珉）、谢车骑（谢玄）都在王小奴（王荟）家聚会。僧弥端起酒来敬谢玄说："敬使君一杯酒。"谢玄说："应该这样。"僧弥勃然大怒，厉声说："你本不过是吴兴河里的钓鱼石而已！竟敢如此嚣张！"谢玄慢慢拍着手掌，笑着说："卫军（王荟），僧弥太不自量力了，竟然要侵犯中原大国。"

《三十九》东亭不动

王东亭为桓宣武主簿，既承藉①，有美誉，公甚敬其人地②，为一府之望③。初，见谢失仪，而神色自若。坐上宾客即相贬笑。公曰："不然。观其情貌，必自不凡，吾当试之。"后因月朝阁下伏④，公于内走马直出突之⑤，左右皆宕仆，而王不动。名价于是大重，咸云："是公辅器也⑥。"

注释

① 承藉：继承，凭借。王珣是王导的孙子，出身高门。

② 人地：人才和门第。

③ 望：为人仰望的人物。

④ 月朝：农历每月初一下属朝拜长官。阁下：官署门前。

⑤ 走马：骑马飞奔。突：冲。

⑥ 公辅：相当于三公和宰相的职位。器：人才。

译文

王东亭（王珣）担任桓宣武（桓温）的主簿，东亭出身名门，有声望，桓公很敬重他的才能和门第，因此成为府里受人敬仰的人物。起初，东亭在往来的时候有失礼仪，却神情自若，座上的宾客就讥笑他。桓公说："不是这样的。我看他的样子，一定很不一般，我要试试他。"后来借每月初一下属朝拜长官的机会，桓公从里面纵马奔出，直接冲向东亭，左右的人都惊得东倒西歪，只有东亭站在那里不动。于是他的名气和身价大增，大家都说："此人是做三公宰相的人才啊。"

《四十》自古何时有万岁天子

太元末，长星见[1]，孝武心甚恶之。夜，华林园中饮酒，举杯属星云[2]："长星，劝尔一杯酒，自古何时有万岁天子！"

|| **注释**

[1] 长星：彗星。古人迷信，认为彗星出现是不吉利的。见：同"现"。

[2] 属（zhǔ）：同"嘱"，劝请。

|| **译文**

太元末年，彗星出现，孝武帝（司马曜）心里很反感。晚上，在华林园中喝酒，孝武帝举杯面向彗星劝道："彗星，敬你一杯酒，自古以来，什么时候有万岁的天子！"

《四十一》慢戏之文

殷荆州有所识[1]，作赋，是束皙慢戏之流[2]。殷甚以为有才，语王恭："适见新文，甚可观。"便于手巾函中出之[3]。王读，殷笑之不自胜。王看竟，既不笑，亦不言好恶，但以如意帖之而已[4]。殷怅然自失。

|| **注释**

[1] 有所识：因所见而生感慨。

[2] 束皙：字广微，西晋人。以好学著称，著《饼赋》等，文字诙谐。慢戏：轻慢诙谐。

[3] 手巾函：手巾袋。古人用来放手巾或文稿的袋子。

[4] 帖：同"贴"。

译文

殷荆州（殷仲堪）有所感，就写了一篇赋，是束皙轻慢诙谐那一类的。殷仲堪觉得写得很有文采，就对王恭说："刚才看见一篇新作，很值得一看。"随即从手巾袋里取出给王恭。王恭读的时候，殷仲堪在一旁笑得不能自禁。王恭看罢，既没笑，也不说好坏，只是用如意压着它而已。殷仲堪顿时怅然若失。

《四十二》 中国尚虚

羊绥第二子孚，少有俊才，与谢益寿相好①。尝早往谢许，未食。俄而王齐、王睹来②。既先不相识，王向席有不说色③，欲使羊去。羊了不眄④，唯脚委几上，咏瞩自若⑤。谢与王叙寒温数语毕，还与羊谈赏⑥，王方悟其奇，乃合共语。须臾食下⑦，二王都不得餐，唯属羊不暇⑧。羊不大应对之，而盛进食，食毕便退。遂苦相留，羊义不住⑨，直云："向者不得从命，中国尚虚⑩。"二王是孝伯两弟。

注释

① 谢益寿：谢混，字叔源，小字益寿。谢琰子，谢安孙。

② 王齐：王熙，字叔和，小字齐。王睹：王爽，字季明，小字睹。二人是王恭的弟弟。

③ 向席：落座。说：同"悦"。

④ 了不：完全不。眄（miǎn）：斜视。

⑤ 咏瞩：吟咏观望。

⑥ 谈赏：谈论品评。魏晋时人们交往的主要内容是清谈。

⑦ 食下：摆下饭菜。

⑧ 属：同"嘱"，劝酒。

⑨　义：坚持，坚决。

⑩　中国：比喻腹中、肚子。

‖ 译文

羊绥的第二个儿子羊孚，年轻的时候就才华出众，他和谢益寿（谢混）关系很好。一天早晨他去谢益寿家，还没吃饭。一会儿王齐（王熙）、王睹（王爽）兄弟来了。他们先前互不认识，王家兄弟就座的时候脸色很难看，他们希望羊孚能离开。羊孚根本就不理睬他们，他把脚搁在几案上，依旧无拘无束地吟咏顾盼。谢混和王家兄弟说了几句寒暄的话后，继续和羊孚清谈，王氏兄弟这才明白羊孚的神奇，于是就和他一起清谈。一会儿摆下饭菜，二王都顾不上吃饭，不停地给羊孚敬酒。羊孚却不怎么应对他们，只是大口地吃饭，吃完了便要离开。二王苦苦挽留，羊孚却坚持要走，直说道："刚才没有遵命离去，是因为我肚子还很饿。"二王是王恭的两个弟弟。

识鉴第七

得從命中國尚虛二王是孝伯兩弟

此等章亦傷雅

識鑒

曹公少時見喬玄玄謂曰天下方亂羣雄虎爭
撥而理之非君乎然君實是亂世之英雄治世
之姦賊恨吾老矣不見君富賢當以子孫相累

續漢書曰玄字公祖梁國睢陽人少治禮及嚴
氏春秋累遷尚書令玄巖明有才略長於知人
初魏武帝爲諸生未知名也玄甚異之魏書曰
玄見太祖曰吾見士多矣未有若君者天下將
亂非命世之才不能濟也能安之者其在君乎

《一》乱世之英雄

曹公少时见乔玄①，玄谓曰："天下方乱，群雄虎争，拨而理之②，非君乎？然君实是乱世之英雄，治世之奸贼。恨吾老矣，不见君富贵，当以子孙相累③。"

‖ **注释**

① 乔玄：字公祖，东汉末年人，善知人，官至尚书令。

② 拨：治理。

③ 以子孙相累：即把子孙托付给曹操。

‖ **译文**

曹公（曹操）年轻时拜见乔玄，乔玄对他说："天下正乱，群雄虎争，能够治理乱世的，恐怕就是你了。不过你是乱世的英雄，治世的奸贼。遗憾的是我老了，不能见到你荣华富贵的那一天，我就把子孙托付给你吧。"

《二》备才如何

曹公问裴潜曰①："卿昔与刘备共在荆州，卿以备才如何？"潜曰："使居中国②，能乱人，不能为治；若乘边守险③，足为一方之主。"

注释

① 裴潜：字文行，三国时魏人，曾和刘备一起在荆州刘表处
避难。

② 中国：指中原地区。

③ 乘边守险：占据边疆，驻守险要地区。乘，占据。

译文

曹公（曹操）问裴潜："你过去和刘备都在荆州，你觉得刘
备的才能如何？"裴潜说："如果让他占据中原，就会祸害百姓，
不能治理国家；如果让他统治边疆险要，完全可以做一方的诸
侯。"

《三》远之犹恐罹祸

何晏、邓飏、夏侯玄并求傅嘏交，而嘏终不许。诸人乃因
荀粲说合之，谓嘏曰："夏侯太初一时之杰士，虚心于子①，而
卿意怀不可交。合则好成②，不合则致隙。二贤若穆③，则国之
休④，此蔺相如所以下廉颇也。"傅曰："夏侯太初志大心劳⑤，
能合虚誉⑥，诚所谓利口覆国之人⑦。何晏、邓飏有为而躁⑧，
博而寡要⑨，外好利而内无关籥⑩，贵同恶异，多言而妒前⑪。
多言多衅⑫，妒前无亲。以吾观之，此三贤者，皆败德之人尔，
远之犹恐罹祸，况可亲之邪？"后皆如其言。

注释

① 虚心于子：在您面前很虚心。

② 好成：成为好友。

③ 穆：同"睦"，和睦，友好。

④ 休：吉祥，幸运。

⑤　志大心劳：志向大于才能，未免力不从心。

⑥　虚誉：虚名。

⑦　利口覆国：出自《论语·阳货》："恶利口之覆邦家者。"意思是花言巧语能颠覆国家。

⑧　有为而躁：有作为但心气浮躁。

⑨　博而寡要：广博但不得要领。

⑩　关籥（yuè）：门闩。这里的意思是检点、约束。

⑪　前：居于前者，优秀的人。

⑫　衅：事端。

‖ **译文**

何晏、邓飏、夏侯玄三个人都想结交傅嘏，但傅嘏始终没有答应。三人就通过荀粲给他们说合，荀粲对傅嘏说："夏侯太初，是当代优秀的人才，虚心和你结交，而你却不和他交往。和就成了朋友，不和就会结仇。你们两个贤人如果和睦相处，就是国家的大幸，这就是蔺相如情愿居于廉颇之下的原因。"傅嘏说："夏侯太初志向大，心胸窄，必定累心。这样的人能集虚名于一身，确实是那种能说会道、颠覆国家的人。何晏、邓飏有才干但浮躁，学识广而不精，贪财好利，不知检点自己，党同伐异，喜欢虚谈而嫉贤妒能。说话多是非就多，爱嫉妒就没有人愿意亲近。以我看，这三个所谓贤人，都是败坏道德的人而已，远离他们还犹恐惹祸，更何况去亲近他们呢？"后来事实果如傅嘏所言。

《四》暗与道合

晋武帝讲武于宣武场，帝欲偃武修文①，亲自临幸②，悉召群臣。山公谓不宜尔，因与诸尚书言孙、吴用兵本意③，遂究论④，举坐无不咨嗟，皆曰："山少傅乃天下名言。"后诸王骄汰，轻遘祸难⑤。于是寇盗处处蚁合⑥，郡国多以无备，不能制服，遂渐炽盛，皆如公言。时人以谓山涛不学孙、吴，而暗与之理会⑦。王夷甫亦叹云："公暗与道合。"

||| **注释**

① 偃武修文：停止武备，提倡教化。

② 临幸：皇帝亲临。

③ 孙、吴：孙武和吴起，春秋战国时期著名军事家，分别著有《孙子》和《吴子》。

④ 究论：进一步探讨。

⑤ 诸王骄汰，轻遘（gòu）祸难：指西晋的八王之乱。晋初，大封同姓子弟为王，并掌握军政大权。晋武帝司马炎死后，汝南王亮、楚王玮、赵王伦、齐王冏、成都王颖、长沙王乂、河间王颙、东海王越先后起兵，争夺政权，历时十六年。社会处于动荡时期，加剧了阶级民族矛盾，动摇了西晋的统治。骄汰，骄傲放肆。遘，造成。

⑥ 蚁合：像蚂蚁一样聚集，形容人多。

⑦ 与之理会：与其道理是一致的。

||| **译文**

晋武帝（司马炎）在宣武场讲习军事，他准备停止武备，提倡教化，所以亲自驾到，召集所有大臣参加。山公（山涛）认为这样不妥，就和各位尚书谈论孙武、吴起用兵的本意，还进一步做了探讨，举座无不交口称赞，都说："山少傅所言，真是至理名言啊。"后来，王侯们骄奢放纵，给国家造成祸害。各地的盗贼也纷纷聚合，郡国因为没有武备，不能加以制服，分

裂割据势力就逐渐扩大起来，一切都和山公说的一样。当时人们认为，山涛没有向孙武、吴起学习，却无形中和他们的兵法相通。王夷甫（王衍）也感叹道："山公不知不觉中合乎用兵之道。"

《五》乱天下者，必此子也

王夷甫父乂为平北将军，有公事，使行人论^①，不得。时夷甫在京师，命驾见仆射羊祜、尚书山涛^②。夷甫时总角，姿才秀异，叙致既快^③，事加有理^④，涛甚奇之。既退，看之不辍，乃叹曰："生儿不当如王夷甫邪？"羊祜曰："乱天下者，必此子也！"

||| **注释**

① 行人：使者。

② 命驾：乘车。

③ 叙致：陈述表达。

④ 加：又。

||| **译文**

王夷甫（王衍）的父亲王乂担任平北将军，有一桩公务，派使者去办理，却没办成。当时王夷甫在京城，就坐车去见仆射羊祜、尚书山涛。夷甫那时还小，姿容秀美，才华出众，叙述表达明快有条理，山涛很惊奇他的才智。夷甫退下的时候，他还不住地盯着看，随即感叹道："生儿子就应该像王夷甫那样啊。"羊祜说："将来危害天下的，一定是这个小子！"

《六》潘阳仲见王敦

潘阳仲见王敦小时[1]，谓曰："君蜂目已露，但豺声未振耳[2]。必能食人，亦当为人所食。"

注释

① 潘阳仲：潘滔，字阳仲，官至河南尹。

② 蜂目、豺声：古人认为蜂目豺声的人凶残。

译文

王敦小的时候，潘阳仲（潘滔）见到他，说："你已经流露出毒蜂一般的目光，但还没发出豺狼的声音。你一定会吃人，也将会被人所吃。"

《七》石勒听《汉书》

石勒不知书[1]，使人读《汉书》。闻郦食其劝立六国后[2]，刻印将授之，大惊曰："此法当失，云何得遂有天下？"至留侯谏[3]，乃曰："赖有此耳！"

注释

① 石勒：羯人，十六国时后赵的国君。不知书：不识字。

② 郦食（yì）其（jī）：刘邦的谋士，他曾劝刘邦分封为秦所灭的六国后代以削弱项羽的势力。

③ 留侯：张良。刘邦的谋士，辅佐刘邦夺得天下，封留侯。

译文

石勒不识字，让人给他念《汉书》。听到郦食其劝说刘邦封立六国的后裔，并刻好了大印准备授给他们的时候，石勒大惊，说道："这个办法不妥，这样怎么能得到天下？"等听到留侯张良阻止此事时，又说："幸亏张良劝阻啊！"

《八》此儿有异

卫玠年五岁，神衿可爱①。祖太保曰②："此儿有异，顾吾老③，不见其大耳！"

注释

① 神衿：神情气度。衿，胸怀。

② 祖太保：卫玠的祖父卫瓘官至太保。

③ 顾：可是，只是。

译文

卫玠五岁时，神情可爱。他的祖父太保卫瓘说："这孩子与众不同，可惜我老了，不能看他长大了！"

《九》强果有余

刘越石云："华彦夏识能不足①，强果有余②。"

注释

① 华彦夏：华轶，字彦夏，华歆的曾孙，官至江州刺史。

② 强果：坚强果敢。

译文

刘越石（刘琨）说："华彦夏（华轶）见识才智不足，坚强果敢有余。"

《十》人生贵得适意尔

张季鹰辟齐王东曹掾[①]，在洛，见秋风起，因思吴中菰菜羹、鲈鱼脍[②]，曰："人生贵得适意尔，何能羁宦数千里以要名爵[③]？"遂命驾便归。俄而齐王败，时人皆谓为见机[④]。

||| **注释**

① 张季鹰：张翰，字季鹰，吴郡（今江苏苏州）人，为人放达不羁，有文才。

② 菰菜羹：一说为"莼菜羹"，为吴地名菜。菰，茭白。鲈鱼脍：也是吴地名菜。

③ 羁宦：在外地做官。要：求取。

④ 见机：看到事情的苗头。

||| **译文**

张季鹰（张翰）担任齐王（司马冏）的东曹掾，住在洛阳，看到秋风乍起，就想到家乡吴地的莼菜羹和鲈鱼脍，说道："人生贵在快活称心，怎么能为了功名在数千里外当这个官呢？"说罢就让人备车回故乡了。不久齐王兵败，时人都觉得张季鹰有远见。

《十一》明府当为黑头公

诸葛道明初过江左，自名道明，名亚王、庾之下。先为临沂令，丞相谓曰："明府当为黑头公[①]。"

||| **注释**

① 明府：汉魏时尊称太守为府君或明府君，省称明府，后亦可称县令。当：将。黑头公：头发未白就位居三公。

译文

诸葛道明（诸葛恢）刚到江东时，自称道明，名望仅次于王导、庾亮。开始担任临沂令，丞相王导对他说："你将来会做黑头公（头发未白就位居三公）。"

《十二》 当死坞壁间

王平子素不知眉子[1]，曰："志大其量，终当死坞壁间[2]。"

注释

① 知：赏识。眉子：王玄，字眉子。王衍子，王澄侄子。任陈留太守时，因施行苛政被害。

② 坞：战乱时修筑的小城堡。

译文

王平子（王澄）一向不喜欢侄子眉子（王玄），他说："眉子志向大，气量小，最终准会死在战乱的城寨里。"

《十三》 杨朗知人

王大将军始下，杨朗苦谏不从[1]，遂为王致力。乘中鸣云露车径前[2]，曰："听下官鼓音，一进而捷。"王先把其手曰[3]："事克，当相用为荆州。"既而忘之，以为南郡。王败后，明帝收朗，欲杀之。帝寻崩，得免。后兼三公[4]，署数十人为官属[5]。此诸人当时并无名，后皆被知遇。于时称其知人。

注释

① 杨朗：字世彦，历任南郡太守、雍州刺史。

② 中鸣云露车：古代打仗时用的指挥车。车上有望楼，设有

锣鼓，指挥进退。

③ 把：握着。

④ 三公：三公后面疑阙"曹"字。三公曹主典选。

⑤ 署：任用。

‖ **译文**

王大将军（王敦）要东下进攻建康，杨朗极力劝阻，可是王敦不听，于是就尽心为王敦效力。他坐着中鸣云露车直奔王敦面前，说道："听我的鼓声，一次进攻即可获胜。"王敦握着他的手说："事成之后，我要任命你为荆州刺史。"过后就忘了自己的承诺，只让杨朗当了南郡太守。王敦失败后，明帝（司马绍）逮捕了杨朗，要杀掉他。不久明帝驾崩，杨朗得以赦免。后来杨朗兼职三公曹，有几十人被他任命为属吏。这些人当时并没有名望，后来都受到赏识。因此人们赞扬他有识才之能。

《十四》唯阿奴碌碌

周伯仁母冬至举酒赐三子曰："吾本谓度江托足无所，尔家有相①，尔等并罗列吾前，复何忧？"周嵩起，长跪而泣曰②："不如阿母言。伯仁为人志大而才短，名重而识暗③，好乘人之弊④，此非自全之道；嵩性狼抗⑤，亦不容于世；唯阿奴碌碌⑥，当在阿母目下耳。"

‖ **注释**

① 有相：有福气，有吉祥之相。

② 长跪：直着身子跪。古人席地而坐，跪时伸直腰部和大腿，称为长跪。

③ 暗：昏暗，不聪明。

④ 弊：危难。

⑤ 狼抗：狂妄自大。

⑥ 阿奴：对年幼者的爱称。此指周颉、周嵩的弟弟周谟。

||| **译文**

　　周伯仁（周颉）的母亲在冬至那天让三个儿子喝酒，她说："我本以为过江后连个落脚的地方都没有，幸好你们家有福气，你们一个一个都在我跟前，我还有什么可担心的？"周嵩起身，跪倒在地哭着说："不是像母亲说的这样啊。大哥伯仁志大才疏，名望高而见识短，喜欢乘人之危，这绝不是保全自己的办法；我狂妄自大，也不为世人所容；只有阿奴庸庸碌碌，会一直守在母亲身边啊。"

《十五》 王含父子被沉

　　王大将军既亡，王应欲投世儒①，世儒为江州；王含欲投王舒②，舒为荆州。含语应曰："大将军平素与江州云何，而汝欲归之？"应曰："此乃所以宜往也。江州当人强盛时，能抗同异，此非常人所行。及睹衰厄③，必兴愍恻④。荆州守文⑤，岂能作意表行事⑥？"含不从，遂共投舒。舒果沉含父子于江。彬闻应当来，密具船以待之。竟不得来，深以为恨。

||| **注释**

① 王应：字安期，王含子，王敦侄子，过继给王敦，任武卫将军，王敦兵败后被杀。世儒：王彬，字世儒，王敦的堂弟。

② 王含：王敦兄。王舒：字处明，王敦的堂弟。

③ 衰厄：衰败困厄。

④ 愍恻：怜悯同情。

⑤ 守文：遵守礼法。

⑥ 意表：意外。

译文

王大将军（王敦）兵败身亡后，王应想投奔世儒（王彬），世儒当时任江州刺史；王含想投奔王舒，王舒当时任荆州刺史。王含对王应说："大将军平时和江州关系如何，你却要投奔他？"王应说："这正是我们应该去他那里的原因。江州在别人强大的时候，能坚持自己的主张，和别人强制他的想法抗争，这不是一般人能做到的。等他目睹别人衰败困厄的时候，一定会有恻隐怜悯之心。荆州死守章法，哪能做出格的事呢？"王含不听他的，二人就投奔了王舒。王舒果然将他们父子沉入江中。王彬听说他们要来，秘密地准备了船只等待。最终他们也没有来，王彬感到非常遗憾。

《十六》褚太傅知人

武昌孟嘉作庾太尉州从事①，已知名。褚太傅有知人鉴②，罢豫章，还过武昌，问庾曰："闻孟从事佳，今在此不？"庾曰："卿自求之。"褚眄睐良久③，指嘉曰："此君小异，得无是乎④？"庾大笑曰："然。"于时既叹褚之默识⑤，又欣嘉之见赏。

注释

① 孟嘉：字万年，有才识，曾任庾亮的从事和桓温的参军。

② 褚太傅：褚裒死后赠太傅。知人：了解人。鉴：鉴别能力，洞察能力。

③　眄睐：观察，打量。

④　得无：莫非，大概。

⑤　默识：暗中观察的能力。

译文

　　武昌的孟嘉担任庾太尉（庾亮）的江州从事，当时他已经有名气了。褚太傅（褚裒）有鉴赏品评人物的才能，被罢免豫章太守后，归途中路过武昌，他问庾亮："听说孟从事这个人很不错，今天在这里吗？"庾亮说："你自己找吧。"褚裒环视了良久，指着孟嘉说："这位有点与众不同，可能就是他吧？"庾亮大笑，说："对啊。"此时他既感叹褚裒的鉴识能力，又为孟嘉被赏识而高兴。

《十七》此童非徒能画

　　戴安道年十余岁，在瓦官寺画。王长史见之，曰："此童非徒能画，亦终当致名①。恨吾老，不见其盛时耳！"

注释

①　致名：获取名誉。

译文

　　戴安道（戴逵）十几岁的时候，在瓦官寺画画。王长史（王濛）见到他，说："这孩子不仅擅长画画，将来也会有名望的。可惜我老了，不能看到他兴旺的时候了！"

《十八》渊源不起

　　王仲祖、谢仁祖、刘真长俱至丹阳墓所省殷扬州①，殊有确然之志^②。既反，王、谢相谓曰："渊源不起，当如苍生何^③？"深为忧叹。刘曰："卿诸人真忧渊源不起邪？"

注释

① 至丹阳墓所省殷扬州：殷浩曾长期在祖先的墓地隐居。

② 殊：非常，很。确然：坚定的样子。

③ 如……何：对……怎么样。苍生：百姓。

译文

王仲祖（王濛）、谢仁祖（谢尚）、刘真长（刘惔）一起到丹阳殷浩隐居的墓地去探望他，殷浩这时候还真有终生归隐的志向。回来后，王谢二人互相议论道："渊源（殷浩）不出仕，百姓会怎么样呢？"深为忧虑。刘真长说："你们这些人还真担心渊源会不出仕吗？"

《十九》桓温不可复制

小庾临终，自表以子园客为代^①。朝廷虑其不从命，未知所遣，乃共议用桓温。刘尹曰："使伊去，必能克定西楚^②，然恐不可复制^③。"

注释

① 园客：庾爱之，小字园客，庾翼的儿子。

② 克定：平定，安抚。西楚：晋时指荆州地区。

③ 不可复制：不能再受控制。

译文

庾翼临终时，亲自上表想让儿子园客（庾爱之）接替他的位置。朝廷担心他会不服从命令，不知道该派谁去接替，于是大家商量起用桓温。刘尹（刘惔）说："让他去，肯定会稳定西楚，可是恐怕没人能再控制他了。"

《二十》伊必能克蜀

桓公将伐蜀，在事诸贤咸以李势在蜀既久[1]，承藉累叶[2]，且形据上流，三峡未易可克。唯刘尹云："伊必能克蜀。观其蒲博[3]，不必得，则不为。"

注释

[1] 在事诸贤：指执掌朝政的大臣。李势：十六国时成汉国君，在位四年。公元347年，桓温率军伐蜀，李势投降。

[2] 承藉：继承前辈的基业以为凭借。累叶：很多代。叶，代。

[3] 蒲博：樗蒲，一种赌博游戏。

译文

桓公（桓温）要伐蜀，朝中大臣都认为李势在四川时间很长，继承了祖上几代的基业，而且占据长江上游，三峡地势险要，不易攻克。只有刘尹（刘惔）说："他一定能攻下四川。我看他赌博，没有赢的把握，他就不下注。"

《二十一》东山畜妓

谢公在东山畜妓[1]，简文曰："安石必出，既与人同乐，亦不得不与人同忧。"

注释

[1] 畜：蓄养。

译文

谢公（谢安）在东山蓄养了歌伎，简文帝（司马昱）说：

晉太傅文靖謝公妾

"安石一定会出仕，既然能与人同乐，也就一定会与人同忧。"

〈二十二〉郗超不以爱憎匿善

郗超与谢玄不善。苻坚将问晋鼎[1]，既已狼噬梁、岐[2]，又虎视淮阴矣。于时朝议遣玄北讨，人间颇有异同之论[3]。唯超曰："是必济事[4]。吾昔尝与共在桓宣武府，见使才皆尽，虽履屐之间[5]，亦得其任。以此推之，容必能立勋[6]。"元功既举[7]，时人咸叹超之先觉，又重其不以爱憎匿善。

注释

① 问晋鼎：消灭晋国。问鼎是谋取政权的意思。

② 梁：梁州，古九州之一，在今四川和陕西西南部。岐：岐山，在今陕西。

③ 人间：人们。异同之论：指不同的意见。异同，偏义词，偏指异。

④ 济事：成事。

⑤ 履屐：比喻小事。

⑥ 容：或许。

⑦ 元功：大功。

译文

郗超和谢玄关系不好。苻坚要消灭东晋，已经占领了梁州、岐山，又逼近淮河以南地区。这时朝廷决定派谢玄北上讨伐，人们对此颇有异议。只有郗超说："此事一定会成功。从前我和谢玄都在桓宣武（桓温）府里共事，见他用人都能各尽其才，即使是小事，也能找到合适的人选。以此推论，他一定会建立功勋。"大功告成后，人们都赞叹郗超的预见，又钦佩他不以个人爱憎而埋没他人的优点。

《二十三》不得复云为名

韩康伯与谢玄亦无深好①。玄北征后，巷议疑其不振②。康伯曰："此人好名，必能战。"玄闻之甚忿，常于众中厉色曰："丈夫提千兵入死地，此事君亲故发③，不得复云为名！"

ǁ **注释**

① 深好：深交。

② 振：振作，取胜。

③ 君亲：君王。发：出战，出兵。

ǁ **译文**

韩康伯（韩伯）和谢玄也没有什么深交。谢玄率兵北征之后，人们都在议论，怀疑他能否取胜。韩康伯说："这个人喜好名声，所以他一定会取胜的。"谢玄后来听到此事很生气，常常在众人面前厉声说："大丈夫率领千军万马出生入死，是忠于君王的缘故才这样做的，以后不要再说是为了名声了！"

《二十四》仆不复相士

褚期生少时①，谢公甚知之，恒云："褚期生若不佳者，仆不复相士②。"

ǁ **注释**

① 褚期生：褚爽，字茂弘，小字期生。褚裒孙，好老庄，官至中书郎、义兴太守。

② 相：品评。

褚期生（褚爽）小时候，谢公（谢安）很欣赏他，总是说："褚期生如果不是人才，我就不再品评人物了。"

《二十五》傅亮兄弟

郗超与傅瑗周旋。瑗见其二子^①，并总发^②。超观之良久，谓瑗曰："小者才名皆胜，然保卿家，终当在兄。"即傅亮兄弟也。

注释

① 见：引见。

② 总发：同"总角"，喻童年。

译文

郗超和傅瑗来往密切。傅瑗让他的两个孩子和郗超见面，当时他们还很小。郗超看了他们很久，对傅瑗说："小的才气、名声将来都很出色，然而保全你们家的，最终是哥哥。"他说的就是傅亮兄弟。

《二十六》恐阿大非尔之友

王恭随父在会稽，王大自都来拜墓^①，恭暂往墓下看之。二人素善，遂十余日方还。父问恭："何故多日？"对曰："与阿大语，蝉连不得归。"因语之曰："恐阿大非尔之友，终乖爱好^②。"果如其言。

注释

① 拜墓：扫墓。

② 乖：背离。

译文

王恭跟随父亲在会稽，王大（王忱）从京都来扫墓，王恭到墓地去看望他。两人一向友好，所以在一起待了十几天才回家。父亲问王恭："怎么出去这么多天？"王恭回答："和阿大一起聊天，一谈起来就没完没了，所以没回来。"父亲于是对王恭说："阿大恐怕不是你的朋友，你们俩肯定会因为志向不同而分道扬镳的。"后来果真如此。

《二十七》此儿当致高名

车胤父作南平郡功曹①，太守王胡之避司马无忌之难②，置郡于沣阴③。是时胤十余岁，胡之每出，尝于篱中见而异焉。谓胤父曰："此儿当致高名。"后游集，恒命之④。胤长，又为桓宣武所知，清通于多士之世⑤，官至选曹尚书⑥。

注释

① 车胤：字武子，少时家贫，囊萤夜读，博学多闻，官至丹阳尹、护军将军、吏部尚书。南平郡：郡名，西晋时设立，治所在今湖北公安。功曹：官名，郡守属官。

② 王胡之：字修龄，王廙（yì）子。避司马无忌之难：司马无忌为谯王司马承之子，司马承被王廙杀害，司马无忌为父报仇，要杀王胡之，所以王胡之躲避他。

③ 沣阴：县名。

④ 命：召集，招呼。

⑤ 清通：清明通达。多士之世：读书人众多的时代。

⑥ 选曹尚书：吏部尚书。

译文

车胤的父亲担任南平郡功曹，太守王胡之为躲避司马无忌的报复，将郡府安在沣阴。当时车胤十几岁，胡之每次外出，常常见他在篱笆内，胡之觉得他不同凡人，就对他父亲说："这孩子将来一定会名声显赫的。"后来游玩聚会的时候，总是叫上他。车胤长大后，又被桓宣武（桓温）赏识，在人才济济的时代获得清明通达的美名，官至吏部尚书。

《二十八》国之亡征

王忱死，西镇未定①，朝贵人人有望②。时殷仲堪在门下③，虽居机要，资名轻小，人情未以方岳相许④。晋孝武欲拔亲近腹心，遂以殷为荆州。事定，诏未出。王珣问殷曰："陕西何故未有处分⑤？"殷曰："已有人。"王历问公卿，咸云："非。"王自计才地⑥，必应任己。复问："非我邪？"殷曰："亦似非。"其夜，诏出用殷。王语所亲曰："岂有黄门郎而受如此任⑦！仲堪此举，乃是国之亡征⑧。"

注释

① 西镇：指荆州。荆州在建康西，为军事重镇，所以这样说。这里是指荆州刺史这一职位。

② 朝贵：朝中的显贵。

③ 门下：即黄门，后称门下省，为皇帝的顾问咨询机构，参与朝政。

④ 人情：人们的想法。方岳：镇守一方的长官。

⑤ 陕西：指荆州。处分：安排，处置。

⑥ 才地：才能地位。

⑦　黄门郎：黄门侍郎，侍从皇帝、传达诏书命令的官员。

⑧　征：征兆。

译文

　　王忱死后，继任荆州刺史职位的人选还没定下来，朝中的显贵都希望得到这个位置。当时殷仲堪在门下省任职，虽然占据机要部门，但他的资历声誉都不够，大家觉得地方长官这样的位置不会给他。孝武帝（司马曜）想提拔心腹之人，就决定让殷仲堪出任荆州刺史。事情已经定了，诏书还没有公布。王珣问殷仲堪："荆州刺史的人选为什么还没确定？"殷仲堪回答："已经有人选了。"王珣把所有公卿的名字都提了一遍，殷仲堪都说："不是。"王珣觉得凭自己的才能和地位，完全可以担任这个职务。就又问："不会是我吧？"殷回答："好像也不是。"晚上，任命殷仲堪的诏令公布了。王珣对亲近的人说："哪有黄门侍郎担任这个职务的！殷仲堪任刺史，这是国家灭亡的先兆。"

世說新語

賞譽下

林下諸賢各有儁才子籍子渾器量弘曠

字長成清虛寡欲

位至太子中庶子康子紹清遠雅正見

虞預晉書曰簡字季倫平雅有父風

遷尚書出為征

疏通高素與嵇紹劉漠等齊名

南將軍

咸子瞻虛夷有遠志瞻弟孚爽朗多所遺

名士傳曰瞻字千里夷任而少嘗欲不修名行

自得於懷讀書不甚研求而識其要仕至太子

濤子簡

《一》 世之干将

陈仲举尝叹曰:"若周子居者,真治国之器①。譬诸宝剑,则世之干将②。"

注释

① 器:人才。
② 干将:宝剑名。传说吴王阖闾让吴人干将铸剑,一把叫干将,一把叫莫邪。

译文

陈仲举(陈蕃)曾感叹道:"像周子居(周乘)这样的人,的确是治国的人才。如果用宝剑来比喻,就是世上的干将。"

《二》 劲松下风

世目李元礼:"谡谡如劲松下风①。"

注释

① 谡谡:挺拔刚劲。

译文

世人品评李元礼(李膺):"清凛刚直,就像大风吹过劲松。"

《三》平舆二龙

谢子微见许子将兄弟曰[①]:"平舆之渊[②],有二龙焉。"见许子政弱冠之时,叹曰:"若许子政者,有干国之器[③]。正色忠謇[④],则陈仲举之匹;伐恶退不肖,范孟博之风。"

注释

① 谢子微:谢甄,字子微,东汉末年人,有识鉴。许子将兄弟:即许虔兄弟。许虔,字子政;弟许劭,字子将。二人均为当时名流。

② 平舆:县名。汉晋时属汝南郡,在今河南境内。

③ 干国:治理国家。

④ 正色:神色严肃庄重。

译文

谢子微(谢甄)见到许子将(许劭)兄弟说:"平舆的深潭中,有两条巨龙啊。"看到许子政(许虔)年轻的时候,感叹道:"许子政这样的人,有治国的才能。庄重诚实,可以和陈仲举(陈蕃)媲美;惩恶扬善,有范孟博(范滂)的遗风。"

《四》云中白鹤

公孙度目邴原[①]:"所谓云中白鹤,非燕雀之网所能罗也[②]。"

注释

① 邴原:字根矩,东汉末年人,博学。黄巾起义后避乱辽东,受到辽东太守公孙度的礼遇。后返回中原。

② 罗:用网捕捉。

公孙度品评邴原："就像云中的白鹤，不是拿捉麻雀的网能捕到的。"

《五》清通简要

钟士季目王安丰："阿戎了了解人意①。"谓"裴公之谈，经日不竭"。吏部郎阙②，文帝问其人于钟会，会曰："裴楷清通，王戎简要，皆其选也。"于是用裴。

注释

① 了了：聪明伶俐。

② 阙：同"缺"。

译文

钟士季（钟会）品评王安丰（王戎）："阿戎聪明，善解人意。"又说"裴公（裴楷）的清谈，滔滔不绝"。吏部郎一职空缺，文帝（司马昭）问钟会谁可以担任，钟会说："裴楷清明通达，王戎简明扼要，都可以作为人选。"于是用了裴楷。

《六》王裴二贤

王濬冲、裴叔则二人，总角诣钟士季。须臾去，后客问钟曰："向二童何如？"钟曰："裴楷清通，王戎简要。后二十年，此二贤当为吏部尚书，冀尔时天下无滞才①。"

注释

① 滞才：被遗漏的人才。

王濬冲（王戎）、裴叔则（裴楷）二人，小时候去拜访钟士季（钟会）。待了一会儿他们就离开了，走后客人问钟会："刚才那两个小孩怎么样？"钟会回答："裴楷清明通达，王戎简明扼要。再过二十年，这两位贤人一定会做吏部尚书，但愿那时候天下没有被埋没的人才。"

《七》后来领袖有裴秀

谚曰："后来领袖有裴秀①。"

注释

① 裴秀：字季彦，裴潜子，裴徽侄。晋时封钜鹿公，官至左光禄、司空。

译文

当时流传这样一句话："后辈的领袖将是裴秀。"

《八》裴楷目人

裴令公目夏侯太初："肃肃如入廊庙中①，不修敬而人自敬②。"一曰："如入宗庙③，琅琅但见礼乐器④。见钟士季，如观武库，但睹矛戟。见傅兰硕，汪廧靡所不有⑤。见山巨源，如登山临下，幽然深远。"

注释

① 肃肃：恭敬的样子。廊庙：指朝廷。

② 修：装饰，整治。

③ 宗庙：帝王祭祀祖先的地方。

④ 琅琅：美好的样子。

⑤ 汪膚：即"汪洋"，指水浩大的样子。靡：无。

‖ 译文

裴令公（裴楷）品评夏侯太初（夏侯玄）："就像进入庙堂一样，令人肃然起敬。自己不造作，却让人自然而然地敬重。"还有一种说法是："就像进了宗庙，看到的都是美妙的礼器乐器。见到钟士季（钟会），就像参观武库，只看到刀枪剑戟。见到傅兰硕（傅嘏），就像看到汪洋大海，无所不有。见到山巨源（山涛），就像登上绝顶，居高临下，幽深旷远。"

《九》郭奕三叹

羊公还洛，郭奕为野王令①。羊至界，遣人要之②，郭便自往。既见，叹曰。"羊叔子何必减郭太业！"复往羊许，小悉还③，又叹曰："羊叔子去人远矣④！"羊既去，郭送之弥日，一举数百里⑤，遂以出境免官⑥。复叹曰："羊叔子何必减颜子⑦！"

‖ 注释

① 郭奕：字泰业，西晋时人，历任雍州刺史、尚书。野王：县名，在今河南沁阳。

② 要：同"邀"。

③ 小悉：少顷，不久。

④ 去人：超过别人。

⑤ 一举：指郭奕送羊祜这一举动。

⑥ 以出境免官：古代法律，地方官不得无故离开自己的辖境，否则会被免职。

⑦　颜子：颜回。孔子学生，以德行著称。

译文

羊公（羊祜）回洛阳，郭奕这时任野王县令。羊公到了野王境内，派人去邀请郭奕，郭奕就来了。见面后，郭奕感叹道："羊叔子（羊祜）并不比郭太业（郭奕）差呀！"过后又到羊祜那里，待了一会儿就回来了，又感叹道："羊叔子比一般人强多了！"羊祜要离开，郭奕送他，一块儿走了整整一天，送出了几百里，最后因为擅自离开县境被罢官。郭奕仍在赞叹："羊叔子比颜回都差不了多少！"

《十》璞玉浑金

王戎目山巨源："如璞玉浑金①，人皆钦其宝②，莫知名其器③。"

注释

① 璞玉：未经雕琢的玉。浑金：未经提炼的金。

② 钦：羡慕。宝：珍贵。

③ 名：知道，命名。

译文

王戎品评山巨源（山涛）："就像未经雕琢的玉石，未经提炼的金子，人们都喜爱它的珍贵，却不能估量它的真实价值。"

《十一》从兄不亡矣

羊长和父繇与太傅祜同堂相善①，仕至车骑掾。早卒，长和兄弟五人，幼孤。祜来哭，见长和哀容举止，宛若成人，乃叹曰："从兄不亡矣②！"

注释

① 羊长和：羊忱，字长和，羊繇子。官至扬州刺史、侍中。永嘉之乱中遇害。同堂：同一祖父。

② 从兄：堂兄。

译文

　　羊长和（羊忱）的父亲羊繇和太傅羊祜是本家亲戚，彼此友善，官至车骑掾。羊繇早亡，长和兄弟五人，幼年丧父。羊祜来吊唁，看到长和哀伤的面容和举止像成人一样，就感叹道："有这样的儿子，堂兄虽死犹生啊！"

〈十二〉万物不能移

　　山公举阮咸为吏部郎①，目曰："清真寡欲②，万物不能移也。"

注释

① 阮咸：字仲容，阮籍侄，"竹林七贤"之一。

② 清真寡欲：清心寡欲。

译文

　　山公（山涛）推举阮咸为吏部郎，品评道："清心寡欲，不为外物左右。"

〈十三〉清伦有鉴识

　　王戎目阮文业①："清伦有鉴识②，汉元以来③，未有此人。"

① 阮文业：阮武，字文业，魏末时任清河太守。

② 清伦：清纯文雅。

③ 汉元：汉初。

译文

王戎品评阮文业（阮武）："清纯文雅，有人伦之鉴，自汉代以来，还从没有这样的人。"

《十四》武元夏目裴王

武元夏目裴、王曰①："戎尚约，楷清通。"

注释

① 武元夏：武陔，字元夏，西晋初人，少年知名，官至左仆射。

译文

武元夏（武陔）品评裴楷、王戎说："王戎崇尚简约，裴楷清明通达。"

《十五》栋梁之用

庾子嵩目和峤："森森如千丈松，虽磊砢有节目①，施之大厦②，有栋梁之用。"

注释

① 磊砢：树多枝杈。节目：树木分出枝杈的地方。

② 施：用。

庚子嵩（庾敳）品评和峤："像松柏一样高高耸立，虽然有枝杈，可用来建高楼，可以做栋梁。"

《十六》风尘外物

王戎云："太尉神姿高彻①，如瑶林琼树，自然是风尘外物②。"

注释

① 高彻：高迈清爽。

② 风尘：尘世，俗世。

译文

王戎说："太尉（王衍）仪态高雅清醇，就像玉树琼林，天生就是超脱世俗的人物。"

《十七》家有名士，三十年而不知

王汝南既除所生服①，遂停墓所。兄子济每来拜墓，略不过叔②，叔亦不候。济脱时过③，止寒温而已。后聊试问近事，答对甚有音辞④，出济意外。济极惋愕，仍与语，转造精微。济先略无子侄之敬，既闻其言，不觉懔然⑤，心形俱肃。遂留共语，弥日累夜⑥。济虽俊爽，自视缺然⑦，乃喟然叹曰："家有名士，三十年而不知！"济去，叔送至门。济从骑有一马绝难乘，少能骑者。济聊问叔："好骑乘不？"曰："亦好尔。"济又使骑难乘马，叔姿形既妙，回策如萦⑧，名骑无以过之。济益叹其难测，非复一事。既还，浑问济："何以暂行累日？"济曰："始得一叔。"浑问其故，济具叹述如此。浑曰："何如我？"济曰："济以上人。"武帝每见济，辄以湛调之，曰："卿家痴叔死未？"济常无以答。既而得叔，后武帝又问如前，济曰："臣叔不痴。"称其实美。帝曰："谁比？"济曰："山涛以下，魏舒以上⑨。"于是显名，年二十八始宦。

注释

① 王汝南：王湛，字处冲，王昶子，王浑弟。任汝南内史，人称王汝南。除所生服：为父母守孝期满后脱去孝服。所生，指父母。

② 略不：从来不，几乎不。过：探望，问候。

③ 脱时：偶尔，偶然。

④ 音辞：语言才情。

⑤ 懔然：敬畏的样子。

⑥ 弥日累夜：夜以继日。弥日，整天。累夜，连续两个晚上。

⑦ 缺然：不足的样子。

⑧ 回策：挥动马鞭。

⑨ 魏舒：字阳元，晋时人，官至司徒。

译文

　　王汝南（王湛）为父亲守孝期满后，就住在了墓地。哥哥王浑的儿子王济每次来墓前祭拜，也基本上不到叔叔这里，王湛也不等候他。偶尔见面，也只是寒暄而已。后来有一次王济随便问候叔叔近况，王湛回答得颇有文辞，大出王济的意料。王济非常惊诧，于是继续和他清谈，渐渐达到精妙的境地。开始的时候王济毫无侄子的恭敬，听完他的谈话，王济心生敬畏，身心都为之肃然。于是王济就留下和王湛一起清谈，夜以继日。王济虽然才华出众，超然豁达，但和叔叔相比，也自愧不如，因此感叹道："家有名士，我竟三十年都不知道！"王济离开的时候，叔叔把他送到门口。王济的随从骑有一匹马，极难驾驭，很少有人敢骑。王济随意地问叔叔："您喜欢骑马吗？"叔叔说："也喜欢的。"王济就让他骑那匹难骑的马，叔叔骑马的身姿非常漂亮，挥鞭驰骋，潇洒自如，即使有名的骑手也比不了他。王济越发感叹叔叔的高深难测，不仅只在一件事上。回到家，王浑问王济："怎么一下子出去了那么多天？"王济说："刚得了一个叔叔。"王浑问他原委，王济感叹地把情况详细说了。王浑说："和我比怎么样？"王济说："是在我之上的人。"武帝（司马炎）每次见到王济，就拿王湛调笑他，说："你家的傻叔叔还没死吗？"王济以前常常不作答。了解叔叔以后，武帝又像从前那样问，王济说："我的叔叔不傻。"王济赞叹他实际的才华。武帝说："可以和谁相比呢？"王济回答："在山涛以下，魏舒以上。"王湛从此声名远扬，到了二十八岁才开始做官。

《十八》言谈之林薮

裴仆射，时人谓为"言谈之林薮①"。

|| **注释**

① 林薮（sǒu）：林木丛聚的地方，比喻事物荟萃在一起。

|| **译文**

裴仆射（裴颜），当时人们认为他是清谈的渊薮。

《十九》张华见褚陶

张华见褚陶①，语陆平原曰："君兄弟龙跃云津②，顾彦先凤鸣朝阳③，谓东南之宝已尽，不意复见褚生。"陆曰："公未睹不鸣不跃者耳！"

注释

① 褚陶：字季雅，晋时吴郡钱塘（今浙江杭州）人，少年知名，有才情。

② 云津：天河。

③ 凤鸣朝阳：见《诗经·大雅·卷阿》："凤凰鸣矣，于彼高冈。梧桐生矣，于彼朝阳。"凤凰迎着朝阳鸣叫，比喻贤才生逢其时。

译文

张华见过褚陶后，对陆平原（陆机）说："你们兄弟是龙跃天河，顾彦先（顾荣）是凤鸣朝阳，我以为东南的人才就你们几个人了，没想到又见到了褚陶。"陆机说："您是没见到不鸣不跃的人罢了！"

《二十》吴中秀才

有问秀才①："吴旧姓如何②？"答曰："吴府君③，圣王之老成④，明时之俊乂⑤。朱永长，理物之至德⑥，清选之高望⑦。严仲弼，九皋之鸣鹤⑧，空谷之白驹⑨。顾彦先，八音之琴瑟⑩，五色之龙章⑪。张威伯，岁寒之茂松，幽夜之逸光⑫。陆士衡、士龙，鸿鹄之裴回⑬，悬鼓之待槌。凡此诸君：以洪笔为鉏耒⑭，以纸札为良田⑮。以玄默为稼穑⑯，以义理为丰年。以谈论为英华，以忠恕为珍宝⑰。著文章为锦绣，蕴五经为缯帛⑱。坐谦虚为席荐⑲，张义让为帷幕⑳。行仁义为室宇，修道德为广宅。"

注释

① 秀才：指蔡洪。蔡洪为吴人，吴亡后入晋，官至松滋令。

② 旧姓：指名门望族。

③ 吴府君：指吴展。吴展，字士季，三国时吴人，曾任吴郡太守，吴亡后，回故里不仕。

④ 老成：比喻德高望重。

⑤ 明时：太平时代。俊义：俊杰。

⑥ 理物：治理百姓。至德：品德最高尚的人。

⑦ 清选：清议选举。高望：声望高的人。

⑧ 九皋之鸣鹤：见《诗经·小雅·鹤鸣》："鹤鸣于九皋，声闻于野。"九皋，曲折深邃的水潭。

⑨ 空谷之白驹：见《诗经·小雅·白驹》："皎皎白驹，在彼空谷。"空谷，深谷。白驹，白马。

⑩ 八音：指乐器。

⑪ 五色：泛指颜色。龙章：龙的图纹，用于帝王的服饰。比喻文才富丽华美。

⑫ 逸光：四射的光芒。

⑬ 裴回：同"徘徊"。

⑭ 洪笔：巨笔。锄耒（chú lěi）：锄头和木叉。这里用两种农具表示生产。

⑮ 纸札：纸与书简。

⑯ 玄默：清静无为。稼穑：播种和收获。此指生活。

⑰ 忠恕：诚实宽容。

⑱ 蕴：积聚。缯帛：丝织品。

⑲ 席荐：席子，坐垫。

⑳ 义让：仁义。

有人问秀才蔡洪："吴地的几户名门望族怎么样呢？"蔡洪回答说："吴府君（吴展），德高望重，才智出众，是圣明时代的辅佐之臣。朱永长（朱诞），情操高尚，深孚众望，有治理国家、识鉴人才的本领。严仲弼（严隐），如深潭中鸣叫的仙鹤，幽谷里驰骋的白马。顾彦先（顾荣），是八音中的琴瑟，声音优美；五色里的龙纹，色彩华丽。张威伯（张畅），就像寒冬中的劲松，黑夜里的流光。陆士衡（陆机）、士龙（陆云）兄弟就像空中徘徊的大雁，等待敲击的悬鼓。所有这些人，都是以笔为锄，以纸为田，以清静无为为稼穑，以玄理为丰年，以清谈为精华，以忠实为珍宝。把著述的文章当作锦绣，把积累的学问当作丝帛，把谦虚看作席垫，把礼让看作帷幕，把施行的仁义看作屋宇，把修行的道德看作住宅。"

《二十一》 山巨源义理何如

人问王夷甫："山巨源义理何如？是谁辈①？"王曰："此人初不肯以谈自居，然不读《老》《庄》，时闻其咏，往往与其旨合。"

|| **注释**

① 是谁辈：是哪一类的人。

|| **译文**

有人问王夷甫（王衍）："山巨源（山涛）的义理怎么样？可以和谁媲美？"王夷甫回答："这个人从不以善清谈自居，不过他不读《老子》《庄子》，却时常听到他的吟诵，倒是符合《老子》《庄子》的旨趣。"

《二十二》雅雅铮铮

洛中雅雅有三嘏①：刘粹字纯嘏，宏字终嘏，漠字冲嘏，是亲兄弟，王安丰甥，并是王安丰女婿。宏，真长祖也。洛中铮铮冯惠卿②，名荪，是播子。荪与邢乔俱司徒李胤外孙，及胤子顺并知名。时称"冯才清，李才明，纯粹邢"。

注释

① 洛中：洛阳。雅雅：温文尔雅的样子。

② 铮铮：刚直不阿。

译文

洛阳温文尔雅的人是"三嘏"：刘粹字纯嘏，刘宏字终嘏，刘漠字冲嘏，他们是亲兄弟，既是王安丰（王戎）的外甥，也是王安丰的女婿。刘宏，是刘真长（刘惔）的祖父。洛阳刚直不阿的人是冯惠卿，名荪，是冯播的儿子。冯荪和邢乔都是司徒李胤的外孙，和李胤的儿子李顺都很有名。当时人们有"冯才清，李才明，纯粹邢"的说法。

《二十三》人之水镜

卫伯玉为尚书令，见乐广与中朝名士谈议，奇之曰："自昔诸人没已来①，常恐微言将绝②。今乃复闻斯言于君矣！"命子弟造之，曰："此人，人之水镜也③，见之若披云雾睹青天。"

注释

① 昔诸人：指从前何晏等喜欢清谈的人。没：同"殁"，死亡。

② 微言：精微的言辞，指玄言。

③ 水镜：比喻鉴别事物的能力如水一般清明，镜子一般明亮。

‖| **译文**

卫伯玉（卫瓘）担任尚书令时，看到乐广和西晋时的名士清谈，很惊奇地说："自从过去那几位清谈家去世以后，我常常担心微言大义要消失了。今天又从你这里听到这样的言论了！"他让子弟去拜访乐广，对他们说："此人是我们的镜子，见到他就如同拨开云雾目睹苍天。"

《 二十四 》当与之同归

王太尉曰："见裴令公精明朗然，笼盖人上①，非凡识也。若死而可作②，当与之同归③。"或云王戎语。

‖| **注释**

① 笼盖：超越，超出……之上。

② 作：起，指死而复生。句出《礼记·檀弓下》："死者如可作也，吾谁与归？"

③ 与之同归：与之为伍，交朋友。

‖| **译文**

王太尉（王衍）说："看到裴令公（裴楷）聪明豁达，超凡脱俗，见识卓绝。如果死可复生，一定和他为伍。"也有人说这是王戎说的。

《 二十五 》觉我言为烦

王夷甫自叹："我与乐令谈，未尝不觉我言为烦①。"

① 烦：烦琐。

译文

王夷甫（王衍）感叹道："我和乐令（乐广）清谈，没有一次不觉得我的语言烦琐。"

《二十六》郭子玄有俊才

郭子玄有俊才，能言《老》《庄》，庾敳尝称之①，每曰："郭子玄何必减庾子嵩②！"

注释

① 尝：同"常"，经常。

② 减：不如，比……差。

译文

郭子玄（郭象）有才华，善谈《老子》《庄子》，庾敳（庾子嵩）常称赞他，总说："郭子玄不在庾子嵩之下！"

《二十七》神锋太俊

王平子目太尉："阿兄形似道①，而神锋太俊②。"太尉答曰："诚不如卿落落穆穆③。"

注释

① 道：魏晋时称僧人为道人。

② 神锋：精神，气魄。

③ 落落穆穆：散淡平和的样子。

王平子（王澄）品评太尉（王衍）："阿兄外表像僧人，只是锋芒太露。"太尉回答说："我的确不如你平和宁静。"

《二十八》太傅府有三才

太傅府有三才①：刘庆孙长才，潘阳仲大才，裴景声清才。

注释

① 太傅：指东海王司马越。

译文

东海王司马越的太傅府里有三个人才：刘庆孙（刘舆）是专业之才，潘阳仲（潘滔）是博学之才，裴景声（裴邈）是清廉之才。

《二十九》七贤之子

林下诸贤①，各有俊才子②：籍子浑，器量弘旷；康子绍，清远雅正；涛子简，疏通高素③；咸子瞻，虚夷有远志④；瞻弟孚，爽朗多所遗⑤；秀子纯、悌，并令淑有清流⑥；戎子万子，有大成之风⑦，苗而不秀⑧；唯伶子无闻。凡此诸子，唯瞻为冠，绍、简亦见重当世。

注释

① 林下诸贤：即"竹林七贤"。

② 俊才：才华出众。

③ 疏通：疏放洒脱。高素：高雅淳朴。

④ 虚夷：恬淡平和。

⑤ 多所遗：不拘小节，不矜细行。

⑥ 令淑：文雅善良。清流：廉洁正直。

⑦ 大成：有大成就。

⑧ 苗而不秀：见《论语·子罕》："苗而不秀者有矣夫！"是孔子因弟子颜渊早亡而发的哀叹。意思是庄稼生长却不抽穗开花，用来比喻人未成年而亡。

译文

竹林七贤的后代才华都很出众：阮籍子浑，器量开阔；嵇康子绍，清静文雅；山涛子简，疏朗朴实；阮咸子瞻，恬淡有大志；阮瞻弟孚，爽朗不羁；向秀子纯、悌，善良有名望；王戎子万子，能成大器，可惜早夭；只有刘伶的儿子籍籍无名。所有的这些孩子中，阮瞻最出色，嵇绍、山简也被世人推崇。

《三十》城西公府

庾子躬有废疾①，甚知名。家在城西，号曰"城西公府②"。

注释

① 庾子躬：庾琮，字子躬，官至太尉掾。废疾：残疾。

② 公府：三公的府第。庾子躬任太尉掾，人们恭维他，称他的府第为公府。

译文

庾子躬（庾琮）有残疾，但他非常出名。他家住在城西，人们就称他的家为"城西公府"。

《三十一》名士无多人

王夷甫语乐令："名士无多人^①，故当容平子知^②。"

||| **注释**

① 名士：魏晋时把不为礼法所拘，喜欢清谈的人称为名士。

② 故当：自然，一定。容：允许。知：品评。

||| **译文**

王夷甫（王衍）对乐令（乐广）说："名士没有多少人，自然应该让平子（王澄）品评一番。"

《三十二》悬河泻水

王太尉云："郭子玄语议如悬河写水^①，注而不竭^②。"

||| **注释**

① 悬河：瀑布。写：同"泻"。

② 注：灌注，倒入。

||| **译文**

王太尉（王衍）说："郭子玄（郭象）说起话来口若悬河，滔滔不绝。"

《三十三》常自神王

司马太傅府多名士，一时俊异。庾文康云："见子嵩在其中，常自神王^①。"

||| **注释**

① 常自：常常。神王：精神旺盛。王，同"旺"。

司马太傅（司马越）的府上名士众多，都是当时的优秀人物。庚文康（庚亮）说："看到子嵩（庚敳）也在这里，常常叫人精神焕发。"

《三十四》人伦之表

太傅东海王镇许昌，以王安期为记事参军，雅相知重①。敕世子毗曰②："夫学之所益者浅，体之所安者深③。闲习礼度④，不如式瞻仪形⑤；讽味遗言⑥，不如亲承音旨⑦。王参军人伦之表⑧，汝其师之！"或曰："王、赵、邓三参军，人伦之表，汝其师之！"谓安期、邓伯道、赵穆也。袁宏作《名士传》，直云王参军。或云赵家先犹有此本。

注释

① 雅：非常，很。知重：赏识器重。

② 敕：告诫，吩咐。世子：王侯正妻所生的长子。毗：司马毗。

③ 体：亲身体验，身体力行。

④ 闲习：熟习。

⑤ 式瞻：观看。仪形：仪表形态。

⑥ 讽味：诵读玩味。遗言：古代圣贤传下的话。

⑦ 亲承：亲耳聆听。音旨：言辞旨趣。

⑧ 人伦：有名望、有身份的人。

译文

太傅东海王（司马越）镇守许昌，任命王安期（王承）为记室参军，对他非常赏识器重。司马越告诫世子司马毗说："学习书本知识的受益肤浅，身体力行的效果深刻。学习礼节，不如观察举止；吟咏先人的遗言，不如亲自聆听言辞教诲。王参军是为人的表率，你应该拜他为师！"还有一种说法是："王、赵、邓三位参军，是为人的表率，你应该向他们学习！"说的是王安期、邓伯道（邓攸）、赵穆三人。袁宏作的《名士传》，只说到王参军。有人说赵家早先就保存了这个本子。

《三十五》使人忘寒暑

庾太尉少为王眉子所知。庾过江，叹王曰："庇其宇下^①，使人忘寒暑。"

注释

① 庇：庇护。宇下：屋檐下。

译文

庾太尉（庾亮）少年时代就为王眉子（王玄）赏识。过江后，他赞叹王眉子道："能托身在他的门下，受到庇护，让人忘记了寒暑。"

《三十六》谢幼舆三友

谢幼舆曰："友人王眉子清通简畅，嵇延祖弘雅劭长^①，董仲道卓荦有致度^②。"

注释

① 弘雅劭长：大度高雅，品行高尚。弘，大。劭，美好。

② 董仲道：董养，字仲道。晋时人，不嗜名利，永嘉中，离开洛阳入蜀，不知所终。卓荦（luò）：卓越不凡。致度：风度，气度。

谢幼舆（谢鲲）说：“友人王眉子（王玄）清明通达、简约豪放，嵇延祖（嵇绍）大度儒雅、品德高尚，董仲道（董养）超凡脱俗、风度迷人。”

《三十七》岩岩清峙

王公目太尉：“岩岩清峙①，壁立千仞②。”

注释

① 岩岩：高峻的样子。峙：挺拔的山峰。

② 壁立：像峭壁一样挺立。仞：古代长度单位，有说七尺为一仞，有说八尺为一仞。

译文

王公（王导）品评太尉（王衍）：“高耸挺拔，巍然屹立。”

《三十八》庾太尉在洛下

庾太尉在洛下，问讯中郎①。中郎留之云：“诸人当来。”寻温元甫、刘王乔、裴叔则俱至，酬酢终日②。庾公犹忆刘、裴之才俊，元甫之清中③。

注释

① 问讯：探望，问候。中郎：指庾敳，庾敳曾任太傅从事中郎。庾亮是庾敳的侄子。

② 酬酢（zuò）：应酬。终日：一整天。

③ 清中：清明平和。

庾太尉（庾亮）在洛阳时，去看望中郎（庾敳）。中郎挽留他说："很多名士要来了。"一会儿温元甫（温几）、刘王乔（刘畴）、裴叔则（裴楷）都来了，大家在一起应酬了一天。庾公至今还记得刘、裴的才智，元甫的清明平和。

《三十九》 陆机兄弟

蔡司徒在洛，见陆机兄弟住参佐廨中[1]，三间瓦屋，士龙住东头，士衡住西头。士龙为人，文弱可爱[2]；士衡长七尺余，声作钟声，言多慷慨。

注释

① 参佐：僚属。廨：官署，官舍。

② 文弱：文静柔弱。

译文

蔡司徒（蔡谟）在洛阳时，看到陆机兄弟住在属吏的官舍里，一共是三间瓦房，士龙（陆云）住东头，士衡（陆机）住西头。士龙为人文弱，让人亲近；士衡身高七尺多，声如洪钟，言辞慷慨激昂。

《四十》 入理泓然

王长史是庾子躬外孙，丞相目子躬云："入理泓然[1]，我已上人[2]。"

注释

① 入理：领悟玄理，钻研玄理。泓然：深邃。

② 已上：在……之上。

王长史（王濛）是庾子躬（庾琮）的外孙，丞相（王导）品评庾子躬说："他义理研究得很深刻，是在我之上的人。"

《四十一》家从谈谈之许

庾太尉目庾中郎："家从谈谈之许①。"

注释

① 家从：本家叔父。谈谈：言论深邃。

译文

庾太尉（庾亮）品评庾中郎（庾敳）："家叔言谈很深刻。"

《四十二》神气融散

庾公目中郎："神气融散①，差如得上②。"

注释

① 融散：闲适，散淡。

② 差如：非常，很。得上：超出一般。

译文

庾公（庾亮）品评中郎（庾敳）："神情悠闲洒脱，确实超过常人。"

《四十三》祖车骑朗诣

刘琨称祖车骑为朗诣[①]，曰："少为王敦所叹。"

注释

① 祖车骑：祖逖，字士稚。曾与刘琨同为司州主簿，奔放任侠，西晋南渡后，志复中原，招募义军渡江作战，收复失地。死后赠车骑将军。朗诣：开朗豪放。诣，同"逸"。

译文

刘琨赞赏祖车骑（祖逖）的开朗豪放，说："他少年时就被王敦称赞。"

《四十四》善于托大

时人目庾中郎："善于托大[①]，长于自藏[②]。"

注释

① 托大：托身于自然无为的大道。即超脱，不为世事牵累。
② 自藏：内敛，不露锋芒。

译文

当时人们品评庾中郎（庾敳）："超脱自然，藏而不露。"

《四十五》叹息绝倒

王平子迈世有俊才[①]，少所推服[②]。每闻卫玠言，辄叹息绝倒[③]。

注释

① 迈世：超脱世俗。

② 推服：推重佩服。

③ 绝倒：倾倒。

译文

王平子（王澄）超凡脱俗，才华卓著，很少有他钦佩的人。每次听卫玠清谈，却为之赞叹倾倒。

〈四十六〉风概简正

王大将军与元皇表云："舒风概简正①，允作雅人②，自多于邃③，最是臣少所知拔。中间夷甫、澄见语④：'卿知处明、茂弘，茂弘已有令名，真副卿清论⑤；处明亲疏无知之者。吾常以卿言为意，殊未有得，恐已悔之？'臣慨然曰：'君以此试。'顷来始乃有称之者，言常人正自患知之使过⑥，不知使负实⑦。"

注释

① 舒：指王舒，字处明，王敦的堂弟。风概：风度气概。简正：简约刚直。

② 允：的确。

③ 多：胜过。邃：指王邃，字处重，王舒的弟弟。

④ 见语：对我说，告诉我。

⑤ 副：符合。清论：高明的议论。

⑥ 常人：普通人。正自：只是。

⑦ 负：辜负。

译文

王大将军（王敦）给晋元帝（司马睿）上表说："王舒风度气概简约正直，的确是雅人，自然胜过王邃（王处重），他是我很早就赏识推举的。这期间王夷甫（王衍）、王澄对我说：

'你赏识处明（王舒）、茂弘（王导），茂弘已经有了名望，也的确和你的评价相符；处明却无论亲疏，没有了解他的人。我们一直很在意你的言论，可至今也没什么结果，恐怕你自己也觉得看错人了吧？'我感慨地说：'你们用我的话来检验他。'近来才有了赞美他的人，一般人只是担心知遇会超过他的实际，却不考虑不知遇会辜负了他的才智。"

《四十七》雅流宏器

周侯于荆州败绩①，还，未得用。王丞相与人书曰："雅流弘器②，何可得遗！"

注释

① 败绩：大败。

② 雅流：高雅之流。弘器：大器，有大才华的人。

译文

周侯（周颛）在荆州失败后，回到建康，没有得到任用。王丞相（王导）在给别人的信中说："一个高雅大气的人，怎么会被人遗忘呢！"

《四十八》精神渊著

时人欲题目高坐而未能①，桓廷尉以问周侯，周侯曰："可谓卓朗②。"桓公曰："精神渊著③。"

注释

① 题目：品评。高坐：即高坐道人，西晋和尚，西域人，原名尸黎密，永嘉年间到中原。

② 卓朗：才华出众，性格爽朗。

③ 渊著：深邃。

|| **译文**

当时人们想品评高坐道人，却没有恰当的话，桓廷尉（桓彝）去问周侯（周𫖮），周侯说："可谓与众不同，豁达开朗。"桓公（桓温）说："他的精神深邃透彻。"

《四十九》其神候似欲可

王大将军称其儿云："其神候似欲可①。"

|| **注释**

① 神候：神态。似欲：似乎，好像。可：称心，满意。

|| **译文**

王大将军（王敦）称赞他的养子王应说："他的神态还叫人满意。"

《五十》朗朗如百间屋

卞令目叔向："朗朗如百间屋①。"

|| **注释**

① 朗朗：爽朗豁达。

|| **译文**

卞令（卞壶）品评他的叔叔卞向："气度开朗，就像宏大的屋宇。"

《五十一》复闻正始之音

王敦为大将军，镇豫章。卫玠避乱，从洛投敦，相见欣然，谈话弥日。于时谢鲲为长史，敦谓鲲曰："不意永嘉之中，复闻正始之音①。阿平若在，当复绝倒。"

注释

① 正始之音：魏正始年间，何晏、王弼推崇老庄，开玄学清谈之风，后世称此为"正始之音"。

译文

王敦为大将军，镇守豫章。卫玠躲避战乱，从洛阳来投奔王敦，两人见面非常高兴，谈了一整天。当时谢鲲担任长史，王敦对谢鲲说："没想到永嘉年间，还能又听到正始之音。阿平（王澄）如果在此，一定会为之倾倒。"

《五十二》风气日上

王平子与人书，称其儿"风气日上①，足散人怀②"。

注释

① 风气：风度气质。日：一天天。

② 足散人怀：很值得让人高兴。

译文

王平子（王澄）在给别人的信中，赞扬他的儿子王徽"风度气质一天天在进步，实在是令人高兴"。

《五十三》吐佳言如屑

胡毋彦国吐佳言如屑，后进领袖①。

注释

① 后进：后辈，晚辈。

译文

胡毋彦国（胡毋辅之）常常妙语连珠，是后辈年轻人中的领袖。

《五十四》丞相品三人

王丞相云："刁玄亮之察察①，戴若思之岩岩②，卞望之之峰距③。"

注释

① 察察：精细。

② 岩岩：山高峻的样子。比喻人冷峻严肃。

③ 峰距：比喻人严肃刚直。

译文

王丞相（王导）说："刁玄亮（刁协）精细，戴若思（戴俨）冷峻，卞望之（卞壶）严厉。"

《五十五》不减阮主簿

大将军语右军："汝是我佳子弟，当不减阮主簿①。"

注释

① 减：比……差。阮主簿：阮裕。阮裕曾任王敦的主簿。

大将军（王敦）对右军（王羲之）说："你是我们王家的优秀子弟，一定不比阮主簿（阮裕）差。"

《五十六》巍如断山

世目周侯："巍如断山^①。"

注释

① 巍（nì）：高峻。

译文

世人品评周侯（周颛）："高峻如绝壁。"

《五十七》使人忘疲

王丞相召祖约夜语，至晓不眠。明旦有客^①，公头鬓未理，亦小倦。客曰："公昨如是，似失眠。"公曰："昨与士少语，遂使人忘疲。"

注释

① 明旦：第二天早晨。

译文

王丞相（王导）晚上把祖约（祖士少）叫来清谈，谈了一个晚上也没休息。第二天早晨有客人拜访，王公头脸都没有梳洗，显得有些疲倦。客人问道："您这个样子，好像昨天晚上失眠了吧？"王公说："昨天晚上和士少清谈，谈得都忘了疲劳。"

〈五十八〉位望殊为陵迟

王大将军与丞相书，称杨朗曰："世彦识器理致①，才隐明断②。既为国器③，且是杨侯淮之子④。位望殊为陵迟⑤，卿亦足与之处。"

||| **注释**

① 识器：见识气度。理致：义理情趣。

② 才隐明断：才华卓著，见识高明。

③ 国器：治国的干才。

④ 侯：士大夫之间的敬称。

⑤ 位望：地位声望。陵迟：衰微。

||| **译文**

王大将军（王敦）给丞相（王导）写信，称赞杨朗（杨世彦）说："世彦见识广博，义理深邃，才华卓著，富于决断。他有治国安邦的能力，又是杨淮的儿子，地位名望却那么低，你应该和他交往。"

〈五十九〉此是君坐

何次道往丞相许，丞相以麈尾指坐，呼何共坐曰："来，来，此是君坐。"

||| **译文**

何次道（何充）去丞相（王导）那里，丞相用麈尾指着座位，叫何充来与自己一起坐，说："来，来，这是你的座位。"

《六十》为次道治廨舍

丞相治扬州廨舍①，按行而言曰②："我正为次道治此尔！"何少为王公所重，故屡发此叹。

注释

① 治：修整。廨舍：官署办公居住的地方。

② 按行：巡视。

译文

丞相（王导）修整扬州刺史的官署，他在巡视的时候说："我正是为了次道（何充）才修整这里的啊！"何充少年时就受到王公的器重，所以王公经常发出这样的赞叹。

《六十一》不独拜公

王丞相拜司徒而叹曰①："刘王乔若过江②，我不独拜公。"

注释

① 司徒：官名，魏晋时为三公之一。

② 刘王乔：刘畴，字王乔，有时名，官至司徒左长史。

译文

王丞相（王导）官拜司空时感叹道："如果刘王乔（刘畴）也到江东，我就不会独自做三公了。"

《六十二》主非尧舜

王蓝田为人晚成，时人乃谓之痴。王丞相以其东海子①，辟为掾。常集聚，王公每发言，众人竞赞之。述于末坐曰："主非尧、舜，何得事事皆是？"丞相甚相叹赏。

注释

① 东海：指王承，王承曾任东海太守。

译文

王蓝田（王述）成名较晚，当时有人就认为他傻。王丞相（王导）因为他是东海太守（王承）的儿子，就任命他为自己的属官。大家经常聚会，王公每次讲话，众人都纷纷赞赏。王述却坐在下席说："长官不是尧、舜那样的圣人，怎么可能事事都对呢？"丞相非常赞赏他的这番话。

《六十三》朗是大才

世目杨朗"沈审经断"①。蔡司徒云："若使中朝不乱，杨氏作公方未已。"谢公云："朗是大才。"

注释

① 沈审：深沉慎重。经断：有决断。

译文

世人品评杨朗"沉稳果断"。蔡司徒（蔡谟）说："如果不是西晋动乱，杨家出任三公的人会源源不断。"谢公（谢安）说："杨朗是大才。"

《六十四》灼然玉举

刘万安即道真从子①，庾公所谓"灼然玉举②"。又云："千人亦见③，百人亦见。"

① 从子：侄子。

② 灼然：鲜明的样子。玉举：玉立，比喻人才美好出众。

③ 见：同"现"。

|| **译文**

刘万安（刘绥）是刘道真（刘宝）的侄子，庾公（庾琮）认为他"出类拔萃，超然挺立"。又说："在千人当中他与众不同，在百人当中他也与众不同。"

《 六十五 》海岱清士

庾公为护军，属桓廷尉觅一佳吏①，乃经年②。桓后遇见徐宁而知之③，遂致于庾公曰④："人所应有，其不必有；人所应无，己不必无。真海岱清士⑤。"

|| **注释**

① 属：同"嘱"，嘱咐，委托。

② 乃：竟然。经年：过了一年。

③ 徐宁：字安期，官至吏部郎、左将军、江州刺史。

④ 致：推荐。

⑤ 海岱：晋时东海郡与泰山之间地区，为青、徐二州属地。
清士：高雅之士。

|| **译文**

庾公（庾亮）任护军将军，他让桓廷尉（桓彝）给他选一个好的吏部郎，都过了一年还没找到。桓彝后来遇到了徐宁，很欣赏他，就把他介绍给庾公说："人应该具有的，他不必再有；人应该没有的，他却一定有。的确是东海、泰山一带的高

雅名士啊。"

《六十六》 皮里阳秋

桓茂伦云："褚季野皮里阳秋^①。"谓其裁中也^②。

注释

① 皮里阳秋：心中有中肯的评价，但不说出来。阳秋，即春秋。晋简文帝司马昱的母亲郑太后名阿春，为避讳改"春秋"为"阳秋"。孔子修《春秋》，隐含褒贬，所以"春秋"有批评的意思。

② 裁中：心中有判定。

译文

桓茂伦（桓彝）说："褚季野皮里阳秋。"是说他表面不加评论，内心自有褒贬。

《六十七》 终为诸侯上客

何次道尝送东人^①，瞻望，见贾宁在后轮中^②，曰："此人不死，终为诸侯上客。"

注释

① 东人：从会稽来的人。东晋时，很多侨姓高门在会稽一带拥有田宅，因会稽在建康东，所以当时常以东代指会稽。

② 贾宁：字建宁，参与苏峻谋反，事败后归顺朝廷，官至新安太守。轮：指车子。

译文

何次道（何充）有一次送会稽来的人，远远望去，见贾宁在后边的车上，说："这个人如果不死，一定会成为王侯的座上客。"

《六十八》 哀容不称

杜弘治墓崩，哀容不称①。庾公顾谓诸客曰："弘治至羸②，不可以致哀③。"又曰："弘治哭不可哀。"

注释

① 不称：不相称，不符。

② 羸（léi）：瘦弱。

③ 致哀：非常悲伤。

译文

杜弘治（杜乂）家的祖坟塌了，他的表情不是应有的那么悲哀。庾公（庾亮）环视四座的客人说："弘治身体很差，不能过分哀伤。"又说："弘治哭得不能太悲伤。"

《六十九》 丰年玉，荒年谷

世称"庾文康为丰年玉①，稚恭为荒年谷"②。庾家论云，是文康称"恭为荒年谷，庾长仁为丰年玉"。

注释

① 丰年玉：比喻太平盛世的治国人才。

② 稚恭：庾翼，字稚恭，庾亮的弟弟。荒年谷：比喻乱世的匡济之才。

译文

世人称"庾文康（庾亮）为丰年的玉石，稚恭（庾翼）为荒年的谷子"。庾家人评论说，是庾文康称"稚恭为荒年的谷子，庾长仁（庾统）为丰年的玉石"。

《七十》杜褚风范

世目杜弘治标鲜^①，季野穆少^②。

注释

① 标鲜：风采照人的样子。

② 穆少：庄重宁静。

译文

世人品评杜弘治（杜乂）光彩照人，褚季野（褚裒）庄重内敛。

《七十一》标鲜清令

有人目杜弘治，标鲜清令^①，盛德之风^②，可乐咏也^③。

注释

① 清令：纯洁美好。

② 盛德：大德。

③ 乐咏：歌颂。

译文

有人品评杜弘治（杜乂），仪表出众，清明正直，道德为世人垂范，是值得歌咏的人物。

《七十二》逸少国举

庾公云："逸少国举^①。"故庾倪为碑文云^②："拔萃国举^③。"

注释

① 国举：举国推崇。
② 庾倪：庾倩，字少彦，小字倪，庾冰子，官至太宰长史，被桓温杀害。
③ 拔萃国举：出类拔萃，举国推崇。

译文

庾公（庾亮）说："逸少（王羲之）是举国推崇的人。"所以庾倪（庾倩）在给他写的碑文中说："拔萃国举。"

《七十三》正实良器

庾稚恭与桓温书称："刘道生日夕在事①，大小殊快②。义怀通乐既佳③，且足作友，正实良器，推此与君，同济艰不者也④。"

注释

① 日夕：终日，整天。在事：勤于职守。
② 大小殊快：即大小事情处理得都很得当。
③ 义怀：仁义胸襟。通乐：豁达乐观。
④ 济：度过。艰不（pǐ）：艰难困苦。不，通"否"，不顺，命运阻遏。

译文

庾稚恭（庾翼）在给桓温的信中说："刘道生（刘恢）整日勤于职守，大小事情都处理得当。他心怀仁义，乐观豁达，值得做朋友，是优秀的人才，把他推荐给你，让他和你共渡难关。"

《七十四》余无所讳

王蓝田拜扬州，主簿请讳①，教云②："亡祖、先君名播海内，远近所知。内讳不出于外③。余无所讳。"

注释

① 讳：避讳。旧时忌讳直呼帝王、长辈、尊者的名字，晋人重家讳。长官就任，僚属要预先知道长官的家讳，以免冒犯。

② 教：上对下的告诫。

③ 内讳：指妇女的名字。《礼记·曲礼上》："妇讳不出门。"

译文

王蓝田（王述）官拜扬州刺史，主簿请示他的家讳，他告诫说："我的先祖、先父名扬海内，远近皆知。妇人之讳不出家门，除此之外，没什么避讳的了。"

《七十五》无所不堪

萧中郎①，孙承公妇父。刘尹在抚军坐，时拟为太常，刘尹云："萧祖周不知便可作三公不？自此以还②，无所不堪③。"

注释

① 萧中郎：萧轮，字祖周，有才学，历任常侍、国子博士。

② 以还：以下。

③ 堪：胜任。

译文

萧中郎（萧轮），是孙承公（孙统）的岳父。刘尹（刘惔）在抚军将军（司马昱）那里做客，当时准备安排萧轮做太常，刘尹说："我不知道萧祖周（萧轮）是否可以马上做三公，三公以下，他没有不能胜任的。"

《七十六》为来逼人

谢太傅未冠，始出西，诣王长史，清言良久。去后，苟子问曰[①]："向客何如尊？"长史曰："向客亹亹[②]，为来逼人[③]。"

‖ 注释

① 苟子：王脩，小字苟子，王濛子。

② 亹亹（wěi）：同"娓娓"，形容说话滔滔不绝的样子。

③ 为：指谈话。来：助词，无实义。

‖ 译文

谢安未成年时，刚到建康，去拜访王长史（王濛），和他清谈了很久。谢安走后，王苟子（王脩）问父亲："刚才那位客人和你相比如何？"长史说："刚才的客人侃侃而谈，咄咄逼人。"

《七十七》与天下共推之

王右军语刘尹："故当共推安石[①]。"刘尹曰："若安石东山志立[②]，当与天下共推之。"

‖ 注释

① 故当：自然，当然。

② 东山志：谢安年轻时曾在会稽上虞的东山隐居，后来以"东山志"比喻隐居的志向。

王右军（王羲之）对刘尹（刘惔）说："我们应该一起推举安石（谢安）。"刘尹说："如果安石决意在东山隐居，我们当和天下人共同推举他。"

《七十八》掇皮皆真

谢公称蓝田："掇皮皆真①。"

注释

① 掇（duō）皮皆真：形容王述非常率真，不虚伪。掇，剥去。

译文

谢公（谢安）称赞王蓝田（王述）："去掉外皮，全是真率。"

《七十九》可儿

桓温行经王敦墓边过，望之云："可儿①！可儿！"

注释

① 可儿：即"可人"，可爱的人，让人喜欢的人。

译文

桓温途经王敦的墓地，望着坟墓说："真让人喜欢！真让人喜欢！"

《八十》逸少清贵人

殷中军道王右军云："逸少清贵人①，吾于之甚至②，一时无所后③。"

注释

① 清贵：纯洁高贵。

② 于之：对待他。至：周到。

③ 一时：当时。无所后：意思是没有慢待过。

译文

殷中军（殷浩）评论王右军（王羲之）说："逸少（王羲之）是纯洁高贵的人，我对他非常诚恳，从没有失礼过。"

《八十一》处长亦胜人

王仲祖称殷渊源："非以长胜人，处长亦胜人①。"

注释

① 处长：对待自己的长处。即不恃才傲物。

译文

王仲祖（王濛）称赞殷渊源（殷浩）："他不仅长处胜过别人，就是在对待自己的长处上，也胜过别人。"

《八十二》众源未可得测

王司州与殷中军语，叹云："己之府奥①，早已倾写而见②；殷陈势浩汗③，众源未可得测④。"

注释

① 府奥：胸中所有。

② 倾写：即倾泻。见：同"现"。

③ 陈势：阵势。浩汗：同"浩瀚"。

④ 众源：众多的源头。

||| 译文

王司州（王胡之）和殷中军（殷浩）清谈后，赞叹道："我胸中所有，早已倾泻而尽；殷浩的阵势就像浩浩汤汤的水，不知有多少源头。"

《八十三》金玉满堂

王长史谓林公："真长可谓金玉满堂①。"林公曰："金玉满堂，复何为简选②？"王曰："非为简选，直致言处自寡耳③。"

||| 注释

① 金玉满堂：见《老子·九章》："金玉满堂，莫之能守。"比喻人的富有，这里是指言辞和才学的丰富。

② 简选：筛选，选择，斟酌。

③ 直：只。致言：说话，发言。

||| 译文

王长史（王濛）对林公（支遁）说："真长（刘惔）的才华，如金玉满堂。"林公说："金玉满堂，又为什么清谈时言辞审慎呢？"王长史说："不是言辞审慎，只是他的话本来就少而已。"

《八十四》王长史道江道群

王长史道江道群①："人可应有，乃不必有；人可应无，己必无。"

||| 注释

① 江道群：江灌，字道群，江虨堂弟，有才学，官至尚书中

护军。

|||| 译文

王长史（王濛）评论江道群（江灌）："人所应有的，他却不一定有；人所应没有的，他一定没有。"

《八十五》四族之俊

会稽孔沈、魏颢、虞球、虞存、谢奉并是四族之俊，于时之杰。孙兴公目之曰："沈为孔家金，颢为魏家玉，虞为长、琳宗①，谢为弘道伏②。"

|||| 注释

① 长、琳：虞存，字道长；虞球，字和琳。宗：推崇，尊重。

② 弘道：谢奉，字弘道。伏：同"服"，佩服。

|||| 译文

会稽的孔沈、魏颢、虞球、虞存、谢奉是四个家族中的优秀人才，当时的俊杰。孙兴公（孙绰）品评他们说："孔沈是孔家的金子，魏颢是魏家的宝玉，虞家尊崇虞长（虞存）、虞琳（虞球），谢家钦佩弘道（谢奉）。"

《八十六》堕其云雾中

王仲祖、刘真长造殷中军谈，谈竟俱载去①。刘谓王曰："渊源真可②。"王曰："卿故堕其云雾中③。"

|||| 注释

① 俱载：一起乘车。

② 可：让人满意，让人喜欢。

③ 故：已经。

译文

王仲祖（王濛）、刘真长（刘惔）到殷中军（殷浩）那里清谈，谈完一起乘车离去。刘真长对王仲祖说："渊源（殷浩）很有魅力。"王仲祖说："你已经陷入他的云雾之中了。"

《八十七》自然有节

刘尹每称王长史云："性至通而自然有节①。"

注释

① 节：节制。

译文

刘尹（刘惔）常常称赞王长史（王濛）说："性情通达，自然有节制。"

《八十八》王右军品四人

王右军道谢万石"在林泽中为自遒上①"，叹林公"器朗神俊②"，道祖士少"风领毛骨③，恐没世不复见如此人④"，道刘真长"标云柯而不扶疏⑤"。

注释

① 林泽：指隐居的地方，这里指隐居的人。遒上：挺拔高迈。

② 器朗：胸襟开阔。神俊：精神俊异。

③ 风领毛骨：神态气派与众不同。

④ 没世：终生，一辈子。

⑤ 标云柯：树枝高耸入云，比喻身居高位。扶疏：枝叶茂盛

的样子。"不扶疏"比喻身在高位而恬静自守。

译文

王右军（王羲之）评论谢万石（谢万）"是隐士当中的强者"，赞叹林公（支遁）"器度开阔，天赋奇才"，评价祖士少（祖约）"仪表不凡，恐怕平生也不会再见到这样的人"，评论刘真长（刘惔）"身处高位却能恬淡自守，如大树高耸入云却不枝叶纷乱"。

《八十九》胸中无宿物

简文目庾赤玉①："省率治除②。"谢仁祖云："庾赤玉胸中无宿物③。"

注释

① 庾赤玉：庾统，字长仁，小字赤玉，官至寻阳太守。

② 省率治除：办事情简练率直。

③ 宿物：隔夜的东西。

译文

简文帝（司马昱）品评庾赤玉（庾统）："办事情简单直率。"谢仁祖（谢尚）说："庾赤玉内心很干净。"

《九十》居然是出群器

殷中军道韩太常曰①："康伯少自标置②，居然是出群器③。及其发言遣辞，往往有情致④。"

注释

① 韩太常：即韩伯。韩伯官至豫章太守、丹阳尹、吏部尚书，

死后赠太常。

② 标置：标榜，自视很高。

③ 居然：显然。出群器：出类拔萃的人才。

④ 情致：情趣，情调。

‖ **译文**

殷中军（殷浩）评价韩太常（韩伯）说："康伯很少自我标榜，显然是出类拔萃的人才。当他开口说话的时候，往往是很有情趣的。"

《九十一》真率少许

简文道王怀祖："才既不长，于荣利又不淡，直以真率少许①，便足对人多多许。"

‖ **注释**

① 直：只。真率：真诚坦率。少许：一点点。

‖ **译文**

简文帝评价王怀祖（王述）："才华不是很出众，对名利也不淡泊，只是凭借这一点点真诚坦率，就足以抵得上别人的很多了。"

《九十二》不欲苦物

林公谓王右军云："长史作数百语，无非德音，如恨不苦①。"王曰："长史自不欲苦物。"

‖ **注释**

① 如：表转折的连词，只是。恨：遗憾。苦：使动用法，

使……苦。意思是陷人于窘境。

译文

林公（支遁）对王右军（王羲之）说："长史（王濛）谈了几百句话，都是善言，遗憾的是不能说服别人。"王羲之说道："长史本来就不想让人难堪。"

《九十三》文理转遒

殷中军与人书，道谢万："文理转遒①，成殊不易②。"

注释

① 转：越来越，更加。遒：强劲。
② 成：同"诚"，实在，的确。

译文

殷中军（殷浩）在给别人的信中评价谢万说："言辞和义理越来越遒劲，实在是不容易。"

《九十四》不翅儒域

王长史云："江思悛思怀所通①，不翅儒域②。"

注释

① 江思悛（quān）：江惇（dūn），字思悛，江彪弟，博览群书，有才学。思怀：思想。
② 不翅：不只，不仅。儒域：儒学领域。

译文

王长史（王濛）说："江思悛（江惇）胸中所通晓的学问，不只是儒家领域。"

《九十五》才情过于所闻

许玄度送母始出都，人问刘尹："玄度定称所闻不^①？"刘曰："才情过于所闻。"

|| **注释**

① 定：究竟，到底。称（chèn）：相称，相符。

|| **译文**

许玄度（许询）送他母亲刚到京都不久，有人问刘尹（刘惔）："玄度的才气到底和传闻的相不相符呢？"刘尹回答："他的才情胜过传闻。"

《九十六》王家三少

阮光禄云："王家有三年少：右军、安期、长豫。"

|| **译文**

阮光禄（阮裕）说："王家有三个优秀的年轻人：右军（王羲之）、安期（王应）、长豫（王悦）。"

《九十七》把臂入林

谢公道豫章^①："若遇七贤，必自把臂入林^②。"

|| **注释**

① 豫章：指谢鲲，谢鲲曾任豫章太守。

② 把臂：拉着胳膊。

谢公（谢安）评价豫章（谢鲲）说："他如果遇见竹林七贤，一定会挽着胳膊，一起走进竹林。"

《九十八》不减辅嗣

王长史叹林公："寻微之功^①，不减辅嗣^②。"

注释

① 寻微：探寻玄学的深奥真谛。

② 减：比……差。

译文

王长史（王濛）赞美林公（支遁）："在玄学上探精求微的功力，不比王辅嗣（王弼）差。"

《九十九》以卜江左兴亡

殷渊源在墓所几十年。于时朝野以拟管、葛^①，起不起^②，以卜江左兴亡。

注释

① 拟：比作。管、葛：管仲、诸葛亮。

② 起：出仕。

译文

殷渊源（殷浩）在墓地居住了将近十年。当时朝野都把他比作管仲和诸葛亮，以他是否出仕来估量东晋王朝的兴衰。

《一百》清鉴贵要

殷中军道右军"清鉴贵要①"。

注释

① 清鉴：有见识。贵要：高贵简要。

译文

殷中军（殷浩）称赞右军（王羲之）"识见清明，尊贵显要"。

《一百一》桓公诣谢

谢太傅为桓公司马。桓诣谢，值谢梳头，遽取衣帻。桓公云："何烦此！"因下共语至暝①。既去，谓左右曰："颇曾见如此人不②？"

注释

① 暝：日暮，天晚。

② 颇曾：可曾。

译文

谢太傅（谢安）做桓公（桓温）的司马。桓温去看谢安，正赶上谢安在梳头，见桓温来了，谢安急忙拿来衣裳和头巾。桓温说："何必拘泥这些礼数！"于是就放下衣帽一起聊天，直到黄昏降临。桓温走后，他对左右的人说："可曾见过这样的人吗？"

《一百二》谢公乡选

谢公作宣武司马，属门生数十人于田曹中郎赵悦子[1]。悦子以告宣武，宣武云："且为用半。"赵俄而悉用之[2]，曰："昔安石在东山，缙绅敦逼[3]，恐不豫人事[4]。况今自乡选[5]，反违之邪？"

|||| **注释**

① 属：同"嘱"，嘱咐，委托。田曹中郎：官名，掌管农事。

② 俄而：不久。悉：全部。

③ 缙绅：官员，士大夫。敦逼：督促逼迫。

④ 豫：参与。人事：世事。

⑤ 乡选：去乡里选拔人才。

|||| **译文**

谢公（谢安）做桓宣武（桓温）的司马，他让田曹中郎赵悦子（赵悦）安置他的几十个门生。赵悦子把这件事告诉了桓温，桓温说："暂时先用一半吧。"不久赵悦子就全部录用了他们，说："从前安石在东山隐居的时候，士大夫们怕他不参与世事，敦促逼迫他。如今他自己从乡里选拔出的人才，我怎么会反倒不用呢？"

《一百三》神怀挺率

桓宣武表云："谢尚神怀挺率[1]，少致民誉[2]。"

|||| **注释**

① 神怀：胸怀。挺率：坦荡直率。

② 致：招致，得到。

桓宣武（桓温）上表说："谢尚胸怀坦荡，为人直率，年轻时就博得声誉。"

《一百四》自然令上

世目谢尚为"令达①"。阮遥集云②："清畅似达。"或云："尚自然令上③。"

注释

① 令达：美好通达。

② 阮遥集：阮孚，字遥集，阮咸子，任诞不拘，官至广州刺史。

③ 自然：天生。

译文

世人品评谢尚"美好通达"。阮遥集（阮孚）说："清明晓畅，自然通达。"还有人说："谢尚天生美好，卓越不凡。"

《一百五》吾门中久不见如此人

桓大司马病，谢公往省病①，从东门入。桓公遥望，叹曰："吾门中久不见如此人！"

注释

① 省：探视，问候。

译文

桓大司马（桓温）生病，谢公（谢安）去探视，他从东门进去。桓公远远望见了，叹息道："我的门里很久没见到这样的人了！"

《一百六》 朗豫

简文目敬豫为"朗豫"①。

注释

① 敬豫：王恬，字敬豫，小字螭虎，王导次子。朗豫：开朗
快乐。

译文

简文帝（司马昱）品评敬豫（王恬）"开朗快乐"。

《一百七》 沐浴此言

孙兴公为庾公参军，共游白石山①，卫君长在坐②。孙曰：
"此子神情都不关山水，而能作文。"庾公曰："卫风韵虽不及卿
诸人，倾倒处亦不近③。"孙遂沐浴此言。

注释

① 白石山：山名，在今江苏溧水北。

② 卫君长：卫永，字君长，官至左军长史。

③ 倾倒处：让人倾倒的地方。近：浅。

译文

孙兴公（孙绰）担任庾公（庾亮）的参军，大家一起游览
白石山，卫君长（卫永）也在。孙兴公说："此人的神情不在山
水上面，却能写诗作文。"庾公说："君长的风韵虽然赶不上你
们这些人，可令人倾倒的地方也很不一般。"孙兴公就沉浸在庾
公这句话的意味中。

《一百八》 垒块有正骨

王右军目陈玄伯："垒块有正骨①。"

注释

① 垒块：孤傲。正骨：正直刚强。

译文

王右军（王羲之）品评陈玄伯（陈泰）："孤傲而正直刚强。"

《一百九》 刘尹知我

王长史云："刘尹知我，胜我自知。"

译文

王长史（王濛）说："刘尹（刘惔）对我的了解，胜过我对自己的了解。"

《一百十》 故是凶物

王、刘听林公讲，王语刘曰："向高坐者，故是凶物①。"复更听，王又曰："自是钵釪后王、何人也②。"

注释

① 故：确实，的确。物：人。

② 自：原本，本来。钵釪：即钵盂，和尚用的饭碗，此指佛门。

译文

王濛、刘惔听林公（支遁）讲经，王濛对刘惔说："刚才坐在高座上的，确实是个很厉害的人。"又接着听，王濛又说：
"此人原是佛门中的王弼、何晏这样的人啊。"

《一百十一》刘尹与简文

许玄度言："《琴赋》所谓'非至精者①，不能与之析理'，
刘尹其人；'非渊静者②，不能与之闲止③'，简文其人。"

‖ **注释**

① 《琴赋》：嵇康作。

② 渊静：深沉。

③ 闲止：闲处，闲居。

‖ **译文**

许玄度（许询）说："《琴赋》中所谓'不是最深刻的人，
不能和他一起辨析玄理'，刘尹（刘恢）就是这样的人；'不是
最沉静的人，不能和他一起闲居'，简文帝（司马昱）就是这
样的人。"

《一百十二》魏氏已复有人

魏隐兄弟少有学义①，总角诣谢奉。奉与语，大说之②，
曰："大宗虽衰③，魏氏已复有人。"

‖ **注释**

① 魏隐兄弟：指魏隐、魏𬤇（tì）。魏隐，字安时，官至义兴
太守、御史中丞。弟魏𬤇，官至黄门郎。学义：学问，学
识。

② 说：同"悦"。

③　大宗：大的宗族。

译文

魏隐兄弟年轻时就很有学识，很小的时候去拜见谢奉。谢奉和他们谈话，非常喜欢他们，说："大家族虽已衰败，但魏家也算是后继有人了。"

《一百十三》故有局陈

简文云："渊源语不超诣简至①，然经纶思寻处②，故有局陈③。"

注释

①　超诣：深刻。简至：精练简约。

②　经纶：比喻思路条理。思寻：思考。

③　故：确实。局陈：即"局阵"，格局。

译文

简文帝（司马昱）说："渊源（殷浩）说话虽然不是那么深刻简约，但其思路条理，还是很缜密严格的。"

《一百十四》法汰知名

初，法汰北来，未知名，王领军供养之①。每与周旋行来②，往名胜许③，辄与俱。不得汰，便停车不行。因此名遂重。

注释

①　王领军：王洽，字敬和，丞相王导第三子，曾官拜中领军，故称。供养：佛家把供献神佛或以饭食招待僧人称为供养。

② 周旋：交往。行来：往来。

③ 名胜：名流。

‖ 译文

当初，竺法汰从北方来，还不知名，王领军（王洽）给他提供日常生活所需。王洽经常和他往来应酬，去名流的家，常常是一块儿去。如果竺法汰没来，王洽就停下车等着。于是竺法汰的名声就越来越大了。

《一百十五》识致安处

王长史与大司马书，道渊源"识致安处①，足副时谈②"。

‖ 注释

① 识致：见识情趣。安处：日常居处。

② 副：符合。时谈：时人的评论。

‖ 译文

王长史（王濛）在给大司马（桓温）的信中，称赞渊源（殷浩）"见识情趣和日常居处闲适恬淡，完全符合时人的评议"。

《一百十六》刘尹语审细

谢公云："刘尹语审细①。"

‖ 注释

① 审细：审慎周密。

‖ 译文

谢公（谢安）说："刘尹（刘惔）说话严谨周密。"

《一百十七》用违其才

桓公语嘉宾：“阿源有德有言^①，向使作令仆^②，足以仪刑百揆^③，朝廷用违其才耳。”

注释

① 阿源：即殷浩。殷浩，字渊源，在字前加“阿”，有亲昵的意思。

② 向使：假使。

③ 仪刑：同“仪型”，成为楷模、典范。百揆：百官。

译文

桓公（桓温）对嘉宾（郗超）说：“阿源（殷浩）有德行，有口才，如果让他做尚书令或者仆射，完全可以做百官的楷模。朝廷对他的任用，和他的才干相违啊。”

《一百十八》刘尹语末

简文语嘉宾：“刘尹语末后亦小异^①，回复其言^②，亦乃无过^③。”

注释

① 小异：略微不同。

② 回复：回味。

③ 乃：竟然，竟。

译文

简文帝（司马昱）对嘉宾（郗超）说：“刘尹（刘惔）清谈的时候，说到最后，和开头稍微有点差异，不过回味他的话，竟也没什么不对的。"

《一百十九》商略先往名达

孙兴公、许玄度共在白楼亭①，共商略先往名达②。林公既非所关③，听讫④，云："二贤故自有才情。"

注释

① 白楼亭：亭名，在当时的会稽山阴（今浙江绍兴）。

② 商略：商讨，议论。先往：先前。名达：名流贤达。

③ 既非所关：和自己无关。指支遁没有参与讨论。

④ 讫：罢，完。

译文

孙兴公（孙绰）、许玄度（许询）在白楼亭一块儿议论以往的名流贤士。林公（支遁）没有介入，听他们说完，说道："二位贤人的确有才华啊。"

《一百二十》章清太出

王右军道东阳①："我家阿临，章清太出②。"

注释

① 东阳：指王临之。王临之曾任东阳太守。

② 章清：直率高洁。太出：突出，出众。

译文

王右军（王羲之）评论东阳（王临之）："我家阿临，开朗清纯，非常优秀。"

《一百二十一》触事长易

王长史与刘尹书，道渊源"触事长易①"。

注释

① 触事：遇事，做事。长：同"常"。易：平易，随和。

译文

王长史（王濛）在给刘尹（刘惔）的信中，评价渊源（殷浩）"待人接物，非常平和"。

《一百二十二》出自门风

谢中郎云①："王修载乐托之性②，出自门风。"

注释

① 谢中郎：指谢万。谢万曾任抚军从事中郎。

② 王修载：王耆之，字修载，王胡之弟，历任中书郎、鄱阳太守、给事中。乐托：乐观豪放。

译文

谢中郎（谢万）说："王修载（王耆之）放荡不羁的个性，出自家风。"

《一百二十三》王敬仁是超悟人

林公云："王敬仁是超悟人①。"

注释

① 超悟：超脱聪慧。

译文

林公（支遁）说："王敬仁（王脩）是达观的聪明人。"

《一百二十四》昔尝北面

刘尹先推谢镇西，谢后雅重刘，曰："昔尝北面①。"

注释

① 北面：对人称臣为北面。学生行尊师之礼，也可称"北面"。

译文

刘尹（刘惔）先前很推崇谢镇西（谢尚），谢尚后来也非常看重刘惔，他说："我曾是他的弟子。"

《一百二十五》可与林泽游

谢太傅称王修龄曰①："司州可与林泽游②。"

注释

① 王修龄：王胡之，字修龄，曾任司州刺史。
② 林泽：隐者居住的地方，指隐居生活。

译文

谢太傅（谢安）称赞王修龄（王胡之）说："王司州（王胡之）这个人，可以和他一起归隐山林。"

《一百二十六》王文度和郗嘉宾

谚曰："扬州独步王文度①，后来出人郗嘉宾②。"

① 独步：独一无二，比喻才华超群。

② 出人：杰出的人。

译文

民间传说："王文度（王坦之）是扬州独一无二的人才，郗嘉宾（郗超）是后起之秀。"

《一百二十七》足自生活

人问王长史江虨兄弟群从①。王答曰："诸江皆复足自生活②。"

注释

① 群从：指同族的子弟们。

② 皆复：都。足自：完全能够。生活：生存。

译文

有人问王长史（王濛）江虨兄弟以及同族子弟的情况。王长史回答："江家的人都能够自立于世。"

《一百二十八》不复使人思

谢太傅道安北①："见之乃不使人厌，然出户去，不复使人思。"

注释

① 安北：指王坦之。王坦之死后追赠安北将军。

译文

谢太傅（谢安）评价安北（王坦之）："见到他不让人厌烦，

不过走出门去，也不会让人思念。"

《一百二十九》造胜遍决

谢公云："司州造胜遍决①。"

||| **注释**

① 造胜：进入胜境，达到很高的境界。决：解决疑难。

||| **译文**

谢公（谢安）说："王司州（王胡之）已经达到很高的境界，没有他不能决断的。"

《一百三十》欲倾家酿

刘尹云："见何次道饮酒，使人欲倾家酿。"

||| **译文**

刘尹（刘惔）说："看何次道（何充）喝酒，叫人恨不得把家里所有的酒都拿出来喝光。"

《一百三十一》名士之高操者

谢太傅语真长："阿龄于此事，故欲太厉①。"刘曰："亦名士之高操者。"

||| **注释**

① 故：确实。欲：好像。

② 高操：高尚情操。

谢太傅（谢安）对刘真长（刘惔）说："阿龄（王胡之）对这件事，好像是太过分了。"刘真长说："这也是名士的高尚情操。"

《一百三十二》士少彻朗

王子猷说："世目士少为朗，我家亦以为彻朗①。"

注释

① 我家：我。彻朗：非常爽朗。

译文

王子猷（王徽之）说："世人品评士少（祖约）爽朗，我也认为他极其爽朗。"

《一百三十三》长史有令音

谢公云："长史语甚不多，可谓有令音①。"

注释

① 令音：美好的声音。这里指言辞富有才华。

译文

谢公（谢安）说："长史（王濛）话虽然不多，但可说是有才情。"

《一百三十四》文学镞镞

谢镇西道敬仁："文学镞镞①，无能不新②。"

① 文学：官名。汉代在州郡设置文学，或称文学掾、文学史。

铄铄：杰出的样子。

② 能：连词，而。

译文

谢镇西（谢尚）评价王敬仁（王脩）："才华出众，在很多方面都有新意。"

《一百三十五》不能言而能不言

刘尹道江道群："不能言而能不言"。

译文

刘尹（刘惔）评价江道群（江灌）："不善于说话却善于不说话。"

《一百三十六》警悟交至

林公云："见司州警悟交至①，使人不得住②，亦终日忘疲。"

注释

① 警悟：机敏聪慧。

② 住：停。

译文

林公（支遁）说："看见司州（王胡之）言辞机敏颖悟，令人心驰神往，终日都忘却疲劳。"

《一百三十七》苟子与阿兴

世称"苟子秀出，阿兴清和①"。

注释

① 苟子：即王脩。王脩，字敬仁，小字苟子，王濛子。阿兴：即王蕴。王蕴，字叔仁，小字阿兴，王濛子，王脩弟。

译文

世人称赞"苟子（王脩）优秀出色，阿兴（王蕴）清净平和"。

《一百三十八》茗柯有实理

简文云："刘尹茗柯有实理①。"

注释

① 茗柯：酩酊，糊涂的样子。

译文

简文帝（司马昱）说："刘尹（刘惔）外表糊涂，心中有主意。"

《一百三十九》王堪其人

谢胡儿作著作郎，尝作《王堪传》①，不谙堪是何似人②，咨谢公。谢公答曰："世胄亦被遇③。堪，烈之子，阮千里姨兄弟，潘安仁中外④。安仁诗所谓'子亲伊姑，我父唯舅⑤'。是许允婿。"

注释

① 王堪：字世胄，有节操，曾任尚书左丞，被石勒杀害，死后赠太尉。

② 谙：熟悉。何似：什么样，怎样。

③ 被遇：被赏识，重用。

④ 中外：即表兄弟。

⑤ 子亲伊姑，我父唯舅：意思是你的母亲是我的姑姑，我的父亲是你的舅舅。

||| **译文**

谢胡儿（谢朗）担任著作郎，曾作《王堪传》，他不了解王堪是什么样的人，就向谢公（谢安）求教。谢公告诉他："世胄（王堪）也曾受到重用。王堪是王烈的儿子，阮千里（阮瞻）的姨表兄弟，潘安仁（潘岳）的姑表兄弟。潘安仁诗中说'子亲伊姑，我父唯舅'，他是许允的女婿。"

《 一百四十 》天地无知

谢太傅重邓仆射[①]，常言："天地无知，使伯道无儿。"

||| **注释**

① 邓仆射：指邓攸。邓攸，字伯道，官至尚书左仆射。

||| **译文**

谢太傅（谢安）很敬重邓仆射（邓攸），常说："天地没有良知，让伯道（邓攸）没有子嗣。"

《 一百四十一 》栖托好佳

谢公与王右军书曰："敬和栖托好佳[①]。"

||| **注释**

① 栖托：寄托。

谢公（谢安）在给王右军（王羲之）的信中说："敬和（王洽）身心都有很好的寄托。"

《一百四十二》吴中四姓

吴四姓旧目云①："张文，朱武，陆忠，顾厚。"

注释

① 吴四姓：吴郡有张、朱、顾、陆四姓，三国时非常兴盛。

译文

人们从前品评吴郡的四大家族说："张家崇文，朱家尚武，陆家忠实，顾家敦厚。"

《一百四十三》举体无常人事

谢公语王孝伯："君家蓝田，举体无常人事①。"

注释

① 举体：通体，整个身体。

译文

谢公（谢安）对王孝伯（王恭）说："你们家的蓝田（王述），完全不像平常人。"

《一百四十四》造膝共语

许掾尝诣简文①，尔夜风恬月朗，乃共作曲室中语②。襟怀之咏③，偏是许之所长，辞寄清婉，有逾平日。简文虽契素④，

晉許先生詢

此遇尤相咨嗟⑤，不觉造膝⑥，共叉手语⑦，达于将旦。既而曰："玄度才情，故未易多有许⑧。"

注释

① 许掾：即许询。许询，字玄度，曾任司徒掾，故称。

② 曲室：内室。

③ 襟怀：情怀。

④ 契素：情投意合。

⑤ 咨嗟：赞叹。

⑥ 造膝：促膝。两人膝盖接触，形容亲近。

⑦ 叉手：握手。

⑧ 故：确实。许：句末语气词。

译文

许掾（许询）曾去拜访简文帝（司马昱），那天夜里风清月明，两个人就在内室里一起清谈。抒发胸怀，恰恰是许询的特长，他的言辞清丽婉转，更是超过平时。简文帝和许询一向默契，但对这次相遇更加赞赏不已，不知不觉中挪到许询跟前，两人手拉着手，尽情交谈，直说到天都要亮了。事后简文帝说："玄度（许询）的才情，确实不可多得啊。"

《一百四十五》袁生开美

殷允出西①，郗超与袁虎书云："子思求良朋，托好足下②，勿以开美求之③。"世目袁为"开美"，故子敬诗曰："袁生开美度。"

注释

① 殷允：字子思，官至吏部尚书。

② 托好：交好，结交。足下：对同辈的敬称。

③ 开美：开朗美好。

║ 译文

　　殷允到建康去，郗超在给袁虎（袁宏）的信中说："子思在寻求好友，希望能和您交朋友，请不要以'开朗美好'的标准苛求他。"世人品评袁宏"开朗美好"，所以王子敬（王献之）的诗中说："袁生开美度。"即袁宏有开朗美好的气度。

《一百四十六》真长至峭

　　谢车骑问谢公："真长性至峭①，何足乃重②？"答曰："是不见耳！阿见子敬③，尚使人不能已④。"

║ 注释

① 峭：严厉，苛刻。

② 何足：哪值得。乃：如此，这样。

③ 阿：我。

④ 不能已：不能自已。

║ 译文

　　谢车骑（谢玄）问谢公（谢安）："真长（刘惔）性情很严厉，为什么还会受到如此敬重呢？"谢公回答："你是没见到他啊！我见到子敬（王献之），尚且不能自已。"

《一百四十七》神意闲畅

　　谢公领中书监①，王东亭有事，应同上省②。王后至，坐促③，王、谢虽不通④，太傅犹敛膝容之⑤。王神意闲畅，谢公倾目⑥。还谓刘夫人曰："向见阿瓜⑦，故自未易有，虽不相关，正是使人不能已已。"

注释

① 领：以职位较高的身份兼任低的官职。

② 上省：到省台官署去。

③ 坐促：座位局促。

④ 不通：不交往。

⑤ 敛膝：收拢膝盖。

⑥ 倾目：注目。

⑦ 阿瓜：王珣小字。

译文

谢公（谢安）兼管中书监，王东亭（王珣）有事，要和他一起到中书省。王珣后到，座位有些局促，王、谢两家虽然并不交往，太傅（谢安）还是并着双膝，让他坐下。王珣神态悠闲，引得谢公注目。回到家里，谢公对刘夫人说："刚才见到阿瓜（王珣），确实是不多见的人才，虽然没有什么交往，还是令人钦佩，不能自已。"

《一百四十八》公故萧洒

王子敬语谢公："公故萧洒①。"谢曰："身不萧洒②。君道身最得，身正自调畅③。"

注释

① 萧洒：同"潇洒"。

② 身：我。

③ 正自：恰好。调畅：身心舒畅。

王子敬（王献之）和谢公（谢安）说："您确实洒脱。"谢公说："我并不洒脱。你夸奖我，我很满足，我确实是身心顺畅。"

《一百四十九》愔愔竟夕

谢车骑初见王文度，曰："见文度，虽萧洒相遇[①]，其复愔愔竟夕[②]。"

注释

① 萧洒：偶然。

② 愔愔（yīn）：安详和悦的样子。竟夕：整天，终日。

译文

谢车骑（谢玄）第一次见到王文度（王坦之），说："见到文度，虽然是偶然相遇，也让人一直很高兴。"

《一百五十》不有此舅，焉有此甥

范豫章谓王荆州[①]："卿风流俊望，真后来之秀。"王曰："不有此舅，焉有此甥？"

注释

① 王荆州：即王忱。王忱，字元达，王坦之子，曾任荆州刺史。王忱的母亲是范宁的妹妹。

译文

范豫章（范宁）对王荆州（王忱）说："你才华出众，备受瞩目，真是后起之秀呀。"王忱说："没有您这样的舅舅，哪会有我这样的外甥？"

《一百五十一》 遇酒则酣畅忘反

子敬与子猷书道："兄伯萧索寡会①，遇酒则酣畅忘反，乃自可矜②。"

‖ **注释**

① 兄伯：兄长。萧索：孤寂。这里有卓尔不群的意思。寡会：寡合，不入俗流。

② 矜：夸耀。

‖ **译文**

子敬（王献之）在给哥哥子猷（王徽之）的信中说："兄长落落寡合，遇到酒就开怀畅饮，流连忘返，确实让人赞叹。"

《一百五十二》 天锡讶服

张天锡世雄凉州①，以力弱诣京师，虽远方殊类②，亦边人之桀也③。闻皇京多才，钦羡弥至④。犹在渚住，司马著作往诣之。言容鄙陋，无可观听。天锡心甚悔来，以遐外可以自固⑤。王弥有俊才美誉，当时闻而造焉。既至，天锡见其风神清令⑥，言话如流，陈说古今，无不贯悉⑦。又谙人物氏族中表⑧，皆有证据。天锡讶服⑨。

‖ **注释**

① 雄：称雄，称霸。

② 殊类：异族。

③ 桀：同"杰"。

④ 钦羡：仰慕。弥至：极，非常。

⑤　逖外：边远之地，指凉州。

⑥　风神：风度神采。清令：清纯美好。

⑦　贯悉：通晓。

⑧　人物氏族：指有声望的名流士族。

⑨　讶服：惊讶钦佩。

⫴ 译文

　　张天锡世代雄踞凉州，后来因为势力衰弱，就到了建康，虽然是边境地区的异族人，但也是当地的豪杰。听说京都人才济济，他心里非常敬慕。张天锡还在江边停泊的时候，有个姓司马的著作郎曾去拜访他。此人言辞仪容都很粗鄙浅薄，不值得听也不值得看。张天锡很后悔来这里，觉得在遥远的故乡完全可以立于不败之地。王弥（王珉）才华出众，声望卓著，当时听说张天锡就来拜访。到了后，张天锡见他风度翩翩，神采飘逸，言谈话语滔滔不绝，谈古论今，无不通晓。还熟悉名门望族，谈得有根有据。张天锡非常惊讶叹服。

《一百五十三》王大故自濯濯

　　王恭始与王建武甚有情①，后遇袁悦之间②，遂致疑隙③。然每至兴会④，故有相思时⑤。恭尝行散至京口射堂⑥，于时清露晨流，新桐初引⑦。恭目之曰："王大故自濯濯⑧。"

⫴ 注释

①　王建武：指王忱。王忱曾任建武将军，故称。王忱是王恭的同族长辈。

②　间（jiàn）：离间。

③　疑隙：猜疑嫌隙。

④ 兴会：有兴致，兴致好。

⑤ 故：仍然，仍。

⑥ 京口：今江苏镇江。射堂：演习武艺的地方。

⑦ 引：发芽，抽芽。

⑧ 故自：确实。濯濯：清新爽朗。

|‖ **译文**

　　王恭当初和王建武（王忱）关系很好，后来遭到袁悦挑拨，两个人就有了嫌隙。然而每到兴致高昂的时候，还是互相思念对方。王恭曾行散来到京口习武的射堂，当时正是清晨，朝露流溢，梧桐新发嫩芽。王恭感慨万千，品评王忱说："王大确实是清新高洁。"

《 一百五十四 》太傅目二王

　　司马太傅为二王目曰："孝伯亭亭直上①，阿大罗罗清疏②。"

|‖ **注释**

① 亭亭直上：挺拔向上，比喻人正直。

② 罗罗清疏：形容人疏朗散淡。罗罗，疏阔的样子。

|‖ **译文**

　　司马太傅（司马道子）品评二王说："孝伯（王恭）清高正直，阿大（王忱）开朗散淡。"

《 一百五十五 》常有新意

　　王恭有清辞简旨，能叙说，而读书少，颇有重出①。有人道孝伯"常有新意，不觉为烦"。

注释

① 重出：重复。

译文

　　王恭言辞清丽，旨意简约，擅长叙述，但是因为读书少，常常有重复的地方。有人评价孝伯（王恭）"常有新意，所以不让人觉得烦复"。

《一百五十六》足以映彻九泉

　　殷仲堪丧后，桓玄问仲文①："卿家仲堪，定是何似人②？"仲文曰："虽不能休明一世③，足以映彻九泉。"

注释

① 仲文：指殷仲文，殷仲堪的堂弟。

② 定：究竟。何似：怎样，什么样。

③ 休明：德行美好。

译文

　　殷仲堪死后，桓玄问他的堂弟殷仲文："你们家的仲堪，到底是什么样的人呢？"仲文说："他虽然不会一生完美无缺，但死后足以映照九泉了。"

世说新语译注

下

门延文 著

四川人民出版社

目录

品藻第九

峻藥藁峯事
序枝
得偉

敦自謂右

公乃止。者在巳也

人問丞相周侯何如和嶠答曰長輿嵯巖、虞頗

曰嶠厚自封

植巖然不羣

明帝問謝鯤君自謂何如庾亮答曰端委廟堂

使百官準則臣不如亮一丘一壑自謂過之晉

秋日鯤臨王敦下入朝見太子於東宮語及夕

太子從容問鯤曰論者以君方庾亮自謂孰愈

對曰宗廟之美百官之富臣不如亮縱意丘壑

自謂過之鄧粲晉紀曰鯤與王澄之徒慕竹林

諸人散首披髮裸袒箕踞謂之八達故鄰家之

《一》功德先后

汝南陈仲举，颍川李元礼二人，共论其功德，不能定先后。蔡伯喈评之曰①："陈仲举强于犯上②，李元礼严于摄下，犯上难，摄下易。"仲举遂在"三君"之下③，元礼居"八俊"之上④。

注释

① 蔡伯喈（jiē）：蔡邕，字伯喈，东汉人，博学多才，善书法，官至左中郎将，被王允杀害。

② 强于：敢于。

③ 三君：指东汉末年的窦武、刘淑、陈蕃，均受当时人景仰。

④ 八俊：指东汉末年的李膺、王畅、荀绲（gǔn）、朱寓、魏朗、刘佑、杜楷、赵典，均为当时杰出之士。

译文

世人评价汝南陈仲举（陈蕃）、颍川李元礼（李膺）二人的功德，无法确定他们的高下。蔡伯喈（蔡邕）评论道："陈仲举敢于犯上，李元礼严于律下，犯上很难，律下则比较容易。"因此陈仲举就名列"三君"最后一名，李元礼则位居"八俊"之首。

漢尚書劇公朗

《二》庞士元至吴

庞士元至吴，吴人并友之。见陆绩、顾劭、全琮，而为之目曰："陆子所谓驽马，有逸足之用[1]；顾子所谓驽牛，可以负重致远。"或问："如所目，陆为胜邪？"曰："驽马虽精速[2]，能致一人耳。驽牛一日行百里，所致岂一人哉？"吴人无以难[3]。"全子好声名，似汝南樊子昭。"

|| **注释**

[1] 逸足：快足，跑得快。

[2] 精速：速度很快。

[3] 无以难：没有什么能使他为难。

|| **译文**

庞士元（庞统）到吴地去，吴地的人和他关系很好。他见到陆绩、顾劭、全琮，就品评他们三人说："陆绩就是人们所说的劣马，奔跑的速度快；顾劭就是人们所说的劣牛，可以负重走远路。"有人问他："像你所说，那就是陆绩胜出了？"庞士元回答说："劣马虽然速度快，可只能承载一个人。劣牛一天可以行百里，它能载负的可不是一个人呐。"吴人无话可以反驳。庞士元又评价全琮说："全琮名声好，很像汝南的樊子昭。"

《三》一日之长

顾劭尝与庞士元宿语[1]，问曰："闻子名知人，吾与足下孰愈[2]？"曰："陶冶世俗[3]，与时浮沉，吾不如子；论王霸之余策[4]，览倚伏之要害[5]，吾似有一日之长[6]。"劭亦安其言[7]。

① 宿语：夜里聊天。

② 愈：强。

③ 陶冶：教化。世俗：社会风尚。

④ 王霸之余策：指治国平天下的策略。

⑤ 倚伏：指祸福的变化。

⑥ 一日之长：意思是略微强一点。

⑦ 安：对……表示满意。

译文

顾劭曾和庞士元（庞统）晚上一起聊天，他问庞士元："我听说你善于赏鉴人物，我和你相比，谁更好一些呢？"庞士元说："教化世风民俗，和时代共同沉浮，我不如你；探究帝王称霸的策略，观察祸福利害的转化，我可能比你强一点。"顾劭也觉得他的话很恰当。

《四》龙虎狗兄弟

诸葛瑾、弟亮及从弟诞①，并有盛名，各在一国。于时以为"蜀得其龙，吴得其虎，魏得其狗②"。诞在魏与夏侯玄齐名；瑾在吴，吴朝服其弘量③。

注释

① 诸葛瑾：字子瑜，汉末避乱江东，官至大将军、豫州牧。诸葛亮为其弟，诸葛诞为其堂弟。

② 狗：古人以龙、虎、豹、狗来排序。

③ 弘量：宏大的器量。

诸葛瑾和弟弟诸葛亮以及堂弟诸葛诞三人，都享有盛名，三人各在一个国家。当时人们认为"蜀国的诸葛亮是龙，吴国的诸葛瑾是虎，魏国的诸葛诞是狗"。诸葛诞在魏国和夏侯玄齐名；诸葛瑾在吴国，吴国朝廷上下都佩服他宏大的器量。

《五》陈玄伯父子

司马文王问武陔："陈玄伯何如其父司空？"陔曰："通雅博畅，能以天下声教为己任者①，不如也；明练简至，立功立事②，过之。"

注释

① 声教：指教化。

② 立功立事：指建功立业。

译文

司马文王（司马昭）问武陔："陈玄伯（陈泰）和他的父亲司空陈群相比，怎么样呢？"武陔回答说："如果说是为人通达雅正，学识渊博透彻，以儒家名教为己任，陈玄伯不如他的父亲；如果说是精明练达，简约周到，能够建功立业，陈玄伯比他父亲强。"

《六》人士比论

正始中①，人士比论②，以五荀方五陈：荀淑方陈寔，荀靖方陈谌，荀爽方陈纪，荀彧方陈群，荀颉方陈泰。又以八裴方八王：裴徽方王祥，裴楷方王夷甫，裴康方王绥，裴绰方王澄，裴瓒方王敦，裴遐方王导，裴颜方王戎，裴邈方王玄。

‖ **注释**

① 正始：三国魏齐王曹芳年号（240—249）。

② 比论：比照着品评。

‖ **译文**

正始年间，人们把名流们相互比拟，以五荀比五陈：荀淑比陈寔，荀靖比陈谌，荀爽比陈纪，荀彧比陈群，荀颛比陈泰。又以八裴比八王：裴徽比王祥，裴楷比王夷甫（王衍），裴康比王绥，裴绰比王澄，裴瓒比王敦，裴遐比王导，裴颜比王戎，裴邈比王玄。

〈七〉杨准二子

冀州刺史杨准二子乔与髦，俱总角为成器①。准与裴颜、乐广友善，遣见之。颜性弘方②，爱乔之有高韵③，谓准曰："乔当及卿，髦小减也④。"广性清淳，爱髦之有神检⑤，谓准曰："乔自及卿，然髦尤精出⑥。"准笑曰："我二儿之优劣，乃裴、乐之优劣。"论者评之，以为乔虽高韵，而检不匝⑦，乐言为得。然并为后出之俊。

‖ **注释**

① 成器：成才。

② 弘方：大度正直。

③ 高韵：高雅的气质。

④ 小减：稍微差一点。

⑤ 神检：操守。

⑥ 精出：出色。

⑦ 匝：周全。

译文

冀州刺史杨准的两个儿子杨乔和杨髦，没成年的时候就已经有出息了。杨准和裴頠、乐广的关系不错，就让两个儿子和他们见面。裴頠性格大度正直，喜欢杨乔的高雅情操，对杨准说："杨乔会赶得上你，杨髦稍微差一点。"乐广性格平和质朴，他喜欢杨髦的操守，对杨准说："杨乔自然赶得上你，不过杨髦更优秀。"杨准笑着说："我这两个儿子的好坏，就是你们裴、乐二人的好坏。"后来有人评论他们，认为杨乔虽然高雅有气质，但操守不是很完美，乐广的评价更确切一些。不过二人都成为后辈中的精英。

《八》刘令言品名士

刘令言始入洛①，见诸名士而叹曰："王夷甫太解明②，乐彦辅我所敬，张茂先我所不解，周弘武巧于用短，杜方叔拙于用长。"

注释

① 刘令言：刘讷，字令言，官至司隶校尉。
② 解明：精明。

译文

刘令言（刘讷）刚到洛阳的时候，见到诸名士赞叹道："王夷甫（王衍）太精明，乐彦辅（乐广）是我所尊敬的人，张茂先（张华）是我所不能理解的人，周弘武（周恢）善于巧妙运用自己的短处，杜方叔（杜育）不善于运用自己的长处。"

《九》并是高才

王夷甫云："闾丘冲优于满奋、郝隆。此三人并是高才，冲最先达①。"

注释

① 达：显贵。

译文

王夷甫（王衍）说："闾丘冲比满奋、郝隆更出色。这三个人都是优秀的人才，闾丘冲最先显贵。"

《十》乐广之俪

王夷甫以王东海比乐令，故王中郎作碑云①："当时标榜②，为乐广之俪③。"

注释

① 王中郎：即王坦之。王坦之为王述子，曾任中郎将，王承是其祖父。

② 标榜：称赞。

③ 俪：并列。

译文

王夷甫（王衍）把王东海（王承）比作乐令（乐广），所以王中郎（王坦之）在为他撰写的碑文中说："当时人们把他和乐广相提并论。"

《十一》与王平子雁行

庾中郎与王平子雁行①。

注释

① 庾中郎：庾敳（ái），字子嵩，庾峻子，曾任太傅从事中郎。雁行：大雁在空中列阵飞行，这里比喻二人不分高下。

译文

人们认为，庾中郎（庾敳）和王平子（王澄）相比，如大雁飞行，不分高下。

《十二》不知我进，伯仁退

王大将军在西朝时，见周侯①，辄扇障面不得住②。后度江左，不能复尔③。王叹曰："不知我进，伯仁退？"

注释

① 周侯：即周颐。周颐，字伯仁，官至荆州刺史、尚书仆射。

② 住：停。

③ 复尔：这样，如此。

译文

王大将军（王敦）在西晋的时候，每次见到周侯（周颐），就用扇子遮住脸，不停地扇来扇去。后来到了江东，就不再这样做了。王敦感叹说："不知是我进步了，还是伯仁（周颐）退步了？"

《十三》会稽虞騑

会稽虞騑，元皇时与桓宣武同侠[1]，其人有才理胜望[2]。王丞相尝谓騑曰："孔愉有公才而无公望[3]，丁潭有公望而无公才，兼之者其在卿乎？"騑未达而丧。

注释

[1] "与桓宣武同侠"句：《晋书·虞騑传》："与谯国桓彝俱为吏部郎，情好甚笃。"桓彝为桓温的父亲。徐震堮《世说新语校笺》认为："'侠'乃'僚'之坏字，而'桓宣武'下又脱去'父'字耳。"

[2] 才理：才华义理。胜望：很高的声望。

[3] 公：指三公。晋时以太尉、司徒、司空为三公。

译文

会稽人虞騑，晋元帝（司马睿）的时候和桓宣武（桓温）的父亲桓彝是同僚，这个人有才华、声望很高。王丞相（王导）曾对虞騑说："孔愉有做三公的才华却没有做三公的威望，丁潭有做三公的威望却没有做三公的才华，二者兼有的，或许只有你了吧？"虞騑没有显达就死了。

《十四》明帝问周伯仁

明帝问周伯仁："卿自谓何如郗鉴？"周曰："鉴方臣，如有功夫[1]。"复问郗，郗曰："周颛比臣，有国士门风[2]。"

注释

[1] 功夫：造诣，修养。

[2] 国士：一国中有才德声望的人。门风：风格。

明帝（司马绍）问周伯仁（周颛）："你觉得和郗鉴相比，你怎么样？"周颛说："郗鉴和我相比，好像更有造诣。"明帝又问郗鉴，郗鉴回答说："周颛和我相比，更有国士的风范。"

《十五》自有公论

王大将军下，庾公问："闻卿有四友，何者是？"答曰："君家中郎，我家太尉、阿平，胡毋彦国。阿平故当最劣[1]。"庾曰："似未肯劣[2]。"庾又问："何者居其右[3]？"王曰："自有人。"又问："何者是？"王曰："噫！其自有公论。"左右蹑公[4]，公乃止。

注释

[1] 故当：当然，自然。

[2] 未肯：不一定。

[3] 右：上。古时以右为上为尊。

[4] 蹑（niè）：踩。

译文

王大将军（王敦）来到建康，庾公（庾亮）问他："听说你有四个好友，是哪几个人呢？"王敦回答："你们家的中郎（庾敳），我们家的太尉（王衍）、阿平（王澄），胡毋彦国（胡毋辅之）。阿平自然是最差的一个。"庾公说："好像也不是最差的。"庾公又问："那谁最出色呢？"王敦说："自然有人。"庾公又问："是谁呢？"王敦说："唉！那当然自有公论了。"这时旁边有人踩庾公的脚，他这才没有追问。

《 十六 》长舆嵯巘

人问丞相："周侯何如和峤?"答曰："长舆嵯巘①。"

注释

① 嵯巘（cuó niè）：山高峻的样子，比喻人的才华出众。

译文

有人问丞相（王导）："周侯（周颜）和和峤相比怎么样?"丞相回答："长舆（和峤）就像巍巍屹立的高山。"

《 十七 》明帝问谢鲲

明帝问谢鲲："君自谓何如庾亮?"答曰："端委庙堂①，使百僚准则②，臣不如亮；一丘一壑③，自谓过之。"

注释

① 端委庙堂：穿着朝服在朝廷执政。端委，端正宽舒的朝服。此用作动词，意思是穿着朝服。

② 庙堂：指朝廷。准则：典范、楷模。这里作动词用。

③ 一丘一壑：丘壑为隐士喜爱的地方，此处是指像隐士那样寄情于山水之间。

译文

明帝（司马绍）问谢鲲："你自己觉得和庾亮比怎么样呢?"谢鲲答道："身穿朝服端坐在朝中，使百官效法，在这方面我不如庾亮；纵情山水之间，我觉得自己超过庾亮。"

《十八》丞相二弟

王丞相二弟不过江，曰颖，曰敞。时论以颖比邓伯道，敞比温忠武。议郎、祭酒者也。

译文

王丞相（王导）有两个弟弟没有过江，一个叫王颖，一个叫王敞。当时人们把王颖比作邓伯道（邓攸），把王敞比作温忠武（温峤）。二人分别做过议郎、祭酒。

《十九》不须牵颣比

明帝问周侯："论者以卿比郗鉴，云何①？"周曰："陛下不须牵颣比②。"

注释

① 云何：怎么样。

② 不须：不应该。

译文

晋明帝（司马绍）问周侯（周颛）："喜欢品评的人把你比作郗鉴，你觉得怎么样？"周颛说："陛下不应该拉着我和别人比。"

《二十》此君特秀

王丞相云："顷下论以我比安期、千里①，亦推此二人。唯共推太尉，此君特秀②。"

① 顷下：近来，时下。

② 特秀：特别出色。

||| **译文**

　　王丞相（王导）说："近来人们的议论中，把我和安期（王承）、千里（阮瞻）相比，我也推崇这两个人。只是我觉得应该一起推崇太尉（王衍），此人尤其出色。"

《二十一》田舍贵人

　　宋祎曾为王大将军妾，后属谢镇西。镇西问祎："我何如王？"答曰："王比使君，田舍贵人耳①。"镇西妖冶故也②。

||| **注释**

① 田舍：田舍郎，乡巴佬。

② 妖冶：妖艳。

||| **译文**

　　宋祎曾是王大将军（王敦）的妾，后来又归了谢镇西（谢尚）。镇西问宋祎："我和王敦比，怎么样？"宋祎说："王敦和你比，一个是乡巴佬，一个是贵人。"谢镇西衣着装扮很艳丽，所以宋祎这样说。

《二十二》萧条方外

　　明帝问周伯仁："卿自谓何如庾元规？"对曰："萧条方外①，亮不如臣；从容廊庙，臣不如亮。"

① 萧条方外：超脱世俗之外，隐逸山林之间。萧条，隐逸。方外，世俗之外。

译文

晋明帝（司马绍）问周伯仁（周顗）："你自己觉得和庾元规（庾亮）相比，你怎么样？"周顗回答说："超脱世俗之外，庾亮不如我；从容地处理国事，我不如庾亮。"

《二十三》 蓝田何似

王丞相辟王蓝田为掾，庾公问丞相："蓝田何似？"王曰："真独简贵①，不减父祖，然旷澹处②，故当不如尔。"

注释

① 真独简贵：率真、清高、简约、高贵。

② 旷澹：开朗淡泊。

译文

王丞相（王导）召王蓝田（王述）为属官，庾公（庾亮）问丞相："蓝田这个人怎么样？"王导说："率真孤傲、简约高贵，不比他的父亲、祖父差，然而旷达淡泊，自然不如长辈了。"

《二十四》 郗公三反

卞望之云："郗公体中有三反①：方于事上②，好下佞己③，一反；治身清贞④，大修计校⑤，二反；自好读书，憎人学问，三反。"

① 反：矛盾对立。

② 方：方正。

③ 佞：谄谀。

④ 清贞：廉洁正派。

⑤ 计较：算计。

译文

卞望之（卞壶）说："郗公（郗鉴）身上有三种矛盾的东西：忠于王事，正直有操守，却喜欢下属奉承自己，这是矛盾之一；对自己要求很严格，清正廉洁，却非常算计钱物，这是矛盾之二；自己喜欢读书，却嫉妒别人的学问，这是矛盾之三。"

《二十五》温峤失色

世论温太真是过江第二流之高者。时名辈共说人物①，第一将尽之间，温常失色。

注释

① 名辈：名流。

译文

当时人们认为，温太真（温峤）是渡江以后，第二流人才中的高人。当时名流们一起品评人物，第一流的人物要品完的时候，温峤常常惶恐失色。

《二十六》正自尔馨

王丞相云:"见谢仁祖,恒令人得上①。与何次道语,唯举手指地曰:'正自尔馨②。'"

注释

① 得上:指精神振奋。

② 正自:正是,只是。尔馨:这样,如此。

译文

王丞相(王导)说:"见了谢仁祖(谢尚),常常让人感到精神振奋。和何次道(何充)说话,只需要举手指着地说:'恰恰如此。'"

《二十七》布衣宰相

何次道为宰相,人有讥其信任不得其人①。阮思旷慨然曰:"次道自不至此。但布衣超居宰相之位②,可恨唯此一条而已③。"

注释

① 信任不得其人:信任了不该信任的人。

② 布衣:平民。超居:越居。

③ 恨:遗憾。

译文

何次道(何充)做宰相,有人讥笑他信任了不该信任的人。阮思旷(阮裕)感慨道:"次道本来不至于这样。只是由布衣破格做了宰相,叫人遗憾的也只有这一方面而已。"

《二十八》王右军少时

王右军少时，丞相云："逸少何缘复减万安邪①？"

注释

① 何缘：哪里，岂。万安：刘绥，字万安。

译文

王右军（王羲之）年轻时，丞相（王导）说："逸少（王羲之）哪里会不如万安（刘绥）呢？"

《二十九》故是常奴

郗司空家有伧奴①，知及文章②，事事有意③。王右军向刘尹称之。刘问："何如方回④？"王曰："此正小人有意向耳⑤，何得便比方回？"刘曰："若不如方回，故是常奴耳⑥。"

注释

① 伧奴：北方的奴仆。南北朝时，南方人鄙视北方人，称北方人为伧。

② 知及：了解，知道。

③ 有意：有心思，用心。

④ 方回：郗愔，字方回，郗鉴长子。

⑤ 正：只。小人：对奴仆的鄙称。意向：意思。

⑥ 常奴：普通的奴仆。

译文

郗司空（郗鉴）家有一个北方奴仆，能读文章，做事很用心。王右军（王羲之）在刘尹（刘恢）面前称赞他。刘尹问："他和方回（郗愔）相比怎么样？"王右军说："这不过是一个

下人做事有心罢了，怎么能和方回相比呢？"刘尹说："如果比
不了方回，那自然是平常的奴仆。"

《三十》兼有诸人之美

时人道阮思旷：骨气不及右军，简秀不如真长，韶润不如
仲祖^①，思致不如渊源^②，而兼有诸人之美。

||| **注释**

① 韶润：美好温润。

② 思致：思想情调。

||| **译文**

当时人们评价阮思旷（阮裕）：论风骨气度不如王右军（王
羲之），论简约清秀不如刘真长（刘惔），论美好温润不如王仲
祖（王濛），论思想情致不如殷渊源（殷浩），不过他兼有这些
人的美德。

《三十一》简文论人

简文云："何平叔巧累于理^①，嵇叔夜俊伤其道^②。"

||| **注释**

① 巧累于理：处世机巧，累及义理。巧，机巧。

② 俊伤其道：俊逸伤害了自然之道。

||| **译文**

简文帝（司马昱）说："何平叔（何晏）的机巧累及他的玄
理，嵇叔夜（嵇康）的俊逸伤害了他的自然之道。"

《三十二》共论晋武帝

时人共论晋武帝出齐王之与立惠帝[1]，其失孰多，多谓立惠帝为重。桓温曰："不然，使子继父业，弟承家祀，有何不可？"

||| **注释**

① 出齐王：让齐王司马攸离开国都回自己的封国。齐王司马攸为司马昭次子，司马炎弟，有威望，因荀勖等人离间，遭司马炎疑忌，令其回到封国。

||| **译文**

当时，人们一起议论晋武帝（司马炎）下诏令齐王（司马攸）回所封国和让晋惠帝（司马衷）继承皇位这两件事，哪个损失更大，多数人认为立晋惠帝损失更大。桓温说："不对，让儿子继承父业，让弟弟继承家族的祭祀，这有什么不可？"

《三十三》识通暗处

人问殷渊源："当世王公以卿比裴叔道[1]，云何？"殷曰："故当以识通暗处[2]。"

||| **注释**

① 裴叔道：裴遐，字叔道，善言玄理。

② 识通暗处：解释玄妙幽深的义理。暗处，比喻隐晦精妙的玄理。

||| **译文**

有人问殷渊源（殷浩）："当今的王公都把你和裴叔道（裴遐）相比，这是为什么呢？"殷渊源说："当然是因为我们都能

阐发幽深精妙的玄理。"

《三十四》抚军问殷浩

抚军问殷浩："卿定何如裴逸民^①？"良久答曰："故当胜耳。"

注释

① 定：到底，究竟。

译文

抚军（司马昱）问殷浩："你和裴逸民（裴𫖭）相比，究竟如何呢？"殷浩过了很久才答道："当然比他强。"

《三十五》宁作我

桓公少与殷侯齐名，常有竞心^①。桓问殷："卿何如我？"殷云："我与我周旋久，宁作我^②。"

注释

① 竞心：争高低的念头。

② 宁作我：宁愿做我自己。

译文

桓公（桓温）年轻时和殷侯（殷浩）齐名，他心里一直不服气。桓温问殷浩："你和我相比，谁更出色？"殷浩说："我和我自己交往，我宁愿做我。"

《三十六》孙兴公论人

　　抚军问孙兴公："刘真长何如？"曰："清蔚简令①。""王仲祖何如？"曰："温润恬和。""桓温何如？"曰："高爽迈出。""谢仁祖何如？"曰："清易令达②。""阮思旷何如？"曰："弘润通长③。""袁羊何如？"曰："洮洮清便④。""殷洪远何如？"曰："远有致思。""卿自谓何如？"曰："下官才能所经，悉不如诸贤；至于斟酌时宜，笼罩当世⑤，亦多所不及。然以不才，时复托怀玄胜⑥，远咏《老》《庄》，萧条高寄⑦，不与时务经怀⑧，自谓此心无所与让也。"

注释

① 清蔚简令：清醇富于文采，简约美好。

② 清易令达：清明平易，美好通达。

③ 弘润通长：大度平和，通达深邃。

④ 洮（táo）洮清便：说话滔滔不绝，深入浅出。洮洮，同"滔滔"。清便，清晰简洁。

⑤ 斟酌时宜，笼罩当世：把握时局，审时度势。斟酌，考虑。时宜，时势。笼罩，洞察把握。

⑥ 托怀玄胜：寄情于玄学义理。

⑦ 萧条高寄：闲适超脱，寄情高远。

⑧ 经怀：纠缠身心。

译文

　　抚军（司马昱）问孙兴公（孙绰）："刘真长（刘惔）怎么样？"孙兴公说："清明智慧，简约美好。"又问："王仲祖（王濛）怎么样？"回答："温顺仁慈，恬淡平和。""桓温怎么样呢？"答："爽朗豪放，高迈出众。""谢仁祖（谢尚）怎么样？"

答:"清明单纯,美好旷达。""阮思旷(阮裕)怎么样?"答:"大度祥和,通达深邃。""袁羊(袁乔)怎么样呢?"答:"滔滔不绝,能言善辩。""殷洪远(殷融)怎么样?"答:"思想高远,富于情调。"抚军又问:"你自己感觉你怎么样?"孙兴公回答:"下官的才华能力,均不如上述贤达;至于处理日常事务,把握局势,也多不及他们。然而不才常常将情怀寄托于玄远美妙的境界,尽情吟诵《老子》《庄子》,超脱世俗世界,寄情玄远,不让时务纠缠身心,所以觉得我的这种心境是别人比不了的。"

〈三十七〉第一流复谁

桓大司马下都,问真长曰:"闻会稽王语奇进①,尔邪②?"刘曰:"极进③,然故是第二流中人耳④。"桓曰:"第一流复是谁?"刘曰:"正是我辈耳!"

注释

① 奇进:长进非常快。

② 尔邪:是这样吗?

③ 极进:长进极快。

④ 故是:自然是,不过是。

译文

桓大司马(桓温)来到京都建康,问刘真长(刘惔):"听说会稽王(司马昱)清谈有很大长进,是这样吗?"刘真长回答:"长进很大,不过仍是第二流里的人罢了。"桓温问:"那第一流的人又是谁呢?"刘真长说:"正是我们这样的人!"

《三十八》 故当出我下

殷侯既废，桓公语诸人曰："少时与渊源共骑竹马①，我弃去，己辄取之②，故当出我下。"

||| **注释**

① 骑竹马：儿童把竹竿当马骑的游戏。

② 己：他。

||| **译文**

殷侯（殷浩）因兵败被废黜后，桓公（桓温）对众人说："小时候我和渊源（殷浩）一块儿骑竹马，我扔了以后，他总是捡去，所以他原本就在我之下。"

《三十九》 差可献酬群心

人问抚军："殷浩谈竟何如？"答曰："不能胜人，差可献酬群心①。"

||| **注释**

① 差可：尚可，还可以。献酬群心：让大家欢心。献酬，饮酒时向对方劝酒。

||| **译文**

有人问抚军（司马昱）："殷浩谈玄到底怎么样？"抚军回答说："胜不过别人，不过也会让大家欢心的。"

《四十》 居然自胜

简文云："谢安南清令不如其弟①，学义不及孔岩②，居然自胜③。”

① 清令：指风度的清雅美好。

② 学义：才学义理。

③ 居然：竟然。

译文

简文帝（司马昱）说："谢安南（谢奉）清雅美好不如他弟弟谢聘，学识义理也不及孔岩，可他仍然觉得自己超过别人。"

《四十一》仁称不异，宁为管仲

未废海西公时，王元琳问桓元子①："箕子、比干迹异心同②，不审明公孰是孰非③？"曰："仁称不异④，宁为管仲。"

注释

① 王元琳：王珣，字元琳，王洽子，王导孙。桓元子：桓温，字元子。

② 箕子：商时贤哲，纣王暴虐，箕子谏不听，披发佯狂为奴。比干：商时纣王的叔叔，纣王淫乱，比干进谏，被剖心而死。比干与微子、箕子被称为殷之"三仁"。迹：行迹，行为。

③ 不审：不知。

④ 仁称不异：对仁的说法是一致的。

译文

还没有废黜海西公（司马奕）时，王元琳（王珣）问桓元子（桓温）："箕子、比干二人的做法不同，但用意一致，不知您认为谁对谁错呢？"桓温说："仁的说法没什么不同，不过我宁愿做管仲。"

〈四十二〉杜弘治何如卫虎

刘丹阳、王长史在瓦官寺集[1]，桓护军亦在坐[2]，共商略西朝及江左人物。或问："杜弘治何如卫虎？"桓答曰："弘治肤清[3]，卫虎奕奕神令[4]。"王、刘善其言。

注释

[1] 刘丹阳：即刘惔。刘惔曾任丹阳尹。

[2] 桓护军：即桓伊。桓伊，字叔夏，小字子野，曾任护军将军，故称。

[3] 肤清：仪容清丽。肤，指外表。

[4] 奕奕神令：神采奕奕。奕奕，精神焕发。

译文

刘丹阳（刘惔）、王长史（王濛）等人在瓦官寺聚会，桓护军（桓伊）也在座，大家一起评论西晋以及江东的人物。有人问："杜弘治（杜乂）和卫虎（卫玠）相比，怎么样呢？"桓伊回答说："杜弘治仪容清丽，卫虎神采奕奕，神态美好。"王、刘二人都觉得他说得很好。

〈四十三〉但有都长

刘尹抚王长史背曰："阿奴比丞相[1]，但有都长[2]。"

注释

[1] 阿奴：对同辈或晚辈的昵称。

[2] 但有：还是有，确实有。都长：美好，出色。

刘尹（刘惔）拍着王长史（王濛）的背说："你和丞相（王导）相比，只是仪容更出色。"

《四十四》不复减向子期

刘尹、王长史同坐，长史酒酣起舞。刘尹曰："阿奴今日，不复减向子期。"

译文

刘尹（刘惔）、王长史（王濛）一起饮酒，王长史喝得很尽兴，就跳起舞来。刘尹说："你今天的风采，不亚于当年的向子期（向秀）。"

《四十五》不可陵践

桓公问孔西阳①："安石何如仲文？"孔思未对，反问公曰："何如？"答曰："安石居然不可陵践②，其处故乃胜也③。"

注释

① 孔西阳：即孔岩。孔岩封西阳侯，故称。

② 居然：显然。陵践：欺凌。陵，同"凌"。

③ 处：处世。故乃：确实，的确。

译文

桓公（桓温）问孔西阳（孔岩）："安石（谢安）和仲文（殷仲文）相比，怎么样？"孔岩思考良久没有回答，反问道："你觉得呢？"桓温答道："安石显然是不可欺凌的，他的处世之道的确高于别人啊。"

《四十六》 有识者果不异人意

谢公与时贤共赏说①，遏、胡儿并在坐。公问李弘度曰②：
"卿家平阳，何如乐令③？"于是李潸然流涕曰④："赵王篡逆⑤，
乐令亲授玺绶⑥。亡伯雅正，耻处乱朝，遂至仰药⑦，恐难以相
比！此自显于事实⑧，非私亲之言⑨。"谢公语胡儿曰："有识者
果不异人意⑩。"

注释

① 赏说：品评鉴赏（人物）。

② 李弘度：李充，字弘度，官至大著作郎、中书侍郎。

③ 平阳：李重，字茂曾，李充叔。官至平阳太守，故称。

④ 潸然：流泪的样子。

⑤ 赵王篡逆：赵王司马伦，司马懿子。永康元年（300），废
贾后，自称相国、大都督；永康二年，废晋惠帝，篡位称
帝，同年被齐王司马冏讨灭。

⑥ 玺绶：指皇帝的印玺。

⑦ 仰药：服毒自杀。

⑧ 自：本来。

⑨ 私：偏爱。

⑩ 不异人意：与大家的意思相同。

译文

谢公（谢安）和当时的贤达一起赏鉴人物，谢遏（谢玄）、
谢胡儿（谢朗）都在座。谢公问李弘度（李充）道："你们家
平阳（李重）和乐令（乐广）相比怎么样？"李弘度立刻潸然
泪下，说："赵王（司马伦）谋反篡位，乐令亲自将玺印给了

赵王。我过世的伯父刚正不阿，以身处乱朝为耻，就服毒自杀了，恐怕乐令难以和他相比！这些自然都是事实，不是我偏爱亲人才这样说的。"谢公听罢，对胡儿说："有见识的人果然和大家的想法一致。"

〈四十七〉王修龄问王长史

王修龄问王长史："我家临川[1]，何如卿家宛陵[2]？"长史未答，修龄曰："临川誉贵[3]。"长史曰："宛陵未为不贵。"

|| 注释

① 临川：即王羲之。王羲之曾任临川太守，是王胡之的同祖兄弟。
② 宛陵：即王述。王述曾任宛陵令，是王濛的同族长辈。
③ 誉贵：声誉显贵。

|| 译文

王修龄（王胡之）问王长史（王濛）："我们家临川（王羲之），和你们家宛陵（王述）相比怎么样？"长史没有作答，王修龄说："临川声誉很高。"长史说："宛陵的声誉也不见得不高。"

〈四十八〉往辄破的

刘尹至王长史许清言[1]，时苟子年十三，倚床边听。既去，问父曰："刘尹语何如尊[2]？"长史曰："韶音令辞[3]，不如我；往辄破的[4]，胜我。"

① 清言：清谈。

② 尊：对父亲的敬称。

③ 韶音令辞：优美生动的言辞。

④ 往辄破的：一发言就切中要害。破的，射中靶子。

译文

刘尹（刘惔）到王长史（王濛）家清谈，当时王苟子（王修）十三岁，倚在坐榻边听。刘尹走后，苟子问父亲："刘尹清谈和您相比怎么样？"长史说："言辞优美，他不如我；一发议论就切中要害，他超过我。"

《四十九》区别智勇

谢万寿春败后①，简文问郗超："万自可败，那得乃尔失士卒情②？"超曰："伊以率任之性③，欲区别智勇。"

注释

① 谢万寿春败后：晋穆帝升平三年（359），谢万率军北征，于寿春大败而归，遭贬黜。

② 那得：为什么。乃尔：如此，这样。失士卒情：不得军心。

③ 率任：任性。

译文

谢万寿春兵败后，简文帝（司马昱）问郗超："谢万的失败是自然的，但为什么他会那样失去军心呢？"郗超说："以他率真的性情，是想借此表现他的大智大勇吧。"

〈五十〉受而不恨

刘尹谓谢仁祖曰："自吾有回也[①]，门人加亲[②]。"谓许玄度曰："自吾有由[③]，恶言不及于耳。"二人皆受而不恨。

注释

① 回：即颜回，孔子弟子，以德行著称。这里是把谢尚比颜回。

② 加：更。

③ 由：即仲由，仲由字子路，孔子弟子，以勇猛著称。这里是把许询比子路。

译文

刘尹（刘惔）对谢仁祖（谢尚）说："自从我有了颜回，弟子对我更亲切了。"对许玄度（许询）说："自从我有了仲由，坏话就传不到我耳朵里了。"两个人都接受了他的话，没有觉得不满。

〈五十一〉世目殷中军

世目殷中军"思纬淹通[①]，比羊叔子"。

注释

① 思纬淹通：思想深邃开阔。

译文

世人品评殷中军（殷浩）"思维宽阔深邃，可以和羊叔子（羊祜）相比"。

《五十二》欲言又止

有人问谢安石、王坦之优劣于桓公。桓公停欲言[①]，中悔，曰："卿喜传人语，不能复语卿。"

注释

① 停：正。

译文

有人问桓公（桓温）谢安石（谢安）、王坦之二人的高下。桓公正想说，又后悔了，说："你喜欢传话，不能告诉你。"

《五十三》我何如荀子

王中郎尝问刘长沙曰[①]："我何如荀子？"刘答曰："卿才乃当不胜荀子[②]，然会名处多[③]。"王笑曰："痴！"

注释

① 刘长沙：刘奭（shì），字文时，曾任长沙相，故称。

② 乃当：自然，当然。

③ 会名处：领会名理的地方。

译文

王中郎（王坦之）问刘长沙（刘奭）："我和荀子（王脩）相比如何？"刘奭回答："你的才气自然比不了荀子，不过领会名理的地方比他强。"王坦之笑着说："真傻！"

《五十四》支道林问孙兴公

支道林问孙兴公："君何如许掾？"孙曰："高情远致，弟子早已服膺；一吟一咏①，许将北面②。"

注释

注释

① 一吟一咏：指创作诗文。

② 北面：指服输，折服于人。

译文

支道林（支遁）问孙兴公（孙绰）："你比许掾（许询）如何？"孙兴公说："高远的情调，幽深的意境，这方面我对他很钦佩；而吟诵诗文这方面，许询要拜我为师。"

〈五十五〉阿万当裂眼争邪

王右军问许玄度："卿自言何如安石？"许未答，王因曰①："安石故相为雄②，阿万当裂眼争邪③。"

注释

① 因：表顺承的连词，相当于接着、随即。

② 故：确实。为雄：称雄。

③ 裂眼：因愤怒而眼眶欲裂，表示生气的程度。

译文

王右军（王羲之）问许玄度（许询）："你觉得阿万（谢万）比安石（谢安）怎么样？"许玄度没有回答，王右军接着说："安石确实更杰出，不过阿万一定会怒目相争吧。"

〈五十六〉田舍江瀌

刘尹云："人言江瀌田舍①，江乃自田宅屯②。"

① 田舍：田舍郎，乡下人，乡巴佬。

② 乃自：确实。田宅屯：指积聚了田宅。

译文

刘尹（刘惔）说："人们说江彪像个乡巴佬，江彪确实积攒了田宅。"

《 五十七 》 苏绍最胜

谢公云："金谷中苏绍最胜①。"绍是石崇姊夫②，苏则孙，愉子也。

注释

① 金谷：金谷园，在今河南洛阳东北。晋惠帝元康六年（296），石崇邀集名流在此饮宴赋诗。

② 石崇：字季伦，性豪奢，官至荆州刺史。

译文

谢公（谢安）说："金谷游宴时的那些人里，苏绍最出色。"苏绍是石崇的姐夫，苏则的孙子，苏愉的儿子。

《 五十八 》 突兀差可以拟道

刘尹目庾中郎："虽言不愔愔似道①，突兀差可以拟道②。"

注释

① 愔愔（yīn）：幽深的样子。

② 突兀：突出。差：还。拟：类似。

刘尹（刘惔）品评庾中郎（庾敳）："虽然说话不是那么深刻，合乎大道，但他独特的性格也大致与道相合了。"

《 五十九 》孙承公品谢公

孙承公云[1]："谢公清于无奕[2]，润于林道[3]。"

[1] 孙承公：孙统，字承公，有文才，孙绰兄，官至余姚令。

[2] 无奕：即谢奕。谢奕，字无奕，谢安兄。官至安西将军、豫州刺史。

[3] 润：温润平和。

孙承公（孙统）说："谢公（谢安）比无奕（谢奕）清高，比林道（陈逵）宽厚。"

《 六十 》攀安提万

或问林公："司州何如二谢？"林公曰："故当攀安提万[1]。"

[1] 攀安提万：攀附谢安，提携谢万。意思是王胡之的才能不及谢安，强于谢万。

有人问林公（支遁）："司州（王胡之）比二谢如何？"林公说："他自然是攀附谢安，提携谢万了。"

《六十一》孙兴公与许玄度

孙兴公、许玄度皆一时名流。或重许高情[1]，则鄙孙秽行[2]；或爱孙才藻，而无取于许。

注释

① 高情：高远的情调。

② 秽行：污秽的行为。

译文

孙兴公（孙绰）和许玄度（许询）都是当时的名流。有人看重许询的高尚情操，鄙夷孙绰的龌龊行径；有人喜欢孙绰的才华辞藻，对许询的道德修养视而不见。

《六十二》政得谓之朋耳

郗嘉宾道谢公："造膝虽不深彻[1]，而缠绵纶至[2]。"又曰："右军诣嘉宾[3]。"嘉宾闻之云："不得称诣，政得谓之朋耳[4]。"谢公以嘉宾言为得。

注释

① 造膝：促膝谈话。深彻：深刻。

② 缠绵纶至：比喻言谈周密，富于条理。

③ 诣：达到很高的造诣。

④ 政：通"正"。朋：同等。

译文

郗嘉宾（郗超）评论谢公（谢安）说："和他谈话虽然不觉得多么深刻，但感到很周密，富于条理。"又有人说："右军（王羲之）的造诣比嘉宾高。"嘉宾闻听后说："不能说造诣比我高，只能说相当罢了。”谢公觉得嘉宾的话中肯。

《六十三》庾道季自评

庾道季云："思理伦和①，吾愧康伯；志力强正②，吾愧文度。自此以还，吾皆百之③。"

注释

① 伦和：有条理。

② 志力：志向能力。强正：刚正。

③ 百：此处为动词，意思是比……强百倍。

译文

庾道季（庾龢）说："论思维缜密，我不如康伯（韩伯）；论意志刚正，我不如文度（王坦之）。除此以外，我都比他们强百倍。"

《六十四》勿学汝兄

王僧恩轻林公①，蓝田曰："勿学汝兄，汝兄自不如伊。"

注释

① 王僧恩：王祎之，字文劭，小字僧恩。王述次子，王坦之弟。官至中书郎。

译文

王僧恩（王祎之）瞧不起林公（支遁），蓝田（王述）说："不要学你哥哥，你哥哥原本就不如他。"

《六十五》袁羊何似

简文问孙兴公："袁羊何似？"答曰："不知者不负其才^①，知之者无取其体^②。"

注释

① 不负：不背弃。

② 无取：不取，看不上。体：品质。

译文

简文帝（司马昱）问孙兴公（孙绰）："袁羊（袁乔）怎么样？"孙兴公答道："不了解他的人，倾慕他的才华；了解他的人，看不上他的德行。"

《六十六》然亦肤立

蔡子叔云："韩康伯虽无骨干^①，然亦肤立^②。"

注释

① 无骨干：意思是胖得看不到骨头。

② 肤立：外表挺立。肤，指外在仪表。

译文

蔡子叔（蔡系）说："韩康伯（韩伯）虽然胖得看不到骨头了，不过皮肉也把他支撑住了。"

《六十七》谢安论人

郗嘉宾问谢太傅曰："林公谈何如嵇公？"谢云："嵇公勤著脚^①，裁可得去耳^②。"又问："殷何如支？"谢曰："正尔有超拔③，支乃过殷；然亹亹论辩④，恐殷欲制支⑤。"

|| 注释

① 勤著脚：奔跑。

② 裁：通"才"。

③ 正尔：只，只是。超拔：超凡脱俗。

④ 亹亹（wěi）：同"娓娓"，说话滔滔不绝的样子。

⑤ 制：战胜，制服。

|| 译文

郗嘉宾（郗超）问谢太傅（谢安）："林公（支遁）清谈比嵇公（嵇康）怎样？"谢安说："嵇公奋力奔跑，才能够脱身啊。"又问："殷浩比支遁怎么样？"谢安答："只有在超凡脱俗这方面，支遁才超过殷浩；但滔滔不绝地辩论，恐怕殷浩会胜过支遁。"

《六十八》庾龢论曹蜍、李志

庾道季云："廉颇、蔺相如虽千载上死人，懔懔恒如有生气①；曹蜍、李志虽见在②，厌厌如九泉下人③。人皆如此，便可结绳而治④，但恐狐狸猯狢啖尽⑤。"

|| 注释

① 懔懔：威严不可侵犯的样子。

② 曹蜍：曹茂之，字永世，小字蜍，东晋时人，官至尚书郎。

李志：字温祖，官至员外常侍、南康相。曹蜍、李志均为资质鲁钝之人。见在：现在还活着。

③ 厌厌：同"恹恹"，精神萎靡的样子。

④ 结绳而治：上古用结绳的方法记事，此处比喻用最简单的

方式治理社会。

⑤ 猯（tuān）：猪獾。貉（hé）：犬科动物，外形像狐而较小，肥胖。

译文

庾道季（庾龢）说：“廉颇、蔺相如虽然是千年前的死人，可他们的凛然正气却让人觉得他们一直活着；曹蜍、李志虽然活着，但他们精神萎靡的样子就像九泉之下的人。人如果都这样子，就可以结绳而治，不过就怕狐狸、猪獾、貉子会把人给吃光了。”

《六十九》卫自是理义人

卫君长是萧祖周妇兄，谢公问孙僧奴：“君家道卫君长云何①？”孙曰：“云是世业人②。”谢曰：“殊不尔③，卫自是理义人④。”于时以比殷洪远。

注释

① 君家：尊称，相当于“您”。

② 世业人：做事情的人，建功立业的人。这里是说卫永为世俗之人。

③ 殊：甚，很。

④ 理义人：喜欢义理的人。

译文

卫君长（卫永）是萧祖周（萧轮）妻子的哥哥，谢公（谢安）问孙僧奴（孙腾）：“您觉得卫君长怎么样？”孙僧奴说：“据说是个建功立业的人。”谢公说：“完全不是这样啊，卫君长是个爱好义理的人。”当时人们把他和殷洪远（殷融）相比。

《七十》 庾公自足没林公

王子敬问谢公："林公何如庾公？"谢殊不受[1]，答曰："先辈初无论[2]，庾公自足没林公[3]。"

||| **注释**

① 不受：不能接受，不愿意回答。

② 初无：完全没有，从来没有。

③ 自：本来，原本。没：淹没，超过。

||| **译文**

王子敬（王献之）问谢公（谢安）："林公（支遁）比庾公（庾亮）怎么样？"谢公实在不愿意议论这个问题，就答道："前辈们从没有作过评论，庾公原本就超过林公。"

七十一 先辈不臧贬七贤

谢遏诸人共道竹林优劣，谢公云："先辈初不臧贬七贤[1]。"

||| **注释**

① 初不：从不。臧贬：褒贬，评论。

||| **译文**

谢遏（谢玄）等人在一起议论竹林七贤的优劣，谢公（谢安）说："前辈们从不议论褒贬竹林七贤。"

《七十二》 窟窟成就

有人以王中郎比车骑，车骑闻之曰："伊窟窟成就[1]。"

① 窟窟：用力的样子。

译文

有人把王中郎（王坦之）和谢车骑（谢玄）相比，车骑听到后说："王中郎成绩卓著。"

《七十三》刘尹亦奇自知

谢太傅谓王孝伯："刘尹亦奇自知①，然不言胜长史。"

注释

① 奇：极其，非常。

译文

谢太傅（谢安）对王孝伯（王恭）说："刘尹（刘惔）对自己非常了解，不过他从不说他胜过长史（王濛）。"

《七十四》吉人之辞寡

王黄门兄弟三人俱诣谢公①，子猷、子重多说俗事，子敬寒温而已②。既出，坐客问谢公："向三贤孰愈？"谢公曰："小者最胜。"客曰："何以知之？"谢公曰："吉人之辞寡，躁人之辞多③。推此知之。"

注释

① 王黄门：即王徽之。王徽之，字子猷，官至黄门侍郎，故称。

② 寒温：寒暄，说客套话。

③ 吉人之辞寡，躁人之辞多：见《周易·系辞下》。吉人，

善人，贤人。躁人，浮躁的人。

译文

王徽之兄弟三人一起去拜访谢公（谢安），子猷（王徽之）、子重（王操之）两人说了很多俗事，子敬（王献之）只是略作寒暄而已。三兄弟走后，在座的客人问谢公："刚才的三位贤士，哪位最优秀？"谢公说："小的最出色。"客人问："怎么知道的呢？"谢公说："美善之人言辞少而精，浮躁之人言辞多而杂。根据这个推知的。"

《七十五》外人那得知

谢公问王子敬："君书何如君家尊？"答曰："固当不同①。"公曰："外人论殊不尔②。"王曰："外人那得知？"

注释

① 固：原本，本来。

② 殊不尔：完全不是这样。

译文

谢公（谢安）问王子敬（王献之）："你的书法和你父亲比怎么样？"王子敬回答说："原本就不一样。"谢公说："外人的议论可完全不是这样。"王子敬说："外人知道什么！"

《七十六》身意正尔

王孝伯问谢太傅："林公何如长史？"太傅曰："长史韶兴①。"问："何如刘尹？"谢曰："噫！刘尹秀。"王曰："若如公言，并不如此二人邪？"谢云："身意正尔也②。"

注释

① 韶兴：美好的情致。

② 身意：我的想法。身，我。

译文

王孝伯（王恭）问谢太傅（谢安）："林公（支遁）比王长史（王濛）怎么样？"太傅说："长史的情调很不错。"又问："比刘尹（刘惔）怎么样？"谢太傅说："呵，刘尹更出色。"王孝伯说："如你所言，林公不如这两个人了？"谢太傅说："我的意思恰恰是这样的。"

《七十七》 近撮王、刘之标

人有问太傅："子敬可是先辈谁比^①？"谢曰："阿敬近撮王、刘之标^②。"

注释

① 谁比：比谁，和谁相比。

② 撮（cuō）：聚合。标：风格，风度。

译文

有人问太傅（谢安）："子敬（王献之）可以和前辈中的哪个人相比？"谢公说："子敬接近王濛和刘惔的风格。"

《七十八》 非不能逮

谢公语孝伯："君祖比刘尹^①，故为得逮^②。"孝伯云："刘尹非不能逮，直不逮^③。"

① 君祖：指王濛，王濛为王恭的祖父。

② 故为得逮：本来能够赶得上。逮，赶上。

③ 直：同"只"。

译文

　　谢公（谢安）对孝伯（王恭）说："你的祖父和刘尹（刘惔）相比，的确是可以并驾齐驱的。"孝伯说："刘尹那样的人，不是不能追得上，只是我祖父不去追罢了。"

〈七十九〉 捶挞自难为人

　　袁彦伯为吏部郎，子敬与郗嘉宾书曰："彦伯已入①，殊足顿兴往之气②。故知捶挞自难为人③，冀小却当复差耳④。"

注释

① 入：入朝为官。

② 殊足：特别能够。顿：顿挫。兴往之气：豪迈的气度。

③ 捶挞：指杖刑。魏晋时郎官犯错误要受杖责。

④ 冀：希望。小却：随后，往后。当复：将。差：减少。

译文

　　袁彦伯（袁宏）做了吏部郎，子敬（王献之）在给郗嘉宾（郗超）的信中说："彦伯已经入朝为官，这会大大削弱他的豪迈气概。既然知道受了杖责后不好做人，希望今后减少这种刑罚。"

《八十》长卿慢世

王子猷、子敬兄弟共赏《高士传》人及赞①，子敬赏"井丹高洁②"，子猷云："未若'长卿慢世③'。"

注释

① 《高士传》：嵇康著，全名为《圣贤高士传》，是记载古代隐士言行的书。人及赞：人物和赞语。

② 井丹：字大春，东汉隐士。

④ 长卿：司马相如，字长卿。慢世：蔑视世俗礼教，放达不羁。

译文

王子猷（王徽之）、王子敬（王献之）兄弟一起欣赏《高士传》中的人物和赞语，子敬欣赏"井丹高洁"这一则，子猷说："不如'长卿慢世'好。"

《八十一》殷不及韩

有人问袁侍中曰："殷仲堪何如韩康伯？"答曰："理义所得①，优劣乃复未辨②；然门庭萧寂③，居然有名士风流④，殷不及韩。"故殷作诔云："荆门昼掩，闲庭晏然⑤。"

注释

① 理义：义理。

② 乃复：竟然。

③ 门庭萧寂：门庭冷落，形容来往客人少。萧寂，冷清，寂静。

④ 居然：显然。

⑤ 晏然：安静的样子。

有人问袁侍中（袁恪之）："殷仲堪比韩康伯（韩伯）怎么样？"他回答说："在玄理的收获方面，二人的高下还难以分辨；然而韩康伯门庭清净，显然是具有名士风范的人，可见殷仲堪不如韩康伯。"所以殷仲堪为韩康伯写的诔文中说："柴门白天掩着，庭院里闲适悠然。"

〈八十二〉嘉宾故自上

王子敬问谢公："嘉宾何如道季？"答曰："道季诚复钞撮清悟①，嘉宾故自上②。"

注释

① 诚复：确实，的确。钞撮：汇聚，收集。清悟：机智聪敏。

② 故自：确实。

译文

王子敬（王献之）问谢公（谢安）："嘉宾（郗超）比道季（庾龢）如何？"谢公答道："道季确实能汲取别人的优点，聪明颖悟，不过嘉宾更杰出。"

〈八十三〉人固不可以无年

王珣疾，临困，问王武冈曰①："世论以我家领军比谁②？"武冈曰："世以比王北中郎。"东亭转卧向壁，叹曰："人固不可以无年！"

注释

① 王武冈：王谧，字稚远，王导孙，王劭子，袭爵武冈侯，

故称。王珣与王谧是堂兄弟。

② 世论：世人的议论。领军：指王洽。王洽曾官拜领军将军，是王珣的父亲。王洽二十六岁亡，所以王珣如此说。

译文

王珣患病，在病得很厉害的时候，他问王武冈（王谧）说："世人认为我们家领军（王洽）可以和谁相比呢？"武冈说："世人把他和王北中郎（王坦之）相比。"东亭（王珣）转身面向墙壁，叹息道："人实在是不能短命啊！"

《八十四》王孝伯论人

王孝伯道谢公"浓至①"。又曰："长史虚②，刘尹秀③，谢公融④。"

注释

① 浓至：厚重深沉。指人的性格沉静肃穆。

② 虚：清虚。

③ 秀：出色。

④ 融：圆融，通达。

译文

王孝伯（王恭）评论谢公（谢安）"厚重深邃"。又说："长史（王濛）清虚，刘尹（刘恢）俊异，谢公圆融。"

《八十五》右军胜林公

王孝伯问谢公："林公何如右军？"谢曰："右军胜林公，林公在司州前，亦贵彻①。"

注释

① 贵彻：高贵深刻。

译文

王孝伯（王恭）问谢公（谢安）："林公（支遁）比右军（王羲之）如何？"谢公说："右军胜过林公，不过林公在司州（王胡之）之上，也算得高贵深刻。"

《八十六》公是千载之英

桓玄为太傅①，大会，朝臣毕集。坐裁竟②，问王桢之曰③："我何如卿第七叔？"于时宾客为之咽气④。王徐徐答曰："亡叔是一时之标⑤，公是千载之英⑥。"一坐欢然。

注释

① 太傅：当是"太尉"之误。

② 裁：通"才"。竟：完毕。

③ 王桢之：字公干，王徽之子，历任侍中、大司马长史。

④ 咽气：屏住呼吸，形容气氛紧张。

⑤ 标：楷模。

⑥ 千载之英：千载英豪。

译文

桓玄为太尉的时候，大会宾客，朝中的大臣们都来了。刚刚坐定，他就问王桢之说："我比你的七叔（王献之）怎么样？"这时宾客们都担心得屏住呼吸。王桢之缓缓答道："亡叔是一时楷模，您是千载英豪。"举座听罢都很高兴。

《八十七》楂、梨、橘、柚

桓玄问刘太常曰[1]："我何如谢太傅?"刘答曰："公高，太傅深。"又曰："何如贤舅子敬?"答曰："楂、梨、橘、柚[2]，各有其美。"

|| **注释**

① 刘太常：刘瑾，字仲璋，官至太常卿，故称。刘瑾是王羲之的外孙。

② 楂、梨、橘、柚：四种水果。《庄子·天运》："故譬三皇五帝之礼仪法度，其犹楂、梨、橘、柚邪，其味相反，而皆可于口。"楂，山楂。

|| **译文**

桓玄问刘太常（刘瑾）："我比谢太傅（谢安）如何?"刘瑾回答说："您高明，太傅深邃。"桓玄又问："比你舅舅子敬（王献之）呢?"刘瑾回答说："这就像山楂、梨、橘子、柚子，各有其美。"

《八十八》中军那得及此

旧以桓谦比殷仲文[1]。桓玄时，仲文入，桓于庭中望见之[2]，谓同坐曰："我家中军，那得及此也!"

|| **注释**

① 桓谦：字敬祖，桓冲子，桓玄堂兄，曾任中军将军。

② 庭：厅堂。

从前人们把桓谦和殷仲文相比。桓玄执政时，仲文自外面进来，桓玄在大厅中看到他，对同座的人说："我们家中军（桓谦），怎能和仲文相比！"

规箴第十

规箴

漢武帝乳母嘗於外犯事，帝欲申憲，乳母求救東方朔。朔曰：「此非脣舌所爭，爾必望濟者，將去時但當屢顧帝，慎勿言。此或可萬一冀耳。」乳母既至，朔亦侍側，因謂曰：

漢書曰：朔字曼倩，平原厭次人。朔別傳曰：朔，南陽步廣里人也，列仙傳曰：朔是歲星人。武帝時，上書說便宜，拜郎中。宣帝初棄官而去。其謂歲星也，朔曰：

「汝癡耳！帝豈復憶汝乳哺時恩邪？」帝雖才雄心忍，亦深有情戀，乃悽然愍之，即敕免罪。

此附會人事

之謂同坐曰：「我家中軍那得及此也。」

〈一〉乳母获免

汉武帝乳母尝于外犯事，帝欲申宪[1]，乳母求救东方朔[2]。朔曰："此非唇舌所争，尔必望济者[3]，将去时，但当屡顾帝，慎勿言！此或可万一冀耳[4]。"乳母既至，朔亦侍侧，有谓曰："汝痴耳！帝岂复忆汝乳哺时恩邪？"帝虽才雄心忍[5]，亦深有情恋，乃凄然愍之[6]，即敕免罪。

注释

① 申宪：依法处置。

② 东方朔：西汉武帝时人，机智诙谐，善文辞，官至太中大夫。《史记》有传。

③ 济：帮助，救助。

④ 万一：形容极少。

⑤ 才雄心忍：意思是雄才大略，意志坚强。心忍，心肠硬。

⑥ 愍（mǐn）：怜悯。

译文

汉武帝的奶妈曾在外面犯了罪，武帝要依法处置她，奶妈向东方朔求救。东方朔说："这不是口舌争辩能办成的事，你一定想获释的话，就在要离开的时候，只是频频回头望着皇上，千万不要说话！这样或许会有一线希望。"奶妈来到汉武帝面前，东方朔也陪侍在武帝身旁，有人对奶妈说："你太傻了！皇上难道还会想着你哺乳时的恩情吗？"武帝虽然雄才大略，性格刚强，但对奶妈也有深深的眷恋，于是就动了恻隐之心，马上下令赦免了她。

《二》京房论政

京房与汉元帝共论①，因问帝："幽、厉之君何以亡②？所任何人？"答曰："其任人不忠。"房曰："知不忠而任之，何邪？"曰："亡国之君各贤其臣，岂知不忠而任之？"房稽首曰："将恐今之视古③，亦犹后之视今也。"

‖ **注释**

① 京房：字君明，西汉人，著名今文经学家，通《周易》，官至魏郡太守。汉元帝：西汉第八个皇帝，名奭，在位十六年。

② 幽、厉：指周幽王、周厉王，都是暴虐荒淫之君。

③ 将恐：恐怕。

‖ **译文**

京房和汉元帝一块儿谈论，京房趁势问元帝："西周幽王、厉王为什么会灭亡呢？他们任用的都是什么人呢？"元帝回答说："他们任用的人对他们不忠。"京房说："知道不忠却任用，这是为什么呢？"元帝说："亡国之君都认为他们的大臣贤明，哪里会知道不忠还任用他们？"京房跪拜道："恐怕我们今天看古人，就像后人看我们一样啊。"

〈三〉 陈元方遭父丧

陈元方遭父丧，哭泣哀恸，躯体骨立①。其母愍之，窃以锦被蒙上。郭林宗吊而见之，谓曰："卿海内之俊才，四方是则②，如何当丧，锦被蒙上？孔子曰：'衣夫锦也，食夫稻也，于汝安乎③？'吾不取也④！"奋衣而去⑤。自后宾客绝百所日⑥。

注释

① 骨立：形容身体消瘦得只剩下骨架子。

② 四方是则：周围的人都作为榜样。

③ "衣夫锦也"三句：见《论语·阳货》。衣，穿。锦，精致的衣服。

④ 取：赞同。

⑤ 奋衣：甩动衣袖，表示愤怒。

⑥ 百所日：百余日。

译文

陈元方（陈纪）父亲去世后，哀痛哭泣，形销骨立。他妈妈怜惜儿子，就悄悄地把织有锦纹的被子披在他身上。郭林宗（郭泰）来吊唁时看到了，就对陈元方说："你是天下的俊杰，四面八方的人都以你为楷模，为什么在父丧期间，披着彩被呢？孔子说：'穿着锦衣，吃着稻米，你会安心吗？'我不赞成这样！"说罢挥袖而去。此后一百多天都没有宾客来吊唁。

〈四〉 孙休好射雉

孙休好射雉①，至其时，则晨去夕反②。群臣莫不止谏："此为小物，何足甚耽③？"休曰："虽为小物，耿介过人④，朕所以好之。"

注释

① 孙休：字子烈，吴孙权第六子，在位六年，谥景皇帝。

② 反：同"返"。

③ 耽：沉湎，沉溺。

④ 耿介：正直。

译文

孙休喜欢射雉，到了射猎的时候，就早出晚归。大臣们上疏劝阻说："雉鸡是小东西，哪值得如此沉溺呢？"孙休说："虽然是小东西，但它比人正直，所以我喜欢它。"

〈 五 〉 覆亡是惧

孙皓问丞相陆凯曰①："卿一宗在朝有几人②？"陆曰："二相、五侯、将军十余人。"皓曰："盛哉！"陆曰："君贤臣忠，国之盛也；父慈子孝，家之盛也。今政荒民弊，覆亡是惧③，臣何敢言盛！"

注释

① 孙皓：字元宗，三国吴时最后一个皇帝，孙权孙，在位十六年，晋灭吴后归降，封归命侯。陆凯：字敬风，刚直强谏，官至左丞相。

② 一宗：同一宗族。

③ 覆亡是惧：唯恐国家灭亡。是，助词，表示宾语前置。

译文

孙皓问丞相陆凯说："你们家族在朝廷里的有几个人呢？"陆凯答道："有两个人做过丞相，五个人被封侯爵，十几个人担任过将军。"孙皓说:"真是兴盛啊!"陆凯说:"君贤臣忠,国家就兴盛;父慈子孝,家庭就兴盛。如今政治荒废,百姓疲敝,唯恐国家灭亡,我哪里还敢说兴盛啊!"

〈六〉管辂作卦

何晏、邓飏令管辂作卦①,云:"不知位至三公不?"卦成,辂称引古义②,深以戒之。飏曰:"此老生之常谈。"晏曰:"知几其神乎③,古人以为难。交疏吐诚④,今人以为难。今君一面,尽二难之道,可谓'明德惟馨⑤'。《诗》不云乎:'中心藏之,何日忘之⑥!'"

‖ **注释**

① 管辂(lù):字公明,三国魏人,通《周易》,善卜筮,官至少府丞。

② 称引古义:援引古人的说法。

③ 知几(jī):预知事情的征兆。

④ 交疏吐诚:交往不多却能诚实直言。

⑤ 明德惟馨:见《尚书·君陈》。意思是美好的品德是芬芳的。

⑥ 中心藏之,何日忘之:见《诗经·小雅·隰桑》。意思是内心牢记,永远不会忘记。

‖ **译文**

何晏、邓飏让管辂给他们算卦,问道:"不知能不能到三公的位置?"卦成以后,管辂援引古人的解释,言辞深刻地劝诫他们。邓飏说:"这不过是老生常谈而已。"何晏说:"见微知著,古人认为很难。一面之交,坦诚相待,今人认为很难。今天和你初次见面，却完成了这两件难为的事，可以说是'圣明之德，芳香清醇'啊。《诗经》中不是说吗：'我会心中牢记，永不忘怀的！'"

《七》卫瓘进谏

晋武帝既不悟太子之愚，必有传后意[1]，诸名臣亦多献直言。帝尝在陵云台上坐，卫瓘在侧，欲申其怀，因如醉跪帝前，以手抚床曰："此坐可惜[2]！"帝虽悟，因笑曰："公醉邪？"

注释

[1] 传后意：传授帝位的想法。

[2] 坐：同"座"，代指皇帝的宝座。

译文

晋武帝（司马炎）没有察觉太子的愚笨，决定把帝位传给他，很多有名的大臣也都进言相劝。武帝曾在陵云台上坐着，卫瓘陪侍在一旁，他想含蓄地表达他的想法，就假装醉酒跪在皇帝面前，用手抚摸着坐榻说："这个宝座太可惜了！"武帝虽然明白他的意思，却笑着说："你喝醉了吗？"

《八》王夷甫妇

王夷甫妇，郭泰宁女，才拙而性刚[1]，聚敛无厌[2]，干豫人事[3]。夷甫患之而不能禁。时其乡人幽州刺史李阳，京都大侠，犹汉之楼护[4]，郭氏惮之。夷甫骤谏之[5]，乃曰："非但我言卿不可，李阳亦谓卿不可。"郭氏为之小损[6]。

注释

① 才拙而性刚：才智低下，性情暴烈。

② 聚敛无厌：贪得无厌。

③ 干豫人事：干预别人的事情。干豫，同"干预"。

④ 楼护：字君卿，西汉人，重义气，广交游。

⑤ 骤：屡次。

⑥ 损：减少。这里有收敛的意思。

译文

王夷甫（王衍）的妻子，是郭泰宁（郭豫）的女儿，头脑愚笨却性情暴烈，贪得无厌，爱干预别人的事情。王夷甫为此事发愁却束手无策。当时他的同乡幽州刺史李阳，是京城的侠客，就像汉朝的楼护，郭氏惧怕他。王夷甫屡次规劝郭氏，并且说："不只是我说你不好，李阳也说你不好。"郭氏就有所收敛。

《九》举却阿堵物

王夷甫雅尚玄远，常嫉其妇贪浊①，口未尝言"钱"字。妇欲试之，令婢以钱绕床，不得行。夷甫晨起，见钱阂行②，呼婢曰："举却阿堵物③！"

注释

① 嫉：嫉恨。贪浊：贪婪。

② 阂（hé）：阻碍。

③ 举却：拿开。阿堵物：这个东西。后世用作钱的代称。

译文

王夷甫（王衍）非常超凡脱俗，常常憎恨他妻子的贪婪，他的口中从未说过"钱"字。他妻子想试试他，就让婢女把钱缠在床上，让他不能通过。夷甫早晨起来，看到床上的钱妨碍他通行，就呼唤婢女道："把这个东西拿开！"

〈十〉王平子劝嫂

王平子年十四五，见王夷甫妻郭氏贪欲，令婢路上儋粪[1]。平子谏之，并言不可。郭大怒，谓平子曰："昔夫人临终，以小郎嘱新妇[2]，不以新妇嘱小郎。"急捉衣裾，将与杖。平子饶力[3]，争得脱，逾窗而走。

|| **注释**

① 儋：同"担"。

② 小郎：对丈夫弟弟的称呼，即今小叔子。新妇：已婚妇女的自称。

③ 饶力：力气大。

|| **译文**

王平子（王澄）十四五岁的时候，看到王夷甫（王衍）的妻子郭氏贪婪，让婢女在路上挑粪。平子进行劝阻，并对她说不能这样。郭氏大怒，对平子说："以前老夫人临终时，把你这小子托付给了我，却没把我托付给你。"说罢就突然抓住平子的衣襟，要用棍子打他。平子力气大，奋力挣脱，跳窗逃跑了。

〈十一〉王导流涕谏酒

元帝过江犹好酒，王茂弘与帝有旧，常流涕谏。帝许之，命酌酒一酣[1]，从是遂断。

① 酣：酒喝得很酣畅。

译文

晋元帝（司马睿）过江以后还好喝酒，王茂弘（王导）和元帝是老交情，经常哭着规劝。元帝答应了他，下令畅饮一番，从此就戒酒了。

《十二》谢鲲讽喻王敦

谢鲲为豫章太守，从大将军下至石头。敦谓鲲曰："余不得复为盛德之事矣①！"鲲曰："何为其然？但使自今已后，日亡日去耳②。"敦又称疾不朝③，鲲谕敦曰："近者明公之举，虽欲大存社稷，然四海之内，实怀未达④。若能朝天子，使群臣释然，万物之心⑤，于是乃服。仗民望以从众怀，尽冲退以奉主上⑥，如斯则勋侔一匡⑦，名垂千载。"时人以为名言。

注释

① 盛德之事：指辅佐君王这样的大德之事。

② 但使自今已后，日亡日去耳：《晋书·谢鲲传》作"但使自今以往，日忘日去耳"。意思是将君臣之间的猜疑渐渐忘却。

③ 称疾不朝：称病不上朝。

④ 实怀未达：指世人不能理解王敦的实际用意。

⑤ 万物之心：指民心。物，人。

⑥ 冲退：谦逊。

⑦ 勋侔一匡：功勋可以和管仲媲美。侔，等同。一匡，指帮助齐桓公一匡天下、建立霸业的管仲。

谢鲲担任豫章太守时，跟随大将军（王敦）来到石头城。王敦对谢鲲说："我不能再做辅佐君主这样的事情了。"谢鲲说："为什么要这样呢？只要从今以后，渐渐把君臣之间的嫌隙忘却就可以了。"随后王敦又称病不上朝，谢鲲劝谕王敦说："近来您的举动，虽然是想拯救国家，但上上下下的人，还是不能理解您的行为。如果能去朝见天子，让大臣们释然，百姓才会信服。凭借自己的威望，顺从民意，尽力谦虚退让，侍奉君王，如果能这样，功勋就可以和一匡天下的管仲一样，名垂千古了。"当时人们认为谢鲲的话是名言。

《十三》私作都门

元皇帝时，廷尉张闿在小市居[1]，私作都门[2]，蚤闭晚开[3]。群小患之[4]，诣州府诉，不得理。遂至挝登闻鼓[5]，犹不被判。闻贺司空出，至破冈[6]，连名诣贺诉。贺曰："身被征作礼官[7]，不关此事。"群小叩头曰："若府君复不见治，便无所诉。"贺未语，令："且去，见张廷尉当为及之。"张闻，即毁门，自至方山迎贺[8]。贺出辞见之[9]，曰："此不必见关[10]，但与君门情[11]，相为惜之。"张愧谢曰："小人有如此，始不即知，早已毁坏。"

① 张闿：字敬绪，东晋人，曾任廷尉卿。小市：城中的集市。

② 都门：街巷的总门。

③ 蚤：同"早"。

④ 群小：指百姓。

⑤　挝（zhuā）：击。登闻鼓：设在官署衙门外边，百姓有冤
　　情可击鼓鸣冤。

⑥　破冈：地名。在今江苏句容南。

⑦　身：我。礼官：掌管礼仪的官吏。贺循曾任太常卿，所以
　　这样说。

⑧　方山：地名，在江苏江宁东南，六朝时为交通要道。

⑨　出辞见之：把老百姓的讼辞给张闿看。

⑩　见关：与我有关。

⑪　门情：同门第之间的情谊。

‖ **译文**

　　晋元帝（司马睿）时，廷尉张闿住在小市，在居民住的街
巷私自造了一个门，晚上很早就关了，早晨却很晚才开。老
百姓对此事很不满意，就去州府告状，州府却不予受理。以
至于百姓都敲了登闻鼓，官府还是不予受理。百姓们听说贺
司空（贺循）出巡，到了破冈，就联名到贺循那里告状。贺循
说："我担任的是礼官，管不了这种事。"百姓们跪下磕头，说
道："如果府君也不管，我们就没有地方申诉了。"贺循没有说
别的话，命令道："你们先回去，我见到张廷尉后会和他说这件
事。"张闿闻听此事后，马上就把那个门给拆了，亲自到方山去
迎接贺循。贺循把百姓的诉状给他看，说："这事本来和我没
有关系，可想到我们两家的交情，所以我很痛心。"张闿面露愧
色，道歉说："是有这么回事，开始没觉得有什么，不过我早就
拆了。"

《十四》郗鉴规诫王公

郗太尉晚节好谈^①，既雅非所经^②，而甚矜之^③。后朝觐，以王丞相末年多可恨^④，每见，必欲苦相规诫^⑤。王公知其意，每引作他言^⑥。临还镇^⑦，故命驾诣丞相，翘须厉色^⑧，上坐便言："方当乖别^⑨，必欲言其所见。"意满口重^⑩，辞殊不流^⑪。王公摄其次曰^⑫："后面未期^⑬，亦欲尽所怀，愿公勿复谈。"郗遂大瞋^⑭，冰矜而出^⑮，不得一言。

注释

① 晚节：晚年。

② 既：全，完全。雅：平素。经：擅长。

③ 矜：矜持，自负。

④ 可恨：指有让人遗憾的事。

⑤ 归诫：劝诫。

⑥ 引作他言：转移话题。

⑦ 还镇：回到镇守的地方。

⑧ 翘须厉色：胡须翘着，脸色难看，形容气愤的样子。

⑨ 方当：将要。乖别：离别。

⑩ 意满口重：情绪激动，语气沉重。

⑪ 不流：不流畅。

⑫ 摄其次：抓住他说话停顿的间隙。摄，抓住。

⑬ 后面未期：以后见面的日子还没定。面，动词，会面。期，约定。

⑭ 瞋：因气愤而瞪眼。

⑮ 冰矜：神色矜持、严肃。

郗太尉（郗鉴）晚年好发议论，虽然这不是他平素所擅长的，但他很为此自负。后来上朝觐见皇上，因为王丞相（王导）晚年做了很多让他不满意的事情，所以每次见面，他都要极力规劝。王公知道他的用心，所以每次他说话时就把话题转移了。郗太尉要回守地前，特意又坐车到丞相那里，胡须翘着，面色严肃，一入座就说："要离别了，我一定要把自己的看法对你说说。"他情绪激动，语气严肃，说话都有些不流利。王公抓住他说话的间隙对他说："以后什么时候见面还不知道呢，我也想倾诉一下我的心里话，希望您不要再说了。"郗太尉听罢大怒，铁青着脸就出去了，一句话也没说。

《十五》从事自视缺然

王丞相为扬州，遣八部从事之职①。顾和时为下传还②，同时俱见。诸从事各奏二千石官长得失③，至和独无言。王问顾曰："卿何所闻？"答曰："明公作辅④，宁使网漏吞舟⑤，何缘采听风闻⑥，以为察察之政⑦？"丞相咨嗟称佳，诸从事自视缺然也⑧。

注释

① 八部从事：扬州下辖八个郡，每郡设"部从事"一名，代表刺史督察郡中事务。之职：到职，上任。

② 下传（zhuàn）：巡视督察的官吏。

③ 二千石：汉代郎将、郡守俸禄为二千石，后以二千石代指郡守、知府。

④ 作辅：做宰相。辅，宰辅。

⑤　网漏吞舟：使吞舟的大鱼漏网，比喻法令宽松。

⑥　风闻：传闻。

⑦　察察：明辨洞察。

⑧　自视缺然：自己觉得很不足。

译文

王丞相（王导）兼任扬州刺史时，派遣所辖八郡的部从事到任。顾和当时作为按察官从外面回来，一同进见。各位从事分别报告俸禄二千石官员的过失，轮到顾和时他却一言不发。王导问顾和："你听到什么了？"顾和答道："您做宰相，宁可让网漏吞舟，怎么会靠听信传闻作为洞察明辨的德政呢？"王导称赞顾和说得好，各位从事也觉得自己有缺陷。

《十六》陆迈讽喻苏峻

苏峻东征沈充①，请吏部郎陆迈与俱。将至吴，密敕左右，令入阊门放火以示威②。陆知其意，谓峻曰："吴治平未久，必将有乱。若为乱阶③，请从我家始。"峻遂止。

注释

①　沈充：字士居，依附王敦，曾带兵作乱。

②　阊门：吴郡城门，今苏州城西门。

③　乱阶：祸乱的开始。

译文

苏峻东征沈充，让吏部郎陆迈随同前往。快到吴郡时，苏峻暗地里指使下属，让他们进入阊门纵火示威。陆迈明白了苏峻的意图，对苏峻说："吴郡刚刚太平，你这样做必然会引起混乱。如果需要制造混乱，请从我们家开始吧。"苏峻就放弃了这个打算。

《十七》戢卿良箴

陆玩拜司空，有人诣之，索美酒，得，便自起，泻著梁柱间地，祝曰[①]："当今乏才，以尔为柱石之臣，莫倾人栋梁。"玩笑曰："戢卿良箴[②]。"

注释

① 祝：祷告。

② 戢（jí）：收藏，引申为牢记、铭记。箴：劝诫，规劝。

译文

陆玩官拜司空后，有人来拜访他，向他要好酒，拿到之后，就站了起来，把酒倒到房柱边的地上，祈祷道："如今人才缺乏，让你担任柱石之臣，你千万别倾覆了人家的栋梁啊。"陆玩笑着说："我会铭记你的良言劝告。"

《十八》江虨谏庾翼

小庾在荆州，公朝大会[①]，问诸僚佐曰："我欲为汉高、魏武，何如？"一坐莫答。长史江虨曰："愿明公为桓、文之事，不愿作汉高、魏武也。"

注释

① 公朝：古代官吏的治事之所，官署。

译文

小庾（庾翼）担任荆州刺史时，在官署聚会上，他问同僚们说："我想做出汉高祖、魏武帝那样的事业，你们觉得如何？"在座的人无法作答。长史江彪说："希望您能做出齐桓公、晋文公那样的事业，不希望您做汉高祖、魏武帝。"

《十九》一无所问

罗君章为桓宣武从事，谢镇西作江夏，往检校之^①。罗既至，初不问郡事，径就谢数日饮酒而还。桓公问："有何事？"君章云："不审公谓谢尚是何似人？"桓公曰："仁祖是胜我许人^②。"君章云："岂有胜公人而行非者，故一无所问。"桓公奇其意而不责也。

‖ **注释**

① 检校：检查，考察。

② 我许：我辈，我等。

‖ **译文**

罗君章（罗含）担任桓宣武（桓温）的部从事时，谢镇西（谢尚）任江夏相，罗君章去他那里检查。罗君章到了以后，一点也不问郡中的事情，直接来到谢尚的住处，喝了几天的酒就回来了。桓公问："谢尚那里有什么事吗？"罗君章说："不知您认为谢尚是个什么样的人？"桓公说："仁祖（谢尚）胜过我这样的人。"罗君章说："哪有胜过您的人却做坏事呢？所以我什么都没问。"桓公惊诧于他的说法，没有指责他。

《二十》孔岩诚王羲之

王右军与王敬仁、许玄度并善，二人亡后，右军为论议更克^①。孔岩诚之曰："明府昔与王、许周旋有情^②，及逝没之后③，无慎终之好④，民所不取。"右军甚愧。

注释

① 克：同"刻"，苛刻，刻薄。

② 周旋有情：交往相处得很好。

③ 逝没：逝世，去世。

④ 慎终：坚持到最后，自始至终。

译文

王右军（王羲之）和王敬仁（王脩）、许玄度（许询）的关系都很好，二人去世后，右军对他们的议论更苛刻了。孔岩劝诫他说："您从前和王、许交往，感情很好。他们去世之后，您却不能把这种关系维持到最后，我不赞成您这样。"右军听罢很惭愧。

《二十一》谢安诫谢万

谢中郎在寿春败①，临奔走②，犹求玉帖镫③。太傅在军，前后初无损益之言④。尔日犹云："当今岂须烦此！"

注释

① 寿春：县名，即今安徽寿县。

② 奔走：逃跑。

③ 玉帖镫：有玉装饰的马镫。

④ 损益之言：建议的话。

译文

谢中郎（谢万）在寿春战败，逃跑之前，还在找他的玉饰马镫。当时太傅（谢安）也在军中，他前后没有说过劝诫谢万的话，这天也说："眼前还需要这样讲究吗！"

《二十二》王大语东亭

王大语东亭:"卿乃复论成不恶①,那得与僧弥戏?"

||‖ **注释**

① 论成:定评。

||‖ **译文**

王大(王忱)对王东亭(王珣)说:"你得到的品评很好,怎么能和僧弥(王珉)开玩笑呢?"

《二十三》殷觊病困

殷觊病困①,看人政见半面②。殷荆州兴晋阳之甲③,往与觊别,涕零,属以消息所患④。觊答曰:"我病自当差⑤,正忧汝患耳⑥!"

||‖ **注释**

① 殷觊:史书作殷顗,字伯通,为殷仲堪堂兄,历任中书郎、南蛮校尉。

② 政:通"正",只。

③ 兴晋阳之甲:春秋时晋国荀寅、士吉射反叛,赵鞅以清君侧为名,令晋阳的士兵前去驱逐。"清君侧"常常成为叛逆的借口。

④ 属:同"嘱"。消息:调养。

⑤ 差:同"瘥",病愈。

⑥ 患:祸患。

殷觊病重时，看人只能看见半边脸。殷荆州（殷仲堪）以清君侧的名义准备发兵，去和殷觊告别，流着眼泪嘱咐他好好养病。殷觊答道："我的病自然会好的，我只是担心你的灾祸呀！"

《二十四》远公在庐山

远公在庐山中①，虽老，讲论不辍②。弟子中或有惰者，远公曰："桑榆之光③，理无远照，但愿朝阳之晖，与时并明耳。"执经登坐，讽诵朗畅④，词色甚苦。高足之徒，皆肃然增敬。

注释

① 远公：即慧远和尚。东晋高僧，隐居庐山，人称远公。

② 讲论：讲解。辍：停。

③ 桑榆之光：比喻暮年。

④ 讽诵：吟诵。朗畅：响亮流畅。

译文

远公（慧远）在庐山时，虽然年岁大了，依旧不断地讲授经书。弟子中有偷懒的，远公对他们说："我老了，夕阳的光芒原本不会照得太远，希望你们年轻的光辉越来越明亮。"远公手捧经书登上坐榻，诵声琅琅，辞色庄严。高足弟子们都对他肃然起敬。

《二十五》桓道恭直言

桓南郡好猎，每田狩①，车骑甚盛，五六十里中，旌旗蔽隰②。骋良马，驰击若飞，双甄所指③，不避陵壑④。或行陈不整⑤，麏兔腾逸⑥，参佐无不被系束⑦。桓道恭，玄之族也，时为贼曹参军⑧，颇敢直言。常自带绛绵绳著腰中⑨，玄问："用此何为？"答曰："公猎，好缚人士，会当被缚，手不能堪芒也⑩。"玄自此小差⑪。

注释

① 田狩：打猎。

② 隰（xí）：低湿的地方。此指猎场。

③ 双甄：战阵的左右两翼。

④ 陵壑：山陵沟壑。

⑤ 行陈：行阵。

⑥ 麏（jūn）：同"麕"，獐子。

⑦ 系束：捆绑。

⑧ 贼曹参军：掌管缉捕贼寇的属官。

⑨ 绛：绛红色。

⑩ 手不能堪芒：手受不了麻绳上的芒刺。这里是委婉说法。

⑪ 差：减。

译文

桓南郡（桓玄）喜欢打猎，每次出猎，随从的车马众多，五六十里之内，旌旗遮天蔽地。骏马奔驰，如飞一般追击着猎物，左右两翼所指方向，不避山陵丘壑。有时行阵不齐，惊跑了獐子、兔子，桓玄就下令把带队的参佐捆了起来。桓道恭是桓玄同族的人，当时担任贼曹参军，胆大敢于直言。他经常把红色的棉绳缠在腰上，一次桓玄问他："你戴这个干什么？"他回答："您打猎的时候喜欢捆人，如果遇上我被捆，我的手受不了粗麻绳上的刺，所以戴这个准备着。"桓玄从此之后有所收敛。

《二十六》王大讽王绪

　　王绪、王国宝相为唇齿[①]，并弄权要[②]。王大不平其如此，乃谓绪曰："汝为此欻欻[③]，曾不虑狱吏之为贵乎[④]？"

注释

① 王绪：字仲业，与王国宝一起，有宠于会稽王司马道子，擅权乱政。相为唇齿：互相勾结。

② 并弄权要：玩弄权术。权要，权术。

③ 欻欻（xū）：轻浮的样子。

④ 曾：竟然。狱吏之为贵：据《史记》记载，汉代周勃被人诬告谋反入狱，受尽折磨，出狱后感叹道："吾尝将百万之军，安知狱吏之为贵也！"此处的意思是提醒王绪小心牢狱之灾。

译文

　　王绪、王国宝互相勾结，玩弄权术。王大（王忱）非常憎恨他们的这种举动，就对王绪说："你们这样嚣张，竟然不怕犯事入狱遭受酷刑吗？"

《二十七》谢混讽喻桓玄

　　桓玄欲以谢太傅宅为营[①]，谢混曰："召伯之仁，犹惠及甘棠[②]；文靖之德[③]，更不保五亩之宅[④]？"玄惭而止。

注释

① 营：军营。

② 召伯之仁，犹惠及甘棠：召伯为西周时人，曾辅助武王灭

商。有人要为召伯建房屋，召伯说:"以一身劳百姓，非吾先君文王之志也。"于是召公在甘棠树下办公。这里以谢安比召伯。

③ 文靖:谢安的谥号。

④ 更:竟然，难道。五亩之宅:指一户的住宅。

译文

桓玄想用谢太傅（谢安）的住宅作为军营，谢混说:"西周召伯的仁慈，还能惠及甘棠树;文靖公（谢安）的德行，难道还保不住自己家的住宅?"桓玄很惭愧，放弃了这个念头。

捷悟

楊德祖爲魏武主簿時作相國門、始構榱桷、魏武自出看、使人題門作活字、便去、楊見、卽令壞之、旣竟曰門中活闊字、王正嫌門大也、

字德祖、弘農人太尉彪子、少有才學思辯魏武爲丞相辟爲主簿、俗常白事知必有反覆敎豫、乃列豫白事、何白事者曰何白事者曰、向白事者必敎出相反、覆若按此次第連答之、已而風吹紙文亂守者不別而途錯誤公怒推問脩、脩然以所白甚有理終亦是脩後爲武帝所誅、

人餉魏武一梔酪、魏武噉少許蓋頭上題合字

《一》杨修拆门

杨德祖为魏武主簿①，时作相国门②，始构榱桷③，魏武自出看，使人题门作"活"字，便去。杨见，即令坏之。既竟，曰："'门'中'活'，'阔'字，王正嫌门大也。"

||| **注释**

① 杨德祖：杨修，字德祖，博学有才华，被曹操杀害。
② 相国门：相国府的大门。相国，春秋战国时各国设相，为百官之长。这里指丞相，曹操在建安年间任丞相。
③ 榱桷（cuī jué）：椽子。

||| **译文**

杨德祖（杨修）担任魏武帝（曹操）的主簿，当时修造相国府的大门，开始架椽子的时候，魏武帝亲自过来查看，他让人在门上题写了一个"活"字，就走了。杨修见到后，就下令把门拆了。拆完后，他说："'门'中'活'，是'阔'字，魏王是嫌门修得大了。"

《二》一人一口

人饷魏武一杯酪，魏武啖少许，盖头上题"合"字以示众①，众莫能解。次至杨修②，修便啖，曰："公教人啖一口也，复何疑？”

║ **注释**

① 盖头：盖子。

② 次：依次。

║ **译文**

有人送了魏武帝（曹操）一杯奶酪，魏武帝吃了一点儿，就在盖子上写了一个"合"字让大家看，众人都不明白是什么意思。轮到杨修了，他拿过来就吃，然后说："魏王的意思是一人吃一口，还犹豫什么？"

《三》绝妙好辞

魏武尝过曹娥碑下①，杨修从。碑背上见题作"黄绢幼妇，外孙齑臼"八字②，魏武谓修曰："卿解不？"答曰："解。"魏武曰："卿未可言，待我思之。"行三十里，魏武乃曰："吾已得。"令修别记所知③。修曰："黄绢，色丝也，于字为'绝'；幼妇，少女也，于字为'妙'；外孙，女子也，于字为'好'；齑臼，受辛也④，于字为'辞'⑤；所谓'绝妙好辞'也。"魏武亦记之，与修同，乃叹曰："我才不及卿，乃觉三十里⑥。"

║ **注释**

① 曹娥碑：记载东汉孝女曹娥为寻找溺水而死的父亲，投江身亡事迹的墓碑。在会稽上虞（今属浙江），今不存。曹操、杨修并没有到会稽，所以本文为传说。

② 齑臼：捣蒜用的臼。

③ 别：另外。

④ 受辛：因所捣都是辛辣物品，所以说"受辛"。

⑤ 于字为"辞":"辤"是"辞"的异体字。

⑥ 觉：通"较"，差，相差。

‖ 译文

魏武帝（曹操）曾路过曹娥碑，杨修跟从。看到碑的背面题写着"黄绢幼妇，外孙齑臼"八个字，魏武帝对杨修说："你明白它的意思吗？"杨修回答："我明白。"魏武帝说："你先别说，待我想想。"走出去三十多里，魏武帝才说："我已经知道答案了。"他让杨修单独写下答案。杨修写道："黄绢，是有颜色的丝，合在一起是'绝'字；幼妇，是少女，合在一起是'妙'字；外孙，是女儿的孩子，合在一起是'好'字；齑臼，是承受辛辣的器物，合在一起是'辤'（辞的异体字）字，连在一起就是'绝妙好辞'啊。"魏武帝也写了下来，和杨修的一样，他感叹道："我的才华不如你呀，和你差了三十里。"

《四》竹片之用

魏武征袁本初①，治装②，余有数十斛竹片，咸长数寸，众并谓不堪用，正令烧除。太祖甚惜，思所以用之，谓可为竹椑楯③，而未显其言。驰使问主簿杨德祖④，应声答，与帝同。众伏其辩悟⑤。

‖ 注释

① 袁本初：袁绍，字本初，是东汉末年和曹操争雄的政治家。

② 治装：整理装备。

③ 椑楯（pí dùn）：竹制的椭圆形盾牌。

④ 驰：迅速。

⑤ 伏：同"服"。辩悟：聪明颖悟。

魏武帝（曹操）要讨伐袁本初（袁绍），准备行装时还剩下几十桶竹片，都只有几寸长，大家觉得没什么用处，要下令烧掉。魏武帝觉得很可惜，考虑怎么能把这些竹片派上用场，他觉得可以用来做竹盾牌，但他没有把这个想法说出来。他即刻派人去问主簿杨德祖（杨修），杨修应声回答，和魏武帝的想法一样。众人都钦佩杨修的聪明。

《五》机悟名言

王敦引军垂至大桁①，明帝自出中堂②。温峤为丹阳尹，帝令断大桁，故未断③，帝大怒瞋目，左右莫不悚惧。召诸公来。峤至，不谢④，但求酒炙⑤。王导须臾至，徒跣下地⑥，谢曰："天威在颜⑦，遂使温峤不容得谢⑧。"峤于是下谢，帝乃释然。诸公共叹王机悟名言⑨。

‖ 注释

① 垂至：将至。大桁（háng）：桥名。在当时建康朱雀门外，又名朱雀桁。

② 自出：亲自来到。中堂：在建康，为当时驻军的地方。

③ 故：仍然，还。

④ 谢：谢罪。

⑤ 酒炙：酒和肉。

⑥ 徒跣（xiǎn）：光着脚。

⑦ 天威在颜：指皇上发怒。

⑧ 不容：没机会，来不及。

⑨ 机悟：机敏颖悟。

王敦带兵快打到大桁桥了，晋明帝（司马绍）亲自来到中堂。温峤当时任丹阳尹，明帝命令他毁掉大桁桥，可大桁桥没有断，明帝瞪着双眼大发雷霆，左右的人都惶恐不安。明帝召令各位公卿前来，温峤到了以后也不谢罪，还索要酒肉。王导一会儿来了，他光着脚就下地请罪说："皇上圣怒，竟使温峤都来不及谢罪了。"温峤立即跪下请罪，明帝这才息怒。大家都赞叹王导的机警智慧。

〈六〉郗超毁笺

郗司空在北府①，桓宣武恶其居兵权②。郗于事机素暗③，遣笺诣桓，方欲共奖王室④，修复园陵⑤。世子嘉宾出行⑥，于道上闻信至，急取笺视，视竟，寸寸毁裂，便回。还更作笺⑦，自陈老病，不堪人间⑧，欲乞闲地自养⑨。宣武得笺大喜，即诏转公督五郡⑩，会稽太守。

注释

① 郗司空：即郗愔。郗愔官至冠军将军、会稽内史，死后赠司空。郗超之父。北府：指东晋时的京口，今江苏镇江。

② 恶：憎恨，厌恶。

③ 事机：事理。暗：糊涂，蒙昧。

④ 共奖：共同扶植。

⑤ 修复园陵：意思是收复中原失地。西晋的王陵在洛阳，修复园陵即收复失地。园陵，帝王陵墓。

⑥ 世子：诸侯的嫡长子。

⑦ 更：另外，重新。

⑧　不堪人间：不堪世事的劳累。

⑨　闲地：指空闲的职位。

⑩　转：调任，升迁。

译文

郗司空（郗愔）在北府（京口）的时候，桓宣武（桓温）嫉恨他掌握兵权。郗愔对于世事不是很练达，派人送信给桓温，表达了共同辅助王室，收复中原的愿望。郗愔的长子嘉宾（郗超）在外出行，路上听说信使到了，急忙拿来信笺阅读，看罢撕得粉碎，回到了驻地。郗超替父亲重新写了封信，在信中叙说自己年迈多病，不能承受世事的劳顿，希望找一个闲差安度晚年。桓温看了这封信后大喜，随即下令郗公担任都督五郡军事，并担任会稽太守。

《七》王东亭悟捷

王东亭作宣武主簿，尝春月与石头兄弟乘马出郊①。时彦同游者连镳俱进②，唯东亭一人常在前，觉数十步③，诸人莫之解。石头等既疲倦，俄而乘舆回，诸人皆似从官，唯东亭奕奕在前④，其悟捷如此。

注释

①　春月：春季。石头：指桓熙。桓熙，字伯道，小字石头，桓温长子，官至豫州刺史。

②　连镳（biāo）俱进：并马齐驱。镳，马嚼子露出马嘴外面的部分。

③　觉：通"较"，相差。

④　奕奕：精神饱满的样子。

王东亭（王珣）担任桓宣武（桓温）的主簿，有一年春天，和石头（桓熙）兄弟骑马到郊外去。同游的人都是当时的名流，大家并驾齐驱，只有东亭一个人跑在前面，和众人相距几十步，大家都不明白是什么意思。一会儿石头兄弟累了，就坐到车里，这样同行的那些人就像是侍从了，只有东亭神采奕奕地走在前面，他就是这样聪明机智。

世说新语译注

世説卷四

賓客詣陳太丘宿，太丘使元方季方炊，客與太丘論議，二人進火，俱委而竊聽，炊忘著箄，飯落釜中。太丘問炊，何不餾，元方季方長跪曰：「大人與客語，乃俱竊聽，炊忘著箄，飯今成糜。」太丘曰：「爾頗有所識不？」對曰仿佛志之，二子俱說更相易奪，言無遺失。太丘曰：「如此，但糜自可，何必飯，」

《 一 》蒸饭成粥

宾客诣陈太丘宿，太丘使元方、季方炊^①。客与太丘论议。二人进火^②，俱委而窃听^③。炊忘著箅^④，饭落釜中。太丘问："炊何不馏^⑤？"元方、季方长跪曰："大人与客语，乃俱窃听，炊忘著箅，饭今成糜^⑥。"太丘曰："尔颇有所识不？"对曰："仿佛记之^⑦。"二子长跪俱说，更相易夺^⑧，言无遗失。太丘曰："如此，但糜自可，何必饭也？"

注释

① 炊：烧火做饭。

② 进火：烧火。

③ 委：放弃，丢弃。

④ 箅（bì）：蒸食物用的竹箅。

⑤ 馏：蒸食。

⑥ 糜：粥。

⑦ 仿佛：大致，基本上。

⑧ 易夺：补充订正。

译文

有客人在陈太丘（陈寔）家留宿，太丘让元方（陈纪）、季方（陈谌）兄弟二人烧火做饭。兄弟二人正在烧火，听见太丘和客人在谈论，都停下来偷听。做饭时忘了放竹箅，米都落

世说新语译注

进锅里。太丘问："为什么没蒸饭呢？"元方、季方跪在地上说："您和客人谈话，我们俩都在偷听，结果忘了放竹箅，饭都成了粥了。"太丘说："你们还记得我们说了什么吗？"兄弟回答道："大概还记得。"于是兄弟二人跪在地上一块儿叙说听到的话，互相补充，一点儿都没有遗漏。太丘说："既然这样，喝粥就行了，何必做饭呢？"

《二》何氏之庐

何晏七岁，明慧若神①，魏武奇爱之②。因晏在宫内，欲以为子。晏乃画地令方，自处其中。人问其故，答曰："何氏之庐也。"魏武知之，即遣还。

注释

① 明慧：聪慧。

② 奇：非常，极其。

译文

何晏七岁的时候，就聪明伶俐，像个神童，魏武帝（曹操）非常喜欢他。因为何晏的妈妈在宫里，魏武帝就想收他做儿子。何晏就在地上画了个方框，自己站在里面。有人问他怎么回事，何晏答道："这是我们何家的房子。"魏武帝明白了他的意思，就马上让他回家了。

《三》举目见日

晋明帝数岁，坐元帝膝上。有人从长安来，元帝问洛下消息，潸然流涕。明帝问何以致泣，具以东渡意告之。因问明帝：

"汝意谓长安何如日远①？"答曰："日远。不闻人从日边来，居然可知②。"元帝异之。明日，集群臣宴会，告以此意，更重问之。乃答曰："日近。"元帝失色，曰："尔何故异昨日之言邪？"答曰："举目见日，不见长安③。"

注释

① 意：以为，认为。

② 居然：显然。

③ 举目见日：这里把晋元帝比作太阳。

译文

晋明帝（司马绍）才几岁的时候，坐在元帝（司马睿）的膝上。有人从长安来，元帝问洛阳的消息，不禁潸然泪下。明帝问父亲为什么哭泣，元帝把王室东渡的事情告诉了他。元帝于是问明帝："你觉得长安远还是太阳远？"明帝回答："太阳远。没有听说有人从太阳那里来，显然可以知道。"元帝对他的回答很惊诧。第二天，元帝召集群臣们举行宴会，把明帝的回答告诉了大家，并再次询问。这次明帝答道："太阳近。"元帝脸色大变，说道："你怎么和昨天的答复不同了呢？"明帝答道："我现在见到的只有太阳，没看到长安。"

《四》 不意衰宗复生此宝

司空顾和与时贤共清言。张玄之、顾敷是中外孙，年并七岁，在床边戏。于时闻语，神情如不相属①。暝于灯下②，二小儿共叙客主之言，都无遗失。顾公越席而提其耳曰③："不意衰宗复生此宝④。"

注释

① 相属：瞩目，专注。

② 暝：日暮，天黑。

③ 越席：离开座位。

④ 不意：没料到。衰宗：衰败的家族。

译文

　　司空顾和和当时的名流们一起清谈。张玄之、顾敷是顾和的外孙和孙子，年龄都是七岁，在坐榻边嬉戏。当时听大人们谈话，他们的神情好像并不在意。晚上在灯下，两个小家伙一起叙述主客双方的对话，竟没有一点遗漏。顾和高兴得离开座位，拎着两个人的耳朵说："没料到我们这个败落的家族又生了你们两个宝贝！"

《五》不须复裈

　　韩康伯年数岁，家酷贫，至大寒，止得襦①，母殷夫人自成之，令康伯捉熨斗，谓康伯曰："且著襦，寻作复裈②。"儿曰："已足，不须复裈也。"母问其故，答曰："火在熨斗中而柄尚热，今既著襦，下亦当暖，故不须耳。"母甚异之，知为国器③。

注释

① 襦（rú）：短袄。

② 复裈：夹裤。

③ 国器：治国之才。

译文

　　韩康伯（韩伯）很小的时候，家里非常穷，到了隆冬季节，他还只穿了件短袄。母亲殷夫人给他做衣服，让康伯提着熨斗，她对康伯说："你先穿着短袄，以后再给你做夹裤。"儿子说："这就够了，不要夹裤了。"母亲问他原因，他回答说："火在熨斗里，熨斗把也热，我现在穿上短袄，下身也觉得热了，所以不需要夹裤了。"母亲非常诧异康伯的回答，断定他将来一定会成为治国之才。

《六》昼动夜静

晋孝武年十二，时冬天，昼日不著复衣[1]，但著单练衫五六重[2]，夜则累茵褥[3]。谢公谏曰："圣体宜令有常。陛下昼过冷，夜过热，恐非摄养之术[4]。"帝曰："昼动夜静[5]。"谢公出，叹曰："上理不减先帝。"

||| **注释**

[1] 复衣：夹衣。

[2] 单练衫：单绢衣。练，绢。

[3] 累：重叠。茵褥：褥子。

[4] 摄养：养生，保养。

[5] 昼动夜静：白天活动就热，夜里睡觉平静就冷。老子说："躁胜寒，静胜热。"

||| **译文**

晋孝武帝（司马曜）十二岁的时候，正是冬天，他白天不穿夹衣，只穿着五六层的绢衣，晚上却盖着两床被子。谢公（谢安）劝告他说："圣上应该让自己的身体保持规律。现在白天过冷，晚上过热，恐怕不是养生的办法。"孝武帝说："白天动则热，晚上静则冷。"谢公出来后赞叹道："圣上的义理不比

先帝差啊。"

〈七〉鞠爱过于所生

桓宣武薨，桓南郡年五岁，服始除，桓车骑与送故文武别[1]，因指语南郡："此皆汝家故吏佐[2]。"玄应声恸哭，酸感旁人[3]。车骑每自目己坐曰："灵宝成人，当以此坐还之。"鞠爱过于所生[4]。

注释

① 桓车骑：即桓冲。桓冲官至车骑将军，故称。桓冲是桓温的弟弟，桓玄的叔叔。送故：州郡的长官离任、升迁或死亡，其僚属随行或送葬，叫作"送故"。

② 故吏佐：老部下。

③ 酸：悲伤。

④ 鞠爱：抚育，爱护。

译文

桓宣武（桓温）死时，桓南郡（桓玄）才五岁，刚脱了丧服，桓车骑（桓冲）和送葬的桓温属下文武官员道别，他指着这些人对桓玄说："这些都是你家从前的官吏。"桓玄听罢大哭，周围的人都感到悲伤。桓冲常常看着自己的座位说："灵宝（桓玄）成人后，我一定把这个位置还给他。"桓冲很疼爱桓玄，胜过自己的亲生孩子。

世
说
新
语
译
注

喚時賢共言伎蓺事，人皆多有所知，唯王都無

所關，意色殊惡。自言知打鼓吹，帝令取鼓與之。

於坐振袖而起，揚桴奮擊，音節諧捷，神氣豪上，

傍若無人，舉坐歎其雄爽。或曰：敦窗坐武昌釣

其能，俄而一檻小異，敦以扇栖橦几曰：可恨，應

待側曰：不然，此是臥驅槌使視之云舻人入來，

只應知鼓又

善於敦也

王處仲世許高尚之目，嘗荒恣於色，體為之敝

〈一〉王导击鼓

王大将军年少时，旧有田舍名①，语音亦楚②。武帝唤时贤共言伎艺事③，人皆多有所知，唯王都无所关④，意色殊恶。自言知打鼓吹，帝令取鼓与之。于坐振袖而起，扬槌奋击，音节谐捷⑤，神气豪上⑥，傍若无人，举坐叹其雄爽。

‖ **注释**

① 田舍：乡巴佬。

② 语音亦楚：说话也带楚地的口音。

③ 伎艺：指歌舞艺术。

④ 都无：完全没有。关：涉及。

⑤ 谐捷：和谐快速。

⑥ 豪上：豪迈激昂。

‖ **译文**

王大将军（王敦）年轻时，一直有乡巴佬的名声，说话口音也带楚地的味道。晋武帝（司马炎）招呼名流们一起谈论歌舞方面的事，大家都能说出点体会来，只有王敦一句话也说不出，脸色显得非常难看。这时王敦声称自己会打鼓，武帝就下令把鼓拿来。王敦从座位上摔袖而起，扬起鼓槌，奋力擂击，节奏和谐快捷，神情豪迈奔放，旁若无人，四座无不赞叹他的威武豪爽。

《二》驱散婢妾

王处仲，世许高尚之目。尝荒恣于色^①，体为之弊^②。左右谏之，处仲曰："吾乃不觉尔，如此者甚易耳。"乃开后阁^③，驱诸婢妾数十人出路，任其所之^④。时人叹焉。

注释

① 荒恣：放纵。

② 弊：凋散，损害。

③ 后阁：内室。

④ 之：去，往。

译文

王处仲（王敦），世人给予他高尚的评价。他曾经放纵女色，身体为此衰败。左右的人规劝他，处仲说："我竟没有觉察到，不过这也好办。"就打开后楼内室，把几十名侍妾赶了出来，不管去哪里都可以。世人对他的做法大加赞赏。

《三》王敦自目

王大将军自目"高朗疏率^①，学通《左氏》"。

注释

① 自目：自我评价。高朗疏率：高尚爽朗，疏放率真。

译文

王大将军（王敦）评价自己"高尚爽朗，疏放率真，在学问上通晓《左传》"。

〈四〉 唾壶口缺

王处仲每酒后，辄咏"老骥伏枥，志在千里。烈士暮年，壮心不已"。以如意打唾壶①，壶口尽缺。

||| 注释

① 唾壶：痰盂。

||| 译文

王处仲（王敦）每次酒后，就朗诵"老骥伏枥，志在千里。烈士暮年，壮心不已"。一边诵读一边用如意击打痰盂，痰盂口都让他敲破了。

〈五〉 太子西池

晋明帝欲起池台，元帝不许。帝时为太子，好养武士，一夕中作池①，比晓便成②。今太子西池是也。

||| 注释

① 夕中：半夜里。

② 比：等到。

||| 译文

晋明帝（司马绍）要建山水楼台，元帝（司马睿）不答应。明帝当时是太子，喜欢蓄养武士，他就让武士们晚上修建，到了早晨就建好了。这就是现在的太子西池。

〈六〉 何敢不逊

王大将军始欲下都，处分树置①。先遣参军告朝廷，讽旨时贤[2]。祖车骑尚未镇寿春，瞋目厉声语使人曰："卿语阿黑[3]，何敢不逊！催摄面去[4]，须臾不尔[5]，我将三千兵槊脚令上[6]！"王闻之而止。

译文

王大将军（王敦）要东下京都，执掌朝政。他先派参军通告朝廷，向当时的名流暗示了自己的企图。祖车骑（祖逖）那时还没有镇守寿春，听到这个消息大怒，他对王敦的使者厉声说道："你告诉阿黑（王敦），他竟敢如此无礼！叫他马上收敛手脚撤退，稍有耽搁，我立即率领三千甲兵出击，把他驱逐回去！"王敦听到后即刻停止了行动。

〈七〉三起三叠

庾稚恭既常有中原之志[1]，文康时，权重未在己。及季坚作相，忌兵畏祸[2]，与稚恭历同异者久之[3]，乃果行。倾荆、汉之力，穷舟车之势，师次于襄阳[4]。大会参佐[5]，陈其旌甲[6]，亲援弧矢曰[7]："我之此行，若此射矣！"遂三起三叠[8]。徒众瞩目，其气十倍[9]。

注释

① 庾稚恭：庾翼字稚恭，庾亮弟。

② 忌兵畏祸：惧怕战争带来祸患。

③ 历同异者久之：长时间意见不一致。同异，偏义词，此指异，不同。

④ 次：驻扎。

⑤ 参佐：僚属，部下。

⑥ 旌甲：旌旗、士兵。

⑦ 弧矢：弓箭。

⑧ 三起三叠：三发三中。

⑨ 其气十倍：士气大增。

译文

庾稚恭（庾翼）常有收复中原的志向，文康（庾亮）当政时，大权不在自己手里。等季坚（庾冰）做了丞相，他惧怕战争，不敢发兵，和稚恭的主张冲突了很久才同意他的行动。庾翼倾尽荆州、汉水一带的所有兵力，出动全部船只战车，将大军驻扎在襄阳。庾翼召集部属大会，摆开阵势，他亲手拉开弓箭对将士们说："我们这次行动，就像这发出的弓箭！"说罢三发三中。将士们全神贯注，士气大增。

《八》恨卿辈不见王大将军

桓宣武平蜀，集参僚置酒于李势殿，巴、蜀缙绅莫不来萃。桓既素有雄情爽气①，加尔日音调英发②，叙古今成败由人，存亡系才。其状磊落，一坐叹赏。既散，诸人追味余言。于时寻阳周馥曰③："恨卿辈不见王大将军！"

注释

① 雄情爽气：气概豪迈。

② 音调：语调。英发：慷慨激昂。

③ 周馥：字湛隐，曾任王敦的属官。

译文

桓宣武（桓温）平定蜀地后，召集部属在李势的宫殿里大摆宴席，巴、蜀两郡的士大夫们也都到了。桓温一向英雄豪迈，加上那天兴奋，慷慨激昂，叙述古今成败取决于人，事在人为的关系。他的仪态洒脱，四座为之赞赏。宴会散后，众人还在回味他的话，这时寻阳人周馥说："遗憾呀！你们这些人没见过王大将军（王敦）！"

《九》谁能溪刻自处

桓公读《高士传》^①，至於陵仲子^②，便掷去，曰："谁能作此溪刻自处^③！"

注释

① 《高士传》：晋皇甫谧著，记载古代隐士生平事迹的一本书。已佚失，现存辑本。

② 於陵仲子：战国时齐国的隐士。

③ 溪刻：苛刻。

译文

桓公（桓温）读《高士传》，读到於陵陈仲子的时候，就把书扔了，说道："谁能做出这样对自己如此刻薄的事！"

〈十〉河朔以其名断疟

桓石虔[1]，司空豁之长庶也[2]，小字镇恶，年十七八，未被举，而童隶已呼为镇恶郎[3]。尝住宣武斋头。从征枋头[4]，车骑冲没陈[5]，左右莫能先救。宣武谓曰："汝叔落贼，汝知不？"石虔闻之，气甚奋，命朱辟为副，策马于数万众中，莫有抗者，径致冲还，三军叹服。河朔后以其名断疟[6]。

‖ **注释**

① 桓石虔：桓豁子，桓温侄，官至豫州刺史。

② 司空豁：即桓豁。桓温弟，官至荆州刺史，死后赠司空。
长庶：庶出的长子，非正妻所生的长子。

③ 童隶：小奴仆。

④ 枋头：地名，在今河南浚县西南。

⑤ 车骑冲：即桓冲。桓温弟，官至车骑将军。没陈：陷入敌阵。陈，同"阵"。

⑥ 河朔：黄河以北。断疟：驱赶疟鬼。古人认为疟疾是疟鬼在作祟，除疟疾必须先除疟鬼。桓石虔勇力过人，所以人们用他的名字除疟鬼。

‖ **译文**

桓石虔是司空桓豁的庶出长子，小字镇恶，十七八岁的时候还没有被征举，此时童仆已经称他为镇恶郎了。他曾住在桓宣武（桓温）书房旁。随桓宣武出征到枋头时，车骑将军桓冲陷入敌阵，左右的人都没能把他救出来。桓宣武对石虔说："你叔叔落入敌人手里了，你知道吗？"石虔听罢，怒气冲天，让朱辟做副手，驱马冲入数万敌兵中，左右驰骋，没有人能抵抗得了，石虔径直将桓冲救出，返回阵地，三军将士无不为之叹服。后来黄河以北地区就用他的名字来驱赶疟鬼。

《十一》牛渚之会

陈林道在西岸^①，都下诸人共要至牛渚会^②。陈理既佳，人欲共言折^③。陈以如意拄颊，望鸡笼山叹曰："孙伯符志业不遂^④！"于是竟坐不得谈。

||| **注释**

① 陈林道：陈逵，字林道，历官西中郎将、淮南太守。

② 都下：京都。此指建康。要：同"邀"。牛渚：山名，在今安徽当涂西北，山脚突入长江的部分叫采石矶。

③ 言折：谈论辨析。折，即"析"。

④ 孙伯符：孙策，字伯符，孙权兄，为东吴建立奠定了基础。

||| **译文**

陈林道（陈逵）驻守在长江西岸，京城的人一起邀请他到牛渚山上聚会。陈林道擅长谈论玄理，人们想和他一起分析义理。陈林道用如意支着面颊，望着鸡笼山慨叹道："孙伯符（孙策）的理想实现不了了！"顿时所有的人都无法开口了。

《十二》觉一坐无人

王司州在谢公坐，咏"入不言兮出不辞，乘回风兮载云旗"^①，语人云："当尔时，觉一坐无人。"

||| **注释**

① 入不言兮出不辞，乘回风兮载云旗：出自屈原《九歌·少司命》。意思是进来不说话，出去不辞别，乘着旋风，以

云为旗。回风，旋风。

译文

王司州（王胡之）在谢公（谢安）家做客，朗诵屈原的"入不言兮出不辞，乘回风兮载云旗"时，他对在座的人说："这个时候，觉得四周都没有人了。"

《十三》梁王安在

桓玄西下，入石头，外白司马梁王奔叛[1]。玄时事形已济[2]，在平乘上箫鼓并作[3]，直高咏云："箫管有遗音，梁王安在哉？[4]"

注释

[1] 外：仆役。白：报告。司马梁王：司马珍之，字景度，袭爵梁王。奔叛：叛逃。

[2] 事形：形势。济：成功。

[3] 平乘：一种大船。

[4] 箫管有遗音，梁王安在哉：出自阮籍《咏怀八十二首》之第三十一首。此处梁王指战国时的魏王，桓玄借这两句诗讽刺梁王司马珍之。

译文

桓玄西下，进入石头城，仆役报告梁王司马珍之叛逃。此时灭晋的大势已定，桓玄坐在大船上，鼓乐齐奏，听到禀报，他只是高声吟诵阮籍的《咏怀诗》："箫管有遗音，梁王安在哉？"

世說新語

容止

魏武將見匈奴使，自以形陋不足雄遠國〔魏氏春秋曰，武王姿貌短小，而神明英發〕，使崔季珪代帝，自捉刀立牀頭〔魏志曰，崔琰字季珪，清河東武城人。聲姿高暢，眉目疎朗，鬚長四尺，甚有重威〕。既畢，令間諜問曰：「魏王何如？」匈奴使答曰：「魏王雅望非常，然牀頭捉刀人，此乃英雄也。」魏武聞之，追殺〔匈奴中為有此人，終當是〕此使。

〈一〉床头捉刀人

魏武将见匈奴使，自以形陋，不足雄远国[1]，使崔季珪代[2]，帝自捉刀立床头。既毕，令间谍问曰："魏王何如？"匈奴使答曰："魏王雅望非常[3]，然床头捉刀人，此乃英雄也。"魏武闻之，追杀此使。

注释

[1] 雄：动词，称雄。

[2] 崔季珪：崔琰，字季珪，为曹操的谋士。

[3] 雅望：美好的仪容。望，仪表。

译文

魏武帝（曹操）要见匈奴使者，他觉得自己外貌丑陋，不能威震远道而来的异国使者，就让崔季珪（崔琰）代替他，自己提刀站在坐榻一旁。接见完毕，派密探问使者："魏王怎么样？"匈奴使者说："魏王仪容非常高雅，不过坐榻旁那个提刀的人，才是真正的英雄啊。"魏武帝听说后，就派人追杀那个使者。

〈二〉何平叔美姿仪

何平叔美姿仪，面至白。魏明帝疑其傅粉[1]，正夏月[2]，与热汤饼③。既啖，大汗出，以朱衣自拭，色转皎然④。

注释

① 魏明帝：疑为魏文帝之误。傅粉：搽粉。

② 夏月：夏季。

③ 热汤饼：热汤面。

④ 转：更加。皎然：洁白的样子。

译文

何平叔（何晏）容貌俊美，脸很白。魏明帝（曹叡）怀疑他搽了粉，当时正是夏季，给他热汤面吃。何晏吃完后，大汗淋漓，就用自己的红色公服擦脸，脸色更加洁白了。

《三》蒹葭倚玉树

魏明帝使后弟毛曾与夏侯玄共坐①，时人谓"蒹葭倚玉树②"。

注释

① 毛曾：魏明帝毛皇后的弟弟，因出身寒门，被贵族轻视。

② 蒹葭倚玉树：芦苇倚着仙树，比喻美丑差距甚大。蒹葭，芦苇，比喻地位低下的人。玉树，传说中的仙树，比喻高贵的人。

译文

魏明帝（曹叡）让皇后的弟弟毛曾和夏侯玄坐在一块儿，当时人们认为是"蒹葭倚玉树"。

〈四〉夏侯太初和李安国

时人目夏侯太初"朗朗如日月之入怀①",李安国"颓唐如玉山之将崩②"。

注释

① 朗朗:坦荡。

② 颓唐:颓废。

译文

当时人们品评夏侯太初(夏侯玄)"光明磊落,就像日月投入他的胸怀",品评李安国(李丰)"萎靡颓丧,就像玉山将要崩塌"。

〈五〉嵇康风姿

嵇康身长七尺八寸,风姿特秀。见者叹曰:"萧萧肃肃①,爽朗清举②。"或云:"肃肃如松下风,高而徐引③。"山公曰:"嵇叔夜之为人也,岩岩若孤松之独立④;其醉也,傀俄若玉山之将崩⑤。"

注释

① 萧萧肃肃:形容人洒脱端正。

② 清举:清高。

③ 徐引:缓慢从容。

④ 岩岩:高峻的样子。

⑤ 傀俄:颓唐的样子。

译文

嵇康身高七尺八寸,风采卓异。看到他的人赞叹道:"潇洒

端正，爽朗清高。"还有人说："就像松下清风，潇洒清丽，高
远绵长。"山公（山涛）说："嵇叔夜就像山崖上的孤松，傲然
独立；他醉酒时高大的样子，就像玉山将要崩塌。"

《六》 眼烂烂如岩下电

裴令公目王安丰："眼烂烂如岩下电①。"

注释

① 烂烂：明亮的样子。

译文

裴令公（裴楷）品评王安丰（王戎）："双目炯炯有神，就
像山崖下的闪电。"

《七》 潘岳与左思

潘岳妙有姿容，好神情。少时挟弹出洛阳道①，妇人遇者，
莫不连手共萦之②。左太冲绝丑，亦复效岳游遨③，于是群妪齐
共乱唾之，委顿而返。

注释

① 弹：弹弓。

② 连手：手拉着手。萦：围绕。

③ 游遨：游玩。

译文

潘岳相貌出众，仪态优雅。年轻时拿着弹弓走在洛阳的大
街上，妇女们遇见他，没有不手拉着手围观的。左太冲（左
思）奇丑，也仿效潘岳那样出游，结果妇人们一起向他乱吐口

水，他只有垂头丧气地回去了。

《八》王夷甫的手

王夷甫容貌整丽，妙于谈玄[1]，恒捉白玉柄麈尾[2]，与手都无分别。

注释

① 妙于：善于。

② 捉：持，拿着。

译文

王夷甫（王衍）容貌端庄清丽，善于谈玄，手里总拿着白玉柄的麈尾，手和玉柄一样洁白，完全没有区别。

《九》潘夏连璧

潘安仁、夏侯湛并有美容，喜同行，时人谓之"连璧"[1]。

注释

① 连璧：连在一起的美玉。

译文

潘安仁（潘岳）、夏侯湛都有美丽的仪容，两人喜欢同行，当时人们说他们是"连璧"。

《十》裴令公有俊容姿

裴令公有俊容姿，一旦有疾至困[1]，惠帝使王夷甫往看。裴方向壁卧[2]，闻王使至，强回视之[3]。王出，语人曰："双眸闪闪若岩下电，精神挺动④，体中故小恶⑤。"

‖ **注释**

① 一旦：一天。至困：很厉害。

② 向壁卧：面对墙壁躺着。

③ 强：勉强。

④ 挺动：晃动，比喻精神不集中。

⑤ 小恶：小病。

‖ **译文**

　　裴令公（裴楷）相貌俊秀，有一天病得很厉害，晋惠帝（司马衷）派王夷甫（王衍）去探视。当时裴楷正面向墙壁躺着，听到皇帝使者到了，勉强转身观望。王衍出来后，对人说："他双目闪烁，就像山崖下的闪电，精神有点疲倦，看来确实有些不舒服。"

《十一》野鹤之在鸡群

　　有人语王戎曰："嵇延祖卓卓如野鹤之在鸡群①。"答曰："君未见其父耳。"

‖ **注释**

① 嵇延祖：嵇绍，字延祖，嵇康子。卓卓：高峻特立的样子。

‖ **译文**

　　有人对王戎说："嵇延祖（嵇绍）卓然超拔，如鹤立鸡群。"王戎答道："你还没见过他父亲呢。"

晋太尉忠穆褚
公裒

《十二》玉山上行

裴令公有俊容仪，脱冠冕，粗服乱头皆好[1]，时人以为"玉人"。见者曰："见裴叔则，如玉山上行，光映照人。"

注释

① 粗服乱头：穿着粗布衣服，头发蓬乱。

译文

裴令公（裴楷）仪表出众，即使脱去礼服，穿着粗质衣服，头发蓬乱也让人觉得很美，当时人们称他为"玉人"。看到他的人说："见到裴叔则，就像在玉山上行走，光彩照人。"

《十三》土木形骸

刘伶身长六尺，貌甚丑悴[1]，而悠悠忽忽，土木形骸[2]。

注释

① 丑悴（cuì）：丑陋憔悴。

② 土木形骸：视形体如土木。形容人不注重修饰，放浪形骸。

译文

刘伶身高只有六尺，相貌丑陋憔悴，可他却飘然自在，视身体如土木，怡然自得。

《十四》珠玉在侧

骠骑王武子是卫玠之舅，俊爽有风姿[1]。见玠，辄叹曰："珠玉在侧，觉我形秽。"

① 俊爽：俊秀爽朗。

译文

骠骑将军王武子（王济）是卫玠的舅舅，俊秀爽朗，风采夺人。看到卫玠，总是感叹道："光彩夺目的珠宝玉器在我身边，让我感到自己相貌污秽。"

《十五》琳琅满目

有人诣王太尉，遇安丰、大将军、丞相在坐。往别屋，见季胤、平子。还，语人曰："今日之行，触目见琳琅珠玉①。"

注释

① 琳琅珠玉：美玉珠宝。这里比喻王家兄弟风采出众，引人注目。

译文

有人去拜访王太尉（王衍），遇到安丰侯（王戎）、大将军（王敦）、丞相（王导）在座。去另外一间屋子，又见到季胤（王诩）、平子（王澄）。回来以后，对人说："今天外出，琳琅满目。"

《十六》不堪罗绮

王丞相见卫洗马曰："居然有羸形①，虽复终日调畅②，若不堪罗绮③。"

注释

① 羸形：羸弱的身体。

② 虽复：即使，尽管。调畅：调养。

③ 不堪罗绮：形容身体极其虚弱。罗绮，轻软的丝织品。

译文

王丞相（王导）见到卫洗马（卫玠）时说："显然身体很差，即使整日调养，看起来也像是不堪绮罗之重。"

《十七》似珠玉在瓦石间

王大将军称太尉："处众人中，似珠玉在瓦石间。"

译文

王大将军（王敦）称赞太尉（王衍）："在大庭广众之下，就好像耀眼的珠玉落在石头瓦块之间。"

《十八》腰带十围

庚子嵩长不满七尺，腰带十围①，颓然自放②。

注释

① 十围：形容腰非常粗。围，两只手的拇指和食指合拢来的长度。

② 颓然自放：松弛自如。

译文

庚子嵩（庚敳）身高不足七尺，腰围却有十围粗，不过他显得松弛自如。

《十九》看杀卫玠

卫玠从豫章至下都①，人久闻其名，观者如堵墙。玠先有羸疾，体不堪劳，遂成病而死。时人谓看杀卫玠。

注释

① 下都：指东晋都城建康，与西晋都城洛阳相对。

译文

卫玠从豫章来到建康，人们久闻他的大名，纷纷前来观看，围观的人像墙一样堵得水泄不通。卫玠早就体弱多病，禁不住劳累，最终酿成大病身亡。当时人们说卫玠是被人看死的。

《二十》嵚崎历落

周伯仁道桓茂伦："嵚崎历落①，可笑人②。"或云谢幼舆言。

注释

① 嵚崎：山高峻的样子，形容人超拔不群。历落：磊落，爽朗。

② 可笑人：杰出的人，了不起的人。

译文

周伯仁（周颛）评价桓茂伦（桓彝）："超拔磊落，是个了不起的人。"有人说这是谢幼舆（谢鲲）说的。

《二十一》周侯说王长史父

周侯说王长史父①："形貌既伟，雅怀有概②，保而用之，可作诸许物也③。"

||| **注释**

① 王长史父：指王讷，王濛的父亲。

② 概：气概，气魄。

③ 诸许物：很多事情。

||| **译文**

周侯（周颢）评价王长史（王濛）的父亲（王讷）："相貌伟岸，胸怀开阔，气概不凡，如果保持并发扬这些长处，可以做很多事情。"

《二十二》此人有旄杖下形

祖士少见卫君长云："此人有旄杖下形①。"

||| **注释**

① 旄杖：即"旄节"，君王授予使臣的信物，镇守一方的军政长官也拥有旄节。

||| **译文**

祖士少（祖约）见到卫君长（卫永）时说："此人有镇守一方的大将风度。"

《二十三》一见改观

石头事故①，朝廷倾覆，温忠武与庾文康投陶公求救。陶公云："肃祖顾命不见及②。且苏峻作乱，衅由诸庾③，诛其兄弟，不足以谢天下。"于时庾在温船后，闻之，忧怖无计。别日，温劝庾见陶，庾犹豫未能往。温曰："溪狗我所悉④，卿但见之，必无忧也。"庾风姿神貌，陶一见便改观，谈宴竟日⑤，爱重顿至。

||| 注释

① 石头事故：晋成帝咸和二年（327），历阳太守苏峻以讨伐庾亮为名，攻陷建康，迁成帝至石头城，自掌朝政。后被陶侃剿灭。

② 肃祖：晋明帝庙号。顾命：皇帝临终之命。

③ 衅：祸乱，事端。

④ 溪狗：即"傒狗"，南朝士族对江西一带人的蔑称。陶侃是豫章人，所以这样说。

⑤ 竟日：终日。

||| 译文

苏峻叛乱，把晋成帝（司马衍）挟持到石头城，朝廷被颠覆，温忠武（温峤）和庾文康（庾亮）跑到陶公（陶侃）那里求援。陶公说："肃祖（晋明帝）的顾命大臣里没有我。况且苏峻作乱，事端都是由庾亮家的人惹起的，即使杀掉庾亮兄弟，也不足以向国人谢罪。"当时庾亮就在温峤的船后面，听到这番话，惊恐忧虑，无计可施。后来有一天，温峤劝庾亮去见陶公，庾亮犹犹豫豫不敢去。温峤说："傒狗我了解他，你只管去见他，肯定没事。"庾亮相貌出众，风采夺人，陶公一见到他就改变了态度，和他畅谈宴饮了一天，马上喜欢并看重他了。

《二十四》丘壑独存

庾太尉在武昌，秋夜气佳景清，佐吏殷浩、王胡之之徒登南楼理咏①。音调始遒，闻函道中有屐声甚厉②，定是庾公。俄而率左右十许人步来，诸贤欲起避之，公徐云："诸君少住^③，老子于此处兴复不浅^④。"因便据胡床^⑤，与诸人咏谑^⑥，竟坐甚得任乐^⑦。后王逸少下，与丞相言及此事，丞相曰："元规尔时风范，不得不小颓^⑧。"右军答曰："唯丘壑独存^⑨。"

‖ **注释**

① 理咏：吟诵诗歌。

② 函道：楼道。厉：指声音急促。

③ 少住：稍停。

④ 老子：谦辞，犹老夫。

⑤ 胡床：由胡地传入的一种轻便坐具。

⑥ 咏谑：吟咏戏谑。

⑦ 竟坐：满座。任乐：自由快乐。

⑧ 小颓：稍微有些颓废。

⑨ 丘壑：为隐士喜爱的地方。代指闲适超脱的情调。

‖ **译文**

庾太尉（庾亮）驻守武昌时，一个秋天的晚上，清风气爽，佐吏殷浩、王胡之等人登上南楼吟诗。正当他们兴致浓郁，音调转向高亢的时候，听到楼梯里传来重重的木屐声，大家猜测这一定是庾公。一会儿庾公带着十几个侍从走来，众人要起身回避，庾公徐徐说道："诸位留步，老夫对此也兴致不浅。"说罢就坐在胡床上，和大家一起歌咏戏谑，大家都非常尽兴。后来王逸少（王羲之）到建康，和丞相王导言及此事，丞相说："元规（庾亮）那时的风采，不能不说是有点颓废。"王右军说："不过高雅情调他还是有的。"

《二十五》恨才不称

王敬豫有美形[1]，问讯王公。王公抚其肩曰："阿奴[2]，恨才不称[3]！"又云："敬豫事事似王公。"

注释

① 王敬豫：王恬，字敬豫，王导次子，官至会稽内史。美形：出众的仪表。

② 阿奴：对晚辈的昵称。

③ 称：相符。

译文

王敬豫（王恬）相貌俊美，去看望父亲王导。王导拍着他的肩膀说："儿子，可惜你的长相和才华不符啊！"还有人说："敬豫处处都像他父亲。"

《二十六》面如凝脂，眼如点漆

王右军见杜弘治，叹曰："面如凝脂[1]，眼如点漆[2]，此神仙中人。"时人有称王长史形者[3]，蔡公曰："恨诸人不见杜弘治耳！"

注释

① 面如凝脂：形容人的脸白而润洁。凝脂，凝固的脂肪，白而滑腻。

② 眼如点漆：形容人的眼睛黑又亮。

③ 形：外貌。

译文

王右军（王羲之）见到杜弘治（杜乂），赞叹道："面如凝脂，眼如点漆，真是神仙中的人啊。"当时有人赞扬王长史（王濛）的美貌，蔡公（蔡谟）说："遗憾的是诸位没有见过杜弘治呀！"

《二十七》刘尹道桓公

刘尹道桓公：鬓如反猬皮[①]，眉如紫石棱[②]，自是孙仲谋、司马宣王一流人[③]。

‖ **注释**

① 鬓如反猬皮：形容毛发刚硬。猬，刺猬。刺猬的毛坚硬，所以这样说。

② 眉如紫石棱：形容眉骨突出，眉毛浓密。紫石，紫石英，一种矿石。棱，棱角。

③ 孙仲谋、司马宣王：孙权和司马懿。

‖ **译文**

刘尹（刘惔）评论桓公（桓温）：鬓发如反转的刺猬皮，眉毛就像紫石英的棱角，原本就是孙仲谋（孙权）、司马宣王（司马懿）一类的人。

《二十八》王敬伦风姿似父

王敬伦风姿似父[①]。作侍中[②]，加授桓公，公服从大门入。桓公望之曰："大奴固自有凤毛[③]。"

‖ **注释**

① 王敬伦：王劭，字敬伦，王导子。

② 作侍中：此处疑有误。王劭累迁尚书仆射，未曾担任侍中。

桓温在永和八年以太尉加授侍中，故此事当属桓温（见张万起《世说新语译注》）。

③ 大奴：指王劭。凤毛：儿子秉承父亲的才智。

译文

王敬伦（王劭）的风度仪表很像他父亲王导。桓公（桓温）加授侍中一职，王敬伦穿着公服从大门进来。桓公望着他说："大奴确实有他父亲的遗风。"

〈二十九〉何其轩轩韶举

林公道王长史："敛衿作一来①，何其轩轩韶举②！"

注释

① 敛衿作一来：指行为举止。敛衿，提起衣襟，表示恭敬、严肃。作一，做动作。来，句末语气词。

② 轩轩：轩昂洒脱的样子。韶举：美好的举动。

译文

林公（支遁）评论王长史（王濛）："举手投足之间，是多么美好潇洒啊！"

〈三十〉飘如游云，矫若惊龙

时人目王右军：飘如游云，矫若惊龙。

译文

当时人们品评王右军（王羲之）：飘如游云，矫若惊龙。

晉右軍將軍會稽內史王公羲之

《三十一》 此必林公

王长史尝病，亲疏不通^①。林公来，守门人遽启之曰^②："一异人在门^③，不敢不启。"王笑曰："此必林公。"

注释

① 亲疏不通：谢绝一切来客。

② 遽：急忙，迅速。启：禀告。

③ 异人：与众不同的人。

译文

王长史（王濛）病了，什么人也不见。林公（支遁）来看他，守门人急忙通告他说："有一个怪人在门口，我不敢不禀告。"王长史笑着说："这一定是林公。"

《三十二》 故自有天际真人想

或以方谢仁祖不乃重者^①。桓大司马曰："诸君莫轻道仁祖，企脚北窗下弹琵琶^②，故自有天际真人想^③。"

注释

① 方：比拟。

② 企脚：踮着脚跟。

③ 故自：确实。天际：天边。真人：道教称修炼得道者为真人。

译文

有人在议论谢仁祖（谢尚）的时候不是很恭敬。桓大司马（桓温）说："诸位不要小瞧仁祖，他在北窗下踮着脚弹琵琶的样子，真像天边的真人呵。"

《三十三》不复似世中人

王长史为中书郎，往敬和许^①。尔时积雪，长史从门外下车，步入尚书^②，著公服。敬和遥望，叹曰："此不复似世中人^③！"

注释

① 敬和：王洽，字敬和，王导子。

② 尚书：此指尚书省。

③ 不复似世中人：不像现实中的人。形容王濛的相貌超凡脱俗。

译文

王长史（王濛）任中书郎时，去王敬和（王洽）那里。当时刚下过雪，长史在门外下车，往尚书省里走，身穿公服。敬和远远望见他，赞叹道："这简直就不是现实中的人啊！"

《三十四》湛若神君

简文作相王时，与谢公共诣桓宣武。王珣先在内，桓语王："卿尝欲见相王，可住帐里^①。"二客既去，桓谓王曰："定何如^②？"王曰："相王作辅，自然湛若神君^③。公亦万夫之望^④，不然，仆射何得自没^⑤？"

注释

① 住：停留。

② 定：究竟。

③ 湛：清澈。

④ 万夫：万民。望：敬仰。

⑤ 仆射：指谢安。谢安当时为侍中，后为尚书仆射。自没：

埋没自己。

译文

简文帝（司马昱）担任丞相时，和谢公（谢安）一起到桓宣武（桓温）那里。王珣早来了，桓温对王珣说："你一直想见司马丞相，今天你可以躲在帐子里看他。"两个客人走后，桓温问王珣："这两个人究竟如何？"王珣说："司马丞相做辅弼大臣，自然是像神君一样通明澄澈。您也是受万众景仰，不然，谢公怎么会甘心居后呢？"

《三十五》轩轩如朝霞举

海西时①，诸公每朝，朝堂犹暗。唯会稽王来，轩轩如朝霞举②。

注释

① 海西：即海西公司马奕。

② 轩轩：仪态轩昂的样子。举：升起。

译文

海西公（司马奕）在位时，公卿们每次上朝，朝堂里总显得暗淡无光。只有会稽王司马昱到来时，仪态轩昂，就像朝霞冉冉升起。

《三十六》有寝处山泽间仪

谢车骑道谢公：游肆复无乃高唱①，但恭坐②，捻鼻顾睐③，便自有寝处山泽间仪④。

注释

① 游肆：游历，出游。复无：并不。高唱：高声吟诵。

② 但：只。恭坐：庄重地坐着。

③ 顾眄：环顾，环视。

④ 寝处山泽间仪：隐逸山泽的神态。仪，神态。

译文

谢车骑（谢玄）评价谢公（谢安）：出游时并不高声喧哗，只是端庄地坐在那里，手轻轻捻着鼻子，左右顾盼，无形中就有归隐山水之间的风采。

《三十七》棱棱露其爽

谢公云："见林公双眼，黯黯明黑①。"孙兴公见林公："棱棱露其爽②。"

注释

① 黯黯（àn）：黝黑的样子。

② 棱棱：威严的样子。爽：爽朗。

译文

谢公（谢安）说："看林公（支遁）的双眼，黑白分明，炯炯有神。"孙兴公（孙绰）见到林公也说："他的双眼威严中透着爽朗。"

《三十八》诸客退匿

庾长仁与诸弟入吴，欲住亭中宿①。诸弟先上，见群小满屋，都无相避意。长仁曰："我试观之。"乃策杖将一小儿②，始入门，诸客望其神姿，一时退匿。

注释

① 亭：驿站，客栈。

② 小儿：下人，仆役。

译文

庾长仁（庾统）和几个弟弟来到吴地，他们要在客栈住宿。几个弟弟先进去，见满屋的百姓，没有一个起身回避的。长仁知道后说："我去试试看。"就拄着拐杖，领着个下人去了。刚进门，客人们一见他的风度仪表，就马上躲开了。

《三十九》濯濯如春月柳

有人叹王恭形茂者①，云："濯濯如春月柳②。"

注释

① 形茂：仪表美好。

② 濯濯：清新明净的样子。春月柳：春天的杨柳。

译文

有人赞叹王恭的仪表美好，说："清新明净，就像春天的绿柳。"

世說卷五

自新

周處年少時兇彊俠氣為鄉里所患　處別傳曰

虎守子隱

自新九

吳郡陽羨人父魴吳郡陽太守處少孤不又義

治綱行晉陽秋曰處輕果薄行州郡所棄一作

與水中有蛟山中有邅跡白額　虎並皆暴犯百

姓義興人謂為三橫而處尤劇或說處殺虎斬

蛟實冀三橫唯餘其一處卽刺殺虎又入水擊

蛟蛟或浮或沒行數十里處與之俱經三日三

〈一〉 周处自新

周处年少时①，凶强侠气，为乡里所患。又义兴水中有蛟②，山中有邅迹虎③，并皆暴犯百姓④，义兴人谓为"三横"，而处尤剧。或说处杀虎斩蛟，实冀"三横"唯余其一。处即刺杀虎，又入水击蛟。蛟或浮或没，行数十里，处与之俱。经三日三夜，乡里皆谓已死，更相庆⑤，竟杀蛟而出。闻里人相庆，始知为人情所患⑥。有自改意，乃自吴寻二陆，平原不在，正见清河⑦，具以情告，并云："欲自修改，而年已蹉跎，终无所成。"清河曰："古人贵朝闻夕死，况君前途尚可。且人患志之不立，亦何忧令名不彰邪⑧？"处遂改励⑨，终为忠臣孝子。

注释

① 周处：字子隐，义兴阳羡（今江苏宜兴）人，少年横行乡里，后改过自新。晋灭吴后任御史中丞，为官刚正。晋惠帝元康七年（297），镇压氐人齐万年叛乱时战死。

② 蛟：蛟龙，即鳄鱼。

③ 邅（zhān）迹虎：跛脚虎。

④ 暴犯：侵害。

⑤ 更相：互相。

⑥ 人情：人心。代指百姓。

⑦ 正：只。

⑧ 彰：显著。

⑨ 改励：改正错误，努力上进。

|| **译文**

　　周处年轻时，凶悍霸道，成了家乡的祸害。另外，义兴河里还有一条蛟龙，山上有一只跛足虎，他们一起侵害百姓的生活，义兴人称之为"三横"，尤其是周处更为厉害。有人劝说周处杀掉猛虎，斩掉蛟龙，其实是希望"三横"只留下一个。周处就杀掉老虎，接着又跳入水中去杀蛟龙。周处追随蛟龙，时而浮出水面，时而潜入水中，一起漂游了几十里。经过三天三夜，乡民们都说周处已经死了，大家互相庆贺，结果周处竟杀死蛟龙从水里出来了。他听到庆贺的消息后，才知道自己已经成了乡里的祸害。周处决心重新做人，就到吴郡去找陆氏兄弟，陆机不在，只见到陆云，他把自己的情况详细告诉了陆云，并说："我想重新做人，可惜虚度了大好时光，至今一事无成。"陆云对他说："古人看重的是'朝闻道，夕死可矣'，何况你的前途还是大有可为的。另外，人最可怕的是不能立志，如果志向远大，又何必担心不能名声远扬呢？"于是周处洗心革面，最终成为忠臣孝子。

《二》游侠戴渊

　　戴渊少时①，游侠不治行检②，尝在江、淮间攻掠商旅。陆机赴假还洛③，辎重甚盛，渊使少年掠劫。渊在岸上，据胡床指麾左右④，皆得其宜⑤。渊既神姿峰颖⑥，虽处鄙事⑦，神气犹异。机于船屋上遥谓之曰："卿才如此，亦复作劫邪？"渊便泣涕，投剑归机。辞厉非常⑧，机弥重之，定交，作笔荐焉。过江，仕至征西将军。

注释

① 戴渊：字若思，年轻时行侠打劫，后为官，仕至征西将军，王敦之乱中兵败遇害。

② 行检：操守。

③ 赴假：休完假后回任。

④ 据：靠着。指麾：指挥。

⑤ 皆得其宜：指挥合理得当。

⑥ 峰颖：出众。

⑦ 鄙事：指打劫这样鄙贱的事。

⑧ 辞厉非常：言辞激烈，非同寻常。

译文

戴渊年轻时，任侠气盛，行为不检，曾在长江、淮河上劫掠商贾游客。陆机休假后回洛阳，携带的行李物品很多，戴渊指使一些少年抢劫他。戴渊当时在岸上，靠在胡床上指挥手下行动，面面俱到。戴渊原本就神采出众，即使干这些偷鸡摸狗的事情，也显得洒脱异常。陆机在船舱里，隔着很远对他说："你这样才华出众的人，怎么也当强盗呢？"戴渊听罢哭了，丢掉佩剑归附了陆机。戴渊言辞慷慨，非同一般，陆机越发器重他，两人结为好友，陆机给他写了推荐信。渡江以后，戴渊官至征西将军。

世说新语译注

企羡

王丞相拜司空，桓廷尉作两髻葛帬策杖路边
窥之，歎曰：人言阿龙超，阿龙故自超。相小字
觉至台门，

王丞相过江，自說昔在洛水边数与裴成公阮
千里诸贤共谈道。羊曼曰：人久以此许卿，何须
复尔。王曰：亦不言我须此，但欲尔时不可得耳。

《一》阿龙故自超

王丞相拜司空，桓廷尉作两髻①，葛裙策杖②，路边窥之，叹曰："人言阿龙超，阿龙故自超③！"不觉至台门④。

注释

① 桓廷尉：即桓彝。桓彝字茂伦，死后赠廷尉，故称。作两髻：扎着两个发髻。

② 葛裙策杖：穿着葛布裙子，拄着拐杖。

③ 阿龙：王导小字赤龙，前面加"阿"，是当时风习。

④ 台门：即司空府的大门。

译文

王丞相（王导）官拜司空时，桓廷尉（桓彝）扎着两个发髻，穿着葛布衣裙，拄着拐杖，在路边观望，他赞叹道："人们都说阿龙洒脱，阿龙确实洒脱啊！"不知不觉就跟着来到司空府门前。

《二》尔时不可得耳

王丞相过江，自说昔在洛水边，数与裴成公、阮千里诸贤共谈道①。羊曼曰："人久以此许卿②，何须复尔③？"王曰："亦不言我须此，但欲尔时不可得耳！"

注释

① 谈道：谈论老庄道学。

② 许：推许，称赞。

③ 何须复尔：何必再这样。

译文

王丞相（王导）过江以后，一次说起自己从前在洛水边，经常和裴成公（裴𬱟）、阮千里（阮瞻）诸名流一起谈玄论道的事。羊曼说："人们一直就以此称赞你，何必再提这些事情呢？"王丞相说："也不是说我要提这些事，只是追忆从前的往事不能再现了啊！"

《三》王右军有欣色

王右军得人以《兰亭集序》方《金谷诗序》①，又以己敌石崇②，甚有欣色。

注释

① 《兰亭集序》：晋穆帝永和九年（353）三月三日，王羲之和谢安等人在会稽山阴的兰亭，赋诗咏怀，并将诗文编辑成册，王羲之为之作序，名《兰亭集序》。该序记载了当时的盛况，也是有名的书法珍品。方：与……相比。

② 敌：匹敌，匹配。

译文

王右军（王羲之）得知有人把他的《兰亭集序》和石崇的《金谷诗序》相比，还拿自己和石崇相提并论，心里很高兴。

〈四〉希见盛德

王司州先为庾公记室参军，后取殷浩为长史①。始到，庾公欲遣王使下都②，王自启求住③，曰："下官希见盛德④，渊源始至，犹贪与少日周旋⑤。"

|||　**注释**

① 取：录用。

② 下都：指东晋都城建康，与西晋都城上都洛阳相对而言。

③ 住：停留。

④ 希：同"稀"，少。盛德：大德，指有威望学识的人。

⑤ 贪：贪图，企望。周旋：交往。

|||　**译文**

王司州（王胡之）早就担任庾公（庾亮）的记室参军，后来庾公又招募殷浩做长史。殷浩刚到，庾公就派遣王胡之去京都，王胡之自己请求留下来，他说："我很少见到大德之人，渊源（殷浩）刚到，我还希望和他在一起待几天。"

〈五〉人以嘉宾比苻坚

郗嘉宾得人以己比苻坚，大喜。

|||　**译文**

郗嘉宾（郗超）得知有人把他和苻坚相比，大喜。

〈六〉神仙中人

孟昶未达时①，家在京口。尝见王恭乘高舆，被鹤氅裘②。

于时微雪，昶于篱间窥之，叹曰："此真神仙中人！"

|| **注释**

① 孟昶：字彦达，官至丹阳尹。

② 被：同"披"。鹤氅裘：用羽毛制成的大衣。

|| **译文**

孟昶还没发达时，家住在京口。一次看到王恭乘着高大的车子，身披鹤毛大衣。当时正下着小雪，孟昶透过篱笆看到王恭，赞叹道："这真是神仙中的人啊！"

伤逝第十七

世説卷五

傷逝第十七

傷逝

王仲宣好驢鳴，魏志曰：王粲字仲宣，山陽高平人。曾祖襲、父暢，皆為漢三公。粲傷逝十二

至長安，見蔡邕，邕奇之，倒屣迎之，曰：此王公孫，有異才，吾不及也。吾家書籍，盡當與之。遭亂荆州，依劉表。貌寢通脫，不甚重之。太祖以從征吳，遊中卒。既葬，文帝臨其

喪，顧語同遊曰：王好驢鳴，可各作一聲以送之。

赴客皆一作驢鳴。按戴叔鸞母好驢鳴，叔鸞每為驢鳴以誂其母。人之所妌，儻亦

不宜送汝盡
絆驢鳴
儻亦

《一》赴客皆一作驴鸣

王仲宣好驴鸣①。既葬，文帝临其丧，顾语同游曰②："王好驴鸣，可各作一声以送之。"赴客皆一作驴鸣。

||| **注释**

① 王仲宣：王粲，字仲宣，建安七子之一。为曹操幕僚，随军征吴途中病死。

② 同游：同行。

||| **译文**

王仲宣（王粲）喜欢驴叫。死后下葬时，魏文帝（曹丕）来出席葬礼，他回头对同行的人说："王仲宣喜欢驴叫，我们就每人学一声驴叫为他送行吧。"于是送葬的客人都学了一声驴叫。

《二》邈若山河

王濬冲为尚书令，著公服，乘轺车①，经黄公酒垆下过②。顾谓后车客："吾昔与嵇叔夜、阮嗣宗共酣饮于此垆。竹林之游，亦预其末③。自嵇生夭、阮公亡以来，便为时所羁绁④。今日视此虽近，邈若山河⑤。"

注释

① 轺（yáo）车：一匹马拉的轻便马车。

② 酒垆：酒肆。垆，放酒缸的土台。

③ 预：参与。末：末位。

④ 羁绁（jī xiè）：马笼头和马缰绳。比喻世事的束缚、羁绊。

⑤ 邈：遥远。

译文

　　王濬冲（王戎）做尚书令时，一次穿着公服，乘着轻便马车经过黄公酒垆。他回头对车后面的客人说："从前我和嵇叔夜（嵇康）、阮嗣宗（阮籍）一起在此畅饮。竹林同游，我也忝列其末。自从嵇康早逝、阮籍亡故以后，我就为世事所羁绊。现在酒垆虽近在眼前，往事旧人却像是隔着万重山河了。"

《三》使君辈存，令此人死

　　孙子荆以有才①，少所推服，唯雅敬王武子。武子丧时，名士无不至者。子荆后来，临尸恸哭，宾客莫不垂涕。哭毕，向灵床曰："卿常好我作驴鸣，今我为卿作。"体似真声②，宾客皆笑。孙举头曰："使君辈存，令此人死！"

注释

① 孙子荆：孙楚，字子荆，西晋名士。

② 体：模仿。

译文

　　孙子荆（孙楚）恃才傲物，很少有他看得起的人，唯独敬重王武子（王济）。王武子去世后，名士们都来吊唁。孙子荆后到，面对尸体痛哭，客人们也受到感染跟着流泪。孙子荆哭罢，对着灵床说："你一直喜欢我学驴叫，今天我就学给你听。"模仿的声音和真的一样，客人们都笑了。孙子荆抬起头来说道："让你们这些人活着，却让这样的人死了！"

〈四〉情之所钟，正在我辈

王戎丧儿万子，山简往省之，王悲不自胜。简曰："孩抱中物①，何至于此？"王曰："圣人忘情②，最下不及情③。情之所钟，正在我辈。"简服其言，更为之恸。

||| **注释**

① 孩抱中物：指孩子年幼。

② 圣人忘情：圣人能忘却世俗间的喜怒哀乐。圣人，达到极高境界的人。

③ 最下：指下层的普通人。

||| **译文**

王戎的儿子万子（王绥）死了，山简去探望他，王戎悲痛得不能自已。山简对他说："孩子岁数并不大，你何必这么悲伤？"王戎说："圣人忘情，最底层的下人又不懂感情。能够钟情的人，正是我们啊。"山简被他的话打动，也跟着悲伤起来。

〈五〉峨峨若千丈松崩

有人哭和长舆曰："峨峨若千丈松崩①。"

||| **注释**

① 峨峨：高大的样子。

有人哭吊和长舆（和峤）说："就像高耸入云的青松倒下了。"

〈六〉 祭奠卫玠

卫洗马以永嘉六年丧，谢鲲哭之，感动路人。咸和中，丞相王公教曰[1]："卫洗马当改葬。此君风流名士，海内所瞻[2]，可修薄祭[3]，以敦旧好[4]。"

注释

① 教：上对下的批示、告谕。

② 瞻：敬仰。

③ 薄祭：菲薄的祭奠。此为谦辞。

④ 敦：加深。旧好：老交情。

译文

卫洗马（卫玠）死于永嘉六年，谢鲲哭吊他，连路人都感动了。晋成帝咸和年间，丞相王导告谕说："卫洗马应当改葬。此君是风流名士，为海内人士所敬仰，我们应该略作祭奠，以加深旧日的情谊。"

〈七〉 张季鹰吊顾彦先

顾彦先平生好琴，及丧，家人常以琴置灵床上。张季鹰往哭之，不胜其恸，遂径上床，鼓琴作数曲，竟，抚琴曰："顾彦先颇复赏此不[1]？"因又大恸，遂不执孝子手而出[2]。

① 颇：用于疑问语气，还，是否。

② 不执孝子手而出：按丧礼，吊唁者应该与孝子握手后方可出去。张翰没有这样做，表示其不拘礼法的风范。孝子，儿子为父母守丧期间称孝子。

译文

顾彦先（顾荣）生前喜欢弹琴，去世后，家人就把琴放在灵床上。张季鹰（张翰）来吊唁，抑制不住内心的悲痛，就径直走向灵床，弹起琴来。弹罢几首曲子，他抚摸着琴说道："顾彦先还能欣赏这些曲子吗？"随即又大哭起来，连孝子的手都不握就走了。

《八》感念亡儿

庾亮儿遭苏峻难遇害。诸葛道明女为庾儿妇，既寡，将改适①，与亮书及之。亮答曰："贤女尚少，故其宜也②。感念亡儿，若在初没③。"

注释

① 适：女子出嫁。

② 故：本来，确实。宜：应该。

③ 没：通"殁"，死亡。

译文

庾亮的儿子在苏峻叛乱时遇害。诸葛道明（诸葛恢）的女儿是庾亮的儿媳，守寡后要改嫁，诸葛恢在给庾亮的信中提到这件事。庾亮答复说："令爱年纪还小，本来就该这样。不过我想起亡故的儿子，就像刚刚去世一样。"

《九》埋玉树著土中

庾文康亡，何扬州临葬，云："埋玉树著土中①，使人情何能已已！"

||| **注释**

① 玉树：比喻才华相貌出众的人。

||| **译文**

庾文康（庾亮）死了，扬州刺史何充来出席葬礼，他说："要把玉树埋到土里，叫人的感情怎么能受得了！"

《十》如此人，曾不得四十

王长史病笃，寝卧灯下，转麈尾视之，叹曰："如此人，曾不得四十①！"及亡，刘尹临殡，以犀柄麈尾著柩中，因恸绝②。

||| **注释**

① 曾：竟然。

② 恸绝：悲伤得昏了过去。

||| **译文**

王长史（王濛）病重时，在灯下躺着，手中转动着麈尾，注视着它，感叹道："像我这样的人，竟活不到四十岁！"他死后，刘尹（刘惔）来出席葬礼，他把犀牛柄的麈尾放在灵柩里，随即悲痛得昏了过去。

〈十一〉支道林丧法虔之后

支道林丧法虔之后，精神霣丧^①，风味转坠^②。常谓人曰：
"昔匠石废斤于郢人^③，牙生辍弦于钟子^④，推己外求^⑤，良不
虚也^⑥。冥契既逝^⑦，发言莫赏，中心蕴结^⑧，余其亡矣！"却
后一年，支遂殒^⑨。

‖ **注释**

① 霣（yǔn）丧：坠落丧失，比喻魂不守舍，精神萎靡。霣，
　 同"陨"，坠落。

② 风味：精神，风采。转：逐渐，越来越。

③ 匠石废斤于郢人：出自《庄子》。郢人把石膏涂在鼻尖上，
　 让名字叫石的匠人用斧子削去石膏却不伤及鼻子，石的技
　 艺因郢人而闻名。斤，斧子。郢，楚国的国都。

④ 牙生辍弦于钟子：相传伯牙善弹琴，钟子期为他的知音，
　 钟子期死后，伯牙不再弹琴。牙，伯牙。钟子，钟子期。

⑤ 推己外求：根据自己来推测别人。

⑥ 良：确实，的确。

⑦ 冥契：情投意合的人，知音。

⑧ 中心：心中。蕴结：郁结。

⑨ 殒：死亡。

‖ **译文**

法虔死后，支道林（支遁）意志消沉，精神越来越颓废。
他常对人说："从前匠人石在郢人去世后就不再使斧子了，伯牙
在钟子期去世后就不再奏琴了，由己推人，实在不假啊。知音
已经离去，说的话再没人能够欣赏，心中情思郁结，我也快死
了！"过了一年，支道林也去世了。

《十二》一恸几绝

郗嘉宾丧，左右白郗公："郎丧①。"既闻不悲，因语左右："殡时可道②。"公往临殡，一恸几绝。

注释

① 郎：少爷。

② 道：通报。

译文

郗嘉宾（郗超）死了，属下禀告郗公（郗愔）："少爷去世了。"郗公听后并没有悲伤，只是对属下说："出殡的时候告诉我。"出殡时郗公来了，痛哭欲绝。

《十三》戴公见林法师墓

戴公见林法师墓曰："德音未远①，而拱木已积②。冀神理绵绵③，不与气运俱尽耳④！"

注释

① 德音：对别人言辞的敬称。

② 拱木：坟墓上的树木。

③ 神理：精神。绵绵：连绵不断的样子。

④ 气运：寿数。

译文

戴公（戴逵）拜谒林法师（支遁）墓时说："美好的声音还没远去，墓地的树木就已经成林了。希望你的精神绵绵不绝，不要和生命一起完结啊！"

《十四》 是国家可惜人

王子敬与羊绥善。绥清淳简贵，为中书郎，少亡。王深相痛悼，语东亭云："是国家可惜人①。"

注释

① 可惜人：值得珍惜的人才。

译文

王子敬（王献之）和羊绥关系很好。羊绥清明淳朴，简约高贵，官至中书郎，年纪不大就死了。王子敬非常怀念羊绥，他对东亭侯王珣说："羊绥是国家的栋梁，死得太可惜了。"

《十五》 王东亭哭谢公

王东亭与谢公交恶。王在东闻谢丧，便出都诣子敬，道欲哭谢公。子敬始卧，闻其言，便惊起曰："所望于法护①。"王于是往哭。督帅刁约不听前②，曰："官平生在时③，不见此客。"王亦不与语，直前哭，甚恸，不执末婢手而退④。

注释

① 法护：王珣小名。

② 督帅：帐下的领兵官。听：听任，允许。

③ 官：长官，指谢安。

④ 末婢：谢安幼子谢琰的小字。

译文

王东亭（王珣）和谢公（谢安）结仇。他在会稽听说谢公死了，就来到京都去见王子敬（王献之），表示要去凭吊谢公。

子敬先前还躺着，听了他的话后立即坐了起来，说道："这正是我对你的希望。"王珣于是去谢公家吊唁。督帅刁约不让他上前，说："大人在世时，就没见过这个客人。"王珣也不理他，径直上前哭吊，非常悲痛，完后没和末婢（谢琰）握手就走了。

《十六》人琴俱亡

王子猷、子敬俱病笃，而子敬先亡。子猷问左右："何以都不闻消息？此已丧矣！"语时了不悲①。便索舆来奔丧，都不哭。子敬素好琴，便径入坐灵床上，取子敬琴弹，弦既不调②，掷地云："子敬！子敬！人琴俱亡。"因恸绝良久。月余亦卒。

║ **注释**

① 了不：一点不，完全不。

② 调：协调。

║ **译文**

王子猷（王徽之）、王子敬（王献之）都病得很厉害，子敬先死了。子猷问身边的人："为什么一点都没有听到子敬的消息？他已经去世了啊！"说话的时候没有任何伤感。说罢就叫车去凭吊，一声也没哭。子敬平素喜欢弹琴，子猷径直坐到灵床上，取来子敬的琴弹奏，琴弦已经不和谐了，子猷就把琴摔到地上，说道："子敬啊！子敬！人和琴都去了呀！"随即痛哭欲绝，很久才好。一个月以后，子猷也死了。

《十七》有《黍离》之哀

孝武山陵夕①，王孝伯入临②，告其诸弟曰："虽榱桷惟新^③，便自有《黍离》之哀^④！"

注释

① 孝武：晋孝武帝司马曜。山陵：皇帝的陵墓。此为动词，
   意思是皇帝驾崩。

② 入临：指到朝中来哭吊。

③ 榱桷（cuī jué）：椽子。此处比喻担负国家重任的人。

④ 便自：却。

译文

晋孝武帝（司马曜）驾崩时，王孝伯（王恭）来吊唁，他对自己的弟弟们说："虽然国家有新人继位了，我却有亡国的悲哀！"

《十八》祝予之叹

羊孚年三十一卒^①。桓玄与羊欣书曰："贤从情所信寄^②，暴疾而殒^③，祝予之叹^④，如何可言！"

注释

① 羊孚：字子道，羊绥子，是桓玄的心腹。羊欣是羊孚的堂
   弟。

② 贤从：您的堂兄。贤为敬辞。情所信寄：值得信赖的人。

③ 暴疾：暴病，急病。

④ 祝予之叹：见《春秋公羊传》："颜渊死，子曰：'噫，天丧
   予！'子路死，子曰：'噫，天祝予！'"祝予，断我，亡
   我。"天祝予"成为悲悼晚辈死亡的用语。

译文

羊孚三十一岁就死了。桓玄在给羊欣的信中说："您的堂兄

是值得信赖的人，可惜暴病而死，老天亡我的慨叹，哪里是语言所能表达的！"

《十九》诓允天心

桓玄当篡位，语卞鞠云："昔羊子道恒禁吾此意。今腹心丧羊孚①，爪牙失索元②，而匆匆作此诋突③，诓允天心④？"

注释

① 腹心：心腹，亲信。

② 爪牙：干将。索元：字天保，历任征虏将军、历阳太守。

③ 诋（dǐ）突：冒犯，指犯上作乱的事情。

④ 诓：哪里，怎么。允：合乎。天心：天意。

译文

桓玄要篡位，他对卞鞠说："从前羊子道（羊孚）总是阻止我的这个想法。现在失去了心腹羊孚、干将索元，我却匆匆做出这种冒犯天子的举动，怎么会合乎天意呢？"

栖逸

阮步兵嘯聞數百步蘇門山中忽有真人樵伐
者咸共傳說阮籍往觀見其人擁膝巖側籍登
嶺就之箕踞相對籍商略終古上陳黃農玄寂
之道下考三代盛德之美以問之忔然不應復
敘有為之敎棲神導氣之術以觀之彼猶如前
凝矚不轉籍因對之長嘯良久乃笑曰可更作
籍復嘯意盡還半嶺許聞上䃚然有聲如數

《一》真人长啸

　　阮步兵啸①，闻数百步。苏门山中②，忽有真人③，樵伐者咸共传说。阮籍往观，见其人拥膝岩侧④，籍登岭就之⑤，箕踞相对。籍商略终古，上陈黄、农玄寂之道⑥，下考三代盛德之美⑦，以问之，伉然不应⑧。复叙有为之教、栖神导气之术以观之⑨，彼犹如前，凝瞩不转。籍因对之长啸。良久，乃笑曰："可更作。"籍复啸。意尽，退，还半岭许⑩，闻上唔然有声⑪，如数部鼓吹⑫，林谷传响。顾看，乃向人啸也。

‖　**注释**

① 啸：即口哨。在魏晋时期，"啸"极流行，是养气修炼的方法，也是文人名士隐逸放达生活方式的体现。

② 苏门山：山名，在今河南辉县。

③ 真人：道家称得道的人为真人。

④ 拥膝：抱着腿坐着。

⑤ 就：靠近。

⑥ 黄、农：黄帝轩辕氏和炎帝神农氏。老庄哲学认为黄帝、炎帝时代是无为而治的，是理想的境界。玄寂之道：道家顺应自然、清静无为的理论。

⑦ 三代：指夏、商、周三个朝代。

⑧ 伉（yì）然：挺立不动的样子。

⑨　有为之教：指儒家入世作为的理论。栖神导气之术：道家通过吐纳达到修身养性的方法。

⑩　半岭许：半山腰。

⑪　嘀（qiú）然：声音响亮的样子。

⑫　数部鼓吹：多种乐器在演奏。

译文

阮步兵（阮籍）的啸声数百步之外都能听到。苏门山里，忽然来了一位真人，樵夫们都在议论这件事。阮籍也去观看，见这个人盘腿坐在岩石旁边，阮籍就爬上山凑过去，双腿伸直坐在他对面。阮籍说起古代的事情，上至黄帝、炎帝的清静无为之道，下到夏、商、周三代圣君的仁政，并拿这些事情向他请教，这个人只是昂着头不予理睬。阮籍又谈起儒家的入世学说以及道家的栖神导气的方法，以此来观察他，这个人还是和刚才一样，凝神不动。阮籍于是对着他长啸。过了很长时间，这个人才笑着说："可以再来一次。"阮籍再一次长啸。后来阮籍没了兴致就下山了，走到半山腰，听到上面传来悠长的声音，像是很多种乐器在演奏，山谷中都发出回音。阮籍回头一看，正是刚才那个人在长啸。

《二》嵇康游于汲郡山中

嵇康游于汲郡山中①，遇道士孙登②，遂与之游。康临去，登曰："君才则高矣，保身之道不足。"

注释

①　汲郡：郡名，治所在今河南卫辉西南。

②　孙登：字公和，魏晋时道士，隐于汲郡山中。

译文

嵇康在汲郡山中游历，遇见了道士孙登，就和他结伴游历。嵇康和孙登分手时，孙登对他说："你的才华确实很高，但保全自身的本领不够。"

〈三〉嵇康与山涛绝

山公将去选曹[1]，欲举嵇康，康与书告绝。

注释

① 去：离任。选曹：选拔官吏的官署。山涛曾任尚书吏部郎。

译文

山公（山涛）要从尚书吏部郎的职位上离任，准备推荐嵇康来担任这个职务，嵇康就写了一篇《与山巨源绝交书》，断绝了和山涛的往来。

〈四〉茂弘乃复以一爵假人

李廞是茂曾第五子[1]，清贞有远操，而少羸病，不肯婚宦。居在临海[2]，住兄侍中墓下[3]。既有高名，王丞相欲招礼之[4]，故辟为府掾。廞得笺命，笑曰："茂弘乃复以一爵假人[5]。"

注释

① 李廞（xīn）：字宗子，善书法，有腿疾，常仰卧弹琴，不仕。茂曾：李重字茂曾，官至平阳太守。

② 临海：郡名，治所在今浙江临海东南。

③ 兄侍中：李廞的哥哥李式曾任临海太守、侍中。

④ 招礼：通过聘任官职来礼遇。

⑤　乃复：竟然。假：给予。

译文

李廞是李茂曾（李重）的第五个儿子，为人清廉有情操，可是从小就体弱多病，不肯结婚做官。李廞家在临海郡，住在他哥哥的墓地旁。因为名声很大，王丞相（王导）要征召他，让他获得礼遇，特意任命他为府掾。李廞接到任命的文书后，笑着说："茂弘（王导）竟拿爵位来送人。"

《五》高情避世

何骠骑弟以高情避世①，而骠骑劝之令仕，答曰："予第五之名②，何必减骠骑？"

注释

① 何骠骑弟：即何准。何准，字幼道，骠骑将军何充的弟弟，一生不仕，信佛。

② 予第五之名：何准在兄弟中排行第五。

译文

何骠骑（何充）的弟弟何准情怀高雅，避世隐居，何骠骑却劝他出来做官，何准回答说："我老五的名望，不见得就比骠骑将军差。"

《六》不惊宠辱

阮光禄在东山，萧然无事，常内足于怀。有人以问王右军，右军曰："此君近不惊宠辱，虽古之沈冥①，何以过此。"

① 沈冥：指隐居避世的人。

译文

阮光禄（阮裕）在东山隐居，冷冷清清，无所事事，可他内心却感到很满足。有人拿这件事来问王右军（王羲之），王右军说："此人几乎宠辱不惊，就是古代的隐士，也不过如此。"

《七》孔车骑少有嘉遁意

孔车骑少有嘉遁意①，年四十余，始应安东命②。未仕宦时，常独寝③，歌吹自箴诲④。自称孔郎，游散名山⑤。百姓谓有道术⑥，为生立庙，今犹有孔郎庙。

注释

① 孔车骑：指孔愉。孔愉死后赠车骑将军。嘉遁：隐居。

② 安东：即晋元帝司马睿。司马睿曾任安东将军，当时孔愉受命为参军。

③ 独寝：独处。

④ 歌吹：吟啸。箴诲：劝诫。

⑤ 游散：游历。

⑥ 道术：道家的养生成仙之术。

译文

孔车骑（孔愉）年轻时就有归隐的想法，四十多岁时，才应安东将军（司马睿）之召出来做官。没有出仕时，他常常一个人独处，啸咏自励。他自称孔郎，游历名山。百姓认为他有道术，给他立了生祠，孔郎庙至今还在。

晉車騎車將開府儀同三司孔貞愉

《八》南阳刘驎之

南阳刘驎之^①，高率善史传^②，隐于阳岐^③。于时苻坚临江，荆州刺史桓冲将尽讦谟之益^④，征为长史，遣人船往迎，赠赆甚厚^⑤。驎之闻命，便升舟^⑥，悉不受所饷，缘道以乞穷乏^⑦，比至上明亦尽^⑧。一见冲，因陈无用，翛然而退^⑨。居阳岐积年，衣食有无常与村人共。值己匮乏，村人亦如之。甚厚为乡闾所安^⑩。

注释

① 南阳：郡名，治所在今河南南阳。刘驎之：字子骥，清虚寡欲，为当时的隐士。

② 高率：高尚率真。善史传：对史学有研究。

③ 阳岐：长江边上的一个村庄，距离荆州约二百里。

④ 尽讦谟（xū mó）之益：指实施抵御敌寇的宏伟计划。苻坚南侵，桓冲时为荆州刺史，他率兵渡过长江，迁州治于上明，抵御苻坚。讦谟，大的谋划。

⑤ 赠赆（kuàng）：赠送，馈赠。

⑥ 升舟：上船。

⑦ 缘道：沿途。乞：给予。穷乏：生活困难的人。

⑧ 上明：地名，在今湖北松滋南。

⑨ 翛（xiāo）然：豁达洒脱的样子。

⑩ 乡闾：乡里。此指乡民。安：满足。

译文

南阳刘驎之，高尚率真，擅长治史，在阳岐村隐居。当时苻坚率军攻打到长江边，荆州刺史桓冲要实施他的宏图大略，就召刘驎之为长史，派人用船去接他，带去的馈赠也非常丰厚。刘驎之听到命令就上了船，赠送的物品一点也没接受，沿途都给了穷人，等到了上明也全送光了。一见桓冲，就陈说自己才智平庸，然后洒脱地走了。他在阳岐村住了很多年，衣食物品常常和村民共用。遇到自己不够了，村民也这样对待他。他和乡民们相处得很融洽。

《九》翟不与语

南阳翟道渊与汝南周子南少相友[1]，共隐于寻阳[2]。庾太尉说周以当世之务[3]，周遂仕，翟秉志弥固。其后周诣翟，翟不与语。

注释

[1] 翟道渊：翟汤，字道渊，东晋隐士。汝南：郡名，治所在今河南汝南。周子南：周邵，字子南，早先隐于寻阳，后出仕，官至西阳太守。

[2] 寻阳：县名，在今江西九江西。

[3] 当世之务：治理国家的事务。

译文

南阳翟道渊（翟汤）和汝南周子南（周邵）年轻时就是好友，两人都在寻阳隐居。庾太尉（庾亮）以国家大事激励周子南，周子南就出来做官了，而翟道渊依旧坚持自己的志向。后来周子南去见翟道渊，翟道渊一句话也不和他说。

《十》少孤如此，万年可死

孟万年及弟少孤[1]，居武昌阳新县。万年游宦[2]，有盛名当世。少孤未尝出，京邑人士思欲见之，乃遣信报少孤，云兄病笃。狼狈至都③，时贤见之者，莫不嗟重④，因相谓曰："少孤如此，万年可死。"

注释

① 孟万年：孟嘉，字万年，东晋人。少孤：孟陋，字少孤，孟嘉弟，东晋隐士。

② 游宦：外出做官。

③ 狼狈：匆忙。

④ 嗟重：赞赏看重。

译文

孟万年（孟嘉）和弟弟少孤（孟陋）住在武昌阳新县。万年外出做官，在当时很有名气。少孤一直在家里，不曾外出，京城的贤达想见见他，就派人送信给少孤，称他哥哥病重。少孤急速赶到京城，当时的贤达见到他，莫不赞赏看重，大家互相议论道："少孤如此，万年后继有人了。"

《十一》 康僧渊在豫章

康僧渊在豫章①，去郭数十里立精舍②。旁连岭，带长川，芳林列于轩庭③，清流激于堂宇。乃闲居研讲④，希心理味⑤。庾公诸人多往看之，观其运用吐纳⑥。风流转佳⑦，加己处之怡然，亦有以自得，声名乃兴。后不堪，遂出。

注释

① 康僧渊：晋时僧人，本为西域人，晋成帝时到豫章讲习佛经。

② 郭：外城。精舍：僧人修炼居住的地方。

③　轩庭：有长廊围绕的庭院。

④　研讲：研究讲习。

⑤　希心理味：潜心研究佛理。

⑥　吐纳：指说话。

⑦　风流转佳：意思是风度越来越好，越来越引人瞩目。

||| **译文**

　　康僧渊在豫章时，在离城几十里外的地方建了精舍。精舍依山傍水，庭院里花木扶疏，潺潺流水从房前经过。康僧渊在此闲居，潜心研究佛理。庾公（庾亮）等人常来看他，聆听他精妙的谈话。他每天怡然自得，神采更加充满魅力，声名鹊起。后来因为受不了俗人的来访，就离开这里了。

《十二》戴安道厉操东山

　　戴安道既厉操东山①，而其兄欲建式遏之功②。谢太傅曰："卿兄弟志业，何其太殊③？"戴曰："下官不堪其忧，家弟不改其乐。"

||| **注释**

①　厉操：磨砺节操。指隐居。

②　式遏：见《诗经·大雅·民劳》："式遏寇虐，憯（cǎn）不畏明。柔远能迩，以定我亡。"原意是不让坏人作恶，这里的意思是建功立业。

③　殊：不同。

||| **译文**

　　戴安道（戴逵）在东山隐居，而他的哥哥戴逯却要建功立业。谢太傅（谢安）说："你们兄弟二人的志向，为什么那么悬

殊呢？"戴逯说："我是不堪其忧，我弟弟是不改其乐。"

《十三》筐篚苞苴轻于天下之宝

　　许玄度隐在永兴南幽穴中①，每致四方诸侯之遗②。或谓许曰："尝闻箕山人似不尔耳③。"许曰："筐篚苞苴④，故当轻于天下之宝耳⑤。"

注释

① 永兴：县名，晋时属会稽郡，在今浙江萧山西。幽穴：洞穴。

② 每：经常。致：得到。四方诸侯：各地的官员。遗（wèi）：馈赠。

③ 箕山人：指许由。尧时许由在箕山隐居，尧要将天下让给许由，许由没接受。尔：如此，这样。

④ 筐篚（fěi）：竹筐。苞苴（jū）：裹鱼肉的草叶。

⑤ 故当：自然，当然。天下之宝：指天子之位。

译文

　　许玄度（许询）在永兴县南部的深山洞穴里隐居，常有各地的官员赠送物品给他。有人对许玄度说："听说在箕山隐居的许由好像不是这样。"许玄度说："接受点装在竹筐草包里的东西，实在是比天子之位轻多了。"

《十四》范宣未尝入公门

　　范宣未尝入公门①。韩康伯与同载，遂诱俱入郡②，范便于车后趋下③。

① 范宣：字宣子，东晋人，居家不仕，以讲论为业。公门：
官府的大门。

② 郡：此指郡守的官署。

③ 趋：跑。

译文

　　范宣从没进过官署的门。有一回韩康伯（韩伯）和他同乘一辆车，想骗他一块儿进入郡府，结果范宣从后面跳下车跑了。

《十五》郗超助资

　　郗超每闻欲高尚隐退者，辄为办百万资，并为造立居宇。在剡，为戴公起宅，甚精整。戴始往旧居，与所亲书曰："近至剡，如官舍。"郗为傅约亦办百万资，傅隐事差互①，故不果遗②。

注释

① 差（cī）互：不遂，没成。

② 果：最终，终于。

译文

　　郗超每当听说有人要避世隐居时，就为他准备百万资财，还为他建造住房。在剡县，给戴公（戴逵）建的屋舍非常精致。戴公住进去以后，在给亲友的信中说："近日到剡县，住的房子就像是官署。"郗超还为傅约准备了百万资财，后来傅约隐居的事没成，所以就没有给他。

《十六》许掾好游山水

许掾好游山水，而体便登陟^①。时人云："许非徒有胜情^②，实有济胜之具^③。"

注释

① 登陟（zhì）：攀登。

② 胜情：美好的情怀。

③ 济胜之具：实现胜情的条件。济，成，达到。

译文

许询爱好游览山水，他的身体很灵活，登山不费什么力。当时人们说："许询不是光有寄情山水的雅致，还有实现这种雅致的身体。"

《十七》累心处都尽

郗尚书与谢居士善^①，常称："谢庆绪识见虽不绝人^②，可以累心处都尽^③。"

注释

① 郗尚书：即郗恢。郗恢，字道胤，官至雍州刺史、尚书。
   谢居士：指谢敷。谢敷，字庆绪，信佛。

② 绝人：超过他人。

③ 累心处：指世俗的烦恼。

译文

郗尚书（郗恢）和谢居士（谢敷）关系好，经常称赞他说："谢庆绪（谢敷）见识虽然不比别人强，但是完全没有什么世俗的烦恼。"

世说新语译注

少见贫贱，一旦富贵，不祥。不如以兵属人，事成
少受其利，不成祸有所归。"史记曰：婴故东阳令
东阳人欲立婴，婴母见之
乃以兵属项梁。梁以婴为上柱国

汉元帝宫人既多，乃令画工图之，欲有呼者辄
披图召之。其中常者皆行货赂。王明君姿容甚
丽，志不苟求工。途毁为其状，后匈奴来和求美
女，于汉帝帝以明君充行。既召见而惜之。但名

《一》暴富不祥

陈婴者^①，东阳人^②，少修德行，著称乡党。秦末大乱，东阳人欲奉婴为主，母曰："不可。自我为汝家妇，少见贫贱^③，一旦富贵，不祥。不如以兵属人^④，事成，少受其利；不成，祸有所归。"

注释

① 陈婴：秦末汉时人，曾任东阳县令史。秦末农民起义后追随项梁，后归汉，封堂邑侯。

② 东阳：县名，在今安徽天长西北。

③ 少：年轻时。见：受，遭受。

④ 属人：交给别人。

译文

陈婴是东阳人，从少年时代就注重品德修养，在乡里颇负名望。秦末大乱，东阳人要推举陈婴为首领，他妈妈说："不行。自从我做了你家的媳妇，年轻起就受穷，一下子富贵起来，不祥。不如把兵权交给别人，事成了，咱们多少得点好处；不成，祸患由别人承担。"

《二》昭君出塞

汉元帝宫人既多①，乃令画工图之②，欲有呼者，辄披图召之③。其中常者，皆行货赂④。王明君姿容甚丽⑤，志不苟求⑥，工遂毁为其状⑦。后匈奴来和，求美女于汉帝，帝以明君充行。既召，见而惜之，但名字已去，不欲中改，于是遂行。

‖ **注释**

① 宫人：宫女。既：已经。

② 图：动词，指为宫女画像。

③ 披：打开，翻开。

④ 货赂：贿赂。

⑤ 王明君：即王昭君。晋人讳晋文帝司马昭名，改为王明君。王昭君名嫱，汉元帝时宫人，后嫁匈奴单于呼韩邪。

⑥ 志不苟求：不愿意苟且向画师求情。

⑦ 毁为其状：把她的相貌画得很丑。

‖ **译文**

汉元帝后宫里的宫女太多了，就让画师给她们画像，想要召谁，就打开画像挑选。宫女中相貌平平的人，都向画师行贿，以便把自己画得美一些。王昭君姿容美丽，但她从不随便求助于画师，所以画师就丑化她的相貌。后来匈奴来求和，向汉元帝求美女通婚，元帝决定让昭君去。召来之后，元帝就舍不得她了，可是名单已经确定，不想中途变卦，于是就让她去了。

《三》飞燕谗班婕妤

汉成帝幸赵飞燕[①]，飞燕谗班婕妤祝诅[②]，于是考问。辞曰："妾闻死生有命，富贵在天。修善尚不蒙福，为邪欲以何望？若鬼神有知，不受邪佞之诉；若其无知，诉之何益？故不为也。"

注释

① 幸：宠幸。赵飞燕：汉成帝时宫女，善歌舞，为成帝宠幸，立为皇后。

② 谗：诬告。班婕妤：汉成帝时入宫，受到宠幸，后遭飞燕谗言，失宠。婕妤，宫中女官名。祝诅：通过祷告求鬼神降祸于仇恨的人。

译文

汉成帝宠幸赵飞燕，赵飞燕诬告班婕妤在鬼神面前诅咒她，于是就拷问她。班婕妤在供词中说："我听说死生有命，富贵在天。行善尚且不会得到保佑，作恶又有什么指望呢？如果鬼神有知，就不会接受奸邪小人的咒语；如果无知，诅咒又有什么用处呢？所以我不会做这种事。"

《四》狗鼠不食汝余

魏武帝崩，文帝悉取武帝宫人自侍。及帝病困，卞后出看疾[①]。太后入户，见直侍并是昔日所爱幸者[②]。太后问："何时来邪？"云："正伏魄时过[③]。"因不复前而叹曰[④]："狗鼠不食汝余[⑤]，死故应尔！"至山陵，亦竟不临[⑥]。

① 卞后：卞太后。文帝曹丕的母亲。看疾：探视病人。

② 直：通"值"。

③ 伏魄：招魂。古人认为人刚死时，魂魄离开身体不久，这时拿着死者的衣服呼叫，能招回死者的灵魂。

④ 前：见。

⑤ 狗鼠不食汝余：是骂曹丕不如狗鼠的意思。

⑥ 竟：最终。临：哭吊。

｜|‖　**译文**

　　魏武帝（曹操）驾崩后，文帝（曹丕）把武帝的宫女都召来侍奉他。文帝病重时，卞太后来探望他。太后进门后，见值班的宫女都是从前武帝宠幸的。太后问道："你们什么时候来的？"宫女回答："武帝刚死我们就来了。"于是太后不看文帝了，叹息道："狗鼠都看不起你，早就该死了！"到文帝死后，太后始终没有过来哭吊。

<　五　> 赵母嫁女

　　赵母嫁女①，女临去，敕之曰："慎勿为好②。"女曰："不为好，可为恶邪？"母曰："好尚不可为，其况恶乎！"

｜|‖　**注释**

① 赵母：三国时吴人，桐乡令虞韪妻。虞韪死后，被孙权召入宫中，有文才，作《列女传解》。

② 慎勿为好：千万不要做好事。

｜|‖　**译文**

　　赵姓妈妈嫁女儿，在女儿出嫁之前，告诫她说："千万不要做好事。"女儿说："不做好事，那可以做坏事吗？"妈妈说："好事都不能做，更何况是坏事呢！"

《六》许允妇

许允妇是阮卫尉女[①]，德如妹[②]，奇丑。交礼竟[③]，允无复入理[④]，家人深以为忧。会允有客至，妇令婢视之，还答曰："是桓郎[⑤]。"桓郎者，桓范也[⑥]。妇云："无忧，桓必劝入。"桓果语许云："阮家既嫁丑女与卿，故当有意[⑦]，卿宜察之。"许便回入内，既见妇，即欲出。妇料其此出无复入理，便捉裾停之[⑧]。许因谓曰："妇有四德[⑨]，卿有其几？"妇曰："新妇所乏唯容尔。然士有百行[⑩]，君有几？"许云："皆备。"妇曰："夫百行以德为首。君好色不好德，何谓皆备？"允有惭色，遂相敬重。

||| 注释

① 许允：字士宗，三国魏人，仕至吏部郎、领军将军，被司马师所害。阮卫尉：阮共，字伯彦，三国魏人，仕至卫尉卿，故称。

② 德如：阮侃，字德如，阮共子，仕至河内太守。

③ 交礼：结婚时夫妻行的交拜礼。

④ 无复入理：不再有进洞房的打算。

⑤ 郎：对青年男子的美称。

⑥ 桓范：字元则，三国魏人，官至大司农，被司马懿杀害。

⑦ 故当：自然，当然。有意：有原因。

⑧ 裾（jū）：衣襟。

⑨ 四德：古代礼教要求妇女应有的品德、言辞、容貌、女红

这四种品行。

⑩ 百行：多种品行。

‖ **译文**

许允的妻子是阮卫尉（阮共）的女儿，德如（阮侃）的妹妹，相貌奇丑。结婚行过交拜礼后，许允没有进洞房的意思，家里人非常担心。恰好这时有客人来找许允，妻子让婢女去看看是谁，婢女回来告诉说："是桓家公子。"桓郎就是桓范。妻子说："不用担心了，桓公子一定会劝他进来的。"桓范果然对许允说："阮家既然把一个丑闺女嫁给你，一定是有原因的，你应该好好观察。"许允便回到屋内，见了妻子后，马上又想出去。妻子断定他此番出去就不会再进来了，便抓住他的衣襟阻拦他。许允于是说道："妇人有四德，你有其中的几德？"妻子说："我缺乏的只是容貌而已。不过男子应有的众多品行中，你有哪些呢？"许允说："我都具备。"妻子说："各种品行里以德为首。你好色不好德，怎么能说都具备呢？"许允顿时面带愧色，从此就敬重她了。

◇ 七 ◇ 作粟粥待

许允为吏部郎，多用其乡里，魏明帝遣虎贲收之[①]。其妇出诫允曰："明主可以理夺[②]，难以情求。"既至，帝核问之[③]，允对曰："'举尔所知'[④]，臣之乡人，臣所知也。陛下检校[⑤]，为称职与不。若不称职，臣受其罪。"既检校，皆官得其人，于是乃释。允衣服败坏，诏赐新衣。初，允被收，举家号哭。阮新妇自若，云："勿忧，寻还[⑥]。"作粟粥待。顷之[⑦]，允至。

① 虎贲：武士。

② 可以理夺：可以以理说服。

③ 核问：核实询问。

④ 举尔所知：出自《论语·子路》："子曰：'举尔所知。尔所不知，人其舍诸？'"意思是举荐你了解的人。

⑤ 检校：核查。

⑥ 寻：不久。

⑦ 顷之：一会儿。

译文

许允担任吏部郎时，选拔的官吏多是他的同乡，魏明帝（曹叡）因此派武士去抓他。许允妻子出来对他说："贤明的君主只能以理说服他，不能靠感情来乞求。"到了朝廷，皇帝审问他，许允回答说："孔子说举荐你所了解的人。我的同乡是我所了解的人。陛下审核，应该考察他们是否称职。如果不称职，我自愿请罪。"考察以后，许允任用的都是合适人选，于是就把他放了。许允的衣服破了，明帝下诏赐给他新的衣服。当初许允被捕时，全家人号哭，只有许允的妻子镇定自若，说："不用担心，不久就回来了。"还做了小米粥等着他。一会儿，许允果然回来了。

《八》许允为晋景王所诛

许允为晋景王所诛，门生走入告其妇。妇正在机中①，神色不变，曰："蚤知尔耳②！"门人欲藏其儿，妇曰："无豫诸儿事③。"后徙居墓所，景王遣钟会看之，若才流及父④，当收。

儿以咨母，母曰："汝等虽佳，才具不多⑤，率胸怀与语⑥，便无所忧。不须极哀，会止便止。又可少问朝事⑦。"儿从之。会反，以状对，卒免。

注释

① 正在机中：正在织布。机，织布机。

② 蚤：通"早"。

③ 豫：关联，牵连。

④ 才流：才智流品。

⑤ 才具：才华。

⑥ 率：坦率。

⑦ 少：略微，稍微。

译文

　　许允被晋景王（司马师）杀害，门生跑来把此事告诉了他的妻子。妻子正在织布，闻听后神色不变，说道："早知道会这样了！"门生要把许允的儿子藏起来，妻子说："不关孩子们的事。"后来他们搬到许允的墓地去住，景王派钟会过来观察许允的儿子，如果才能赶得上他们的父亲，就抓起来。儿子向母亲请教，母亲说："你们虽然也不错，但才能并不大，只管诚恳地和他说话，就没什么可担心的了。不必太悲哀，钟会不哭了你们也不哭。还可以稍稍问一点朝中的事情。"孩子们按母亲说的话去做了。钟会回去后，把情况告诉了景王，孩子们终得幸免。

《九》王公渊娶诸葛诞女

　　王公渊娶诸葛诞女①。入室，言语始交，王谓妇曰："新妇神色卑下，殊不似公休！"妇曰："大丈夫不能仿佛彦云②，而令妇人比踪英杰③！”

注释

① 王公渊：王广，字公渊，三国魏人。有才学，因父亲王凌欲立曹彪为帝，父子一同被司马懿杀害。诸葛诞：字公休，三国魏人，官至扬州刺史、镇东将军、司空。

② 彦云：王凌，字彦云，三国魏人，官至司空、太尉、征东将军，封南乡侯。

③ 比踪：和……相比。

译文

王公渊（王广）娶了诸葛诞的女儿。进了内室，二人刚开始交谈，王公渊对妻子说："看你的神态卑下，一点不像你的父亲！"妻子应道："作为男子汉大丈夫，你不像你的父亲，却拿一个女人和英雄相比！"

《十》王经少贫苦

王经少贫苦①，仕至二千石，母语之曰："汝本寒家子，仕至二千石，此可以止乎！"经不能用。为尚书，助魏，不忠于晋，被收。涕泣辞母曰："不从母敕，以至今日！"母都无戚容，语之曰："为子则孝，为臣则忠，有孝有忠，何负吾邪？"

注释

① 王经：字彦纬，三国魏人，因不满司马氏而被杀害。

译文

王经自幼贫苦，后来做到了俸禄二千石的官，母亲对他说："你本是贫寒人家的子弟，官至二千石，这就足够了，到此为止吧！"王经没听他母亲的话。后来他又做了尚书，辅助魏室，不忠于晋，最终被抓。他流着泪和母亲辞别道："我没听母亲的告诫，以至于有今天！"母亲丝毫没有悲伤的表情，她对儿子说："作为儿子就要孝顺，作为臣子就要忠诚，既孝顺又忠诚，你有什么辜负我的呢？"

《十一》契若金兰

山公与嵇、阮一面①，契若金兰②。山妻韩氏觉公与二人异于常交③，问公，公曰："我当年可以为友者，唯此二生耳。"妻曰："负羁之妻亦亲观狐、赵④，意欲窥之，可乎？"他日，二人来，妻劝公止之宿⑤，具酒肉。夜穿墉以视之⑥，达旦忘反。公入曰："二人何如？"妻曰："君才致殊不如⑦，正当以识度相友耳⑧。"公曰："伊辈亦常以我度为胜⑨。"

注释

① 一面：第一次见面。

② 契若金兰：出自《周易·系辞上》："二人同心，其利断金；同心之言，其臭（xiù）如兰。"比喻彼此情投意合，友谊深厚。

③ 常交：普通朋友。

④ 负羁之妻亦亲观狐、赵：据《左传·僖公二十三年》记载，晋国公子重耳率随从狐偃、赵衰（cuī）逃亡，经过曹国，曹国君主对他无礼。曹国大夫僖负羁的妻子对他说："吾观晋公子之从者，皆足以相国。若以相，夫子必反其国，反其国，必得志于诸侯。得志于诸侯，而诛无礼，曹其首也。子盍早自贰焉！"负羁，僖负羁，曹国大夫。狐、赵，狐偃、赵衰，重耳的随从。山涛妻子这里的意思是要暗中观

察来客。

⑤　止之宿：留宿。

⑥　穿墉（yōng）：在墙上挖个洞。

⑦　才致：才华。

⑧　识度：见识气度。

⑨　伊辈：他们。

译文

山公（山涛）和嵇康、阮籍一见面，就情投意合。山涛的妻子韩氏觉得丈夫和这两个人的交往非比寻常，就问他怎么回事，山公说："眼下可以作为我朋友的，只有这两人了。"妻子说："从前僖负羁的妻子也曾亲自观察过狐偃、赵衰，我也想看看他们，可以吗？"有一天，二人来了，妻子劝山公留他们过夜，给他们准备了酒肉。晚上，她打通墙壁观察这两个人，流连忘返，直到天都亮了。山公过来问道："你觉得这二人怎么样？"妻子说："你的才智情趣比他们差得太远了，只能以你的见识气度和他们交朋友。"山公说："他们也总认为我的气度胜过他们。"

《十二》 不可与婚

王浑妻钟氏生女令淑，武子为妹求简美对而未得①。有兵家子②，有俊才，欲以妹妻之，乃白母。曰："诚是才者，其地可遗③，然要令我见。"武子乃令兵儿与群小杂处，使母帷中察之。既而母谓武子曰："如此衣形者，是汝所拟者非邪④？"武子曰："是也。"母曰："此才足以拔萃，然地寒⑤，不有长年，不得申其才用⑥。观其形骨，必不寿，不可与婚。"武子从之。

兵儿数年果亡。

注释

① 求简：寻觅选拔。美对：合适的配偶。

② 兵家：出身军人家庭。

③ 地：门第。遗：遗弃，忽略。

④ 拟：安排。

⑤ 地寒：出身寒微。

⑥ 申其才用：施展自己的才华。

译文

　　王浑的妻子钟氏生的女儿很贤淑，武子（王济）想给妹妹找一个合适的配偶，一直没找到。有一个兵家子弟，才华出众，王济想让妹妹嫁给他，就把这事告诉了母亲。母亲说："如果真的有才华，可以不考虑他的门第，不过要让我看看。"武子就让那个兵家子弟和一群普通人混在一起，让母亲在帏帐里观察他。过后母亲对武子说："这种外貌的人，是你选中的人吗？"武子说："是。"母亲说："此人的才智的确超凡，不过他地位卑下，不会活得很长，这样就不能施展他的全部才华。我观察了他的外貌骨相，一定不会长寿，所以不能和他结婚。"武子听从了母亲的意见。那个兵家子弟果然几年后就死了。

〈十三〉贾充前妇

　　贾充前妇①，是李丰女。丰被诛，离婚徙边②。后遇赦得还，充先已取郭配女③，武帝特听置左右夫人。李氏别住外，不肯还充舍。郭氏语充，欲就省李。充曰："彼刚介有才气④，卿往不如不去。"郭氏于是盛威仪⑤，多将侍婢。既至，入户，李氏起迎，郭不觉脚自屈⑥，因跪再拜。既反，语充。充曰："语卿道何物⑦？"

注释

① 前妇：前妻。

② 徙边：发配边疆。

③ 郭配：字仲南，三国魏人，车骑将军郭淮弟，官至城阳太守。其女名槐，后封广城君，谥宣。

④ 刚介：刚正。

⑤ 盛威仪：打扮得很庄重。

⑥ 脚：指腿。

⑦ 何物：什么。

译文

贾充的前妻，是李丰的女儿。李丰被杀后，李氏和贾充离了婚被发配边疆。后来遇赦回来了，此时贾充已经娶了郭配的女儿，晋武帝（司马炎）特许贾充立左右夫人。李氏在别的地方住，不肯回贾充的家里。郭氏对贾充说，想去看望李氏。贾充说："她性格刚烈清高，有才气，你还不如不去。"郭氏于是盛装打扮，带着很多婢女去看李氏。到了李氏那里，走进门，李氏起身迎接她，郭氏不由自主地双腿弯曲，随即跪下，拜了两拜。回家后，她将经过告诉了贾充。贾充说："我跟你说什么来着？"

《十四》贾充二妻

贾充妻李氏作《女训》，行于世。李氏女，齐献王妃①；郭氏女，惠帝后②。充卒，李、郭女各欲令其母合葬，经年不决。

贾后废，李氏乃祔葬③，遂定。

注释

① 齐献王：即齐王司马攸，司马昭子，晋武帝弟。

② 惠帝后：晋惠帝司马衷的皇后，名南风，性格凶悍，被赵
王司马伦杀害。

③ 祔（fù）葬：合葬。

译文

　　贾充妻子李氏作的《女训》在当时很流行。李氏的女儿是
齐献王的妃子，郭氏的女儿是晋惠帝的皇后。贾充死后，李
氏、郭氏的女儿都想让自己的母亲和贾充合葬，过了许多年还
悬而未决。后来贾后被废黜，李氏才得以和贾充合葬。此事最
终定了下来。

《十五》王汝南少无婚

　　王汝南少无婚，自求郝普女①。司空以其痴，会无婚处②，
任其意，便许之。既婚，果有令姿淑德，生东海，遂为王氏母
仪③。或问汝南："何以知之？"曰："尝见井上取水，举动容止
不失常，未尝忤观④，以此知之。"

注释

① 郝普：字道匡，官至洛阳太守。

② 会无婚处：恰好没有结婚的对象。会，适逢，恰好。婚处，
结婚对象。

③ 母仪：做母亲的典范。

④ 忤观：举目直视。封建社会要求女人与人见面要低眉顺眼，
不可直视。"忤观"恰与这种要求相反。

译文

王汝南（王湛）年轻时没有订婚，他自己提出要娶郝普的女儿。父亲司空王昶认为他傻，正好这时他还没有婚配的对象，就由着他的意思，答应了他。结婚以后，妻子果然美丽贤惠，生了东海（王承），成为王家母亲的典范。有人问汝南："你是怎么了解她的？"汝南回答："我曾看见她在井上打水，举止仪态不失规矩，也不左顾右盼，通过这个了解了她。"

《十六》 王家妯娌

王司徒妇，钟氏女，太傅曾孙①，亦有俊才女德。钟、郝为娣姒②，雅相亲重③。钟不以贵陵郝，郝亦不以贱下钟。东海家内，则郝夫人之法④；京陵家内，范钟夫人之礼⑤。

注释

① 太傅：即钟繇。

② 娣姒（dì sì）：妯娌。

③ 雅：很，非常。

④ 则：以……为准则。

⑤ 范：以……为榜样。

译文

王司徒（王浑）的妻子，是钟徽的女儿，太傅（钟繇）的曾孙，既有才智又贤淑。钟氏和郝氏是妯娌，二人的关系非常好。钟氏不因自己出身高门就欺侮郝氏，郝氏也不因自己身世卑微就低三下四。东海（王承）家里，以郝夫人为楷模；京陵（王浑）家里，以钟夫人为典范。

〈十七〉李重女

李平阳①，秦州子②，中夏名士③，于时以比王夷甫。孙秀初欲立威权④，咸云："乐令民望⑤，不可杀，减李重者又不足杀。"遂逼重自裁⑥。初，重在家，有人走从门入，出髻中疏示重，重看之色动。入内示其女，女直叫"绝"。了其意⑦，出则自裁。此女甚高明，重每咨焉⑧。

|| **注释**

① 李平阳：李重，字茂曾，官至平阳太守，故称。

② 秦州：即李秉。李秉，字玄胄，曾任秦州刺史。

③ 中夏：指中原地区。

④ 孙秀：字俊忠。赵王司马伦篡位后，孙秀任中书令，专权，杀石崇、潘岳等人，司马伦败后被杀。

⑤ 民望：受人爱戴、尊重。

⑥ 自裁：自杀。

⑦ 了：明白。

⑧ 每：常常。咨：询问。

|| **译文**

李平阳（李重）是秦州刺史李秉的儿子，中原名士，当时人们把他和王夷甫（王衍）相比。孙秀当初想确立自己的权威地位，大家都说："乐令（乐广）深孚众望，不能杀，比李重声望差的又不值得杀。"于是逼迫李重自杀。当时，李重在家，有人从大门进来，拿出发髻中的奏疏给李重看，李重看罢色变。走进里屋让女儿看，女儿只嚷道"完了"。李重明白了她的意思，从屋中出来就自杀了。他的这个女儿很聪明，李重有事常咨询她。

〈十八〉屈节为妾

周浚作安东时①，行猎②，值暴雨，过汝南李氏③。李氏富足，而男子不在。有女名络秀，闻外有贵人④，与一婢于内宰猪羊，作数十人饮食，事事精办⑤，不闻有人声。密觇之⑥，独见一女子，状貌非常，浚因求为妾，父兄不许。络秀曰："门户殄瘁⑦，何惜一女？若连姻贵族，将来或大益。"父兄从之。遂生伯仁兄弟。络秀语伯仁等："我所以屈节为汝家作妾⑧，门户计耳。汝若不与吾家作亲亲者⑨，吾亦不惜余年⑩！"伯仁等悉从命。由此李氏在世，得方幅齿遇⑪。

注释

① 周浚：字开林，官至扬州刺史，加安东将军。

② 行猎：外出打猎。

③ 汝南：郡名，治所在今河南汝南。

④ 贵人：达官显贵。

⑤ 精办：把事情处理得很精细。

⑥ 觇（chān）：窥视。

⑦ 殄（tiǎn）瘁：见《诗经·大雅·瞻卬》："人之云亡，邦国殄瘁。"殄瘁，衰败。

⑧ 屈节：忍辱降身。

⑨ 亲亲：亲戚。

⑩ 不惜余年：不惜自己的生命。

⑪ 方幅齿遇：正式的礼遇。方幅，截木为方，裁帛为幅，原指形体方正，此处引申为正当的意思。齿遇，礼遇。

译文

周浚任安东将军时，一次外出打猎遇上了暴雨，就去汝南一户姓李的家里拜访。李家很富裕，可男人不在家。李家有个女儿叫络秀，听见外面来了贵人，就和一个婢女在屋里杀猪宰羊，准备了几十人的饭食，样样都做得很精致，听不到什么声音。周浚暗中窥视，只见一个女子，相貌不同寻常，周浚就想娶她为妾，可络秀的父亲和哥哥不答应。络秀说："家道衰落，又何必在意一个女儿？如果能和贵族联姻，将来或许会大有好处。"父亲和哥哥就答应了她。婚后生了伯仁（周颛）兄弟。络秀对伯仁兄弟说："我之所以屈身到你家做妾，是为了门第考虑罢了。你们如果不和我家搞好关系，我也就不想再活了！"伯仁兄弟都听从了她的要求。从此李家在世上获得了体面的礼遇。

《十九》陶公少有大志

陶公少有大志，家酷贫[1]，与母湛氏同居。同郡范逵素知名，举孝廉[2]，投侃宿。于时冰雪积日，侃室如悬磬[3]，而逵马仆甚多。侃母湛氏语侃曰："汝但出外留客[4]，吾自为计[5]。"湛头发委地[6]，下为二髲[7]，卖得数斛米。斫诸屋柱，悉割半为薪，剉诸荐以为马草[8]。日夕，遂设精食，从者皆无所乏。逵既叹其才辩，又深愧其厚意。明旦去，侃追送不已，且百里许[9]。逵曰："路已远，君宜还。"侃犹不返。逵曰："卿可去矣。至洛阳，当相为美谈[10]。"侃乃返。逵及洛，遂称之于羊晫、顾荣诸人，大获美誉。

|| **注释**

① 酷贫：非常贫穷。

② 孝廉：汉代选拔官吏的两种科目。孝即孝子，廉即廉士。汉武帝时，命郡国举孝廉各一人，后合称孝廉。魏晋沿袭

此制，隋唐后改制。

③ 室如悬磬：形容家徒四壁，十分贫寒。磬，古代的石制乐
器，悬在架子上供敲击。

④ 但：只。

⑤ 自为计：自己想办法。

⑥ 委地：拖到地上。

⑦ 髲（bì）：假发。

⑧ 剉（cuò）：铡碎。荐：草席。

⑨ 且：将。许：表示约数。

⑩ 相为美谈：意思是为陶侃说好话。相，表示偏指一方。

译文

陶公（陶侃）少年时就胸怀大志，家中十分贫穷，他和母
亲湛氏住在一起。同郡的范逵一向很有名气，被举为孝廉，上
任途中到陶侃家投宿。当时连日冰雪，陶侃家徒四壁，范逵带
的随从马匹很多。陶侃的母亲湛氏对陶侃说："你只管出去留住
客人，我自己想办法招待。"湛氏的头发长及地面，她剪下来做
成两副假发，卖掉后换了几斛米。又砍掉屋内的几根柱子，劈
成两半作柴火，把草席铡碎，作为马料。傍晚，摆下了精致的
饭食招待客人，连随从的人也不缺吃喝。范逵既为陶侃的才华
倾倒，又为受到的热情接待感到愧疚。第二天早晨范逵离去，
陶侃又赶着为他们送别，依依难舍，一起走了一百多里。范逵
说："已经送出很远了，你该回去了。"陶侃还是不回去。范逵
说："你回去吧。这次到了洛阳，我一定替你美言。"陶侃这才
回去。范逵到了洛阳，就在羊晫、顾荣等人面前赞扬陶侃，陶
侃于是名声大噪。

《二十》不受坩鲊

陶公少时作鱼梁吏[1]，尝以坩鲊饷母[2]。母封鲊付使，反书责侃曰[3]："汝为吏，以官物见饷[4]，非唯不益，乃增吾忧也。"

注释

[1] 鱼梁吏：管理水堰捕鱼事务的小吏。

[2] 坩（gān）：一种盛东西的陶器。鲊（zhǎ）：经过加工便于储存的鱼类食品。

[3] 反书：回信。反，同"返"。

[4] 官物：公家的东西。

译文

陶公（陶侃）年轻时做鱼梁吏，有一回派人把腌鱼用罐子装着送给他母亲。母亲把腌鱼封好后又退给了使者，写了封信指责陶侃说："你做官，把公家的东西送给我，这样不但对我不好，反而更让我担心了。"

《二十一》李势妹为妾

桓宣武平蜀，以李势妹为妾[1]，甚有宠，常著斋后[2]。主始不知[3]，既闻，与数十婢拔白刃袭之[4]。正值李梳头，发委藉地[5]，肤色玉曜[6]。不为动容，徐曰："国破家亡，无心至此，今日若能见杀[7]，乃是本怀[8]。"主惭而退。

注释

[1] 李势：字子仁，十六国时成汉第二代君主，在位四年，公元347年，桓温伐蜀，汉亡降晋。

② 著：安置。斋后：书斋后面。

③ 主：即晋明帝之女南康长公主，桓温妻。

④ 白刃：指刀剑。

⑤ 委：垂落。藉：铺。

⑥ 玉曜：如玉石般光洁润泽。

⑦ 见杀：被杀。

⑧ 本怀：初衷。

译文

桓宣武（桓温）平蜀后，把李势的妹妹收为妾，非常宠爱她，总是让她住在书房后面。桓温的妻子南康长公主开始不知道此事，后来听说后，带着几十个婢女持刀去杀她。当时李氏正在梳头，长长的头发垂落到地上，肤色如白玉一般光洁。看到公主后，她毫不动容，徐徐说道："国破家亡，我也并不想这样。今天如果你能杀了我，就合了我的心愿了。"公主很惭愧，退了下去。

《二十二》庾玉台

庾玉台①，希之弟也。希诛，将戮玉台。玉台子妇，宣武弟桓豁女也，徒跣求进②，阍禁不内③。女厉声曰："是何小人！我伯父门，不听我前④！"因突入⑤，号泣请曰："庾玉台常因人⑥，脚短三寸⑦，当复能作贼不⑧？"宣武笑曰："婿故自急⑨。"遂原玉台一门⑩。

注释

① 庾玉台：庾友，小字玉台，庾冰第三子，庾希弟。官至中书郎、东阳太守。

② 徒跣：光着脚。

③ 阍：守门人。内：同"纳"。

④ 听：听任，让。

⑤ 突入：冲入。

⑥ 因：凭借，依赖。

⑦ 脚：腿。

⑧ 当复：将要。

⑨ 故自：确实。

⑩ 一门：一家。

|| **译文**

　　庾玉台（庾友）是庾希的弟弟。庾希被杀后，庾玉台将要被株连。庾玉台的儿媳，是桓宣武（桓温）弟弟桓豁的女儿，她光着脚跑到桓温家要进去，门卫不让她进。女子厉声说道："你是哪里的小人！我伯父家的门，竟敢不让我进！"随即冲了进去，号哭着恳求道："庾玉台腿比别人短三寸，行动都要依靠他人，难道他会造反吗？"桓宣武笑道："我侄女婿真急了。"就赦免了庾玉台一家。

《二十三》恐伤盛德

　　谢公夫人帏诸婢①，使在前作伎②，使太傅暂见便下帏③。太傅索更开④，夫人云："恐伤盛德⑤。"

|| **注释**

① 帏：帐。此用作动词，意思是用帏帐围着。

② 作伎：表演歌舞。

③ 暂见：看了一会儿。

④ 索：要求。

⑤ 盛德：大德，美德。

译文

谢公（谢安）的夫人把婢女们围在帐子里，让她们表演歌舞，只让谢公看了一会儿就落下帷幕。谢公要求打开，夫人说："我怕伤害了你的大德。"

《二十四》桓车骑不好著新衣

桓车骑不好著新衣，浴后，妇故送新衣与①。车骑大怒，催使持去。妇更持还，传语云："衣不经新，何由而故？"桓公大笑，著之。

注释

① 故：特意。

译文

桓车骑（桓冲）不喜欢穿新衣服，一次洗完澡后，妻子特意给他送来了新衣服。桓冲大怒，让来人拿走。妻子又派人把新衣服拿回来了，传话说："衣服不经过新的，怎么会变成旧的呢？"桓冲听后大笑，就穿上了。

《二十五》汝可无烦复往

王右军郗夫人谓二弟司空、中郎曰①："王家见二谢，倾筐倒庋②；见汝辈来，平平尔③。汝可无烦复往④。"

注释

① 郗夫人：王羲之妻，太尉郗鉴女。

② 倾筐倒庋（guǐ）：把筐里、架上的东西都拿出来，形容招
　　待得很热情。庋，放东西的架子。

③ 平平：指招待得很平常。

④ 无烦复往：不要再来了。

||| **译文**

　　王右军（王羲之）的郗夫人对她的两个弟弟司空（郗愔）、
中郎（郗昙）说："王家见了谢安、谢万二人来，翻箱倒柜，盛
情招待；见到你们来了，平平淡淡。你们以后不要再来了。"

《二十六》大薄凝之

　　王凝之谢夫人既往王氏①，大薄凝之②。既还谢家，意大不
说③。太傅慰释之曰："王郎，逸少之子，人材亦不恶，汝何以
恨乃尔④？"答曰："一门叔父，则有阿大、中郎；群从兄弟⑤，
则有封、胡、遏、末。不意天壤之中⑥，乃有王郎⑦！"

||| **注释**

① 谢夫人：谢道韫。安西将军谢奕女，有文才，王凝之妻。

② 薄：瞧不起。

③ 意：心情。说：同"悦"。

④ 恨：遗憾。乃尔：如此。

⑤ 群从：同一宗族的兄弟。

⑥ 不意：不料。

⑦ 乃：竟然。

||| **译文**

　　王凝之的谢夫人（谢道韫）嫁到王家以后，非常看不起王
凝之。回到谢家后，她心情很不愉快。太傅（谢安）安慰她说：

"王郎是逸少（王羲之）的儿子，人品、才干也不错，你怎么这样讨厌他呢？"谢夫人回答说："我们同门叔父中，有阿大（谢尚）、中郎（谢据）；同族兄弟中，有封（谢韶）、胡（谢朗）、遏（谢玄）、末（谢渊）。不料天地之间，竟有王郎这样的人！"

《二十七》古几毁坏

韩康伯母隐古几毁坏①。卞鞠见几恶②，欲易之。答曰："我若不隐此，汝何以得见古物？"

Ⅲ **注释**

① 隐：倚靠。几：几案，一种设于座席旁的矮桌子。

② 卞鞠：卞范之，韩伯的外甥。

Ⅲ **译文**

韩康伯（韩伯）的母亲倚靠的古几案坏了。外孙卞鞠见几案坏了，就要换了它。外祖母对他说："我如果不靠着它，你怎么会看到这样的古董？"

《二十八》王江州夫人语谢遏

王江州夫人语谢遏曰："汝何以都不复进①？为是尘务经心②，天分有限③？"

Ⅲ **注释**

① 都：完全，表程度的副词。

② 为是：表示选择的连词，是……还是……。尘务：指世间的俗事。经心：缠心，烦心。

③ 天分：天资。

王江州（王凝之）夫人（谢道韫）对谢遏（谢玄）说："你怎么一点儿也没有长进？是俗事烦心，还是天分有限？"

〈二十九〉死则同穴

郗嘉宾丧，妇兄弟欲迎妹还，终不肯归，曰："生纵不得与郗郎同室[①]，死宁不同穴[②]？"

注释

① 纵：即使。

② 宁：难道。穴：墓地。

译文

郗嘉宾（郗超）死后，他妻子的哥哥和弟弟们想把她接回娘家，她始终不肯回去，说："我活着虽然再不能和郗郎同居一室，死后难道还不能葬在一起吗？"

〈三十〉谢张优劣

谢遏绝重其姊，张玄常称其妹，欲以敌之。有济尼者，并游张、谢二家[①]，人问其优劣，答曰："王夫人神情散朗[②]，故有林下风气[③]；顾家妇清心玉映[④]，自是闺房之秀[⑤]。"

注释

① 游：交往。

② 散朗：洒脱。

③ 林下风气：洒脱超逸的气质。"竹林七贤"多游心事外，不经俗事，所以人们以"林下风气"形容那些潇洒超脱的人。

④　清心玉映：心地纯洁，如美玉般生辉。

⑤　闺房：女人的内室。此指妇女。

译文

　　谢遏（谢玄）十分推崇他姐姐谢道韫，张玄（张玄之）常常赞扬他妹妹，想把妹妹和谢玄的姐姐媲美。有一个叫济的尼姑，张、谢两家都去过，有人问她二人的优劣，尼姑答道：“王夫人（谢道韫）神情洒脱，确实有寄情山水的风韵；顾家媳妇（张玄妹）清纯明净，自然是闺房中的佼佼者。”

《三十一》眼耳关于神明

　　王尚书惠尝看王右军夫人①，问：“眼耳未觉恶不？”答曰：“发白齿落，属乎形骸；至于眼耳，关于神明②，那可便与人隔？”

注释

①　王尚书惠：王惠，字令明，南朝宋时官吏部尚书，王导的曾孙，王羲之为其叔祖。

②　神明：精神。

译文

　　尚书王惠有一次去看望王右军（王羲之）夫人，问道：“眼睛、耳朵没觉得坏了吧？”夫人答道：“头发白了，牙齿掉了，这属于身体的事；至于眼睛、耳朵，和精神相关，哪能那么快就和人分开呢？”

《三十二》祖母哭孙

　　韩康伯母殷①，随孙绘之之衡阳②，于阖庐洲中逢桓南郡^③。卞鞠是其外孙，时来问讯。谓鞠曰："我不死，见此竖二世作贼^④！"在衡阳数年，绘之遇桓景真之难也^⑤。殷抚尸哭曰："汝父昔罢豫章，征书朝至夕发^⑥。汝去郡邑数年，为物不得动^⑦，遂及于难，夫复何言！"

注释

① 殷：殷氏。韩伯的母亲，豫章太守殷羡女。

② 绘之：韩绘之，字季伦，韩伯子，官至衡阳太守，桓亮叛乱时被杀。衡阳：郡名。

③ 阖庐洲：长江上的小洲。桓南郡：桓玄。桓温子，袭封南郡公。晋安帝时专朝政，迫使晋安帝退位，建国号楚，后被刘裕所灭。

④ 竖：竖子，小子。二世：指桓温、桓玄父子背叛朝廷一事。

⑤ 桓景真：桓亮，字景真，桓温孙。桓玄叛乱被杀后，桓亮在长沙谋反，杀韩绘之。

⑥ 征书：征召的文书。

⑦ 为物不得动：指被俗事拖累，不能脱身。

译文

　　韩康伯（韩伯）的母亲殷氏，跟随孙子绘之来到衡阳上任，在阖庐洲遇上了桓南郡（桓玄）。卞鞠是殷氏的外孙，经常来问候她。殷氏对卞鞠说："我没死，就会看到这小子家两代人造反！"在衡阳住了几年后，绘之在桓景真（桓亮）的叛乱中被害。殷氏抚尸大哭道："你父亲当年被罢免豫章太守时，朝廷的文书早晨到，他晚上就离任了。你离开郡守任上这么多年，却被世事缠绕，不能脱身，所以才遭遇此难，还能说什么呢！"

汝父昔罷豫章徵書朝至夕發汝去郡邑數年

為物不得動遂及於難夫復何言

術解

荀勖善解音聲時論謂之闇解遂調律呂正雅

樂每至正會殿庭作樂自調宮商無不諧韻阮

咸妙賞時謂神解每公會作樂而心謂之不調

既無一言直勖意忌之遂出阮為始平太守後

〈一〉伏阮神识

荀勖善解音声①，时论谓之"闇解"②。遂调律吕③，正雅乐④。每至正会⑤，殿庭作乐，自调宫商，无不谐韵。阮咸妙赏，时谓"神解"⑥。每公会作乐⑦，而心谓之不调，既无一言直勖⑧，意忌之，遂出阮为始平太守⑨。后有一田父耕于野，得周时玉尺⑩，便是天下正尺⑪。荀试以校己所治钟鼓、金石、丝竹，皆觉短一黍⑫，于是伏阮神识⑬。

注释

① 荀勖：字公曾，晋时任中书监、侍中等职，懂音乐，掌管乐事。音声：音乐声律。

② 闇解：精通。闇，深。

③ 律吕：乐律的统称。

④ 雅乐：在郊庙朝会等正规仪式上演奏的音乐。

⑤ 正（zhēng）会：正月初一朝廷的集会。

⑥ 神解：因神灵感应而得到的理解，比喻理解得很透彻。

⑦ 公会：因公聚会。

⑧ 直：认为正确。

⑨ 出：外放。始平：西晋时郡名，治所在今陕西兴平东南。

⑩ 周时玉尺：周时的玉制量尺。因为历代尺的长短不一，所以对音阶的确定有差异。

⑪　正尺：标准尺。

⑫　一黍：一粒米的长度。古代长度以黍为准，一黍为一分，百黍为一尺。

⑬　伏：同"服"。神识：神奇的见识。

‖ 译文

荀勖精通音律，当时人们称他为"闇解"。因此由他调正乐律，校定祭祀朝会时的音乐。每当元旦朝会，宫廷奏乐时，荀勖亲自调节五音，都非常和谐。阮咸精于音乐鉴赏，当时人们称他为"神解"。每当集会演奏音乐时，阮咸总觉得音律不准确，竟然没有一句肯定荀勖的话，荀勖心里非常记恨他，就把他外放到始平做太守。后来一个农夫在田野里耕种，捡到一把周朝时的玉尺，这是天下校定音准的标准尺。荀勖就用它来校验自己所造的钟鼓、金石、丝竹乐器的音律，结果都短了一黍，自此荀勖才佩服阮咸的高超见识。

《二》 此是劳薪炊也

荀勖尝在晋武帝坐上食笋进饭，谓在坐人曰："此是劳薪炊也①。"坐者未之信，密遣问之，实用故车脚②。

‖ 注释

①　劳薪：以车轮、车轴作柴火。因车轮运转，所以说"劳薪"。

②　故车脚：旧的车轱辘。

‖ 译文

荀勖曾经在晋武帝（司马炎）那里吃竹笋饭，他对在座的人说："这是用车轱辘烧的饭。"在座的人不相信，暗地派人去查问，果然用的是旧车轱辘。

《三》折臂三公

人有相羊祜父墓，后应出受命君①。祜恶其言，遂掘断墓后，以坏其势。相者立视之，曰："犹应出折臂三公。"俄而祜坠马折臂，位果至公。

注释

① 应出：将要出。受命君：禀受天命的君主。古人认为帝王都是受天命而出。

译文

有人看羊祜父亲的墓地，说羊家以后会出皇帝。羊祜反感他的话，就把墓地的后面给挖断，想以此破坏墓地的风水。算命的站在那儿看了后，说："还是会出一位断臂的三公。"不久羊祜就从马上摔了下来，胳膊断了，官职果然到了三公。

《四》王武子善解马性

王武子善解马性。尝乘一马，著连钱障泥①，前有水，终日不肯渡。王云："此必是惜障泥。"使人解去，便径渡。

注释

① 连钱障泥：绣有连钱花纹的挡泥布。障泥，在马鞍下，用于遮挡泥土的马具。

译文

王武子（王济）精通马性。他曾经骑着一匹马，佩有连钱纹饰的挡泥布，前面遇到了河，马就死活不肯过去。王武子说："这一定是因为马爱惜挡泥布。"让人解下后，马果然就直接过河了。

《五》焉知非福

　　陈述为大将军掾①，甚见爱重。及亡，郭璞往哭之，甚哀，乃呼曰："嗣祖，焉知非福！"俄而大将军作乱②，如其所言。

注释

① 陈述：字嗣祖，东晋时人，曾任王敦的属官。

② 大将军作乱：晋元帝永昌元年（322），王敦以诛刘隗（wěi）为名起兵，攻陷石头城，杀戮大臣，自任丞相。晋明帝太宁二年（324），再次起兵，途中病死。

译文

　　陈述担任大将军（王敦）的掾吏，很受器重。陈述死后，郭璞来哭吊，非常悲伤，他喊道："嗣祖，焉知非福啊！"不久大将军叛乱，应了郭璞的话。

《六》晋明帝解占冢宅

　　晋明帝解占冢宅①，闻郭璞为人葬②，帝微服往看，因问主人："何以葬龙角③？此法当灭族！"主人曰："郭云此葬龙耳，不出三年，当致天子④。"帝问："为是出天子邪⑤？"答曰："非出天子，能致天子问耳。"

注释

① 占冢宅：根据住宅墓地的风水来占卜吉凶。

② 为人葬：替人占卜，选择墓地。

③ 葬龙角：根据占卜理论，墓地像一条龙，把灵柩葬在龙角或龙眼的位置上将有灭族之灾。

④ 致：招致，招来。

⑤ 为是：是……还是……，是否是。

译文

晋明帝（司马绍）会看风水，听说郭璞给人看阴宅，明帝就微服前去观看，看罢问主人："为什么葬在龙角上？这样会招来灭族之灾！"主人说："郭璞说这是葬在龙耳上，不出三年，就会招来天子。"明帝问："是出天子吗？"主人答道："不是出天子，是会招来天子询问罢了。"

《七》将当为陆

郭景纯过江，居于暨阳①，墓去水不盈百步，时人以为近水。景纯曰："将当为陆。"今沙涨，去墓数十里皆为桑田。其诗曰："北阜烈烈②，巨海混混③；垒垒三坟④，唯母与昆⑤。"

注释

① 暨阳：晋时县名，治所在今江苏江阴。

② 阜：土山。烈烈：山高峻的样子。

③ 混混：波涛滚滚的样子。

④ 垒垒：突起的样子。

⑤ 昆：兄长，哥哥。

译文

郭景纯（郭璞）渡江后，住在暨阳，自己家的墓地离河不到一百步，当时有人认为离河太近了。景纯说："那里不久就会成为陆地。"如今沙土沉积，距离墓地几十里的地方都变成了田地。郭璞的诗中说："北山高峻，大海浪涛滚滚；那突起的三座坟墓，埋葬着母亲和哥哥。"

《八》委罪于树木

王丞相令郭璞试作一卦。卦成，郭意色甚恶，云："公有震厄[1]！"王问："有可消伏理不[2]？"郭曰："命驾西出数里[3]，得一柏树，截断如公长，置床上常寝处，灾可消矣。"王从其语，数日中，果震柏粉碎，子弟皆称庆。大将军云："君乃复委罪于树木[4]。"

‖ **注释**

① 震厄：雷击的灾难。震，八卦之一，代表与雷击有关的现象。厄，灾难。

② 消伏理：消除灾难的办法。消伏，消除。

③ 命驾：让人驾车。西出：到西边。

④ 乃复：竟然。

‖ **译文**

王丞相（王导）让郭璞给他算一卦。卦算好了，郭璞的神情很坏，说道："您有雷震之灾！"王导问："有没有消除的办法呢？"郭璞说："让人驾着马车往西，走出几里地后见到一棵柏树，把这棵柏树截成和您一般长，放在床上您常睡觉的地方，就可以消灾了。"王导听了他的话，几天后，柏树果然被震得粉碎，家里人都表示庆贺。大将军（王敦）说："你竟把罪恶转嫁到树身上。"

《九》主簿别酒

桓公有主簿，善别酒[1]。有酒辄令先尝，好者谓"青州从事"，恶者谓"平原督邮"。青州有齐郡[2]，平原有鬲县[3]。"从事"言到脐④，"督邮"言在鬲上住⑤。

‖ **注释**

① 别酒：鉴别酒。

② 青州：汉时设立的十三刺史部之一，东汉治所在临淄，晋时治所在东阳，东晋时又在广陵侨置青州。齐郡：晋时郡名，治所在临淄，属青州。

③ 平原：晋时郡名。鬲（gé）县：晋时县名，在今山东平原县西北部。

④ "从事"言到脐：意思是酒力可以到肚脐。从事为刺史的属官，可以管理下属郡县事务，齐郡属青州管辖，"到齐"与"到脐"谐音，所以这样说。

⑤ "督邮"言在鬲上住：意思是酒力仅停留在膈上。督邮为督导巡察的佐吏，鬲县属平原郡，平原督邮可以巡察鬲县，"鬲"与"膈"谐音，所以说"鬲上住"。

‖ **译文**

桓公（桓温）有个主簿，善于品酒。有酒就让他先品尝，好的叫作"青州从事"，差的叫作"平原督邮"。青州有齐郡，平原有鬲县。"从事"的意思是酒劲可以到肚脐，"督邮"的意思是酒劲到了膈上就停了。

〈十〉郗愔信道

郗愔信道甚精勤①，常患腹内恶②，诸医不可疗。闻于法开有名③，往迎之。既来便脉④，云："君侯所患⑤，正是精进太过所致耳⑥。"合一剂汤与之⑦。一服即大下⑧，去数段许纸⑨，如拳大，剖看，乃先所服符也⑩。

① 道：指道教。精勤：虔诚勤奋。

② 腹内恶：肚子疼。

③ 于法开：东晋僧人，隐居剡县，有医术。

④ 既来：来了以后。脉：把脉。

⑤ 君侯：对尊贵者的敬称。

⑥ 正是：只是。精进太过：过于用功。

⑦ 合：配制。

⑧ 大下：大泻。

⑨ 数段许：几段。许，数量词，表示约数。

⑩ 符：符箓，道家为了祛病辟邪，常在黄纸上写下咒语，称为"符箓"。

译文

郗愔信奉道教，非常虔诚勤奋，常常肚子疼，请了很多医生都没治好。听说于法开很有名气，就去请他。于法开来了之后，就替他把脉，然后说："你的病，正是练功太过造成的。"便给他配了一剂汤药。服下之后就大泻，拉出几段纸来，像拳头那么大，打开一看，竟是先前服下的符箓。

〈十一〉殷中军妙解经脉

殷中军妙解经脉①，中年都废。有常所给使②，忽叩头流血。浩问其故，云："有死事③，终不可说。"诘问良久，乃云："小人母年垂百岁，抱疾来久④，若蒙官一脉⑤，便有活理。讫就屠戮无恨⑥。"浩感其至性⑦，遂令舁来⑧，为诊脉处方。始服一剂汤便愈。于是悉焚经方⑨。

注释

① 妙解：精通。经脉：人体的经络血脉。

② 常所给使：指日常供驱遣的人，即仆人。

③ 死事：有关生死的事。

④ 抱疾来久：患病已经很久了。

⑤ 官：属下对上级的尊称。

⑥ 讫就屠戮无恨：意思是诊治完毕就算被杀也无遗憾。讫（qì），完毕，终了。

⑦ 至性：孝心。

⑧ 舁（yú）：抬。

⑨ 经方：医书。

译文

　　殷中军（殷浩）精通经脉之学，到了中年后就都丢下了。有个常在他身边听差的仆人，一天忽然给殷浩磕头，磕得都流血了。殷浩问他怎么了，他说："有关生死的事，我不便说。"殷浩询问了良久，他才说："小人的母亲年近百岁，生病很久了，如果您能给把把脉，就有活的可能。事后，就是让我死了我也没有怨言。"殷浩被他的孝心打动，就让他把母亲抬过来，为她把脉诊治。才服了一剂汤药就痊愈了。从此殷浩把所有的医书都烧毁了。

巧艺第二十一

世说新语译注

巧藝

彈棊始自魏宮內,用妝奩戲。傅玄彈棊賦敘曰:漢成帝好蹴鞠,劉向以謂勞人體、殫人力,非至尊所宜御,因其體,作彈棊。今觀其道,蹴鞠道也。桉玄此言,則彈棊之戲其來久矣。且梁冀傳云:善彈棊格五。而此云起魏世,謬矣。

文帝於此戲,特妙,用手巾角拂之,無不中。有客自云能,帝使為之,客箸葛巾角,低頭拂棊,妙踰於帝。戲開之事,少所喜,難彈棊略盡其妙。少時嘗爲之賦。昔京師少工,有二焉,合鄉然東方世安張之賦,不得

〈 一 〉 弹棋

弹棋始自魏宫内用妆奁戏①。文帝于此戏特妙，用手巾角拂之，无不中。有客自云能，帝使为之。客著葛巾角②，低头拂棋，妙逾于帝③。

||| **注释**

① 妆奁：梳妆盒。

② 葛巾：用粗布做的头巾。

③ 逾：超过。

||| **译文**

弹棋源自魏时宫内的梳妆匣游戏。文帝（曹丕）玩得非常好，用手巾角一扫，没有击不中的。有个客人自称他也会玩，文帝就让他玩。客人戴着葛布头巾，低下头来用头巾角扫棋，确实比文帝玩得好。

〈 二 〉 陵云台

陵云台楼观精巧①，先称平众木轻重②，然后造构，乃无锱铢相负揭③。台虽高峻，常随风摇动，而终无倾倒之理。魏明帝登台，惧其势危，别以大材扶持之，楼即颓坏。论者谓轻重力偏故也④。

注释

① 陵云台：三国时魏国建造的楼台，在洛阳。楼观：楼台。

② 称平：用统一的标准，使被称物品重量相等。

③ 锱铢：古代极小的重量单位，比喻微小。负：欠缺。揭：多余，多出。

④ 轻重力：重心。

译文

陵云台建得非常精巧，先称好所用木料的重量，然后建造，所以不会出现丝毫的差池。楼台虽然高峻，常常随风摆动，可从来不会倾倒。魏明帝（曹叡）曾登上楼台，他害怕楼台摇摆会有危险，就命令再用大木头支撑它，结果楼就倒了。有人认为这是重心倾斜的缘故。

《三》韦仲将能书

韦仲将能书①。魏明帝起殿，欲安榜②，使仲将登梯题之。既下，头鬓皓然，因敕儿孙勿复学书③。

注释

① 韦仲将：韦诞，字仲将，三国时魏人，有文才，善书法。

② 榜：匾额。

③ 敕：告诫。

译文

韦仲将（韦诞）擅长书法。魏明帝（曹叡）建宫殿，要安放匾额，就让仲将登上梯子去题匾。下来以后，他的头发都白了，于是告诫儿孙不准再学习书法。

巧艺第二十一

〈四〉钟会是荀济北从舅

钟会是荀济北从舅①，二人情好不协②。荀有宝剑，可直百万③，常在母钟夫人许。会善书，学荀手迹，作书与母取剑，仍窃去不还④。荀勖知是钟而无由得也，思所以报之。后钟兄弟以千万起一宅，始成，甚精丽，未得移住。荀极善画，乃潜往画钟门堂，作太傅形象，衣冠状貌如平生⑤。二钟入门，便大感恸，宅遂空废。

注释

① 荀济北：荀勖封济北郡公，故称。从舅：堂舅。
② 情好：感情。
③ 直：同"值"，此为动词。
④ 仍：于是。
⑤ 平生：活着的时候。

译文

钟会是荀济北（荀勖）的堂舅，两人感情不和。荀勖有一把宝剑，价值百万，总放在母亲钟夫人那里。钟会擅长书法，他模仿荀勖的笔迹，写信给荀母索要宝剑，钟会骗走宝剑后一直不还。荀勖知道是钟会干的却束手无策，就琢磨报复他的办法。后来钟会兄弟盖了一所价值千万的宅子，刚建完，非常精致漂亮，尚未搬进去住。荀勖十分擅长绘画，于是偷偷进入这所宅子，在门堂上画了钟会已故父亲太傅钟繇的画像，衣冠相貌和生前一样。钟氏兄弟一进门，看到父亲的画像便大哭起来，这所宅子就荒废了。

《五》羊长和博学工书

羊长和博学工书，能骑射，善围棋。诸羊后多知书，而射、弈余艺莫逮[1]。

注释

① 弈：下棋。逮：跟得上，达到。

译文

羊长和（羊忱）学识广博，擅长书法，能骑马射箭，还善于下围棋。羊家的后代大都通晓书法，但射箭、下棋等技艺就赶不上羊长和了。

《六》戴安道就范宣学

戴安道就范宣学[1]，视范所为，范读书亦读书，范抄书亦抄书。唯独好画，范以为无用，不宜劳思于此[2]。戴乃画《南都赋图》[3]，范看毕咨嗟，甚以为有益，始重画[4]。

注释

① 就：往，到。范宣：字宣子，东晋名士，博学。

② 劳思：劳神，费心思。

③ 《南都赋图》：《南都赋》，东汉张衡著。南都指南阳，东汉光武帝刘秀在此起家。

④ 重画：重视绘画。

译文

戴安道（戴逵）到范宣那里求学，看范宣干什么他就干什么，范宣读书他也读书，范宣抄书他也抄书。唯独戴逵喜欢的画画，范宣认为没用，觉得不该在这方面花费心思。戴逵画了一幅《南都赋图》，范宣看罢赞赏不已，认为大有好处，自此开始重视绘画了。

〈七〉有苍生来所无

谢太傅云："顾长康画，有苍生来所无①。"

注释

① 苍生：人类。

译文

谢太傅（谢安）说："顾长康（顾恺之）的画，是有人类以来所没有过的。"

〈八〉唯务光当免卿此语耳

戴安道中年画行像甚精妙①。庾道季看之，语戴云："神明太俗②，由卿世情未尽③。"戴云："唯务光当免卿此语耳④。"

注释

① 行像：用于抬着游行祈福的佛像。

② 神明：人的精神气质。

③ 世情：世俗的情怀。

④ 务光：夏时隐士，相传商汤要把天下传给务光，务光认为天下无道，就负石沉于卢水。

译文

戴安道（戴逵）中年时画的佛像非常神妙。庾道季（庾龢）看了后，对戴逵说："气质太俗了，这是因为你的世俗之情还没有脱尽啊。"戴逵说："只有夏朝的务光才能避免受到你这

晉徵士戴先生逵

样的评论啊。"

《九》顾长康画裴叔则

顾长康画裴叔则，颊上益三毛^①。人问其故，顾曰："裴楷俊朗有识具^②，正此是其识具。"看画者寻之^③，定觉益三毛如有神明^④，殊胜未安时。

注释

① 颊上益三毛：后人以"颊上添毫"比喻文章修饰得传神。益，添加。

② 识具：见识才具。

③ 寻：玩味。

④ 定：确实。

译文

顾长康（顾恺之）画的裴叔则（裴楷），面颊上添了三根胡须。有人问他为何这样，顾恺之说："裴楷英俊爽朗，有见识，有才具，这三根胡须正是他的见识才具。"看画的人玩味此画，也觉得增加三根胡须就添了神韵，比没有时强多了。

《十》坐隐手谈

王中郎以围棋是"坐隐"^①，支公以围棋为"手谈"^②。

注释

① 坐隐：坐下来隐语。比喻不通过语言而通过下棋来交流。

② 手谈：用手交谈。比喻围棋也是思想的交流。

王中郎（王坦之）把下围棋当作"坐隐"，支公（支遁）把下围棋看成"手谈"。

《十一》如轻云之蔽日

顾长康好写起人形①，欲图殷荆州②，殷曰："我形恶，不烦耳。"顾曰："明府正为眼尔③。但明点童子④，飞白拂其上⑤，使如轻云之蔽日。"

注释

① 写起人形：作人物画。写起，描摹。

② 图：画。此用作动词。

③ 明府正为眼尔：殷仲堪的一只眼瞎了，所以这样说。正，只。

④ 但：只，只要。童子：同"瞳子"，瞳孔。

⑤ 飞白：让笔画露白的一种书画形式。

译文

顾长康（顾恺之）喜欢画人物像，要给殷荆州（殷仲堪）画像时，殷荆州说："我长得不好，就不麻烦你了。"顾恺之说："你只是因为眼睛不好而已。只要把瞳子画得明亮一点，然后用飞白掠过，这样看起来就像轻云蔽日一样了。"

《十二》此子宜置丘壑中

顾长康画谢幼舆在岩石里。人问其所以，顾曰："谢云：'一丘一壑，自谓过之①。'此子宜置丘壑中。"

① 一丘一壑，自谓过之：语出谢鲲，见《品藻》十七。意思
是"寄情山水之间，我比庾亮强"。

译文

顾长康（顾恺之）把谢幼舆（谢鲲）画在了岩石里。有人
问他原因，顾恺之说："谢鲲说：'寄情山水，我认为自己超过庾
亮。'所以应该把此人放在高山幽谷之中。"

《十三》传神写照

顾长康画人，或数年不点目精①。人问其故，顾曰："四体
妍蚩②，本无关于妙处；传神写照③，正在阿堵中。"

注释

① 目精：眼睛。

② 妍蚩（chī）：美丑。

③ 传神写照：表现人的精神风貌。

译文

顾长康（顾恺之）画人物肖像，有时几年都不画眼睛。有
人问他原因，顾恺之说："四肢的美丑，和画的精妙并没有什么
关系；最能够传神的，就在这眼睛当中。"

《十四》目送归鸿难

顾长康道："画'手挥五弦'易，'目送归鸿'难①。"

注释

① "手挥五弦、目送归鸿"二句：此二句出自嵇康的《赠秀才

入军》诗。顾恺之作画重视传神，认为传神之笔主要在眼上，目送归鸿意在象外，很难将这种神韵表达出来，所以如此说。

译文

顾长康（顾恺之）说："画'手挥五弦'容易，画'目送归鸿'就难了。"

中

宠礼

顾长康道画手挥五弦易目送归鸿难，正似留褥兴后人。

元帝正会，引王丞相登御床，王公固辞，中宗引之弥苦。王公曰：使太阳与万物同辉，臣下何以瞻仰？位诏王导升御坐。固辞然后止。中兴书曰：元帝登尊号，百官陪立，名府中复有袁泰军彦伯疑焉。令传教更赘置，

桓宣武尝请参佐人宿，袁宏伏陷相次而至泣

〈一〉元帝正会

元帝正会[1]，引王丞相登御床，王公固辞，中宗引之弥苦[2]。王公曰："使太阳与万物同晖[3]，臣下何以瞻仰？"

▎注释

① 正会：朝廷正月初一举行的聚会。

② 中宗：晋元帝的庙号。

③ 使：假使，如果。

▎译文

晋元帝（司马睿）在元旦朝会时，拉着王丞相（王导）上御座，王公执意推辞，晋元帝仍是苦苦地拉他。王公说："如果太阳和万物发出同样的光辉，那臣子们瞻仰什么呢？"

〈二〉府中复有袁参军

桓宣武尝请参佐入宿[1]，袁宏、伏滔相次而至[2]。莅名[3]，府中复有袁参军，彦伯疑焉，令传教更质[4]。传教曰："参军是袁、伏之袁，复何所疑？"

▎注释

① 参佐：僚属，部下。入宿：到官署过夜。

② 袁宏：字彦伯，小字虎，有文才，曾为桓温记室参军。伏

滔：字玄度，曾为桓温参军。相次：先后。

③ 莅名：晋见者到来，门卫通报来者姓名。

④ 传教：传达命令的小吏。更质：再问一下。质：问。

||| **译文**

桓宣武（桓温）有一次让僚属到官署住宿，袁宏、伏滔先
后来到。点名时，府里还有一位袁参军，彦伯感到怀疑，就让
负责传达的小吏再问问。小吏说："参军就是袁、伏二人中的袁
参军，又有什么疑惑的？"

《三》王珣、郗超并有奇才

王珣、郗超并有奇才，为大司马所眷拔①。珣为主簿，超
为记室参军。超为人多须②，珣状短小，于时荆州为之语曰：
"髯参军，短主簿，能令公喜，能令公怒。"

||| **注释**

① 眷拔：眷顾提携。

② 为人：相貌，仪表。

||| **译文**

王珣、郗超二人都是奇才，受到大司马（桓温）的器重提
拔。王珣担任主簿，郗超担任记室参军。郗超胡子多，王珣个
子矮，当时荆州人说他们两个是："髯参军，短主簿，能让桓公
欢喜，也能让桓公发怒。"

《四》轻薄京尹

许玄度停都一月①，刘尹无日不往，乃叹曰："卿复少时不

去②，我成轻薄京尹③！"

注释

① 停：停留，住。

② 少时：短时间内。

③ 轻薄：轻浮浅薄。京尹：京兆尹，首都所在地区的行政长官。

译文

许玄度（许询）在京都待了一个月，刘尹（刘惔）没有一天不去看他的，刘尹感叹道："你再住些日子不走，我就成了不务正业的京兆尹了！"

《五》作父如此

孝武在西堂会①，伏滔预坐②。还，下车呼其儿，语之曰："百人高会③，临坐未得他语，先问：'伏滔何在？在此不？'此故未易得④。为人作父如此，何如？"

注释

① 西堂：皇宫的西大厅。

② 预座：在座。

③ 高会：大会。

④ 故：确实。

译文

晋孝武帝（司马曜）在西堂集会，伏滔也在座。回家后，一下车就招呼他儿子，对他说："上百人的聚会，皇上就座后没说别的，先问：'伏滔在哪儿？在这里吗？'这确实难得。做人也好，做父亲也好，能到这份儿上，怎么样？"

〈六〉卿莫负我

卞范之为丹阳尹，羊孚南州暂还①，往卞许，云："下官疾动②，不堪坐。"卞便开帐拂褥，羊径上大床③，入被须枕④。卞回坐倾睐⑤，移晨达莫⑥。羊去，卞语曰："我以第一理期卿⑦，卿莫负我。"

|| **注释**

① 南州：姑孰，故址在今安徽当涂。

② 疾动：疾病发作。

③ 大床：睡觉的床。

④ 须：索要。

⑤ 倾睐：侧着身子看。

⑥ 移晨达莫：从早晨到晚上。莫，同"暮"。

⑦ 第一理：头等重要的事情。

|| **译文**

卞范之任丹阳尹时，羊孚从南州临时回京，来到卞范之那里，对他说："我病了，坐不住。"卞范之就打开帐子，铺好被褥，羊孚径直上了床，钻进被子后又要枕头。卞范之侧身坐着望着他，从早晨直到晚上。羊孚离开时，卞范之对他说："我把头等重要的大事托付给你，你千万不要辜负我呀。"

人祖喚下邳太守父徇尚書郎栝
玄輔政範之遷丹陽尹玄敗伏誅

任誕

陳留阮籍譙國嵇康河內山濤三人年皆相比、

康年少亞之預此契者沛國劉伶陳留阮咸河
內向秀琅邪王戎七人常集于竹林之下肆意

酣暢故世謂竹林七賢、扇于海內至今詠之晉陽秋曰于時風譽

阮籍遭母喪在晉文王坐進酒肉司隸何曾亦

〈一〉竹林七贤

陈留阮籍、谯国嵇康、河内山涛，三人年皆相比①，康年少亚之。预此契者②，沛国刘伶、陈留阮咸、河内向秀、琅邪王戎。七人常集于竹林之下，肆意酣畅，故世谓"竹林七贤"。

||| **注释**
① 相比：相近，接近。
② 预：参与。契：交往，聚会。

||| **译文**
陈留的阮籍、谯国的嵇康、河内的山涛，三个人年岁相仿，嵇康最小。参加他们聚会的还有沛国的刘伶、陈留的阮咸、河内的向秀、琅邪的王戎。七人常在竹林下聚会，纵情饮酒，所以世人称他们为"竹林七贤"。

〈二〉阮籍遭母丧

阮籍遭母丧，在晋文王坐，进酒肉。司隶何曾亦在坐①，曰："明公方以孝治天下，而阮籍以重丧，显于公坐饮酒食肉，宜流之海外②，以正风教③。"文王曰："嗣宗毁顿如此④，君不能共忧之，何谓？且有疾而饮酒食肉，固丧礼也！"籍饮啖不辍，神色自若。

注释

① 司隶：司隶校尉，官名。何曾：字颖考，魏末晋初人，曾任司隶校尉。

② 海外：此指边远地区。

③ 风教：风俗教化。

④ 毁顿：哀伤疲顿。

译文

阮籍为母亲服丧期间，还在晋文王（司马昭）的宴席上喝酒吃肉。司隶校尉何曾也在座，他对文王说："您正在以孝治国，而阮籍却在母丧期间出席您的宴会，喝酒吃肉，应该把他流放到偏远的地方，以正风俗教化。"文王说："嗣宗如此悲伤消沉，你不能分担他的忧愁，为什么还这样说呢？况且服丧时有病，可以喝酒吃肉，这也是符合丧礼的呀！"阮籍依旧在喝酒吃肉，神色自若。

《三》刘伶病酒

刘伶病酒①，渴甚，从妇求酒。妇捐酒毁器②，涕泣谏曰③："君饮太过，非摄生之道④，必宜断之！"伶曰："甚善。我不能自禁，唯当祝鬼神⑤，自誓断之耳。便可具酒肉⑥。"妇曰："敬闻命。"供酒肉于神前，请伶祝誓。伶跪而祝曰："天生刘伶，以酒为名⑦，一饮一斛，五斗解酲⑧。妇人之言，慎不可听！"便引酒进肉，隗然已醉矣⑨。

注释

① 病酒：因为纵酒而患病。

② 捐酒毁器：把酒倒掉，砸了酒具。捐，丢弃。

③ 谏：劝说。

④ 摄生：养生。

⑤ 祝：祷告。

⑥ 具：准备，置办。

⑦ 名：同"命"，性命。

⑧ 酲（chéng）：饮酒过量后的疲惫不适状态。

⑨ 隗（wěi）然：倒下的样子。

||| 译文

刘伶纵酒过度得了病，渴得厉害，就向妻子要酒喝。妻子把酒都倒了，把喝酒的用具也全砸了，哭着劝阻刘伶道："你喝酒太过分了，这不是养生的办法，应该戒掉！"刘伶说："很好。不过我自己不能戒了，只有在鬼神面前祷告，自己再发誓戒酒，这样才行。你马上去准备酒肉吧。"妻子说："遵命。"于是就把酒肉供奉在神像前，让刘伶祷告发誓。刘伶跪下祷告道："天生刘伶，以酒为命，一饮一斛，五斗除病。妇人之言，万不可听！"说罢就拿起酒肉吃喝起来，晃晃悠悠又醉了。

〈 四 〉 终日共饮

刘公荣与人饮酒①，杂秽非类②。人或讥之，答曰："胜公荣者，不可不与饮；不如公荣者，亦不可不与饮；是公荣辈者，又不可不与饮。故终日共饮而醉。"

||| 注释

① 刘公荣：刘昶，字公荣，晋时人，为人放达，官至兖州刺史。

② 杂秽：混杂。非类：指地位身份不相称的人。

刘公荣（刘昶）和人喝酒，乱七八糟的，什么人都有。有人嘲笑他，他回答道："比我刘公荣强的人，我不能不和他喝；不如我刘公荣的人，我也不能不和他喝；和我一样的人，我刘公荣又不能不和他喝。所以只有整天一块儿喝得大醉。"

《五》求为步兵校尉

步兵校尉缺[1]，厨中有贮酒数百斛，阮籍乃求为步兵校尉。

注释

① 步兵校尉：官名，领宿卫营兵，下置司马等。

译文

步兵校尉的位置空着，听说步兵校尉的厨房里还有几百斛酒，阮籍就请求做步兵校尉。

《六》诸君何为入我裈中

刘伶恒纵酒放达，或脱衣裸形在屋中。人见讥之，伶曰："我以天地为栋宇[1]，屋室为裈衣[2]，诸君何为入我裈中！"

注释

① 栋宇：房屋。

② 裈（kūn）：裤子。

译文

刘伶常常纵酒放任，有时脱去衣服，赤身裸体地待在屋子里。有人看到后就讥笑他，刘伶说："我把天地当作房屋，把房屋当作衣裤，你们怎么钻进我的裤裆里来了！"

《 七 》礼岂为我辈设也

阮籍嫂尝回家，籍见与别。或讥之，籍曰："礼岂为我辈设也？"

译文

阮籍的嫂子一次要回娘家，阮籍和她告别。有人以此嘲笑阮籍，阮籍说："礼教难道是为我们这些人设的吗？"

《 八 》阮公邻家妇有美色

阮公邻家妇有美色，当垆酤酒①。阮与王安丰常从妇饮酒②，阮醉，便眠其妇侧。夫始殊疑之，伺察，终无他意。

注释

① 当垆酤（gū）酒：在酒铺卖酒。酤，卖。
② 从妇：到妇人那里。

译文

阮公（阮籍）邻居家的女人长得很美，在酒铺里卖酒。阮籍和王安丰（王戎）经常到女人这里喝酒，阮籍喝醉后，就在女人的身边睡着了。女人的丈夫开始很怀疑阮籍有不轨举动，就伺机观察，结果发现阮籍没有什么企图。

《 九 》阮籍葬母

阮籍当葬母①，蒸一肥豚②，饮酒二斗，然后临诀③，直言："穷矣④！"都得一号⑤，因吐血，废顿良久⑥。

① 当：将要。

② 豚：小猪。

③ 临诀：向遗体告别。

④ 穷矣：完了。

⑤ 都：总共。一号：一声号哭。

⑥ 废顿：昏倒。

译文

　　阮籍在给母亲出殡时，蒸了一头小肥猪，喝了两斗酒，然后去和母亲诀别，他只说了一句："完了！"大号一声，随即口吐鲜血，昏厥过去，很久才醒来。

〈十〉未能免俗

　　阮仲容、步兵居道南，诸阮居道北。北阮皆富，南阮贫。七月七日①，北阮盛晒衣②，皆纱罗锦绮。仲容以竿挂大布犊鼻裈于中庭③。人或怪之，答曰："未能免俗，聊复尔耳④。"

注释

① 七月七日：古代民俗，在这一天晾晒衣服和书籍，以避免虫蛀和发霉。

② 盛晒衣：晾晒很多衣服。

③ 大布：粗布。犊鼻裈：裤衩。中庭：院子。

④ 聊复：姑且。

译文

　　阮仲容（阮咸）、阮步兵（阮籍）住在道南，阮氏其他人住在道北。道北的阮姓人家都很富裕，道南的阮姓人家则很穷。七月七日，道北的阮姓人家把衣服都拿出来晒，全是绫罗绸缎的华丽衣服。仲容用竹竿挑起一个粗布大裤衩子晾在院子里。有人觉得奇怪，他说："我也不能免俗，把这个挂出来，暂且应景而已。"

《十一》阮步兵丧母

阮步兵丧母，裴令公往吊之。阮方醉，散发坐床，箕踞不哭[1]。裴至，下席于地。哭，吊唁毕便去。或问裴："凡吊，主人哭，客乃为礼。阮既不哭，君何为哭？"裴曰："阮方外之人[2]，故不崇礼制[3]。我辈俗中人，故以仪轨自居[4]。"时人叹为两得其中[5]。

注释

① 箕踞：屁股着地，双腿前伸，状若簸箕。箕踞是傲慢随意的表现。

② 方外：世俗之外。

③ 崇：尊崇。

④ 仪轨：礼仪制度。自居：自处。

⑤ 两得其中：两方面做得都合适。

译文

阮步兵（阮籍）的母亲去世后，裴令公（裴楷）来吊唁。阮籍这时刚喝醉了，披头散发坐在榻上，双腿前伸，也不哭。裴楷到后，阮籍从榻上下来。裴楷开始哭吊，吊唁完毕就走了。有人问裴楷："凡是吊唁，都是主人先哭，客人才依照礼节哭。阮籍既然不哭，你为什么哭呢？"裴楷说："阮籍是方外之人，所以不必尊奉礼制。我们是世俗中人，所以要按照规矩行事。"当时人们赞叹他处理得各得其所。

〈十二〉诸阮皆能饮酒

诸阮皆能饮酒，仲容至宗人间共集[1]，不复用常杯斟酌[2]，以大瓮盛酒，围坐，相向大酌。时有群猪来饮，直接去上，便共饮之。

注释

① 宗人：同族的人。

② 常杯：普通的杯子。

译文

阮氏家族的人都能喝酒，仲容（阮咸）到族人那里聚会，从不用通常使的杯子喝酒，而是用大瓮盛酒，大家围坐在一起，相对痛饮。这时来了一群猪，它们直接凑到酒瓮旁，和人们一块儿喝了起来。

〈十三〉阮浑欲作达

阮浑长成[1]，风气韵度似父，亦欲作达[2]。步兵曰："仲容已预之[3]，卿不得复尔。"

注释

① 阮浑：字长成，阮籍子，仿效父亲，放达不羁。

② 作达：过放达的生活。

③ 预：参与。

译文

阮浑长大后，风度气质像他爸爸，也想过放任旷达的生活。

步兵（阮籍）对他说："仲容（阮咸）已经这样做了，你就别再这样了。"

《十四》 裴成公妇

裴成公妇，王戎女。王戎晨往裴许，不通径前①。裴从床南下，女从北下，相对作宾主，了无异色②。

注释

① 不通径前：不通报就直接见面。通，通报。前，见。

② 了无：完全没有。异色：奇怪的神色。

译文

裴成公（裴𫖮）的妻子是王戎的女儿。王戎早晨去裴𫖮那里，也不打声招呼就直接进来了。裴𫖮从床的南边下来，王戎的女儿从北边下来，他们和王戎相对而坐，丝毫也没有尴尬的神色。

《十五》 人种不可失

阮仲容先幸姑家鲜卑婢①。及居母丧，姑当远移，初云当留婢，既发，定将去②。仲容借客驴，著重服自追之③，累骑而返④。曰："人种不可失⑤！"即遥集之母也⑥。

注释

① 幸：宠幸。

② 定：终究，到底。

③ 重服：为父母守丧时穿的孝服。

④ 累骑：两人同骑。

⑤ 人种不可失：此时女子已经怀孕，所以这样说。人种，即女子怀的孩子。

⑥ 遥集：阮孚，字遥集，阮咸次子。

译文

阮仲容（阮咸）早先宠幸姑姑家的鲜卑婢女。在为母亲服丧期间，姑姑家要迁到一个很远的地方去，开始说要把这个婢女留下来，可临走时还是带走了。得到消息后，仲容向客人借了头驴，穿着丧服就撵去了，追上之后，两个人一块儿骑着驴回来了。仲容说："我的种不能没了！"这个婢女就是遥集（阮孚）的母亲。

《十六》非一木所能支

任恺既失权势①，不复自检括②。或谓和峤曰："卿何以坐视元裒败而不救③？"和曰："元裒如北夏门④，拉挞自欲坏⑤，非一木所能支。"

注释

① 任恺：字元裒，晋时任吏部尚书，为贾充离间，罢官，不得志而死。

② 检括：约束，检点。

③ 败：此处有堕落放纵的意思。

④ 北夏门：即大夏门，为洛阳城门之一，因在北边，故称北夏门。

⑤ 拉挞：断裂的样子。

译文

任恺失去权势后，不再约束自己，每日纵酒耽乐。有人对和峤说："你怎么能眼看着元裒（任恺）堕落，却不挽救他呢？"和峤说："元裒就像城北的大夏门，已经腐朽破裂得快要倒了，哪里是一根木头就能支撑得住的。"

《十七》无可复用相报

刘道真少时^①，常渔草泽^②，善歌啸，闻者莫不留连。有一老妪，识其非常人，甚乐其歌啸，乃杀豚进之。道真食豚尽，了不谢。妪见不饱，又进一豚。食半余半，乃还之。后为吏部郎，妪儿为小令史^③，道真超用之^④。不知所由，问母，母告之。于是赍牛酒诣道真^⑤，道真曰："去！去！无可复用相报。"

‖ **注释**

① 刘道真：刘宝，字道真，晋时人，曾任吏部郎。

② 渔草泽：在湖中打鱼。

③ 小令史：管理文书的小吏。

④ 超用：越级任用。

⑤ 赍（jī）：带，持。

‖ **译文**

刘道真（刘宝）年轻时，常在湖里捕鱼，他喜欢啸咏，听到的人无不流连忘返。有一个老太太，看他不是普通人，并且非常喜欢他的啸咏，就杀了头小猪送给他吃。刘道真把小猪吃完以后，也没说声谢谢。老太太看他没吃饱，就又杀了一头小猪送给他吃。这次刘道真吃了一半，把剩下的一半又还给了老太太。后来刘道真做了吏部郎，老太太的儿子是一个小令史，刘道真就越级提拔了他。此人不知何故，就问他母亲，母亲告诉了他原因。于是他就牵着牛，带着酒去看望刘道真，刘道真说："走吧！走吧！不要再回报了。"

《十八》阮宣子常步行

阮宣子常步行[①]，以百钱挂杖头，至酒店，便独酣畅。虽当世贵盛[②]，不肯诣也。

注释

① 阮宣子：阮修，字宣子，晋时名士。

② 贵盛：指达官显贵。

译文

阮宣子（阮修）常常一个人在街上溜达，把一百钱挂在手杖上，遇到酒铺，就自己开怀畅饮。即使是当世的权贵名流，他也从不肯登门拜访。

《十九》山季伦时出酣畅

山季伦为荆州[①]，时出酣畅[②]。人为之歌曰："山公时一醉，径造高阳池[③]。日莫倒载归[④]，茗艼无所知[⑤]。复能乘骏马，倒著白接篱[⑥]。举手问葛彊[⑦]，何如并州儿[⑧]？"高阳池在襄阳，彊是其爱将，并州人也。

注释

① 山季伦：山简，字季伦，山涛子，官至荆州刺史、征南将军。

② 酣畅：纵情饮酒。

③ 高阳池：汉时侍中习郁在襄阳修造的养鱼池，为游乐之地。山简镇守襄阳时经常在此饮酒，称之为高阳池，即酒池。高阳，酒徒的代称。

④ 莫：同"暮"。倒载：倒躺在车里。

⑤ 茗芋：同"酩酊"。

⑥ 倒著：倒过来戴着。接篱：古代的一种帽子。

⑦ 葛彊：山简的部将，并州人。

⑧ 并州：地名，即今山西地区。

译文

山季伦（山简）担任荆州刺史时，经常外出畅饮。人们为他作了一首歌道："山公时一醉，径造高阳池。日莫倒载归，茗芋无所知。复能乘骏马，倒著白接篱。举手问葛彊，何如并州儿？"高阳池在襄阳，葛彊是他的爱将，并州人。

《二十》不如即时一杯酒

张季鹰纵任不拘①，时人号为"江东步兵"。或谓之曰："卿乃可纵适一时②，独不为身后名邪③？"答曰："使我有身后名，不如即时一杯酒！"

注释

① 纵任不拘：放纵任性，不拘小节。

② 乃可：虽然可以。纵适：放纵享乐。

③ 独：难道。

译文

张季鹰（张翰）纵情放任，不拘小节，当时人们称他为"江东的阮籍"。有人对他说："你虽然可以恣意享乐一时，难道就不为身后的名声考虑吗？"张季鹰回答："让我身后有什么好名声，还不如此刻的一杯酒！"

《二十一》拍浮酒池中

毕茂世云[1]:"一手持蟹螯,一手持酒杯,拍浮酒池中[2],便足了一生。"

‖ **注释**

① 毕茂世:毕卓,字茂世,晋时人,放达好酒,历任吏部郎、平南长史。

② 拍浮:游泳。

‖ **译文**

毕茂世(毕卓)说:"一只手拿着蟹腿,一只手拿着酒杯,畅游在酒池里,就足以了此一生了。"

《二十二》贺司空入洛赴命

贺司空入洛赴命[1],为太孙舍人[2],经吴阊门[3],在船中弹琴。张季鹰本不相识,先在金阊亭[4],闻弦甚清,下船就贺,因共语,便大相知说[5]。问贺:"卿欲何之?"贺曰:"入洛赴命,正尔进路[6]。"张曰:"吾亦有事北京[7],因路寄载[8]。"便与贺同发,初不告家,家追问乃知。

‖ **注释**

① 贺司空:贺循,字彦先,会稽山阴(今浙江绍兴)人,官至太常卿,死后赠司空,故称。赴命:接受任命。

② 太孙舍人:《晋书·贺循传》作"太子舍人",皇太子的属官。

③ 吴阊门:吴郡的西门名,即今苏州西门。

④ 金阊亭:亭名,在当时吴县(今苏州)阊门外。因位置在城西,又靠近阊门,故名金阊。金在五行中代表西。

⑤ 知说：欣赏快乐。说，同"悦"。

⑥ 正尔进路：正在赶路。

⑦ 北京：即洛阳。因二人均为吴地人，所以称北方的京城洛阳为北京。

⑧ 因路寄载：沿路搭乘。

译文

贺司空（贺循）到洛阳就任，担任太子舍人，经过吴郡的西门时，在船上弹琴。张季鹰（张翰）原本不认识贺循，听到清丽的琴声，就上船拜见贺循，一经交谈，便引为知己，非常兴奋。他问贺循："你要去哪里？"贺循说："去洛阳接受新任，正在赶路。"张季鹰说："我也有事要去洛阳，就一起去吧。"于是和贺循一同启程，也没通知家里，家人后来经过打听才知道此事。

《二十三》使健儿鼓行劫钞

祖车骑过江时，公私俭薄①，无好服玩②。王、庾诸公共就祖，忽见衮袍重叠，珍饰盈列。诸公怪问之，祖曰："昨夜复南塘一出③。"祖于时恒自使健儿鼓行劫钞④，在事之人亦容而不问⑤。

注释

① 俭薄：物资匮乏。

② 服玩：服饰器物。

③ 南塘：地名，在东晋都城建康秦淮河南岸。一出：一趟，一回。

④ 恒自：经常，常常。鼓行：古代行军，击鼓则进，因此称

行进为鼓行。这里的意思是公开进行。劫钞：抢劫。钞，同"抄"。

⑤　在事之人：当事的人。指负责的官员。

译文

祖车骑（祖逖）刚到江南时，手头并不宽裕，没有什么好的服饰器物。一次王导、庾亮等人一起到他这里，突然见到裘皮袍子有一摞，珍贵物品罗列室内。大家感到奇怪，就问他原因，祖逖说："昨晚又去南塘转了一趟。"祖逖当时经常派手下精兵公开抢劫，有关的官员也不管不问。

《二十四》孔群好饮酒

鸿胪卿孔群好饮酒①。王丞相语云："卿何为恒饮酒？不见酒家覆瓿布②，日月糜烂③？"群曰："不尔。不见糟肉乃更堪久④？"群尝书与亲旧⑤："今年田得七百斛秫米⑥，不了曲糵事⑦。"

注释

①　鸿胪卿：官名，掌管朝廷庆贺祭奠礼仪的官吏。

②　瓿（bù）：陶制的瓮。此指酒缸。

③　日月：这里是经历日月的意思。

④　糟肉：酒糟腌制的肉。

⑤　亲旧：旧日的亲友。

⑥　秫米：高粱。

⑦　了：完成，解决。曲糵（qū niè）：酒母，酿酒用的发酵物。此指酿酒。

鸿胪卿孔群喜欢喝酒。王丞相（王导）对他说："你为什么总喝酒呢？没看见酒铺盖酒缸的布，时间一久就烂了吗？"孔群说："不是这样。你没见过用酒糟腌制的肉保存的时间更长吗？"孔群曾给老朋友写信说："今年田里只打了七百斛高粱，不够酿酒用的。"

《二十五》 吾若万里长江

有人讥周仆射与亲友言戏秽杂无检节①。周曰："吾若万里长江，何能不千里一曲②！"

注释

① 言戏：说笑。秽杂：污秽庸俗。检节：检点。

② 千里一曲：比喻人小节上的缺陷。

译文

有人嘲笑周仆射（周颉）和亲友说笑时污秽下流，有失检点。周颉说："我就像那万里长江，怎么能行了千里还不拐个弯呢！"

《二十六》 卿可赎我

温太真位未高时，屡与扬州、淮中估客樗蒱①，与辄不竞②。尝一过大输物③，戏屈④，无因得反⑤。与庾亮善，于舫中大唤亮曰："卿可赎我！"庾即送直⑥，然后得还。经此数四⑦。

① 估客：商贩。樗蒱（chū pú）：古代的一种赌博游戏。

② 与（yù）：参与。不竞：不能胜，输了。

③ 一过：一次，一局。大输物：输了很多财物。

④ 戏屈：赌输了。

⑤ 无因得反：没办法回家。无因，没有办法。反，同"返"。

⑥ 直：通"值"，指赎金。

⑦ 数四：几次，多次。

译文

温太真（温峤）官位还不高时，经常和扬州、淮中一带的商贩赌博，常常是输。曾经有一次输得很惨，连家都回不去了。他和庾亮关系好，就在船上大声呼喊庾亮："你来赎我呀！"庾亮马上给他送去赎金，温峤这才脱身。这样的事发生过很多次。

《二十七》温公喜慢语

温公喜慢语①，卞令礼法自居。至庾公许，大相剖击②，温发口鄙秽③，庾公徐曰："太真终日无鄙言。"

注释

① 慢语：轻浮、不合礼仪的话。

② 剖击：攻击辩论。

③ 发口：开口说话。

译文

温公（温峤）说话很放肆，卞令（卞壶）言行谨慎，恪守礼法。有一次在庾公（庾亮）那里，两个人互相攻击，温峤说话粗俗不堪，庾公徐徐说道："太真（温峤）从不说粗鄙的话。"

《二十八》 三日仆射

周伯仁风德雅重[1]，深达危乱[2]。过江积年，恒大饮酒，尝经三日不醒。时人谓之"三日仆射"[3]。

注释

[1] 风德：风度德行。

[2] 深达危乱：深明当时的动乱时势。

[3] 三日仆射：后世用此典故形容只喝酒不做事的宰相。

译文

周伯仁（周颢）风雅庄重，深明当时的乱世。过江后多年，总是恣意纵酒，有一次醉后三天不醒。当时人们称他为"三日仆射"。

《二十九》 箕踞相对

卫君长为温公长史，温公甚善之，每率尔提酒脯就卫[1]，箕踞相对弥日[2]。卫往温许亦尔。

注释

[1] 每：经常。率尔：轻率随便的样子。脯（pǔ）：干肉。

[2] 弥日：整天。

译文

卫君长（卫永）担任温公（温峤）的长史，温公很喜欢他，经常毫无顾忌地拿着酒肉到卫永那里，二人相对，箕踞而坐，纵情豪饮一天。卫永到温峤那里也是这样。

《三十》郡卒达生

苏峻乱，诸庾逃散①。庾冰时为吴郡②，单身奔亡。民吏皆去，唯郡卒独以小船载冰出钱塘口，篷籧覆之③。时峻赏募觅冰④，属所在搜检甚急⑤。卒舍船市渚⑥，因饮酒醉还，舞棹向船曰⑦："何处觅庾吴郡，此中便是！"冰大惶怖，然不敢动。监司见船小装狭⑧，谓卒狂醉，都不复疑。自送过浙江，寄山阴魏家，得免。后事平，冰欲报卒，适其所愿。卒曰："出自厮下⑨，不愿名器⑩。少苦执鞭，恒患不得快饮酒⑪。使其酒足余年，毕矣⑫！无所复须。"冰为起大舍，市奴婢，使门内有百斛酒，终其身。时谓此卒非唯有智，且亦达生⑬。

注释

① 诸庾：指庾氏宗族的人。

② 为吴郡：担任吴郡太守。

③ 篷籧（qú chú）：粗竹席。

④ 赏募：悬赏搜捕。

⑤ 属：通"嘱"。所在：到处，各处。

⑥ 市渚：到小洲上买东西。

⑦ 棹：船桨。

⑧ 监司：指搜捕的人。

⑨ 厮下：仆役。

⑩ 名器：指官职和财物。

⑪ 快：痛快，畅快。

⑫ 毕矣：满足了。

⑬ 达生：看透人生的真谛。

苏峻叛乱后，庚家兄弟逃散四处。庚冰当时担任吴郡太守，只身逃跑。下属的官兵百姓都跑了，只有郡府里的一个差役用小船载着他，上面盖着粗竹席，逃出钱塘江口。此时苏峻正悬赏捉拿庚冰，下令各地紧急搜捕。遇到一个集市，差役丢下船，来到岸上，喝得酩酊大醉后回来，他挥舞着船桨，对着自己的船叫嚷："到哪儿去找庚太守啊，他就在这里！"庚冰惊恐不安，可也不敢挪动。搜查的人见船又小又窄，以为差役是在酒后胡言，就丝毫没有怀疑他。差役把庚冰送过浙江，庚冰寄居在山阴的魏家，这才得以幸免。后来叛乱平息了，庚冰想报答这个差役，满足他的一切要求。差役说："我出身下贱，不想做什么官了。年轻时一直给人当差，总不能痛痛快快地喝顿酒。如果能让我今后有酒喝，我就满足了！没什么更多的要求。"庚冰就给他建了大房子，买来奴婢，家里总备着上百斛的酒，直至他去世。当时人们认为这个差役不仅有智谋，而且还看透了人生。

《三十一》不当邮差

殷洪乔作豫章郡①，临去，都下人因附百许函书②。既至石头，悉掷水中，因祝曰："沉者自沉，浮者自浮，殷洪乔不能作致书邮③。"

注释

① 殷洪乔：殷羡，字洪乔，殷浩父，官至豫章太守、光禄勋。
② 都下：京城。因附：顺便捎带。百许：一百多。许表示约数。

③ 致书邮：信差，邮差。

殷洪乔（殷羡）要出任豫章太守，临走时，京城的人托他捎了一百多封书信。到了石头城，他把信全给扔到江里去了，并且祷告了一番："该沉的都沉下去，该浮的都浮上来，我殷洪乔不能做送信的邮差。"

《三十二》谢掾能作异舞

王长史、谢仁祖同为王公掾，长史云："谢掾能作异舞①。"谢便起舞，神意甚暇②。王公熟视，谓客曰："使人思安丰。"

注释

① 异舞：怪异的舞蹈。

② 神意：神态。暇：悠闲。

译文

王长史（王濛）、谢仁祖（谢尚）同做王公（王导）的属官，长史说："谢掾会跳怪舞。"谢尚便跳起舞来，神态很悠闲。王公认真看着，他对客人说："这让人想起了安丰（王戎）。"

《三十三》戴孝赴宴

王、刘共在杭南①，酣宴于桓子野家。谢镇西往尚书墓还②，葬后三日反哭③。诸人欲要之④，初遣一信⑤，犹未许，然已停车。重要，便回驾。诸人门外迎之，把臂便下⑥。裁得脱帻⑦，著帽酣宴。半坐，乃觉未脱衰⑧。

注释

① 杭南：东晋都城建康朱雀桥南。东晋时，王、谢大族住在乌衣巷，距朱雀桥很近，所以这样说。杭，渡桥。

② 尚书墓：谢尚叔父谢褒的墓。谢褒曾任吏部尚书。

③ 反哭：古代的一种丧礼。《礼记·檀弓下》："反哭升堂，反诸其所作也。"

④ 要：同"邀"。

⑤ 信：使者。

⑥ 把臂：拉着胳膊，表示亲热。

⑦ 裁：通"才"。帻：头巾。

⑧ 衰（cuī）：同"缞"，丧服。

译文

王濛、刘惔都住在朱雀桥南的乌衣巷，有一次到桓子野（桓伊）家畅饮。这时谢镇西（谢尚）在从叔叔谢褒的墓地回来的路上，他是下葬后三天去哭吊的。大家想邀请他过来，起初派人送了一封信，谢尚还没答应，但已经把车停了下来。大家又派人去请他，这次谢尚掉转车头来了。大家到门口迎接他，拉着他的胳膊带到屋内。只把头巾摘了，连帽子都没有脱就大喝起来。喝到了一半，才发现丧服也没有脱。

《三十四》傍若无人

桓宣武少家贫，戏大输①，债主敦求甚切②。思自振之方③，莫知所出。陈郡袁耽俊迈多能④，宣武欲求救于耽。耽时居艰⑤，恐致疑⑥，试以告焉⑦。应声便许，略无嫌吝⑧。遂变服⑨，怀布帽，随温去与债主戏。耽素有艺名⑩，债主就局，曰："汝故当不办作袁彦道邪⑪？"遂共戏。十万一掷，直上百万数，投马绝叫⑫，傍若无人，探布帽掷对人曰⑬："汝竟识袁彦道不？"

注释

① 戏：指赌博。

② 敦求：催要债务。

③ 自振：自救。

④ 袁耽：字彦道，少有才气，仕至司徒从事中郎。俊迈：豪迈。

⑤ 居艰：在服丧期间。

⑥ 恐致疑：害怕袁耽犹豫不答应。疑，疑虑，犹豫。

⑦ 试：试探，委婉地。

⑧ 嫌吝：嫌弃顾虑。

⑨ 变服：换下丧服。

⑩ 素有艺名：一向有赌博技艺高超的名声。

⑪ 故当：当然。不办：不会。

⑫ 马：赌博时用的注。绝叫：大声喊叫。

⑬ 探：伸手掏。

译文

桓宣武（桓温）年轻时家里很穷，有一次赌博输了很多钱，债主催促得很紧。桓温思来想去，也没琢磨出个自救的办法。陈郡的袁耽机智聪明，多才多艺，桓温想向他求援。袁耽当时正在服丧期间，桓温怕他不答应，就委婉地和他说了此事。袁耽听罢马上就答应了，没有丝毫的犹疑。于是就换下丧服，怀揣布帽，和桓温一起去找债主赌博。袁耽一向赌技很高，债主到了赌局前，说："你自然不会是袁彦道吧？"说罢就开始赌。十万钱一注，最后加到百万一注，袁耽高声喊着，不断下注，旁若无人，他掏出布帽投向债主说："你究竟认识不认识袁彦道？"

《三十五》正使人人自远

王光禄云①："酒，正使人人自远②。"

注释

① 王光禄：王蕴，字叔仁，王濛子，官至尚书左仆射、镇军将军、会稽内史。死后赠左光禄大夫，故称。

② 人人自远：意思是酒可以让人超凡脱俗，忘却俗世烦恼。

译文

王光禄（王蕴）说："酒，恰恰能让每个人忘却自己。"

《三十六》回至半路却返

刘尹云："孙承公狂士①，每至一处，赏玩累日②，或回至半路却返。"

注释

① 孙承公：孙统，字承公，晋名士孙楚孙，好山水，放任不羁。

② 累日：多日。

译文

刘尹（刘惔）说："孙承公（孙统）是个狂士，每到一地，都要游玩几天，有时候都走了，又半路返了回来。"

《三十七》恨不更有一人配卿

袁彦道有二妹：一适殷渊源，一适谢仁祖。语桓宣武云：
"恨不更有一人配卿①！"

注释

① 恨：遗憾。配：许配。

译文

袁彦道（袁耽）有两个妹妹：一个嫁给了殷渊源（殷浩），
一个嫁给了谢仁祖（谢尚）。他对桓宣武（桓温）说："遗憾的
是我不能再有一个妹妹嫁给你了！"

《三十八》桓车骑在荆州

桓车骑在荆州，张玄为侍中，使至江陵①，路经阳岐村。
俄见一人持半小笼生鱼②，径来造船③，云："有鱼，欲寄作
脍④。"张乃维舟而纳之⑤，问其姓字，称是刘遗民⑥。张素
闻其名，大相忻待⑦。刘既知张衔命⑧，问："谢安、王文度
并佳不？"张甚欲话言，刘了无停意。既进脍，便去，云：
"向得此鱼，观君船上当有脍具⑨，是故来耳。"于是便去。
张乃追至刘家，为设酒，殊不清旨⑩。张高其人，不得已而饮
之。方共对饮，刘便先起，云："今正伐荻⑪，不宜久废⑫。"张
亦无以留之⑬。

注释

① 使：出使。江陵：在今湖北江陵，为当时荆州刺史治所。

② 生鱼：活鱼。

③ 造：到，就近。

④　寄：委托。脍：切得很细的鱼肉。

⑤　维舟纳之：拴好船，让他上来。维，系。纳，接纳。

⑥　刘遗民：刘驎之，字子骥，一字遗民，在阳岐村隐居。桓冲曾征他为长史，不就。

⑦　忻待：热情地接待。

⑧　衔命：负有使命。

⑨　当有：会有。

⑩　清旨：指酒的味道不好。

⑪　荻：芦苇。

⑫　不宜久废：不能耽搁很久。

⑬　无以留之：没办法挽留他。

译文

　　桓车骑（桓冲）担任荆州刺史时，张玄任侍中，出使江陵，途中路过阳岐村。一会儿见一个人拿着半小篓活鱼，径直来到船上，说道："我这儿有点活鱼，想在你这里做成鱼块。"张玄就拴好船让他上来了，问他的姓名，自称叫刘遗民（刘驎之）。张玄早就听说过这个名字，非常高兴，对他热情款待。刘遗民得知张玄奉命出使，问道："谢安、王文度（王坦之）都好吗？"张玄很想和他交谈，可刘遗民完全没有停留的意思。切好鱼块后，刘遗民就要走，临走时说："刚才打了这点鱼，看你的船上会有做鱼块的工具，所以就来了。"说罢就走。张玄跟着撵到刘家，刘遗民给他拿出酒来，酒的味道很不好。张玄因为看重他的为人，就勉强喝了。两人正一起对饮时，刘遗民先站了起来，说："现在正是收芦苇的季节，我不能耽搁得太久。"张玄也就无法再留住他了。

《三十九》王子猷诣郗雍州

王子猷诣郗雍州①，雍州在内。见有氍毹②，云："阿乞那得此物？"令左右送还家。郗出觅之，王曰："向有大力者负之而趋③。"郗无忤色④。

注释

① 郗雍州：郗恢，字道胤，小字阿乞，东晋人，官至雍州刺史。

② 氍毹（tà dēng）：彩色的细毛毯。

③ 向：刚才。趋：跑。

④ 忤色：不高兴的神色。

译文

王子猷（王徽之）去郗雍州（郗恢）那里，郗恢当时在里屋。王徽之见他家有彩色的羊毛毯子，就说："阿乞怎么会有这个东西？"说罢就让手下人搬到自己家里。郗恢出来后见毯子没了，王徽之对他说："刚才有个大力士扛着毯子跑了。"郗恢听了也没有责怪的意思。

《四十》安石将无伤

谢安始出西，戏失车牛①，便杖策步归②。道逢刘尹，语曰："安石将无伤？"谢乃同载而归。

注释

① 戏：游玩。

② 杖策：拄着手杖。

谢安刚到建康时，外出游玩把车和牛全丢了，就拄着拐杖往回走。路上遇见了刘尹（刘惔），刘尹对他说："安石你没受伤吧？"谢安就和刘尹一起坐车回去了。

《四十一》襄阳罗友

襄阳罗友有大韵①，少时多谓之痴。尝伺人祠②，欲乞食，往太蚤，门未开。主人迎神出见③，问以非时何得在此④，答曰："闻卿祠，欲乞一顿食耳。"遂隐门侧，至晓得食便退，了无怍容⑤。为人有记功⑥，从桓宣武平蜀，按行蜀城阙观宇⑦，内外道陌广狭⑧，植种果竹多少，皆默记之。后宣武溧洲与简文集⑨，友亦预焉⑩。共道蜀中事，亦有所遗忘，友皆名列⑪，曾无错漏⑫。宣武验以蜀城阙簿⑬，皆如其言。坐者叹服。谢公云："罗友诇减魏阳元⑭。"后为广州刺史，当之镇⑮，刺史桓豁语令莫来宿⑯，答曰："民已有前期⑰，主人贫，或有酒馔之费，见与甚有旧⑱。请别日奉命⑲。"征西密遣人察之，至夕，乃往荆州门下书佐家⑳，处之怡然，不异胜达㉑。在益州语儿云㉒："我有五百人食器。"家中大惊，其由来清，而忽有此物，定是二百五十沓乌楪㉓。

① 罗友：字宅仁，东晋时人，嗜酒放达，历任襄阳太守、广州刺史、益州刺史。大韵：与众不同的风度气质。

② 祠：祭祀。

③ 迎神：依照风俗在天亮之前出来迎神。

④ 非时：不是时候。意思是时间太早。

⑤ 怍：惭愧。

⑥ 记功：记忆力。

⑦ 按行：巡行。

⑧ 道陌：道路。

⑨ 溧洲：长江中的小洲。

⑩ 预：参与，参加。

⑪ 名列：说出名字来。

⑫ 曾：竟然，竟。

⑬ 城阙簿：记载城市官阙资料的册子。

⑭ 讵：哪里，怎么。减：比……差。魏阳元：魏舒，字阳元，晋时人，官至司徒。

⑮ 当：将要。之镇：到镇上赴任。

⑯ 桓豁：字朗子，桓温弟，曾代桓温为荆州刺史。官至征西大将军，死后赠司空。莫：同"暮"。

⑰ 民：在长官面前的谦称。前期：先前有约。

⑱ 见与甚有旧：和我有旧交。见与，相当于"和我"。

⑲ 请别日奉命：请改日再约。

⑳ 书佐：掌管文书的属官。

㉑ 胜达：名流显贵。

㉒ 益州：州名。辖境主要在今四川和云南、贵州、甘肃、陕西、湖北的部分地区。

㉓ 沓：量词。相当于现今的一套。乌櫑（lěi）：黑色的盛放食品的盒子。

译文

襄阳的罗友有大气度，年少时很多人说他傻。一次有个人家要祭祀，罗友得知后想去要点吃的，可他去得太早，祠堂还没开门。祠堂主人出来迎神时看到他，就问他还不到祭祀的时候，为什么在这里，罗友答道："听说你们这里祭祀，我想来要一顿饭吃。"说罢就躲到门旁，到了早晨得到食物后就离开了，丝毫没有什么难为情的。罗友的记忆力很好，跟随桓宣武（桓温）平蜀，沿途所见的蜀国城池庙宇，道路的宽窄，种植果树、竹子的多少，他都暗暗地记了下来。后来桓宣武和简文帝（司马昱）在溧洲相会，罗友也参加了。他们一起谈论蜀国的事情，有遗忘的地方，罗友都一五一十地说出来，没有任何的错误遗漏。桓宣武拿蜀王宫中的簿册来验证，结果和罗友说的一模一样，在座的人无不叹服。谢公（谢安）曾说："罗友绝不比魏阳元（魏舒）差。"后来罗友出任广州刺史，要去上任时，荆州刺史桓豁让他晚上过来住，罗友回答说："我已经有约在先，主人家比较穷，或许需要我出酒菜的费用，不过和我交情很深。改日我一定奉命。"桓豁暗地里派人跟踪他，到了晚上，罗友来到荆州刺史门下掌管文书的小吏家，在那里他显得非常高兴，和跟名流显贵们在一起时没什么区别。在益州时，他对儿子说："我有能供五百人就餐的餐具。"家里人非常惊讶，罗友历来清廉，现在突然有了这些东西，估计一定是二百五十套黑色的食盒。

《四十二》 一往情深

恒子野每闻清歌[1]，辄唤："奈何[2]！"谢公闻之曰："子野可谓一往有深情[3]。"

注释

① 清歌：挽歌。

② 奈何：感叹词。送葬时一人唱，众人以"奈何"附和。

③ 一往：自始至终，一直。

译文

桓子野（桓伊）每次听到挽歌，就会喊道："奈何！"谢公（谢安）闻听后说："子野可以说是一往情深啊。"

《四十三》陈尸行殡

张湛好于斋前种松柏①。时袁山松出游②，每好令左右作挽歌。时人谓"张屋下陈尸③，袁道上行殡④"。

注释

① 张湛：字处度，小字骥，东晋人，官至中书郎。作《列子注》。

② 袁山松：东晋人，官至吴郡太守。

③ 张屋下陈尸：古时只在墓地附近种植松柏，张湛在房舍种松柏，所以人们这样说

④ 袁道上行殡：古人在送葬时要唱挽歌，袁山松出行时唱挽歌，所以人们这样说。

译文

张湛喜欢在房前种植松柏。当时袁山松外出游玩，常喜欢让手下人唱挽歌。当时人们说"张屋下陈尸，袁道上行殡"。

《四十四》白羊肉美

罗友作荆州从事，桓宣武为王车骑集别①。友进，坐良久，辞出②，宣武曰："卿向欲咨事③，何以便去？"答曰："友闻白

羊肉美，一生未曾得吃，故冒求前耳^④，无事可咨。今已饱，不复须驻。"了无惭色。

注释

① 王车骑：指王洽，王导子。集别：聚会饯行。

② 辞出：告辞出去。

③ 咨事：有事情咨询。

④ 冒：冒昧。求前：要求见面。前，见面。

译文

　　罗友担任荆州从事时，桓宣武（桓温）为王车骑（王洽）举行送别宴会。罗友进来，坐了很长时间，然后告辞出去，桓宣武说："你刚才像是有事要问，怎么就走了？"罗友答道："我听说白羊肉的味道很美，有生以来还没吃过，所以冒昧求见，没什么事要问。现在已经吃饱了，不想再待了。"罗友丝毫也没有愧色。

《四十五》张骠挽歌

　　张骠酒后，挽歌甚凄苦。桓车骑曰："卿非田横门人^①，何乃顿尔至致^②？"

注释

① 田横：秦末齐国人，韩信灭齐后，田横率五百壮士逃往海岛。刘邦称帝后，田横羞为汉臣，自杀。弟子为寄托哀思，作挽歌纪念他。门人：弟子。

② 顿尔：突然，忽然。至致：到这种地步。

译文

　　张骠（张湛）酒后喜欢唱挽歌，显得很凄苦。桓车骑（桓冲）说："你也不是田横的门人，为什么会突然这样悲伤呢？"

〈四十六〉何可一日无此君

王子猷尝暂寄人空宅住①，便令种竹。或问："暂住何烦尔？"王啸咏良久，直指竹曰："何可一日无此君！"

||| **注释**

① 寄：寄托。这里是借住的意思。

||| **译文**

王子猷（王徽之）曾经暂借别人的空房子住，一住下就让人种竹子。有人问他："暂时住一住，何必这样麻烦呢？"王子猷啸咏良久，指着竹子说："哪能一天没有此君！"

〈四十七〉兴尽而返

王子猷居山阴，夜大雪，眠觉①，开室命酌酒。四望皎然，因起彷徨②，咏左思《招隐诗》。忽忆戴安道，时戴在剡，即便夜乘小舟就之。经宿方至③，造门不前而返④。人问其故，王曰："吾本乘兴而行，兴尽而返，何必见戴？"

||| **注释**

① 眠觉：睡醒。

② 彷徨：徘徊。

③ 经宿：经过一夜。

④ 造门不前：来到门前却不进去见面。前，见面。

||| **译文**

王子猷（王徽之）住在山阴，有天晚上下起大雪，王子猷

晋黄門侍郎王公徽之

一觉醒来，打开房门，叫人斟酒。举目望去，天地一片洁白，王子猷起身徘徊，吟咏起左思的《招隐诗》。忽然想起了戴安道（戴逵），当时戴安道在剡县，王子猷立即乘上小船连夜去找戴安道。船行了一夜才到，王子猷来到戴安道家门口却没进去见面，而是转身回去了。有人问他原因，王子猷说："我本来是乘兴而行，兴尽而返，何必要见戴安道呢？"

《四十八》引人入胜

王卫军云①："酒正自引人著胜地②。"

注释

① 王卫军：指王荟。王荟，字敬文，王导子，死后赠卫军将军，故称。

② 正自：的确，确实。"自"为词缀，无实义。著：着，到。胜地：美妙的境界。

译文

王卫军（王荟）说："酒确实可以把人带到美妙的境地。"

《四十九》客主不交一言

王子猷出都，尚在渚下①。旧闻桓子野善吹笛，而不相识。遇桓于岸上过，王在船中，客有识之者，云："是桓子野。"王便令人与相闻②，云："闻君善吹笛，试为我一奏。"桓时已贵显，素闻王名，即便回下车③，踞胡床④，为作三调⑤。弄毕⑥，便上车去，客主不交一言。

① 渚：此指青溪渚，为东晋都城建康东南青溪上的码头。

② 相闻：通报，传话。

③ 回下车：掉头下车。

④ 踞：蹲坐。

⑤ 三调：三支曲子。

⑥ 弄：演奏。

译文

王子猷（王徽之）到京都去，刚到青溪渚。以前他就听说桓子野（桓伊）笛子吹得很好，但没有见过面。恰好这时桓子野从岸上经过，王子猷在船上，客人中有认识桓子野的，就对王子猷说："这个人就是桓子野。"王子猷就让人叫住他，对他说："听说你笛子吹得很好，可否为我演奏一曲呢？"桓子野当时已经地位显贵了，也久闻王子猷的大名，就回身下了车，坐在胡床上，为王子猷吹了三支曲子。演奏完毕，就上车走了，主客双方一句话也没有说。

〈五十〉 灵宝故自达

桓南郡被召作太子洗马①，船泊荻渚②。王大服散后已小醉，往看桓。桓为设酒，不能冷饮，频语左右："令温酒来！"桓乃流涕呜咽，王便欲去，桓以手巾掩泪，因谓王曰："犯我家讳③，何预卿事！"王叹曰："灵宝故自达。"

注释

① 桓南郡：指桓玄。桓玄，字敬道，小字灵宝，桓温子，袭爵南郡公，故称桓南郡。太子洗马：太子的属官。

② 荻渚：地名，在今湖北江陵。

③ 家讳：古代习俗，家中长辈的名字忌讳别人称呼。桓温是桓玄的父亲，王忱让"温酒"，犯了桓玄的家讳。

译文

桓南郡（桓玄）被征召做太子洗马，赴任途中，船停泊在荻渚。王大（王忱）服散后已有些醉意，他来看望桓玄。桓玄摆下酒招待他，王忱不能喝冷酒，就一次次地对身边人说："把酒温了拿过来！"桓玄就开始哽咽流泪，王忱要走，桓玄一边用手巾抹眼泪，一边对王忱说："犯了我的家讳，和你有什么关系！"王忱叹道："灵宝确实放达啊。"

〈五十一〉 王孝伯问王大

王孝伯问王大："阮籍何如司马相如？"王大曰："阮籍胸中垒块①，故须酒浇之。"

注释

① 垒块：郁积在心中的闷气。

译文

王孝伯（王恭）问王大（王忱）："阮籍和司马相如相比怎么样？"王大说："阮籍胸中的郁闷，确实需要酒来浇注。"

〈五十二〉 觉形神不复相亲

王佛大叹言："三日不饮酒，觉形神不复相亲。"

译文

王佛大（王忱）说："三天不喝酒，就觉得身体和精神不再亲近了。"

《五十三》名士

王孝伯言："名士不必须奇才，但使常得无事，痛饮酒，熟读《离骚》，便可称名士。"

┃┃译文

王孝伯（王恭）说："名士不需要有什么奇才，只要能一天到晚闲着没事，尽情喝酒，熟读《离骚》，这样的人就可以称为名士。"

《五十四》王长史登茅山

王长史登茅山①，大恸哭曰："琅邪王伯舆，终当为情死！"

┃┃注释

① 王长史：即王廞。王廞，字伯舆，琅邪人，王荟子，曾任司徒长史，故称。茅山：山名，在今江苏句容东南，道教圣地。

┃┃译文

王长史（王廞）登上茅山，非常悲痛，大哭道："琅邪王伯舆，终将为情而死啊！"

简傲

晋文王功德盛大，坐席严敬，拟于王者，漢晉春秋
王进爵为王，司徒何曾与朝臣皆尽礼，雖王祥長揖不拜，唯阮籍在坐箕踞，
嘯歌酣放自若、

王戎弱冠詣阮籍，時劉公榮在坐，阮謂王曰：偶
有二斗美酒，當與君共飲，彼公榮者無預焉二、
人交觴酬酢，公榮遂不得一桮，而言語談戲，三
人無異，或有問之者，阮答曰：勝公榮者不得不

〈一〉箕踞啸歌

晋文王功德盛大，坐席严敬①，拟于王者②。唯阮籍在坐，箕踞啸歌，酣放自若。

注释

① 坐席严敬：坐在席位上严肃庄重。

② 拟：比拟，比。

译文

晋文王（司马昭）德高望重，他出席宴会时，人们都严肃恭敬，就像在帝王面前一样。只有阮籍箕踞而坐，纵酒放歌，泰然自若。

〈二〉王戎弱冠诣阮籍

王戎弱冠诣阮籍①，时刘公荣在坐。阮谓王曰："偶有二斗美酒②，当与君共饮，彼公荣者无预焉③。"二人交觞酬酢④，公荣遂不得一杯⑤，而言语谈戏，三人无异。或有问之者，阮答曰："胜公荣者，不得不与饮酒；不如公荣者，不可不与饮酒；唯公荣，可不与饮酒。"

注释

① 弱冠：古代男子二十岁时要行加冠礼，弱冠指二十岁左右

的青年男子。诣：到……去，拜访。

② 偶：恰好。

③ 无预：不要参与。

④ 交觞酬酢：互相举杯敬酒。酬酢，宾主互相敬酒。

⑤ 遂：始终。

|| **译文**

　　王戎年轻时去拜访阮籍，当时刘公荣（刘昶）也在。阮籍对王戎说："正好有两斗好酒，咱们俩一块儿喝了吧，公荣就别喝了。"于是两个人就你一杯我一杯地喝起来，刘公荣一杯也没有喝上，不过三个人一起言谈玩笑，没觉得有什么差异。后来有人问起这件事，阮籍答道："比公荣强的人，不能不和他喝一杯；不如公荣的人，也不能不和他喝一杯；只有公荣，可以不和他喝酒。"

《三》何所见而去

　　钟士季精有才理①，先不识嵇康，钟要于时贤俊之士②，俱往寻康。康方大树下锻③，向子期为佐鼓排④。康扬槌不辍⑤，傍若无人⑥，移时不交一言⑦。钟起去，康曰："何所闻而来？何所见而去？"钟曰："闻所闻而来，见所见而去。"

|| **注释**

① 精：表程度的副词，极，很。才理：才华。

② 要：同"邀"。

③ 锻：打铁。

④ 鼓排：鼓风吹火，拉风箱。

⑤ 槌：同"锤"。辍：停止。

晋中散大夫嵇公康

⑥ 傍若无人：即"旁若无人"。

⑦ 移时：过了很久。不交一言：不说一句话。

‖ 译文

　　钟士季（钟会）非常聪明，擅长玄理，早先他并不认识嵇康，后来钟会邀请当时的名流，一起去找嵇康。嵇康正在大柳树下打铁，向子期（向秀）帮他拉风箱。见钟会来了，嵇康依旧挥锤打铁，旁若无人，很长时间也不和钟会说话。钟会起身离去时，嵇康说："听到了什么而来？见到了什么而去？"钟会说："听到了所听到的而来，见到了所见到的而去。"

《四》千里命驾

　　嵇康与吕安善①，每一相思，千里命驾②。安后来，值康不在，喜出户延之③，不入，题门上作"鳯"字而去④。喜不觉，犹以为欣⑤。故作"鳯"字，"凡鸟"也。

‖ 注释

① 吕安：字仲悌，与嵇康友善，后被司马氏杀害。

② 千里命驾：不顾千里之遥，驾车去看望朋友。后来作为成语，形容朋友之间友情深厚，不顾路途遥远去探望。

③ 喜：即嵇喜，字公穆。嵇康的哥哥。延：招待。

④ 鳯："凤"字的繁体。义符为"鸟"，声符为"凡"。这里吕安以"凡鸟"讽刺嵇喜是庸才。后来以"题鳯"或"题凡鸟"讥讽平庸的人。

⑤ 欣：高兴，喜悦。

‖ 译文

　　嵇康和吕安很友好，每当想念的时候，就不顾路途的遥远，驾车前往。吕安有一次到嵇康家，正赶上嵇康不在，嵇喜出门来接待他，吕安没有进去，只是在门上写了个"鳳"字就走了。嵇喜不明白什么意思，还觉得挺高兴。吕安之所以写个"鳳"字，是认为嵇喜是"凡鸟"。

《五》陆士衡初入洛

陆士衡初入洛，咨张公所宜诣[①]，刘道真是其一[②]。陆既往，刘尚在哀制中[③]。性嗜酒，礼毕，初无他言[④]，唯问："东吴有长柄壶卢，卿得种来不[⑤]？"陆兄弟殊失望，乃悔往。

注释

① 张公：即张华。
② 刘道真：即刘宝。刘宝，字道真，曾任吏部郎，放达嗜酒。
③ 哀制：为父母守丧的礼仪制度。
④ 初无：完全没有。
⑤ 长柄壶卢：长把葫芦。葫芦是盛酒的器皿，便于携带。壶卢，即葫芦。

译文

陆士衡（陆机）刚到洛阳时，请教张公（张华）所应拜访的人，刘道真（刘宝）是其中之一。陆机来到刘道真家，刘道真还在服丧期内。刘道真嗜酒，双方见礼完后，刘道真也不说别的，只是问："你们东吴有装酒用的长把葫芦，你带种子来了吗？"陆机兄弟非常失望，后悔去拜访他。

《六》王平子出为荆州

王平子出为荆州，王太尉及时贤送者倾路[1]。时庭中有大树，上有鹊巢，平子脱衣巾，径上树取鹊子，凉衣拘阁树枝[2]，便复脱去。得鹊子还下弄[3]，神色自若，傍若无人。

注释

① 倾路：指送行的人挤满了道路。

② 凉衣：贴身的内衣。拘阁（hé）：挂住。

③ 弄：玩耍。

译文

王平子（王澄）要出任荆州刺史，王太尉（王衍）和当时的名流们一起给他送行，把道路都挤满了。当时院里有一棵大树，树上有个喜鹊窝，王平子脱去衣服和头巾，径直爬上树去捉小喜鹊，内衣被树枝挂住了，王平子就把它脱了。捉到小喜鹊从树上下地后，王平子就玩起喜鹊来，神情专注，旁若无人。

《七》彼是礼法人

高坐道人于丞相坐，恒偃卧其侧[1]。见卞令[2]，肃然改容，云："彼是礼法人[3]。"

注释

① 偃卧：仰面躺着。

② 卞令：即卞壶。卞壶曾任尚书令，故称。

③ 礼法人：看重礼法的人。

高坐和尚到王丞相（王导）家做客，常常是仰面躺在丞相身旁。见了卞令（卞壸），就严肃起来，一改从前的神情，说："他是礼教中的人。"

《八》方外司马

桓宣武作徐州，时谢奕为晋陵①，先粗经虚怀②，而乃无异常。及桓迁荆州③，将西之间④，意气甚笃⑤，奕弗之疑。唯谢虎子妇王悟其旨⑥，每曰："桓荆州用意殊异，必与晋陵俱西矣。"俄而引奕为司马。奕既上，犹推布衣交⑦。在温坐，岸帻啸咏⑧，无异常日。宣武每曰："我方外司马⑨。"遂因酒转无朝夕礼⑩，桓舍入内⑪，奕辄复随去。后至奕醉，温往主许避之⑫。主曰："君无狂司马，我何由得相见？"

注释

① 谢奕：谢安兄，与桓温友善，官至安西将军、豫州刺史。
　为晋陵：任晋陵太守。晋陵，郡名，今江苏常州一带。

② 粗：粗略，大略。经：经营。这里有述说、表述的意思。
　虚怀：心怀。

③ 迁：调任。

④ 将西之间：要到西边去的时候。荆州在徐州西边，所以这样说。之间，之时。

⑤ 意气：情意。

⑥ 谢虎子妇：即谢据的妻子王氏。谢据，小字虎子，谢奕弟。
　悟其旨：明白他的意图。

⑦ 布衣交：平民之间的交往。指不讲地位贵贱的交往。

⑧ 岸帻：推起头巾，露出额头。形容人不拘小节。

⑨ 方外司马：世俗之外的司马。

⑩ 朝夕礼：早晚的礼仪。指普通的礼节。

⑪ 内：内室。

⑫ 主：公主。桓温的妻子为晋元帝之女南康长公主。

译文

桓宣武（桓温）担任徐州刺史时，谢奕担任晋陵太守，起初二人只是见面寒暄一下而已，并没有什么特殊的交往。等桓温迁任荆州刺史，要到西边去的时候，对谢奕显得非常亲近，谢奕也没有什么怀疑。只有谢虎子（谢据）的妻子王氏明白他的意图，她常说："桓荆州的用意很不一般，他一定是想和晋陵一起去荆州啊。"不久，桓温就推荐谢奕担任司马。谢奕上任后，两人还是保持布衣之交。在桓温那里，谢奕头巾耸起，露着额头，怡然啸咏，不异于平时。桓温常说："谢奕是我的方外司马。"两人在一起喝酒，连日常的礼节都不顾，桓温丢下他进入内室，谢奕就跟着进去。后来谢奕喝醉了，桓温就到公主那里躲避。公主说："你如果没有这样狂放的司马，我又怎么能见到你呢？"

〈九〉新出门户

谢万在兄前，欲起索便器①。于时阮思旷在坐，曰："新出门户②，笃而无礼。"

注释

① 索：索要。便器：便壶。

② 新出门户：新兴的门户。谢家在晋以前，门户并不兴盛，

到谢鲲、谢尚时才兴起。当时的人并不把谢家视为第一流的门第。

译文

谢万和他哥哥在一起时，起身就要便壶。当时阮思旷（阮裕）在座，他说："一个新兴的门户，忠实却如此无礼。"

〈十〉但晚令耳

谢中郎是王蓝田女婿。尝著白纶巾①，肩舆径至扬州听事见王②，直言曰："人言君侯痴③，君侯信自痴④。"蓝田曰："非无此论，但晚令耳⑤。"

注释

① 纶巾：用粗丝编织的头巾，又名诸葛巾。

② 肩舆：轿子。扬州听事：扬州刺史官署。听事，官署处理公务的场所。

③ 君侯：对尊贵者的敬称。

④ 信自：确实，的确。

⑤ 晚令：晚年才有好名声。王述年轻时不为人知，三十以后才知名。这里是王述对谢万的机智回答。

译文

谢中郎（谢万）是王蓝田（王述）的女婿。他曾经戴着白色纶巾，乘着轿子，直接来到扬州刺史的官署见王蓝田，见面后只是说："人们说君侯傻，君侯您确实傻。"王蓝田说："并非没有这样的议论，只是我晚年的名声才好起来罢了。"

〈十一〉未知生，焉知死

王子猷作桓车骑骑兵参军。桓问曰："卿何署①？"答曰："不知何署，时见牵马来，似是马曹②。"桓又问："官有几马？"答曰："不问马③，何由知其数？"又问："马比死多少④？"答曰："未知生，焉知死⑤？"

注释

① 何署：在哪个部门任职。

② 马曹：管理马匹的部门。当时只有骑曹，没有马曹，这样说是王徽之的戏言。

③ 不问马：语出《论语·乡党》："厩焚。子退朝，曰：'伤人乎？'不问马。"王徽之如此说表明他对自己的工作并不关心。

④ 比：近来。

⑤ 未知生，焉知死：语出《论语·先进》："季路问事鬼神。子曰：'未能事人，焉能事鬼？'曰：'敢问死。'曰：'未知生，焉知死？'"王徽之引用这句话说明他对自己的职责漠不关心。

译文

王子猷（王徽之）担任桓车骑（桓冲）的骑兵参军。有一次桓冲问他："你在哪个衙门任职？"王子猷答道："不知是哪个衙门，有时见人牵着马来，好像是马曹。"桓冲又问："你那里有几匹马？"王子猷回答："不问马，我怎么会知道有多少匹？"又问："马最近死了多少？"王子猷回答："未知生，焉知死？"

《十二》阿螭不作尔

谢公尝与谢万共出西，过吴郡，阿万欲相与共萃王恬许[1]，太傅云："恐伊不必酬汝[2]，意不足尔[3]。"万犹苦要[4]，太傅坚不回[5]，万乃独往。坐少时[6]，王便入门内，谢殊有欣色，以为厚待己。良久，乃沐头散发而出，亦不坐，仍据胡床[7]，在中庭晒头[8]，神气傲迈，了无相酬对意。谢于是乃还，未至船，逆呼太傅[9]，安曰："阿螭不作尔[10]。"

注释

① 相与：一起。萃：聚集。王恬：字敬豫，小字螭虎，王导子，曾任吴郡太守。

② 酬：招待客人。

③ 意：认为，觉得。不足：不值得。尔：如此，这样。

④ 苦要：苦苦邀请。要，同"邀"。

⑤ 回：改变。

⑥ 少时：一会儿。

⑦ 据：靠着。

⑧ 中庭：院子。

⑨ 逆：迎面。

⑩ 不作：这里的意思是不招待，不搭理。

译文

谢公（谢安）曾经和谢万一起去建康，经过吴郡时，阿万想让谢公和他一块儿去王恬那里，谢公说："恐怕他不一定会招待你，我觉得不必如此。"谢万还是坚持让谢公和他去，谢公没答应，谢万就自己去了。谢万在王恬那里坐了一会儿，王恬就进屋了，谢万非常高兴，认为王恬会好好招待自己。过了很久，王恬洗了头，披散着头发就出来了，也不就座，只是靠在胡床上，在院子里晾头发，一副盛气凌人的样子，丝毫没有招待谢万的意思。谢万于是就回来了，还没上船，就迎面叫谢公，谢公说："阿螭没搭理你吧。"

〈十三〉致有爽气

王子猷作桓车骑参军。桓谓王曰："卿在府久，比当相料理①。"初不答，直高视②，以手版拄颊云③："西山朝来④，致有爽气⑤。"

||| **注释**

① 比：最近。相料理：照顾提拔你。相，表示偏指。料理，照顾提拔。

② 直：只。

③ 手版：古代官吏上朝或晋见上司时拿的笏板，备记事之用。

④ 朝：早晨。

⑤ 致：招致。

||| **译文**

王子猷（王徽之）担任桓车骑（桓冲）的参军。一天桓冲对王徽之说："你在官署待的时间很久了，最近我要提拔你。"王徽之也不答话，只是眼睛看着高处，用手版拄着脸颊说："西山的早晨，空气非常清新。"

〈十四〉谢万北征

谢万北征①，常以啸咏自高②，未尝抚慰众士。谢公甚器爱万，而审其必败③，乃俱行，从容谓万曰④："汝为元帅，宜数唤诸将宴会，以说众心⑤。"万从之。因召集诸将，都无所说，直以如意指四坐云："诸君皆是劲卒⑥。"诸将甚忿恨之。谢公欲深著恩信⑦，自队主将帅以下⑧，无不身造⑨，厚相逊谢。及万事败，军中因欲除之。复云："当为隐士⑩。"故幸而得免。

注释

① 谢万北征：晋穆帝升平二年（358），谢万受命北征前燕，于寿春大败而归，被废为庶人。

② 自高：自命清高。

③ 审：明白。

④ 从容：形容说话舒缓，不急不躁。

⑤ 说：同"悦"。

⑥ 劲卒：勇敢的士兵。称将领为"卒"，是不敬的表示。

⑦ 著：动词，使……显著。

⑧ 队主：某兵种的长官。

⑨ 身：亲自。造：造访。

⑩ 当为隐士：指看在谢安的面子上。谢安当时还没有出仕，故称。

译文

谢万北征前燕时，常常啸咏以显示自己的高贵，从不体恤全体将士。谢公（谢安）器重爱护谢万，但也明白他肯定要败，就一起随军出征，他找机会对谢万说："你作为元帅，应该经常召集将领们参加宴会，以便让大家心情愉快。"谢万听从了他的建议。于是就召集将领们聚会，谢万什么也不说，只是用如意指着大家说："你们都是勇猛的士兵。"众将听罢非常气愤。谢公想笼络人心，自主帅以下的大小将领，他都亲自去拜访，诚恳地表示了道歉。等到谢万兵败，军中的人想除掉他。后来又说："应该为隐士谢安着想。"谢万这才得以幸免。

《十五》鼠辈敢尔

王子敬兄弟见郗公，蹑履问讯[1]，甚修外生礼[2]。及嘉宾死，皆著高屐[3]，仪容轻慢。命坐，皆云："有事，不暇坐。"既去，郗公慨然曰："使嘉宾不死[4]，鼠辈敢尔[5]！"

注释

① 蹑履：穿着鞋子。这里有表示恭敬的意思。问讯：问候。

② 外生礼：外甥对舅舅的礼节。

③ 高屐：一种带齿的木底鞋。六朝时纨绔子弟喜欢穿高齿木屐，在长辈面前穿木屐是不礼貌的。

④ 使：假使。

⑤ 鼠辈：对晚辈的蔑称。

译文

王子敬（王献之）兄弟去见舅舅郗公（郗愔）时，恭恭敬敬，非常注意外甥的礼节。等到郗嘉宾（郗超）死后，他们就都穿着高脚木屐，神色傲慢。让他们坐，都说："还有事情，没工夫坐。"他们走后，郗公感叹道："如果嘉宾不死，你们这些小兔崽子敢这样吗！"

《十六》王子猷过吴中

王子猷尝行过吴中[1]，见一士大夫家极有好竹。主已知子猷当往，乃洒扫施设[2]，在听事坐相待[3]。王肩舆径造竹下，讽啸良久，主已失望，犹冀还当通④。遂直欲出门⑤，主人大不堪⑥，便令左右闭门，不听出⑦。王更以此赏主人，乃留坐，尽欢而去。

注释

① 吴中：吴郡。

② 洒扫施设：整理房间，做好接待客人的准备。

③ 听事：此指厅堂、大厅。

④ 通：通报问候。

⑤ 遂：竟然。

⑥ 不堪：不能忍受。

⑦ 不听：不让。

译文

王子猷（王徽之）一次出行经过吴郡，见一个士大夫家有非常好的竹林。主人也已经知道了王子猷会来，就洒扫庭除，准备好酒肉，在大厅里坐着等他。王子猷坐着轿子直接来到竹林下，啸咏良久，主人感到很失望，还在等着他会和自己交谈。可王子猷啸咏后就要出门，主人实在不能忍受了，就让家人关上大门，不让他走。王子猷反而因此欣赏主人，于是留了下来，纵情欢乐后才离开。

〈十七〉以贵骄人

王子敬自会稽经吴，闻顾辟疆有名园①。先不识主人，径往其家。值顾方集宾友酣燕②，而王游历既毕，指麾好恶③，傍若无人。顾勃然不堪曰："傲主人，非礼也；以贵骄人，非道也。失此二者，不足齿之伧耳④！"便驱其左右出门。王独在舆上，回转顾望，左右移时不至，然后令送著门外，怡然不屑⑤。

注释

① 顾辟疆：东晋时人，曾任郡公曹、平北参军。

② 酣燕：举办盛宴。

③ 指麾：即"指挥"。这里有评说的意思。

④ 不足齿：不足挂齿，不值一提。伧：当时南方人对北方人的蔑称。王献之为琅邪人，所以这样说。

⑤ 不屑：不在乎。

译文

王子敬（王献之）从会稽出来，经过吴郡，听说顾辟疆家有很好的园林。王子敬先前并不认识主人，也没打招呼，就直接来到他家。正赶上顾家在大会宾客，王子敬游览完毕，对园林指指点点地加以评价，旁若无人。顾辟疆受不了他的指手画脚，勃然大怒说："对主人傲慢，是无礼的行为；因为地位高贵而盛气凌人，是不道义的。失去这两点，就是不足挂齿的粗人！"于是就把他的随从赶出大门。王子敬独自坐在轿上，左顾右盼，顾辟疆见他的随从很久也不来，就让人把他送到门外，王子敬依旧悠然自得，毫不在乎。

世說新語

排調

諸葛瑾為豫州遣別駕到臺瑾已

談卿可與語連往詣恪恪不與相見後於張輔吳坐中相遇別駕喚恪咄郡君恪因

世說新語

排調

諸葛瑾為豫州遣別駕到臺瑾已語云小兒知

談卿可與語連往詣恪長子也少有才名發藻

岐嶷辯論應機莫與為對孫權見而奇之謂瑾

曰藍田生玉真不虛也仕吳至太傅為孫峻所

害恪不與相見後於張輔吳坐中相遇紀曰張

昭字子布忠正有才別駕喚恪咄郡君恪因

義仕吳為輔吳將軍

《一》诸葛瑾为豫州

诸葛瑾为豫州^①，遣别驾到台^②，语云："小儿知谈^③，卿可与语。"连往诣恪^④，恪不与相见。后于张辅吴坐中相遇^⑤，别驾唤恪："咄咄郎君^⑥！"恪因嘲之曰："豫州乱矣，何咄咄之有？"答曰："君明臣贤，未闻其乱。"恪曰："昔唐尧在上^⑦，四凶在下^⑧。"答曰："非唯四凶，亦有丹朱^⑨。"于是一坐大笑。

注释

① 诸葛瑾：字子瑜，吴时官至大将军、豫州牧。

② 别驾：官名，州刺史的属官。到台：即到朝中去。当时称朝廷的权力机关为台。

③ 知谈：善谈，健谈。

④ 连往诣恪：多次去拜访诸葛恪。恪，即诸葛恪，字元逊，诸葛瑾长子，有才名，吴时官至太傅，被孙峻杀害。

⑤ 张辅吴：即张昭。张昭，字子布，吴时任辅吴将军，故称。

⑥ 咄咄郎君：好一个郎君。咄咄，感叹词，表示赞叹。郎君，门生故吏对长官或师门子弟的称呼。

⑦ 唐尧：古帝名，帝喾之子，初封于陶，又封于唐，号陶唐氏，后传位于尧。

⑧ 四凶：尧舜时的四个恶人：浑敦、穷奇、梼杌（táo wù）、饕餮。因不服控制被舜流放。

⑨ 丹朱：尧的儿子。尧因其不肖而将位传给舜。这里是说诸
葛瑾是圣贤，而诸葛恪却像丹朱那样不肖。

译文

诸葛瑾担任豫州牧时，派遣一名别驾到朝廷去，他对别驾
说："我儿子善谈，你见了他可以和他聊聊。"到京都后，别驾
几次去找诸葛瑾的儿子诸葛恪，诸葛恪都不见他。后来他们在
张辅吴（张昭）家相遇了，别驾对诸葛恪喊道："好厉害的郎君
啊！"诸葛恪趁机嘲笑他说："豫州都乱了，哪里还厉害？"别
驾答道："君明臣贤，我没听说豫州乱了。"诸葛恪说："从前贤
明的唐尧在位时，他下面不是也有四个凶人吗？"别驾说道：
"不只有四个凶人，他还有一个不肖的儿子丹朱呢。"于是四座
的人都大笑起来。

〈二〉晋文帝与二陈共车

晋文帝与二陈共车①，过唤钟会同载②，即驶车委去③。比
出④，已远。既至，因嘲之曰："与人期行，何以迟迟？望卿遥
遥不至⑤。"会答曰："矫然懿实，何必同群⑥？"帝复问会："皋
繇何如人⑦？"答曰："上不及尧、舜，下不逮周、孔⑧，亦一
时之懿士⑨。"

注释

① 二陈：即陈骞和陈泰。陈骞，字休渊，魏司徒陈矫子，官
至大司马。陈泰，字玄伯，魏司空陈群子，官至尚书左仆
射。

② 过唤钟会同载：经过钟会家时招呼他一起乘车。

③ 委：弃，丢下。

④ 比：等到。

⑤ 遥遥不至：在远处不追上来。钟会父钟繇，"繇"与"遥"同音，所以这样说来戏弄钟会。

⑥ 矫然懿实，何必同群：矫然，出众的样子。懿实，美好朴实。陈骞的父亲名"矫"，司马昭的父亲名"懿"，陈泰的父亲名"群"，钟会这里把三人父亲的名讳一同说出，来回敬司马昭的挑衅。

⑦ 皋繇：舜时大臣，掌刑狱。这里司马昭再次用钟会的家讳嘲弄他。

⑧ 逮：达到，及。

⑨ 懿士：美德之人。这里钟会再次犯司马昭的家讳。

译文

晋文帝（司马昭）和陈骞、陈泰同乘一辆车子，路过钟会门前时，他们呼唤钟会上来，喊罢就丢下他驾车跑了。等钟会出来时，他们已经走远了。钟会赶到后，他们嘲笑钟会说："和人约好了出行，为什么那么慢呢？看见你在远处也不追上来。"钟会答道："我矫然出众，懿美丰盈，何必要和你们同群？"晋文帝又问道："皋繇是什么样的人？"钟会答道："他上不如尧、舜，下不及周公、孔子，不过也是当时的懿德之士。"

《三》钟毓为黄门郎

钟毓为黄门郎①，有机警，在景王坐燕饮②。时陈群子玄伯、武周子元夏同在坐，共嘲毓。景王曰："皋繇何如人？"对曰："古之懿士。"顾谓玄伯、元夏曰："君子周而不比③，群而不党④。"

① 钟毓：字稚叔，钟繇子，钟会兄，曾为黄门侍郎。

② 景王：即司马师。司马懿子，晋朝建立后追尊景帝。

③ 君子周而不比：出自《论语·为政》："君子周而不比，小人比而不周。"意思是君子团结但不结党营私，小人结党营私但不团结。这句话犯了武陔的家讳。

④ 群而不党：出自《论语·卫灵公》："君子矜而不争，群而不党。"意思是君子和别人和谐相处却不结党营私。这句话犯了陈群的家讳。

译文

钟毓做黄门郎，为人非常机智，一次在景王（司马师）那里喝酒。当时陈群的儿子玄伯（陈泰）、武周的儿子元夏（武陔）都在座，他们一起嘲弄钟毓。景王说："皋繇是什么样的人？"钟毓回答道："是古代的懿德之士。"钟毓又回头对玄伯和元夏说："孔子说君子周而不比，群而不党。"

〈四〉俗物来败人意

嵇、阮、山、刘在竹林酣饮，王戎后往。步兵曰："俗物已复来败人意①！"王笑曰："卿辈意亦复可败邪②？"

注释

① 俗物：俗人。已复：竟然。意：意趣。

② 卿辈：你们这些人。

译文

嵇康、阮籍、山涛、刘伶在竹林下畅饮，王戎后来到了。阮籍说："俗人又来败坏我们的兴致了！"王戎笑着说："你们这些人的兴致，也是别人能败坏的吗？”

〈 五 〉 尔汝歌

晋武帝问孙皓①：“闻南人好作《尔汝歌》②，颇能为不③？”皓正饮酒，因举觞劝帝而言曰：“昔与汝为邻，今与汝为臣。上汝一杯酒，令汝寿万春④！”帝悔之。

注释

① 孙皓：三国时吴国的最后一位君主，晋灭吴后降晋，封归命侯。

② 《尔汝歌》：魏晋时流行于南方的民歌。“尔”“汝”为古代尊长对卑幼的称呼，平辈之间用时表示亲昵或不敬。

③ 颇：表疑问的副词，相当于“还”“可”。

④ 万春：万年。

译文

晋武帝（司马炎）问孙皓：“听说你们南方人喜欢作《尔汝歌》，你还能作吗？”孙皓正在喝酒，于是就举起酒杯向晋武帝劝道：“从前我是你的邻居，现在我是你的臣民。敬你一杯酒，祝你万寿无疆！”武帝听罢很后悔。

〈 六 〉 枕流漱石

孙子荆年少时欲隐，语王武子“当枕石漱流①”，误曰“漱石枕流”。王曰：“流可枕，石可漱乎？”孙曰：“所以枕流，欲洗其耳②；所以漱石，欲砺其齿。”

注释

① 枕石漱流：以石为枕，用流水漱口，形容隐居山野的生活。

② 欲洗其耳：相传尧将天下传给许由，许由的朋友巢父责备他，许由就用冷水洗耳，对自己的入世心态表示愧疚。

译文

孙子荆（孙楚）年轻时想隐居，他本来要对王武子（王济）说"要枕石漱流"，却误说成"漱石枕流"。王武子说："流水可以枕，石头能漱口吗？"孙子荆说："枕流，是为了洗耳朵；漱石，是为了磨砺牙齿。"

《七》头责秦子羽

头责秦子羽云①："子曾不如太原温颙，颍川荀寓，范阳张华，士卿刘许，义阳邹湛，河南郑诩②。此数子者，或謇吃无宫商③，或尫陋希言语④，或淹伊多姿态⑤，或謇哗少智谓⑥，或口如含胶饴⑦，或头如巾齑杵⑧。而犹以文采可观，意思详序⑨，攀龙附凤⑩，并登天府⑪。"

注释

① 头责秦子羽：《头责子羽文》是西晋张敏撰写的一篇讽刺文章，作者借子羽的头颅讥讽子羽的身体，讽刺了现实中趋炎附势、哗众取宠的势利小人。

② 温颙、荀寓、张华、刘许、邹湛、郑诩：这六个人均为西晋时人。

③ 謇（jiǎn）吃：口吃。宫商：原指音乐。这里用来形容人因口吃而说话不连贯。

④ 尫（wāng）陋：形象丑陋。希：少。

⑤ 淹伊：矫揉造作的样子。多姿态：搔首弄姿以取悦于人。

⑥ 谨（xuān）哗：喧哗。智谞（xū）：才智。

⑦ 含胶饴：口中含着粘糖。形容人说话不利落，没有口才。胶饴，粘糖。

⑧ 头如巾齑杵：脑袋像包了头巾的捣蒜杵一样。形容头小。

⑨ 意思：内容，意图。详序：周密有序。

⑩ 攀龙附凤：形容通过攀附权贵而显达。

⑪ 天府：指朝廷。

译文

秦子羽的头责备秦子羽说："你竟然不如太原的温颙，颍川的荀寓，范阳的张华，宗正卿刘许，义阳的邹湛，河南的郑诩。这些人，有的口吃，说话不连贯；有的形象丑陋，寡言少语；有的矫揉造作，故作媚态；有的哗众取宠，缺乏智慧；有的嘴里像含着糖，说些甜言蜜语；有的脑袋就像包着头巾的捣蒜杵。可他们都文采可观，花言巧语，趋炎附势，在朝廷做官。"

〈八〉生儿故可不啻如此

王浑与妇钟氏共坐，见武子从庭过，浑欣然谓妇曰："生儿如此，足慰人意。"妇笑曰："若使新妇得配参军[①]，生儿故可不啻如此[②]。"

注释

① 新妇：妇人的自称。参军：指王浑的弟弟王沦。王沦，字太冲，曾任司马昭的大将军参军，故称。

② 不啻：不止。

译文

王浑和妻子钟氏一起坐着闲聊，看见武子（王济）从院子经过，王浑高兴地对妻子说："我们生了这样一个儿子，也该知足了。"妻子笑着说："如果我能嫁给你弟弟王沦，那生的儿子可就不止这样了。"

〈九〉荀鸣鹤与陆士龙

荀鸣鹤、陆士龙二人未相识①，俱会张茂先坐。张令共语，以其并有大才，可勿作常语②。陆举手曰："云间陆士龙③。"荀答曰："日下荀鸣鹤④。"陆曰："既开青云，睹白雉⑤，何不张尔弓，布尔矢？"荀答曰："本谓云龙骙骙⑥，定是山鹿野麋⑦，兽弱弩强，是以发迟。"张乃抚掌大笑。

注释

① 荀鸣鹤：荀隐，字鸣鹤，历任太子舍人、司徒掾。

② 常语：客套话。

③ 云间：华亭古称云间。陆云的祖父陆逊封华亭侯，陆家世居华亭，所以这样说。

④ 日下：京都的别称。荀隐为颍川人，靠近洛阳，所以这样说。

⑤ 白雉：白色的野鸡。这句话隐含荀隐不是鹤的意思。

⑥ 骙骙（kuí）：马矫健雄壮的样子。

⑦ 定：终究，到底。麋：麋鹿，四不像。这句话含有陆云不是龙的意思。

译文

荀鸣鹤（荀隐）和陆士龙（陆云）两人原先并不认识，后来在张茂先（张华）家相遇。张华让他们俩一块儿交谈，因为二人都有大才，所以不必像常人那样客套。陆云举手说道："云间陆士龙。"荀隐答道："日下荀鸣鹤。"陆云说："披开青云，看见野鸡，为什么不拉开弓，搭上箭？"荀隐答道："本以为是矫捷的云龙，没想到是山间的麋鹿，兽弱弩强，所以箭就发得迟缓。"张华于是拍手大笑。

《十》几为伧鬼

陆太尉诣王丞相[①]，王公食以酪[②]。陆还遂病。明日与王笺云："昨食酪小过[③]，通夜委顿。民虽吴人[④]，几为伧鬼[⑤]。"

注释

① 陆太尉：指陆玩。陆玩，字士瑶，东晋时人，官至尚书令、司空。死后追赠太尉，故称。

② 食（sì）：给……吃。

③ 小：稍微，略微。

④ 民：对长官的谦称。

⑤ 伧鬼：南北朝时吴人对北方人的蔑称。奶酪是北方的食品，所以如此说。

译文

陆太尉（陆玩）去拜访王丞相（王导），王公给他奶酪吃。陆玩回家后就病倒了。第二天他给王导写信说："昨天奶酪稍微吃多了点，整个晚上都难受得要命。我虽然是吴人，可差一点做了北方鬼。"

〈十一〉此事岂可使卿有勋邪

元帝皇子生，普赐群臣。殷洪乔谢曰："皇子诞育[1]，普天同庆。臣无勋焉，而猥颁厚赉[2]。"中宗笑曰[3]："此事岂可使卿有勋邪！"

||| **注释**

① 诞育：诞生。

② 猥（wěi）：第一人称的谦辞。赉（lài）：赏赐。

③ 中宗：晋元帝的庙号。

||| **译文**

晋元帝（司马睿）的儿子诞生后，遍赏群臣。殷洪乔（殷羡）谢恩道："皇子诞生，普天同庆。臣无功勋，却得厚赏。"司马睿笑着说："这样的事怎么能让你立功呢！"

〈十二〉驴宁胜马邪

诸葛令、王丞相共争姓族先后[1]。王曰："何不言葛、王，而云王、葛？"令曰："譬言驴马，不言马驴，驴宁胜马邪？"

||| **注释**

① 诸葛令：即诸葛恢。诸葛恢官至尚书令，故称。姓族：家族的姓氏。

||| **译文**

诸葛令（诸葛恢）、王丞相（王导）在一起争论家族姓氏排名的先后。王导说："为什么不说葛、王而是说王、葛呢？"诸葛恢说："这就像说驴马，而不说马驴，驴难道胜过马吗？"

〈十三〉唯闻作吴语耳

刘真长始见王丞相，时盛暑之月，丞相以腹熨弹棋局①，曰："何乃淘②？"刘既出，人问见王公云何，刘曰："未见他异，唯闻作吴语耳。"

注释

① 熨：指贴着。弹棋局：弹棋盘，多为石制。

② 淘（qìng）：凉。吴地方言。

译文

刘真长（刘惔）第一次见王丞相（王导）时，正是盛夏季节，丞相把肚子贴到弹棋盘上，说："怎么这么凉快呢？"刘真长出来后，人们问他见到丞相感觉怎么样，刘真长说："没见他有什么特别的，只是听他说吴语而已。"

〈十四〉王公与朝士共饮酒

王公与朝士共饮酒①，举琉璃碗谓伯仁曰："此碗腹殊空，谓之宝器，何邪？"答曰："此碗英英②，诚为清彻③，所以为宝耳。"

注释

① 朝士：朝廷中的官吏。

② 英英：晶莹透明的样子。

③ 清彻：清澈。

译文

王公（王导）和朝中的官员一起饮酒，他举着手中的琉璃碗对伯仁（周颛）说："这只碗里面是空的，人们却说它是宝器，为什么呢？"周颛答道："这只碗晶莹透明，非常清澈，所以是宝器。"

《十五》卿类社树

谢幼舆谓周侯曰："卿类社树[①]，远望之，峨峨拂青天[②]；就而视之，其根则群狐所托[③]，下聚溷而已[④]！"答曰："枝条拂青天，不以为高；群狐乱其下，不以为浊。聚溷之秽，卿之所保[⑤]，何足自称[⑥]？"

注释

① 社树：土地庙里的树。

② 峨峨：高峻的样子。

③ 托：寄托。

④ 溷（hùn）：粪便，污秽物。

⑤ 保：拥有，占有。

⑥ 自称：自夸。

译文

谢幼舆（谢鲲）对周侯（周颛）说："你就像土地庙里的大树，远远望去，高高耸立，直入青天；就近一看，一群狐狸聚集在树底下，堆满了污秽的粪便。"周颛答道："大树的枝叶耸入青天，我自己也不觉得高；一群狐狸在树底下作乱，我也不感到污浊。堆积的污秽粪便，是你自己的东西，哪值得自夸！"

‹十六› 相与似有瓜葛

王长豫幼便和令[1]，丞相爱恣甚笃[2]。每共围棋，丞相欲举行[3]，长豫按指不听。丞相曰："讵得尔[4]？相与似有瓜葛[5]。"

注释

注释

[1] 王长豫：王悦，字长豫，王导长子。和令：温和美好。

[2] 爱恣：疼爱娇惯。

[3] 举行：落子后又拿起来重走，即悔棋。

[4] 讵得尔：怎么能这样。讵，哪里，岂。

[5] 相与：和你。瓜葛：比喻亲属关系。

译文

王长豫（王悦）小时候温顺可爱，丞相（王导）非常溺爱娇惯他。每次一起下棋，丞相要悔棋时，长豫就按住爸爸的手指不让动。丞相说："哪能这样呢？我们俩还是有些关系的。"

‹十七› 千斤犗特

明帝问周伯仁："真长何如人？"答曰："故是千斤犗特[1]。"王公笑其言。伯仁曰："不如卷角牸[2]，有盘辟之好[3]。"

注释

[1] 犗（jiè）特：阉割的公牛，力大能负重物。

[2] 牸（zì）：母牛。

[3] 盘辟：盘旋从容的样子。

译文

晋明帝（司马绍）问周伯仁（周颛）："刘真长（刘惔）是什么样的人？"伯仁答道："他原本就是一头千斤重的犍牛。"王公（王导）觉得他的话好笑。伯仁说："不如弯角的老母牛，有盘旋从容的优点。"

《十八》王丞相枕周伯仁膝

王丞相枕周伯仁膝，指其腹曰："卿此中何所有？"答曰："此中空洞无物，然容卿辈数百人。"

译文

王丞相（王导）枕在周伯仁（周颛）的膝上，指着他的肚子说："你这里有什么东西呢？"周伯仁答道："这里空洞无物，不过可以容下几百个你这样的人。"

《十九》鬼之董狐

干宝向刘真长叙其《搜神记》①，刘曰："卿可谓鬼之董狐②。"

注释

① 干宝：字令升，晋元帝时为史官，著《晋纪》二十卷，又撰《搜神记》三十卷，为魏晋志怪小说的代表作。

② 董狐：春秋时晋国史官，因撰写史书时不隐恶被孔子称为"古之良史"。

译文

干宝向刘真长（刘惔）讲述他的《搜神记》，刘真长说："你可以说是鬼中的良史董狐啊。"

《二十》许文思往顾和许

许文思往顾和许，顾先在帐中眠，许至，便径就床角枕共语。既而唤顾共行，顾乃命左右取桁上新衣^①，易己体上所著。许笑曰："卿乃复有行来衣乎^②？"

注释

① 桁（háng）：衣架。

② 乃复：竟然。行来衣：出门穿的衣服。

译文

许文思（许琛）去顾和那里，顾和先前在帐里睡觉，许文思到了以后，就径直来到床前，躺下和顾和一起聊天。随后叫顾和一块儿出去，顾和就让身边的人去把衣架上的新衣服拿来，换下身上穿的衣服。许文思笑着说："你竟然还有出门穿的衣服吗？"

《二十一》山高渊深

康僧渊目深而鼻高^①，王丞相每调之^②。僧渊曰："鼻者，面之山；目者，面之渊。山不高则不灵，渊不深则不清。"

注释

① 康僧渊：东晋时来自西域的僧人。

② 调：调侃。

译文

康僧渊深目高鼻，王丞相（王导）常常因此笑话他。康僧渊说："鼻子，是脸上的山；眼睛，是脸上的潭。山不高就没有灵气，潭不深就不会清澈。"

《二十二》何充图作佛

何次道往瓦官寺礼拜甚勤[1]，阮思旷语之曰："卿志大宇宙，勇迈终古[2]。"何曰："卿今日何故忽见推[3]？"阮曰："我图数千户郡[4]，尚不能得；卿乃图作佛[5]，不亦大乎？"

||| **注释**

① 礼拜：拜佛。

② 迈：超越。终古：千古。

③ 见推：推崇我。

④ 图千户郡：希望做一个管理几千户人家的郡守。

⑤ 作佛：成佛。

||| **译文**

何次道（何充）去瓦官寺拜佛，非常精勤，阮思旷（阮裕）对他说："你的志向包容宇宙，勇气超越千古。"何次道说："你今天怎么突然推崇起我来了？"阮思旷说："我想做个治理几千户的郡守，这个目标至今也没实现；你竟然想成佛，志向不是很大吗？"

《二十三》折角如意

庾征西大举征胡，既成行，止镇襄阳。殷豫章与书[1]，送一折角如意以调之[2]。庾答书曰："得所致，虽是败物[3]，犹欲理而用之[4]。"

||| **注释**

① 殷豫章：即殷羡。殷羡，字洪乔，曾任豫章太守。

② 折角如意：缺了角的如意。这里是用来讽刺庾翼壮志未酬，伐胡的想法不能如意。

③ 败物：损坏了的东西。

④ 理：治理，修理。

||| **译文**

庾征西（庾翼）要大举征讨胡人，出发后，部队驻扎在襄阳就不再前进了。殷豫章（殷羡）给他写了封信，并送了一只断角的如意嘲弄他。庾翼在答复的信中说："收到你送的东西，虽然是残缺之物，但我还想修整好再用。"

《二十四》卿辈那得坐谈

桓大司马乘雪欲猎，先过王、刘诸人许①。真长见其装束单急②，问："老贼欲持此何作③？"桓曰："我若不为此，卿辈亦那得坐谈？"

||| **注释**

① 过：拜访。

② 装束单急：穿着轻便的军装。

③ 老贼：老家伙，老东西。

||| **译文**

桓大司马（桓温）下雪天要出去打猎，先到王濛、刘惔等人家拜访。刘惔见他穿着军装，问道："老家伙你穿着军装又要干什么？"桓温说："我要是不这样，你们这些人怎么能坐着清谈呢？"

《二十五》在公无暇

褚季野问孙盛："卿国史何当成①？"孙云："久应竟②，在公无暇③，故至今日。"褚曰："古人'述而不作'④，何必在蚕室中⑤？"

‖ **注释**

① 国史：记载当代历史的史书。何当：什么时候，何时。

② 久应竟：早就该写完了。

③ 在公无暇：忙于公务，没有时间。

④ 述而不作：见《论语·述而》："述而不作，信而好古。"意思是只记录成说而不创新。

⑤ 在蚕室中：司马迁因替李陵辩护而遭受官刑，在蚕室内写成《史记》。蚕室是养蚕的屋子，里面很暖和，受过官刑的人怕冷，所以住在这里。

‖ **译文**

褚季野（褚裒）问孙盛："你的国史什么时候完成？"孙盛说："本来早就该完成了，因为忙于公务，没有时间，所以拖到今天。"褚季野说："古人'述而不作'，你又何必像司马迁那样，待在蚕室里写史书呢？"

《二十六》苍生将如卿何

谢公在东山，朝命屡降而不动①。后出为桓宣武司马②，将发新亭，朝士咸出瞻送③。高灵时为中丞，亦往相祖④。先时多少饮酒⑤，因倚如醉，戏曰："卿屡违朝旨，高卧东山，诸人每相与言：'安石不肯出，将如苍生何⑥！'今亦苍生将如卿何？"

谢笑而不答。

注释

① 不动：不出来做官。

② 出：出仕。

③ 瞻送：送行。

④ 相祖：为他送行。祖，为亲友送行时祭祀路神，以求旅途平安。

⑤ 多少：稍微，少许。

⑥ 如……何：对……怎么样。苍生：百姓。

译文

谢公（谢安）在东山隐居，朝廷屡次征召他都没有答应。后来出山做桓宣武（桓温）的司马，要从新亭出发，朝中的官员都来为他送行。高灵（高崧）当时担任御史中丞，也来为他送行。高灵先前喝了点酒，仗着酒意，讥笑道："你屡次违背朝廷的旨意，在东山隐居，大家经常在一起议论说：'安石不出山，他将怎样面对天下的百姓！'现在天下百姓又将如何面对你呢？"谢公笑而不答。

《二十七》但恐不免耳

初，谢安在东山居布衣①，时兄弟已有富贵者，翕集家门②，倾动人物③。刘夫人戏谓安曰："大丈夫不当如此乎？"谢乃捉鼻曰："但恐不免耳！"

注释

① 居布衣：作为平民百姓。

② 翕（xī）集：聚集。

③ 倾动人物：兴师动众。

译文

当初，谢安作为一介平民在东山隐居，那时他的兄弟当中已经有富贵的了，常常家中宾客盈门，兴师动众。刘夫人和谢安开玩笑说："大丈夫难道不应该这样吗？"谢安捏着鼻子说："只怕也免不了啊！"

《二十八》买山隐居

支道林因人就深公买岇山①，深公答曰："未闻巢、由买山而隐②。"

注释

① 因：通过。岇（àng）山：山名，在会稽剡县（今浙江嵊州）东。

② 巢、由：指巢父和许由，尧时的两个隐士。

译文

支道林（支遁）通过别人向深公（竺法深）买岇山，深公答复说："我没听说巢父、许由买山隐居的。"

《二十九》夷甫无君辈客

王、刘每不重蔡公。二人尝诣蔡，语良久，乃问蔡曰："公自言何如夷甫？"答曰："身不如夷甫①。"王、刘相目而笑②，曰："公何处不如？"答曰："夷甫无君辈客。"

注释

① 身：第一人称代词，我。

② 相目：相视。

王濛、刘惔总看不起蔡公（蔡谟）。有一次两人去蔡谟那里，谈了很长时间，问蔡谟说："您觉得您和王夷甫（王衍）相比怎么样？"蔡谟答道："我不如王夷甫。"王、刘相对而笑，说："您哪里不如王夷甫？"蔡谟回答："王夷甫没有你们这样的客人。"

《三十》 口中何为开狗窦

张吴兴年八岁①，亏齿②，先达知其不常③，故戏之曰："君口中何为开狗窦④？"张应声答曰："正使君辈从此中出入。"

■ 注释

① 张吴兴：即张玄之。张玄之曾任吴兴太守，故称。

② 亏齿：掉了牙齿。

③ 不常：非同寻常。

④ 狗窦：狗洞。

■ 译文

张吴兴（张玄之）八岁时，门牙掉了，先贤们知道他不同寻常，故意和他开玩笑说："你嘴里怎么开了狗洞？"张玄之应声答道："正是为了让你们这些人从这里进出。"

《三十一》 我晒书

郝隆七月七日出日中仰卧①。人问其故，答曰："我晒书。"

① 七月七日：古时风俗，这一天要晒衣晒书。出：到。

译文

郝隆七月七日这天到太阳底下仰面躺着。有人问他为什么要这样，他答道："我在晒书呢。"

《三十二》远志小草

谢公始有东山之志①，后严命屡臻②，势不获已③，始就桓公司马。于时人有饷桓公药草④，中有"远志"⑤。公取以问谢："此药又名'小草'，何一物而有二称？"谢未即答。时郝隆在坐，应声答曰："此甚易解，处则为'远志'，出则为'小草'。"谢甚有愧色。桓公目谢而笑曰："郝参军此过乃不恶⑥，亦极有会⑦。"

注释

① 东山之志：在东山隐居的志向。

② 严命：指朝廷的诏令。臻：到达。

③ 不获已：不得已。

④ 饷：馈赠。

⑤ 远志：草药名。其根名远志，叶名小草，均可入药。下文"处则为'远志'，出则为'小草'"隐含着隐居和出仕的双关意思，以此讥讽谢安。

⑥ 过：《太平御览》作"通"，意思是解释、阐释。

⑦ 会：意趣，情调。

译文

谢公（谢安）起初要在东山隐居，后来朝廷的任命屡屡下达，情势迫不得已，谢安就担任了桓公（桓温）的司马。当时有人给桓公送来一些草药，其中有"远志"。桓公拿来问谢安："这种草药又名'小草'，为什么一个东西会有两个名称呢？"谢安没有马上回答。当时郝隆也在座，他应声答道："这好理解，埋在地下的根部叫'远志'，长在上面的茎叶叫'小草'。"谢安非常羞愧。桓公看着谢安笑道："郝参军的这番解释实在不错，也很有意味。"

《三十三》庾园客诣孙监

庾园客诣孙监①，值行②，见齐庄在外③，尚幼，而有神意④。庾试之曰："孙安国何在？"即答曰："庾稚恭家。"庾大笑，曰："诸孙大盛，有儿如此！"又答曰："未若诸庾之翼翼⑤。"还，语人曰："我故胜，得重唤奴父名⑥。"

||| **注释**

① 庾园客：庾爱之，小字园客。庾翼子。孙监：即孙盛。孙盛，字安国，曾任秘书监，故称。

② 值行：正赶上外出。

③ 齐庄：孙放，字齐庄，孙盛次子。

④ 神意：神态。

⑤ 翼翼：兴旺的样子。庾爱之父庾翼，这里这样说犯了庾爱之的家讳。

⑥ 奴：对人的鄙称。

||| **译文**

庾园客（庾爱之）去找孙监（孙盛），正赶上他外出不在家，见齐庄（孙放）在屋子外面，他年纪不大，神情就显得很

机灵。庾园客试着问他说："孙安国哪儿去了？"孙放立即答道："去庾稚恭家了。"庾园客大笑，说："孙家太兴盛了，有这样的儿子。"孙放又答道："不如庾家那样翼翼兴旺啊。"孙放回家后，告诉人说："我真赢了，我重复叫了那家伙父亲的名字。"

《三十四》范玄平在简文坐

范玄平在简文坐①，谈欲屈②，引王长史曰："卿助我！"王曰："此非拔山力所能助。"

注释

① 范玄平：范汪，字玄平，东晋时人，官至吏部尚书，徐、兖二州刺史。

② 屈：受挫，失败。

译文

范玄平（范汪）在简文帝（司马昱）那里，清谈将要被对手打败，他拉着王长史（王濛）说："你帮帮我！"王濛说："这不是有拔山的力量就能帮助的呀。"

《三十五》那得不作蛮语

郝隆为桓公南蛮参军①。三月三日会②，作诗，不能者罚酒三升。隆初以不能受罚，既饮，揽笔便作一句云："娵隅跃清池③。"桓问："娵隅是何物？"答曰："蛮名鱼为娵隅。"桓公曰："作诗何以作蛮语？"隆曰："千里投公，始得蛮府参军，那得不作蛮语也？"

① 南蛮参军：即南蛮校尉府参军。桓温曾任安西将军、荆州刺史，领南蛮校尉。郝隆曾在桓温府任参军，所以这样说。

② 三月三日会：古时农历三月三日为袚禊（fú xì）日，这一天人们要到河里沐浴，并聚会饮酒。会，聚会。

③ 姁隅（jū yú）：古代西南少数民族对鱼的称呼。

译文

郝隆担任桓公（桓温）的南蛮参军。三月三日聚会，大家作诗，不能作的，罚酒三升。郝隆起初因为不能作诗受罚，喝下酒之后，他拿起笔来就作了一句："姁隅跃清池。"桓温问道："姁隅是什么？"郝隆答道："蛮人把鱼叫作姁隅。"桓温说："作诗怎么还要用蛮语？"郝隆说："我不远千里投奔您，只得到个蛮府参军的职位，怎能不用蛮语呢？"

《三十六》古之遗狂

袁羊尝诣刘恢①，恢在内眠未起。袁因作诗调之曰："角枕粲文茵，锦衾烂长筵②。"刘尚晋明帝女③，主见诗不平，曰："袁羊，古之遗狂④！"

注释

① 袁羊：即袁乔。袁乔，字彦叔，小字羊，东晋时人，曾任尚书郎、江夏相。

② 角枕粲文茵，锦衾烂长筵：此句由《诗经·唐风·葛生》演化而来。原文为"角枕粲兮，锦衾烂兮。予美亡此，谁与独旦？"描写妻子在丈夫亡故后孤独凄凉的景况。袁乔这里反其意而用，调笑刘恢还不起床。角枕，用兽骨装饰

的枕头。粲，鲜明。文茵，有花纹的褥子。锦衾，锦做的
被子。烂，灿烂，明亮。长筵，长席。

③ 尚：娶帝王的女儿为尚。

④ 狂：狂放不羁的人。

||| 译文

　　袁羊（袁乔）一次去拜访刘惔，刘惔在里屋睡觉还没起来。
袁羊就因此作诗嘲笑他道："角枕粲文茵，锦衾烂长筵。"刘惔娶
的是晋明帝的女儿，公主看到诗后很气愤，说："袁羊是古代狂
人的后代！"

〈三十七〉殷洪远答孙兴公

　　殷洪远答孙兴公诗云："聊复放一曲①。"刘真长笑其语
拙，问曰："君欲云那放②？"殷曰："榻腊亦放③，何必其枪
铃邪④？"

||| 注释

① 聊复：暂且，姑且。放：放歌。

② 那：如何，怎么。

③ 榻腊：即榻腊鼓，是一种用手拍击发出声音的鼓。

④ 枪（qiāng）铃：钟声和铃声。指悦耳的乐器声。

||| 译文

　　殷洪远（殷融）在答孙兴公（孙绰）的诗中说："聊复放一
曲。"刘真长（刘惔）笑话他语言拙劣，就问道："你想怎么放
歌呢？"殷洪远说："击鼓也可以放歌，何必非要音乐伴奏呢？"

707

〈三十八〉桓公既废海西

桓公既废海西，立简文。侍中谢公见桓公，拜，桓惊笑曰："安石，卿何事至尔①？"谢曰："未有君拜于前，臣立于后！"

注释

① 何事：为什么。

译文

桓公（桓温）废掉海西公（司马奕），立简文帝（司马昱）为帝。侍中谢公（谢安）见到桓公，跪拜，桓公惊讶地笑着说："安石，你何必要这样？"谢安说："我没见过君主在前边跪拜，大臣还在后面站着的。"

〈三十九〉郗重熙与谢公书

郗重熙与谢公书道①："王敬仁闻一年少怀问鼎②，不知桓公德衰？为复后生可畏③？"

注释

① 郗重熙：郗昙，字重熙，郗鉴子，官至北中郎将，徐、兖二州刺史。

② 年少：少年。怀问鼎：有问鼎的想法。问鼎，图谋国家政权。

③ 为复：还是。

译文

郗重熙（郗昙）给谢公（谢安）的信中说："王敬仁（王脩）听说一个少年有问鼎的意思，不知是桓公（桓温）德行衰败，还是后生可畏呢？"

〈四十〉以子戏父

张苍梧是张凭之祖①，尝语凭父曰："我不如汝。"凭父未解所以。苍梧曰："汝有佳儿。"凭时年数岁，敛手曰②："阿翁③，讵宜以子戏父④？"

注释

① 张苍梧：即张镇。张镇，字义远，东晋时人，官至苍梧太守，故称。张凭，字长宗，善玄理，官至吏部郎、御史中丞。

② 敛手：拱手。

③ 阿翁：对祖父的称呼。

④ 讵：怎么，哪里。

译文

张苍梧（张镇）是张凭的祖父，有一次他对张凭的父亲说："我不如你。"张凭的父亲不明所以。张苍梧说："你有个好儿子。"张凭当时只有几岁，他拱手说道："爷爷，你怎么可以拿儿子来戏弄父亲呢？"

〈四十一〉习凿齿孙兴公共语

习凿齿、孙兴公未相识①，同在桓公坐。桓语孙："可与习参军共语。"孙云："蠢尔蛮荆，敢与大邦为仇②！"习云："薄伐猃狁，至于太原③。"

注释

① 习凿齿：字彦威，有史才，著《汉晋春秋》一书。桓温任

晋廷尉著作郎孙公绰

荆州刺史时，聘习凿齿为州从事，官至荥阳太守。后触犯桓温，被降为参军。

② 蠢尔蛮荆，敢与大邦为仇：出自《诗经·小雅·采芑》。该诗记叙了周宣王讨伐楚地的事情，其中有"蠢尔蛮荆，大邦为仇"句。古代楚地又名"荆"，"蛮荆"是古时对楚地人的蔑称，习凿齿为荆州襄阳人，所以孙兴公这样说。

③ 薄伐猃狁（xiǎn yǔn），至于太原：出自《诗经·小雅·六月》。该诗记载了周宣王北伐猃狁的经过，其中有"薄伐猃狁，以奏肤公"的诗句。孙兴公是太原人，太原当时属于北方少数民族占据地，所以习凿齿如此说。猃狁，我国古代北方的少数民族。

译文

习凿齿和孙兴公（孙绰）并不认识，后来一起在桓公（桓温）那里做客。桓温对孙兴公说："你和习参军一块儿聊聊。"孙兴公说："愚蠢的蛮人，竟敢和大国为敌！"习凿齿说："讨伐猃狁，已经打到了太原。"

《四十二》时似是神

桓豹奴是王丹阳外生[①]，形似其舅，桓甚讳之。宣武云："不恒相似，时似耳。恒似是形，时似是神。"桓逾不说[②]。

注释

① 桓豹奴：桓嗣，字恭祖，小字豹奴，桓冲子，官至江州刺史。王丹阳：即王混。王混，字奉正，王恬子，曾任丹阳尹，故称。

② 逾：更加。说：同"悦"。

桓豹奴（桓嗣）是王丹阳（王混）的外甥，长得很像他舅舅，桓嗣很忌讳这个。桓温说："也不总像，有时候像而已。总像的是外形，有时像的是精神。"桓嗣更不高兴了。

《四十三》 王子猷诣谢万

王子猷诣谢万，林公先在坐，瞻瞩甚高[①]。王曰："若林公须发并全，神情当复胜此不[②]？"谢曰："唇齿相须[③]，不可以偏亡。须发何关于神明？"林公意甚恶，曰："七尺之躯，今日委君二贤[④]！"

注释

① 瞻瞩甚高：形容人神态很傲慢。瞻瞩，指人的目光神情。

② 当复：将。

③ 唇齿相须：唇齿互相依赖。须，依赖，需要。

④ 委：托付，交给。

译文

王子猷（王徽之）去谢万那里，林公（支遁）早来了，神情很傲慢。王徽之说："如果林公的胡须、头发都有，神情应该比现在强吧？"谢万说："唇齿相依，不能偏废。须发和精神有什么关系吗？"林公脸色非常不好，说道："我的七尺身躯，今天就交给你们二位贤人了！"

《四十四》 郗司空拜北府

郗司空拜北府[①]，王黄门诣郗门拜[②]，云："应变将略，非

其所长③。"骤咏之不已④。郗仓谓嘉宾曰⑤："公今日拜⑥，子
猷言语殊不逊，深不可容⑦！"嘉宾曰："此是陈寿作诸葛评，
人以汝家比武侯⑧，复何所言？"

注释

① 郗司空：即郗愔。郗愔死后赠司空，故称。北府：东晋的
军备建制之一，掌握朝廷的主要兵权，治所在广陵，后移
至京口。

② 王黄门：即王徽之。王徽之曾任黄门侍郎，故称。郗门：
郗家。

③ 应变将略，非其所长：这两句话为陈寿在《三国志·蜀书》
中对诸葛亮的评价，意思是诸葛亮在随机应变的谋略方面
并不擅长。这里王徽之是用这句话来评论郗愔。

④ 骤咏：反复说。骤，屡次。

⑤ 郗仓：郗融，字景山，小字仓，郗愔次子，郗超弟弟。

⑥ 公：对父亲的称呼。

⑦ 深不可容：实在不能容忍。

⑧ 汝家：你父亲。武侯：诸葛亮的谥号。

译文

郗司空（郗愔）官拜北府后，王黄门（王徽之）到郗家祝
贺，说："随机应变的谋略，不是他的特长。"并反复念叨这句
话。郗仓对嘉宾（郗超）说："父亲今日授官，子猷说话非常没
有礼貌，我实在不能容忍！"嘉宾说："这是陈寿评价诸葛亮的
话，别人把你的父亲和武侯相比，你还有什么可说的？"

《四十五》云何七言诗

王子猷诣谢公，谢曰："云何七言诗①？"子猷承问②，答曰："昂昂若千里之驹，泛泛若水中之凫③。"

注释

① 云何：什么是，什么叫。

② 承：受到，受。

③ 昂昂若千里之驹，泛泛若水中之凫：出自《楚辞·卜居》："宁昂昂若千里之驹乎，将泛泛若水中之凫，与波上下，偷以全吾躯乎。"意思是"是做起起的千里马，还是做水中浮游的野鸭，随波逐流，苟且偷生呢？"这里王徽之以千里马和野鸭做对比，影射谢安的隐居与出仕。凫，野鸭。

译文

王子猷（王徽之）去拜访谢公（谢安），谢安说："什么是七言诗呢？"子猷被问，答道："昂昂若千里之驹，泛泛若水中之凫。"

《四十六》糠秕砂砾

王文度、范荣期俱为简文所要①。范年大而位小，王年小而位大。将前，更相推在前②，既移久③，王遂在范后。王因谓曰："簸之扬之，糠秕在前。"范曰："洮之汰之④，砂砾在后。"

注释

① 要：同"邀"。

② 更相：互相。

③ 移久：过了很久。

④　洮：同"淘"，洗。

译文

王文度（王坦之）和范荣期（范启）一起去见简文帝（司马昱）。范荣期岁数大官职低，王文度岁数小官职高。要觐见的时候，两人互相推让，让对方走在前面，推让了很久，王文度就走在范荣期后面。王文度于是说道："簸箕扬谷子，糠秕总是在前面。"范荣期说："大浪淘沙，沙砾总是在后面。"

《四十七》羊公鹤

刘遵祖少为殷中军所知①，称之于庾公②。庾公甚忻然，便取为佐③。既见，坐之独榻上与语④。刘尔日殊不称⑤，庾小失望，遂名之为"羊公鹤"。昔羊叔子有鹤善舞，尝向客称之，客试使驱来，氄氃而不肯舞⑥，故称比之。

注释

① 知：赏识。
② 称：推荐，荐举。
③ 取：录用，任用。佐：佐吏，下属官吏。
④ 独榻：仅供一个人坐的坐具。表示尊敬。
⑤ 尔日：这天。不称：不让人满意。
⑥ 氄氃（tóng méng）：羽毛散乱的样子。

译文

刘遵祖（刘爱之）年轻时受到殷中军（殷浩）的赏识，殷中军向庾公（庾亮）推荐刘遵祖。庾公很高兴，就任命他为自己的佐吏。见面后，庾公让他坐在一个单人榻上和他聊天。刘遵祖那天的表现很不尽意，庾公有些失望，就称他为"羊公鹤"。从前羊叔子（羊祜）有一只鹤会跳舞，有一次羊公在客人面前夸耀它，客人就试着让它过来，结果它萎靡不振，不肯跳舞，所以庾公就把刘遵祖比作"羊公鹤"。

《四十八》约法三章

魏长齐雅有体量①，而才学非所经②。初宦当出，虞存嘲之曰③："与卿约法三章：谈者死④，文笔者刑⑤，商略抵罪⑥。"魏怡然而笑，无忤于色。

注释

① 魏长齐：魏颛，字长齐，东晋人，官至山阴令。体量：气量，度量。
② 经：擅长。
③ 虞存：字道长，官至尚书吏部郎。
④ 谈：即清谈。
⑤ 文笔：这里用作动词，指写诗作文。
⑥ 商略：品评，评论。指品评人物。

译文

魏长齐（魏颛）非常有气量，但是并不擅长学问。初次当官要上任时，虞存嘲笑他说："我和你约法三章：清谈处死，写诗作文受刑，品评人物要将功折罪。"魏长齐平和地笑了，并没有恼怒的神色。

《四十九》恒任之风

郗嘉宾书与袁虎，道戴安道、谢居士云："恒任之风①，当有所弘耳^②。"以袁无恒^③，故以此激之。

注释

① 恒任之风：持之以恒、勇于承担责任的作风。恒，持久。
任，承担责任。

② 弘：发扬。

③ 无恒：没有恒心。

译文

郗嘉宾（郗超）在给袁虎（袁宏）的信中，评价戴安道
（戴逵）、谢居士（谢敷）说："持之以恒，敢挑担子，这样的风
气应当弘扬。"因为袁宏没有恒心，所以郗嘉宾用这样的话来刺
激他。

《 五十 》 举体非真

范启与郗嘉宾书曰："子敬举体无饶^①，纵掇皮无余润^②。"
郗答曰："举体无余润，何如举体非真者^③？"范性矜假多烦^④，
故嘲之。

注释

① 举体无饶：身体很瘦，没有多余的肉。举体，全身，整个
身体。饶，丰腴。这里指身体肥胖。

② 掇（duō）皮：去掉皮。余润：指多余的脂肪。

③ 举体非真：整个人都是假的。

④ 矜假多烦：矜持做作，喜欢繁文缛节。

译文

范启在给郗嘉宾（郗超）的信中说："王子敬（王献之）浑
身没有多余的肉，即使去了皮也没有多余的油水。"郗嘉宾回

答说："浑身没有多余的油水，和全身没有一点真的相比怎么样？"范启生性虚假做作，所以郗嘉宾如此嘲笑他。

《五十一》谄道佞佛

二郗奉道，二何奉佛，皆以财贿①。谢中郎云："二郗谄于道，二何佞于佛。"

注释

① 财贿：意思是花费钱财，供奉自己所信的教。

译文

郗愔、郗昙兄弟信奉天师道，何充、何准兄弟信奉佛教，都花费了大量的钱财。谢中郎（谢万）说："二郗谄谀道，二何献媚佛。"

《五十二》著弊絮在荆棘中

王文度在西州①，与林法师讲②，韩、孙诸人并在坐，林公理每欲小屈。孙兴公曰："法师今日如著弊絮在荆棘中③，触地挂阂④。"

注释

① 西州：指扬州。东晋时扬州刺史的治所在台城西，故称西州。

② 讲：讲论，谈论义理。

③ 弊絮：败絮，破旧的棉絮。

④ 触地：到处。挂阂：挂住，挂碍。

王文度（王坦之）在扬州时，和林法师（支遁）谈论玄理，韩康伯（韩伯）、孙兴公（孙绰）等人都在座，林公的观点常常会受挫。孙兴公说："法师今天就像穿着破棉絮走在荆棘中，随时都遭到牵制挂碍。"

《五十三》何不使游刃皆虚

范荣期见郗超俗情不淡①，戏之曰："夷、齐、巢、许，一诣垂名②。何必劳神苦形，支策据梧邪③？"郗未答，韩康伯曰："何不使游刃皆虚④？"

注释

① 俗情不淡：世俗的念头不淡薄。

② 一诣垂名：一举成名，一下子名垂青史。

③ 支策据梧：典出《庄子·齐物论》："师旷之支策也，惠子之据梧也。"师旷因为疲倦挂着拐杖休息，惠施累了靠在梧桐树下休息。这里用来比喻世俗的忙碌生活。

④ 游刃皆虚：典出《庄子·养生主》。意思是做事情要合乎天理，才能获得自由。

译文

范荣期（范启）见郗超世俗的念头并不淡薄，嘲笑他说："伯夷、叔齐、巢父、许由，他们都一举成名。你何必整天劳神苦形，像师旷、惠施那样支策据梧，疲惫不堪呢？"郗超没有回答，韩康伯（韩伯）说："为什么不让自己活得游刃有余呢？"

〈 五十四 〉天下自有利齿儿

简文在殿上行，右军与孙兴公在后。右军指简文语孙曰：
"此啖名客①！"简文顾曰："天下自有利齿儿。"后王光禄作
会稽②，谢车骑出曲阿祖之③，王孝伯罢秘书丞，在坐，谢言
及此事，因视孝伯曰："王丞齿似不钝④。"王曰："不钝，颇亦
验⑤。"

注释

① 啖名客：贪求名声的人。

② 王光禄：指王蕴。王蕴曾任光禄大夫，故称。作会稽：任
会稽内史。

③ 出：到。曲阿：晋时县名，在今江苏丹阳。祖：饯行，送别。

④ 齿似不钝：牙齿也很锋利。这是谢玄对王恭的讽刺语。

⑤ 验：应验，有效。

译文

简文帝（司马昱）在大殿上走，王右军（王羲之）和孙兴
公（孙绰）跟在后面。王右军指着简文帝对孙兴公说："这是
个追逐声名的人。"简文帝回头说道："天底下自有牙齿锋利的
人。"后来王光禄（王蕴）出任会稽内史，谢车骑（谢玄）到曲
阿为他饯行，王孝伯（王恭）刚刚免去秘书丞一职，当时也在
座，谢玄就提到上面的事情，并且看着王孝伯说："你的牙齿好
像也不钝？"王孝伯说："是不钝，我颇有体会。"

《五十五》前倨而后恭

谢遏夏月尝仰卧[1]，谢公清晨卒来[2]，不暇著衣，跣出屋外[3]，方蹑履问讯[4]。公曰："汝可谓'前倨而后恭[5]'。"

||| **注释**

① 夏月：夏天。

② 卒：同"猝"，突然。

③ 跣：光着脚。

④ 蹑履：穿上鞋。当时礼节，拜见长者必须着履。

⑤ 前倨而后恭：先前倨傲，后来恭敬。典出《战国策·秦策一》，苏秦没发达时，亲友们对他傲慢，后来显达后，亲友们变得恭敬起来。

||| **译文**

夏天的时候，谢遏（谢玄）正仰面大睡，谢公（谢安）早晨突然来了，谢玄来不及穿衣服，光着脚跑到屋外，才穿上鞋子问候。谢公说："你可谓是'前倨而后恭'啊。"

《五十六》地名破冢

顾长康作殷荆州佐，请假还东。尔时例不给布帆[1]，顾苦求之，乃得。发至破冢[2]，遭风大败[3]。作笺与殷云[4]："地名破冢，真破冢而出[5]，行人安稳，布帆无恙。"

||| **注释**

① 例：惯例。布帆：帆船。

② 破冢：地名，在今湖北江陵的长江岸边。

③ 败：坏。

④ 作笺：写信。

⑤ 破冢而出：比喻死里逃生。

译文

顾长康（顾恺之）担任殷荆州（殷仲堪）的佐吏，请假回家。当时规定不给帆船，顾恺之苦苦恳求才给了他。船行到破冢，遇上大风，船损坏得很严重。后来顾恺之在给殷仲堪的信中说："在破冢这个地方，我们还真是死里逃生，行人平安，帆船也无恙。"

《五十七》苻朗初过江

苻朗初过江①，王咨议大好事②，问中国人物及风土所生，终无极已③，朗大患之④。次复问奴婢贵贱⑤，朗云："谨厚有识中者⑥，乃至十万；无意为奴婢问者⑦，止数千耳。"

注释

① 苻朗：字元达，前秦苻坚的侄子。降晋后任员外散骑侍郎，遭王国宝陷害，被杀。

② 王咨议：即王肃之。王羲之第四子，曾任骠骑咨议，故称。大好事：非常喜欢多事。

③ 终无极已：指问个没完没了。

④ 患：厌恶，讨厌。

⑤ 次：随即，接着。

⑥ 谨厚：谨慎厚道。有识中：有见识。

⑦ 无意：没见识。

译文

苻朗刚过江时，王咨议（王肃之）非常多事，没完没了地问苻朗中原人物和风物特产，苻朗十分讨厌他。随后王肃之又问起奴婢的贵贱，苻朗说："老实厚道有见识的，可以到十万钱；没有见识却像奴婢那样问个不停的，只能卖几千钱。"

《五十八》西戎其屋

东府客馆是版屋①。谢景重诣太傅②，时宾客满中，初不交言③，直仰视云："王乃复西戎其屋④。"

注释

① 东府：扬州刺史的治所。会稽王司马道子领扬州刺史时，官署在州东，故称东府。客馆：招待客人的住所。版屋：木板房。

② 谢景重：谢重，字景重，谢朗子，曾任司马道子的长史。

③ 初不交言：完全不说一句话。

④ 乃复：竟然。西戎其屋：典出《诗经·秦风·小戎》："在其版屋，乱我心曲。"谢重引这句诗是调笑东府的客馆像西戎人的木板房，同时嘲讽在座的宾客搅扰得他心烦。

译文

扬州府的客房是木板屋。谢景重（谢重）去拜访太傅（司马道子），当时宾客满座，谢景重一句话也不说，只是仰着头说："会稽王竟然把他的客房弄得和西戎人的房子一样。"

《五十九》渐至佳境

顾长康啖甘蔗①，先食尾。问所以，云："渐至佳境②。"

注释

① 啖：吃。

② 渐至佳境：逐渐进入美好的境界。

译文

顾长康（顾恺之）吃甘蔗，先从根部吃起。有人问他怎么这样吃，他说："渐至佳境。"

〈六十〉莫近禁脔

孝武属王珣求女婿①，曰："王敦、桓温磊砢之流②，既不可复得，且小如意，亦好豫人家事③，酷非所须④。正如真长、子敬比⑤，最佳。"珣举谢混。后袁山松欲拟谢婚⑥，王曰："卿莫近禁脔⑦。"

注释

① 属：通"嘱"，嘱托。

② 磊砢：比喻人有才华。

③ 豫：通"预"，干预，参与。

④ 酷：很，非常。

⑤ 如……比：像……一样。

⑥ 欲拟谢婚：想把女儿嫁给谢混。

⑦ 禁脔：宫中所用之物称禁，脔为肉块，"禁脔"比喻他人不能染指的东西，后来也以"禁脔"代指皇帝的女婿。

译文

孝武帝（司马曜）托王珣给他选女婿，说："王敦、桓温这样的奇才，已不可多得，况且稍一得意，就喜欢干预别人家的事，绝对不是我需要的。像刘真长（刘惔）、王子敬（王献之）

那样的最好了。"王珣举荐了谢混。后来袁山松打算让女儿嫁给谢混，王珣说："你离禁脔远一点。"

《六十一》咄咄逼人

桓南郡与殷荆州语次①，因共作了语②。顾恺之曰："火烧平原无遗燎③。"桓曰："白布缠棺竖旒旐④。"殷曰："投鱼深渊放飞鸟。"次复作危语⑤。桓曰："矛头淅米剑头炊⑥。"殷曰："百岁老翁攀枯枝。"顾曰："井上辘轳卧婴儿。"殷有一参军在坐，云："盲人骑瞎马，夜半临深池。"殷曰："咄咄逼人！"仲堪眇目故也⑦。

注释

① 语次：说话的时候。次，时候。

② 了语：一种语言游戏，要在话语中隐含"完了""了结"的意思。

③ 遗燎：剩余的火星。

④ 旒旐（liú zhào）：送殡时所打的旗幡。

⑤ 危语：一种语言游戏，要在话语中隐含"危急""危险"的意思。

⑥ 矛头淅米剑头炊：在矛头上淘米，在剑头上做饭。淅，淘米。

⑦ 眇目：瞎了一只眼。

译文

桓南郡（桓玄）和殷荆州（殷仲堪）聊天时，有人提议一起作"了语"。顾恺之说："火烧平原无遗燎。"桓玄说："白布缠棺竖旒旐。"殷仲堪说："投鱼深渊放飞鸟。"接着又作"危语"。桓玄说："矛头淅米剑头炊。"殷仲堪说："百岁老翁攀枯枝。"顾恺之说:"井上辘轳卧婴儿。"殷仲堪有一个参军在座,他说:"盲人骑瞎马,夜半临深池。"殷仲堪说道:"咄咄逼人!"这是殷仲堪一只眼瞎了的缘故。

《六十二》桓玄出射

桓玄出射①,有一刘参军与周参军朋赌②,垂成,唯少一破③。刘谓周曰:"卿此起不破,我当挞卿④。"周曰:"何至受卿挞?"刘曰:"伯禽之贵⑤,尚不免挞,而况于卿!"周殊无忤色。桓语庾伯鸾曰⑥:"刘参军宜停读书,周参军且勤学问。"

注释

① 出射:外出打猎。

② 朋赌:分组赌射箭。

③ 一破:一次中靶。破,射中靶子。

④ 挞:用鞭子打。

⑤ 伯禽:周公的儿子。周公辅佐成王,成王犯错误,周公就鞭笞伯禽,目的是让成王知道对错。典见《尚书》《礼记》。

⑥ 庾伯鸾:庾鸿,字伯鸾,颍川人。鸿祖义,吴国内史。父楷,左卫将军。鸿仕至辅国内史。

译文

桓玄外出打猎,有一个刘参军和一个周参军结队与别人赌射箭,再中一箭即可取胜。刘参军对周参军说:"你这一箭如果不中,我就拿鞭子抽你。"周参军说:"怎么就要挨你鞭打?"刘参军说:"伯禽那么高贵,尚且免不了鞭打,更何况你呢!"周参军丝毫没有恼怒的神色。桓玄对庾伯鸾(庾鸿)说:"刘参军

乱用典故，不应该再读书了。周参军受人愚弄还懵然无知，应
该再加强学习。"

《六十三》 作大家儿笑

桓南郡与道曜讲《老子》①，王侍中为主簿②，在坐。桓
曰："王主簿，可顾名思义③。"王未答，且大笑。桓曰："王思
道能作大家儿笑④。"

注释

① 道曜：晋时的道士。

② 王侍中：即王桢之。王桢之，字公干，小字思道，王徽之
子，官至侍中、大司马长史。

③ 顾名思义：王桢之小字思道，《老子》阐述的是"道"，桓
玄这里用王桢之的字开玩笑，意思是王桢之可以研究《老
子》，他的名字即可解释"道"的真谛。

④ 大家儿：大家子弟。王桢之为王徽之子，王羲之孙，是大
家子弟。

译文

桓南郡（桓玄）和道曜一起讲习《老子》，王侍中（王桢
之）担任桓玄的主簿，也在座。桓玄说："王主簿，你可以顾名
思义呀。"王桢之没回答，只是大笑。桓玄说："王思道发出的
是大家子弟的笑声。"

《六十四》祖广行恒缩头

祖广行恒缩头①。诣桓南郡，始下车，桓曰："天甚晴朗，祖参军如从屋漏中来②。"

||| **注释**

① 祖广：字渊度，东晋时人，官至护军长史。

② 屋漏：漏雨的屋子。

||| **译文**

祖广走路总是缩着脑袋。一次去见桓南郡（桓玄），刚下车，桓玄说："天很晴朗，祖参军却好像是从漏雨的屋子里出来的。"

《六十五》桓玄素轻桓崖

桓玄素轻桓崖①，崖在京下有好桃②，玄连就求之，遂不得佳者。玄与殷仲文书，以为嗤笑曰："德之休明③，肃慎贡其楛矢④；如其不尔，篱壁间物⑤，亦不可得也。"

||| **注释**

① 桓崖：桓修，字承祖，小字崖，桓冲子，与桓玄是叔伯兄弟。官至抚军大将军，封安成王。

② 京下：京城。

③ 德之休明：德行美好。

④ 肃慎：商周时居住在长白山一带的部族，周成王时曾进贡楛矢等。楛（hù）矢：用楛木杆做的箭。

⑤ 篱壁间物：庭院里产的东西。指普通东西。

桓玄一向瞧不起桓崖（桓修），桓崖在京城有好桃树，桓玄屡次向他要，始终没有要到好的品种。桓玄在给殷仲文的信中，拿这件事自嘲道："德行美好，远方的肃慎族也会进贡楛矢；如果不是这样，就连庭院里的一般东西也得不到呀。"

謂樂毅邪。史記曰、樂毅中山人賢而為燕昭王將軍率諸侯伐齊、終於趙。庾曰

不爾樂令耳、周曰、何乃刻畫無鹽以唐突西子

也。列女傳曰、鍾離春者、齊無鹽之女也、其醜無雙、黃頭深目、長壯大節、臭昂結喉、肥項少髮、折腰出胸、皮膚若漆、行年三十、無所容入衛、不售、乃自詣齊宣王、乞備後宮、因說王以四殆、王拜為正后。吳越春秋曰、越王勾踐得山中採薪女子、名曰西施、獻之吳王。

深公云、人謂庾元規名士、胸中柴棘三斗許。

庾公權重、足傾王公、庾在石頭、王在冶城坐大

《一》何有名士终日妄语

王太尉问眉子①：“汝叔名士②，何以不相推重③？”眉子曰：“何有名士终日妄语④？”

注释

① 眉子：王玄字眉子，王衍子，官至陈留太守。

② 汝叔：指王澄，王衍的弟弟。

③ 相推重：推崇看重他。

④ 妄语：胡说。

译文

王太尉（王衍）问他的儿子眉子（王玄）：“你叔叔是名士，为什么你看不起他？”眉子回答：“哪有名士一天到晚胡说八道的？”

《二》唐突西子

庾元规语周伯仁：“诸人皆以君方乐①。”周曰：“何乐？谓乐毅邪？”庾曰：“不尔，乐令耳。”周曰：“何乃刻画无盐②，以唐突西子也③！”

注释

① 方：和……相比。

② 刻画：描绘。无盐：战国时齐国无盐的女儿钟离春非常丑陋，后以无盐代指丑女。

译文

庾元规（庾亮）对周伯仁（周颚）说："大家都把你和姓乐的相比。"周伯仁问："哪个乐？是乐毅吗？"庾元规说："不是，是乐令（乐广）。"周伯仁说："怎么为了突出无盐的丑，就诋毁西施的美呢！"

〈三〉胸中柴棘三斗许

深公云："人谓庾元规名士，胸中柴棘三斗许①。"

注释

① 胸中柴棘三斗许：形容庾亮狭隘无能。柴棘，柴草荆棘。

译文

深公（竺法深）说："有人说庾元规（庾亮）是名士，我看他胸中的杂草荆棘有三斗之多。"

〈四〉元规尘污人

庾公权重，足倾王公。庾在石头，王在冶城坐①，大风扬尘，王以扇拂尘曰："元规尘污人！"

注释

① 冶城：晋时丹阳郡治所。

译文

庾公（庾亮）权力很大，足以压倒王公（王导）。庾亮在石头城，王导在冶城，大风刮起尘土，王导用扇子拂去尘土说：

"元规那里刮来的尘土把我都弄脏了！"

《五》王右军少时涩讷

王右军少时甚涩讷①。在大将军许，王、庾二公后来，右军便起欲去。大将军留之，曰："尔家司空②、元规，复可所难③？"

注释

① 涩讷：羞涩木讷，不善言辞。

② 尔家司空：你家的司空。王导是王羲之的叔叔，曾任司空，所以这样说。

③ 可所：何所。

译文

王右军（王羲之）年轻时不善言辞。一次在大将军（王敦）家，王导、庾亮后来，右军起身就要走。大将军挽留他，说道："你家的司空和元规，又有什么为难的？"

《六》王丞相轻蔡公

王丞相轻蔡公①，曰："我与安期、千里共游洛水边，何处闻有蔡充儿②？"

注释

① 轻：轻视，瞧不起。

② 何处：哪里。蔡充：字子尼，蔡谟父，官至成都王东曹掾。

译文

王丞相（王导）瞧不起蔡公（蔡谟），他说："我和王安期

（王承）、阮千里（阮瞻）在洛水边游玩时，哪里听说过蔡充的儿子呢？"

《七》褚季野

　　褚太傅初渡江，尝入东，至金昌亭[1]，吴中豪右燕集亭中[2]。褚公虽素有重名，于时造次不相识别[3]。敕左右多与茗汁[4]，少著粽[5]，汁尽辄益[6]，使终不得食。褚公饮讫，徐举手共语云："褚季野。"于是四坐惊散，无不狼狈。

注释

① 金昌亭：亭名，在今江苏苏州阊门外。

② 豪右：豪门贵族。燕集：设宴聚会。

③ 造次：仓促。

④ 茗汁：茶水。

⑤ 少著粽：少给他茶点。著，放置。粽，喝茶时吃的小点心。

⑥ 益：添加。

译文

　　褚太傅（褚裒）刚过江时，有一次去吴郡，到了金昌亭，吴地的豪门大族正在亭子里举行宴会。褚公虽一向名声显赫，当时因为仓促没人认得他。豪门们让手下人多给他茶水，少给他点心，茶水喝完就续上，弄得褚公始终也没吃上点心。喝完茶，褚公缓缓举手行礼，对众人说道："我是褚季野。"在座的人顿时惊恐失措，狼狈逃散。

《八》子侄不令

王右军在南，丞相与书，每叹子侄不令①，云："虎㹠、虎犊②，还其所如③。"

注释

① 不令：不好，不才。

② 虎㹠：王彭之字安寿，小字虎㹠，官至黄门郎。虎犊：王彪之字叔虎，小字虎犊，官至左光禄大夫。

③ 还其所如：㹠是小猪，犊是小牛。这里的意思是他们才智低下，就像他们的名字。

译文

王右军（王羲之）在南方时，丞相（王导）在给他的信中，常常感叹子侄们不才，说道："虎㹠（王彭之）和虎犊（王彪之），恰如其名。"

《九》才高性鄙

褚太傅南下，孙长乐于船中视之①。言次及刘真长死②，孙流涕，因讽咏曰③："人之云亡，邦国殄瘁④。"褚大怒曰："真长平生⑤，何尝相比数⑥，而卿今日作此面向人⑦！"孙回泣向褚曰⑧："卿当念我⑨。"时咸笑其才而性鄙。

注释

① 孙长乐：孙绰封长乐侯，故称。

② 言次：说话的时候。

③ 讽咏：吟诵。

④ 人之云亡，邦国殄瘁：出自《诗经·大雅·瞻卬》，意思

是"贤人死去，国家衰败"。人，指贤人。云，句中助词，无实义。殄瘁，困顿。

⑤ 平生：指活着的时候。

⑥ 比数：重视，看重。

⑦ 作此面向人：在别人面前做出这副面孔来。

⑧ 回泣：停止哭泣。

⑨ 念：怜悯，顾惜。

译文

褚太傅（褚裒）南下时，孙长乐（孙绰）到船上看他。言谈之间说起刘真长（刘惔）的死，孙绰哭了，随即吟咏《诗经》中的一句诗："人之云亡，邦国殄瘁。"褚裒大怒说："真长在世时，何曾瞧得起你，你今天却在我面前做出这副嘴脸！"孙绰不哭了，对褚裒说："你应该体谅我呀。"当时人们笑话他有才学可秉性鄙俗。

《十》标同伐异

谢镇西书与殷扬州，为真长求会稽。殷答曰："真长标同伐异①，侠之大者②。常谓使君降阶为甚③，乃复为之驱驰邪④？"

注释

① 标同伐异：党同伐异。

② 侠之大者：最狭隘的人。侠，通"狭"。

③ 使君：对州郡长官的尊称。降阶：走下台阶迎接。这里用来比喻地位高的人对地位低的人谦恭相待。

④ 乃复：竟然。驱驰：奔走效力。

谢镇西（谢尚）给殷扬州（殷浩）写信，替刘真长（刘
恢）在会稽郡谋个职务。殷浩回复说："刘真长党同伐异，实在
是太狭隘了。我常觉得您待他已经够谦恭了，竟然还要为他奔
走效力吗？"

《十一》桓公入洛

桓公入洛，过淮、泗，践北境①，与诸僚属登平乘楼②，
眺瞩中原③，慨然曰："遂使神州陆沈④，百年丘墟，王夷甫诸
人不得不任其责⑤！"袁虎率尔对曰⑥："运自有废兴⑦，岂必
诸人之过⑧？"桓公凛然作色⑨，顾谓四坐曰："诸君颇闻刘景
升不⑩？有大牛重千斤，啖刍豆十倍于常牛⑪，负重致远，曾
不若一羸牸⑫。魏武入荆州，烹以飨士卒⑬，于时莫不称快。"
意以况袁⑭。四坐既骇，袁亦失色。

||| **注释**

① 践北境：来到北方地区。

② 平乘楼：大船的船楼上。

③ 眺瞩：自高处向远方望。

④ 遂：终于，终究。陆沈：比喻国土沦陷。

⑤ 任：承担。

⑥ 率尔：轻率地。

⑦ 运：运势，气数。

⑧ 岂必：哪里就一定是。

⑨ 作色：因气愤而变色。

⑩ 刘景升：刘表，字景升，东汉末年为荆州牧，占据荆州。

⑪ 刍豆：草料。

⑫ 曾：竟然。羸牸（zì）：瘦弱的母牛。

⑬ 飨：犒劳。

⑭ 况：比作，比拟。

||| **译文**

桓公（桓温）进军洛阳，经过淮河、泗水，来到北方地区，他和僚属登上大船船楼，眺望中原，感慨道："国家沦陷，土地荒芜，王夷甫（王衍）等人不能不承担责任！"袁虎（袁宏）轻率地答道："国运自有衰败兴盛的规律，哪里就一定是这些人的过错呢？"桓公顿时神情变得严厉起来，他环顾四座的人说："大家都听说过刘景升（刘表）吧？他有一头一千斤重的大牛，吃的草料是普通牛的十倍，负重远行，却竟然不如一头瘦弱的母牛。魏武帝进入荆州后，就把它杀了，犒赏士兵，当时人们没有不拍手称快的。"桓温的意思是把这头牛比作袁虎。在座的人听了很害怕，袁虎也大惊失色。

《十二》 与伏滔比肩

袁虎、伏滔同在桓公府，桓公每游燕①，辄命袁、伏。袁甚耻之，恒叹曰："公之厚意，未足以荣国士②，与伏滔比肩③，亦何辱如之！"

||| **注释**

① 游燕：集会宴饮。

② 国士：国家的栋梁之材。

③ 比肩：并肩。比喻地位相同。

袁虎（袁宏）和伏滔都在桓公（桓温）府上任职，桓公每次举行宴会，就让袁虎、伏滔一块儿参加。袁虎为此感到非常羞耻，他常常感叹道："桓公的厚意，不能够让国士感到荣耀，和伏滔这样的人平起平坐，哪有比这更让人感到羞辱的！"

《十三》高柔在东

高柔在东①，甚为谢仁祖所重。既出，不为王、刘所知。仁祖曰："近见高柔大自敷奏②，然未有所得。"真长云："故不可在偏地居，轻在角䴚中③，为人作议论。"高柔闻之，云："我就伊无所求。"人有向真长学此言者，真长曰："我实亦无可与伊者。"然游燕犹与诸人书："可要安固④。"安固者，高柔也。

||| 注释

① 高柔：字世远，东晋时人，曾任司空参军、安固令。

② 大自敷奏：大力向皇帝进奏敷言。大自，大力，极力。敷奏，向皇上进言。

③ 角䴚（nuò）：角落。

④ 要：同"邀"。

||| 译文

高柔在会稽时，很受谢仁祖（谢尚）器重。到了京城后，没有得到王濛、刘惔的赏识。谢仁祖说："最近见高柔向朝廷献了很多治国安邦的建议，可他自己并没有得到什么。"刘真长说："所以人不能住在偏远的地方，随便在一个角落里说三道四。"高柔听到这番话，说："我到他那里没什么可求的。"有人又把高柔的话学给了刘真长听，刘真长说："我也的确没什么给

他的。"不过游玩宴会的时候，刘真长还是给大家写信说："应该邀请安固参加。"安固，就是担任过安固令的高柔。

《十四》江王相轻

刘尹、江彪、王叔虎、孙兴公同坐，江、王有相轻色。彪以手歁叔虎云①："酷吏！"词色甚强。刘尹顾谓："此是瞋邪②？非特是丑言声、拙视瞻③。"

||| **注释**

① 歁（shè）：同"摄"，抓，捉。

② 瞋：发怒，生气。

③ 非特：不只，不仅。视瞻：指眼神。

||| **译文**

刘尹（刘惔）、江彪、王叔虎（王彪之）、孙兴公（孙绰）在一起，江彪和王叔虎两人都流露出瞧不起对方的神情。江彪抓住王叔虎说道："你这个酷吏！"言辞神态都很强硬。刘尹看着他们说："这是发怒吧？不只是声音难听、眼神难看吧。"

《十五》孙家儿作文

孙绰作《列仙·商丘子赞》曰："所牧何物①？殆非真猪。傥遇风云②，为我龙摅③。"时人多以为能④。王蓝田语人云："近见孙家儿作文⑤，道'何物真猪'也。"

||| **注释**

① 牧：放牧。何物：什么。

② 傥：假如。

③ 龙摅（shū）：像龙一样飞腾。摅，飞跃。

④ 以为能：认为他有才华。

⑤ 孙家儿：孙家的小子。

|| **译文**

孙绰作《列仙·商丘子赞》说："放牧的是什么？大概不是真的猪。如果遇上风云，一定会像龙一样飞跃。"当时人们都认为孙绰很有才华。王蓝田（王述）对人说："最近看到孙家小儿写的文章，说什么'什么真猪'。"

《十六》桓公欲迁都

桓公欲迁都，以张拓定之业①。孙长乐上表谏此议，甚有理。桓见表心服，而忿其为异②。令人致意孙云："君何不寻《遂初赋》③，而强知人家国事④！"

|| **注释**

① 张：扩张。拓定之业：开拓疆土、安邦定国的大业。

② 为异：提出异议。

③ 《遂初赋》：孙绰作。在此赋中孙绰表达了自己不求功名，寄情山水的志向。

④ 知：了解。这里有干预的意思。人家国事：别人家的国事。

|| **译文**

桓公想迁都洛阳，以扩展开拓疆土、安邦定国的大业。孙长乐（孙绰）上表劝阻，说得很有道理。桓温看了孙绰的奏表后心里服气，却憎恨他提出异议。他让人向孙绰传话说："你为什么不按你写的《遂初赋》那样不问世事，却喜欢干预别人的国家大事！"

《十七》孙长乐兄弟就谢公宿

孙长乐兄弟就谢公宿，言至款杂①。刘夫人在壁后听之，具闻其语②。谢公明日还，问昨客何似③，刘对曰："亡兄门未有如此宾客④。"谢深有愧色。

注释

① 至：极其，非常。款杂：空洞杂乱。

② 具：详细。

③ 何似：如何，怎么样。

④ 亡兄：指刘惔。谢安妻是刘惔的妹妹。

译文

孙长乐（孙绰）兄弟到谢公（谢安）家过夜，言谈非常空洞杂乱。刘夫人在墙后面听他们说话，全部都记了下来。第二天谢公到她这里，问昨天的客人如何，刘夫人回答道："我亡兄家里没有这样的客人。"谢公听了非常惭愧。

《十八》举君亲以为难

简文与许玄度共语，许云："举君亲以为难①。"简文便不复答，许去后而言曰："玄度故可不至于此！"

注释

① 举君亲以为难：在君主和父亲之间做出选择很难。

译文

简文帝（司马昱）和许玄度（许询）聊天，许玄度说："在君主和亲人之间选择，很难。"简文帝没有回答，许玄度走后，简文帝说:"玄度原本不至于这样!"

《十九》禹汤之戒

谢万寿春败后还,书与王右军云:"惭负宿顾①。"右军推书曰②:"此禹、汤之戒③。"

||| **注释**

① 惭负宿顾:对辜负了你先前的厚望感到惭愧。宿顾,从前的期望。

② 推书:把信推到一边。

③ 禹、汤之戒:古时帝王遇到困难时常下诏自责。王羲之这里讽刺谢万不过是推卸责任而已。

||| **译文**

谢万寿春大败后回来,在给王右军(王羲之)的信中说:"很惭愧辜负了你先前对我的期望。"王右军把信推到一边说:"这是夏禹、商汤式的自责。"

《二十》睛睐笛椽

蔡伯喈睛睐笛椽①,孙兴公听妓②,振且摆折③。王右军闻,大嗔曰:"三祖寿乐器④,虺瓦吊⑤,孙家儿打折⑥。"

||| **注释**

① 蔡伯喈:蔡邕,字伯喈,东汉末年著名学者,通音乐。睛睐笛椽:当为"睛睐椽笛",为蔡邕所制。相传蔡邕避乱江南,所住馆舍的椽子是竹子做的,蔡邕用竹椽制成笛子,声音非常好听。

② 听：听任。

③ 摆折：打断，击断。

④ 三祖寿乐器：三代相传的乐器。

⑤ 虺（huǐ）：摔打。瓦吊：陶制的纺锤。

⑥ 打折：打断。

‖ 译文

　　蔡伯喈（蔡邕）用竹椽制成的笛子，孙兴公（孙绰）听任歌伎敲打，把它打断了。王右军（王羲之）听说后，大怒道："几代相传的乐器，当成瓦吊一样，被孙家小儿给打断了。"

《二十一》林公诡辩

　　王中郎与林公绝不相得①。王谓林公诡辩，林公道王云："著腻颜帢②，绤布单衣③，挟《左传》，逐郑康成车后④，问是何物尘垢囊⑤！"

‖ 注释

① 不相得：不和，关系不好。

② 腻颜帢（qià）：油腻的白帽。颜帢，晋时人们戴的一种白帽子。

③ 绤（xì）布：一种粗葛布。

④ 郑康成：郑玄，字康成，东汉经学家。支遁以"逐郑康成后"讽刺王坦之死守儒家经典，顽固不化。

⑤ 何物：什么。尘垢囊：佛家称世间俗人为"革囊盛众秽"，这里支遁用"尘垢囊"讥讽王坦之的庸俗。

‖ 译文

　　王中郎（王坦之）和林公（支遁）不和。王中郎认为林公诡辩，林公评价王中郎说："戴着顶油腻的白帽，穿着粗布单衣，挟着《左传》，追随在郑康成（郑玄）的车后，请问这是什么样的污秽皮囊啊！"

《二十二》 才士不逊

孙长乐作王长史诔云："余与夫子，交非势利，心犹澄水，同此玄味①。"王孝伯见曰②："才士不逊③，亡祖何至与此人周旋！"

||| **注释**

① 玄味：玄妙的情调。

② 王孝伯：王恭，字孝伯，王濛的孙子。

③ 才士：有才华的人，此指孙绰。

||| **译文**

孙长乐（孙绰）在为王长史（王濛）作的诔文中说："我和先生，非势利之交，心如澄水，有共同的意趣。"王孝伯（王恭）看了以后说："孙绰太不自量力了，我亡祖怎么会和这样的人交往！"

《二十三》 衿抱未虚

谢太傅谓子侄曰："中郎始是独有千载①！"车骑曰②："中郎衿抱未虚③，复那得独有？"

||| **注释**

① 中郎：指谢万，谢安弟。谢万曾任抚军从事中郎，故称。

独有千载：千载难得的人才。

② 车骑：指谢玄，谢安的侄子。谢玄死后赠车骑将军，故称。

③ 衿抱：胸怀，胸襟。

译文

谢太傅（谢安）对子侄们说："中郎（谢万）才是千载难得的人才！"车骑（谢玄）说："中郎胸襟狭隘，哪能称得上千载难得？"

《二十四》《语林》之废

庾道季诧谢公曰①："裴郎云②：'谢安谓裴郎乃可不恶③，何得为复饮酒④？'裴郎又云：'谢安目支道林如九方皋之相马⑤，略其玄黄，取其俊逸⑥。'"谢公云："都无此二语⑦，裴自为此辞耳⑧。"庾意甚不以为好，因陈东亭《经酒垆下赋》⑨。读毕，都不下赏裁⑩，直云："君乃复作裴氏学⑪！"于此《语林》遂废。今时有者，皆是先写⑫，无复谢语。

注释

① 诧：告诉。

② 裴郎：即裴启。裴启撰《语林》，记载汉魏两晋士大夫的言语行为。

③ 乃可不恶：确实不错。

④ 何得：怎么能。为复：又，还。

⑤ 九方皋：春秋时人，善相马，他看重马的实际，忽略马的外在颜色及雌雄。

⑥ 略其玄黄，取其俊逸：忽略马的毛色是黑还是黄，注重马的俊逸品质。

⑦ 都无：完全没有。

⑧　自为此辞：自己说的这番话。

⑨　陈：述说。东亭：指王珣。王珣封东亭侯，故称。

⑩　都不下赏裁：完全不作评价。赏裁，鉴赏评论。

⑪　乃复：竟然。

⑫　写：抄写。

‖ 译文

　　庾道季（庾龢）告诉谢公（谢安）说："裴郎（裴启）说：'谢安说裴郎确实不错，怎么又喝起酒了呢？'裴郎还说：'谢安评价支道林（支遁）就像九方皋相马，忽略马的颜色，注重它的神态。'"谢公说："这两句话都不是我说的，是裴启他自己说的。"庾道季心里很不高兴，就说起王东亭（王珣）的《经酒垆下赋》。读完后，谢公不作任何评价，只是说："你竟然做起裴氏的学问了！"从此《语林》就不流传了。现在看到的，都是以前抄写的，不再有谢安的话。

《二十五》纵心调畅

　　王北中郎不为林公所知，乃著论《沙门不得为高士论》①，大略云："高士必在于纵心调畅②。沙门虽云俗外，反更束于教③，非情性自得之谓也。"

‖ 注释

①　沙门：指僧人。为梵语音译。高士：品行高洁的人。

②　纵心调畅：随心所欲，顺应自然。

③　束于教：受教条的束缚。

‖ 译文

　　王北中郎（王坦之）不被林公（支遁）看重，他就写了一篇《沙门不得为高士论》，大致的意思是："高士一定是随心所欲、精神舒畅的人。佛门虽说是在世俗之外，但更容易受到教律的约束，并不能说就是本性自然。"

《二十六》何至作老婢声

人问顾长康："何以不作洛生咏①？"答曰："何至作老婢声②！"

注释

① 作：仿效。洛生咏：洛阳书生吟诗诵文时声音重浊，谢安有鼻炎，说话声音重浊，世人称谢安能作"洛生咏"。当时名流们为了效仿谢安，说话时以手掩鼻，以求发出重浊的声音。

② 老婢声：老年婢女的声音。这里顾恺之是借老年婢女的重浊声音，讥讽谢安的北方口音。

译文

有人问顾长康（顾恺之）："为什么不学洛阳书生那样，声音浓浊地吟咏？"顾长康答道："我怎么会发出这种老妇的声音！"

《二十七》足作健不

殷颛、庾恒并是谢镇西外孙①。殷少而率悟②，庾每不推。尝俱诣谢公，谢公熟视殷，曰："阿巢故似镇西。"于是庾下声语曰③："定何似④？"谢公续复云⑤："巢颛似镇西。"庾复云："颛似，足作健不⑥？"

① 殷颛：字伯通，小字巢，与从弟殷仲堪并有时名。官至南蛮校尉。庾恒：字敬则，庾龢子，庾亮孙，官至尚书仆射。

② 率悟：天真聪慧。

③ 下声：放低声音，小声。

④ 定何似：到底哪里像。

⑤ 续复：再次。

⑥ 足作健不：腿脚也像谢尚那样强健吗？意思是脸像就一定会有出息吗？

译文

殷颛、庾恒都是谢镇西（谢尚）的外孙。殷颛少年时就天真聪慧，庾恒却总看不起他。两人曾一起去拜访谢公（谢安），谢公仔细地看着殷颛，说："阿巢确实像镇西。"于是庾恒小声问道："到底哪里像呢？"谢公接着说："阿巢脸颊像镇西。"庾恒又说："脸颊像，就一定会有出息吗？"

《二十八》将肘无风骨

旧目韩康伯：将肘无风骨①。

注释

① 将肘：除去胳膊。无风骨：没有骨头，形容全身都是肉。

译文

过去人们品评韩康伯（韩伯）：除了胳膊肘，整个人好像没有骨头。

《二十九》竟不异人

符宏叛来归国①，谢太傅每加接引②。宏自以有才，多好上人③，坐上无折之者④。适王子猷来，太傅使共语。子猷直孰视良久，回语太傅云："亦复竟不异人⑤。"宏大惭而退。

|| **注释**

① 符宏：前秦符坚子，符坚被姚苌杀害后，符宏携母亲、妻子降晋。

② 每：常常。接引：接待，招待。

③ 好上人：喜欢凌驾于别人之上。

④ 折：使……屈服。

⑤ 亦复：也。竟：终究，到底。不异人：和别人没有什么不同。

|| **译文**

符宏叛逃降晋，谢太傅（谢安）常常接待他。符宏自认为才华出众，经常好为人上，在座的客人没有能让他折服的。恰好王子猷（王徽之）来了，太傅让他俩一起聊天。王子猷只是盯着他看了半天，回复太傅说："这个人和常人终究也没什么不同。"符宏非常羞愧地退了出去。

《三十》见一群白颈乌

支道林入东，见王子猷兄弟，还，人问："见诸王何如？"答曰："见一群白颈乌①，但闻唤哑哑声②。"

|| **注释**

① 白颈乌：脖子是白色的乌鸦。

② 唤哑哑声：发出"哑哑"的叫声。王家为北方人，渡江后

说吴语。支道林也是北方人，见王氏兄弟说吴语很反感，就以"白颈乌"来讥讽他们。

译文

支道林（支遁）到会稽，见到了王子猷（王徽之）兄弟，回来后，有人问他："见了王氏兄弟觉得怎么样？"支道林回答："看见一群白脖子的乌鸦，只听见哑哑的叫声。"

〈三十一〉 相王好事

王中郎举许玄度为吏部郎，郗重熙曰："相王好事①，不可使阿讷在坐②。"

注释

① 相王：指简文帝司马昱，当时他以会稽王的身份辅政，故称相王。好事：喜欢多事。

② 阿讷：许询字玄度，小字讷。

译文

王中郎（王坦之）推举许玄度（许询）做吏部郎，郗重熙（郗昙）说："相王（简文帝司马昱）喜欢多事，不能让阿讷在他身边。"

〈三十二〉 霍霍如失鹰师

王兴道谓谢望蔡①："霍霍如失鹰师②。"

注释

① 王兴道：王和之，字兴道，王胡之子，官至永嘉太守、正员常侍。谢望蔡：即谢琰。谢琰，字瑗度，小字末婢，谢

安子，封望蔡公，故称。

② 霍霍：急躁的样子。

译文

王兴道（王和之）评价谢望蔡（谢琰）："躁动不安的样子，就像丢了鹰的驯鹰师。"

《三十三》哀梨蒸食

桓南郡每见人不快①，辄嗔云："君得哀家梨②，当复不蒸食不③？"

注释

① 不快：不爽快，办事不利落。

② 哀家梨：传说汉朝有一个叫哀仲的人，他家种的梨个大味美。后世有成语"哀梨蒸食"，比喻不识货，把好东西给糟蹋了。

③ 当复不蒸食不：该不会把梨给蒸了吃吧？

译文

桓南郡（桓玄）每次见到别人办事不利落，就生气地说："你要是得到哀家的好梨，该不会蒸了吃吧？"

世说新语译注

魏武常云我眠中不可妄近近便斫人亦不自

觉左右宜深慎此后阳眠所幸一人窃以被覆

之因便斫杀自尔每眠左右莫敢近者

袁绍年少时曾遣人夜以剑掷魏武少下不箸

魏武揆之其后来必高因帖卧床上剑至果高

按袁曹后由暴跱迹始携贰自斯以前

不闻雠隙有何意敢而斮之以剑也

王大将军既为逆顿军姑孰晋明帝以英武之

自应霜卧解
王师上又不
以邁以避之
小说多巧

〈一〉魏武少时

魏武少时，尝与袁绍好为游侠[1]。观人新婚，因潜入主人园中，夜叫呼云："有偷儿贼[2]！"青庐中人皆出观[3]，魏武乃入，抽刃劫新妇[4]，与绍还出。失道[5]，坠枳棘中，绍不能得动。复大叫云："偷儿在此！"绍遑迫自掷出[6]，遂以俱免。

注释

[1] 游侠：指不受社会秩序限制，救人危难的人。

[2] 偷儿贼：小偷，盗贼。

[3] 青庐：迎娶新娘，行交拜礼的帐篷。一般搭盖在新郎家门旁，是当时北方的婚俗。

[4] 抽刃：拔出刀来。

[5] 失道：迷路。

[6] 遑迫：惊慌急迫。掷出：跳出。

译文

魏武帝（曹操）年轻时，曾经喜欢和袁绍一起四处游荡。看到别人家结婚，就潜入主人的院子里，夜里叫喊道："有贼！"新房里的人都出来查看，魏武帝乘机进入屋内，拔刀将新娘子劫出，和袁绍一道返回。途中迷失道路，掉进了荆棘丛中，袁绍动弹不得。魏武帝又大嚷道："小偷在此！"袁绍吓得惊恐失措，慌忙从荆棘丛中跳出，因此二人得以逃脱。

《二》望梅止渴

魏武行役①，失汲道②，军皆渴，乃令曰："前有大梅林，饶子③，甘酸可以解渴。"士卒闻之，口皆出水，乘此得及前源。

‖ 注释

① 行役：行军。

② 汲道：取水的道路。

③ 饶子：长了很多梅子。

‖ 译文

魏武帝（曹操）行军途中，找不到水源，士兵们都渴得厉害，于是他传令道："前边有一片梅子林，结了很多果子，酸甜可以解渴。"士兵听说后，嘴里都流出口水，利用这个办法部队赶到前方，找到了水源。

《三》魏武帝心动

魏武常言："人欲危己，己辄心动。"因语所亲小人曰①："汝怀刃密来我侧，我必说心动，执汝使行刑②。汝但勿言其使③，无他，当厚相报。"执者信焉，不以为惧，遂斩之。此人至死不知也。左右以为实，谋逆者挫气矣④。

‖ 注释

① 所亲小人：贴身的仆人。

② 执：捉，抓捕。

③ 勿言其使：不要说是谁指使的。

④ 挫气：泄气。

译文

魏武帝（曹操）曾说："如果有人要谋害我，我就会心跳得厉害。"他随即对他的贴身仆人说："你揣着刀，悄悄走到我身边，我一定会说我心跳得厉害，然后就把你抓起来送去受刑。你只要不说是我指使你的，就不会有什么事，我还会重重报答你。"仆人相信了他的话，也没觉得害怕，结果就被杀了。此人到死也不明原因。左右的人也以为这是真的，想谋害他的人从此就泄气了。

〈四〉眠中不可妄近

魏武常云："我眠中不可妄近①，近便斫人，亦不自觉②。左右宜深慎此！"后阳眠③，所幸一人，窃以被覆之，因便斫杀。自尔每眠④，左右莫敢近者。

注释

① 妄近：随便靠近。

② 不自觉：自己感觉不到。

③ 阳：同"佯"，假装。

④ 自尔：从此。

译文

魏武帝（曹操）曾说："我睡觉的时候别人不能随便靠近我，靠近我就会砍人，我自己也不知道。你们应该特别小心！"后来他假装睡觉，他亲近的一个随从悄悄给他盖被子，他就砍死了随从。从此每当他睡觉时，左右的人再也不敢靠近了。

《五》袁绍杀曹

袁绍年少时，曾遣人夜以剑掷魏武[1]，少下[2]，不著[3]。魏武揆之[4]，其后来必高。因帖卧床上[5]，剑至果高。

||| **注释**

① 掷：击，刺。

② 少下：稍微偏下。

③ 不著：不中。

④ 揆：猜测，估计。

⑤ 帖：同"贴"，紧挨着。

||| **译文**

袁绍年轻时，曾派人夜里持剑去刺杀魏武帝（曹操），剑刺得低了，没有刺中。魏武帝估计下一剑必定会刺得高，就贴卧在床上，下一刺果然高了。

《六》卖食客姥

王大将军既为逆[1]，顿军姑孰[2]。晋明帝以英武之才，犹相猜惮[3]。乃著戎服，骑巴賨马[4]，赍一金马鞭[5]，阴察军形势。未至十余里，有一客姥居店卖食[6]。帝过憩之[7]，谓姥曰："王敦举兵图逆，猜害忠良，朝廷骇惧，社稷是忧[8]。故劬劳晨夕[9]，用相觇察[10]。恐形迹危露[11]，或致狼狈。追迫之日，姥其匿之[12]。"便与客姥马鞭而去。行敦营匝而出[13]，军士觉，曰："此非常人也！"敦卧心动，曰："此必黄须鲜卑奴来[14]！"命骑追之。已觉多许里[15]，追士因问向姥："不见一黄须人骑马度此邪[16]？"姥曰："去已久矣，不可复及。"于是骑人息意而反[17]。

① 为逆：造反。

② 顿：驻扎。姑孰：今安徽当涂，为当时军事重镇。

③ 猜惮：疑惧。

④ 巴賨（cóng）马：当时巴郡产的良马。

⑤ 赍：携带。

⑥ 客姥：客居的老妇人。

⑦ 愒（qì）：同"憩"，休息。

⑧ 社稷是忧：忧虑国家的命运。是，代词，用于句中，表示宾语前置。

⑨ 劬（qú）劳晨夕：为国事操劳，不分昼夜。劬劳，辛劳，劳累。

⑩ 用：以。觇（chān）察：侦察。

⑪ 危露：暴露。

⑫ 其：副词，表示祈望语气。

⑬ 匝：环绕一周。

⑭ 黄须鲜卑奴：晋明帝的生母是北燕胡人，有鲜卑族的血统，所以王敦这样说。奴，对人的蔑称。

⑮ 觉（jiào）：同"较"，相差。

⑯ 度：经过。

⑰ 息意：打消了念头。反：同"返"。

译文

王大将军谋反，军队驻扎在姑孰。晋明帝（司马绍）虽然英明勇武，还是有所忌惮。他穿上军装，骑着巴賨马，握着金马鞭，暗中侦察敌军的形势。在距敌军阵地不到十里的地方，有一个外地的老太太在店里卖食品。明帝到她那里休息，对她说："王敦举兵叛乱，迫害忠良，朝廷惊恐，国家的命运令人担忧。我不分昼夜，勤于国事，今天来侦察敌军的形势，恐怕会暴露行迹，遭到敌军的追赶。如果敌人来抓我，希望老人家您能掩护我。"说罢就把金马鞭给了老太太走了。明帝来到王敦的军营，转了一圈，士兵发现了他，说："这个人非同一般！"王敦正在床上，心跳加剧，说道："这一定是那个黄须鲜卑奴来了！"他命令骑兵追赶。追出去好几里，骑兵见到刚才那位老太太，问她说："有没有见过一个黄胡须的人骑马从这里经过？"老太太说："过去很久了，恐怕你们追不上了。"于是骑兵打消追赶的念头返回了。

《七》王右军诈眠

王右军年减十岁时[1]，大将军甚爱之，恒置帐中眠。大将军尝先出，右军犹未起。须臾钱凤入[2]，屏人论事，都忘右军在帐中，便言逆节之谋[3]。右军觉，既闻所论，知无活理，乃阳吐污头面被褥[4]，诈孰眠[5]。敦论事造半[6]，方忆右军未起，相与大惊曰："不得不除之！"及开帐，乃见吐唾从横[7]，信其实孰眠，于是得全。于时称其有智。

注释

[1] 减：不足，不到。

[2] 钱凤：字世仪，任王敦的铠曹参军，王敦失败后被杀。

[3] 逆节之谋：造反的阴谋。

[4] 阳：同"佯"，假装。

[5] 诈孰眠：假装睡得很死。孰，同"熟"。

[6] 造半：到了一半，到中途。

⑦　从横：即"纵横"。

译文

　　王右军（王羲之）还不到十岁时，大将军（王敦）很喜欢他，常常让他在自己的帐里睡觉。一次大将军先从帐里出来，右军还没起床。一会儿钱凤来了，两人屏退左右，一起商谈事情，完全忘了右军还在帐里，就密谋叛乱的细节。王右军醒后，听到了他们密谋的事情，知道自己会遭灭顶之灾，就假装呕吐，弄脏了头脸和被褥，装作自己还在熟睡。王敦事情商量到一半，才想起右军还没起床，两人大惊失色，说道："不能不杀掉他！"等他们打开帐子，发现右军呕吐得乱七八糟，就相信他还在熟睡，于是他的性命得以保全。当时人们赞扬王右军有智谋。

《八》庾公请罪

　　陶公自上流来赴苏峻之难①，令诛庾公，谓必戮庾，可以谢峻②。庾欲奔窜则不可③，欲会恐见执④，进退无计。温公劝庾诣陶，曰："卿但遥拜，必无它，我为卿保之。"庾从温言诣陶，至便拜。陶自起止之，曰："庾元规何缘拜陶士衡⑤？"毕，又降就下坐⑥。陶又自要起同坐⑦。坐定，庾乃引咎责躬⑧，深相逊谢。陶不觉释然。

注释

①　陶公自上流来赴苏峻之难：晋明帝死后，晋成帝即位，庾亮以皇帝舅舅的身份执掌朝政。咸和二年（327），苏峻谋反，攻入建康。当时陶侃为荆州刺史，率军自长江而下，保卫朝廷。

②　谓必戮庾，可以谢峻：苏峻造反的原因是庾亮要削弱苏峻

③ 奔窜：逃跑。

④ 会：见面，这里指和陶侃见面。

⑤ 何缘：为什么。

⑥ 就下坐：到下位坐着。

⑦ 要：同"邀"。

⑧ 躬：自身，自己。

译文

陶公（陶侃）从长江上游下来平息苏峻叛乱，他下令杀掉庾公（庾亮），说只有杀了庾亮，才能稳住苏峻。庾亮此时想逃跑已经不可能了，想见陶公又怕被抓起来，进退两难。温公（温峤）劝庾亮去拜见陶公，他说："你只管远远地跪拜，一定不会有什么事。我替你担保。"庾亮听从了温峤的建议，去拜见陶公，一见面就下拜。陶公自己起身阻止，说道："庾元规怎么能给陶士衡下跪？"行完礼，庾亮又屈身到下位坐下。陶公又亲自起身邀请他和自己坐在一块儿。落座后，庾亮就引咎自责，诚恳地谢罪。陶公也渐渐消除了对庾亮的怨恨。

《九》温公续弦

温公丧妇。从姑刘氏①，家值乱离散，唯有一女，甚有姿慧。姑以属公觅婚②，公密有自婚意，答云："佳婿难得，但如峤比③，云何？"姑云："丧败之余④，乞粗存活⑤，便足慰吾余年，何敢希汝比？"却后少日⑥，公报姑云："已觅得婚处⑦，门地粗可⑧，婿身名宦尽不减峤⑨。"因下玉镜台一枚⑩，姑大喜。既婚，交礼，女以手披纱扇⑪，抚掌大笑曰："我固疑是老奴⑫，果如所卜！"玉镜台，是公为刘越石长史^⑬，北征刘聪所得^⑭。

|||注释

① 从姑：堂姑。

② 属：通"嘱"，嘱托。

③ 比：和……一样。

④ 丧败之余：遭逢丧乱后活了下来。

⑤ 乞粗存活：只希望能苟全性命。

⑥ 却后：过后。少日：没几天，不几天。

⑦ 婚处：配偶，结婚对象。

⑧ 门地：即门第。

⑨ 不减：不比……差。

⑩ 下：指下聘礼。

⑪ 纱扇：古时婚俗，结婚时新娘用纱遮住头部，和新郎交拜后将纱摘下。

⑫ 老奴：老家伙，老东西。是对男人的戏称。

⑬ 刘越石：即刘琨。温峤曾任刘琨的左长史。

⑭ 刘聪：字玄明，刘渊子，为十六国时期汉国君主。

|||译文

温公（温峤）妻子死了。他的堂姑刘氏，遭遇战乱和家人失散了，只有一个女儿，美丽聪慧。堂姑嘱咐温公给女儿寻门亲事，温公私下已有自己娶她的意思，就回答道："好女婿实在难找，如果是像我这样的怎么样？"堂姑说："遭遇战乱能侥幸生存，只想再稀里糊涂地活下去，就足以告慰我的后半生了，哪里敢奢望你这样的人呢？"事后没几天，温公报告堂姑说："已经找到人家了，门第还算可以，女婿的名声、职位都不比我差。"随即送了一个玉镜台作为聘礼，堂姑非常高兴。结婚时行了交拜礼后，新娘用手拨开婚纱，拍手大笑说："我本来就怀疑是你这老东西，果然不出我所料！"玉镜台是温公担任刘越石（刘琨）的长史时，北征刘聪的战利品。

〈十〉诸葛令女

诸葛令女①，庾氏妇②，既寡，誓云不复重出③。此女性甚正强④，无有登车理⑤。恢既许江思玄婚⑥，乃移家近之。初诳女云："宜徙于是⑦。"家人一时去⑧，独留女在后。比其觉，已不复得出。江郎莫来⑨，女哭詈弥甚⑩，积日渐歇⑪。江彪暝入宿⑫，恒在对床上。后观其意转帖⑬，彪乃诈厌⑭，良久不悟⑮，声气转急。女乃呼婢云："唤江郎觉！"江于是跃来就之，曰："我自是天下男子，厌，何预卿事而见唤邪？既尔相关⑯，不得不与人语。"女默然而惭，情义遂笃。

注释

① 诸葛令：即诸葛恢。诸葛恢在晋明帝时曾任尚书令，故称。

② 庾氏妇：诸葛恢的女儿诸葛文彪是庾亮的儿子庾会的妻子。

③ 重出：再嫁。

④ 正强：正派刚强。

⑤ 登车：指登车出嫁。

⑥ 江思玄：江彪，字思玄，官至尚书仆射、护军将军。

⑦ 宜徙于是：应该把家搬到这里。徙，迁徙，这里是搬家、迁居的意思。

⑧ 一时：同时。

⑨ 莫：同"暮"。

⑩ 詈（lì）：骂。

⑪　积日：过了些日子。

⑫　暝：晚上。

⑬　转帖：渐渐安定下来。

⑭　诈厌：假装做噩梦。厌，同"魇"，做噩梦。

⑮　悟：醒。

⑯　既尔相关：既然这样关心我。相关，关心我。

译文

诸葛令（诸葛恢）的女儿，是庾家的媳妇，守寡后发誓不再改嫁。这个女子很贤淑刚强，没有再嫁的打算。诸葛恢已经答应了江思玄（江彪）的求婚，就把家搬到江家附近。起初骗女儿说："应该把家搬到这里。"家里人一起走了，只留下女儿在后头。等她察觉，已经出不来了。江彪晚上过来，女子又哭又骂，过了好几天才渐渐平息下来。江彪夜里进来睡觉，总是睡在女子对面的床上。后来江彪见她情绪逐渐平静了，就假装做噩梦，很久不醒，声音气息也越来越急促。女子就叫来婢女说："快把江郎叫醒！"江彪于是跳起来，凑到她身边说："我自是天下男子，做噩梦与你有什么关系，还把我叫醒？既然你关心我，就不能不和我说话！"女子默然无语，心里感到羞愧，从此两人的感情越来越好了。

《十一》心无义

愍度道人始欲过江①，与一伧道人为侣②，谋曰："用旧义在江东③，恐不办得食④。"便共立"心无义"⑤。既而此道人不成渡，愍度果讲义积年。后有伧人来，先道人寄语云："为我致意愍度，无义那可立？治此计权救饥尔⑥。无为遂负如来也⑦！"

注释

① 愍度道人：即支愍度，晋时高僧，"心无义"学说的创始人。道人，僧人，和尚。

② 伧道人：北方和尚。当时江东人蔑称北方人为"伧人"。

③ 旧义：指先前人们了解的佛教教义。

④ 不办：不能。办，能。为六朝时常用语。

⑤ 心无义：支愍度创立的佛教学说，用道家哲学来阐发佛教的基本理论，认为"无"是事物的本源。

⑥ 治此计：想出这个办法。权：暂且。

⑦ 无为：不要。

译文

　　愍度和尚起初要过江时，和一个北方和尚结伴，两人商量说："拿旧的教义到江东去，恐怕弄不到饭吃。"于是两人一同创立了"心无义"说。后来这个北方和尚没过江，愍度和尚果然在江东讲授了很多年的"心无义"。后来有一个北方人要到江东来，早先那个和尚让他捎话说："替我转告愍度，'心无义'说哪能成立？想出这个办法也不过是为了暂且充饥而已。不要因此辜负了如来呀！"

《十二》孙兴公诈婚

　　王文度弟阿智①，恶乃不翅②，当年长而无人与婚。孙兴公有一女，亦僻错③，又无嫁娶理。因诣文度，求见阿智。既见，便阳言④："此定可⑤，殊不如人所传，那得至今未有婚处⑥？我有一女，乃不恶⑦，但吾寒士⑧，不宜与卿计，欲令阿智娶之。"文度欣然而启蓝田云："兴公向来，忽言欲与阿智婚。"蓝田惊喜。既成婚，女之顽嚚⑨，欲过阿智⑩。方知兴公之诈。

|| **注释**

① 阿智：王处之，字文将，小字阿智，王述子，王坦之弟。

② 恶乃不翅：非常顽劣。不翅，即"不啻"，不只，表示程度的副词。

③ 僻错：性格怪僻。

④ 阳：同"佯"，假装。

⑤ 定可：的确可以，实在可以。

⑥ 婚处：结婚对象。

⑦ 乃不恶：还不错。

⑧ 寒士：指出身贫寒的读书人。

⑨ 顽嚚（yín）：愚蠢顽固。

⑩ 欲：似乎。

|| **译文**

　　王文度（王坦之）的弟弟阿智（王处之），非常顽劣，已经成人了还没人嫁给他。孙兴公（孙绰）有一个闺女，也是性格古怪，没有嫁出去。孙兴公因此去找王文度，要求见见阿智。见了以后，孙兴公就撒谎道："阿智真不错，和别人传言的完全不一样，怎么会至今还没结婚呢？我有一个闺女，各方面也挺好，不过我出身寒门，不配和你说这件事，我想让阿智娶我的女儿。"王文度乐滋滋地就去禀告父亲王蓝田（王述）："刚才孙兴公来过，他想让自己的女儿嫁给阿智。"王蓝田听了又惊又喜。成婚之后，女子愚蠢蛮横，比阿智有过之而无不及。王家这才明白被孙兴公骗了。

《十三》范玄平见桓温

范玄平为人好用智数①，而有时以多数失会②。尝失官居东阳③，桓大司马在南州④，故往投之。桓时方欲招起屈滞⑤，以倾朝廷⑥，且玄平在京，素亦有誉。桓谓远来投己，喜跃非常。比入至庭，倾身引望⑦，语笑欢甚。顾谓袁虎曰："范公且可作太常卿⑧。"范裁坐⑨，桓便谢其远来意。范虽实投桓，而恐以趋时损名⑩，乃曰："虽怀朝宗⑪，会有亡儿瘗在此⑫，故来省视⑬。"桓怅然失望，向之虚伫⑭，一时都尽。

‖ 注释

① 范玄平：范汪，字玄平，东晋人，历任吏部尚书，东阳太守，徐、兖二州刺史。智数：谋略，计谋。

② 多数：心计太多。失会：失去机会。

③ 东阳：郡名，治所在今浙江金华。

④ 南州：指姑孰，今安徽当涂。

⑤ 招起：招揽起用。屈滞：指受压制的人才。

⑥ 倾朝廷：颠覆朝廷。

⑦ 倾身引望：探着身子，伸长脖子看望。

⑧ 太常卿：官名，掌管朝廷礼乐宗庙事务。

⑨ 裁：通"才"。

⑩ 趋时：趋炎附势，攀附权贵。

⑪ 朝宗：原指诸侯拜见帝王。晋时下属拜见长官也称"朝宗"。

⑫ 瘗（yì）：埋葬。

⑬ 省视：探望。

⑭ 虚伫：虚心期待。伫，伫立等待。

译文

范玄平（范汪）为人多心计，可有时却因为心计太多丧失了机会。他曾经丢官后住在东阳，当时大司马桓温在姑孰，范玄平就去投奔他。桓温此时正要招揽起用那些怀才不遇的人，为他颠覆朝廷做准备，况且范玄平在京城做官时，名声一向不错。桓温以为范玄平远道而来投靠自己，就非常兴奋。等范玄平走进院子，桓温伸着脖子，急不可耐地要见范玄平，见面后两人谈得非常融洽，一时间欢声笑语。桓温回头对袁虎（袁宏）说："范公可以担任太常卿。"范玄平刚就座，桓温就对他的远道而来表示了谢意。范玄平虽然确实是要投奔桓温，但又怕因为趋炎附势败坏了自己的名声，就说："我一方面是来拜见您，一方面是恰巧有个亡儿埋在此地，所以我过来探望一下。"桓温听罢，大失所望，刚才翘首期待的心境，一下子全没了。

《十四》紫罗香囊

谢遏年少时，好著紫罗香囊[1]，垂覆手[2]。太傅患之，而不欲伤其意，乃谲与赌，得即烧之。

注释

[1] 著：佩带。紫罗香囊：装有紫藤萝香料的袋子。晋时男子有佩香袋的风尚。

[2] 覆手：手巾。

译文

谢遏（谢玄）年轻时，喜欢佩带紫罗香袋，腰间挂着手巾。太傅（谢安）非常讨厌他这个样子，但也不想伤害了他的自尊，就假装和他赌这些东西，赢了后就全烧掉了。

黜免

谢过年少时好著紫罗香囊垂覆手太傅患之

而不欲伤其意乃谲与赌得即烧之〔过谢玄小字

诸葛宏在西朝少有清誉为王夷甫所重时论

亦以拟王後为继母族党所谗诬之为狂逆将

远徙友人王夷甫之徒诣槛车与别宏问朝廷

何以徙我王曰言卿狂逆宏曰逆则应杀狂何

所徙左巳

诸葛宏在西朝，少有清誉，为王夷甫所重，时论亦以拟王。后为继母族党所谗①，诬之为狂逆。将远徙②，友人王夷甫之徒，诣槛车与别③。宏问："朝廷何以徙我？"王曰："言卿狂逆。"宏曰："逆则应杀，狂何所徙！"

注释

① 族党：同宗族的人。
② 远徙：发配到边远地区。
③ 槛车：囚车。

译文

诸葛宏在西晋时，岁数不大就声名远播，深受王夷甫（王衍）的器重，当时人们也把他和王夷甫相比。后来遭到继母家族的陷害，诬告他狂妄叛逆。即将流放时，他的朋友王夷甫等人，到囚车前和他告别。诸葛宏问："朝廷为什么要流放我？"王夷甫说："有人说你狂妄叛逆。"诸葛宏说："叛逆该杀头，狂妄怎么就流放！"

〈 二 〉桓公入蜀

桓公入蜀，至三峡中，部伍中有得猿子者，其母缘岸哀号，行百余里不去，遂跳上船，至便即绝^①。破视其腹中，肠皆寸寸断^②。公闻之怒，命黜其人。

注释

① 绝：气绝，死亡。

② 肠皆寸寸断：成语"肝肠寸断"即源于此，形容极度悲伤。

译文

桓公（桓温）进入四川，经过三峡时，队伍里有人捉住一只幼猿，幼猿的妈妈沿岸一直跟着，哀鸣哭号，走了一百多里都不肯离去。最后母猿跳到船上，刚落上甲板就气绝身亡。有人剖开母猿的肚子，看到肠子全断成一寸一寸的。桓温听到此事后大怒，下令把那个捉猿的人从军中开除。

《三》咄咄怪事

殷中军被废，在信安^①，终日恒书空作字^②。扬州吏民寻义逐之^③，窃视，唯作"咄咄怪事^④"四字而已。

注释

① 信安：县名，治所在今浙江衢州。

② 书空作字：用手在空中比画写字。

③ 寻义逐之：为殷浩的道义所感化而追随他。寻义，遵循道义。

④ 咄咄怪事：让人吃惊的怪事。

译文

殷中军（殷浩）被废为平民后，住在信安，整天总是对着空中写字。扬州的官民因为仰慕他，就跟着来到信安，他们偷偷观看，发现殷浩只是在写"咄咄怪事"四个字而已。

〈四〉同盘尚不相助

桓公坐有参军，椅烝薤不时解[1]，共食者又不助，而椅终不放，举坐皆笑。桓公曰："同盘尚不相助[2]，况复危难乎[3]？"敕令免官。

注释

[1] 椅：同"掎"，用筷子夹。烝薤（xiè）：一种用黏黍和葱、薤（jiào）头混在一起做成的食品。烝，通"蒸"。不时解：一时不能把烝薤夹开。

[2] 同盘尚不相助：大家用一个盘子吃饭却不互相帮助。

[3] 况复：何况。

译文

桓公（桓温）举行宴会，席间有一名参军用筷子夹蒸薤，黏在一起夹不开，一起进餐的人都不帮助他，参军就夹住蒸薤不放，在座的人都笑了。桓公说："同桌吃饭尚且不肯互相帮助，何况危难的时候呢？"于是下令免去在座的人的职务。

〈五〉儋梯将去

殷中军废后，恨简文曰[1]："上人著百尺楼上[2]，儋梯将去[3]。"

注释

[1] 恨：抱怨。

[2] 上人著百尺楼上：让人爬到百尺高的楼上。

[3] 儋：同"担"，扛。将：持，拿。

殷中军（殷浩）被废为平民后，抱怨简文帝（司马昱）说："让人爬上百尺高的楼上，却把梯子给扛走了。"

《六》卿何以更瘦

邓竟陵免官后赴山陵[1]，过见大司马桓公[2]，公问之曰："卿何以更瘦？"邓曰："有愧于叔达，不能不恨于破甑[3]！"

注释

[1] 邓竟陵：即邓遐。邓遐，字应玄，曾任桓温的参军，桓温北征燕时，枋头一役大败，桓温追究部下责任，免去邓遐官职。邓遐曾任竟陵太守，故称。赴山陵：参加皇帝的葬礼。

[2] 过见：顺路拜见。

[3] 有愧于叔达，不能不恨于破甑：孟敏，字叔达，东汉时人，他曾在集市买了甑，不小心把甑摔碎了，他看都不看就走了，有人问他为什么不看一下，他说，反正已经碎了，看又有什么用。邓遐说这句话的意思是，他不能像孟敏那样洒脱，对丢官一事，他还是很在意的。

译文

邓竟陵（邓遐）罢官后去参加简文帝的葬礼，然后去看望大司马桓温，桓温问他："你怎么越来越瘦了？"邓遐说："我不能像孟叔达（孟敏）那样豁达，瓦甑碎了也毫不可惜。"

〈七〉桓温上表

桓宣武既废太宰父子[1]，仍上表曰[2]："应割近情[3]，以存远计[4]。若除太宰父子，可无后忧。"简文手答表曰："所不忍言，况过于言。"宣武又重表，辞转苦切[5]。简文更答曰："若晋室灵长[6]，明公便宜奉行此诏；如大运去矣[7]，请避贤路！"桓公读诏，手战流汗，于此乃止。太宰父子远徙新安[8]。

注释

[1] 太宰父子：即司马晞、司马综父子。司马晞为晋元帝第四子，凶悍好武。桓温执政后，以谋反罪将其父子废黜。太宰，官名，辅佐皇帝处理政务。

[2] 仍：随即，继而。

[3] 近情：亲情。

[4] 远计：长远大计。

[5] 苦切：执着恳切。

[6] 灵长：国运长久。

[7] 大运：国家的命运。

[8] 新安：郡名，治所在今浙江淳安西北。

译文

桓宣武（桓温）废黜太宰司马晞父子后，又上表说："应该割断亲情，确保长远大计。如果除掉太宰父子，就没有后顾之忧了。"简文帝（司马昱）亲自在表上答复道："这是我不忍心说的，何况这样也太过分了。"桓温又再次上表，言辞更加执着。简文帝再次答复道："如果晋室国运长久，你就应该执行这道诏令；如果运势已去，就请你让开贤路！"桓温读罢诏书，双手发抖，脸上流汗，于是就打消了这个念头。太宰父子被流放到遥远的新安郡。

〈八〉无复生意

桓玄败后，殷仲文还为大司马咨议[①]，意似二三[②]，非复往日。大司马府厅前有一老槐，甚扶疏。殷因月朔与众在厅[③]，视槐良久，叹曰："槐树婆娑[④]，无复生意[⑤]！"

注释

① 殷仲文：桓玄的姐夫。

② 意似二三：似乎有些三心二意。二三，三心二意，不专心。

③ 月朔：农历每月初一。此日依惯例官署要集会议事。

④ 婆娑：枝叶茂盛的样子。

⑤ 生意：生机。

译文

桓玄失败后，殷仲文回朝廷继续担任大司马的咨议参军，他有些心神不宁，三心二意，不再像从前那样了。大司马府的堂前有一棵老槐树，枝叶很茂盛。殷仲文在初一这天和大家到堂上集会，他凝视槐树良久，感叹道："槐树虽然枝叶婆娑，可是不再有生机了！"

〈九〉当复出一孙伯符

殷仲文既素有名望，自谓必当阿衡朝政[①]。忽作东阳太守，意甚不平。及之郡，至富阳，慨然叹曰："看此山川形势，当复出一孙伯符[②]！"

① 阿衡朝政：辅佐朝政。阿衡，辅佐。

② 孙伯符：孙策，字伯符，吴郡富春人（今浙江富阳），孙权的哥哥。

║ **译文**

殷仲文一向声名远播，自以为一定会辅佐朝政。突然被任命为东阳太守，内心非常气愤。上任时途经富阳，他慨叹道："看这里的山川形势，一定会再出一个孙策！"

十　王武子因其上直率将少年能食之者持矛

诣园饱其啖毕代之送一车枝与和公问曰何

如君李和既得唯笑而已　晋诸公赞曰啁性不

至俭将有犯义之名荀林曰啁诸弟往闺中而

食李而皆诘核责钱破啁婶弟王澄代之也

王戎俭吝其从子婚与一单衣后更责之　晋书

曰戎性至俭不能自奉养财不

出外天下人谓为膏肓之疾

司徒王戎既贵且富区宅僮牧膏田水碓之属

《 一 》和峤性至俭

和峤性至俭，家有好李，王武子求之[1]，与不过数十。王武子因其上直[2]，率将少年能食之者[3]，持斧诣园，饱共啖毕，伐之，送一车枝与和公，问曰："何如君李？"和既得，唯笑而已。

注释

① 王武子：王济，字武子，是和峤的妻弟。

② 因：趁。上直：上朝值班。直，通"值"。

③ 率将：带领。将，用在动词后，无实义。

译文

和峤非常吝啬，他家里有非常好的李子树，王武子（王济）向他要，他只给了王武子几十个李子。王武子趁他上朝值班的时候，率领年轻体壮能吃的人，手持斧子来到他的园子，众人大吃了一顿，然后就把树给砍了，他们还送了一车树枝给和峤，问他说："比你们家的李子树怎么样？"和峤得了这些树枝后，只是笑了笑。

《 二 》王戎讨单衣

王戎俭吝，其从子婚[1]，与一单衣，后更责之[2]。

①从子：侄子。

②责：索要，讨还。

译文

王戎十分吝啬，侄子结婚，他送了一件单衣，侄子婚后他又去要了回来。

〈三〉烛下散筹算计

司徒王戎既贵且富，区宅、僮牧①，膏田水碓之属②，洛下无比③。契疏鞅掌④，每与夫人烛下散筹算计⑤。

注释

① 区宅：房屋住宅。僮牧：奴仆。

② 膏田：良田。水碓：利用水利舂米的器具。

③ 洛下：指洛阳。

④ 契疏：契约账簿。鞅掌：繁多。

⑤ 筹：记数用的竹签。

译文

司徒王戎地位显贵，十分富有，家中的宅院、奴仆、田地以及水碓之类的财产，在洛阳无人能和他相比。家里有很多账本，晚上他就和妻子一起，在烛光下摆开筹码算账。

〈四〉钻核卖李

王戎有好李，卖之，恐人得其种，恒钻其核。

译文

王戎家的李子树很好，卖李子时他生怕别人会得到李子树种，就把李子核给钻了。

◀ 五 ▶ 女儿贷钱

王戎女适裴頠，贷钱数万[1]。女归，戎色不说[2]。女遽还钱[3]，乃释然。

注释

① 贷：借。

② 说：同"悦"。

③ 遽：急忙，立刻。

译文

王戎的女儿嫁给了裴頠，向父亲借了几万钱。女儿回娘家时，王戎脸色很不好。女儿就赶忙把借的钱还了，王戎这才高兴起来。

◀ 六 ▶ 王不留行

卫江州在寻阳[1]，有知旧人投之[2]，都不料理[3]，唯饷"王不留行"一斤[4]。此人得饷，便命驾[5]。李弘范闻之，曰："家舅刻薄，乃复驱使草木[6]。"

注释

① 卫江州：卫展，字道舒，曾任江州刺史，故称。

② 知旧人：老朋友。

③ 料理：照顾，招待。

④ 饷：赠送。王不留行：草药名。此处是用字面的意思暗示
对方不会受到挽留，让他离开。

⑤ 命驾：起程，让人驾车上路。

⑥ 乃复：竟然。驱使草木：指让草木去给他送客。

‖ 译文

卫江州（卫展）在寻阳时，有一位老友来投奔他，他一点
儿也不好好招待，只是送了一斤"王不留行"草药给他。老友
得到这种馈赠，立即坐车走了。李弘范听说此事后，说："我舅
舅太刻薄了，竟然驱使草木为他送客。"

《七》王丞相俭节

王丞相俭节，帐下甘果盈溢不散①。涉春烂败②，都督白
之③，公令舍去④，曰："慎不可令大郎知⑤。"

‖ 注释

① 甘果：水果。盈溢：堆积得很多。

② 涉春：到了春天。

③ 白：禀告，报告。

④ 舍去：扔掉。

⑤ 慎不可：千万不可。大郎：指王导的大儿子王悦。

‖ 译文

王丞相（王导）很节俭，家里的水果堆积如山，也不给别
人。到了春天，水果都烂了，管家把这件事告诉他，他下令扔
掉，还说："千万不要让大郎知道。"

〈八〉庾亮治实

苏峻之乱，庾太尉南奔见陶公，陶公雅相赏重[1]。陶性俭
吝，及食，啖薤[2]，庾因留白。陶问："用此何为？"庾云："故
可种[3]。"于是大叹庾非唯风流，兼有治实[4]。

注释

① 雅相赏重：非常赏识看重。

② 薤：一种蔬菜名，也叫藠头。

③ 故：仍旧，还。

④ 治实：务实。

译文

苏峻叛乱时，庾太尉（庾亮）南逃，去见陶公（陶侃），
陶公对他十分赏识器重。陶公生性节俭，吃饭时，有藠头，庾
太尉就把根白留下了。陶公问他："你要这个有什么用？"庾太
尉说："还可以接着种。"陶公因此大加赞叹，说庾亮不仅才华
出众，而且具有务实的本领。

〈九〉郗公开库

郗公大聚敛，有钱数千万，嘉宾意甚不同[1]。常朝旦问讯，
郗家法，子弟不坐。因倚语移时[2]，遂及财货事。郗公曰："汝
正当欲得吾钱耳[3]！"乃开库一日，令任意用。郗公始正谓损
数百万许[4]，嘉宾遂一日乞与亲友、周旋略尽[5]。郗公闻之，惊
怪不能已已[6]。

注释

① 意甚不同：非常反感。

② 倚语：站着说话。

③ 正当：不过。

④ 正谓：只以为。

⑤ 乞与：给予。周旋：交往的朋友。

⑥ 不能已已：不能自已。

译文

　　郗公（郗愔）大肆聚敛，有几千万钱，郗嘉宾（郗超）非常反感他这样做。有一次早晨去请安，按郗家的家规，孩子们不能坐。郗超站了很长时间，就把话题转移到钱财上来。郗公说："你不过是想要我的钱罢了！"于是开库一天，让他随便取用。郗公原本以为会损失几百万钱，没想到郗嘉宾一天之内几乎把钱都给了亲朋好友。郗公闻听后，惊诧不已。

汰侈

石崇每要客燕集，常令美人行酒，客饮酒不尽
者，使黄门交斩美人。王丞相与大将军尝共诣
崇。丞相素不能饮，辄自勉强，至于沈醉。每至大
将军，固不饮以观其变。已斩三人，颜色如故，尚

日乞与亲友周旋，启尽郗公闻之，惊怪不能已
已，中兴书曰：郗少卓荦
而不羁，有旷世之度。

决芒斩人勒
欸血当孟远

安

无有退世忠
入阳凡年音

〔一〕 美人行酒

石崇每要客燕集①，常令美人行酒②，客饮酒不尽者，使黄门交斩美人③。王丞相与大将军尝共诣崇，丞相素不能饮，辄自勉强，至于沈醉。每至大将军，固不饮以观其变。已斩三人，颜色如故，尚不肯饮。丞相让之④，大将军曰："自杀伊家人，何预卿事！"

║ **注释**

① 要客燕集：邀请客人聚会。要，同"邀"。燕集，设宴聚会。

② 行酒：敬酒，劝酒。

③ 黄门：供家中使用的宦者。交：轮流，交替。

④ 让：责备。

║ **译文**

石崇每次邀请客人宴饮，总让美女劝酒，客人中如果有干不尽的，就把美女交给内侍杀掉。有一回王丞相（王导）和王大将军（王敦）一起参加石崇的宴会，王丞相平时不能喝酒，只能勉强喝下，以至于都喝醉了。每次轮到王大将军时，他坚决不喝，以此观察事态的变化。石崇已经下令杀了三个美女，王大将军神色如故，依旧不肯喝酒。王丞相责备他，王大将军说道："他自己杀自己家的人，与你有什么关系！"

《二》石崇家厕

　　石崇厕，常有十余婢侍列，皆丽服藻饰①。置甲煎粉、沉香汁之属②，无不毕备。又与新衣著令出，客多羞不能如厕③。王大将军往，脱故衣，著新衣，神色傲然。群婢相谓曰："此客必能作贼④。"

‖‖ 注释

① 丽服藻饰：穿着华丽的衣服，梳妆打扮。

② 甲煎粉：一种化妆品。沉香汁：一种香料。

③ 如厕：上厕所。

④ 作贼：造反。

‖‖ 译文

　　石崇家的厕所里，总有十几个婢女站在一旁伺候着，她们都穿着华丽的服饰，打扮得很漂亮。厕所内还放着甲煎粉、沉香之类的香料，无不齐备。每次客人上完厕所，还给换上新衣服出来，有的客人不好意思，就不上厕所了。王大将军去时，脱下旧衣服，换上新衣服，神色非常傲慢。婢女们议论说："这个人一定会犯上作乱。"

《三》人乳饮豚

　　武帝尝降王武子家，武子供馔，并用琉璃器①。婢子百余人，皆绫罗绮绔②，以手擎饮食。蒸豚肥美③，异于常味。帝怪而问之。答曰："以人乳饮豚。"帝甚不平，食未毕，便去。王、石所未知作。

① 并：全，都。

② 绫罗绮袸（luò）：用丝绸做成的衣裤。绮，同"裤"。袸，女子的上衣。

③ 蒸㹠：蒸乳猪。

译文

有一次晋武帝（司马炎）到王武子（王济）家，王武子准备饭食，用的都是琉璃器皿。侍候的婢女有一百多人，穿的都是绫罗绸缎，手里擎着食品。王家蒸的乳猪味道鲜美，和通常的味道不同。武帝感到奇怪，就询问王武子。王武子回答说："这是用人奶喂的小猪。"武帝听后很气愤，饭没吃完就走了。王恺、石崇两家都不知道这种做法。

《四》王石斗富

王君夫以饴糒澳釜①，石季伦用蜡烛作炊②。君夫作紫丝布步障碧绫里四十里③，石崇作锦步障五十里以敌之④。石以椒为泥⑤，王以赤石脂泥壁⑥。

注释

① 王君夫：王恺，字君夫，晋武帝司马炎舅，性豪奢，官至后军将军。饴：麦芽糖。糒（bèi）：干饭。澳釜：刷锅。

② 用蜡烛作炊：用蜡烛做饭。

③ 步障：外出时在路上搭设的屏障。

④ 敌：对抗。

⑤ 椒：指花椒。用花椒和泥涂墙，可以发出香味，且花椒象征多子。

⑥　赤石脂：一种矿石。

译文

　　王君夫（王恺）用饴糖和干饭刷锅，石季伦（石崇）用蜡烛做饭。王君夫做了四十里长的紫丝布步障，里子用的是碧绫，石崇就做了五十里的锦缎步障来和他抗衡。石崇用花椒和泥涂墙，王君夫用赤石脂涂墙。

《五》石王斗牛

　　石崇为客作豆粥，咄嗟便办①；恒冬天得韭蓱齑②。又牛形状气力不胜王恺牛，而与恺出游，极晚发，争入洛城，崇牛数十步后迅若飞禽，恺牛绝走不能及③。每以此三事挞腕④，乃密货崇帐下都督及御车人⑤，问所以。都督曰："豆至难煮，唯豫作熟末⑥，客至，作白粥以投之。韭蓱齑是捣韭根，杂以麦苗尔。"复问驭人牛所以驶⑦，驭人云："牛本不迟，由将车人不及制之尔⑧。急时听偏辕⑨，则驶矣。"恺悉从之，遂争长⑩。石崇后闻，皆杀告者。

注释

①　咄嗟便办：一会儿就能做好。咄嗟，顷刻之间。

②　韭蓱（píng）齑：用韭蓱做的咸菜。韭，韭菜。蓱，同"萍"，浮萍。

③　绝走：奋力奔跑。

④　挞（è）腕：情绪激动，愤怒。

⑤　货：贿赂，收买。帐下：指家中。都督：家庭总管。

⑥　豫：同"预"，预先。

⑦　驶：迅速。

⑧ 将车人：驾车人。不及制之：意思是驾车的人不懂如何控制车。

⑨ 听：听任。偏辕：把车的重心偏向一边，让重心在一个车轮上。

⑩ 争长：取胜。

译文

石崇为客人准备豆粥，一会儿就可以端上来；在他那里冬天也总能吃到韭萍做的咸菜。另外，石崇的牛外形、体力都不及王恺的牛，可是他和王恺一起出游，很晚上路，两人比试谁能抢先进入洛阳城时，石崇的牛在几十步后就能像飞鸟一样，迅速超过王恺的牛，王恺的牛奋力奔跑也追赶不上。王恺常常为这三件事愤愤不平，于是就暗地里收买了石崇家的管家和车夫，询问其中的奥秘。管家说："豆子非常难煮，只要先把豆子煮熟，做成碎末，客人到了，熬粥时把它加进去就行了。韭萍咸菜是捣好的韭菜根，里面掺杂着麦苗而已。"又问车夫驾驭牛的窍门，车夫说："牛原本跑得不慢，只是因为驾车的人不会控制车罢了。紧急时让车的重心偏向一边，这样跑得就快了。"王恺全部照做，果然就战胜了石崇。石崇后来听说此事，把告密的人全杀了。

《六》八百里驳

王君夫有牛名八百里驳①，常莹其蹄角②。王武子语君夫："我射不如卿，今指赌卿牛，以千万对之。"君夫既恃手快③，且谓骏物无有杀理④，便相然可⑤，令武子先射。武子一起便破的⑥，却据胡床⑦，叱左右速探牛心来⑧。须臾，炙至⑨，一脔便去⑩。

注释

① 八百里驳：日行八百里的杂色牛。驳，颜色混杂不纯。

② 莹其蹄角：用莹石装饰牛的蹄角。莹，莹石，一种光洁的玉石。

③ 手快：射箭的技术很好。

④ 骏物：好东西。这里指八百里驳。

⑤ 然可：答应，同意。

⑥ 破的：射中靶子。

⑦ 却：退回来。

⑧ 探：取。

⑨ 炙：烤肉。

⑩ 脔：切成块的肉。

译文

王君夫（王恺）有一头牛名叫八百里驳，他经常用珠宝装饰牛的蹄角。王武子（王济）对王君夫说："我射箭的技术不如你，今天就赌你的牛，我拿千万钱作赌注。"王君夫自恃射术高明，并且觉得自己的牛那么好，不会被杀，就答应了，让王武子先射。王武子一举中的，他退回来靠着胡床，命令左右马上把牛心掏出来。一会儿，烤好的牛心端了上来，王武子吃了一块就走了。

《七》曲阁重闺

王君夫尝责一人无服余衵①，因直②，内著曲阁重闺里③，不听人将出④。遂饥经日，迷不知何处去。后因缘相为⑤，垂死，乃得出。

① 责：责怪，处分。无服余祖（nǐ）：没有穿内衣。余祖，内
　 衣。

② 直：同"值"。

③ 内著：放在。内，同"纳"。曲阁重闺：曲折重叠，有很多
　 门的内室。

④ 不听：不准许。将出：带出。

⑤ 因缘：朋友。相为：相助。

译文

　王君夫（王恺）曾惩罚一个没穿内衣的人，趁他去官府值
班时，把他关在曲折重叠的内院里，不允许别人把他带出来。
那人在里面饿了几天，迷迷糊糊的也不知从哪里出去。后来获
朋友相助，快死了才被救出来。

《八》石崇与王恺争豪

　石崇与王恺争豪①，并穷绮丽以饰舆服。武帝，恺之甥也，
每助恺。尝以一珊瑚树高二尺许赐恺，枝柯扶疏，世罕其比。
恺以示崇，崇视讫，以铁如意击之，应手而碎②。恺既惋惜，
又以为疾己之宝③，声色甚厉。崇曰："不足恨④，今还卿。"乃
命左右悉取珊瑚树，有三尺、四尺，条干绝世⑤，光彩溢目者
六七枚⑥，如恺许比甚众。恺惘然自失。

注释

① 争豪：斗富。

② 应手：随手。

③ 疾：嫉妒。

④ 不足恨：不值得遗憾。

⑤ 条干：枝干。

⑥ 光彩溢目：光彩夺目。

译文

　　石崇和王恺斗富，二人都极尽奢华地装饰自己的车马服装。晋武帝（司马炎）是王恺的外甥，他常常帮助王恺。有一次送给王恺一棵二尺多高的珊瑚树，枝条扶疏，世间少有。王恺拿给石崇看，石崇看罢，举起手中的铁如意向珊瑚树砸去，随手就把珊瑚树给砸碎了。王恺非常惋惜，还以为石崇妒忌自己的珍宝，所以声色俱厉地指责石崇。石崇说："这不值得遗憾，我今天就赔给你。"于是命令手下把珊瑚树都拿了出来，有的三尺高，有的四尺高，枝条都极其漂亮，世上罕见，光彩夺目的珊瑚树有六七棵，和王恺那棵一样的就更多了。王恺顿时显得怅然若失。

《九》编钱匝地竟垪

　　王武子被责①，移第北邙下②。于时人多地贵，济好马射，买地作垪③，编钱匝地竟垪④。时人号曰"金沟"。

注释

① 责：处罚。这里指罢官。

② 第：宅邸。北邙：北邙山，在今河南洛阳东北。

③ 垪（liè）：矮墙。

④ 编钱：把钱串起来。匝：环绕一圈。竟：完，尽。

译文

　　王武子（王济）遭贬，把家迁到了北邙山下。当时人多地贵，王武子喜欢骑马射箭，就买下一块地，筑起矮墙，把钱串起来，绕着矮墙围满了一圈。当时人们称此为"金沟"。

〈十〉士当令身名俱泰

石崇每与王敦入学戏①，见颜、原象而叹曰②："若与同升孔堂③，去人何必有间④！"王曰："不知余人云何，子贡去卿差近⑤。"石正色云："士当令身名俱泰，何至以瓮牖语人⑥！"

注释

① 入学戏：到学校里玩。

② 颜、原：指孔子的学生颜回和原宪，他们都以安贫乐道著称。

③ 同升孔堂：一起做孔子的弟子。

④ 去人何必有间：和这些人相比有什么区别。去，距离，和……相比。有间，有差距。

⑤ 子贡：孔子弟子，会经商，家产富裕。差近：相近，差不多。

⑥ 以瓮牖语人：原宪贫穷，蓬户瓮牖，褐衣蔬食。这句话的意思是怎么能把原宪蓬户瓮牖的事情对人说呢？

译文

石崇常和王敦一起去学校玩，看到颜回、原宪的画像，石崇感叹道："如果和他们一起做了孔门的学生，我们和这些人又有什么区别呢！"王敦说："不知别人怎么样，子贡和你很相似。"石崇正色说道："读书人就应当让自己功名显耀，利禄亨通，怎么能把原宪那样蓬户瓮牖的穷样四处宣扬！"

《十一》彭城王有快牛

彭城王有快牛^①，至爱惜之。王太尉与射，赌得之。彭城王曰："君欲自乘，则不论；若欲啖者，当以二十肥者代之。既不废啖，又存所爱。"王遂杀啖^②。

注释

① 彭城王：指司马权，司马懿的侄子，太始元年封彭城王。

② 遂：竟然。

译文

彭城王（司马权）有一头牛，跑得非常快，彭城王极为爱惜它。王太尉（王衍）和他赌射箭，赢了这头牛。彭城王说："你如果是自己骑，我就不说什么了；如果想吃了它，我可以拿二十头肥牛取代它。这样既不耽误你吃，也保全了我的爱物。"王太尉竟然把它杀掉吃了。

《十二》王右军吃牛心

王右军少时，在周侯末坐^①，割牛心啖之，于此改观^②。

注释

① 末坐：次要的座位。

② 于此改观：从此人们改变了对他的看法。

译文

王右军（王羲之）年轻时，在周侯（周颢）举行的宴会上位列末座，周侯把割下的牛心给他吃，从此人们就改变了对他的看法。

忿狷

魏武有一妓，声最清高，而情性酷恶，欲杀则爱
才，欲置则不堪，于是选百人，一时俱教，少时果
有一人声及之，便杀恶性者。

王蓝田性急，尝食鸡子，以筯刺之，不得，便大怒，
举以掷地，鸡子于地圆转未止，仍下地，以屐齿
蹍之，又不得，瞋甚，复于地取内口中，啮破，即吐

《一》魏武杀妓

魏武有一妓，声最清高①，而情性酷恶②。欲杀则爱才，欲置则不堪③。于是选百人，一时俱教④。少时⑤，果有一人声及之，便杀恶性者。

注释

① 清高：清脆高亢。

② 酷恶：非常恶劣。

③ 置：留置，留下。不堪：不能忍受。

④ 一时：同时。

⑤ 少时：不久。

译文

魏武帝（曹操）有一个歌女，声音清脆高亢，可是性情却非常坏。魏武帝想要杀掉她却又怜惜她的才华，想要留下她却又不能忍受她的脾气。于是选来一百名歌女，同时教她们唱歌。不久，其中就有一个人的声音超过了那个人，魏武帝立即把那个坏脾气的歌女杀了。

《二》王蓝田性急

王蓝田性急。尝食鸡子①，以箸刺之②，不得，便大怒，举以掷地。鸡子于地圆转未止③，仍下地以屐齿碾之④，又不得。瞋甚，复于地取内口中⑤，啮破即吐之。王右军闻而大笑曰："使安期有此性⑥，犹当无一豪可论⑦，况蓝田邪？"

注释

① 鸡子：鸡蛋。

② 箸：筷子。

③ 圆转：滚动。

④ 仍：于是，随即。

⑤ 内：同"纳"。

⑥ 安期：王承，字安期，王述的父亲。

⑦ 一豪：一毫。豪，通"毫"。

译文

王蓝田（王述）性情急躁。有一次吃鸡蛋，他拿筷子去叉，没叉着，顿时大怒，拿起鸡蛋就扔到地上。鸡蛋着地后滴溜溜地转个不停，王蓝田又下地去用木屐的齿碾鸡蛋，还是没碾着。王蓝田气疯了，把鸡蛋从地上捡起放到嘴里，嚼烂了就吐了出来。王右军（王羲之）听说此事大笑道："假使安期有这个脾气，也没什么值得可取的，何况是王蓝田呢！"

《三》冷如鬼手

王司州尝乘雪往王螭许①。司州言气少有牾逆于螭②，便作色不夷③。司州觉恶，便舆床就之④，持其臂曰："汝讵复足与老兄计⑤？"螭拨其手曰："冷如鬼手馨⑥，强来捉人臂！"

注释

① 王司州：王胡之曾任司州刺史，故称。王螭：即王恬，王

恬小字螭虎。

② 言气：说话语气。少：稍微，略微。牾逆：冒犯。

③ 作色：生气，发怒。不夷：不高兴。

④ 舆床就之：把坐榻搬到他旁边。舆，抬，扛。

⑤ 讵复：哪里，怎么。

⑥ 馨：当时方言，相当于"……的样子"。

|| **译文**

　　王司州（王胡之）有一次下雪天去王螭（王恬）那里。司州说话有些冒犯王螭，王螭生气了。司州觉察到王螭的不快，就把坐榻移到王螭身边，拉着他的胳膊说："你何必和你老哥一般见识？"王螭拨开他的手，说道："像鬼手一样凉，还非要拉人家的胳膊！"

〈 四 〉 桓宣武与袁彦道樗蒱

　　桓宣武与袁彦道樗蒱，袁彦道齿不合①，遂厉色掷去五木②。温太真云："见袁生迁怒，知颜子为贵③。"

|| **注释**

① 齿不合：点数不合自己的心愿。齿，指掷骰子所得的点数。

② 五木：樗蒱游戏所用的五个骰子。

③ 颜子：颜回，孔子的学生，《论语》中说他"不迁怒，不贰过"。

|| **译文**

　　桓宣武（桓温）和袁彦道（袁耽）玩樗蒱，袁彦道掷出的点数不合心意，就火冒三丈地把五个骰子都扔了。温太真（温峤）说："看袁生把火气发泄到骰子上面，才知道颜回的可贵。"

《五》性急而能有所容

谢无奕性粗强[1]，以事不相得[2]，自往数王蓝田[3]，肆言极骂[4]。王正色面壁[5]，不敢动。半日，谢去。良久，转头问左右小吏曰："去未？"答云："已去。"然后复坐。时人叹其性急而能有所容。

注释

① 粗强：粗暴蛮横。

② 不相得：不和。

③ 数：数落。

④ 肆言极骂：破口大骂。

⑤ 正色：表情严肃。面壁：面对墙壁。

译文

谢无奕（谢奕）性情粗暴蛮横，因事和王蓝田（王述）不和，就自己跑到王蓝田那里数落他，破口大骂。王蓝田神情严肃地面对墙壁，一动不动。骂了半天，谢无奕走了。过了很久，王蓝田才转过头来，问手下的仆吏："走了吗？"仆吏回答："已经走了。"王蓝田这才回到座位上。当时人们赞赏王蓝田虽然性急却能宽容。

《六》王令诣谢公

王令诣谢公[1]，值习凿齿已在坐，当与并榻[2]。王徙倚不坐[3]，公引之与对榻。去后，语胡儿曰："子敬实自清立[4]，但人为尔[5]，多矜咳[6]，殊足损其自然。"

注释

① 王令：王献之官至中书令，故称。

② 并榻：坐在同一张榻上。

③ 徙倚：徘徊。

④ 实自：确实。清立：清高。

⑤ 人为：做作。

⑥ 矜咳：同"矜碍"，矜持做作。

译文

王令（王献之）去拜访谢公（谢安），恰巧习凿齿也在，按道理王献之应该和习凿齿坐同一张榻。王献之走来走去，也不落座，谢公就让他和习凿齿面对面坐着。王献之走后，谢公对胡儿（谢朗）说："子敬确实清高特立，不过显得做作了，过分地矜持拘泥，很能伤害他的自然天性。"

《七》势利之交

王大、王恭尝俱在何仆射坐①。恭时为丹阳尹，大始拜荆州。讫将乖之际②，大劝恭酒，恭不为饮，大逼强之，转苦③，便各以裙带绕手。恭府近千人，悉呼入斋。大左右虽少，亦命前，意便欲相杀。何仆射无计，因起排坐二人之间④，方得分散。所谓势利之交，古人羞之。

注释

① 何仆射：何澄，字季玄，曾任尚书左仆射，故称。

② 讫：同"迄"，到。乖：分离，分别。

③ 转苦：指劝酒劝得越来越厉害。

④ 排坐：挤坐。排，分开。

王大（王忱）、王恭曾一块儿在何仆射（何澄）家做客。王恭当时任丹阳尹，王大刚出任荆州刺史。快分别的时候，王大向王恭劝酒，王恭不喝，王大就逼着他喝，越来越激烈，最后双方都撩起衣服，准备动武了。王恭府上有近千人，全部招呼到屋里。王大手下人数虽少，也都奉命前来，双方摆开阵势，准备厮杀。何澄万般无奈，就让人坐在两人的中间，这才使得双方人马散开。这种势利之交，古人认为是可耻的。

《八》桓玄杀鹅

桓南郡小儿时，与诸从兄弟各养鹅共斗。南郡鹅每不如，甚以为忿，乃夜往鹅栏间，取诸兄弟鹅悉杀之。既晓，家人咸以惊骇，云是变怪[1]，以白车骑[2]。车骑曰："无所致怪，当是南郡戏耳[3]！"问，果如之。

注释

[1] 变怪：异常的灾害。

[2] 车骑：指桓冲，桓冲曾任车骑将军，故称。

[3] 当是：一定是。戏：恶作剧。

译文

桓南郡（桓玄）小时候，和堂兄弟们一起养鹅，然后互相斗着玩。桓玄养的鹅常常斗败，他非常气愤，于是夜里跑到鹅栏里，把堂兄弟们的鹅全都给杀了。天亮后，家人发现此事都非常惊恐，以为是什么灾害，就把这件事告诉了桓车骑（桓冲）。桓冲说："不是什么怪事，一定是桓玄搞的鬼！"问他，果然如此。

谗险

世说卷六

王平子形甚散朗，内实劲侠，郭璞晋纪曰：刘现
严朗而内劲，故以此处世、难得其死。澄曰：卿形虽
无以养后果为敌所害闻之曰自取之耳死，澄然

袁悦有口才，能短长说，亦有精理，始作谢玄参
军，颇被礼遇。后丁艰服除，还都，唯赍战国策而
已，语人曰：少年时读论语老子，又看庄易，此皆

五一一

〈一〉王平子为人

王平子形甚散朗[1]，内实劲侠[2]。

注释

① 散朗：随和爽朗。

② 劲侠：刚劲侠气。

译文

王平子（王澄）外表看来非常散淡爽朗，实际上却是刚劲侠气。

〈二〉袁悦被杀

袁悦有口才[1]，能短长说[2]，亦有精理[3]。始作谢玄参军，颇被礼遇。后丁艰[4]，服除还都，唯赏《战国策》而已。语人曰："少年时读《论语》《老子》，又看《庄》《易》，此皆是病痛事[5]，当何所益邪？天下要物[6]，正有《战国策》。"既下，说司马孝文王[7]，大见亲待[8]，几乱机轴[9]，俄而见诛。

注释

① 袁悦：字元礼，官至骠骑咨议，有宠于会稽王司马道子，被晋孝武帝杀害。

② 短长说：战国时期纵横家擅长辨析彼此优劣短长的学说，

《战国策》记录了许多纵横家的言行，此书也称《短长书》。

③ 精理：深刻的思想。

④ 丁艰：父母逝世后，子女要谢绝一切活动，在家守丧三年，叫作丁艰。

⑤ 病痛事：指身体的小灾小病，比喻很小的事情。

⑥ 天下要物：天下最重要的东西。

⑦ 说：游说。司马孝文王：会稽王司马道子，孝文是他的谥号。

⑧ 大见亲待：非常受重用。亲待，信任，重用。

⑨ 机轴：比喻重要的权力部门，此指朝廷。

|| **译文**

　　袁悦很有口才，擅长纵横家的游说之术，说理很深刻。开始担任谢玄的参军，很受器重。后来回家守丧，丧期过后回到京都，只带了本《战国策》。他对人说："年轻时读《论语》《老子》，还读了《庄子》《周易》，这些书说的都是些不痛不痒的小事，能有什么好处呢？天底下最重要的书，只有《战国策》。"到了京都后，他去游说司马孝文王（司马道子），大受重用，几乎搅乱朝纲，不久就被杀了。

〈三〉 王国宝妒贤

　　孝武甚亲敬王国宝、王雅①。雅荐王珣于帝，帝欲见之。尝夜与国宝、雅相对，帝微有酒色，令唤珣。垂至②，已闻卒传声。国宝自知才出珣下③，恐倾夺要宠④，因曰："王珣当今名流，陛下不宜有酒色见之，自可别诏召也⑤。"帝然其言，心以为忠，遂不见珣。

注释

① 王雅：字茂达，有宠于东晋孝武帝。官至尚书左仆射。

② 垂至：快要到了。

③ 出……下：在……之下。

④ 倾夺要宠：夺取宠幸。

⑤ 别诏：另外下诏。

译文

孝武帝（司马曜）非常信任王国宝和王雅。王雅向孝武帝举荐王珣，孝武帝想见见他。一天晚上，孝武帝和王国宝、王雅在一起，孝武帝微有醉意，下令传王珣觐见。王珣快要到了，已经听到士兵传唤的声音。王国宝自知才华在王珣之下，害怕他会夺了自己的宠幸，就对孝武帝说："王珣是当今的名流，陛下不该在酒后召见他，可以改日再下诏召见他。"孝武帝觉得他说得对，认为他忠心耿耿，就没有召见王珣。

〈四〉王东亭止谗言

王绪数谗殷荆州于王国宝①，殷甚患之，求术于王东亭②。曰："卿但数诣王绪，往辄屏人③，因论它事。如此，则二王之好离矣。"殷从之。国宝见王绪，问曰："比与仲堪屏人何所道④？"绪云："故是常往来⑤，无它所论。"国宝谓绪于己有隐，果情好日疏，谗言以息。

注释

① 王绪：字仲业，曾任会稽王从事中郎，弄权乱政，被杀。

② 术：办法，方法。

③ 屏人：屏退他人。

④ 比：近来。

⑤ 常往来：一般的来往。

译文

　　王绪屡次在王国宝面前说殷荆州（殷仲堪）的坏话，殷仲堪为此很烦恼，他向王东亭（王珣）求教对付的办法。王东亭说："你只管频繁地去王绪那里，到了以后就屏退左右的人，然后说些不相干的事。这样，就会离间他和王国宝的关系。"殷仲堪按王东亭说的去做了。后来王国宝见到王绪，问道："最近你和殷仲堪在一起时总要屏退左右的人，你们都说些什么呢？"王绪说："我们只是一般的来往，没有说别的。"王国宝觉得王绪对自己有所隐瞒，就疏远了两个人的关系，这样谗言就平息了。

世
说
新
语
译
注

尤悔

魏文帝忌弟任城王骁壮，因在卞太后阁共围
棋，并啖枣。文帝以毒置诸枣蒂中，自选可食者
而进。王弗悟，遂杂进之。既中毒，太后索水救之，
帝预敕左右毁瓶罐，太后徒跣趋井，无以汲，须
臾遂卒。后弟二子——魏略曰：任城威王彰，字子文，太祖卞太
祖卞太后所生第二子也。姓刚勇而黄须，此诏代郡，独

玉帚浮为人
大后所以不
哭也

堀後開面
成离隄陵

〈一〉 曹丕杀弟

魏文帝忌弟任城王骁壮①。因在卞太后阁共围棋②，并啖枣，文帝以毒置诸枣蒂中。自选可食者而进，王弗悟③，遂杂进之。既中毒，太后索水救之。帝预敕左右毁瓶罐④，太后徒跣趋井⑤，无以汲⑥。须臾遂卒。复欲害东阿⑦，太后曰："汝已杀我任城，不得复杀我东阿。"

注释

① 任城王：指曹彰。曹彰，字子文，卞太后的儿子，曹丕的弟弟。

② 卞太后：曹操的妾，曹丕、曹彰、曹植的母亲。曹丕称帝后，尊卞氏为皇太后。

③ 悟：明白。

④ 预：预先。

⑤ 徒跣（xiǎn）：光着脚。

⑥ 汲：打水。

⑦ 东阿：指曹植。曹植，字子建，曹丕的弟弟，封东阿王。

译文

魏文帝（曹丕）嫉恨弟弟任城王曹彰的骁勇强壮。他趁着在卞太后屋里一块儿下围棋吃枣的机会，把毒放在枣蒂里。他自己挑没有毒的吃，任城王不知道，就有毒没毒的一起吃了。

中毒后，卞太后找水救他。魏文帝预先就让手下把瓶子瓦罐都砸了，太后光着脚跑到井边，却没法打水。一会儿任城王就死了。随后，魏文帝又要加害东阿王曹植，卞太后对他说："你已经杀了我的曹彰，不要再杀我的曹植了。"

《二》 王浑后妻

王浑后妻，琅邪颜氏女。王时为徐州刺史，交礼拜讫①，王将答拜，观者咸曰："王侯州将②，新妇州民，恐无由答拜③。"王乃止。武子以其父不答拜，不成礼，恐非夫妇，不为之拜，谓为颜妾。颜氏耻之，以其门贵，终不敢离。

||| **注释**

① 交礼：男女双方婚礼上的交拜礼。讫：完毕。

② 王侯：王浑袭封京陵侯，故称。

③ 无由答拜：不应该答拜。

||| **译文**

王浑的后妻，是琅邪颜家的女儿。王浑当时担任徐州刺史，和颜家女行过交拜礼后，王浑要回拜，参加婚礼的人却说："你是州里的刺史，新娘只是个普通百姓，怕是不该回拜。"王浑就没有回拜。王武子（王济）认为他父亲不回拜就是不按规矩办事，这样就算不上正式的夫妻，所以他也不向继母行礼，还称继母为妾。颜家为此事感到很羞耻，但因为王家门第显贵，始终也没提出离婚。

〈三〉欲闻华亭鹤唳

陆平原河桥败[1]，为卢志所谮，被诛。临刑叹曰："欲闻华亭鹤唳[2]，可复得乎！"

注释

① 陆平原河桥败：晋惠帝太安元年（302），成都王司马颖起兵讨伐长沙王司马乂，陆机任河北都督，于河桥兵败，遭卢志陷害，被司马颖杀害。

② 华亭鹤唳：陆机在吴亡入洛之前，曾和弟弟陆云在华亭（今上海松江西）居住。陆机在临刑前追忆华亭的鹤鸣，表明了他对生命的留恋，对投身宦海的慨叹。

译文

陆平原（陆机）河桥兵败后，遭到卢志的陷害，被杀。临刑前，陆机感叹道："想再听听故乡华亭的鹤鸣，还可能吗？"

〈四〉刘琨善招延

刘琨善能招延[1]，而拙于抚御[2]。一日虽有数千人归投，其逃散而去亦复如此，所以卒无所建。

注释

① 招延：招揽，招引。

② 抚御：安抚驾驭。

译文

刘琨能招揽人才，却不善于安抚驾驭。一天里虽然有几千人归附投奔他，不过逃走的人数也大致相等，所以刘琨最终也无所建树。

《五》平子面似羌

王平子始下，丞相语大将军：“不可复使羌人东行[1]。”平子面似羌。

注释

① 羌人：羌族人。羌族为我国西部的少数民族，十六国时曾创立后秦政权。

译文

王平子（王澄）自长江而下，王丞相（王导）对大将军（王敦）说：“不能让那个羌人到东边来。”这是因为王平子貌似羌人。

《六》周颛被害

王大将军起事，丞相兄弟诣阙谢[1]。周侯深忧诸王，始入，甚有忧色。丞相呼周侯曰：“百口委卿[2]！”周直过不应[3]。既入，苦相存救[4]。既释，周大说[5]，饮酒。及出，诸王故在门[6]。周曰：“今年杀诸贼奴[7]，当取金印如斗大系肘后。”大将军至石头，问丞相曰：“周侯可为三公不？”丞相不答。又问：“可为尚书令不？”又不应。因云：“如此，唯当杀之耳！”复默然。逮周侯被害[8]，丞相后知周侯救己，叹曰：“我不杀周侯，周侯由我而死，幽冥中负此人[9]！”

注释

① 诣阙谢：到朝廷谢罪。

② 百口委卿：全家人的性命就交给您了。

③ 直：径直。

④ 苦相存救：使尽全力进行营救。

⑤ 说：同"悦"。

⑥ 故：仍然。

⑦ 贼奴：对坏人的称呼。这里指王敦。

⑧ 逮：等到。

⑨ 幽冥：地下，阴间。

译文

王大将军（王敦）起兵谋反，王丞相（王导）和兄弟们一起到朝廷谢罪。周侯（周𫖮）也很担心王家的安危，刚进宫时，神色忧郁。王丞相对周侯喊道："我们一家老少都托付给你了！"周侯径直从他们面前走过，没有答话。进了宫里，周侯竭尽全力，救助王家。获准释罪后，周侯非常高兴，还喝了酒。等他出来时，王家的人还在门口。周侯说："今年杀了那些叛贼，我会把斗大的金印系在胳膊上。"王大将军到了石头城，问王丞相说："周侯能做三公吗？"王丞相没有作答。又问："能做尚书令吗？"王丞相还是没有作答。王大将军于是说道："既然如此，那只有杀了他！"王丞相依旧沉默。周侯被杀后，王丞相才知道是周侯救了自己，他慨叹道："我没有杀周侯，周侯却因我而死，我就是到了阴间也对不起这个人！"

《七》王导、温峤俱见明帝

王导、温峤俱见明帝，帝问温前世所以得天下之由①。温未答顷②，王曰："温峤年少未谙，臣为陛下陈之。"王乃具叙宣王创业之始③，诛夷名族④，宠树同己⑤，及文王之末高贵乡公事⑥。明帝闻之，覆面著床曰："若如公言，祚安得长⑦！"

||| **注释**

① 前世：上一代，指西晋。

② 顷：……的时候。

③ 宣王：司马懿。司马昭封晋王后，追封司马懿为宣王。

④ 名族：名门望族。

⑤ 宠树：拉拢培植。

⑥ 高贵乡公事：公元260年，司马昭党羽贾充指使成济杀害
魏帝高贵乡公曹髦，司马昭立陈留王曹奂为帝。

⑦ 祚：皇位，帝位。

||| **译文**

　　王导、温峤一起去见晋明帝（司马绍），明帝问温峤前辈们获得天下的原因。温峤尚未回答时，王导说："温峤年轻，不熟悉以前的事情，我为陛下说说吧。"王导就详细叙述了宣王司马懿创业伊始，诛杀名门望族，培植亲信，以及文王司马昭晚年除掉高贵乡公曹髦的事情。明帝听罢，掩面靠在坐榻上说："如果像您说的这样，这皇帝的位子怎么会长久呢！"

《八》王敦流涕

　　王大将军于众坐中曰："诸周由来未有作三公者。"有人答曰："唯周侯邑五马领头而不克①。"大将军曰："我与周洛下相遇，一面顿尽②。值世纷纭，遂至于此！"因为流涕。

||| **注释**

① 五马领头而不克：比喻功败垂成。五马领头，玩樗蒲游戏
时，如果五马领头就表明马上要赢了。不克，不能取胜。

② 一面顿尽：一见倾心。

译文

王大将军（王敦）在聚会时对在座的人说："周家的人从来没有位至三公的。"有人答道："只有周侯（周颙）功败垂成。"王大将军说："我与周侯在洛阳相遇，一见倾心。值此纷纭乱世，所以才到了今天这地步！"说罢，为周颙流下了眼泪。

〈九〉 温峤绝裾

温公初受刘司空使劝进①，母崔氏固驻之②，峤绝裾而去③。迄于崇贵④，乡品犹不过也⑤，每爵皆发诏。

注释

① 刘司空：指刘琨。刘琨曾任司空，故称。劝进：劝司马睿即帝位。

② 固：坚决。驻：留住，阻止。

③ 绝裾：割断衣襟。

④ 迄于崇贵：等到他显贵。

⑤ 乡品：乡里对人物的品评。晋时推行九品中正制，政府根据乡里的品评来授予官职。

译文

温峤当初受刘司空（刘琨）的派遣，渡江奉劝司马睿即帝位，他妈妈崔氏坚决阻止他这样做，结果温峤割断衣襟，义无反顾地走了。等到温峤地位显贵时，在乡里的评议总不能通过，所以他每次晋爵都要皇上发诏书特批。

《十》为庾元规所卖

庾公欲起周子南①，子南执辞愈固②。庾每诣周，庾从南门入，周从后门出。庾尝一往奄至③，周不及去，相对终日。庾从周索食，周出蔬食④，庾亦强饭⑤，极欢。并语世故⑥，约相推引⑦，同佐世之任。既仕，至将军二千石⑧，而不称意。中宵慨然曰⑨："大丈夫乃为庾元规所卖！"一叹，遂发背而卒⑩。

注释

① 起：起用，任用。周子南：周邵，字子南，东晋时人，曾在庐山隐居，出仕后历任镇蛮护军、西阳太守。

② 执辞：执意推辞。

③ 奄至：突然来到。

④ 蔬食：粗食。

⑤ 强饭：勉强吃下去。

⑥ 世故：世事。

⑦ 推引：推荐提携。

⑧ 二千石：指郡守。汉时郡守的俸禄为二千石，故以指代。

⑨ 中宵：半夜。

⑩ 发背：发背疾，背疮。

译文

庾公（庾亮）想起用周子南（周邵），周子南执意推辞，态度坚决。庾公每次到周家，他从南门进，周子南就从后门出。有一次庾公突然造访，周子南来不及躲避，两人在一起待了一天。庾公向周子南要吃的，周子南拿出粗劣的饭菜，庾公也坚持吃了下去，显得非常高兴。两人一起谈论世事，约定互相帮助，共同担当起辅佐晋室的大任。周子南出仕后，做到了将军，可他并不痛快。半夜里慨叹道："大丈夫竟然被庾元规（庾亮）给出卖了！"一声长叹，随即发背疽死了。

〈十一〉结恨释氏

阮思旷奉大法①，敬信甚至。大儿年未弱冠，忽被笃疾②。儿既是偏所爱重，为之祈请三宝③，昼夜不懈，谓至诚有感者，必当蒙佑，而儿遂不济④。于是结恨释氏⑤，宿命都除。

‖ **注释**

① 大法：指佛教。

② 笃疾：重病。

③ 三宝：佛教称佛、法、僧为三宝。佛指释迦牟尼及一切佛，法指佛教教义，僧指继承、宣扬教义的僧众。

④ 不济：没能救活。

⑤ 释氏：指释迦牟尼，此处代指佛教。

‖ **译文**

阮思旷（阮裕）信奉佛教，虔诚至极。他的大儿子不到二十岁，就突然得了重病。阮思旷非常偏爱这个儿子，就在佛、法、僧面前替儿子祈祷，昼夜不停，以为虔诚有情的人，一定会得到保佑，可是最终也没能救活儿子。从此他就和佛门结了怨仇，宿命的思想再也没有了。

〈十二〉不得一言

桓宣武对简文帝，不甚得语①。废海西后，宜自申叙②，乃豫撰数百语③，陈废立之意。既见简文，简文便泣下数十行。

宣武矜愧④，不得一言。

注释

① 不甚得语：不是很谈得来。

② 申叙：说明。

③ 豫：预先。

④ 矜愧：愧疚。

译文

桓宣武（桓温）在简文帝（司马昱）面前，不大谈得来。废掉海西公后，他应该亲自去简文帝那里说明原因，就预先写了几百句话，陈述废除海西公另立的理由。见了简文帝后，简文帝泪流不止。桓宣武怜悯简文帝，感到很内疚，就一句话也说不出来了。

《十三》桓温言志

桓公卧语曰："作此寂寂①，将为文、景所笑②！"既而屈起坐曰③："既不能流芳后世，亦不足复遗臭万载邪？"

注释

① 作此寂寂：如此默默无闻。

② 文、景：指晋文帝司马昭和晋景帝司马师。

③ 屈起：突然坐了起来。屈，通"崛"。

译文

桓公（桓温）躺着说："像这样死气沉沉的，会让文帝、景帝嘲笑吧！"随即突然坐起说："既然不能流芳后世，难道也不能遗臭万年吗？"

〈十四〉水如人性

谢太傅于东船行①，小人引船②，或迟或速，或停或待，又放船从横③，撞人触岸，公初不呵谴④，人谓公常无嗔喜。曾送兄征西葬还，日莫雨驶⑤，小人皆醉，不可处分⑥。公乃于车中，手取车柱撞驭人⑦，声色甚厉。夫以水性沈柔，入陿奔激⑧。方之人情，固知迫隘之地⑨，无得保其夷粹⑩。

注释

① 东：这里指会稽。会稽在东晋都城建康东，故以"东"代指会稽。

② 小人：指仆人、下人。

③ 从横：同"纵横"。

④ 初不：从不。呵谴：指责，批评。

⑤ 莫：同"暮"。雨驶：雨下得很急。

⑥ 不可处分：指不能驾驭好车马。

⑦ 车柱：停车时支撑车辕的木棍。

⑧ 入陿奔激：到了狭窄的地方水就流得很急。

⑨ 迫隘：危急险要。

⑩ 无得：不能，无法。夷粹：平和美好。

译文

谢太傅（谢安）在会稽乘船出行，船夫驾着船，有时慢有时快，有时停有时等，有时还任船四处漂游，撞着人或者碰到岸上，谢公从不指责，有人说谢公为人无怒无喜。一次谢公为哥哥谢奕送葬回来，天已经黑了，雨下得很急，车夫们都醉了，不能正常地驾车。谢公就在车上拿起支车的木柱击打车夫，声色俱厉。水性沉静柔和，可是进入狭窄处却会奔腾激荡。比之人情，自然就知道，当人处于紧急危难的时刻，是无法保持那份平和美好的心境的。

《十五》简文帝不识稻

简文见田稻不识，问是何草，左右答是稻。简文还，三日不出，云：“宁有赖其末而不识其本[①]？”

|| **注释**

① 末：指树梢，这里指稻子的果实。本：指树根，这里指稻秧。

|| **译文**

简文帝（司马昱）不认识田里的稻子，问是什么草，身边的人告诉说是稻子。简文帝回来后，三天没有出门，说：“哪有依靠它的种子生存，却不认识它本来面目的呢？”

《十六》桓冲发病

桓车骑在上明畋猎[①]，东信至[②]，传淮上大捷[③]。语左右云：“群谢年少大破贼。”因发病薨。谈者以为此死，贤于让扬之荆[④]。

|| **注释**

① 上明：荆州刺史官署所在地，在今湖北松滋西。畋（tián）猎：打猎。

② 信：信使。

③ 淮上大捷：指淝水之战。公元383年，谢玄率晋军在淝水大败符坚。

让扬之荆：桓冲曾任扬州刺史，后来惧于谢安的威望，把
　　扬州刺史的位置让给谢安，改任荆州刺史。

译文

桓车骑（桓冲）在上明打猎时，信使从东边过来，传来了
谢玄在淝水大败苻坚的消息。桓冲对身边的人说："谢家的年轻
人大败贼寇！"随即就发病身亡了。人们议论说，桓冲这样死，
比他让出扬州刺史的位置到荆州强。

《十七》桓玄色变

桓公初报破殷荆州①，曾讲《论语》，至"富与贵，是人之
所欲，不以其道得之不处②"，玄意色甚恶③。

注释

① 桓公：这里指桓玄。报：报复。

② 不以其道得之不处：不是通过正道得来的不能安然享用。
　　不处，不能安然享用。

③ 意色：神色。

译文

桓玄当初为了报复，杀了殷荆州（殷仲堪）。有一次讲解
《论语》，当讲到"富与贵，是人之所欲，不以其道得之不处"
时，桓玄的神色非常差。

胡兒既無由知父為此事聞人道癡人有作此
者、戲笑之時道此非復一過、太傅既了巳之不
知因其言大語胡兒曰世人以此謗中郎亦言
我共作此、中郎摅也、章仲友按世有兄弟三人、
以摅為中郎、未可解當由有六而
三時以中為穪因仍不敗也、胡兒慚熱一月日
閉齋不出太傅虛託引巳之過以相關悟可謂
德教、

《一》王敦如厕

王敦初尚主[1]，如厕，见漆箱盛干枣，本以塞鼻，王谓厕上亦下果[2]，食遂至尽。既还，婢擎金澡盘盛水，琉璃碗盛澡豆[3]，因倒著水中而饮之，谓是干饭。群婢莫不掩口而笑之。

|| **注释**

[1] 尚主：娶公主为妻。

[2] 下果：摆设果品。

[3] 澡豆：古代的洗涤用品。把猪胰磨成糊状，加入豆粉、香料等物品，经过干燥，加工成块状，即可用以洗涤。

|| **译文**

王敦刚和公主结婚时，有一次上厕所，看到漆盒里装着干枣，这本来是上厕所用来塞鼻子的，王敦却以为是厕所里摆的果品，就都给吃光了。出来后，婢女手擎金制的洗手盆，里面盛着水，琉璃碗里装着澡豆，王敦还以为是干饭，就把它倒在水里给吃了。婢女们看到后都掩口而笑。

《二》元皇初见贺司空

元皇初见贺司空[1]，言及吴时事，问："孙皓烧锯截一贺头，是谁？"司空未得言，元皇自忆曰："是贺劭[2]。"司空流涕曰：

"臣父遭遇无道，创巨痛深，无以仰答明诏③。"元皇愧惭，三日不出。

译文

晋元帝（司马睿）第一次见到贺司空（贺循）时，谈及吴国的事情，他问道："孙皓曾用烧热的锯把一个姓贺的脑袋割下来，这个人是谁呢？"贺司空没有回答，元帝自己回忆道："是贺劭。"贺司空流泪说道："我的父亲遇上无道的昏君，我至今还创痛深重，所以没法回答陛下的垂询。"元帝非常内疚，三天没有出门。

《三》误食彭蜞

蔡司徒渡江①，见彭蜞②，大喜曰："蟹有八足，加以二螯③。"令烹之。既食，吐下委顿④，方知非蟹。后向谢仁祖说此事，谢曰："卿读《尔雅》不熟⑤，几为《劝学》死⑥。"

注释

① 蔡司徒：指蔡谟。蔡谟官至司徒，故称。

② 彭蜞：一种外形似蟹但比蟹小的甲壳类动物。

③ 蟹有八足，加以二螯：这两句见于蔡谟的从曾祖蔡邕所作《劝学章》中。

④ 吐下：上吐下泻。委顿：非常难受。

⑤ 《尔雅》：我国古代第一部解释名物词语的书，在其中的

"释鱼"部里曾讲到"彭蜞"。

⑥ 《劝学》：指蔡邕的《劝学章》。

蔡司徒（蔡谟）到了江南后，看见彭蜞非常高兴，就背诵《劝学章》中的话道："蟹有八足，加以二螯。"然后让人把彭蜞煮了。吃了以后，上吐下泻，非常难受，这才知道吃的不是螃蟹。后来他向谢仁祖（谢尚）说起这件事，谢仁祖说："你《尔雅》没有读熟，还差一点被《劝学》害死。"

《四》任育长情痴

任育长年少时①，甚有令名。武帝崩，选百二十挽郎②，一时之秀彦③，育长亦在其中。王安丰选女婿，从挽郎搜其胜者，且择取四人，任犹在其中。童少时，神明可爱，时人谓育长影亦好。自过江，便失志④。王丞相请先度时贤共至石头迎之⑤，犹作畴日相待⑥，一见便觉有异。坐席竟，下饮⑦，便问人云："此为茶，为茗？"觉有异色，乃自申明云："向问饮为热为冷耳。"尝行从棺邸下度⑧，流涕悲哀。王丞相闻之曰："此是有情痴⑨。"

① 任育长：任瞻，字育长，晋时人，历任谒者仆射、都尉、天门太守。

② 挽郎：出殡时牵引灵柩唱挽歌的人。

③ 一时之秀彦：当时的优秀人才。秀彦，杰出的人才。

④ 失志：失去神志，精神恍惚。

⑤ 石头：指石头城。

⑥　畴日：昔日，往日。

⑦　下饮：上茶。

⑧　棺邸：棺材铺。

⑨　情痴：感情痴迷的病症。

　　任育长（任瞻）年轻时，名声很好。晋武帝（司马炎）驾崩后，朝廷选了一百二十名跟随灵柩唱挽歌的人，都是当时的优秀人才，任育长也在其中。王安丰（王戎）选女婿，在这一百二十名挽郎当中挑出众的，只选了四个人，任育长还在其中。少年时，任育长聪明可爱，当时人们说连任育长的影子都好看。自从过江以后，他就精神恍惚了。当时王丞相（王导）邀请已经渡江的名流一起到石头城迎接他，大家仍像以前那样互致问候，可是见面后就发现有些异样。落座后上茶，任育长就问人说："这是茶，还是茗？"看到别人诧异的神色，就自言自语道："刚才我是问水是热是冷呀。"有一次他经过棺材铺，悲伤得哭了。王丞相听后说："这是犯了痴症了。"

《五》谢安德教

　　谢虎子尝上屋熏鼠①。胡儿既无由知父为此事，闻人道痴人有作此者②，戏笑之，时道此非复一过③。太傅既了己之不知④，因其言次⑤，语胡儿曰："世人以此谤中郎⑥，亦言我共作此。"胡儿懊热⑦，一月日闭斋不出⑧。太傅虚托引己之过⑨，以相开悟⑩，可谓德教⑪。

||| **注释**

①　谢虎子：谢据，小字虎子，谢朗父，谢安兄。上屋：上屋顶。

② 痴人：傻子。

③ 时道此非复一过：经常谈论起这件事，不止一次。一过，
   一次。

④ 己：第三人称代词，这里指谢朗。

⑤ 因其言次：趁和他谈话的时候。因，趁，借着。言次，谈
   话的时候。

⑥ 中郎：指谢据。谢氏兄弟中，谢奕为大，谢据排行老二，
   谢安为老三，故称谢据为中郎。

⑦ 懊热：懊恼悔恨。

⑧ 一月日：一个月。闭斋：关在屋子里。

⑨ 虚托：假托。

⑩ 开悟：开导使之领悟。

⑪ 德教：以德来育人。

译文

谢虎子（谢据）曾经跑到房顶上去熏老鼠。谢胡儿（谢
朗）不知道他父亲做过这样的事，听人说只有傻子才这样干，
就一起跟着嘲笑，还不止一次地说起此事。谢太傅（谢安）明
白谢胡儿并不知道事情的原委，就趁和他聊天的时候，对谢胡
儿说："社会上的人拿这件事来诋毁中郎，还说是我和他一块儿
干的。"谢胡儿听后羞愧懊恼，躲在屋内一个月都没有出去。太
傅假托事情是自己干的，以此来启发诱导谢胡儿，可以说他是
以德教人。

《六》进退维谷

殷仲堪父病虚悸^①，闻床下蚁动，谓是牛斗^②。孝武不知是殷公，问仲堪："有一殷病如此不？"仲堪流涕而起曰："臣进退维谷。"

注释

① 虚悸：因气血亏损而心跳发慌。

② 谓是牛斗：以为是牛在打斗。

译文

殷仲堪的父亲得了心悸的病，听到床下蚂蚁走动的声音，以为是有牛在打斗。孝武帝（司马曜）不知是殷仲堪的父亲，他问殷仲堪："有一个姓殷的得的病是这样吗？"殷仲堪哭着站起来说："我不知如何回答才好。"

《七》虞啸父为孝武侍中

虞啸父为孝武侍中^①，帝从容问曰："卿在门下^②，初不闻有所献替^③。"虞家富春^④，近海，谓帝望其意气^⑤，对曰："天时尚暖，鰤鱼虾鳌未可致^⑥，寻当有所上献^⑦。"帝抚掌大笑。

注释

① 虞啸父：东晋时人，孝武帝时任侍中，桓玄执政后，官至护军将军、会稽内史。

② 门下：指门下省，为皇帝侍从、顾问的官署。

③ 献替：指向皇帝提供好的意见建议。

④ 富春：县名，今浙江富阳。

⑤ 意气：情义。这里指有表达情义的礼物。

⑥ 鲻鱼虾鲝：泛指各种鱼产品。鲻（zhì），鱼名，可以制酱。鲝（zhǎ），鱼名，可以腌制。

⑦ 寻：不久。当：将要。

||| **译文**

虞啸父担任孝武帝（司马曜）的侍中时，有一次孝武帝随意地问他说："你在门下省，可我从来没听说你有过什么贡献呀。"虞啸父家在富春，靠着大海，他以为皇上期望他有所表示，就答道："现在天气还热，各种海产品还没下来，过不了多久就会进献给您。"孝武帝听后抚掌大笑。

《八》主簿误事

王大丧后，朝论或云国宝应作荆州①。国宝主簿夜函白事②，云荆州事已行。国宝大喜，其夜开阁③，唤纲纪话势④，虽不及作荆州，而意色甚恬。晓遣参问⑤，都无此事。即唤主簿数之曰⑥："卿何以误人事邪？"

||| **注释**

① 作荆州：担任荆州刺史。

② 夜函白事：夜里送信报告这件事。函，信函。这里用作动词，送信。白，报告，禀告。

③ 开阁：打开房门。

④ 纲纪：指主簿。主簿因主管政令的发布，所以也称"纲纪"。

⑤ 参问：打听，探问。

⑥ 数（shǔ）：数落，责怪。

译文

王大（王忱）死后，朝中议论王国宝有可能担任荆州刺史。王国宝的主簿夜里给王国宝写信，报告说担任荆州刺史的事已经定了。王国宝大喜，当晚就打开房门，把主簿叫来共商大计，虽然没有涉及荆州刺史的事，可他的神情非常兴奋。第二天一早，就派人去朝廷打听，竟完全没有这回事。王国宝立刻把主簿叫来，数落他说："你怎么把我的好事都耽误了呢？"

色为主，裴令闻之曰：「此乃是舆到之事，非盛德言。」冀后人未昧此语。

何劭论荀粲曰：「仲尼称有德者有言，而识不足。顾所言有馀，而荀粲减於是力者有言，而荀粲减於是力

贾充闾充字公闾，言後必有充闾之晃、後妻郭氏酷妒，有男兒名黎民，生载周，充自外还乳母抱兒在中庭，兒见充喜踊，充就乳母手中呜之郭遥望见，谓充爱乳母，即杀之，兒悲思啼泣

開或也

《 一 》魏甄后惠而有色

魏甄后惠而有色[1]，先为袁熙妻[2]，甚获宠。曹公之屠邺也[3]，令疾召甄[4]，左右白："五官中郎已将去[5]。"公曰："今年破贼，正为奴[6]！"

注释

[1] 魏甄后：魏文帝曹丕的皇后。惠：通"慧"，聪慧。

[2] 袁熙：袁绍的次子。

[3] 曹公之屠邺：汉献帝建安九年（204），曹操大破袁尚，攻下邺城。

[4] 疾：迅速，立刻。

[5] 五官中郎：指曹丕。曹丕曾任五官中郎将。将去：领走。

[6] 奴：相当于"她"。

译文

魏甄后聪明貌美，早先是袁熙的妻子，很受宠爱。曹操攻破邺城后，立即下令召见甄氏，身边的人禀告说："五官中郎将（曹丕）已经把她带走了。"曹操说："今年击败敌人，正是为了她！"

《 二 》妇人以色为主

荀奉倩与妇至笃[1]，冬月妇病热，乃出中庭自取冷[2]，还以身熨之③。妇亡，奉倩后少时亦卒，以是获讥于世。奉倩曰："妇人德不足称，当以色为主。"裴令闻之曰："此乃是兴到之事④，非盛德言，冀后人未昧此语⑤。"

‖ **注释**

① 荀奉倩：荀粲，字奉倩，三国时魏人，荀彧子，善言佛理。

② 出：到。

③ 熨（yù）：贴着。

④ 兴到之事：兴之所至的事情。

⑤ 昧：迷惑。

‖ **译文**

荀奉倩（荀粲）和妻子的感情很深，冬天妻子发高烧，荀奉倩就到院子里把自己冻冷，然后回到屋子，用自己的身体贴着妻子的身体，给她退烧。妻子去世后，荀奉倩没过多久也死了，因此受到世人的嘲笑。荀奉倩曾说："女人的德行并不值得称道，应当以色为主。"裴令（裴楷）听到此言后说："这只是兴之所至才这样说的，不是大德之言，希望后人不要被他的话蒙蔽。"

《三》郭氏酷妒

贾公间后妻郭氏酷妒①。有男儿名黎民，生载周②，充自外还，乳母抱儿在中庭，儿见充喜踊③，充就乳母手中呜之④。郭遥望见，谓充爱乳母，即杀之。儿悲思啼泣，不饮它乳，遂死。郭后终无子。

‖ **注释**

① 贾公间：贾充，字公间，魏末晋初人，晋惠帝贾皇后的父

亲，晋时官至尚书令。酷妒：妒忌心非常强。

② 载周：刚满一周岁。

③ 喜踊：高兴得又蹦又跳。

④ 呜：亲吻。

译文

贾公闾（贾充）的后妻郭氏心胸非常狭隘。有个儿子名叫黎民，刚满周岁时，贾充从外边回来，奶娘抱着他在院子里，儿子看见贾充兴奋异常，贾充就到奶娘跟前去亲孩子。郭氏老远看见，以为贾充爱上了奶娘，就把她杀了。儿子思念奶娘，忧伤得啼哭，不喝别人的奶，最后死了。郭氏从此再也没有子嗣。

《四》孙秀妻蒯氏

孙秀降晋①，晋武帝厚存宠之②，妻以姨妹蒯氏，室家甚笃③。妻尝妒，乃骂秀为"貉子"④。秀大不平，遂不复入。蒯氏大自悔责，请救于帝。时大赦，群臣咸见。既出，帝独留秀，从容谓曰⑤："天下旷荡⑥，蒯夫人可得从其例不？"秀免冠而谢，遂为夫妇如初。

注释

① 孙秀：字彦才，三国时吴国将军，遭孙皓猜忌降晋。

② 存宠：关怀宠护。

③ 室家：夫妻关系。

④ 貉子：晋时对南方人的蔑称。

⑤ 从容：委婉。

⑥ 旷荡：宽大，宽宥。

译文

孙秀降晋后，晋武帝（司马炎）对他厚爱有加，把姨家的表妹蒯氏嫁给了他，夫妻二人感情很深。有一次妻子生气，就骂孙秀是"貉子"。孙秀大怒，从此就不再进蒯氏的屋子。事后蒯氏非常内疚，她向晋武帝求助。当时正在大赦，大臣们都来觐见。散朝后，晋武帝让孙秀单独留了下来，他委婉地对孙秀说："国家对有罪之人都宽宏大量，蒯夫人也能按照这个标准得到宽恕吗？"孙秀摘掉帽子向武帝请罪，从此夫妻二人和好如初。

〈五〉 韩寿娶贾充女

韩寿美姿容，贾充辟以为掾。充每聚会，贾女于青琐中看[1]，见寿，说之[2]，恒怀存想[3]，发于吟咏。后婢往寿家，具述如此，并言女光丽[4]。寿闻之心动，遂请婢潜修音问[5]。及期往宿。寿蹻捷绝人[6]，逾墙而入，家中莫知。自是充觉女盛自拂拭[7]，说畅有异于常[8]。后会诸吏，闻寿有奇香之气，是外国所贡，一著人则历月不歇[9]。充计武帝唯赐己及陈骞，余家无此香，疑寿与女通，而垣墙重密，门阁急峻[10]，何由得尔？乃托言有盗，令人修墙。使反曰[11]："其余无异，唯东北角如有人迹，而墙高，非人所逾。"充乃取女左右婢考问。即以状对。充秘之[12]，以女妻寿[13]。

注释

① 青琐：窗格。

② 说：同"悦"，喜欢。

③ 存想：思念。

④ 光丽：光艳美丽。

⑤ 潜修音问：暗地里传递消息。音问，消息，音讯。

⑥ 骁捷：身手矫健。

⑦ 盛自拂拭：盛装打扮。拂拭，装扮，打扮。

⑧ 说畅：喜悦，欢乐。

⑨ 著人则历月不歇：意思是这种香料涂到身上，香味几个月都不消散。

⑩ 门阁：门户。急峻：严密。

⑪ 使反：派出的人回来。

⑫ 秘之：把这件事隐瞒下来。

⑬ 以女妻寿：把女儿嫁给了韩寿。

|||| 译文

韩寿相貌出众，贾充召他做属官。贾充每次召集聚会时，他女儿就透过窗格朝里观望，见到韩寿，很喜欢，总是朝思暮想，还把自己的思念之情抒发到诗文里。后来她的婢女到韩寿家，把贾充女儿对他的爱慕之情详细说了，还告诉韩寿贾充的女儿非常漂亮。韩寿听罢心动了，让婢女暗中为他传递消息，并约定时间去女子那里过夜。韩寿身手矫健，晚上翻墙而入，贾充家里没人知道。从此以后，贾充发现女儿总是极力装扮自己，心情也比以往愉快多了。后来贾充和官吏们聚会，他闻到韩寿身上有一种奇异的香味，这种香料是国外的贡品，涂到身上，香味几个月都不会消失。贾充心想，这种香料晋武帝只赐给了自己和陈骞，别人家没有这种香料，于是就怀疑韩寿和女儿私通，不过家中院墙高大，门户看管得也很严密，韩寿怎么能进来呢？于是借口发现盗贼，让人修整围墙。派遣的人回来说："别的地方没什么异常，只有东北角好像有翻越的痕迹，不

过墙那么高，人是翻不进来的。"贾充就把女儿身边的婢女叫来拷问，婢女把实情告诉了他。贾充把此事隐瞒下来，让女儿嫁给了韩寿。

《六》王安丰妇

王安丰妇常卿安丰①。安丰曰："妇人卿婿，于礼为不敬，后勿复尔。"妇曰："亲卿爱卿，是以卿卿。我不卿卿，谁当卿卿？"遂恒听之。

注释

① 卿：上对下、贵对贱、尊对卑的亲昵称呼。夫妻间称"卿"是亲热的表示。

译文

王安丰（王戎）的妻子常称他为卿。王安丰说："妻子称丈夫为卿是不礼貌的，以后不要再这样了。"妻子说："我亲你爱你，所以才称你为卿。我不称你为卿，谁该称你为卿？"从此王安丰就任凭她一直这样叫了。

《七》雷尚书

王丞相有幸妾姓雷，颇预政事，纳货①。蔡公谓之"雷尚书"。

注释

① 纳货：收受贿赂。

译文

王丞相（王导）有个宠妾姓雷，总喜欢干预政事，收受贿赂。蔡公（蔡谟）称她为"雷尚书"。

仇隟

世說卷六

孫秀既恨石崇不與綠珠，干寶晉紀曰石崇有妓人綠珠美而工笛孫秀使人求之崇別館北邙下方登涼觀臨清水使者以告崇出其婢妾數十人以示之曰任所擇使者曰本受命者指綠珠珠也崇勃然曰綠珠吾所愛不可得也使者曰君博古知今察遠照邇願加三思崇曰不然使者出又反崇竟不許又憾潘岳昔遇之不以禮。後秀爲中書令，岳省內見之，因喚曰：「孫令憶疇昔周旋不？」秀曰：「中心藏之，何日忘之。」

《一》孙秀恨石崇不与绿珠

孙秀既恨石崇不与绿珠[①]，又憾潘岳昔遇之不以礼[②]。后秀为中书令，岳省内见之[③]，因唤曰："孙令，忆畴昔周旋不[④]？"秀曰："中心藏之，何日忘之！"[⑤]岳于是始知必不免。后收石崇、欧阳坚石[⑥]，同日收岳。石先送市，亦不相知。潘后至，石谓潘曰："安仁，卿亦复尔邪？"潘曰："可谓'白首同所归'。"潘《金谷集诗》云："投分寄石友，白首同所归。"乃成其谶[⑧]。

‖ **注释**

① 孙秀：字俊忠，赵王司马伦篡位后，孙秀任中书令，专朝政。司马伦败后被杀。绿珠：石崇的宠妓，貌美，善吹笛。

② 憾：恼怒，怨恨。

③ 省：这里指中书省。

④ 畴昔：从前，往昔。周旋：交往。

⑤ 中心藏之，何日忘之：出自《诗经·小雅·隰桑》，意思是心里一直记得这件事，永远也不会忘记。中心，心中。

⑥ 欧阳坚石：欧阳建，字坚石，西晋人，官至冯翊太守，被孙秀杀害。

⑦ 投分寄石友，白首同所归：意思是情投意合，友谊如磐石般坚固的朋友，死后会同归一处。投分，志趣相投。石友，

情谊如磐石般牢固的朋友。

⑧　谶：预言吉凶的话或文字。

译文

孙秀既憎恨石崇不把绿珠给自己，又怨恨潘岳以前对自己的无礼。后来孙秀做了中书令，潘岳在中书省见到他，就招呼他说："孙令，你还记得以前我们的交往吗？"孙秀说："我一直记在心里，一天也不会忘！"潘岳于是知道孙秀的报复是不可避免的。后来孙秀逮捕石崇、欧阳坚石（欧阳建），当天也把潘岳抓起来了。石崇先被送到东市刑场，他还不知道潘岳的情况。潘岳随后到了，石崇对潘岳说："安仁，你也落到了这步田地？"潘岳说："这可以说是'白首同所归'呀！"潘岳在《金谷集诗》中写道："投分寄石友，白首同所归。"没想到成了他们的谶语。

〈二〉刘舆兄弟为王恺所憎

刘舆兄弟少时为王恺所憎，尝召二人宿，欲默除之。令作阬①，阬毕，垂加害矣②。石崇素与舆、琨善，闻就恺宿，知当有变，便夜往诣恺，问二刘所在。恺卒迫不得讳③，答云："在后斋中眠。"石便径入，自牵出，同车而去。语曰："少年何以轻就人宿④！"

注释

①　阬：同"坑"。

②　垂：将要。

③　卒迫：急迫。卒，同"猝"。

④　轻就人宿：随便到别人家住宿。

刘舆兄弟年轻时被王恺憎恨，有一次王恺让兄弟二人在自己家住宿，想悄悄干掉他们。王恺让人挖坑，坑挖好后，就要加害他们。石崇一向和刘舆、刘琨兄弟关系不错，听说他们在王恺家留宿，知道会发生变故，就连夜来到王恺家，问刘舆兄弟在哪里。王恺仓促之间没有隐瞒，回答说："在后面的屋里睡觉。"石崇就径直去了后屋，把他们兄弟拉出来，一起坐车走了。石崇对他们说："年轻人怎么能随随便便到别人家住宿！"

《三》无忌复仇

王大将军执司马愍王[①]，夜遣世将载王于车而杀之[②]，当时不尽知也。虽愍王家亦未之皆悉[③]，而无忌兄弟皆稚[④]。王胡之与无忌长甚相昵[⑤]，胡之尝共游，无忌入告母，请为馔[⑥]。母流涕曰："王敦昔肆酷汝父[⑦]，假手世将。吾所以积年不告汝者，王氏门强[⑧]，汝兄弟尚幼，不欲使此声著，盖以避祸耳！"无忌惊号，抽刃而出，胡之去已远。

注释

① 司马愍王：司马承，字元敬，袭封谯王，官至湘州刺史，死后谥愍王。

② 世将：王廙，字世将，王敦的从弟，官至平南将军、荆州刺史。

③ 虽：即使。

④ 无忌：司马无忌。司马无忌，字公寿，司马承子，官至卫军将军。

⑤ 王胡之：王廙子。长：长大。

⑥　为馔：做饭。

⑦　肆酷：肆意残害。

⑧　王氏门强：王家的势力强大。

译文

王大将军（王敦）抓了司马愍王（司马承），夜里派王世将（王廙）在车里把司马愍王给杀了，当时人们并不知道事情的真相。即使是司马愍王的家人也不全都知道，司马无忌兄弟年纪还小。王胡之（王廙子）和司马无忌长大后关系很好，有一次王胡之和他一起玩，无忌回家告诉母亲，让她给做饭。母亲流着眼泪说："王敦以前肆意残害你的父亲，借王世将的手把你父亲杀了。我之所以这么多年不告诉你，是因为王家势力大，你们兄弟年纪还小，不想把这件事声张出去，是为了避祸啊！"无忌听罢大叫，拔出刀来跑了出去，此时王胡之已经走远了。

《四》王修载脱险

应镇南作荆州①，王修载、谯王子无忌同至新亭与别②。坐上宾甚多，不悟二人俱到③。有一客道："谯王丞致祸，非大将军意，正是平南所为耳④。"无忌因夺直兵参军刀⑤，便欲斫。修载走投水⑥，舸上人接取⑦，得免。

注释

①　应镇南：应詹，字思远，东晋时人，曾任镇南将军，故称。

②　王修载：王耆之，字修载，王廙子。

③　不悟：不料，没想到。

④　平南：指王廙。王廙曾任平南将军，故称。

⑤ 直兵参军：值班的参军。直，通"值"。

⑥ 投水：跳入水里。

⑦ 接取：从水中救起。

‖ 译文

应镇南（应詹）出任荆州刺史，王修载（王耆之）和谯王司马承的儿子司马无忌一起到新亭为他送别。当时在座的人很多，没料到两人一块儿到了。有一个客人说："谯王司马承遇难，不是大将军（王敦）的意思，正是平南将军王廙干的。"无忌听了立即夺过值班参军的刀，就要砍王修载。王修载急忙逃走，跳入水中，幸亏船上的人搭救，这才得以幸免。

《五》王右军素轻蓝田

王右军素轻蓝田。蓝田晚节论誉转重①，右军尤不平。蓝田于会稽丁艰，停山阴治丧。右军代为郡②，屡言出吊，连日不果。后诣门自通，主人既哭，不前而去，以陵辱之③，于是彼此嫌隙大构④。后蓝田临扬州⑤，右军尚在郡。初得消息，遣一参军诣朝廷，求分会稽为越州⑥。使人受意失旨⑦，大为时贤所笑。蓝田密令从事数其郡诸不法⑧，以先有隙，令自为其宜。右军遂称疾去郡，以愤慨至终。

‖ 注释

① 晚节：晚年。论誉转重：声誉越来越高。

② 代为郡：代理会稽郡内史。

③ 陵辱：凌辱。

④ 嫌隙：仇怨。构：结。

⑤ 临扬州：出任扬州刺史。

⑥ 求分会稽为越州：请求朝廷把会稽郡从扬州分出来，成立越州。

⑦ 受意失旨：领会错了意思。

⑧ 从事：官名，州郡的属官。数：指责，批评。

译文

王右军（王羲之）一向看不起王蓝田（王述）。王蓝田晚年声誉越来越高，王右军为此愤愤不平。王蓝田在会稽守丧，住在山阴办理丧事。王右军代为会稽郡守，他多次说了要去吊唁，可一天天地往后拖。后来去了王蓝田家，自己做了通报，主人已经开始哭了，王右军却没进去哭吊就走了，以此来侮辱王蓝田，由此两人之间的仇隙就更深了。后来王蓝田出任扬州刺史，王右军还在会稽郡。刚得到这个消息，王右军就派一名参军到朝廷去，要求把会稽分出去，成立越州。没想到使者领会错了他的意思，此事为当时名流所讥笑。王蓝田也暗地里命令下属挑剔会稽郡的诸多不法行为，因为先前的结怨，王蓝田让王右军自己看着办。王右军就称病辞职，以致愤恨到死。

《六》但问克终云何

王东亭与孝伯语，后渐异。孝伯谓东亭曰："卿便不可复测①！"答曰："王陵廷争，陈平从默②，但问克终云何耳③。"

注释

① 不可复测：不可捉摸。

② 王陵廷争，陈平从默：王陵、陈平都是西汉的开国大臣。汉惠帝死后，吕后要重用自己的家人，王陵反对，吕后就剥夺了他的权力。陈平当时顺从了吕后的意思，不过后来

陈平联合太尉周勃杀了吕氏一家。

③ 但：只。克终：最终。云何：如何。

译文

王东亭（王珣）和王孝伯（王恭）原本志趣相投，后来渐渐出现分歧。王孝伯对王东亭说："你真让人难以捉摸！"王东亭答道："王陵在朝廷和吕后抗争，陈平却保持沉默，只要看看事情的最后结果如何就是了。"

《七》王孝伯死

王孝伯死，县其首于大桁①。司马太傅命驾出至标所②，孰视首③，曰："卿何故趣欲杀我邪④？"

注释

① 县：同"悬"。大桁：朱雀桥，为当时建康城朱雀门外的浮桥。

② 司马太傅：指司马道子。司马道子官至太傅，故称。标所：指刑场。犯人被斩首后，首级要悬挂在刑场的柱子上，这个柱子称为"标"。

③ 孰视：熟视，仔细看。

④ 趣：通"猝"，急促。

译文

王孝伯（王恭）被杀后，他的头颅被挂在朱雀桥上。太傅司马道子乘车来到悬挂首级的柱子前，他仔细看着王孝伯的脑袋，说道："你为什么要急着杀我呢？"

《八》庾夫人诫儿

桓玄将篡，桓修欲因玄在修母许袭之①。庾夫人云②："汝等近③，过我余年④。我养之，不忍见行此事。"

注释

① 桓修：字承祖，桓冲子，官至抚军大将军。

② 庾夫人：桓冲的妻子，桓修的母亲。

③ 近：亲近。

④ 余年：晚年。

译文

桓玄要篡位，桓修想趁桓玄在自己母亲庾夫人那里时杀了他。庾夫人说："你们是亲戚，你就让我好好度过晚年吧。我抚养了他，不忍心看你干这种事。"

代后记

前些日子，我在家看《世说新语》，里面人物的话语和行为很是让我心仪。我甚至像十七八岁的年轻人一样，把自己幻想成其中的主人公，过着任性而为的生活，这也让我萌生了好好研究研究这本书的想法。为了说明此书的妙处，我有必要摘录两节以飨诸位：

《伤逝篇》第一节："王仲宣好驴鸣。既葬，文帝临其丧，顾语同游曰：'王好驴鸣，可各作一声以送之。'赴客皆一作驴鸣。"

《任诞篇》第四十七节："王子猷居山阴，夜大雪，眠觉，开室命酌酒。四望皎然，因起彷徨，咏左思《招隐诗》。忽忆戴安道，时戴在剡，即便夜乘小舟就之。经宿方至，造门不前而返。人问其故，王曰：'吾本乘兴而行，兴尽而返，何必见戴？'"

鲁迅说《世说新语》记言则玄远冷峻，记行则高简瑰奇，可谓深得我心。

第一次看的《世说新语》，是我在书摊儿上买的盗版书，废寝忘食读过之后，我觉得有必要认真研究研究这本书。于是我就在网上订了中华书局的《世说新语注释》、浙江古籍出版社的《世说新语注》，以及三联书店的台湾蔡志忠漫画版《世说新语》、学林出版社的《世说新语研究》等有关书籍。

我之所以絮絮叨叨地罗列这些书目，是因为我是个认真的人。13年前我曾在大学里受过很好的古籍整理训练，可惜后来我没有从事这项工作。这些年我东奔西走，具体做了些什么时常自己也搞不清。自从读了《世说新语》以后，我决定与从前告别了，我知道，暌违17年的读书生活又将回归，我颇为此举高兴，虽然我无法总结出这个想法的意义来。

我决定进一步走入《世说新语》的时代，于是我继续寻找有关的书籍。

12月7日上午，我给中华书局读者服务部打电话，查询是否有《晋书》《世说新语校笺》《世说新语笺疏》以及《魏晋南北朝史札记》等书，服务部一位贾姓女士告知，除了《魏晋南北朝史札记》和《世说新语笺疏》，其余的书都可以买到。没有周一良的《魏晋南北朝史札记》让我很沮丧，因为这是一部了解魏晋历史的重要著作。

中华书局在西三环的六里桥，而我住在东三环的北边，我的住处距离中华书局至少30里的路程。贾女士非常体谅我，她告诉我她家住在团结湖，离我这里很近，为免除我的奔波，她可以把我需要的书带回家，下午我去她家取。

我非常感激贾女士的这一善举，我和贾女士约定下午5点30分，在贾女士居住的全国政协宿舍大门口见面，届时贾女士把书交给我，我把购书款付给贾女士。我们俩就交接事宜，在电话里商量了很久。贾女士是位老同志，考虑问题比较周全，这让我发自内心地赞美贾女士的古风。

下午3点钟，我再次致电贾女士，敲定见面一事。于我个人而言，此事和国务大事没什么区别。治大国若烹小鲜，今晚要拿到的几本书对我来说就像治大国一样，因为我要踏入一段尘封的历史中去，那是一段光怪陆离、让我魂牵梦萦的历史。

下午纷纷扬扬飘起了雪花，郁闷的城市渐渐地变得纯洁起来。我注视着窗外稀稀拉拉的白色，想象着贾女士即将给我带来的那个精神世界，一个和现实截然不同的世界，我的心也氤氲着暖意了。

4点30分，我离开家，走在去团结湖的路上，从我的住处到贾女士的家大约30分钟。有10年没有认真读书了，所以我有些莫名的兴奋，连同这个飘雪的日子，在我看来也是那么美好——我尽情呼吸着凉爽的空气，友善地环视周遭的路人，如同一个朝圣者在路上。

然而神圣的东西往往以悲剧告终！

这场星期五午后的大雪，让北京市的交通瘫痪了。

12月7日下午直至8日子夜，许许多多行走在这个城市路上的人们，只能在雪花飞扬的路上，像蜗牛一样企盼着他们家庭的温暖。

我在贾女士居住小区的门口企盼着贾女士的归来，从下午5点直至晚上8点。此时贾女士坐在单位的班车里，蠕动在三环路上，她的包里装着《晋书》10本、《世说新语校笺》上下册、宋版《世说新语》影印本上下册。可惜的是，她没有带我的手机号码，因此她不能把自己困在路上的消息通知我，我们都把见面想得简单而美好。

我是8点钟离开贾女士的家门口的，几乎是一步三回首，直至眼前模糊了贾女士的住所。

　　在路上，我花5块钱买了两屉杭州小笼包子，车辆小心翼翼地挪动着跬步，漫天飞舞的雪花在路灯下闪着银光，我拱着身体，臀部撅起，积雪在我脚下呻吟，寒冷从四肢向身躯中心挺进。

　　回到家我匆匆咽下买的包子，失落麻木了我的味觉。

　　这天夜里10点多，我接到了老友蓝铁荣的电话，他说他是晚上7点钟从中关村出发的，现在还在北三环的马甸桥上，前面是车，后面也是车，他笑着说他真想大哭。

　　第二天我见到了蓝铁荣，他说他是夜里1点30分到家的，也就是说从中关村到三元桥30里的路程，他驱车用了6个半小时。12月8日，人们的话题就是兴高采烈地诉说昨天晚上如何如何堵车，经历者的表情和语言都透着参与的自豪和欢乐，也有人批评政府，指责狼狈的交通状况。

　　8日、9日是双休日，我在家守株待兔。

　　12月10日上午，我终于接到了贾女士的电话，她首先说明那天晚上她是10点一刻到的家。这个话题我已经听了很多了，我马上将主题转到了购书一事上，我知道我不能再拖了，我要马上买到我需要的书籍，否则在时间上只会离魏晋时代更遥远。

　　我告诉贾女士，我下午去他们那儿买书。

　　下午1点，我离开家，向中华书局进发。到了位于六里桥的中华书局服务部，我终于见到了贾女士。经过一番浏览，我选了《晋书》、《世说新语校笺》、《三国志》、《世说新语》（宋版影印本）四套书。或许是感于这个年代还有热衷于读古书的青年，贾女士给我打了8折，这实在是让我喜出望外，本来这四套书我需要花300元，打了8折后我只需要花240元了。12月7日雪夜的失落此时荡然无存了，我对贾女士交口称谢，这个结果令我更加向往魏晋时代了。

走出书店，喜悦充斥我的身心，手里提着书，我感觉回到了挥斥方遒的学生年代，浑身奔涌的是探索的欲望。

我改变了回家的打算，从六里桥乘车到了公主坟，然后坐地铁来到西单图书大厦。中华书局可以为我打折，我要把这种鼓励化为行动，再购进一批书籍，夯实我的阅读基础，让我的魏晋之旅丰富多彩。

在图书大厦，我购买了《晋书大辞典》《庄子》《菜根谭》《鲁迅选集（第二卷）》《沈从文散文选》以及王小波的《青铜时代》《黄金时代》《白银时代》。《鲁迅选集（第二卷）》里面收了《魏晋风度及文章与药及酒之关系》一文，这对我研究《世说新语》有益。《庄子》《菜根谭》《沈从文散文选》属业余阅读之类。王小波的小说一直听人说过，但从来没有看，老友老那经常在我面前谈及王小波，似乎这个世界除了王小波，没有别的作家了，所以本着学人之长的精神，我买了他的书。

付了款后，我手里已经是沉甸甸的两个口袋了。不知多少人说书籍是人类最大的精神财富，我也接受了这种见地，所以我丝毫没有觉得买书花了我多少钱，似乎手里提着两口袋金子，一时间心花怒放起来。

在四层的咖啡厅，我给女友打了电话，女友还在单位上班，我们约定今晚见面。想象着晚上和女友的缠绵，眼前又有这么赏心悦目的书籍，我有了红袖添香夜读书的幻觉……

我拿出那本《鲁迅选集》，开始看《魏晋风度及文章与药及酒之关系》，聆听着鲁迅高屋建瓴的论述，我不由得扼腕击节。

刚才在书架上看到《鲁迅选集》的时候，旁边就摆着整套的《鲁迅全集》，多少次我因为价格的缘故而却步，看完《魏晋风度及文章与药及酒之关系》后，马上买到《鲁迅全集》成了我平生唯一理想。我义无反顾地提着我的两口袋书，下楼去买《鲁迅全集》。

一套《鲁迅全集》共16本，价值人民币580元，当时我没有这么多现金了，于是就递上了我的银行卡。我感觉是这座大楼从我的卡上取走了580块钱，鲁迅是无辜的，我还念叨了一句"青山有幸埋忠骨"，不知道这算是什么通感。

此时大厦里面书的价格不再被我关注了，哲学家说，共产主义时代，劳动不是为了生存，而是人的第一需要。我又买了上海古籍出版社的《汉魏六朝笔记小说大观》和黄山书社的《陈寅恪魏晋南北朝史讲演录》。服务员帮我将手提袋由小号的换成大号的，我的双手提着两个袋子已经非常吃力了。

此时这两个袋子里装着41本书，这是我今天购书的数量。突然，我冒出了想知道今日所购之书重量的想法，而且这一念头在我看来意义重大。

和女友会合后我们一起回家。进门第一件事，就是把我的两口袋书放在旅行秤上，称得的总重量是19公斤，即38斤。我又拿出计算器计算今天买书花了多少钱，结果是人民币1082元，也就是说每斤书合人民币28.47元。继而我又像杠人一样计算出1斤书可以买20多斤好大米（我住所附近的菜市场好大米1块4一斤），可以买28斤多棒子面。我像得了诺贝尔奖一样，对女友说今天我往家背回了760多斤好大米，或者是1000多斤棒子面。我津津有味地换算着这些物质，如小时候计算鸡兔同笼的算术题。

最后的结果是女友摔门离去。

"礼岂为我辈设也！"我马上想到了《世说新语》中的这句话。

第二天，我开始了读书生活。

后 记

门延文先生著《世说新语译注》始于2002年。21年过去，这部遗作在四川人民出版社的大力支持下出版问世，既是延文先生致力于魏晋历史文化研究的心得结集，也是《世说新语》现代整理的重要学术成果。

20世纪80年代，延文先生问学于北京大学中文系古典文献专业，传承了清人朴学治学遗绪，以原典文献为根基，有一分证据，说一分话。考据、训诂、版本的基本研究方法，在这部译注工作中得到认真、严肃的遵循。

延文先生心性高古，以朝夕闻道为怀，寓居京城三十余年，陋巷瓢饮，不改其志。译注《世说新语》之余，作杂文《风马牛集》数十篇，以魏晋人物喻解世事，纵横捭阖，诙谐激荡，有嵇、阮啸傲之风，颇有时誉。延文先生译注前言曰，以此著作共赴魏晋这个五彩纷呈的时代，但何时定稿出版未有一定之期，或谓沉迷其间，不问归途。

延文先生仙逝，燕园老友相约整理延文先生遗稿出版。与其藏诸深山，何如梓之于世，魏晋风骨、魏晋法度薪火相传，亦延文先生之所愿矣。

是为记。

燕园诸友

2023年8月